DEPARTAMENTO 19

DEPARTAMENTO 19

WILL HILL

Tradução
Ana Death Duarte

ROCCO
JOVENS LEITORES

Título original
DEPARTMENT 19

Copyright do texto © Will Hill, 2010

Will Hill reserva o direito de ser identificado como autor desta obra.

Direitos para a língua portuguesa reservados
com exclusividade para o Brasil à
EDITORA ROCCO LTDA.
Av. Presidente Wilson, 231 – 8º andar
20030-021 – Rio de Janeiro – RJ
Tel.: (21) 3525-2000 – Fax: (21) 3525-2001
rocco@rocco.com.br
www.rocco.com.br

Printed in Brazil/Impresso no Brasil

preparação de originais
SHEILA LOUZADA

CIP-Brasil. Catalogação na fonte
Sindicato Nacional dos Editores de Livros, RJ

H545d Hill, Will, 1979-
      Departamento 19 / Will Hill ; tradução de Ana Death
Duarte. - Rio de Janeiro: Rocco Jovens Leitores, 2012.

Tradução de: Department 19
ISBN 978-85-7980-136-5

      1. Sobrenatural - Ficção infantojuvenil. 2. Literatura
infantojuvenil. I. Duarte, Ana Death. II. Título. III. Título:
Departamento 19.

12-3975   CDD – 028.5
                                              CDU – 087.5

Este livro obedece às normas do
Acordo Ortográfico da Língua Portuguesa.

Para minha mãe

Sou familiarizado com a noite.

Saí debaixo de chuva... e voltei na chuva.

Caminhei muito além da última luz da cidade.

Robert Frost

Não queremos provas. Não pedimos que ninguém acredite em nós.

Abraham Van Helsing

MEMORANDO

De: Gabinete do Diretor do Comitê de Inteligência Integrada

Assunto: Classificações revistas dos Departamentos do Governo Britânico

Nível de segurança: ULTRASSECRETO

DEPARTAMENTO 1	Gabinete do Primeiro-Ministro
DEPARTAMENTO 2	Gabinete Oficial
DEPARTAMENTO 3	Ministério do Interior
DEPARTAMENTO 4	Ministério das Relações Exteriores
DEPARTAMENTO 5	Ministério da Defesa
DEPARTAMENTO 6	Exército Britânico
DEPARTAMENTO 7	Marinha Real Britânica
DEPARTAMENTO 8	Serviço Diplomático de Sua Majestade
DEPARTAMENTO 9	Tesouro de Sua Majestade
DEPARTAMENTO 10	Departamento de Transportes
DEPARTAMENTO 11	Gabinete do Procurador-Geral
DEPARTAMENTO 12	Ministério da Justiça
DEPARTAMENTO 13	Inteligência Militar, Seção 5 (IM5)
DEPARTAMENTO 14	Serviço de Inteligência Secreta (SIS)
DEPARTAMENTO 15	Força Aérea Real
DEPARTAMENTO 16	Gabinete da Irlanda do Norte
DEPARTAMENTO 17	Gabinete da Escócia
DEPARTAMENTO 18	Gabinete do País de Gales
DEPARTAMENTO 19	**CONFIDENCIAL**
DEPARTAMENTO 20	Forças Policiais do Território
DEPARTAMENTO 21	Departamento da Saúde
DEPARTAMENTO 22	Quartel-General das Comunicações Governamentais (QGCG)
DEPARTAMENTO 23	Comitê de Inteligência Conjunta

PRÓLOGO

BRENCHLEY, KENT, 3 DE NOVEMBRO DE 2007

Jamie Carpenter estava vendo TV quando ouviu os pneus do carro de seu pai passarem esmagando os cascalhos da entrada muito, muito mais cedo que de costume. Jamie olhou para o relógio na parede, acima da TV, e franziu o cenho. Eram cinco e quinze. Julian Carpenter nunca havia, até onde Jamie se lembrava, chegado do trabalho antes das sete, a não ser em ocasiões especiais, como o aniversário de sua mãe ou quando o Arsenal jogava na Liga dos Campeões da Europa.

Arrastou-se para fora do sofá, um menino alto de 14 anos, levemente desajeitado, com um porte físico magro e cabelo castanho bagunçado, e foi até a janela. O Mercedes prateado de seu pai estava estacionado no lugar de sempre, em frente à garagem, que era separada da casa deles. Jamie podia ver seu pai sob as luzes do freio, puxando algo para fora do porta-malas.

Talvez ele não esteja se sentindo bem, pensou Jamie. Porém, quando observou com atenção o pai, descartou a hipótese; os olhos dele estavam brilhantes e bem abertos à luz vermelha, e ele se movia rapidamente, pegando coisas do porta-malas e colocando-as nos bolsos. E Jamie notou também outra coisa: seu pai a todo momento olhava para trás, como se achasse...

Algo se moveu na visão periférica de Jamie, perto do carvalho, no começo do jardim. Ele virou a cabeça, de repente sentindo arrepios nos braços e nas costas, e percebeu que estava com medo. *Tem alguma coisa errada aqui,* pensou ele. *Muito errada.*

A árvore tinha a mesma aparência de sempre, seu tronco nodoso e retorcido se inclinava para a esquerda, e as imensas raízes criavam ondulações no gramado e faziam com que o muro da propriedade se curvasse em direção à rua.

O que quer que Jamie tivesse visto, seu pai também vira. Ele estava de pé, imóvel atrás do carro, a cabeça erguida, olhando fixamente para os galhos da árvore. Jamie também olhou para a árvore, com atenção, e para as longas sombras negras que o luar lançava na grama. O que quer que fosse, não se mexia mais. Porém, enquanto observava, Jamie percebeu algo estranho.

Havia mais sombras ali do que deveria haver.

As folhas das árvores já tinham ido embora no inverno, de forma que as sombras deveriam ser linhas retas de galhos nus. No entanto, os desenhos escuros que cobriam o gramado eram espessos e volumosos, como se os galhos estivessem cheios de...

De quê? Cheios de quê?

Jamie voltou a olhar para o pai. De repente, queria que ele entrasse em casa imediatamente. Seu pai ainda estava com o olhar fixo na árvore, segurando alguma coisa na mão, algo que Jamie não conseguia ver o que era.

Movimentos, mais uma vez, perto da árvore.

O medo subiu até a garganta de Jamie.

Entre, pai. Entre em casa logo. Tem algo ruim aí fora.

As sombras no gramado começaram a se mover.

Jamie não conseguia desviar o olhar, assustado demais para gritar, enquanto os desenhos escuros começavam a se expandir. Ele olhou para o alto da árvore e agora podia ver os galhos balançando ao movimento do que quer que fosse; podia ouvir o farfalhar na casca da árvore, como se algo – *muitas coisas... parecia que havia muitas coisas ali* – estivesse começando a se mexer em meio aos ramos do carvalho.

Voltou a olhar, em desespero, para o pai, que continuava concentrado em observar a árvore, iluminado pelas luzes vermelhas do carro.

Por que você fica simplesmente aí parado? Entre em casa, por favor, por favor!

Jamie virou a cabeça para a árvore. Lá fora, em frente à janela, surgiu o rosto pálido de uma garota com olhos vermelho-escuros e lábios retraídos, rosnando como um animal, encarando fixamente o vidro. Jamie gritou tão alto que achou que estouraria suas cordas vocais.

O rosto dela sumiu na escuridão e o pai de Jamie correu pela entrada de carros em direção à casa. A porta da frente abriu-se com violência e Julian Carpenter irrompeu para dentro da sala ao mesmo tempo que sua esposa entrava correndo, vindo da cozinha.

– Afaste-se das janelas, Jamie! – gritou ele.

– Pai, o que está...?

– Apenas obedeça e não discuta! Não temos tempo.

– Tempo para quê, Julian? – quis saber a mãe de Jamie. Sua voz saía aguda, marcada pela tensão. – O que está acontecendo?

Julian ignorou-a, sacando um celular que Jamie nunca tinha visto antes. Ele apertou com força alguns números no aparelho e encostou-o no ouvido.

– Frank? É, eu sei. Eu sei. Qual é o horário previsto de chegada? E essa informação é precisa? OK. Se cuida.

Ele desligou o telefone e segurou a mão da esposa com força.

– Julian, você está me deixando assustada – disse ela, com delicadeza. – Por favor, me diga o que está acontecendo.

Ele encarou o rosto pálido e confuso da esposa.

– Não posso – respondeu. – Sinto muito.

Jamie ficou estupefato com aquela cena. Não entendia o que estava acontecendo, não entendia absolutamente nada. O que estava se movendo lá fora na escuridão, perto da casa deles? Quem era Frank? Com certeza seu pai não tinha nenhum amigo chamado Frank.

A janela atrás de Jamie explodiu quando um galho do carvalho a atravessou como se fosse um míssil e destruiu a mesa de centro, deixando-a em pedacinhos. Dessa vez a mãe dele também gritou.

– Afastem-se das janelas! – berrou Julian novamente. – Venham aqui para perto de mim!

Jamie levantou-se do chão com certa dificuldade, segurou a mão da mãe com força e atravessou a sala correndo, em direção ao pai. Eles ficaram de costas contra a parede em frente à janela, e seu pai, que mantinha um dos braços na transversal, protegendo-os, enfiou a mão direita no bolso do casaco e tirou dali uma pistola preta.

A mãe de Jamie apertou-lhe a mão com tanta força que ele achou que seus ossos iam quebrar.

– Julian! – gritou ela. – O que você está fazendo com essa arma?

– Silêncio, Marie – pediu Julian, em voz baixa.

Ao longe, Jamie ouviu sirenes se aproximando.

Aindabemaindabemaindabem. Vai dar tudo certo.

Lá fora, no jardim, pairava no ar noturno uma risada aguda e grotesca.

– Rápido – sussurrou Julian. – Rápido, por favor.

Jamie não sabia com quem seu pai estava falando, mas não era nem com ele nem com sua mãe. Então, de repente, o jardim se encheu de luzes e ruídos quando duas vans pretas avançaram cantando pneus na entrada para carros, com as sirenes ligadas, bem altas, e luzes girando em cima dos capôs. Jamie olhou para o carvalho lá fora, agora iluminado pelas luzes vermelhas e azuis. Não havia nada ali.

– Eles foram embora! – gritou o menino. – Pai, eles foram embora!

Ele ergueu o olhar para o pai, cuja expressão o assustou mais do que tudo que havia acontecido até aquele momento.

Julian afastou-se de sua família e ficou ali de pé, olhando para eles.

– Tenho que ir – disse, com a voz embargada. – Não se esqueçam de que amo vocês dois mais do que tudo no mundo. Jamie, cuide de sua mãe, OK?

Ele virou-se e dirigiu-se à porta.

A mãe de Jamie correu na direção do marido e segurou-o pelo braço, girando-o para fazê-lo ficar de frente para ela.

– Aonde você está indo? – gritou ela, as lágrimas descendo por seu rosto. – O que quer dizer com cuidar de mim? O que está acontecendo?

– Não posso dizer – respondeu ele, com carinho. – Tenho que protegê-la.

– De quê? – perguntou ela, aos gritos.

– De mim – respondeu ele, abaixando a cabeça.

Depois Julian ergueu o olhar com uma velocidade que Jamie nunca vira antes, torceu o braço e soltou-se da esposa, empurrando-a. Marie tropeçou em uma das pernas destruídas da mesa de centro e Jamie correu na direção da mãe, segurando-a para que não caísse, e a fez sentar-se no chão. Ela deixou escapar um grito horrível de lamento e afastou as mãos do filho, que olhou para cima a tempo de ver o pai sair.

Ele levantou-se, cortando a mão no vidro da mesa quebrada, e correu até a janela. Oito homens com coletes à prova de bala negros e portando submetralhadoras estavam parados na entrada para carros, os canos de suas armas apontados para Julian.

– Mãos na cabeça! – gritou um deles. – Já!

O pai de Jamie deu alguns passos e parou. Ergueu os olhos para a árvore e a observou por um bom tempo, depois olhou de relance para trás, para a janela, e sorriu para o filho. Depois disso, avançou, puxou a pistola do bolso e apontou-a para o homem que estava mais próximo dele.

O mundo explodiu em um barulho ensurdecedor e Jamie cobriu as orelhas com as mãos e gritou, gritou e gritou quando as submetralhadoras cuspiram fogo e metal e mataram seu pai.

DOIS ANOS DEPOIS

1

DESOLAÇÃO ADOLESCENTE

Jamie Carpenter sentiu gosto de sangue e terra e soltou palavrões para o solo úmido e lamacento do campo de futebol.

– Tire as mãos de mim! – disse ele, gorgolejando.

Jamie ouviu o som estridente de uma risada vindo de trás de sua cabeça, e seu braço esquerdo foi puxado ainda mais às suas costas, o que o fez sentir mais um lampejo de dor no ombro.

– Quebra, Danny! – gritou alguém. – Arranca logo!

– Bem que eu poderia fazer isso – respondeu Danny Mitchell, em meio a uma onda de gargalhadas. Então ele baixou o tom de voz e falou bem ao pé do ouvido de Jamie: – Eu bem que poderia, sabe? – sussurrou. – Fácil, fácil!

– Tire as mãos de mim, seu gordo...

A mão que segurou com força seus cabelos era imensa, com dedos que pareciam salsichas, empurrando o rosto dele novamente de encontro à terra. Jamie cerrou os olhos e debateu-se, tentando se erguer da lama que o sugava com a mão direita.

– Alguém segura o braço dele – gritou Danny. – Segura no chão!

Em um segundo alguém já segurava o braço direito de Jamie pelo pulso e o pressionava contra o chão.

Sua cabeça começou a doer, o corpo implorando por oxigênio. Ele não conseguia respirar, suas narinas estavam cheias daquela lama pegajosa e fétida, e tampouco conseguia se mexer com os braços imobilizados e as costas suportando os 95 quilos do corpo de Danny Mitchell, que sentara-se com as pernas abertas sobre ele.

– Já chega!

Jamie reconheceu a voz do Sr. Jacobs, o professor de inglês.

Meu cavaleiro de amadura brilhante. Um homem de 50 anos com manchas de suor na roupa e mau hálito. Perfeito!

– Mitchell, solte-o. Não me faça ter que repetir! – gritou o professor, e, de repente, Jamie não sentia mais a pressão no braço nem o peso nas costas. Ele ergueu o rosto da lama e tomou fôlego avidamente, seu peito tremendo violentamente.

– Estávamos só brincando, senhor – ele ouviu Danny Mitchell dizer.

Grande brincadeira. Muito divertida.

Jamie virou o corpo e ficou com as costas no chão. Olhou à sua volta, para os rostos que haviam se reunido a fim de assistir à sua humilhação. Eles o olhavam de cima com um misto de animação e repulsa.

Eles nem mesmo gostam do Danny. Apenas me odeiam mais do que odeiam a ele.

O Sr. Jacobs agachou-se ao lado de Jamie.

– Está tudo bem com você, Carpenter?

– Estou bem, senhor.

– Mitchell disse que isso era uma espécie de brincadeira. É verdade?

Por cima do ombro do professor, Jamie viu Danny olhar para ele, o aviso claramente estampado em seu rosto.

– Sim, senhor. Acho que perdi, senhor.

O Sr. Jacobs notou as roupas sujas de lama de Jamie.

– Parece que sim.

O professor ofereceu a mão a Jamie, que a segurou e se pôs de pé, a lama produzindo um forte barulho de sucção ao deixá-lo ir. Algumas pessoas na aglomeração deram risadinhas, e o Sr. Jacobs logo se virou, o rosto vermelho de raiva.

– Saiam daqui, seus abutres! – gritou ele. – Para a aula agora mesmo, ou vou fazer com que todos vocês recebam uma advertência!

A multidão dispersou-se, deixando Jamie e o Sr. Jacobs sozinhos no campo.

– Jamie – começou a dizer o professor –, se algum dia você quiser falar sobre qualquer coisa, sabe onde me encontrar.

– Falar sobre o quê, senhor?

– Bem, você sabe, seu pai, e... bem, o que aconteceu.

– O que aconteceu, senhor?

O Sr. Jacobs o encarou por um bom tempo, depois baixou o olhar.

– Vamos – disse ele. – Você precisa se limpar antes da próxima aula. Pode usar o banheiro dos funcionários.

Quando tocou o sinal da saída, Jamie caminhou lentamente até o portão. Seus instintos eram normalmente aguçados, especialmente em se tratando de um possível perigo, mas, de alguma forma, Danny Mitchell o tinha alcançado furtivamente no intervalo da tarde. Não permitiria que aquilo acontecesse de novo.

Ele diminuiu o passo, desviando de grupos de crianças que caminhavam morosamente em direção aos ônibus e carros à espera. Seus olhos, de um azul bem claro, moviam-se como dardos para a esquerda e a direita, procurando alguma possível emboscada.

Sentiu um aperto no peito quando viu que Danny estava em algum ponto à esquerda, dando aquela sua risada ridícula e gesticulando como um louco enquanto tentava provar seu ponto de vista para seu grupinho de puxa-sacos.

Jamie se esgueirou por entre dois ônibus e atravessou a rua, e já esperava pelos gritos e sons de pés correndo, indicando que tinha sido visto, mas não ouviu nada disso. Então logo se viu rumo às elegantes e idênticas fileiras de casas que compunham o conjunto habitacional em que morava com a mãe, saindo do campo de visão de quem estava na escola.

Os Carpenter tinham se mudado três vezes nos dois anos que se passaram desde a morte do pai de Jamie. Imediatamente depois disso, a polícia tinha aparecido para vê-los e dizer-lhes que Julian estivera envolvido em uma conspiração. Acusaram-no de tentar vender informações confidenciais da inteligência, interceptadas por meio de seu cargo no Ministério da Defesa, para uma célula terrorista britânica. Os policiais tinham sido gentis e solidários, garantindo-lhes que não havia nenhuma prova de que ele ou sua mãe tivessem algum conhecimento disso, mas não fazia diferença: quase que de imediato, começaram a chegar cartas de vizinhos patriotas que não queriam a família de um traidor morando naquele bairro calmo de leitores do *Daily Mail*.

Eles venderam a casa em Kent poucos meses depois. Jamie não se incomodou. Sua recordação daquela noite horrível era nebulosa, mas a árvore no jardim o assustava: ele não conseguia passar pela entrada de carros coberta de cascalho, onde seu pai morrera, preferindo dar a volta no gramado, mantendo o máximo de distância possível do carvalho e pulando o cascalho para alcançar a soleira da porta.

Quanto ao rosto que aparecera na janela e à risada barulhenta e aterrorizante que se fora na corrente de ar que atravessava a janela destruída da sala, ele não se lembrava de forma alguma.

Foram morar com os seus tios num vilarejo nos arredores de Coventry. Uma nova escola para Jamie, um emprego de recepcionista em uma clínica cirúrgica para a mãe dele. Porém, os rumores e as histórias perseguiam os dois e, no mesmo dia em que Jamie quebrou o nariz de um colega de classe que fizera uma piada sobre seu pai, arremessaram um tijolo na janela da cozinha de sua tia.

Eles se mudaram na manhã seguinte.

Pegaram um trem até Leeds e acharam uma casa em uma área residencial que parecia ser feita de Lego. Quando Jamie foi expulso de sua segunda escola em três meses, por matar aulas repetidamente, sua mãe nem mesmo gritou com ele. Ela apenas notificou o proprietário da casa que iriam deixar o imóvel, e começaram a fazer as malas.

Por fim, foram parar nesta calma periferia de Nottingham. Era um lugar cinza, frio e deprimente. Jamie, uma criatura nem um pouco caseira, que nascera para viver no interior, fora forçado a vagar pelas passagens subterrâneas para pedestres e pelos estacionamentos de supermercados, com o capuz puxado para cima com firmeza, protegendo o rosto, e o iPod pulsando nos ouvidos; ficava na dele e evitava as gangues que se congregavam nos cantos escuros daquela desolação suburbana. Jamie sempre evitava as sombras. Não sabia dizer por quê.

Ele caminhava com rapidez pelo conjunto residencial, ao longo de ruas silenciosas e cheias de casas genéricas e carros de segunda-mão. Passou por um grupinho de garotas que ficaram encarando-o com hostilidade. Uma delas disse algo que ele não conseguiu ouvir direito, e as outras riram. Jamie continuou andando.

Ele tinha 16 anos e sentia uma esmagadora, terrível, solidão.

Jamie fechou com o mínimo de barulho possível a porta da pequena casa geminada onde morava com a mãe; queria ir direto para o quarto e tirar aquelas roupas cheias de lama. Estava na metade da escada quando sua mãe o chamou.

– Que foi? – gritou ele.

– Pode vir aqui, Jamie, por favor?

Ele soltou um palavrão baixinho; desceu as escadas, cruzou o corredor e entrou na sala batendo os pés. Sua mãe estava sentada na cadeira à janela, e o olhou com tamanha tristeza que Jamie sentiu um nó na garganta.

– O que aconteceu, mãe?

– Recebi um telefonema de um dos seus professores hoje – respondeu ela. – Do Sr. Jacobs.

Meu Deus, por que ele não cuida da própria vida?

– Ah, é? O que ele queria?

– Ele disse que você se envolveu numa briga hoje à tarde.
– Ele está enganado.
Ela soltou um suspiro.
– Estou preocupada com você – disse.
– Não precisa. Eu sei me cuidar.
– Isso é o que você sempre diz.
– Talvez você devesse começar a me ouvir.
Ela semicerrou os olhos.

Isso doeu, não? Que bom. Agora você pode gritar comigo, eu vou poder subir e não teremos que dizer mais nada um para o outro hoje à noite.

– Eu também sinto falta dele, Jamie – disse ela, e Jamie recuou como se tivesse levado uma ferroada. – Sinto todos os dias.

Jamie respondeu com um tom ríspido, mas ainda com o enorme nó na garganta:

– Que bom pra você. Eu não sinto falta dele. Nunca.

Ela olhou para Jamie, e lágrimas formaram-se nos cantos dos seus olhos.

– Você diz isso da boca pra fora.
– Pode acreditar, eu realmente não sinto falta alguma. Ele era um traidor, um criminoso, e arruinou nossas vidas.
– Nossas vidas não estão arruinadas. Ainda temos um ao outro.

Jamie riu.

– Claro. Veja só como isso tem funcionado.

As lágrimas desceram dos olhos de sua mãe, e quando ela baixou a cabeça, rolaram pelas faces, caindo suavemente no chão. Jamie a olhou, sentindo-se impotente.

Vá até ela. Vá e a abrace, diga que vai ficar tudo bem.

Jamie queria fazer isso, não desejava nada além de ajoelhar-se ao lado da mãe e cruzar o abismo que vinha se erguendo gradualmente entre os dois desde que seu pai morrera. Mas ele não podia. Em vez disso, continuou de pé, paralisado no lugar em que estava, vendo sua mãe chorar.

2
PECADOS DO PAI

Jamie acordou na manhã seguinte, tomou banho, vestiu-se e saiu furtivamente, sem ver a mãe. Seguiu sua rota costumeira pelo conjunto residencial em que morava, mas quando chegou na esquina que dava para a escola, continuou em frente, em linha reta, passando pelo pequeno centro comercial e pelo estacionamento, com seu McDonald's e a locadora de DVDs; cruzou a passarela coberta de pixações que atravessava a ferrovia – viu os costumeiros vidros quebrados e as sujeiras usuais de chiclete –, passou pelo posto de gasolina e pelo bicicletário e desceu em direção ao canal. Hoje não iria à escola. Sem chance.

Por que diabos ela tinha que ficar tão chateada? Porque não tenho saudade do meu pai? Ele era um fracassado. Será que ela não consegue enxergar isso?

Jamie cerrou os punhos com bastante força ao caminhar pelos degraus de concreto que davam para o caminho de reboque dos barcos. Essa parte do canal era uma reta perfeita por mais de um quilômetro, o que significava que Jamie poderia ver o perigo se aproximar a partir de uma distância segura. Porém, embora ficasse de olhos bem abertos, só via gente passeando com seus cães e os eventuais sem-teto que se abrigavam sob as pontes baixas que cruzavam o estreito canal; assim, aos poucos deixou que sua mente começasse a divagar.

Jamie nunca poderia fazer com que ninguém, muito menos sua mãe, entendesse o buraco que a morte de seu pai deixara em sua vida.

Ele amava a mãe, amava-a tanto que se odiava pelo modo como a tratava, por afastá-la quando era óbvio que ela precisava dele, quando sabia que ele próprio era tudo que restara em sua vida. Mas não podia evitar; a raiva que se revolvia em seu interior gritava, buscando libertação, e a mãe era seu único alvo.

A pessoa que merecia ser o alvo de sua raiva se fora.

Seu pai, aquele covarde fracassado, que o havia levado a Londres para ver o Arsenal, comprara-lhe o canivete suíço que ele não conseguia mais carregar no bolso, deixara que atirasse com seu rifle de ar nos campos que ficavam atrás da antiga casa deles, que ajudara-o a construir sua casa na árvore e via desenhos animados com ele nas manhãs de sábado. Coisas que sua mãe nunca faria, e ele não desejaria que fizesse. Coisas das quais ele sentia mais falta do que jamais admitiria.

Ele estava furioso com o pai por tê-los deixado, por fazer com que precisassem sair da casa que ele amava para morar naquele lugar horrível, deixando os amigos para trás.

Furioso com a alegria que via estampada nas faces dos valentões em todas as escolas novas nas quais era forçado a ingressar, quando os sussurros tinham início e eles percebiam que haviam sido presenteados com a vítima perfeita: um garoto novo, magricela, cujo pai havia tentado ajudar terroristas a atacar seu próprio país.

Furioso com a mãe, porque ela se recusava a enxergar a verdade sobre o marido, furioso com os professores que tentavam entendê-lo e que pediam que ele falasse sobre o pai e sobre seus sentimentos.

Furioso.

Jamie voltou a si e viu o sol alto no céu lutando para avançar com sua luz pálida em meio à cobertura cinza das nuvens. Pegou o celular do bolso e viu que era quase meio-dia. À sua frente, uma trilha pisada na barragem dava para o pequeno parque cercado por bétulas que sempre estava vazio: era um de seus lugares prediletos.

Sentou-se no meio da grama, longe das árvores e das curtas sombras que elas lançavam sob o sol do início da tarde. Não tinha pego seu almoço já embalado porque teria que ir até a cozinha, o que significaria falar com a mãe. Acabara, portanto, por enfiar na mochila uma lata de Coca-Cola e alguns chocolates e balas. A Coca-Cola estava quente, e o chocolate, meio derretido, mas Jamie não estava nem aí.

Terminou de comer, ajeitou a mochila debaixo da cabeça como um travesseiro, deitou-se e fechou os olhos. De repente estava exausto, não queria mais pensar.

Quinze minutos. Só um cochilo. Meia hora, no máximo.

– Jamie.

Ele abriu os olhos de imediato e viu o céu negro lá em cima. Sentando-se, esfregou os olhos e deu uma olhada em volta, para o parque escuro. Tremia no frio do anoitecer e sentiu arrepios quando se deu conta de que estava bem no ponto em que as sombras lançadas pelas árvores se encontravam.

– Jamie.

Ele virou-se.

– Quem está aí? – gritou.

Uma risadinha ecoou pelo parque.

– Jamie.

A voz chamava seu nome como se entoasse uma canção, e ecoava em meio às árvores. Era a voz de uma garota.

– Onde você está? Isso não tem graça!

A risadinha de novo.

Jamie levantou-se e virou-se devagar. Não conseguia ver ninguém, mas, além do primeiro círculo de árvores, o parque estava um completo breu, e as árvores em si eram largas, nodosas e com troncos retorcidos.

Bastante lugar para alguém se esconder.

Algo estava cutucando sua mente lá no fundo, alguma coisa a ver com uma garota e uma janela, mas ele não conseguia se lembrar.

Atrás dele, o barulho de passos esmagando as folhas secas.

Ele girou rapidamente, o coração na boca.

Nada.

– Jamie.

Ele sabia que a voz vinha de algum lugar mais perto dele dessa vez.

– Apareça! – gritou.

– Tudo bem – disse uma voz bem ao lado de seu ouvido, que o fez gritar e virar-se, as mãos cerradas em punho e se agitando no ar.

Jamie sentiu sua mão direita atingir com força alguma coisa, e a adrenalina fez suas veias retumbarem; depois, ficou paralisado.

No chão, à sua frente, estava uma garota, mais ou menos da mesma idade que ele, segurando o nariz. Um filete de sangue escorria até a boca, e ele viu quando ela pôs a língua para fora e lambeu o sangue.

– Ah, meu Deus! – disse Jamie. – Me desculpe, me desculpe. Você está bem?

– Seu idiota – disse a garota, falando em um tom anasalado, ainda com a mão no nariz. – Por que fez isso?

– Me desculpe – repetiu ele. – Por que você estava se escondendo?

– Era só para dar um susto em você – disse ela, zangada.

– Por quê?

– Para me divertir, nada mais.

Alguma outra coisa passava pela mente de Jamie, mas ele não sabia precisar qual era o problema.

– Pois você conseguiu. Então, parabéns.

– Valeu – disse a garota, bufando. Ela esticou a mão para ele. – Pode me ajudar a levantar?

– Ah, desculpa, claro que sim.

Jamie esticou a mão e a ajudou a ficar de pé. Ela tirou a poeira das roupas e alisou-as, limpou o nariz com o dorso da mão e ficou ali na frente dele.

Ele a observou. Era muito bonita, mas muito mesmo. Seus cabelos escuros caíam-lhe nos ombros, sua pele era clara e seus olhos, de um castanho bem escuro. Ela notou o olhar de Jamie e abriu um sorriso. O garoto ficou ruborizado.

– Gostou do que viu? – perguntou ela.

– Desculpe, eu não estava reparando em você, eu, hum...

– Estava, sim. Mas tudo bem. Meu nome é Larissa.

– E o meu é...

Então Jamie se deu conta, e o medo o dominou.

– Você me chamou pelo nome! – disse, recuando um passo. – Como sabia meu nome?

– Isso não vem ao caso, Jamie – respondeu ela, e então seus belos olhos castanhos assumiram um tom escuro e terrível de vermelho. – Não importa mais.

Ela se moveu como se fosse líquida, cobrindo a distância entre eles instantaneamente. Segurou-lhe o rosto com uma força imobilizante, terrível.

– Nada mais importa – sussurrou, e Jamie olhou em seus olhos vermelhos e se perdeu neles.

3

ATAQUE NO SUBÚRBIO

– Não posso fazer isso.

Aquela voz parecia vir de uns mil quilômetros dali. Jamie fazia um tremendo esforço para abrir os olhos. Estava deitado na grama, a garota chamada Larissa sentada ao seu lado. Ele queria se arrastar para longe dali, mas não conseguia se mover. Seus braços e pernas doíam, e sua cabeça parecia cheia de algodão.

– Droga, simplesmente não consigo – resmungava ela para si mesma. – O que tem de errado comigo?

Ele forçou-se a abrir os olhos e, quando conseguiu, percebeu que os dela tinham outra vez aquele tom castanho. Ela olhava para ele, uma expressão gentil no rosto.

– Quem... é... você? – Jamie conseguiu perguntar. – O que você fez comigo?

Ela baixou a cabeça.

– Era para você ser meu. Foi o que ele disse. Mas eu não tive coragem.

– Seu... seu o quê?

– Meu. Em todos os sentidos.

Com um grande esforço, Jamie conseguiu se pôr sentado.

– Não estou entendendo – disse ele.

– Não importa. – Ela olhou para o céu. – É melhor você ir embora. – Olhou para ele com uma expressão de tristeza. – Já devem estar lá agora.

Uma intensa onda de adrenalina invadiu o corpo de Jamie.

– Quem? Lá onde? – ele exigiu saber.
– Meus amigos. Você sabe onde.
Jamie ficou de pé num pulo e baixou o olhar para Larissa.
– Eu já vi você antes, não? – perguntou a voz trêmula.
Em sua mente, ele viu um rosto em uma janela.
Ela assentiu.
Jamie virou-se e saiu do parque em disparada, correndo como se sua vida dependesse disso.

Por favor, minha mãe não. Por favor, não deixe que eles machuquem minha mãe.

Quando Jamie chegou à rua em que morava, seu coração batia tão forte no peito que ele achou que acabaria explodindo. Sua visão estava ficando anuviada, os músculos de sua perna gritavam, mas superou a dor e, correndo, cruzou os 50 metros que o separavam de casa; passou pelo portão e entrou.

A porta estava escancarada.
– Mãe! – gritou. – Está aí? Mãe!
Nenhuma resposta.
Ele correu até a sala. Vazia. Cozinha. Vazia.
Nenhum sinal dela.
Subiu correndo as escadas e abriu com violência a porta do quarto da mãe. A janela acima da cama dela estava aberta, revelando o céu escuro, e as cortinas tremulavam com a brisa noturna. Jamie cruzou o quarto correndo e colocou a cabeça para fora da janela.
– Mãe! – gritou para a completa escuridão.
Sua mão direita escorregou em algo. Ele olhou para baixo e afastou a mão. Um líquido vermelho pingava de seu pulso.
Ele olhou para o peitoril da janela. Havia ali duas poças pequenas de sangue sobre a superfície branca, e mais manchas de sangue pelo vidro da janela aberta.

Jamie olhava fixamente, horrorizado, para a própria mão, até que algo se soltou em sua mente quando ele percebeu que sua mãe se fora. Jogou a cabeça para trás e soltou um urro de lamento para o céu.

A quilômetros de distância, na altura das nuvens escuras, alguma coisa ouviu o grito dele e se virou.

O tempo passou. Jamie não tinha ideia de quanto.

Não podia permanecer ali no quarto da mãe, não conseguia olhar para o sangue, brilhando, horrível, contra a tinta branca e o vidro transparente. De alguma forma ele conseguiu descer até a sala. Estava sentado no sofá, com o olhar vazio fixo na parede, quando ouviu algo entrar pela porta da frente de casa e fechá-la com cuidado.

Era mais do que medo agora. Jamie estava entorpecido de pavor. Então, só pôde ficar olhando para o homem alto e magro que surgiu à sua frente com um terno cinza, sorrindo com dentes que pareciam lâminas. Seus olhos, de um vermelho escuro, reluziam no ambiente escuro.

– Jamie Carpenter – disse o homem, cuja voz parecia trêmula. – É uma enorme surpresa finalmente conhecê-lo.

O sorriso do homem se abriu ainda mais e ele deu um passo na direção de Jamie. Então a porta da casa explodiu, virando uma nuvem de serragem, e uma silhueta enorme, segurando algo que parecia um imenso cano, adentrou a sala.

– Fique longe dele, Alexandru – disse o gigante recém-chegado, com um tom de voz que fez tremer a casa toda.

A criatura de terno cinza sibilou e arqueou as costas.

– Isso não é da sua conta, monstro – disse com rispidez. – Há assuntos não resolvidos aqui.

– E vão permanecer não resolvidos – respondeu a outra figura, puxando o gatilho na parte de baixo de algo que parecia um cano.

Houve um enorme estrondo, como o de um balão gigantesco explodindo, e algo afiado saiu velozmente da arma e voou pela sala tão rápido que só se via um borrão, deixando a trilha de uma corda de metal atrás de si. Alexandru deu um pulo inacreditavelmente rápido no ar. O projétil atingiu a parede da sala, abrindo ali um buraco, e depois se recolheu com a mesma rapidez com que fora disparado, formando uma espiral e entrando no cano pela extremidade.

A criatura de terno cinza pairou no ar, e seus olhos pareciam inflamados pela raiva. Rosnou para a figura à entrada, depois foi de encontro à grande janela da frente, quebrando-a, e subiu em alta velocidade para o céu.

Jamie nem se mexera.

O gigante seguiu como um dardo até a janela e esticou o enorme pescoço na direção em que a criatura chamada Alexandru havia desaparecido.

– Ele se foi – disse o gigante. – Por ora.

Virou-se para Jamie, e, à luz da sala, o garoto pôde olhar pela primeira vez para seu salvador... e deixou escapar um grito.

A figura colossal era de um homem de pelo menos 2 metros de altura e quase a mesma medida de largura. Sua pele era verde-acinzentada, mosqueada, e a testa era alta e larga, encimada por uma mecha de cabelo negro. Vestia um terno escuro e um longo sobretudo cinza. Um arame saía da extremidade do cano que estava segurando e subia a manga de sua roupa até desaparecer em algum lugar acima de seus ombros.

Ele avançou até Jamie, e, quando o medo e a fatalidade começaram a desligar a mente do garoto, ele viu dois grandes parafusos de metal protuberantes nas laterais do pescoço do gigante. O homem estendeu a mão.

– Jamie Carpenter – disse o estranho. – Meu nome é Frankenstein. Estou aqui para ajudá-lo.

Jamie revirou os olhos e desmaiou na doce e vazia escuridão.

4

BUSCA E RESGATE

STAVELEY, NORTH DERBYSHIRE
CINQUENTA E SEIS MINUTOS ANTES

Matt Browning estava sentado em frente a seu computador quando aconteceu.

Redigia um trabalho para a aula de literatura inglesa, uma comparação entre os discursos de Brutus e de Marco Antônio em *Julio César*, digitando com rapidez em seu velho laptop, quando algo caiu do céu com tudo no pequeno jardim atrás da casa com terraço que ele dividia com a irmã e os pais. O impacto fez terra e grama marrom voarem em direção ao céu do início da noite.

Lá embaixo, ele ouviu a mãe soltar um grito estridente e o pai mandá-la calar a boca. No quarto ao lado, sua irmãzinha, Laura, começou a chorar, um choramingo alto repleto de confusão e determinação.

Matt salvou o arquivo e levantou-se. Era pequeno para seus 16 anos e bem magro, com cabelos castanhos que caíam pela testa alta sobre os óculos. Seu rosto era pálido e quase feminino, suas feições delicadas e de ângulos suaves, como se estivessem levemente fora de foco. Ele vestia uma camiseta vermelha, sua predileta de Harvard, e uma calça de veludo marrom-escura; enfiou os pés em um par de tênis azul-marinho e dirigiu-se com rapidez ao quarto da irmã.

Laura estava deitada no berço e seu rosto estava bem vermelho, furioso, os olhos fechados bem apertados e a boca formando um círculo perfeito. Matt enfiou a mão no berço e tirou a irmã dali, pondo-a no ombro para descansar, tranquilizando-a, embalando-a gentilmente nos braços. Seguiu-se um glorioso momento de silêncio quando a menina inspirou profundamente, e depois o berreiro recomeçou. Matt atravessou o minúsculo quarto, abriu a porta e se pôs a descer as escadas.

Na cozinha, que ficava nos fundos da casa, sua mãe estava histérica. Trajava seu robe de cor creme, calçada com chinelos de um azul bem claro, e andava de lá para cá sob as duas janelas que ficavam acima da pia, espiando o jardim escuro e a toda hora mandando o marido chamar a polícia. Greg Browning estava parado de pé tremendo no meio do cômodo, uma das mãos pressionando a testa e a outra segurando uma lata de cerveja. Ele olhou em volta quando Matt entrou na cozinha.

– Faça sua irmã ficar quieta – resmungou ele. – Ela está me deixando com dor de cabeça. – Então se voltou para a esposa. – Dá para você parar um minuto e pegar o maldito bebê? – disse ele, começando a elevar a voz.

A mãe de Matt apressou-se para pegar Laura dos braços do filho e sentou-se à mesa com a menina no colo.

– Pegue o telefone para sua mãe – ordenou o pai.

Matt pegou o aparelho do suporte na parede ao lado da porta e o entregou à mãe, que o segurou com uma expressão de confusão no rosto.

– Agora você pode chamar a polícia enquanto eu e Matt vamos dar uma olhada no jardim – acrescentou ele.

– Não, Greg, você não deveria...
– Não deveria?
Ela engoliu em seco.
– Não vão lá fora. Por favor.

– Cala essa droga dessa boca, Lynne? Vamos, Matt.

Greg Browning abriu a porta que dava para o jardim nos fundos da casa e parou ali, os ouvidos atentos. Matt foi até lá e postou-se atrás do pai, olhando por cima do ombro dele para o céu que escurecia.

Fazia silêncio no jardim; nada se movia no ar fresco do início da noite.

O pai pegou uma lanterna da prateleira ao lado da porta dos fundos da casa, acendeu-a e deu um passo para fora, pisando na faixa estreita do pátio que começava debaixo das janelas da cozinha. Matt foi atrás, observando o jardim escuro em busca de qualquer coisa que tivesse caído ali. Ele podia ouvir, lá atrás na cozinha, sua mãe tentando explicar à polícia o que havia acontecido.

O pai iluminou com a lanterna os canteiros de flores que adornavam a faixa estreita de gramado, fazendo surgir um amplo arco de luz no ar. Algo branco brilhou.

– Lá – disse Matt. – No canteiro de flores.

– Fique aqui.

Matt ficou parado no pátio e seu pai cruzou devagar o gramado deteriorado. Ele inspirou profundamente ao chegar no canteiro.

– O que foi? – quis saber Matt.

Sem resposta. O pai apenas continuou com os olhos fixos no canteiro escuro de flores.

– Pai? O que foi?

Por fim, o pai olhou ao redor. Seus olhos estavam arregalados.

– É uma garota – disse ele por fim. – Uma adolescente.

– O quê?

– Venha aqui dar uma olhada.

Matt cruzou o gramado e olhou para baixo, para o canteiro cheio de ervas daninhas. A garota estava deitada de costas sobre a terra, semienterrada devido à força da aterrissagem. Seu rosto pálido estava manchado de sangue, e tanto seus olhos quanto sua boca estavam inchados de uma forma grotesca. Seus cabelos negros caíam em leque em volta da cabeça, formando uma auréola negra, cobertos de lama e com cachos emaranhados e ensanguentados. Seu braço esquerdo estava obviamente quebrado, e o antebraço unia-se ao cotovelo em um ângulo não natural. A camiseta cinza estava preta de tanto sangue, e Matt percebeu, horrorizado, que havia um buraco bem grande na barriga dela, ao longo da linha do abdômen. Ele viu algo reluzente ali, vermelho e púrpura, e desviou o olhar.

– Parece que alguém tentou estripá-la – disse baixinho o pai dele.

– O que foi, Greg? – gritou a mãe de Matt à porta da cozinha. – O que está acontecendo?

– Cala a boca, Lynne – foi a resposta automática de Greg Browning, mas sua voz saiu baixa e, o que era raro, ele não parecia com raiva.

Acho que ele está assustado, pensou Matt, e agachou-se ao lado da garota. Apesar dos machucados no rosto, ela era bonita, a pele quase translúcida de tão clara e os lábios de um vermelho escuro convidativo.

Atrás dele, seu pai murmurava sozinho, olhando do céu para o chão, e de novo para o céu, em busca de alguma explicação para aquela garota ter caído em seu jardim.

Matt tocou a pele fria do pescoço dela, procurando sentir o pulso, mas sabendo que não encontraria.

Quem fez isso com você?, perguntou-se.

Ela abriu o olho direito, que estava inchado, e fitou diretamente Matt. Ele deu um grito.

– Ela está viva! – gritou.

– Não seja ridículo – exclamou Greg Browning. – Ela está...

A garota tossiu, uma tosse profunda e ruidosa que fez mais sangue escorrer por seu queixo. Ela virou a cabeça na direção de Matt e disse algo que ele não entendeu.

– Meu Deus – disse o pai dele.

Matt esforçou-se para levantar da grama e aproximou-se devagar do pai, postando-se ao lado dele. O garoto baixou o olhar para a menina ferida, que mexia lentamente a cabeça de um lado para o outro, os lábios curvados para dentro em uma careta de dor.

– Temos que fazer alguma coisa, pai – disse Matt. – Não podemos deixá-la assim.

O pai virou-se para ele com o rosto tomado pela raiva.

– O que você quer que eu faça? – perguntou, aos berros. – A polícia está vindo, eles podem resolver isso. Não devemos nem encostar nela.

– Mas pai...

O rosto de Greg Browning se contorceu de raiva e ele ergueu o punho cerrado, avançando para o filho. Matt soltou um grito, cobriu o rosto com o braço e desviou o olhar.

– Se você sabe o que é bom para você, vai ficar calado – grunhiu o pai, abaixando o punho.

Matt olhou para o pai, suas faces vermelhas de vergonha e da sensação de impotência, seu cérebro cheio de um ódio vívido. Abriu a boca para dizer algo, qualquer coisa que fosse, quando um rugido ensurdecedor encheu o ar e um helicóptero preto e bojudo apareceu acima das árvores dos fundos do jardim suburbano deles.

Matt cobriu o rosto e tentou ao máximo permanecer ereto quando as hélices do helicóptero reviraram a poeira e a terra do jardim. Ele podia ver seu pai gritar, mas não conseguia ouvir nada por causa do grande ruído dos motores do helicóptero e do som agudo do vento. Esticou o pescoço, as mãos protegendo os olhos, e viu o helicóptero desaparecer por cima do telhado.

Matt virou-se e entrou correndo em casa, passando pela mãe, que estava parada na porta dos fundos, atravessando a cozinha e o estreito corredor e chegando à porta da frente.

Ele podia ouvir seu pai gritar seu nome lá atrás, mas não diminuiu o passo. Escancarou a porta da frente bem a tempo de ver o helicóptero preto descer no asfalto cinza da rua, as hélices girando acima dos carros estacionados em fila.

O pai apareceu atrás dele no corredor, segurou o filho pelo ombro e o virou de frente para si.

– Quem diabos você acha que é...?

Sua voz foi sumindo aos poucos quando ele prestou atenção ao que acontecia na rua. Matt se virou de volta e viu a porta do helicóptero, na lateral, se abrir deslizando e quatro silhuetas saírem lá de dentro.

As duas primeiras estavam totalmente de preto e pareciam policiais enviados para dispersar um motim. Seus uniformes estavam cobertos por coletes à prova de balas negros, e suas faces estavam ocultas por capacetes também negros, com visores púrpura.

Ambos empunhavam submetralhadoras com as mãos enluvadas.

Atrás deles ia um homem e uma mulher trajando roupas brancas da equipe de contenção de ameaças biológicas, seus rostos parcialmente visíveis por trás do plástico espesso das máscaras. Carregavam juntos uma maca branca.

Ao saírem do helicóptero, eles rapidamente se aproximaram de Matt e seu pai. A primeira das quatro figuras – *soldados, parecem soldados* – parou na frente dos dois.

– Um chamado de emergência partiu desta casa? – perguntou a figura.

A voz era masculina e parecia pertencer a alguém não muito mais velho que o próprio Matt.

Nem ele nem o pai responderam.

O soldado deu um passo à frente.

– Um chamado de emergência partiu desta casa?

Aterrorizado, Matt assentiu.

A figura vestida de preto virou-se para os outros e sinalizou para entrarem na casa, depois passou por Matt e Greg Browning e sumiu no corredor. Os outros recém-chegados o seguiram, deixando Matt e o pai na entrada da casa. Eles ficaram parados lá, os olhos grudados no helicóptero, sem nenhuma ideia do que fazer, até que a mãe de Matt começou a gritar e os dois se viraram e entraram correndo.

Encontraram-na na cozinha, segurando Laura nos braços, e as duas gritavam em uníssono. Greg Browning atravessou a sala correndo e pegou a esposa nos braços, sussurrando algo para ela, dizendo que tudo ficaria bem, pedindo-lhe que não chorasse. Matt deixou-os perto da mesa da cozinha e foi até o jardim.

Os dois soldados estavam de pé, um de cada lado da garota, as armas nos ombros apontadas para o céu. No chão, o homem e a mulher usando trajes da equipe contra ameaças biológicas a examinavam.

Matt foi na direção deles, porém, antes que estivesse perto o bastante para ver o que estavam fazendo, o soldado mais próximo dele virou-se em sua direção e posicionou a submetralhadora no peito. Matt ficou paralisado.

– Por favor, fique onde está, senhor – disse o soldado. – Para sua própria segurança.

– O que está acontecendo aqui? – perguntou uma voz fraca que vinha de trás de Matt.

Ele estava assustado demais para se mover, mas virou a cabeça e viu o pai no estreito pátio. Parecia murcho.

– Leve seu filho para dentro de casa, senhor – disse o soldado.

– Quero saber o que está acontecendo – repetiu o pai. – Quem são vocês?

– Não vou repetir, senhor – respondeu o soldado. Parecia que estava chegando ao limite de sua paciência. – Leve seu filho para dentro. Já.

Greg Browning parecia prestes a responder ao soldado, mas pensou melhor e não disse nada.

– Venha para dentro, Matt – disse por fim.

O olhar de Matt alternou-se do pai para o soldado que apontava a arma para seu peito. Atrás dele, Matt podia ver que o outro soldado e a equipe de ameaças biológicas o observavam. Estava prestes a virar-se e fazer o que o pai mandara quando a garota levantou a cabeça, lá no canteiro de flores, e afundou os dentes no braço do homem com a roupa de plástico branco.

E então foi o inferno.

O homem soltou um grito e puxou o braço com força. O sangue começou a jorrar do buraco aberto no plástico, espalhando-se pelo gramado.

O segundo soldado virou sua submetralhadora com tudo na direção da garota, e a pesada coronha da arma estraçalhou o queixo dela. No mesmo instante ela parou de se mexer, como se tivesse sido desligada.

O soldado que estava virado para Matt abaixou a arma e voltou-se para os outros.

– Qual é a situação dele? – gritou.

A mulher das ameaças biológicas estava ajoelhada ao lado do parceiro examinando o ferimento, e ergueu o olhar ao ouvir a voz do soldado.

– Está péssimo – respondeu. – Precisamos tirá-lo daqui.

– Ensaque o objeto de estudo – disse o soldado. – Rápido.

– Não temos tempo. Ele precisa de sangue limpo imediatamente.

– Ele vai ter; agora ensaque o objeto.

A mulher o encarou por uma fração de segundo, e então soltou o colega e estirou a maca branca sobre o gramado.

– Me ajude – disse ela ao outro soldado.

O soldado agachou-se, segurou a garota por baixo dos braços e tirou-a do canteiro de flores. Matt quase engasgou quando viu os ferimentos na parte de baixo do corpo da garota.

Suas duas pernas estavam quebradas no meio das coxas, e os ossos brancos perfuravam a saia preta ensopada de sangue. Seu pé esquerdo estava torcido de um jeito horrível, e faltavam-lhe três dedos no direito, cujos tocos brilhavam vermelhos sob a luz que esmaecia.

Matt correu em direção a ela. Não sabia o que iria fazer, apenas que tinha que fazer alguma coisa. Ouviu o pai gritar com ele, mas o ignorou. O soldado que havia atingido a garota com a arma virou-se, viu Matt atravessar o gramado e começou a se mexer, emitindo um grito de aviso. Porém, ele não foi rápido o bastante; Matt ficou de joelhos ao lado da menina, olhou para a mulher das ameaças biológicas e disse:

– Posso ajud...

A garota esticou bruscamente o braço, que atravessou a garganta dele. Matt sentiu uma pequena resistência quando as unhas dela afundaram na pele macia de seu pescoço, depois mais nada, e um colossal borrifo de algo vermelho surgiu no ar noturno, ensopando-lhe o queixo e o peito.

Ele não sentiu dor; apenas surpresa, além de um repentino e esmagador cansaço. Matt ficou com o olhar fixo no líquido escuro que jorrava no ar, e só percebeu que era seu próprio sangue quando caiu lentamente para trás, no gramado malcuidado. O sangue caía espesso em seu rosto, voltado para cima, e quando seus olhos se fecharam, ele sentiu mãos pressionando-lhe o pescoço, e ouviu um dos soldados dizer a seu pai que aquilo nunca havia acontecido antes.

5
ADENTRANDO AS TREVAS

Jamie Carpenter sonhou com o pai.

Certo dia, quando ele tinha 10 anos, seu pai chegou em casa do trabalho escondendo a mão debaixo do casaco e desapareceu escada acima sem cumprimentar o filho. A mãe de Jamie estava visitando a irmã em Surrey, e, depois de um instante, ele foi atrás do pai, nas pontas dos pés, subindo os degraus devagar, um de cada vez.

Pela porta semiaberta do banheiro ele viu o pai de pé, apoiando-se com a mão direita na pia. Havia manchas vermelhas no espelho e na porcelana branca.

Jamie aproximou-se da porta do banheiro furtivamente. Seu pai estava deixando cair a água quente da pia sobre a mão, e fazia uma careta por causa da temperatura. Fechou a torneira e esticou o braço para pegar uma toalha, e foi aí que Jamie viu a mão do pai. Havia um longo corte que ia do pulso até o cotovelo, ensopado de sangue, e, no meio do talho, algo escuro estava cravado, de um marrom sujo em contraste com o vermelho do sangue.

Seu pai limpou o sangue do corte e lentamente posicionou os dedos na ferida. Cerrou os dentes e em seguida puxou o objeto escuro do braço, soltando um grunhido agudo quando finalmente conseguiu extraí-lo dali. Jamie ficou olhando. Parecia uma unha, de mais de 2 centímetros de comprimento, afiada e curva como a garra de um animal. Da sua grossa extremidade pendia um pedaço irregular de carne, que reluzia branca sob a luz forte do banheiro.

Ele arfou. Sem querer. Seu pai olhou incisivamente ao redor, e Jamie permaneceu em pé, completamente rígido, sem conseguir falar. Seu pai abriu a boca, como se fosse dizer alguma coisa, e então fechou a porta do banheiro com um chute, deixando Jamie parado no corredor escuro.

Jamie despertou aos poucos. Estava em movimento, com o som estrondoso do motor de um carro vindo de algum lugar atrás dele, e o tamborilar da chuva contra o vidro perto de sua cabeça. Abriu os olhos devagar e descobriu-se olhando por uma janela para uma floresta escura, as árvores virando um borrão conforme passavam e a chuva caindo do céu em lençóis d'água. Ele virou a cabeça na direção do motorista e soltou um grito. Movido pelo instinto, esticou a mão para a maçaneta do lado do passageiro e girou-a, sem se preocupar com o que lhe aconteceria se pulasse de um carro em movimento, apenas sabendo que tinha que sair dali, precisava fugir do horror que havia ao seu lado.

– Nem se dê o trabalho – disse o motorista, e sua voz era tão alta que abafou o som do motor. – Está trancada.

Jamie fez pressão na porta com o próprio corpo.

No assento ao seu lado estava o monstro de Frankenstein.

Estou sonhando. Não estou? Só pode ser um sonho; não pode ser verdade.

– Não é educado ficar encarando alguém – disse o monstro, e Jamie achou que ouvira o que parecia ser uma risada por trás daquela voz rouca e estrondosa.

– Quem é você? – Jamie conseguiu perguntar, sua mente lhe gritando alertas: *Não fale com essa criatura! Você é idiota? Quer calar essa boca?*

– Meu nome é Victor Frankenstein. Já me apresentei antes. Presumo que você não se lembre, certo?

Jamie confirmou balançando a cabeça, e Frankenstein soltou um grunhido.

– Imaginei. Que bom que tranquei as portas.

Ele riu, e o som saiu com tamanha imensidão que parecia uma trovoada.

– Só posso lhe contar as coisas até certo ponto – prosseguiu ele. – Estou levando você para um lugar seguro. Meu superior vai lhe dizer o que mais você precise saber.

– Quem é seu superior? – quis saber Jamie.

Nada de resposta.

– Fiz uma pergunta a você – disse o garoto, erguendo o tom de voz. – Você me ouviu?

Frankenstein virou sua imensa cabeça e olhou para Jamie.

– Ouvi sim. Optei por não responder.

Jamie encolheu-se de medo, e então a imagem do sangue na janela do quarto veio-lhe à mente... e ele lembrou.

– Minha mãe – falou, arregalando os olhos. – Temos que voltar para pegar minha mãe.

Frankenstein olhou preocupado para o menino.

– Não podemos voltar – disse ele. – Ela se foi. Você sabe disso.

Jamie remexeu no bolso e tirou de lá seu celular. Desceu pela lista de contatos até achar o número de sua mãe, pressionou o botão verde e encostou o celular na orelha.

Nada.

Ele afastou o aparelho e olhou para a tela brilhante. O logotipo da rede que costumava ficar brilhando ali no meio não estava mais lá, nem a barra que indicava a intensidade do sinal.

– Telefones não funcionam por aqui – disse Frankenstein.

Jamie agarrou novamente a maçaneta da porta, puxando-a com tanta força que o plástico começou a curvar-se em sua mão.

– Pare com isso! – urrou Frankenstein. – Você não vai ajudar em nada a sua mãe se eu tiver que arrastá-lo pela pista.

Jamie virou-se para o monstro, seus olhos ardendo de raiva.

– Pare o carro! – gritou. – Pare o carro agora mesmo! Tenho que ajudar a minha mãe!

A velocidade do carro não diminuiu, mas o imenso homem no assento do motorista olhou para o garoto.

– Sua mãe se foi – disse ele com delicadeza. – Você pode ou não acreditar em mim quando digo que acho isso tão doloroso quanto você. Mas é verdade; ela se foi. E ficar correndo em círculos não vai trazê-la de volta.

Jamie olhou com raiva para os parafusos no imenso pescoço do sujeito, e, novamente, não conseguiu manter a boca fechada:

– Eu achava que Frankenstein fosse o criador, não o monstro – murmurou ele.

Os freios do carro assobiaram na pista, as rodas travaram e o carro parou. O monstro inspirou profundamente.

– Victor Frankenstein me criou – disse ele, voz fria como o gelo. – E por um tempo eu realmente *fui* um monstro. Porém, depois que Frankenstein morreu, assumi seu nome. Como uma homenagem. Agora, você tem mais alguma pergunta impertinente ou posso dirigir até um local onde ficaremos a salvo?

Jamie assentiu.

– Desculpe – disse baixinho.

Frankenstein não respondeu.

– Eu pedi desculpas.

– Eu ouvi – grunhiu o monstro. – Aceito seu pedido de desculpas, assim como aceito o fato de que você está preocupado com sua mãe, e a preocupação pode fazer com que as pessoas digam coisas inadequadas. Preciso que você aceite que também me preocupo com Marie, e que estou levando você até as únicas pessoas no país capazes de trazê-la de volta até você. E, acima de tudo, preciso que cale a boca e me deixe dirigir.

Jamie virou-se e ficou observando a estrada pela qual seguiam sinuosamente através da floresta silenciosa. As árvores eram abundantes dos dois lados e pareciam borrões por causa da chuva torrencial; os faróis dianteiros do carro iluminavam pouco mais que a estrada em si, uma única via de concreto que parecia estranhamente bem-cuidada para uma região rural tão remota como aquela.

A cada poucos minutos ele olhava para o homem no assento do motorista. Com os olhos grudados na estrada, Frankenstein sequer olhava de relance para Jamie.

Em volta do carro, a mata parecia adensar ainda mais. Jamie inclinou-se para a frente e ergueu o pescoço. Não conseguia mais ver o céu noturno; as árvores haviam se arqueado sobre a estrada de ambos os lados e fundiam-se em um impenetrável teto de madeira e folhas.

Isso simplesmente não aconteceu. Isso é um túnel. Alguém o fez.

O carro deu uma virada brusca e Jamie perdeu o fôlego.

Na frente deles havia um imenso portão verde-escuro, da largura da estrada, que desaparecia em meio às copas das árvores acima, não deixando suas extremidades à vista. No meio do portão estava pendurada uma grande placa branca, iluminada por uma faixa de luz. A chuva fustigava a lâmpada, o que gerava uma cortina de sombras que iam e vinham sobre a placa, em que se viam quatro linhas de texto impressas em um vermelho vívido:

MINISTÉRIO DA DEFESA
ÁREA RESTRITA
DE ACORDO COM O DISPOSTO NO ATO DE SEGREDOS
OFICIAIS
NÃO ULTRAPASSE

Sem fazer barulho, o enorme portão abriu-se suavemente, revelando, mais além, a mais completa escuridão. Depois de uma pausa, uma voz artificial falou em meio à chuva que caía:

– Esta é uma área restrita. Por favor, dirija até a área de autorização.

Frankenstein avançou com o carro, e por um breve momento Jamie foi tomado pelo pânico.

Não entre aí. Me leve para casa. Eu quero ir para casa.

Depois que entraram, o portão se fechou, eliminando assim a fraca luz que vinha do bosque.

– Coloque o veículo em ponto morto – ordenou a voz, e Frankenstein obedeceu.

Um maquinário debaixo do carro deles foi acionado com um zumbido, e os dois começaram a ser movidos. Pararam depois de uma distância indefinida, e o carro foi envolto por uma nuvem pressurizada de gás que subia em ondas; o ruído era ensurdecedor naquele espaço confinado.

Por instinto, Jamie esticou a mão e agarrou o braço de Frankenstein.

– O que é isso? – perguntou, gritando.

– É um espectroscópio – respondeu Frankenstein. – Detecta os vapores liberados por explosivos. É para checar se não há alguma armadilha no carro.

Com gentileza, ele tirou a mão de Jamie da manga de seu casaco e colocou-a de volta no colo do garoto. A voz artificial pronunciou-se novamente:

– Digam os nomes e os códigos de identificação de todos os passageiros.

Frankenstein desceu o vidro da janela e falou alto e nitidamente para a escuridão:

– Frankenstein, Victor. NS302-45D. Carpenter, Jamie. Sem código de identificação.

Dois refletores de halogênio foram ligados de súbito, envolvendo o carro em um círculo de uma luz branca ofuscante.

– Não é permitido o acesso de pessoas não autorizadas a esta instalação – disse a voz artificial.

Dessa vez Frankenstein urrou pela janela com o vidro fechado mesmo:

– Pessoa não autorizada presente mediante a autorização de Seward, Henry, NS303-27A.

Seguiu-se uma longa e angustiante pausa.

– Autorização concedida – disse a voz. – Podem prosseguir.

Os refletores desapareceram e foram substituídos por uma luz elétrica cálida; Jamie arregalou os olhos, deslumbrado. Eles estavam em um túnel com pelo menos 50 metros de extensão e 10 de largura. Cobrindo a maior parte do chão havia uma esteira mecânica cinza escura, no meio da qual estava o carro deles. Havia também dois caminhos brancos de concreto que seguiam na extensão do túnel, um de cada lado da esteira. As paredes eram de um branco imaculado e estendiam-se até um teto que tinha pelo menos 1,80 metro de altura. Onde as paredes e o teto se encontravam, luzes de formas e tamanhos variados apontavam para baixo, para a esteira. Jamie podia ver os círculos largos dos refletores, além de fileiras de caixas retangulares pesadas, com lentes púrpura.

Frankenstein suspirou pesadamente, enchendo o carro de ar quente, e seguiu em frente dirigindo pela esteira. Conforme se aproximavam do fim do túnel, outro portão tão silencioso quanto o primeiro abriu-se, deslizando. Passaram por esse segundo portão, e Jamie viu pela primeira vez um mundo que pouquíssimas pessoas sabiam que existia.

Luzes banharam o carro em tons de púrpura e amarelo, criando uma atmosfera que era fria e quente ao mesmo tempo. À frente do carro, no final de uma faixa pavimentada iluminada por lâmpadas posicionadas a cada 5 metros, um amplo e baixo domo cinza erguia-se do chão, como se fosse a parte visível de uma bola enfiada na terra. À esquerda do carro, e também à sua direita, mais distante, um par de imensas parabólicas de radares nas cores vermelho e branco lentamente revolviam-se acima de baixos e sólidos edifícios acinzentados. Além das parabólicas havia uma pista de pouso; luzes piscavam em intervalos regulares em toda a sua extensão, e dois imensos faróis estavam acesos em uma de suas extremidades. Pousado na pista, parcialmente oculto pelo baixo domo, estava um avião de passageiros com uma listra vermelha cruzando sua fuselagem. Enquanto Jamie observava tudo isso, um fluxo constante de homens e mulheres, com trajes civis, surgiu de trás do domo e começou a subir uma escada retrátil estendida a partir de um caminhão de apoio para embarcarem no avião. Ele podia ouvir vozes e risadas reverberando no ar noturno.

Frankenstein pisou no acelerador e o carro avançou devagar. Jamie ergueu o pescoço, procurando pelo túnel do qual eles haviam saído. Lá estava: um largo e negro semicírculo que desaparecia conforme o portão voltava a se fechar. Mas o que havia nas laterais do túnel o fez ofegar alto: uma estrada, que surgia como uma ramificação daquela que percorriam, dava a volta e seguia paralela ao túnel, cujo exterior era de um tom cinza sem graça e genérico. Quinze metros antes, o túnel desaparecia em meio ao grupo de árvores e dava outra volta, só que dessa vez em um arco bem curto que se estendia em paralelo a uma imensa cerca de metal. Jamie arregalou os olhos.

– Espere – pediu. – Pare o carro. Quero ver.

Frankenstein soltou um grunhido e olhou contrariado para o garoto, mas acabou parando. Jamie abriu a porta com violência e saiu. Sua cabeça girava enquanto ele tentava entender o que via.

A cerca interna tinha pelo menos 15 metros de altura, feita de uma malha espessa de metal e encimada por um tortuoso arame farpado. Dispostas na cerca, a 100 metros uma da outra, havia torres de vigilância, cubos de metal no topo de pilares robustos, firmes e, ao que parecia, resistentes. Não havia luzes nas torres, mas os olhos de Jamie captaram movimentos na que estava mais próxima. Ele se virou para olhar a seguinte, a 100 metros de distância, e depois a outra, e a outra...

A cerca estendia-se até perder de vista, no que parecia um vasto círculo, e passava da extremidade da pista de pouso antes de desaparecer depois de uma série de edifícios baixos e retangulares em cada um dos lados da pista. Ele virou-se lentamente, absorvendo tudo o que estava vendo.

Além dos edifícios baixos, sua visão ficou obscurecida pelo domo. Mais adiante, à sua direita, havia um grande edifício bem protegido, com suas imensas portas de metal fechadas. A distância, Jamie novamente enxergou a cerca, e as torres estavam uniformemente distribuídas ao longo de sua incrível extensão. Ele continuou seu passeio ignorando Frankenstein, que o olhava com certo ar confuso. A estrada que se estendia ao longo da parte interna da cerca continuava até encontrar novamente o túnel, e depois se curvava novamente para trás, de modo a unir-se à estrada central em não mais de 6 metros a partir de onde os dois estavam.

Após a cerca interna havia uma larga faixa de terra, cruzada por milhares e milhares de fachos de laser vermelho, cuja complexidade nos padrões formados teria feito o maior ladrão de joias do mundo chorar. Essa terra de ninguém tinha como divisa, no outro lado, uma segunda cerca quase tão alta quanto aquela que ficava perto da estrada. Além dela ficava o bosque, e uma parede de ramos retorcidos e de folhas estendia-se por uma distância perfeitamente equidistante da outra cerca. Cada centímetro quadrado do espaço entre as duas cercas, uma trilha de terra de 5 metros de largura, era iluminado por uma luz ultravioleta que reluzia, saindo de caixas pretas dispostas a uma distância de 3 metros ao longo da cerca externa.

O entusiasmo irrompia e espalhava-se pelo corpo de Jamie conforme seus olhos absorviam a pura estranheza do que via.

O que é este lugar? Por que há tantas cercas, luzes e torres? O que eles querem impedir de entrar?

Conforme seus olhos se ajustavam à forte iluminação violeta e vermelha à sua frente, viu que, dispostos entre a grade cintilante de lasers, havia uma série de refletores gigantescos, cujas lentes largas e redondas apontavam para o céu. Jamie olhou para cima e seu queixo caiu.

– Ah, meu Deus... – sussurrou ele.

Não se viam fachos de luz saindo dos refletores, mas seu propósito ficou claro tão logo ele inclinou a cabeça para trás. Acima, reluzindo suavemente no ar noturno, pendia, no céu, um imenso conjunto de copas de árvores, que se estendiam continuamente a partir das beiradas do bosque e cobriam todo o seja-lá-o-que-fosse-aquele-lugar. Vista do chão, a imagem era plana e levemente translúcida, como uma camada de óleo em uma poça d'água, mas ele podia ver formas erráticas e desiguais tremeluzindo na parte de cima. O efeito era desorientador.

– O que é isso? – ele quis saber, sua voz cheia de deslumbramento.

– É um holograma – respondeu Frankenstein. – Afasta olhares curiosos.

Olhares de quem?, quis perguntar, mas se conteve; em vez disso, indagou como aquilo funcionava.

– Há um campo suspenso de partículas reflexivas sobre toda a base. Os refletores projetam uma imagem que se move nesse campo suspenso, vinda daqui de baixo.

– Como em uma grande tela de cinema?

Frankenstein riu, um som meio que de latido e que não parecia vir naturalmente.

– Algo do gênero – respondeu o monstro. – De cima, tudo que se vê é a floresta. Já explorou o bastante?

Jamie não chegara nem próximo do "bastante", mas respondeu que sim, sabendo que era o que o gigante queria ouvir.

– Que bom – disse Frankenstein, de forma quase simpática, e voltou para dentro do carro.

Jamie fez o mesmo, e os dois seguiram em frente, em direção ao baixo domo cinza.

Diante do edifício havia diversos veículos militares, um caminhão de aparência bem pesada com a traseira aberta, uma fileira de jipes e um número surpreendente de carros de civis. Entre um dos jipes e um BMW Série 3 que já vira dias melhores havia marcações em tinta branca da área de estacionamento na pista. Frankenstein dirigiu até essa área e parou o veículo. Ele e Jamie saíram do carro e deram a volta até um recuo plano onde o domo posicionava-se. Em meio ao cinza do edifício havia uma porta. Estava aberta, à espera deles.

Frankenstein fez sinal para Jamie entrar; o menino obedeceu, seguido pelo monstro. Estavam em um corredor branco, sem nada que o caracterizasse exceto por uma insígnia esculpida no alto da parede em frente.

– E agora? – disse Jamie.
– Nós esperamos – respondeu Frankenstein.

Jamie ficou analisando a insígnia enquanto esperava. Havia uma coroa e uma porta levadiça acima de um amplo círculo, daquelas que todo castelo tem, na qual haviam sido entalhadas seis tochas flamejantes que rodeavam um crucifixo simples. Abaixo, três palavras em latim estavam gravadas na parede:

Lux E Tenebris

– O que quer dizer isso? – indagou Jamie, apontando para a insígnia.
– *Luz das trevas* – traduziu Frankenstein. – Era a expressão favorita de um grande homem.
– Quem?

A porta deslizou em silêncio atrás deles, até se fechar com um baque alto. Seguiu-se um ruído como o de engrenagens girando, movendo alguma máquina pesada, e depois houve um segundo som metálico similar ao anterior, porém mais baixo, embora, de alguma forma, agourento. Instantaneamente a parede na extremidade mais distante do corredor deslizou para o lado, revelando um elevador de metal prateado.

– Agora não – disse Frankenstein, e seguiu pelo corredor.

Depois de um instante de hesitação, Jamie o seguiu.

Não tinha botão algum no elevador, e tão logo eles entraram a porta se fechou e começaram a descer. Era uma sensação tão banal e tão familiar, o frio na barriga, as vibrações nas pernas, que ele quase riu ao pensar na leve histeria que vinha sentindo desde que a criatura de casaco cinza entrara pela porta da casa em que vivia com a mãe. Ele se controlou e esperou que a porta se abrisse novamente. Enquanto o elevador ia parando e a porta começava a se abrir, sua mente fervilhava ao imaginar o que poderia ver em seguida.

Era um dormitório.

Um cômodo comprido e amplo, com duas fileiras de camas estreitas com lençóis e cobertores verde-oliva, uma em cada lado. As camas estavam imaculadas, como se ninguém nunca houvesse dormido nelas, e os armários de metal entre elas brilhavam como novos.

– Que lugar é este? – perguntou Jamie a Frankenstein.

O monstro abriu a boca para responder, mas uma sirene ensurdecedora abafou suas palavras. Jamie tapou os ouvidos com as mãos, e, quando a sirene cessou, Frankenstein olhou-o com uma expressão preocupada.

– Você está prestes a descobrir – disse.

6
O INCIDENTE DO LICEU, PARTE 1

LONDRES
3 DE JUNHO DE 1892

A carruagem parou ruidosamente na Wellington Street, em frente aos altos pilares do Teatro do Liceu. Caía uma chuva fina; o condutor do veículo puxou seu manto, apertando-o em volta dos ombros enquanto esperava o passageiro desembarcar.

– Pegue minhas malas, menino, as duas – disse o velho, com impaciência.

Ele estava em pé na rua de pedras, a beirada de seu largo chapéu abaixada, cobrindo-lhe parte do rosto, e observava o sol descendo em direção à Trafalgar Square.

– Sim, senhor – respondeu seu criado pessoal, tirando uma maleta de cirurgião de couro preto e uma pasta marrom-amarelada da traseira da carruagem.

O cavalo preto, já quase idoso, que havia conduzido a carruagem por Londres mexeu-se quando o peso foi removido; o animal recuou um passo, derrubando o criado, que caiu com um dos joelhos nas pedras da rua, junto da maleta marrom-amarelada. Uma afiada estaca de madeira saiu rolando da bagagem e foi parar aos pés de um homem um tanto gordo e em roupa de gala. O homem se curvou para pegá-la, soltando um grunhido por causa do esforço.

– Você, menino – disse ele, com um tom aristocrático e de superioridade. – Melhor tomar cuidado, ouviu? Alguém pode acabar caindo com essas malditas toras rolando por aí e atingindo-lhe os tornozelos.

O criado ergueu a maleta da rua e pôs-se de pé.

– Perdão, senhor – disse.

– Perdão concedido – respondeu o homem rechonchudo, e devolveu a estaca ao criado. Sua esposa, tão corpulenta quanto ele, deu uma risadinha ante a benevolência do esposo.

O criado ficou observando os dois se afastarem na direção do Strand, e então entregou as malas a seu patrão, que assistira à cena com uma expressão de impaciência. Pegou as malas sem dizer nenhuma palavra, virou-se e subiu os degraus a passos largos. O criado pessoal esperou por um respeitoso segundo, para depois também subir.

Dentro do vibrante salão vermelho do teatro, o velho esperou que o gerente noturno os recebesse. Olhando ao redor, ele contemplou as amplas escadarias que levavam à esquerda e à direita, e os cartazes das produções anteriores um ao lado do outro nas paredes; a maioria mostrava o rosto do homem que o havia convocado até ali: o ator Henry Irving.

O belo e pontudo rosto do grande ator shakespeariano era o mais conhecido de Londres, assim como sua intensa voz de barítono. O velho o vira em *Otelo* duas temporadas antes e considerara sua atuação plenamente satisfatória.

– Professor Van Helsing?

O professor despertou de suas ponderações e olhou para o sujeito corpulento e de rosto vermelho parado à sua frente.

– Exato – respondeu. – Sr. Stoker, presumo?

– Sim, senhor – confirmou o outro. – Sou o gerente noturno aqui do Liceu. Estou certo em pensar que o Sr. Irving lhe explicou o motivo de sua presença ter sido solicitada?

– A mensagem dele dizia que uma corista havia desaparecido, que ele suspeitava tratar-se de um crime e que eu lhe parecia ter as habilidades necessárias para solucionar esse tipo de crime em questão.

– Basicamente, é isso – disse Stoker. – Mas não se trata de uma corista qualquer. Há uma...

Sua voz foi sumindo. Van Helsing olhou-o com mais atenção. Seu rosto tinha uma tonalidade vermelho-escura, como beterraba; seus olhos eram aquosos; a cabeça estava envolta em uma sutil nuvem de vapores alcoólicos. Estava claro para Van Helsing que o gerente noturno havia buscado no fundo de uma garrafa a coragem para aquela noite de trabalho.

– Sr. Stoker – disse Van Helsing com um tom incisivo –, eu vim de Kensington a pedido de seu empregador e desejo tratar desse assunto antes que o sol tenha se posto. Conte-me tudo que ainda não sei.

Stoker ergueu o olhar, como se lhe tivessem espetado uma agulha.

– Perdão, senhor – começou a dizer. – Veja bem, a moça que desapareceu, uma corista que atende pelo nome de Jenny Pembry, é uma das preferidas do primeiro-ministro Gladstone, que teve a gentileza de nos visitar não menos que quatro vezes este ano. A ausência dela foi mencionada pelo senhor primeiro-ministro depois que ele assistiu à nossa montagem de *A tempestade*, faz dois dias, e o Sr. Irving prometeu-lhe que descobriria o que fora feito da moça. Quando ele voltou a dirigir-se ao primeiro-ministro para comunicar-lhe que não conseguira descobrir o paradeiro dela, foi informado de que poderia ser de grande valia enviar um telegrama ao famoso professor Van Helsing, de Kensington.

– E aqui estamos nós – disse Van Helsing, em um tom repentinamente alto e grave. Ele empertigou-se, assumindo sua melhor postura. – De pé num teatro vazio, sem razão alguma para acreditar que essa moça desaparecida tenha feito algo mais misterioso do que se cansar do palco e optar por uma carreira mais digna, e certamente sem nada a sugerir que este caso mereça a minha atenção. Creio não ter entendido o que o senhor espera que eu faça, Sr. Stoker.

O gerente noturno recuou um passo. Tirou um lenço do bolso e, tempestuosamente, limpou a testa com ele.

– Senhor, caso tenha algum tempo para examinar os camarins – disse, a voz meio presa na garganta –, o Sr. Irving informou-me que o primeiro-ministro está bem preocupado com esse assunto, e eu não gostaria de dizer a ele que não tentei, até a exaustão, todas as possibilidades de investigação. Dez minutos, senhor, eu lhe imploro.

Van Helsing olhou para o homem pequeno de rosto vermelho à sua frente e sentiu que sua raiva diminuía, sendo substituída por uma profunda frustração. Nove meses tinham se passado desde que ele e seus companheiros haviam retornado das montanhas da Transilvânia, e, embora nenhum deles houvesse falado em público sobre o que acontecera, rumores sobre os acontecimentos que se desenrolaram debaixo dos picos de pedra do Castelo Drácula tinham se espalhado, e desde então ele se vira sob uma inundação de solicitações de ajuda para todo tipo de incidentes, desde tábuas de assoalho rangendo até aparições de fantasmas, e agora isto: uma corista desaparecida.

Ele ansiava pela tranquilidade de sua sala de cirurgião, onde poderia dar continuidade a suas pesquisas sobre o que vira no Oriente. Porém, histórias preocupantes chegavam do Báltico, relatos de sangue e de sombras. Felizmente, nada ainda sugeria que a criatura maléfica que causara a morte de dois de seus amigos conseguira retornar a Londres – graças a Deus por isso, embora por não muito mais.

– Peço-lhe desculpas, Sr. Stoker – disse ele. – Se me guiar, examinarei os camarins, como o senhor me sugeriu. – Van Helsing virou-se para falar com seu criado pessoal. – Pode voltar à carruagem, rapaz. Não há nada aqui que exija sua ajuda.

– Não obstante, senhor, eu o acompanharei, se não se incomodar.

Van Helsing acenou com a mão para o menino.

– Como desejar – disse ao criado.

* * *

Stoker conduziu-os pelo teatro, passando pelas longas fileiras de assentos de veludo vermelho, pelo fosso da orquestra e por uma porta, até a área dos bastidores. As passagens estreitas continham pilhas de adereços de palco e móveis usados em cenários de antigas produções, como uma torre de madeira de Verona, um trono quebrado de uma fada, mantos de arminho, capacetes e coroas já enferrujando, fileiras e mais fileiras de adagas e espadas, a tinta prateada descascando da madeira e formando montinhos nas tábuas do assoalho. Enquanto o gerente noturno ia conduzindo Van Helsing e seu criado pelos corredores empoeirados, o homem falava sem parar, sua confiança tendo se renovado com o pedido de desculpas por parte do professor e graças ao conteúdo do pequeno frasco que guardava na altura da coxa, do qual abertamente sorvia goles regulares.

– ... é claro que o Sr. Irving é um grande homem, um homem realmente notável, tão bom empregador e tão agradável companhia quanto um ator talentoso. Ele sempre encorajou os atores a buscarem a excelência, a... *melhorar*; sempre se dignou a usar seu tempo para tutorar aqueles que são promessas de grandes talentos, além de, sempre gentilmente, com muita gentileza mesmo, desencorajar aqueles que não o são. Inclusive, foi todo ouvidos, atencioso às minhas leves ambições, embora, é claro, ele tenha tantos afazeres mais importantes a lhe consumir o tempo, um grande homem, de verdade. Ele me prometeu, de homem para homem, que leria a minha peça, se algum dia eu terminar a bendita. Que bondade! Quanta generosidade! Embora eu tema que nunca poderei aceitar-lhe a bondosa oferta. Vivo a me confundir, e estou quase a ponto de aceitar que talvez não seja o teatro o meio de expressão que melhor me convenha. Talvez o romance seja a resposta para mim, não? Creio que talvez possa sê-lo. Talvez eu deva escrever um romance, contando a história de um teatro em que as pessoas vivem desaparecendo sem deixar rastros, não? Algo que possa trazer um pouco de entretenimento, nem que seja por um curto período.

Posso até mesmo ousar ter o Sr. Irving como inspiração para meu herói, tão grande homem, tão...

– *Vivem* desaparecendo? – interrompeu-o Van Helsing, falando baixo.

Eles pararam. A porta à frente dos dois dava para um camarim genérico, pouco maior que uma copa, com três pequenas mesas, cada uma delas de frente para um espelho empoeirado, e também três cadeiras de madeira. Nos cantos viam-se pilhas de trajes e várias páginas, também empilhadas, de letras de música e falas.

– Senhor?

– *Vivem* desaparecendo, o senhor disse. Está querendo me dizer que essa moça, Pembry, não é a primeira a desaparecer do Liceu sem explicação?

Stoker passou o lenço na testa, a confusão visível em seu rosto.

– Bem, sim, senhor. Houve outras. Porém, como o senhor mesmo disse, a vida no teatro não é para todo mundo. Muitas optam por buscar fortuna em outra parte.

– Quantas outras?

– No total, senhor, eu não sei. Nos últimos meses, quatro outras pessoas, até onde tenho conhecimento. Um trompetista, uma atriz que estudava para o papel de Titânia e duas coristas cujos nomes devo confessar que não me lembro.

– Quatro outras! – bramiu Van Helsing, fazendo com que Stoker se encolhesse de medo no batente da porta aberta. – Como gerente deste teatro, cinco de seus funcionários desaparecem em rápida sucessão, sem explicação alguma, e o senhor nem considera isso incomum? E nem ao menos digno de ser mencionado, mesmo depois de eu ter sido convocado para vir até aqui com o propósito de investigar o mais recente de tais desaparecimentos? Nem mesmo fui chamado pelo senhor, mas para satisfazer os caprichos de um político! O senhor é retardado?

Stoker ficou olhando para ele boquiaberto. Depois fechou a boca e murmurou algo baixo demais para que pudesse ser ouvido.

– O que foi, homem? Fale alto se tiver algo a dizer – exigiu Van Helsing.

– Sou apenas o gerente noturno – respondeu Stoker, com um fiozinho de voz.

– Isso não serve como desculpa, de jeito nenhum, e o senhor sabe bem disso. Preste atenção em mim agora e me responda: algo de notável aconteceu nos últimos meses que coincida com esses desaparecimentos? Agora pense.

Stoker virou-se para o lado; Van Helsing olhava para seu criado, postado a uma boa distância deles com um ar inexpressivo. Eles esperavam para ouvir o que o gerente noturno teria a dizer.

Por fim, o homem voltou-se novamente para eles. Seus olhos estavam mais vermelhos do que nunca, e sua respiração entrecortada sugeria que estava prestes a chorar.

– Não consigo me lembrar de nada significativo além do triste caso de nosso maestro, Harold Norris.

– Que caso?

– O Sr. Norris sofria de disposição nervosa, senhor. Há seis meses, o Sr. Irving concedeu-lhe uma licença de convalescença, na esperança de que o afastamento da comoção londrina fosse ajudá-lo com o problema. Como eu disse, senhor, a generosidade do Sr. Irving não conhece...

Impaciente, Van Helsing cortou-o:

– O que aconteceu?

– Infelizmente, o Sr. Norris morreu. Depois da licença, ele não voltou nem um pouco melhor, reclamava de febre e de fome, e então, não tendo se passado mais do que duas semanas de seu retorno, ouvimos de seu irmão que ele havia falecido. Só conseguimos encontrar um substituto definitivo para ele no mês passado.

— Onde esse tal de Norris passou sua convalescença?
— Na Romênia.

O criado pessoal de Van Helsing inspirou profundamente. Seu patrão falou em um tom ameaçador:

— Onde morava esse maestro?

Stoker olhou para ele com um ar de nítida confusão.

— Senhor, Harry Norris era um homem gentil e bondoso de mais de 60 anos, dos quais pelo menos vinte passou conosco aqui no Liceu. Ele não machucaria nem uma mosca, senhor, isso posso garantir. E, mesmo que eu esteja errado, o pobre homem está morto e não há como ele estar envolvido no desaparecimento com o qual nos ocupamos esta noite.

Van Helsing tirou a mão das dobras de sua capa como se sacasse uma arma e agarrou o gerente noturno pelo braço. Stoker soltou um grito.

— Onde ele morava?

— Eu não sei! - respondeu, em tom de súplica, o gerente noturno. — Juro que não sei. Ele era sempre o último a ir embora e, além disso, morava sozinho. Agora, por favor, senhor, solte meu braço. Eu lhe imploro!

Van Helsing soltou Stoker, que de imediato pôs a mão no braço e olhou para o velho médico com puro terror.

— O que há debaixo deste edifício? - perguntou Van Helsing.

— Não sei - respondeu o gerente noturno em um sussurro, ainda com a mão no braço.

— Talvez esteja na hora de descobrir. Leve-nos até o fosso da orquestra. Rápido. Agora!

— É por aqui - disse Stoker, sua voz ainda baixa e cheia de medo e dor, e conduziu os dois até as entranhas do teatro.

A segunda jornada deles pelos bastidores do Liceu foi silenciosa. O gerente noturno conduziu-os pelos corredores de camarins, passando por uma grande porta separada das outras na qual se lia "Sr. H. Irving" com uma escrita elegante; passaram também pelas portas identificadas como MAQUIAGEM, ATELIÊ, INSTRUMENTOS DE METAL, INSTRUMENTOS DE SOPRO, INSTRUMENTOS DE PERCUSSÃO e ACESSO RESTRITO; desceram uma estreita escadaria e, por fim, cruzaram uma porta que, ao se abrir, revelou os fundos do fosso da orquestra. Van Helsing colocou a mão no ombro de Stoker e foi o primeiro a entrar no fosso, caminhando rapidamente em meio à bela disposição de cadeiras e estantes de música, e subindo dois degraus baixos de madeira até o púlpito do maestro. Parou no último degrau, sem pisar no púlpito. Seu criado e o gerente noturno ficaram parados mais atrás, sem subir.

No púlpito, um tapete vermelho redondo cobria o piso. Havia uma estante ornamentada com a partitura de *A tempestade* e nada mais. Van Helsing ordenou que Stoker e seu criado recuassem. Segurou a ponta do tapete vermelho redondo e puxou-o, com toda a força, para fora do púlpito.

– Senhor! Devo protestar! – gritou Stoker. – Isso é muito...

– Venha até aqui – interrompeu-o Van Helsing. – E veja se ainda mantém sua objeção.

Stoker e seu criado deram um passo acima, para o púlpito. Bem no meio do piso havia um pesado alçapão de madeira.

Van Helsing virou-se para o gerente noturno e para seu criado:

– Tomem muito, muito cuidado de agora em diante.

7

É DIFÍCIL RESPIRAR COM UMA MÃO APERTANDO SEU PESCOÇO

A iluminação no dormitório tornou-se púrpura ultravioleta quando o alarme começou a martelar o crânio de Jamie. Frankenstein puxou o rádio de seu cinto e digitou três números nele. Encostou o aparelhinho na orelha, pôs a mão gigantesca no outro ouvido e ficou à escuta.

– O que está acontecendo? – gritou Jamie.

Frankenstein fez um sinal com a mão para o garoto esperar, apertando a orelha contra o ombro, tentando ouvir o que estava sendo dito no rádio.

Jamie olhou ao redor. Havia uma porta na parede a sua esquerda: ele saiu correndo na direção dela, desesperado para fugir do barulho que lhe causava tontura e lhe revirava o estômago, desesperado para sair daquele lugar e encontrar sua mãe. Frankenstein esticou o braço para tentar segurá-lo, mas Jamie antecipara o movimento e conseguiu desviar, passando por pouco pelos dedos estendidos do monstro, empurrando a porta com tudo e saindo correndo por ela.

Ele teve apenas tempo suficiente para se dar conta de que estava em um longo corredor cinza antes de colidir com algo e se esparramar no piso macio. Sua cabeça bateu no chão com força e o garoto viu estrelas, enquanto uma voz gritava com ele. Ele se sentou.

– Que espécie de brincadeira é essa? – Um homem baixo e acima do peso, num jaleco de médico, estava parado analisando Jamie com um olhar de extrema irritação. – Quem é você? O que está fazendo aqui?

– Meu nome é Jamie Carpenter – gritou ele. – Pode me dizer onde estou? Por favor?

– Como é mesmo o seu nome? – gritou o médico, os olhos arregalados.

Jamie repetiu.

– Ah, meu Deus. Meu Deus. – O médico olhou ao redor, na esperança de que houvesse alguém ali para lhe dizer o que fazer. – É melhor você vir comigo – gritou ele por fim, oferecendo a mão a Jamie. – Seward vai me esfolar vivo se alguma coisa acontecer com você. Venha, levante-se.

Jamie obedeceu.

– Aonde estamos indo? – perguntou, também aos berros.

– Para a ala de recém-chegados – gritou o médico atrás dele. – Há algo a caminho, então esse é o lugar mais seguro para você.

– Por quê?

– É onde ficam as armas.

Jamie correu por infinitos corredores, com o zumbido do alarme ressoando em sua cabeça e as estroboscópicas luzes violeta martelando-lhe a vista. O médico era um homem baixo e redondo, mas corria com uma determinação implacável, o maxilar cerrado e olhar fixo adiante, e Jamie acabou correndo também, só para acompanhar o ritmo do sujeito.

Por fim, o médico parou na frente de um largo andaime suspenso, que não passava de uma estrutura de aço com faixas pretas e amarelas. Jamie subiu ali; o médico então apertou um botão em uma das colunas de metal do andaime e o maquinário bem acima deles ganhou vida, fazendo o elevador começar a subir. O homem e o menino arquearam-se e apoiaram as mãos nos joelhos, tentando recuperar o fôlego.

Jamie puxou o ar para dentro dos pulmões e endireitou-se. Eles passavam por uma plataforma aberta e cavernosa, no meio da qual havia uma imensa forma angular, com guias de luz violeta iluminando detalhes inacreditáveis: três imensos conjuntos de rodas, uma fuselagem triangular negra e duas largas asas que se estendiam quase até as paredes. Jamie agachou-se quando eles foram levados pelo elevador em direção ao teto, mas a forma sumiu abaixo dele enquanto o elevador continuava subindo.

– O que foi aquilo? – quis saber Jamie.

– Não se preocupe com aquilo – respondeu o médico, ofegante. – Mantenha o olhar apenas neste elevador.

Jamie olhou para ele, depois deu de ombros e se virou.

Gordo imbecil. Não venha me dizer para onde posso olhar.

Engrenagens moveram-se ruidosamente acima de sua cabeça e o elevador começou a diminuir a velocidade. Eles estavam subindo por um poço cinza mal iluminado, que se abriu de repente, revelando uma sala espaçosa, cheia de movimento e de barulho.

Um lado inteiro da gigantesca sala semicircular estava aberto e dava para uma ampla área da pista de decolagem que saía no meio da longa e iluminada pista de pouso. Lá dentro havia duas fileiras de oito pessoas vestidas de preto, todas paradas de frente para as enormes portas abertas, com submetralhadoras apoiadas nos ombros e apontando para a escuridão do lado de fora. Jamie sentiu um frio na espinha quando as viu.

Eu já vi pessoas assim antes. Parecem soldados, parecem os homens que...

Não se permitiu concluir aquele pensamento. Desviou o olhar das silhuetas escuras e viu, dessa vez disposta bem no alto da imensa parede do hangar, a insígnia redonda que vira no corredor branco. As mesmas três palavras em latim estavam estampadas embaixo da insígnia, percorrendo quase toda a extensão da ampla superfície.

Lux E Tenebris

Atrás das fileiras de soldados, dezenas de homens e mulheres de jaleco branco passavam de um lado a outro pelo imenso chão de concreto da sala – *hangar, isso é um hangar, não se fazem salas tão grandes* –, levando macas com rodinhas e bolsas para administração intravenosa, passando instruções e gritando perguntas uns aos outros. Uma porta corrediça foi aberta para cima, à direita de Jamie, e quatro vultos vestindo trajes completos de contenção de ameaças bioquímicas empurravam um par de carrinhos de metal, passando por um corredor de tendas com oxigênio que terminava dentro do hangar.

Ao longe, Jamie ouviu o pesado tum-tum-tum de um motor.

– Chegando! – gritou um dos soldados.

– Quanto tempo? – perguntou um homem alto e magro, na verdade esquelético, de pé atrás de um computador portátil sobre um pesado carrinho de aço.

– Noventa segundos!

As atividades no hangar de repente ficaram agitadas; médicos e cientistas corriam para todas as direções, e os calcanhares de seus sapatos e de suas botas tamborilavam no chão de concreto.

Houve um tremendo estrondo à esquerda de Jamie, que deu um pulo. Uma pesada porta de metal havia sido aberta com força, batendo na parede com uma retumbância ensurdecedora. Frankenstein irrompeu hangar adentro, sua cabeça imensa percorrendo o local com o olhar. Parou a busca ao ver Jamie; abriu um sorriso sem humor nenhum e foi em direção ao menino.

Jamie picou paralisado no lugar em que estava enquanto Frankenstein cruzava o hangar em uma dúzia de seus gigantescos passos, para depois agarrá-lo pela gola da camiseta e abaixar sua enorme cabeça para que ficassem cara a cara. Sua boca era uma linha reta, seu maxilar estava cerrado e ele respirava com violência, o ar saindo por suas narinas cavernosas e levantando a franja de Jamie.

Ele está tentando não me matar. Fazendo um grande esforço.

Os olhos arregalados e disformes de Frankenstein, com suas pupilas de um tom de cinza ardósia, estavam cravados nos de Jamie. Por fim, o monstro disse:

– Essa vai ser a última vez que você foge de mim. Está me entendendo?

– Eu...

– Não diga nada – rugiu Frankenstein. – Nem uma palavra. Confirme que entendeu com um aceno de cabeça. Não quero ouvir suas desculpas. *Está entendendo?*

Jamie obedeceu, depois desviou a cabeça, lágrimas de vergonha e humilhação assomando-lhe aos cantos dos olhos. Vários soldados e médicos haviam parado o que estavam fazendo e observavam o confronto, até mesmo quando as luzes ofuscantes de um helicóptero iluminaram a área de pouso além das portas do hangar; Jamie não conseguia aguentar aqueles olhares fixos nele, assim como não suportava o gigante à sua frente o encarando.

Movimentos num canto do hangar chamaram a atenção do garoto. Uma parte da parede branca abriu-se deslizando para o lado, e dali saíram quatro vultos vestidos de preto, que tinham, no lado direto dos quadris, grandes pistolas automáticas pretas e, no esquerdo, tubos pretos e curtos, dos quais saíam fios de metal que se ligavam a tanques quadrados e finos às suas costas. Jamie reconheceu os tubos de imediato: eram uma versão menor do que ele vira Frankenstein disparar na sala da sua casa.

Meu Deus, isso tudo está realmente acontecendo! Não vou acordar.
Minha mãe realmente sumiu.

Os quatro soldados que surgiram do corredor oculto assumiram suas posições, dois em cada lado da porta, e um vulto saiu apressado da escuridão, passando veloz por eles e dirigindo-se à gigantesca lateral aberta do hangar. O recém-chegado usava as mesmas roupas que os outros, de um tom preto reluzente, mas sem o visor púrpura. Jamie viu de relance uma mecha de cabelos grisalhos, que o homem afastou da testa. Enquanto marchava a passos largos pelo chão de concreto, ele deu uma olhada rápida em torno do hangar, e seu olhar encontrou-se com o de Jamie. Uma expressão de surpresa tomou-lhe o rosto. O homem virou-se para um dos soldados, disse alguma coisa e depois foi na direção do garoto.

– Victor! – gritou, cruzando aquela distância com rapidez.

Frankenstein olhou a seu redor, viu o homem chegando e xingou baixinho. Então ele baixou o olhar para Jamie, e seus olhos transpareceram um breve reconhecimento, como se tivesse esquecido que estava segurando um adolescente pela gola da camiseta. O monstro soltou um palavrão novamente, dessa vez bem alto.

Ele na verdade não está com raiva de mim. É outra coisa. Ele parece assustado.

Frankenstein soltou Jamie e mandou que ele ficasse em posição de sentido. Jamie obedeceu de má vontade quando o velho chegou perto deles.

– Victor – repetiu ele. – Pode me explicar por que temos um adolescente civil dentro do edifício cuja existência é a mais confidencial do país? Pelo seu próprio bem, espero que tenha uma boa explicação para isso.

Frankenstein estava ereto como uma tábua, mais alto que Jamie e o velho.

– Almirante Seward – disse ele, acima de suas cabeças –, este é Jamie Carpenter. Tirei-o de sua casa quando Alexandru estava prestes a cortar-lhe a garganta, senhor. A mãe do garoto está desaparecida, senhor. E eu não sabia aonde levá-lo, senhor.

Seward não parecia ter ouvido nada do que Frankenstein dissera depois de "Jamie". Encolhera-se, assustado (isso fora visível), quando ouviu o nome do garoto, para o qual, agora, o almirante olhava com completa surpresa.

– Jamie Carpenter? Seu nome é Jamie *Carpenter*?

– Sim – respondeu Jamie.

Jamie estava mais que confuso agora, e quando Frankenstein gritou com ele para que dissesse "senhor", ele acrescentou um "Sim, senhor" sem objeção.

O almirante Seward estava se recompondo da surpresa.

– Em circunstâncias comuns, eu lhe diria que é um prazer conhecê-lo – disse o almirante a Jamie. – Mas esta não é uma noite comum, e, ao que me parece, o dia também não foi. E você... – Sua voz foi sumindo, depois ele a recuperou: – Eu gostaria de vê-lo em minhas instalações, Sr. Carpenter, quando essa questão tiver sido resolvida. Victor, pode fazer o favor de escoltá-lo?

Frankenstein concordou, e depois o helicóptero aterrissou lá fora e tudo começou a acontecer muito rápido.

Quando os ruídos das hélices do helicóptero diminuíram de intensidade, uma porta se abriu, deslizando, na lateral de metal brilhante da nave, e uma figura de preto saltou para o concreto, acenando com o braço para chamar os cientistas. Pessoas de jaleco branco inundavam a área de aterrissagem, e o soldado voltou para dentro do helicóptero para ajudar a descer um homem que usava as roupas de controle a ameaças biológicas. O capuz do uniforme havia sido removido, e o braço estava arregaçado. O sangue brilhava repulsivamente através do buraco, sob as luzes branco-amareladas do helicóptero. O soldado jogou o braço do outro homem sobre os ombros e seguiu pelo hangar com ele, que ia meio andando, meio que se arrastando.

O almirante dirigiu-se rapidamente até eles e falou acima do ruído do helicóptero, que descia rapidamente:

– Reporte-se.

– Senhor, o pulso dele está fraco, e a contagem de leucócitos está muito baixa, senhor.

Enquanto o soldado fazia seu resumo do acontecido, os cientistas antiameaças biológicas chegaram ao lado dele empurrando uma maca. Tiraram o braço do homem ferido dos ombros do soldado, ergueram-no e o deitaram.

O almirante Seward virou-se para observar os cientistas conduzirem a maca quase correndo pelo hangar e passarem por uma pesada porta de metal marcada com triângulos amarelos de alerta. Depois, o almirante voltou sua atenção para o helicóptero, de onde surgiam mais pessoas.

Um segundo soldado e uma mulher, também com o traje de ameaças biológicas, desceram do helicóptero puxando outra maca, coberta com um plástico. Eles então abriram as rodas da maca e foram conduzindo-a em direção à porta do hangar. Até mesmo lá dos fundos Jamie pôde ver que essa segunda maca não estava vazia. Havia uma forma escura deitada sob o plástico, cheio de manchas vermelhas.

– Afastem-se – gritou Seward quando a maca foi se aproximando da aglomeração de homens e mulheres boquiabertos. – Abram caminho, pelo amor de Deus.

Ele deu a volta para posicionar-se em frente à maca e guiou o casal que a levava até uma porta dupla, passando direto por Jamie. O garoto deu um passo à frente para olhar, e sentiu seu coração vacilar. Deitado sob a cobertura de plástico estava um adolescente de pele clara, sua respiração era tão fraca que quase parecia não existir; havia um imenso bolo de bandagens enfiado tão fundo em um buraco em seu pescoço que a visão era repulsiva.

Caramba, esse garoto tem a minha idade! O que aconteceu com ele?

E logo o menino não estava mais ali, levado às pressas em direção à saída do hangar pelos médicos, que praticamente corriam. Jamie ficou olhando para o local onde a maca tinha estado mesmo depois de ela sumir de vista, o medo subindo por sua espinha quando a realidade o atingiu com tudo.

Poderia ter sido eu.

Havia uma comoção lá fora, perto do helicóptero. Uma terceira maca, também carregada, estava sendo tirada do helicóptero.

Jamie foi empurrando soldados e cientistas para abrir caminho e deparou com a maca tão logo chegaram com ela perto das grandes portas abertas do hangar. Ele olhou para baixo e recuou um passo, cambaleante, o coração na boca.

Com o olhar vidrado fitando o alto teto do hangar e uma careta de dor, estava a garota do parque, aquela que o havia atacado apenas algumas horas antes.

A garota cujo rosto ele vira na janela na noite em que seu pai morrera.

O choque quase o fez engasgar quando a garota se virou e o viu. Ela abriu um sorriso.

– Jamie... Carpenter – disse ela, sua voz falhando e soando estranha, como se ela estivesse tentando sorrir em meio à dor que sentia.

A maca parou de repente; o cientista que a empurrava encarou Jamie.

– Como ela conhece você? – perguntou o cientista, sua voz cheia de suspeita e carregada de medo, o que não era pouco. – Quem diabos é você?

Jamie olhou-o com um ar inexpressivo, tentando pensar em como responder a tal pergunta, mas então a garota falou novamente, com uma voz tão baixa que ele não entendeu.

Ele abaixou-se, aproximando-se do plástico.

– O que você disse? – perguntou.

Atrás de si, Jamie ouviu a voz de Seward perguntando o que estava acontecendo, e depois Frankenstein chamou seu nome, bem alto e com um tom de urgência. Ele não estava nem aí. Havia algo de belo nos olhos castanhos dela, mesmo embaixo de todo aquele plástico pesado, e ele se abaixou ainda mais e repetiu a pergunta.

– Sua... culpa – disse ela, abrindo um largo sorriso, e de súbito seu rosto não apresentava qualquer sinal de dor.

Alguém segurou seu ombro com força, e ele sabia, sem precisar olhar, que era Frankenstein. Porém, antes que tivesse tempo de se mexer, a garota sentou-se na maca, com uma rapidez assustadora, e, ainda coberta pelo plástico, jogou-se para cima de Jamie.

Ela colidiu contra ele, acertando-o no peito, e ele caiu de costas. Sua cabeça bateu no chão de concreto, e uma onda aguda de dor passou por seu cérebro. A garota caiu por cima de Jamie, as pernas abertas na cintura dele, ainda com aquele sorriso horrível no rosto. Frankenstein tentou agarrar o pescoço dela com as mãos enluvadas, mas ela girou um dos braços, coberto de plástico, e jogou para trás o imenso homem, que se espatifou no chão. Suas pernas chocaram-se contra a maca caída e ele voou por cima dela, batendo a cabeça no chão com tudo.

Jamie viu isso acontecer em meio a uma névoa espessa de dor, enquanto seus olhos tentavam se fechar e um som agudo e ensurdecedor ressoava em sua cabeça. A garota lançou-se para a frente, ainda sob o plástico, abriu a boca e enterrou a cara no pescoço dele.

Jamie sentiu as pontas afiadas das presas dela por trás do plástico, sentiu a boca da garota contorcendo-se de tão sedenta, e abriu a própria boca e gritou. Ela sentou-se direito e colocou as mãos em volta do pescoço dele, bloqueando-lhe o ar para os pulmões.

Não consigo respirar. Ela vai me estrangular.

Ele olhou para cima, enxergando tudo meio turvo, para a horrenda aparição coberta de plástico que o estava matando. Ela voltara a sangrar, e havia manchas vermelho-escuras na parte de dentro do plástico, e ela uivava, gritava e apertava o pescoço de Jamie com uma força maior a cada segundo que se passava. Ele podia ouvir vozes gritando muito ao longe, e avistou mais dois vultos (não conseguia discernir se eram soldados, cientistas ou outra coisa), que agarraram a garota e tentaram tirá-la de cima de Jamie. Ambos foram lançados para longe: a garota, sem esforço, deu alguns socos com o braço esquerdo, que soltou o pescoço de Jamie por um milissegundo antes de voltar a exercer sua pressão mortal.

– Atirem nela – gritou alguém, com uma voz que parecia vinda de sob a água, e seguiu-se uma série de estalidos altos, como fogos de artifício.

O corpo da garota deu um solavanco, a parte interna do plástico que a cobria ficou ensopada de sangue e um pouco dele saiu pelos buracos que as balas haviam aberto no plástico e caiu, como uma névoa fina, no rosto de Jamie. Porém, ainda assim ela não o soltou.

A cabeça de Jamie latejava, sua visão escurecia e seu peito ardia. Ele precisava de ar agora mesmo, ou seria tarde demais.

Quando sentiu que seus olhos começavam a se fechar, algo imenso passou voando por seu campo de visão, que se estreitava. Seguiu-se um som alto de algo batendo no corpo da garota e, de repente, como uma bênção, não havia mais pressão em seu pescoço. Ele abriu a boca e respirou muito profundamente, aterrorizado, o peito chiando, e jogou a cabeça latejante para trás, deixando o oxigênio fluir para dentro de seus desesperados pulmões.

Seguiu-se ainda uma incrível comoção no hangar, tanto acima como em volta dele, mas Jamie mal conseguiu se dar conta de nada a sua volta pois viu, com uma euforia selvagem e vitoriosa, que não ia morrer.

Pelo menos não agora.

Sua visão estava ficando clara e o imenso zunido em sua cabeça começava a diminuir quando uma sombra escura apareceu sobre ele e alguém se ajoelhou. Jamie ergueu o olhar para a forma que se agachava ali; a imagem entrou em foco e ele fitou o rosto de Frankenstein.

– Consegue se sentar? – perguntou o monstro, com um tom de voz surpreendentemente gentil; Jamie respondeu que sim com um aceno de cabeça.

Ele ergueu o tronco apoiando-se nos cotovelos e olhou em volta do amplo hangar. Cientistas e médicos estavam reunidos em volta dos soldados caídos, mas quase todo o resto do pessoal o olhava fixamente, suas expressões um misto de preocupação e medo. Uma onda de pânico atravessou-o, e ele procurou a garota que o havia atacado.

– Não se preocupe com ela – disse Frankenstein, como se pudesse ler a mente de Jamie. – Eles a pegaram.

O monstro apontou para a esquerda, na direção das portas abertas. Jamie virou a cabeça para olhar e abriu um fraco sorriso por causa do que viu.

Dois soldados a seguravam acima do chão. Todo o lado esquerdo do rosto dela estava inchado, e seus braços e pernas pendiam bambos. Enquanto Jamie observava, um cientista enfiou uma seringa hipodérmica no pescoço dela e pressionou o êmbolo, injetando um líquido azul em sua jugular. Dois médicos recolheram a maca do chão, endireitaram-na e a conduziram até os soldados, que deitaram a garota nela novamente. Os médicos fecharam o zíper do plástico, e Jamie fitou a figura sob aquela proteção. O peito dela subia e descia lentamente.

– Ela não está morta – disse ele, baixinho. – Mas atiraram nela. Eu vi quando as balas a atingiram.

– Ela não está morta – confirmou Frankenstein. – Ela é outra coisa.

8

O INCIDENTE DO LICEU, PARTE II

SOB O TEATRO DO LICEU
LONDRES, 3 DE JUNHO DE 1892

O criado foi o primeiro a descer, com a ajuda de uma corda e de uma lamparina pendurada no cinto. O buraco estava um breu, mas a lamparina a gás era forte, capaz de alcançar os cantos mais distantes da escuridão, e ele atingiu o chão suavemente.

– Uns 3,5 metros, não mais que isso – gritou o criado para o Sr. Van Helsing lá em cima.

Ele ouviu o velho dar instruções a Stoker para que encontrasse uma escada de uns 4 metros de altura, e então sorriu e examinou a área com sua lamparina.

Estava de pé em uma câmara redonda feita com grandes pedras brancas que haviam adquirido um tom de cinza manchado devido à poeira e à escuridão de anos e anos. Quatro arcos estavam dispostos nas paredes da câmara, e, apesar de a pedra esfacelar-se em alguns pontos, continuava firme. O mesmo não podia ser dito em relação às passagens que seguiam a partir de três dos arcos: os tetos haviam cedido fazia tempo, formando pilhas de pedras de cantaria que bloqueavam totalmente o caminho. A quarta passagem estava aberta; seu chão de pedra, desgastado e com marcas de pegadas.

Ouviu atrás de si o baque dos pés de madeira de uma escada contra o chão, e então Van Helsing e Stoker desceram, um depois do outro, segurando suas próprias lamparinas.

– Que lugar é este? – perguntou Stoker, os olhos arregalados ao se acostumar à escuridão.

– Catacumbas, ou uma adega, ou talvez algo totalmente diferente – respondeu Van Helsing, observando as paredes de pedra, e seu criado sentiu um arrepio na espinha: fazia dois anos que o servia, e nesse tempo todo nunca vira seu patrão soar incerto em relação a algo.

O velho professor aproximou-se do arco do único corredor desbloqueado e olhou para as pegadas na poeira do chão.

– Por aqui – disse, avançando.

O espaço entre as paredes de pedra permitia a passagem de apenas uma pessoa por vez, então Stoker foi atrás de Van Helsing e o criado seguiu os dois, com as mãos enterradas no bolso do casaco, segurando algo com bastante força.

Van Helsing guiou-os pelos corredores de pedra, parando em bifurcações e derramando óleo da lamparina para formar pequenas poças no chão empoeirado: sinais para conduzi-los de volta à escada.

As passagens estavam um breu, iluminadas apenas pelas chamas alaranjadas e trêmulas das lamparinas. Ratos corriam apressados para as fendas entre as pedras antigas, fugindo dos limites do facho de luz, seus rabos cor-de-rosa deixando linhas finas em meio à espessa camada de pó. Grossas e intricadas teias de aranha pendiam entre as paredes, e a seda pegajosa prendia-se nos cabelos dos homens e roçava seus rostos. As aranhas marrom-escuras que as haviam tecido escondiam-se nas espirais mais altas, criaturas de corpos pesados que Van Helsing não reconhecia, embora guardasse tal informação para si. O chão de pedra era desnivelado, rachado e estava cedendo; eles avançavam lentamente. Duas vezes o criado teve que agarrar Stoker pelo ombro, quando uma laje se moveu sob seus pés, para impedir que o gerente noturno torcesse o tornozelo ou que lhe acontecesse algo ainda pior.

Aquele não era um lugar por onde se poderia carregar um homem ferido.

Era difícil calcular a passagem do tempo naquela escuridão, porém, depois do que poderia bem ter sido uma hora ou menos dez minutos, o brilho de uma luz tornou-se visível a distância, diante do arco formado pelas três lamparinas. Eles seguiram na direção dessa luz.

A luz ficava cada vez mais intensa, iluminando mais detalhes das paredes de pedra conforme se aproximavam. Na altura de suas cabeças havia faces grotescas de gárgulas entalhadas nas amplas lajes das estreitas passagens, suas bocas escancaradas, as línguas forquilhadas protuberantes entre dentes triangulares, olhos que encaravam quem passasse por ali, saindo de peles muito enrugadas e bem esculpidas. Stoker murmurava algo para si ao passar por aquelas imagens, e o frasco que carregava nos quadris estava agora quase permanentemente grudado aos seus lábios. O criado de Van Helsing observava tudo com um misto de emoções. Caso eles deparassem com problemas no final daquele labirinto, como parecia cada vez mais provável, ele não queria ter que depender de um bêbado. Porém, também não tinha desejo algum de responder às perguntas do gerente noturno, nem de aplacar seu medos. Se o conhaque o mantinha quieto e o fazia pôr um pé na frente do outro, isso devia bastar, supunha o criado.

Conforme se aproximavam da fonte de luz, ficou claro que o brilho passava por um arco ornamentado, muito maior do que a passagem na qual se encontravam. Na verdade, o criado viu que as paredes e o teto estavam agora sutilmente mais distantes, alargando o corredor de uma forma que o deixava extremamente desorientado. Stoker tropeçou, e mais uma vez o criado do professor agarrou o ombro do homem e o endireitou. O gerente noturno murmurou um "obrigado" e eles continuaram seguindo em frente, até que passaram pelo imponente arco e adentraram o inferno.

O arco dava para uma caverna quadrada, iluminada de cada lado por pares de tochas flamejantes. A parte inferior das paredes era coberta de entalhes: faces de gárgulas, figuras humanoides e longas linhas de texto, tudo em um idioma que o criado de Van Helsing nunca vira antes na vida. Em uma laje de pedra no meio do local estava uma moça, os braços e pernas amarrados com corda, e a pele era tão pálida que parecia quase translúcida.

– É ela – sussurrou Stoker. – Jenny Pembry.

Van Helsing foi rapidamente até a moça e começou a examiná-la, enquanto Stoker e o criado ficavam paralisados debaixo do arco, absorvendo o horror que os cercava.

Em cada canto do aposento estava um dos quatro funcionários desaparecidos do Teatro do Liceu.

À esquerda deles estava o trompetista, com o que sobrara de seu fraque de jantar em frangalhos pendendo de seu cadáver em decomposição, que havia sido apoiado contra a parede de pedra. Ele não tinha mais braços nem pernas, e a pele que ainda lhe restava no rosto era de um verde quase preto de tão escuro. Stoker virou-se de costas e quis vomitar, as mãos nos joelhos, enquanto o criado de Van Helsing se aproximava do corpo. Quando chegou perto, ele viu que haviam enfiado páginas de partituras na boca do morto.

No canto seguinte estava a atriz substituta, no que sobrara do figurino de Rainha Titânia. Sua tiara, de um metal grosseiro e pintada de dourado, brilhava de um jeito horripilante acima da carne em decomposição de seu rosto. Suas pernas também haviam sido removidas, e suas sapatilhas de balé, colocadas no chão em frente aos tocos irregulares de suas pernas, uma brincadeira de feroz crueldade. Ela também não tinha mais os olhos, embora o criado do professor Van Helsing não pudesse dizer se isso fora resultado de um ato deliberado ou a consequência inevitável do local de seu descanso final.

Nos outros dois cantos estavam as coristas desaparecidas, dispostas de forma a ficarem de frente uma para a outra. Seus corpos apresentavam um estágio anterior de decomposição em relação aos outros, e a agonia da morte ainda era visível em suas faces com os dentes à mostra e os olhos arregalados. As duas estavam nuas, e seus torsos eram grotescos remendos de cortes e pontos, feitos com o que o criado percebeu, horrorizado, serem pedaços de crinas de cavalo, retiradas de um arco de violino que estava posicionado entre elas. Ambas apresentavam uma palidez não natural, suas veias invisíveis.

O criado percebeu que todos os quatro corpos tinham no pescoço duas perfurações.

– Ela ainda está viva – disse Van Helsing.

Ao ouvir a voz do patrão, o criado desviou o olhar dos fados terríveis que haviam recaído sobre as coristas e aproximou-se do altar. Stoker foi atrás, as pernas bambas.

Na laje, Jenny Pembry estava apenas vagamente consciente, gemendo e repuxando sem forças as cordas que a mantinham presa. O criado puxou sua faca do cinto e cortou as cordas. Van Helsing pegou a moça nos braços, com gentileza, e passou-a para Stoker, que a segurou um tanto distante do corpo, seu rosto branco de terror.

– Segure-a, maldição! – urrou Van Helsing.

Stoker encolheu-se de medo e puxou a corista para mais perto de si.

– Ela sangrou até quase secar – disse Van Helsing a seu criado. – E foi algo recente. O sangue da jugular ainda está quente.

– Onde está o maestro? – perguntou o criado, em voz baixa.

– Não sei – respondeu Van Helsing. – Se estiver em um dos outros túneis, precisaremos de mais luz, e de muito mais homens. Se ele estiver...

Uma gota de sangue pousou no ombro do criado.

O rapaz examinou o material escuro de seu casaco, então ele e Van Helsing ergueram lentamente os olhos para o teto da caverna.

Harold Norris estava pendurado de cabeça para baixo no teto de pedra da câmara, 6 metros ou mais acima deles, com os braços cruzados no peito e os olhos fechados, como um morcego grotescamente inchado. Sua boca e seu queixo estavam escuros, cheios do sangue de Jenny Pembry, e, enquanto os três homens o fitavam, gotas carmesim caíam suavemente no chão empoeirado entre eles.

– Fiquem absolutamente quietos – sussurrou Van Helsing. – Não devemos acordá-lo.

– O que... o que aconteceu com ele? – perguntou Stoker, em um sussurro embotado pelo álcool.

– Agora não temos tempo suficiente para que eu explique o que aconteceu. Devemos sair daqui de imediato e voltarmos depois, mais bem preparados. Não somos páreo para ele caso acorde.

O criado ainda olhava para o maestro. O rosto que pendia acima dele tinha uma expressão gentil, bondosa até, marcado por rugas e adornado por uma cabeleira grisalha. Norris trajava seu terno de sair à noite, o paletó caído em volta dele como asas e o colarinho branco da camisa manchado de marrom, de sangue.

– *Rapaz!* – sibilou Van Helsing.

O criado olhou em volta, despertado de seus pensamentos. O professor e o gerente noturno estavam parados sob o grande arco que dava para a câmara, esperando por ele. O criado então cruzou a caverna com lentidão, temendo emitir algum som capaz de acordar o monstro adormecido, que balançava delicadamente acima de sua cabeça. Ele tinha quase alcançado os outros quando Stoker, os olhos arregalados de medo e incompreensão, virou-se e saiu correndo pela passagem.

Ele conseguiu dar apenas dois passos antes que uma laje se deslocasse sob ele, fazendo-o cair para o lado. Van Helsing em vão tentou agarrar o casaco do homem, mas acabou fechando a mão no ar. O gerente noturno caiu com um baque de encontro à parede do corredor, que despencou sobre ele em uma chuva de escombros e uma grande e sufocante nuvem de poeira. E, no teto da caverna, Harold Norris abriu os olhos carmesim e soltou um rosnado grave e animalesco.

O maestro estava em cima deles antes que os homens tivessem alguma chance de reagir. Ele caiu do teto como um peso morto, no meio da caverna, girando sobre o próprio eixo no ar a apenas centímetros do chão, pousando incrivelmente agachado. Avançou com uma velocidade estonteante, atravessando a distância até o arco em um piscar de olhos, indo de encontro a eles como um furacão de fúria. Norris agarrou Van Helsing pelo pescoço e o jogou no meio da câmara. Ele caiu com tudo no chão, derrapou na lateral do altar e ficou ali deitado, imóvel. Seu criado tentou tirar a mão do bolso, mas foi muito, muito lento. O maestro desceu sobre ele, uma coisa sombria do inferno, seus olhos de um vermelho profundo, com manchas negras e prateadas, o rosto sujo do sangue de Jenny Pembry, e duas longas presas saindo de sua boca.

O criado sentiu que era erguido do chão e então estava em movimento, alçando voo para dentro da caverna. Abaixo de si, viu que seu patrão estava deitado e que o sangue formava uma poça debaixo da cabeça dele. Ele notou a parede de pedra à sua frente com algo semelhante a apatia.

Vou bater ali, foi só o que teve tempo de pensar.

E depois ele bateu contra ela.

Stoker estava caído em meio às pedras que haviam desmoronado da parede. Suas costas eram pura agonia na parte que, ao cair de lado, batera no trecho da parede que permanecia em pé. Em seu nariz e boca, o grande volume de poeira lhe dava um gosto ruim. Assim que sentiu mãos se enfiando pelo buraco na parede, agarrando a lapela de sua túnica e puxando-o para a passagem, soltou um suspiro de alívio. Então a poeira baixou e ele deparou-se com a visão sorridente e inumana de Harold Norris, ao que jogou a cabeça para trás e gritou.

– Pare de guinchar, seu bêbado miserável – disse o maestro. Stoker ficou horrorizado ao ouvir aquele monstro falar no mesmo tom gentil de voz que Norris usava noite após noite para reger seus instrumentistas. – Se eu arrancar sua língua, você vai lamentar não ter me obedecido.

Stoker obrigou-se a parar de gritar, cerrando os dentes, embora aquele rosto a poucos centímetros do seu fizesse com que se sentisse à beira da loucura. Forçou-se a falar, a dizer alguma coisa, *qualquer coisa* que pudesse ajudá-lo a escapar do mesmo destino sofrido pelos que se encontravam naquele lugar velho cheio de poeira e morte.

– Harold... sou eu, Bram. Não me machuque, por favor. Por favor.

O maestro riu e abriu a boca para responder, mas então, de súbito, seus olhos se arregalaram e uma ponta afiada de madeira surgiu através do tecido de sua camisa. Norris olhou para baixo por uma fração de segundo, antes de virar um chafariz de sangue, que sujou o gerente noturno da cabeça aos pés e inundou a capa e o casaco do criado de Van Helsing – o rapaz apareceu no lugar onde o maestro se encontrara um segundo antes; seu braço estava esticado para a frente e, em sua mão, havia uma pontuda estaca de madeira.

– O que devemos fazer com ele?

– Não sei exatamente. É possível que ele não vá se lembrar de nada disso.

– Esse é um risco que podemos nos dar o luxo de correr?

Van Helsing e seu criado estavam sentados a uma mesa em um canto escuro da Taverna do Liceu, sobre a qual repousavam copos fundos cheios de conhaque. O criado havia carregado Stoker e arrastado o homem pelos túneis para fora do fosso da orquestra, enquanto Van

Helsing fazia o mesmo com Jenny Pembry. O rapaz então fizera a parede da passagem desmoronar, bloqueando-a, antes de subir pela escada e finalmente sair dali.

Foi uma subida lenta; Van Helsing sofrera um corte profundo na cabeça ao colidir com a pedra do altar e precisou parar duas vezes para descansar. Felizmente a corista era leve e, embora parecesse quase catatônica, foi capaz de colocar um pé na frente do outro e andar.

Eles a colocaram em uma carruagem e deram instruções ao motorista para que a deixasse na casa de um médico amigo do professor, com um bilhete que Van Helsing rabiscou no verso de um programa descartado do Teatro do Liceu para a apresentação daquela noite de *A tempestade*.

Stoker ficara resmungando e murmurando coisas para si enquanto os outros o arrastavam pelos corredores de pedra, e agora sentava-se entre os dois em um banco de couro vermelho, com os olhos cerrados, o peito subindo e descendo e a respiração tranquila de quem dorme.

– Você percebe o que isso significa, rapaz? – disse Van Helsing.

– Sim, senhor. Percebo.

– Significa que a Transilvânia não foi o fim dessa história.

O rapaz não disse nada.

– Você desempenhou sua função extremamente bem esta noite – continuou Van Helsing. – Sem você, tudo isso teria terminado de uma forma inteiramente diferente.

O criado viu um sorriso se formando no rosto marcado de seu patrão.

– É possível – continuou Van Helsing – que você possa tornar-se mais do que um simples criado, Carpenter.

9
UMA NOITE DIFÍCIL

Frankenstein foi andando com Jamie por um longo corredor cinza até que os dois chegaram a uma porta branca em que se lia, em letras vermelhas de estêncil, ENFERMARIA. Jamie sentiu uma onda de ar frio quando o homem gigantesco abriu a porta branca e o conduziu para dentro.

Havia fileiras de camas vazias em um dos lados do cômodo imaculadamente limpo. O homem que tinha sido carregado para fora do helicóptero estava deitado inconsciente em uma delas. A terrível ferida em seu braço estava aberta, e seu rosto exibia uma palidez fantasmagórica. Um fluxo constante de sangue descia por um tubo plástico de uma bolsa pendurada no suporte ao lado da cama, desaparecendo ao entrar em seu braço ileso.

Na extremidade mais distante do cômodo havia três portas de vidro fosco na parede, nas quais se lia RAIOS X, TOMOGRAFIA COMPUTADORIZADA e ANFITEATRO. Através da porta de vidro do ANFITEATRO, Jamie pôde ver movimentos frenéticos e ouvir vozes em tom elevado, além de um som de bipe mecânico e constante. O vulto de alguém estava deitado em uma mesa, cercado por formas brancas e retângulos maciços de maquinários. Enquanto ele observava, um borrifo de sangue de um vermelho vívido e intenso espalhou-se pelo vidro da porta; o menino sentiu seu estômago revirar.

Em seguida, a porta em que se lia RAIOS X foi escancarada e um homem de meia-idade de rosto corado trajando um jaleco branco foi apressado até eles; via-se que estava agitado e confuso. Aproximando-se, ele parou, tirou um *palmtop* do bolso e ficou com a caneta pairando sobre o aparelhinho.

– Nome? – perguntou.

Jamie ergueu o olhar para Frankenstein; o monstro assentiu.

– Jamie Carpenter – respondeu, então.

O olhar de surpresa ficou evidente no rosto do médico, e Jamie ficou se perguntando inconscientemente por que seu nome parecia provocar uma reação de assombro em todos que o ouviam.

Mas essa seria uma pergunta para outra hora. Ele estava tão cansado que mal conseguia enxergar direito, suas pernas pareciam feitas de argila molhada e custara-lhe um esforço gigantesco dizer seu nome direito.

– Quais são seus sintomas?

Jamie abriu a boca, mas não conseguia formar mais nenhuma palavra. Ergueu o olhar, sem saber o que dizer, e olhou para Frankenstein, que falou por ele:

– O menino está sofrendo de choque pós-traumático, seu pescoço está seriamente ferido por causa de uma tentativa de estrangulamento e ele apresenta exaustão física e mental. Ele precisa descansar. Imediatamente.

O médico fez que sim e, com uma gentileza surpreendente, pegou Jamie pelo braço e conduziu-o até o leito mais próximo. Jamie sentou-se sobre o lençol branco engomado, olhando para Frankenstein. Tinha uma vaga noção de estar atendendo à solicitação do médico de abrir os olhos para ser examinado, de acompanhar com os olhos o dedo dele da esquerda para a direita, de inspirar, prender a respiração e depois soltar o ar, enquanto o metal frio do estetoscópio era colocado em seu peito. O médico examinou-lhe o pescoço, em que um ferimento arroxeado estava começando a inchar, com feios e violentos sulcos, depois inseriu em seu braço uma agulha ligada a uma bolsa com soro.

Em seguida, pediu para conversar com Frankenstein em particular. Os dois homens foram apressadamente até a porta e falaram em sussurros rápidos. Frankenstein volta e meia olhava para Jamie.

O menino o fitava, sua mente letárgica tentando formular as perguntas que queria fazer ao imenso homem. Sentia-se incapaz disso; as palavras fugiam dele como areia por entre os dedos. Quando terminaram a conversa e voltaram para perto de Jamie, o garoto conseguir dizer apenas três palavras:

– O que aconteceu?

Frankenstein sentou-se na cama a seu lado. Jamie ouviu o ranger da estrutura de metal e sentiu que deslizara alguns centímetros na direção do monstro, pois seu peso gigantesco fez com que o leito se inclinasse. O médico prendia uma segunda bolsa ao suporte para administração intravenosa enquanto Frankenstein conversava com ele.

– Agora não é o momento para explicações. Você precisa descansar e eu tenho algumas coisas a fazer. Vou lhe contar o máximo que puder amanhã.

O médico abriu a válvula da segunda bolsa e Jamie sentiu uma calma gloriosa tomar conta de si, como se fosse um cobertor quentinho.

– Você... promete? – perguntou em um sussurro, os olhos já quase se fechando, e, navegando suavemente na sensação de esquecimento, ouviu Frankenstein dizer que sim.

Frankenstein levantou-se, observando o garoto em silêncio: seu peito subia e descia no ritmo lento do sono profundo, e seu rosto parecia tranquilo. O médico dissera a Frankenstein que Jamie ficaria apagado durante pelo menos 12 horas, mas ele o ignorou. Percebeu que era incapaz de olhar para o ferimento arroxeado e inchado no pescoço de Jamie; isso só faria crescer ainda mais uma raiva bem familiar que ardia dentro do monstro. Se cedesse a ela, só poderia satisfazê-la com violência.

Tentou parar de pensar nisso e continuou a olhar para o garoto, algo que fez por um bom tempo, até que ouviu alguém bater à porta de vidro atrás dele.

Ao virar-se, viu que Henry Seward olhava em sua direção. O almirante chamou-o, fazendo um sinal com um dedo muito branco. Frankenstein abriu a porta da enfermaria e saiu para o corredor.

– Acompanhe-me aos meus aposentos, Victor – disse Seward, cujo tom deixava bem claro que não se tratava de um pedido.

Os dois seguiram por uma série de corredores cinza até chegarem a uma porta metálica em que não havia nada escrito. Seward pôs a mão em um painel preto embutido na parede e abaixou o rosto até o nível de uma lâmpada vermelha que ficava logo acima desse painel. Um feixe de laser escarlate moveu-se pela retina do almirante e a porta abriu-se com os ruídos de uma complicada série de destravamentos.

Os aposentos de Henry Seward não poderiam ser mais destoantes dos arredores militares em cinza. Quando a porta de metal se abriu, o cheiro de madeira de lei deslizou para o corredor, mesclado aos aromas de chá Darjeeling e de um forte café arábico. Os dois entraram.

Essa era apenas a terceira vez que Frankenstein visitava os aposentos particulares do almirante desde que Seward passara a residir ali. Ele havia passado muitas tardes e noites naquelas instalações quando eram ocupadas por Stephen Holmwood, e ainda mais vezes na época em que o grande Quincey Harker estivera no comando. Porém, Seward era diferente daqueles homens abertos e gregários; mantinha seu próprio conselho e resguardava sua privacidade.

A porta abriu-se para uma sala de visitas com paredes cobertas por placas de madeira, mobiliada em um estilo elegante que ainda assim tinha um inconfundível caráter oficial; poltronas de couro gasto estavam dispostas uma de cada lado da lareira em desuso, separadas de uma escrivaninha de mogno por um belo tapete indiano cujas bordas estavam levemente esfiapadas e no qual havia um desenho de Shiva meditando, sua forma gigantesca envolta em nuvens. Havia duas portas no fim do quarto que levavam a uma pequena cozinha e a um modesto quarto de dormir.

O almirante Seward ocupou uma das poltronas e indicou a outra a Frankenstein. O monstro espremeu-se para caber, e o couro rangeu quando ele se acomodou. Recusou os charutos Montecristo que Seward lhe ofereceu de uma caixa de madeira já aberta, e esperou que o diretor do Departamento 19 acendesse seu charuto com um fósforo. Seward puxou o ar com força até que a ponta afunilada começou a reluzir em um tom de vermelho-cereja, e exalou uma nuvem de fumaça no ar. Finalmente, olhou para Frankenstein.

– Como você sabia onde estavam os Carpenter?

Frankenstein enrijeceu-se de ódio.

– O garoto está bem, senhor, se é isso que quer saber.

– Fico feliz em ouvir isso. Mas não, não era o que eu queria saber, não mesmo. O que lhe perguntei foi como você sabia onde os Carpenter estavam.

– Senhor...

Seward cortou-o abruptamente.

– *Eu* não sabia onde eles estavam, Victor. Assim como ninguém nesta base. Sabe por quê?

– Acho que...

– Porque não saber onde eles estão é a melhor maneira possível de mantê-los a salvo! – rugiu Seward. – Se uma pessoa souber, então, muito rapidamente, duas pessoas vão ficar sabendo, e depois quatro, e assim por diante. Se ninguém souber, nada pode acontecer com eles. É assim que as coisas funcionam, Victor.

– Com o devido respeito, senhor, isso não funcionou esta noite – retrucou Frankenstein calmamente.

Ele encarava diretamente o diretor, recusando-se a ceder em desviar o olhar, e, enquanto o fitava, a raiva foi desaparecendo dos olhos de Seward; de repente o homem parecia muito cansado.

– Marie desapareceu mesmo? – perguntou ele.

– Sim, senhor.

– Alexandru está com ela?

– A essa altura, podemos presumir que sim, senhor. No entanto, eu ainda recomendaria que tentássemos confirmar isso.

E descobrir se ainda está viva.

Seward assentiu.

– Pode ser difícil fazer isso – disse lentamente. – De qualquer forma, haverá uma grande relutância em relação a dar assistência à família de Julian. Não fará diferença o fato de Marie e Jamie não terem tido participação alguma no que aconteceu.

A raiva despertou novamente em Frankenstein.

– Pois deveria fazer diferença, senhor – disse ele. – O senhor sabe que deveria.

– Talvez devesse. Mas não será assim.

Os dois ficaram sentados em silêncio por vários minutos; o almirante fumava seu charuto, o monstro lutava contra sua ira – uma tarefa à qual devotava muitas das horas que passava acordado. Por fim, Seward pronunciou-se novamente:

– O que você contou a ele? – perguntou.

– Nada – foi a resposta de Frankenstein. – Ainda.

– O que vai contar?

– Vou dizer ao garoto o que acho que ele precisa saber. Espero que baste.

– E se não bastar? Se ele pedir a você que lhe conte tudo? Se fizer perguntas sobre o pai? O que você vai fazer?

Frankenstein olhou para o almirante.

– O senhor sabe a quem devo minha lealdade – respondeu ele. – Se o garoto me perguntar, direi qualquer coisa que desejar saber. Inclusive sobre o pai.

Seward ficou encarando o homem gigantesco por um bom tempo; depois, abruptamente, apagou seu charuto fumado pela metade e levantou-se.

– Tenho que escrever um relatório para o primeiro-ministro – disse, com a voz trêmula e cheia de raiva. – Agora, se me permite...

Frankenstein deixou a poltrona, que gemeu de alívio. Foi até a porta e estava prestes a apertar o botão para abri-la quando Seward pediu que voltasse a sua mesa. Frankenstein virou-se novamente para o diretor.

– Como você sabia onde eles estavam, Victor? – perguntou Seward. Era óbvio que ele ainda estava com raiva, mas o fantasma de um sorriso brincava nos cantos de sua boca. – Isso fica entre a gente. Só preciso que você me conte.

Frankenstein abriu um sorriso. Tinha um imenso respeito por Henry Seward, havia lutado lado a lado com ele em inúmeros cantos escuros do mundo. E, embora não fosse abrir mão do juramento que fizera enquanto a neve caía do céu de Nova York, na virada de 1928 para 1929, poderia dar ao diretor a solução de pelo menos esse mistério:

– Julian colocou um chip no garoto quando ele tinha 5 anos – explicou. – Ninguém sabia que ele havia feito isso, e eu fui o único a quem ele deu a frequência. Eu sabia onde o menino estava todos os dias durante os últimos dois anos.

Seward abriu um largo sorriso, cheio de nostalgia, que, de súbito, deu lugar a um olhar repleto de imensa tristeza.

– Imagino que eu não deveria ter esperado menos – respondeu o almirante. – Tanto de você quanto dele. Boa noite, Victor.

10

O INCIDENTE DO LICEU, PARTE III

EATON SQUARE, LONDRES
4 DE JUNHO DE 1892

Jonathan Harker, o Dr. John Seward e o professor Abraham Van Helsing estavam sentados junto a seu anfitrião na sala de visitas da residência de Arthur Holmwood na Eaton Square, esperando que a criada lhes servisse o café em uma bandeja de prata. Ela estava totalmente de preto; o pai de Arthur, lorde Godalming, havia falecido vários meses antes, mas a casa ainda estava de luto.

No meio da mesa encontrava-se a carta que fora entregue a Van Helsing no início daquela manhã, convocando-o para uma reunião de emergência com o primeiro-ministro no edifício Horse Guards.

– Obrigado, Sally – disse Holmwood quando o café foi servido.

A moça fez uma breve reverência e se retirou, fechando as portas depois de sair.

Os homens acrescentaram leite em suas xícaras, pegaram biscoitos da bandeja, sorveram goles de seus cafés e recostaram-se em suas cadeiras. Por um instante satisfeitos, ninguém disse nada, e então Jonathan Harker perguntou a Van Helsing sobre o que havia acontecido na noite anterior.

O velho professor pousou sua xícara na mesa e olhou os três amigos. Eles tinham passado por muita coisa juntos, aqueles quatro homens – haviam encarado o rosto do puro mal e recusaram-se a capitular, perseguindo o conde Drácula pelas regiões inexploradas do Leste Europeu até as montanhas da Transilvânia, onde mantiveram a resistência ao sopé do antigo castelo que levava o nome de sua presa.

Um deles não havia conseguido voltar para casa, tendo sido assassinado na Passagem de Borgo pelos ciganos que serviam ao conde.

Ah, Quincey, pensou Van Helsing. *Você era o mais valente de todos nós.*

– Professor?

Era Harker falando, e Van Helsing percebeu que ele havia feito uma pergunta.

– Sim, Jonathan – respondeu ele. – Perdão; os esforços da noite passada me deixaram cansado. Peço desculpas.

Harker o olhou com uma expressão gentil que dizia claramente que pedir perdão era desnecessário, e Van Helsing continuou.

Contou aos amigos sobre sua aventura sob o Liceu, e o orador que existia nele ficava satisfeito quando os olhos dos ouvintes se arregalavam diante de sua história. Quando terminou o relato, o silêncio se instalou na sala de visitas, os homens digerindo o que tinham ouvido. Por fim, Harker pronunciou-se:

– Então é como temíamos – disse ele, com uma expressão calma no rosto que não condizia muito com sua voz. – O mal não morreu junto com o conde.

– Parece que não – respondeu Van Helsing. – Agora, se me perguntassem como, confesso que a resposta me fugiria. Posso apenas presumir que a pobre Lucy não foi a primeira a ter sido transformada pelos fluidos vis do conde.

Seward e Holmwood tiveram um sobressalto. A mera menção do nome de Lucy Westenra ainda era uma fonte de grande dor para aqueles dois homens.

– Porém, por que agora? – perguntou Harker. – Por que o mal está se espalhando apenas agora, depois que a criatura em si está morta?

– Não sei, Jonathan – respondeu Van Helsing, com sinceridade. – Talvez o conde protegesse seu poder sombrio, ou o acumulasse em si, por assim dizer. Talvez tais restrições tenham sido anuladas com o advento de sua morte. Mas estou meramente tecendo especulações.

Ele olhou para os amigos.

– E devo pedir o mesmo a todos vocês – prosseguiu ele. – Pedirei a cada um que me digam se acham que o infeliz incidente com Harold Norris foi uma aberração qualquer ou um arauto do que está por vir. Partirei para Whitehall em breve, uma convocação à qual sou compelido a obedecer, e o primeiro-ministro espera que eu lhe apresente respostas.

Um silêncio desconfortável se instalou na sala de visitas.

Digam-me que foi um incidente isolado, pensou Van Helsing. *Um de vocês, diga-me isso. A alternativa é horrível demais.*

– Temo que seja apenas o começo.

Foi Arthur Holmwood quem se pronunciou, a voz marcada pela calma e pela firmeza.

– Acredito que a situação provavelmente só vá piorar. Gostaria de poder dizer honestamente que não, mas não posso. Algum de vocês pode?

Seu rosto não traía o medo que o velho professor sabia que ele devia estar sentindo, nem a grande tristeza que a morte do pai lhe havia causado. Van Helsing sentia uma imensa ternura pelo amigo, que fora arrastado à força para o turbilhão dos terríveis acontecimentos do ano anterior pelo mero crime de haver proposto casamento à moça que amava. Mas ele se comportara com imensa coragem e muitíssima dignidade quando preciso.

– Não posso – manifestou-se o Dr. Seward.

– Nem eu – disse Jonathan Harker.

O professor assentiu brevemente, tentando não demonstrar o temor que se aninhava em seu âmago.

– Então estamos de acordo – disse ele, agarrando os braços da cadeira para se pôr de pé. – Espero sinceramente que estejamos errados, mas sinto, em meu coração, que não estamos. Apresentarei nossa conclusão ao primeiro-ministro. Esperemos que ele nos surpreenda mostrando-se sábio o bastante para dar ouvidos a nosso aviso.

O criado de Van Helsing parou a carruagem em frente ao grande edifício Horse Guards, desmontou e ajudou o patrão a descer. Dois soldados da Cavalaria da Casa Real, resplandecentes em suas túnicas azuis e seus cordões dourados de condecoração, imediatamente abordaram os dois e lhes perguntaram o que queriam ali. O criado pegou a carta de dentro de seu sobretudo e entregou-a aos soldados, que a examinaram com atenção antes de abrirem passagem.

Na entrada em arco que levava ao interior do edifício, um mordomo de idade avançada, vestindo uma imaculada roupa formal, informou-lhes que o primeiro-ministro os receberia no gabinete do comandante em chefe do Exército, no primeiro andar. O mordomo ficou parado respeitosamente por mais alguns instantes enquanto Van Helsing retirava o casaco e o entregava a seu criado.

– Espere aqui, rapaz – disse o velho professor. – Duvido de que eu vá demorar.

O criado fez que sim e sentou-se em uma cadeira de madeira com espaldar alto perto da entrada do edifício, dobrando o casaco de seu patrão e acomodando-o sobre os joelhos.

Van Helsing seguiu o mordomo por uma ampla escadaria, seus passos sendo abafados por um tapete vermelho-escuro. Os maiores heróis do Império Britânico, retratados a óleo, fitavam-no em silêncio das paredes.

Ele foi conduzido por um largo corredor no primeiro andar, depois viraram à esquerda, à direita e novamente à esquerda, até que chegaram a uma grande porta de carvalho. O mordomo a abriu e entrou; o professor o seguiu.

– Professor Abraham Van Helsing – anunciou o mordomo, e depois se retirou em silêncio do gabinete.

O velho professor observou-o fechar a porta e depois se virou para os seis homens reunidos na outra extremidade do gabinete.

Sentado a uma enorme escrivaninha de mogno estava William Gladstone, o primeiro-ministro, que olhava com ares de expectativa para Van Helsing. Cinco dos homens mais poderosos do Império flanqueavam-no em ambos os lados: conde Spencer, primeiro lorde do almirantado; Sir Henry Campbell-Bannerman, secretário de Estado dos Negócios para a Guerra; George Robinson, secretário de Estado das Colônias e primeiro marquês de Ripon; Herbert Asquith, secretário de Estado para Assuntos Internos; e Archibald Primrose, secretário de Estado para Relações Exteriores e quinto conde de Rosebery.

Que formidável quadro de patifes, pensou Van Helsing.

Ele cruzou o gabinete. Na parede a sua esquerda havia uma alta fileira de janelas, através das quais se via a verde extensão do St. James's Park. A sua direita, o fogo ardia ruidosamente numa lareira de mármore ornamental. No chão, indo até a escrivaninha, havia uma imaculada pele de tigre, ainda com cabeça, patas e rabo, formando uma estrela de seis pontas sobre as tábuas escuras do assoalho. Depois do tapete, uma cadeira de madeira estava posicionada bem em frente àquela em que o primeiro-ministro estava sentado.

Van Helsing contornou a pele de tigre com uma expressão de desgosto e ficou parado ao lado da cadeira.

– Não vai se sentar, professor? – perguntou Gladstone, sua voz mais alta e mais feminina do que Van Helsing havia esperado.

– Não, obrigado, primeiro-ministro – respondeu ele secamente. – Prefiro ficar de pé.

Apesar dessa dor que é como um ferro de marcar gado sendo pressionado contra os meus quadris. Que aguentem, ao menos pelo tempo que durar este encontro.

Gladstone prosseguiu:

– Vi que estava admirando o tigre. Não é belo?

– *Ela* – disse Van Helsing, com um tom incisivo – seria mais bela se estivesse viva nas florestas da Sibéria, na minha opinião. Senhor.

O secretário Robinson articulou uma breve risada.

– Professor, o senhor está enganado – disse ele, sua voz retumbante saindo de sua boca parcialmente oculta por uma barba que se estendia até abaixo de sua gravata-borboleta. – Não em relação ao sexo da fera, já que certamente é uma fêmea, mas quanto a seu local de origem. É uma tigresa de Bengala, senhor. Eu mesmo a matei, perto de Yangon, há dois verões.

Van Helsing virou-se e olhou para baixo, para a pele do animal, analisando o tamanho da cabeça e a extensão do rabo, ambos ainda intactos.

– Creio que não, senhor – respondeu ele. – *Panthera tigris altaica*. O tigre-siberiano, ou tigre de Amur.

O rosto de Robinson ficou vermelho-escuro.

– Está me chamando de mentiroso, senhor? – perguntou ele em voz baixa.

Ele comprou a pele, percebeu Van Helsing, com cruel deleite. *Provavelmente em Cingapura ou em Rangum. Comprou-a e trouxe para casa como um troféu de caçada. Que maravilha.*

– Não estou sugerindo isso – respondeu o professor, com uma satisfação envolta no tom de sua voz. – Contudo, estou sugerindo que o senhor está enganado. A espessura da pele, o tom laranja-claro dos pelos, a concentração mais clara das listras, tudo isso são características inconfundíveis do tigre de Amur, assim como o fato de que ela deve ter tido mais de 2,40 metros de comprimento. Talvez o senhor tenha ido caçar recentemente nas planícies da Sibéria, assim como em Bengala, e simplesmente esqueceu em qual viagem a trouxe, talvez? Porque, se não for esse o caso, resta apenas uma conclusão a que posso chegar.

Ele deixou a acusação subentendida, pairando no ar da sala de visitas para que tivesse tempo de surtir efeito, e, depois de desferir a Van Helsing um olhar repleto de pura vontade assassina, o secretário Robinson admitiu que seu filho havia ido acampar na Sibéria dois verões antes e trouxera vários espécimes selvagens, sendo bem provável que houvesse misturado seu troféu de Bengala a um dos dele.

Ainda está mentindo, bem na cara de seus semelhantes. Um grupo de tolos. Contadores presunçosos. Vamos tratar logo deste assunto.

O primeiro-ministro pigarreou e tomou um gole de água do copo pela metade que estava em cima da escrivaninha.

– Professor Van Helsing – disse, com um tom cálido e intenso agora, a voz escorregadia de um político nato –, eu gostaria de agradecer ao senhor pessoalmente por seus esforços da noite passada, além de lhe transmitir a gratidão dos pais de Jenny Pembry. A moça encontra-se agora com eles, recuperando-se em Whitechapel, e parece estar bem.

– Obrigado, senhor.

– Contudo, o incidente, embora abençoado com um final satisfatório, faz surgirem algumas perguntas não usuais, não é?

Van Helsing admitiu que sim, ao que Gladstone assentiu.

– Então o senhor poderia, professor, explicar-nos qual era a natureza da criatura com que vocês se depararam na noite de ontem, e sua experiência em tais questões? Não estamos totalmente longe do alcance das fofocas em Whitehall, e estou certo de que todos ouviram rumores do que aconteceu com a abadia de Carfax e seu morador, na Transilvânia, mas gostaria de ouvir a verdade do senhor.

O velho professor continuou encarando o primeiro-ministro e depois olhou para os ministros reunidos em volta dele.

Bando de abutres. Querem uma maneira de transformar sangue e morte em algo vantajoso para eles.

– Muito bem, senhor – disse ele, e começou a falar.

Ele falou por não mais do que dez minutos, mas quando terminou, ficou óbvio que seu relato havia dividido os homens presentes na sala em dois grupos. Primrose, Robinson e Campbell-Bannerman olhavam para Van Helsing como se ele fosse um completo insano, seus rostos contorcidos em óbvio ultraje por terem sido forçados a dar ouvidos a tamanha tolice. Asquith, Spencer e Gladstone tinham os rostos empalidecidos e os olhos arregalados, cheios de horror, e Van Helsing sabia que esses três acreditavam no que ele lhes havia contado.

– Alguma pergunta? – quis saber Van Helsing, olhando diretamente para o primeiro-ministro.

Gladstone abriu a boca para responder, mas foi interrompido pelo secretário Robinson. O primeiro-ministro olhou-o de um jeito que sugeria que ele se arrependeria em um futuro próximo, mas permitiu que o marquês falasse.

– Isso é uma afronta – disse Robinson, com a voz trêmula de indignação. – Está me pedindo para acreditar em homens que podem voar, que têm força sobre-humana, que bebem sangue e possuem vida eterna, e mais ainda: está sugerindo que uma espécie de epidemia de tais comportamentos pode acontecer? Comportamentos estes que só podem ser extintos por meio de flebotomia ou pela obliteração do coração da criatura?

– Exatamente, senhor – respondeu Van Helsing.

Robinson virou-se para Gladstone.

– Senhor primeiro-ministro, isso passou dos limites de uma simples brincadeira. Não consigo entender o motivo de ter...

– Cale a boca, George – disse Gladstone com neutralidade.

O secretário parecia a ponto de explodir. Primrose abriu a boca para protestar, mas o primeiro-ministro acenou em desdém para ele.

– Nem mais uma palavra, de nenhum de vocês – disse ele. – Reconheço que o que o professor Van Helsing acabou de nos contar é desconcertante, até mesmo horripilante. E posso também entender que alguns de vocês, talvez todos, possam ter problemas em acreditar nesse relato. Porém, fontes seguras podem comprovar que os eventos sob o Liceu aconteceram exatamente como ele os descreveu, e todos nós já ouvimos histórias sobre a jornada de Van Helsing e seus companheiros à Transilvânia no ano passado. Então confesso minha inclinação a acreditar nele.

É possível que eu tenha julgado mal este homem, pensou Van Helsing. *Tudo leva a crer que há uma inteligência ativa aqui à qual eu não tinha dado crédito.*

– E, como primeiro-ministro – continuou Gladstone –, é minha responsabilidade fazer o que creio ser do melhor interesse do Império, especialmente no que diz respeito a ameaças em potencial à segurança. E é isso que farei. A menos que alguém apresente alguma objeção...

Ele levantou-se de trás da escrivaninha e fitou longamente cada um dos homens atrás dele, incitando-os ao atrevimento de contrariá-lo. Van Helsing viu, fascinado, que Robinson – literalmente tremendo de ofendida indignação –, estava a ponto de fazer isso mesmo, até que Campbell-Bannerman colocou a mão no braço dele para contê-lo, fazendo-o desviar o olhar.

– Muito bem – disse o primeiro-ministro, saindo de trás de sua escrivaninha e aproximando-se de Van Helsing. – Professor, a opinião popular sugere que o senhor seja nossa melhor autoridade nas questões que acabaram de ser esboçadas. O senhor concorda com isso?

O velho professor admitiu que havia alguma verdade naquele rumor específico, e Gladstone assentiu.

– Neste caso – prosseguiu –, estou disposto a fazer com que, devido a sua especialidade, o senhor assuma um cargo oficial no Governo de Sua Majestade. Clandestinamente, é claro. Está interessado?

– E em que consistiria esse cargo?
– Em investigar e eliminar as condições que o senhor acabou de nos explicar com tamanha convicção. Com autoridade reconhecida por todos os departamentos governamentais pertinentes, orçamento para despesas anuais alocado, além de cooperação garantida por todas as agências do Império. Nisso consistiria o cargo.

O primeiro-ministro olhou para o professor Van Helsing e sorriu.
– Então – disse ele. – Interessa?

O Dr. Seward apagou um cigarro turco cujo cheiro levava Van Helsing a pensar que o médico o havia batizado sutilmente com ópio.
– E? – quis saber ele. – O que você respondeu?

Estavam sentados nas poltronas de couro vermelho que predominavam no confortável espaço do gabinete de trabalho do pai de Arthur Holmwood, todo adornado com placas de madeira. O criado de Van Helsing havia conduzido seu patrão de volta àquela residência na Eaton Square tão logo a reunião no Horse Guards terminara, e Arthur os levara até o andar de cima, em que seu pai, lorde Godalming, passara muitos dos últimos anos de sua vida. Os homens acenderam cigarros e cachimbos, e o velho professor tinha acabado de contar a eles como fora seu encontro com o primeiro-ministro; fora então que John Seward lhe fizera essa pergunta.

– Eu respondi que precisava de tempo para pensar no assunto – respondeu Van Helsing. – Pedi um prazo de 24 horas, que ele me concedeu. Devo apresentar-lhe a minha decisão, por escrito, amanhã ao meio-dia.

– E o que pretende responder? – quis saber Harker.

Ele tinha na mão um cachimbo com fornilho profundo que havia se apagado. Segurava-o distraído, como se houvesse se esquecido dele.

– Para falar a verdade, não sei – confessou Van Helsing. – Creio ser muitíssimo provável que aceite a proposta, mas minha felicidade ao fazê-lo dependerá da resposta ao que estou prestes a perguntar a vocês.

O professor pousou uma larga taça de conhaque em uma prateleira a seu lado. Ele retornara de Whitehall com a mente fervilhando, cheia das possibilidades que a oferta de Gladstone poderia lhe apresentar, mas também estava profundamente estremecido por causa das responsabilidades que isso lhe traria; portanto, havia de bom grado aceitado a sugestão de Arthur de abrir o gabinete de bebidas de seu pai um pouco antes do que era costumeiro.

– Cavalheiros – começou –, todos nós vimos, com nossos próprios olhos, mais criaturas das trevas a habitar este mundo do que a maioria das outras pessoas, e mais do que qualquer homem são estaria disposto a ver. Nós nos gabamos de termos realizado um bom trabalho nas montanhas da Transilvânia, algo de que podemos nos orgulhar de ter feito parte, e, se vocês desejarem que seu envolvimento nessas questões termine por aí, prometo-lhes que nem eu nem nenhuma outra pessoa pensará em julgá-los inferiores por causa disso. Cada um de nós cumpriu muito mais que sua parte, e uma vida de paz, não maculada por sangue e gritos, não é algo de que se abra mão com facilidade.

Ele fez uma pausa e olhou em volta do gabinete de trabalho.

– Parte de mim acredita que pedir mais seria uma crueldade da minha parte, algo que nenhum de vocês merece. Porém, é isso que vou fazer. Porque acredito que uma praga esteja chegando a esta nação, a todas as nações, e que Harold Norris foi apenas seu protótipo. Esta manhã, vocês também disseram que acreditavam nisso, mas eu peço que considerem com quanta firmeza acreditam em tal afirmação, por um motivo muito simples: se estivermos certos, então somos os únicos homens no Império com alguma experiência no que está para acontecer. E não posso ficar parado vendo sangue inocente ser derramado, almas inocentes corrompidas por toda a eternidade, sabendo que eu poderia ter salvo ainda que apenas uma delas. Juramos que seríamos vigilantes, que, se o conde algum dia retornasse, o enfrentaríamos mais uma vez. Ele não voltou, e não creio que isso algum dia acontecerá. No entanto, o mal que vivia nele sobreviveu, e está à solta.

Van Helsing esticou a mão trêmula para pegar sua taça de conhaque e a esvaziou de uma vez.

– Aceitarei a oferta do primeiro-ministro amanhã; mas, quando pedi um tempo para considerá-la, também o informei de que, se algumas pessoas concordassem em se envolver nisso, trabalhariam comigo. Informei a ele que isso não seria negociável. Então, estou pedindo a ajuda de vocês, como uma vez vocês pediram a minha. Gostaria de poder oferecer-lhes mais tempo para pensar a respeito, mas posso apenas...

– Eu aceito – interrompeu-o Jonathan Harker, o rosto pálido, mas com um sorriso determinado esboçando-se em seus lábios. – Não preciso de tempo para considerar a questão.

– Nem eu – disse o Dr. Seward, que acendera mais um cigarro, deixando sua bela face envolta em fumaça.

– E nem eu – disse Arthur Holmwood com firmeza. Ele havia colocado de lado tanto seu charuto quanto sua taça, e olhava diretamente para Van Helsing. – Não preciso de um único minuto para pensar.

Obrigado. Ah, obrigado.

– Mesmo assim, queira pensar por um instante, Arthur – respondeu ele. – Todos vocês, aliás. Porque não haverá retorno se embarcarmos nessa jornada. Vocês nunca poderão revelar a ninguém, além dos presentes nesta sala agora, a existência de nossa organização. Nem mesmo a Mina, Jonathan. Está preparado para isso?

Harker hesitou, mas concordou.

– Estão todos preparados?

Tanto Seward quanto Holmwood confirmaram.

– Neste caso – disse Van Helsing –, não vejo motivo para fazer com que o primeiro-ministro espere. Despacharei nossa resposta de imediato.

11

A MANHÃ SEGUINTE

Jamie acordou pouco antes do amanhecer.

Levantou a cabeça sonolenta do travesseiro e viu uma bolsa para administração intravenosa da qual descia um líquido até a agulha em seu antebraço. Ele não se lembrava de a terem inserido em sua veia; não lembrava bem como o dia anterior havia terminado depois que a garota o atacara no hangar.

Ele afastou os lençóis e cobertores e jogou as pernas para fora da cama. Usava um traje branco de hospital e buscava suas roupas com os olhos quando uma onda de náusea o atravessou e ele pensou, por um terrível segundo, que ia vomitar. Sua garganta doía e era doloroso respirar. Pôs a mão no pescoço, sentiu um sulco inchado de carne, macio ao toque, e recuou. Fechou os olhos e abaixou a cabeça entre os joelhos e, depois de um minuto ou dois, a sensação de enjoo havia passado. Estava prestes a descer da cama quando a porta no final do cômodo se abriu e um médico entrou muito rápido na enfermaria.

– Sr. Carpenter, por favor, volte a deitar.

A voz do homem era familiar e cheia de autoridade, e Jamie obedeceu. O médico examinou seu pescoço, perfurou seu dedo para tirar sangue, iluminou seus olhos com uma lanterninha e depois tirou a agulha de seu braço, dizendo que ele havia melhorado muito.

– Como se sente? – perguntou ele a Jamie.

– Bem – respondeu o garoto, esfregando a marca circular que a agulha havia deixado em seu braço. – Não me lembro muito bem de como cheguei aqui. Foi Frankenstein quem me trouxe?

O médico confirmou.

– Trouxe você e lhe fez companhia durante quase toda a noite. Saiu faz poucas horas. Me pediu que lembrasse a você de ir vê-lo assim que acordasse, antes de falar com qualquer outra pessoa. Disse que eu precisava me certificar de que você entendesse isso. Você entendeu?

– Acho que sim.

O médico tirou um *palmtop* de dentro do bolso e bateu em várias teclas com a caneta plástica.

– Quero que você volte aqui para falar comigo hoje à tarde – disse ele. – O inchaço já diminuiu e você não está mais desidratado. Pode ainda estar sofrendo de algum grau de estresse pós-traumático, porém, considerando as circunstâncias, vou lhe dar alta. É o que você quer?

Jamie respondeu que sim com a cabeça.

– Ok, então. Descanse o tempo que quiser e, quando estiver pronto, pode se vestir e ir encontrar seu amigo. Ele me pediu que lhe desse isto.

O médico enfiou a mão no bolso de novo, pegou um pedaço de papel e entregou-o a Jamie. No bilhete, em uma bela letra cursiva, havia duas breves linhas:

Nível E
Sala 19

Jamie pegou o papel da mão do médico sem dizer nada. O homem ficou inquieto por um instante, como se estivesse um pouco inseguro quanto ao que fazer em seguida, e depois lhe sorriu, fez um leve aceno de cabeça e saiu da enfermaria.

Jamie ficou deitado imóvel por alguns minutos, depois se sentou, soltando um grunhido por causa da dor que sentia no pescoço e no braço, e forçou-se a sair da cama. Cambaleou, sentiu as pernas não muito firmes, e segurou-se na parte de cima do armário branco. Quando se recuperou, olhou ao redor e viu suas roupas: estavam cuidadosamente dobradas em uma prateleira baixa do outro lado da enfermaria. Ele foi até lá com cuidado e vestiu-se devagar, buscando lembrar-se da noite anterior. Em seguida olhou ao redor novamente, e teve um sobressalto quando sua memória voltou a funcionar.

Havia um homem deitado em uma das camas do outro lado da sala, de olhos fechados, sua respiração fazendo o peito subir e descer lentamente. Jamie foi até ele e ficou parado a seu lado, observando-o. Sua pele tinha mais cor do que no dia anterior, mas ainda estava pálida. Seu braço direito fora envolto em bandagens, e o sangue fluía continuamente de uma bolsa para administração intravenosa pendurada acima da cama. Jamie ficou olhando, fascinado, o líquido carmesim descer lentamente pelo tubo de plástico e entrar na veia do homem.

Havia mais alguém. Um garoto.

A recordação atingiu-o com um baque, e ele olhou para a porta em que estava escrito ANFITEATRO. Viu uma forma escura deitada atrás do vidro fosco da porta e seguiu até lá. Hesitou, parando em frente à porta, depois a puxou devagar.

O adolescente estava deitado em uma cama de solteiro no meio da sala. Ao lado dele, uma coluna alta de equipamentos soltava bipes e piscava em um ritmo constante, e uma linha verde erguia-se lentamente, repetidas vezes. Fios vinham das máquinas e prendiam-se ao peito e aos braços do menino, cujos olhos estavam fechados, a pele fantasmagórica de tão branca. Jamie ficou parado perto da porta, paralisado, os olhos fixos nele.

Ele tem a minha idade. É só uma criança.

Jamie atravessou a sala lentamente e postou-se ao lado da cama branca com lençóis engomados.

– O que aconteceu com você? – sussurrou ele.

– O garoto foi mordido – respondeu uma voz atrás de si, e o coração de Jamie deu um pulo. Ele virou-se e viu o médico que o havia examinado, agora parado à porta aberta. – O que você está fazendo aqui? – perguntou ele.

– Eu me lembro de ter visto esse garoto no hangar – respondeu Jamie. – Ele vai ficar bem?

– Você tocou em alguma coisa? – perguntou o médico, ignorando a pergunta de Jamie.

O garoto balançou a cabeça em negativa.

– Ele vai ficar bem? – Jamie repetiu a pergunta, elevando sutilmente a voz.

O médico foi até o pé da cama, puxou dali uma prancheta de metal afixada em uma presilha, passou os olhos rapidamente pelo que dizia e a colocou de volta no lugar. Então esfregou os olhos e ficou olhando para Jamie.

– É cedo demais para dizer – respondeu, com delicadeza. – Ele perdeu uma imensa quantidade de sangue, e o coração parou de bater enquanto estávamos fazendo a transfusão. Nós o ressuscitamos, mas o cérebro pode ter sofrido danos devido à falta de oxigênio. Então induzimos o coma para aumentar suas chances de sobrevivência. Agora só nos resta esperar.

Jamie ficou olhando de forma perdida para o médico.

O coração dele parou. Induzimos o coma. O coração dele parou.

– Quanto tempo? – ele conseguiu perguntar. – Quanto tempo até vocês saberem se ele vai ficar bem?

O médico deu de ombros.

– Alguns dias, talvez mais. Assim que o cérebro dele desinchar, vamos acordá-lo. E aí vamos ver.

O homem balançou rapidamente a cabeça e, quando olhou para Jamie de novo, estava mais uma vez com seu ar totalmente profissional.

– Vamos, saia daqui – disse ele. – Vá encontrar o coronel Frankenstein. E não entre aqui sem permissão. Esse menino está em condições muito delicadas, e as próximas 24 horas são vitais.

Jamie foi andando de costas em direção à porta, incapaz de tirar os olhos do rosto pálido e inexpressivo do adolescente. Não havia vincos em seu rosto, nenhuma ruga, nenhuma cicatriz; ele parecia um manequim.

– Qual é o nome dele? – perguntou Jamie quando alcançou a porta aberta.

– Matt – respondeu o médico, que estava consultando o prontuário pela segunda vez. Ele não ergueu os olhos para responder. – Matt Browning.

Jamie desceu o corredor do lado de fora da enfermaria observando as paredes cor de cinza e procurando um elevador. Logo antes do fim do corredor havia uma tela plana preta que se estendia do chão ao teto, e um botão na parede à sua direita em que se viam acesas as palavras CHAMAR ELEVADOR. Pressionou o botão com o polegar e ficou esperando.

Segundos depois, a parede na frente dele abriu-se deslizando, revelando então um elevador de metal. Ao entrar, ele ficou examinando os botões amarelos fluorescentes dispostos em um painel preto na altura de sua cintura, que marcavam: 0, A, B, C, D, E, F, G e H. O botão C estava reluzindo, vermelho.

Bem, pelo menos eu sei onde estou. Já é um começo.

Ele olhou para o pedaço de papel que o médico havia lhe dado.

Nível E. Descer mais dois andares.

De repente ele se sentiu dominado pelo desejo de ver a luz do sol e sentir o ar fresco. Não queria embrenhar-se ainda mais nas profundezas daquele lugar estranho.

Pressionou o 0. A porta fechou-se sem barulho algum depois que ele entrou e o elevador começou a subir, fazendo um zunido baixinho, além dos suaves ruídos de mecanismos de metal. Quando as portas se abriram novamente, Jamie deparou com mais um corredor cinza. No entanto, no fim dessa nova passagem havia uma porta dupla com listras amarelas e pretas: ele teve a sensação de que por ali chegaria ao hangar onde havia sido atacado.

Ele foi em direção à porta, notando ao andar um fino letreiro digital afixado na parede acima, com letras garrafais de um amarelo-esverdeado que rolavam da esquerda para a direita sem parar.

0652 / 22.10.09 / PADRÃO DE MUDANÇA: NORMAL / NÍVEL DE AMEAÇA: 3

Dez para as sete. Se eu estivesse em casa, meu despertador não tocaria em menos de 55 minutos.

Ele se aproximou da porta dupla e empurrou um dos lados apenas um pouquinho. As imensas portas de correr que se abriam para a pista de pouso agora estavam fechadas, e o hangar, deserto. Jamie foi para o meio do enorme salão, dolorosamente ciente do leve barulho que seus tênis faziam no chão de concreto.

Ele atravessou o local até uma porta bem à direita da gigante porta dupla. Tentou a maçaneta: ela girou, e o garoto avançou no ar fresco da clara manhã.

Jamie Carpenter correu pela extensa pista de pouso de concreto em frente ao hangar, em seguida foi para a grama, em direção à longa pista que cortava o centro da vasta base circular. Ele correu a toda velocidade, seus pés golpeando o concreto, seus braços bombeando sangue, o rosto de sua mãe pairando em sua mente, seu coração apertado de preocupação.

Ele virou-se com tudo para a direita e continuou correndo, passando por entre duas das compridas barracas de metal que havia naquele lado da pista de pouso. Assim que chegou ao gramado, acelerou o ritmo, correndo em direção à alta cerca de arame com o conjunto de lasers vermelhos cruzados logo a seguir, a gigante projeção ondulando acima dele, suspensa no céu limpo como a pintura de uma nuvem.

Porém, conforme ele se aproximava da cerca, viu algo que parecia totalmente fora de lugar. Uns 40 metros dentro da área coberta pela alta cerca havia um círculo, de aproximadamente 6 metros de diâmetro, em que a grama fora revolvida e substituída por um jardim de rosas.

Uma parede de tijolos vermelhos que batia na cintura dele contornava aquele círculo e tinha uma abertura voltada para a base, ou seja, para o outro lado da cerca. Lá dentro, um fino caminho de placas de madeira alargava-se até chegar à metade do círculo que era toda encerrada pelo muro, um caminho ladeado por rosas de todas as cores concebíveis: vermelhas, brancas, rosas, amarelas e até mesmo uma violeta quase preta de tão escura.

Jamie desacelerou o passo e seguiu pela abertura no muro baixo. Imediatamente o cheiro das flores o dominou. Os aromas diferentes e sutis das muitas variedades de rosas mesclavam-se em um único cheiro inebriante e pungente, tão intenso e esplêndido que lhe tirava o fôlego. Ele percorreu, anuviado, o estreito caminho de madeira, intoxicado pela beleza incongruente do jardim. Ao final, viu uma pequena placa de bronze afixada ao murinho. Agachou-se diante dela e leu as palavras entalhadas com uma escrita simples e elegante:

**EM MEMÓRIA DE
JOHN E GEORGE HARKER,
QUE MORRERAM COMO VIVERAM:
JUNTOS**

Jamie sentou-se ao lado dos dizeres, recostado no muro, e fechou os olhos. Ficou ali por um bom tempo, sentindo o aroma de rosas no ar, mais sozinho do que nunca antes, e se perguntando onde estaria sua mãe, se é que ela ainda estava viva.

Algum tempo depois, ele não saberia dizer quanto, Jamie ouviu o suave ruído de folhas sendo esmagadas por passos que vinham pela grama. Da posição em que estava, não podia ver além do muro do jardim, então esperou que a pessoa se aproximasse.

A cabeça que apareceu acima do baixo muro de tijolos era verde-acinzentada, com um tufo de cabelos pretos que chegavam a ser cômicos de tão impecavelmente bem repartidos para o lado, e dois grossos parafusos de metal saindo do pescoço. Frankenstein virou o corpo enorme de lado, de modo a conseguir passar pelo vão do muro, e seguiu pelo caminho de madeira. O ruído que seus pés faziam de encontro às tábuas era ensurdecedor, um som terrível que destoava do sorriso gentil que ele abriu para Jamie ao se aproximar.

Frankenstein vestia um terno cinza-escuro, a camisa branca com o colarinho aberto, o imenso tubo de metal que havia disparado na sala de Jamie novamente pendendo do lado direito de seu quadril. Sentou-se ao lado do garoto sem dizer uma só palavra, e parecia contente de poder aproveitar o jardim e o sol matinal, que o banhava com sua cálida luz amarela.

– Como você me encontrou? – perguntou Jamie, baixinho, contemplando as rosas à sua frente, sem olhar para o monstro a seu lado.

– Sensores infravermelhos no solo – respondeu Frankenstein, e sua voz soava irritantemente animada. – Você deixou uma bela trilha vermelha de calor nos monitores. Não foi difícil segui-lo.

Jamie soltou um grunhido.

– Então você me encontrou. O que quer?

– Quero conversar com você, Jamie. Existem coisas que você precisa saber. Coisas que você vai ter dificuldade em aceitar.

– Como o quê?

O monstro desviou o olhar e, quando se pronunciou, foi em um tom de voz baixo:

– Muito tempo atrás, eu fiz uma promessa de proteger a família Carpenter. Um de seus ancestrais me salvou, e, em memória dele, venho mantendo minha palavra por mais de meio século.

– Salvou sua vida?

– Sim – respondeu Frankenstein, e olhou para Jamie. – Mas não é essa a história que eu quero contar a você agora. Essa fica para uma outra vez.

– Mas...

– Não pergunte. Não vou contá-la, então é melhor não perdermos tempo.

Jamie virou-se para o monstro. Frankenstein o olhava com um sentimento próximo de amor, e Jamie se perguntou o que acontecera para fazer nascer tamanha lealdade. De repente a fúria que o monstro demonstrara no hangar fez sentido; ele havia deixado que Jamie escapasse dele, em um lugar onde qualquer coisa poderia ter acontecido ao menino.

– Ok – disse Jamie. – Então é só isso? Estou achando que não.

– Concluí que a melhor forma de continuar honrando essa promessa seria contar a você algo que creio que você precise saber. Acredito que seja tarde demais para que sua vida volte ao normal, se é que algum dia beirou a normalidade. Você concorda comigo?

– Sim – respondeu Jamie simplesmente.

Frankenstein assentiu e começou:

– Suspeito que seu pai nunca lhe contou muita coisa sobre a sua família. Estou certo?

– Ele me contou que um tio meu morreu muito jovem. E que meu avô foi piloto durante a Segunda Guerra Mundial. É basicamente isso.

– Essas duas coisas são verdadeiras. Seu tio Christopher morreu ao nascer, quando seu pai tinha 6 anos. E John, seu avô, foi um piloto altamente condecorado. Ele pilotou um *Hurricane* durante a Batalha da Bretanha. Sabia disso?

Jamie balançou a cabeça em negativa.

– Era um bom homem. Em 1939 ele já estava fora da Força Aérea havia nove anos, mas se alistou novamente no dia em que a Grã-Bretanha declarou guerra contra a Alemanha de Hitler; essa decisão ia contra os desejos do seu bisavô, que é com quem essa história realmente tem início.

– Não sei nada sobre o meu bisavô – disse Jamie. – Não sei nem o nome dele.

– O nome dele era Henry Carpenter. Também era um bom homem, no mínimo à altura do filho. E tudo que se passou com a sua família nos últimos 120 anos, tudo que aconteceu com você e com a sua mãe ontem, tudo isso pode ser ligado ao fato de que ele trabalhava para um grande homem, uma lenda cujo nome suspeito que você vá reconhecer. Professor Abraham Van Helsing.

Jamie riu; um ruído curto, de deboche, como o latido de um cão. Não fora sua intenção, e o monstro lançou-lhe um olhar de profundo aborrecimento, mas o garoto não pôde evitar.

Ah, fala sério!

– Van Helsing não existiu de verdade – disse ele, sorrindo para Frankenstein. – Eu li *Drácula*.

O monstro retribuiu o sorriso.

– Acredite ou não, isso vai tornar as coisas consideravelmente mais fáceis.

– Também li *Frankenstein* – Jamie apressou-se em dizer, antes que perdesse a coragem.

– Bom para você. Posso continuar?

– Pode.

Jamie ficou decepcionado. Fora preciso toda a sua coragem para mencionar o romance de Mary Shelley.

– Obrigado. Agora, há certas verdades que você vai simplesmente ter que aceitar, e quanto mais rápido, melhor. O professor Van Helsing realmente existiu. A história de Drácula, assim como de todas as pessoas na história, é verdadeira; aconteceu quase exatamente como aquele bêbado preguiçoso do Stoker a escreveu. As vampiras sedutoras que distraíram Harker de seus planos de fuga são fictícias; fantasias do autor. Assim como a capacidade do conde de transformar-se em morcego, ou em lobo, ou em qualquer outra coisa, para falar a verdade, assim como o final feliz que Stoker deu à história. Nenhum dos sobreviventes jamais retornou à Transilvânia, por motivos certamente compreensíveis. Porém, o restante está bem próximo do que aconteceu. Tudo isso quer dizer, caso você ainda precise que eu diga claramente, que vampiros são reais. Embora não deva ser difícil acreditar nisso, afinal, você encontrou dois deles ontem.

Jamie sentiu como se tivesse levado um soco no estômago.

– A garota que me atacou...

– ... era uma vampira. É verdade. Assim como o homem em quem eu atirei na sala da sua casa. O nome dele é Alexandru, e ele é o principal motivo pelo qual estamos sentados aqui, agora, tendo essa conversa.

– Quem é ele? O que ele vai... o que ele vai fazer com a minha mãe?

– Vou chegar a ele. A situação com Drácula aconteceu em 1891, dois anos depois que seu bisavô começou a trabalhar na casa do professor Van Helsing. Os homens que sobreviveram à jornada à Transilvânia, cujos nomes, sem sombra de dúvida, você conhece...

– Harker – disse Jamie, distante. – Um deles se chamava Harker.

Ele virou-se e olhou para a placa de bronze na parede do jardim, viu os nomes entalhados nela e sentiu as coisas começarem a se encaixar em sua mente.

Você acredita nele. Ou, pelo menos, está começando a acreditar. Meu Deus.

– Jonathan Harker – respondeu Frankenstein. – É isso mesmo. Ele, juntamente com o professor Van Helsing, John Seward e Arthur Holmwood... eles fizeram um juramento quando voltaram para casa, uma promessa de que permaneceriam vigilantes e enfrentariam Drácula novamente caso algum dia fosse necessário.

Jamie inspirou fundo e ruidosamente.

– Não foi necessário – apressou-se a dizer Frankenstein. – Acredite em mim, ele está morto. Infelizmente, ele não foi o único vampiro do mundo; foi apenas o primeiro, e o mais poderoso. Foi um homem antes, o príncipe de um país chamado Valáquia, e seu nome era Vlad Tepes. Um homem terrível, que exterminou e assassinou indiscriminadamente milhares de pessoas. Em 1475, seu exército perdeu sua última batalha, e ele desapareceu junto com a maioria daqueles que o apoiavam, até que reapareceu, um ano depois, na Transilvânia, autodenominando-se conde Drácula. Com ele estavam seus três mais leais generais do exército da Valáquia. Três irmãos: Valeri, Alexandru, que você conheceu ontem, e Valentin. Como recompensa pela lealdade dos três, Drácula transformou-os, assim como suas esposas. E durante quatrocentos anos eles foram os únicos vampiros no mundo, seus poderes e imortalidade guardados cautelosamente por Drácula, que os proibia de transformarem qualquer outra pessoa. Porém, quando Drácula foi morto, tais regras morreram junto com ele, e os irmãos começaram a converter um novo exército para si. Nos últimos anos do século XIX, a doença começou a se espalhar. E ainda está se espalhando.

Frankenstein fez uma pausa e pigarreou, um som profundo como se estivesse dando partida no motor de uma escavadeira.

– Esta organização, a base em que você se encontra agora, as pessoas que você encontrou ontem, tudo isso surgiu da promessa que aqueles homens fizeram de serem vigilantes. Tudo isso cresceu exponencialmente durante todo o século XX, com a fundação de organizações equivalentes na Rússia, na América, na Índia, na Alemanha e no Egito, tornando-se o que você está vendo agora.

Frankenstein abriu um sorriso travesso para Jamie.

– Organização esta que, para todos os propósitos, não existe. As únicas pessoas de fora que sabem sobre nós são o primeiro-ministro e o chefe do Estado Maior. Ninguém pode jamais reconhecer a existência desta organização e nem dizer a qualquer pessoa que é membro dela. Como seu avô era. E seu pai. E como também será oferecida a você a oportunidade de se tornar um membro, dentro de mais ou menos cinco anos.

Frankenstein parou de falar. Jamie esperou para confirmar se ele tinha ou não feito apenas uma pausa, e, quando ficou claro que ele tinha acabado, o menino pensou em uma maneira de responder ao que ele ouvira.

– Então... – começou – ... o que você está me dizendo é que meu pai era um agente secreto que ganhava a vida lutando contra vampiros. Vampiros de verdade, que realmente existem, no mundo real. É isso? É nisso que você está pedindo que eu acredite?

– Estou lhe contando a verdade – respondeu Frankenstein. – Não posso fazer com que você acredite.

– Mas você tem que entender que isso tudo parece maluquice. Você entende?

– Eu sei que é muita informação a ser absorvida. E lamento por você ter ouvido essa história assim. Mas é a verdade.

– Mas... vampiros?

– Não apenas vampiros – respondeu o monstro. – Lobisomens, múmias, zumbis e diversos outros monstros.

– Lobisomens? Ah, por favor!

– Sim, Jamie, lobisomens.

– Lua cheia, balas de prata, tudo isso?

– Balas de prata são desnecessárias – disse Frankenstein. – As comuns funcionam muito bem. No entanto, a Lua os controla, sempre foi assim.

O interesse de Jamie estava no auge, apesar de seu ceticismo.

– Como eles são? – o menino quis saber. – Você já viu um lobisomem?

Frankenstein fez que sim.

– São criaturas terríveis e atormentadas – disse ele. – Selvagens e instintivos. Espero que você nunca depare com um deles.

Jamie fez uma pausa.

– E onde você se encaixa em tudo isso? – perguntou com cautela.

– Você é um garoto bem versado – respondeu secamente Frankenstein. – Pode deduzir.

– Mas era só um romance – respondeu Jamie.

– Que nem *Drácula*?

– Bem... sim.

Frankenstein desviou o olhar.

– Aquela garotinha maldita – disse ele baixinho, quase para si mesmo. – Ela entregou minha dor ao mundo como forma de entretenimento.

Jamie tentou voltar a outro ponto:

– Então, o que aconteceu na noite em que meu pai morreu? Quero dizer, o que realmente aconteceu?

Por um instante ele achou que o monstro não responderia. Frankenstein estava com os olhos distantes, perdido em suas recordações. Porém, o monstro balançou a cabeça, como se tentasse desanuviá-la, e disse:

– Não acho que você esteja preparado para saber disso ainda.

A crueldade dessa declaração quase partiu o coração de Jamie. Ele se recompôs, embora não tão rápido a ponto de isso escapar a Frankenstein, e prosseguiu:

– E quanto a ontem?

– Alexandru vem procurando você e sua mãe desde que seu pai morreu. Ontem ele os encontrou. – O monstro viu a expressão no rosto de Jamie e antecipou-se à pergunta que estava por vir: – Não sabemos como. Mas encontrou.

– Por que eu ainda estou vivo?

– Aquela menina, Larissa é o nome dela, deveria matar você. Mas acabou não fazendo.

– Por quê?

– Também não sabemos o motivo. Ela disse que não vai falar com ninguém a não ser com você.

– Comigo? – perguntou Jamie, repentinamente de olhos arregalados. – Por que eu?

– Não se preocupe com isso agora.

– E quanto à minha mãe? Ela está... ela está morta?

– Achamos que sua mãe tenha sido raptada por Alexandru.

– Por quê?

Frankenstein olhou para o menino com grande tristeza.

– Por sua causa, Jamie.

O monstro e o garoto ficaram sentados em silêncio durante um bom tempo, deixando que aquelas quatro palavras terríveis fossem digeridas, até que, por fim, Frankenstein se levantou. Sua sombra engolfou completamente Jamie, e ele estendeu a mão para o garoto, que a aceitou e deixou-se ser erguido.

Frankenstein conduziu-o para fora do jardim de rosas pelo caminho de madeira. Os dois caminharam em silêncio pelo vasto campo, em direção ao domo baixo, até que cruzaram a pista vazia, e então Jamie finalmente falou de novo:

– Como se chama tudo isso aqui? Esse lugar? – perguntou com um tom de voz pesado, carregado de emoção.

Minha mãe. Ah, meu Deus, minha mãe. A criatura do casaco cinza está com a minha mãe.

– Isso aqui? – respondeu Frankenstein, fazendo um gesto com o braço para indicar a imensa base circular. – Esta é a Instalação Militar Confidencial 303-F. Mas todo mundo se refere a ela como Looping, por motivos que você com certeza é esperto o bastante para deduzir.

Jamie olhou de relance à sua volta, para a enorme base circular, e abriu um sorriso.

– Não a base – disse ele. – A organização. Como se chama a organização?

Foi a vez de Frankenstein abrir um sorriso.

– Deixarei que o almirante Seward lhe conte isso. Vou levar você até ele agora.

– Ele vai ter que esperar.

– E por que ele vai ter que esperar?

– Porque eu quero ver a garota que tentou me matar ontem. Agora.

12

UMA BONDADE CARMESIM

Frankenstein apertou o botão marcado com a letra H no painel do elevador e eles começaram a descer. O monstro olhava diretamente para a frente, sua boca formando uma fina linha reta, e Jamie sabia que ele estava com raiva.

As portas do elevador abriram-se e eles depararam com uma câmara redonda. À sua frente Jamie viu uma espessa escotilha de descompressão e um painel de interfone. Não havia mais nada nas paredes além disso. As portas do elevador começaram a sibilar e estavam se fechando atrás dele quando Jamie se virou. Frankenstein ainda estava parado dentro do elevador, olhando para ele. Jamie lançou-se para a frente e enfiou a mão entre as portas.

– O que está fazendo? – gritou o menino. – Você não pode me deixar aqui embaixo sozinho!

Frankenstein respondeu numa voz tensa e cheia de farpas:

– Você queria vir aqui embaixo. Eu não falei para você fazer isso. Agora tenho que ir dizer ao almirante Seward que você se dignará a ir vê-lo quando tiver vontade.

Jamie ficou fitando o homem gigantesco. Quando as portas começaram a se fechar novamente, o menino enfiou de novo a mão entre elas; mas não disse nada. Ficou apenas encarando Frankenstein, que sustentava seu olhar.

Na terceira vez que as portas sibilaram, Jamie deixou que se fechassem. Conforme o rosto de Frankenstein ia desaparecendo por trás do metal deslizante, o garoto achou que tinha visto o rosto do monstro adquirir uma expressão mais suave, e os largos lábios dele se abriram, como se fosse dizer alguma coisa. Mas então as portas se uniram com um clique e ele se foi.

Jamie virou-se e analisou o painel do interfone. Havia ali um pequeno botão na parte inferior do retângulo de metal; ele o pressionou e ficou esperando. Estava prestes a apertar novamente o botão quando, de repente, uma voz surgiu ao interfone, fazendo-o dar um pulo.

– Código?

Jamie inclinou-se para perto do interfone e respondeu para a grade de metal:

– Não sei o que isso quer dizer – falou, envergonhado pelo tremor em sua voz.

– Diga seu nome.

– Jamie Carpenter.

Seguiu-se uma longa pausa.

– Prossiga – disse a voz por fim, e a imensa escotilha de descompressão foi destravada, lançando um bloco de ar em sua direção.

Jamie segurou a maçaneta e a puxou com toda a força para abrir a enorme escotilha, aparentemente pesada, mas ela deslizou com suavidade, e ele cambaleou para trás, agarrando-se à maçaneta para não cair. A porta era leve como uma pluma.

Deve haver algum tipo de contrapeso. Aposto que não daria para abri-la nem com dinamite se ainda estivesse trancada.

Ao passar pela porta, Jamie se viu em uma sala branca não muito maior do que um bom armário de cozinha. Havia uma segunda porta em frente à primeira, que ele fechou atrás de si, esperando que o segundo conjunto de travas se desconectasse.

Nada aconteceu.

Uma onda de pânico surgiu do nada e instalou-se em sua garganta. Ele estava trancado, preso naquele espaço minúsculo, a uma distância do solo da qual ele não tinha ideia. O suor brotou em sua testa e, de súbito, parecia que as paredes estavam mais próximas do que quando entrara ali. Ele encostou nas paredes as pontas dos dedos, esperando pela sensação de movimento, mas nada se mexia.

Então as luzes se apagaram, e ele cerrou os dentes para se impedir de gritar.

Um segundo depois, estava banhado em luz ultravioleta, enquanto pequenas escotilhas se abriam nas paredes, e a pequenina câmara foi preenchida por um sorrateiro gás branco.

Então acabou, tão rápido quanto havia começado. As luzes foram novamente acesas, e a segunda porta foi destravada com alguns estalos. Jamie jogou-se contra ela, empurrando-a com o ombro, tentando escapar daquele... – *caixão, era como se estivesse em um caixão* – ... daquela sala.

Ele apoiou as mãos nos joelhos, seu corpo dobrado ao meio, respirando com dificuldade. Quando o pânico diminuiu, levantou-se e olhou em volta. Estava em um longo e estreito corredor, fortemente iluminado por lâmpadas fluorescentes quadradas dispostas no teto. À sua direita havia uma parede lisa e branca e, à esquerda, um pequeno escritório atrás de uma grossa cortina de plástico. Dez metros à frente ele podia ver buracos quadrados que iam do teto ao chão e que aparentavam ser celas, seguindo em paralelo até o fim daquela ala. Uma linha branca fora pintada no chão em ambos os lados, um metro à frente de cada cela.

Jamie virou-se na direção do escritório. Por trás do plástico, um soldado usando o agora familiar uniforme todo preto estava sentado a uma mesa de metal. Olhava para Jamie com uma expressão estranha no rosto, uma mistura desconfortável de raiva e pena. Jamie supunha que o dó devia-se ao que acontecera com seu pai; quanto à raiva, não sabia o que tinha feito para provocá-la. No entanto, quando o homem falou, sua voz não tinha nem um pingo de conflito: seu jeito de falar indicava apenas raiva.

– Veio ver a nova prisioneira? – perguntou a Jamie, e o menino assentiu. – Ela está lá no final, à esquerda.

Jamie agradeceu e virou-se na direção das celas, mas o guarda pronunciou-se novamente:

– Não terminei ainda. Há regras aqui embaixo, não importa qual seja seu nome. Entendido?

Jamie voltou-se para o guarda, seu rosto vermelho de raiva. O homem notou e abriu um sorriso forçado.

– Ah, você já ouviu falar nas regras, hã? – disse ele. – Aposto que aprendeu com seu pai. Não foi?

– Qual é o seu problema? – perguntou Jamie, irritado, e o rosto do guarda tornou-se escarlate.

O homem levantou parcialmente, os olhos fixos em Jamie, mas então pareceu pensar melhor e voltou a sentar-se.

– Não lhe dê informações, não diga nada sobre si e não cruze a linha branca – disse ele. – Aperte o botão de alarme ao lado da cela se houver algum problema. Se tiver sorte, alguém vai ajudá-lo.

E, tendo dito isso, desviou o olhar.

Jamie passou pelo escritório e por entre as duas primeiras celas. Estavam vazias, mas ele sentiu uma onda de pânico ao observar a cela à sua esquerda, cuja parede frontal inteira estava aberta; não havia barras, nem vidro, nada. Olhou para o corredor e viu que todas as celas pareciam iguais. Voltou ao escritório atrás da cortina plástica e o guarda pronunciou-se de imediato, sem levantar o olhar:

– É luz ultravioleta. – Sua voz assumira um tom de total desinteresse. – Nós podemos passar, eles não.

– Por que não? – quis saber Jamie.

O guarda ergueu a cabeça e olhou para ele.

– Porque, se tentassem, arderiam em chamas e virariam cinzas. As células deles são vulneráveis à luz ultravioleta. É por isso que não podem sair ao sol.

O guarda abaixou a cabeça novamente e fez um gesto de desdém com a mão. Jamie cerrou os punhos, mordeu a língua e voltou ao corredor.

As primeiras duas celas, uma de cada lado dele, estavam vazias, mas a terceira, à direita, estava ocupada. Um homem de meia-idade todo arrumado em um terno marrom-escuro estava sentado em uma cadeira de plástico bem no fundo, lendo um grosso livro. Ele ergueu o olhar quando Jamie passou, mas não disse nada.

Ao seguir pelo corredor, Jamie notou um ruído distante. Soava como os uivos de raposas acasalando que ele ouvia dos campos atrás de sua casa; um guinchado profano, agudo e feio. Conforme Jamie passava por uma cela vazia após outra, o ruído ficava cada vez mais alto, e quando parou em frente à última cela à sua esquerda, o barulho era quase ensurdecedor.

A garota que o havia atacado no parque, e que o atacara novamente no hangar, estava rastejando de um lado para o outro no teto da cela, como uma mosca horrivelmente inchada. Ele quase não a reconhecia; seus olhos reluziam em um vermelho terrível, suas roupas estavam rasgadas e ela estava coberta de sangue seco, que formara uma crosta marrom. Sua cabeça estava jogada para trás, os músculos em seu pescoço saltados, como cordas grossas, e o uivo gutural que saía da sua boca retorcida deixava Jamie zonzo.

Ele inspirou profundamente, tentando controlar o pavor. Não conseguiu disfarçar; a criatura terrível que rastejava pelo teto era repulsiva, completamente antinatural. Ao ouvir sua respiração, ela virou a cabeça de súbito, seus olhos vermelhos fixando-se nos de Jamie. Mesmo em meio aos gritos estridentes, um lampejo de reconhecimento passou pelo rosto dela, e a menina gritou de novo, mais alto do que nunca, encarando-o.

De repente os gritos cessaram e ela caiu do teto de joelhos no chão. Fitou-o por um bom tempo, em silêncio, e depois começou a uivar de novo, sem tirar os olhos dos dele.

Na parede ao lado da cela havia um botão redondo e vermelho que Jamie presumiu ser o alarme, e, acima, um painel de comunicação com uma telinha de vídeo e um pequeno botão prateado logo abaixo. Jamie pressionou esse segundo botão e ficou esperando.

Com um estalo, surgiu a voz do guarda, obviamente irritado por ter sido incomodado, perguntando qual era o problema.

– O que há de errado com ela? – perguntou Jamie.

O guarda virou o rosto para baixo e soltou alguns palavrões baixinho.

– Você não sabe nada? – resmungou o guarda. – Ela está tomada pela fome.

– O que é a fome?

– Pelo amor de Deus! Ela está com fome. Quer que eu seja mais claro? A garota quer sangue. Eles ficam doidos se passam muito tempo sem sangue.

– Então dê um pouco de sangue a ela – disse Jamie.

O guarda riu.

– Por que eu faria isso?

– Que serventia ela tem desse jeito? – Jamie tentava controlar sua irritação. – Se vocês deixarem que a fome a enlouqueça, ela não vai poder me dizer nada de útil. Dê logo um pouco de sangue a ela.

– Não recebi ordens nesse sentido – disse o guarda.

Jamie olhou novamente para dentro da cela e reprimiu um grito: a garota havia se aproximado em silêncio e agora estava fitando-o do outro lado da barreira ultravioleta, seu rosto inumano a apenas centímetros do dele. Ela se debatia e tremia descontroladamente, seu corpo inteiro vibrando, seus olhos vermelhos dançando com a loucura. Ela abriu a boca e tentou falar com ele:

– Poooooooorrrrrr faaaaaaavoooooooorrrrrr. – O que ela dizia era quase ininteligível, com a boca frouxa, o maxilar tentando ferozmente formar as palavras. – Connnnnnntarrrr tuuuuuuudooo. Faazzzzzerrrr quaaaaaaalqueeeeeeeer cooooooooisaaaaa.

– Se você não der um pouco de sangue a ela – gritou Jamie ao interfone –, vou enfiar meu braço pela barreira. E aí você vai ter que explicar o que aconteceu ao almirante Seward.

Essa garota pode saber onde está a minha mãe. Não me importo se você tiver que jogar um balde de sangue para dentro da cela, preciso saber o que ela sabe.

Silêncio.

Jamie conseguia visualizar o guarda em seu escritório, avaliando a decisão, não desejando ter que explicar nada ao almirante Seward, muito menos sobre como alguém foi eviscerado em uma das celas durante seu turno.

– Chamei meu superior – disse o guarda por fim. – A decisão será dele. Ele está descendo.

– Ok.

Seguiu-se uma pausa, e então o guarda falou novamente:

– Sabe, o que eu disse antes, eu só estava...

– Não me importa – interrompeu-o Jamie, e o interfone ficou mudo.

Jamie ficou parado em frente à cela da menina, observando-a. Ela havia rastejado pela sala e se encolhido como uma bolinha na cama estreita, que ficava encostada em uma das paredes. Agora gemia em vez de uivar, um som profundo que Jamie podia sentir através das solas dos sapatos, e a cada poucos segundos ela se erguia levemente no ar, para depois voltar a cair sobre os lençóis brancos.

– Então você é o filho de Julian Carpenter – disse uma voz ao seu lado, e ele deu um pulo.

Pelo amor de Deus, pare de se assustar tão fácil.

Jamie virou-se na direção de onde vinha a voz e deparou com o belo rosto de um homem em seus 40 e tantos anos, vestindo o mesmo traje negro que todos os outros que ele havia encontrado desde que chegara à base. O homem carregava uma pequena maleta de metal e olhava para o garoto com franca curiosidade.

– Isso mesmo – respondeu Jamie. – Meu nome é...
– Jamie. Eu sei. Sou o major Paul Turner. O oficial em serviço do Nível H. Fui informado de que você deseja dar sangue à prisioneira, correto?
– Sim, senhor – disse Jamie.

O "senhor" saiu naturalmente; algo naquele homem o intimidava.

– Diga-me por que eu deveria deixá-lo fazer isso. Considerando que ela quase matou um dos meus colegas ontem à noite. E tentou fazer o mesmo com você.
– Isso não importa agora – disse Jamie. – Preciso saber o que ela sabe. Tudo que importa é a minha mãe.

O major Turner o olhou com o mais leve indício de sorriso no rosto.

– Conheci Marie – disse ele, e Jamie sentiu sua respiração falhar. – Eu a vi diversas vezes. Era uma boa mulher.
– O que quer dizer com "era"? – exigiu saber Jamie, seu rosto ficando vermelho.
– Me desculpe. Não foi uma boa escolha de palavras – respondeu Turner. – Conheci seu pai também. Éramos amigos. Você sabia disso?
– Não. Não sabia.

Os dois se olharam, e o espaço entre eles estava carregado de uma tensão que Jamie não compreendia. Por fim, o major Turner soltou as travas de sua maleta de metal, enfiou a mão lá dentro, retirou duas bolsas cheias de sangue vermelho-escuro e jogou-as de leve para Jamie, que as pegou sem tirar os olhos daquele homem.

Turner voltou a observá-lo, depois disse algo bem baixinho que Jamie não conseguiu entender direito, girou rapidamente nos calcanha- res e saiu andando veloz em direção à saída.

"Prove que estou errado." Acho que ele disse "Prove que estou errado."

Jamie voltou-se para a cela. Larissa continuava na cama, mas agora estava sentada ereta na beirada, sem conseguir tirar os olhos das bolsas plásticas que o garoto tinha nas mãos. Ele olhou também para as bolsas de sangue e sentiu de súbito uma forte repulsa. Jogou-as pela barreira da cela. As bolsas não chegaram a atingir o chão, pois Larissa se moveu muito rapidamente, pegando as duas no ar e ficando de joelhos no chão. Ela rasgou e arrancou a parte de cima da primeira com seus dentes pontudos e reluzentes, e Jamie virou-se para não vê-la virar a bolsa de ponta cabeça e esprêmê-la até entornar o líquido todo na boca.

– Obrigada – disse uma voz de menina atrás dele.

Jamie virou-se e olhou para dentro da cela. Larissa estava a um metro de distância, e sorria para ele. Seu rosto estava marcado com filetes de sangue, mas era humano novamente, e pela segunda vez Jamie afastou de sua mente um pensamento que lhe surgia facilmente.

Ela é bonita.

A menina havia parado de tremer e estava parada com uma postura graciosa, um pé cruzado atrás do outro, fitando-o com olhos que mais uma vez eram de um belo tom de castanho-escuro.

– Está se sentindo melhor? – perguntou-lhe Jamie.

– Eu me sinto ótima – respondeu ela, e seu sorriso se abriu ainda mais. – Graças a você.

Jamie sentiu as bochechas ficarem quentes.

– Que bom – disse ele. – Porque eu tenho algumas perguntas a lhe fazer.

– Sobre sua mãe?

Jamie sentiu um frio na espinha.

– O que você sabe sobre a minha mãe?

Larissa sorriu, e suas presas sujas de sangue brilharam sob as luzes fluorescentes.

# 13

PRIMEIRO ENCONTRO

– Você vai me deixar sair?

A pergunta foi feita em um tom de voz doce e infantil, como uma garotinha pedindo à mãe um gatinho de presente. Jamie riu, incrédulo.

– Por que eu faria isso?

– Porque eu poupei você – respondeu ela, abrindo um sorriso doce para ele, e as pontas de suas presas não estavam mais visíveis sob seus lábios sujos de sangue.

– Você me poupou?

– Poupei você. E você viu o que ganhei em troca.

Jamie olhou para ela. A camiseta cinza que a menina vestia estava rasgada em algumas partes, com manchas quase negras de sangue, mas ela continuava confiante e indiferente. A calça jeans desbotada também estava rasgada, e os bicos desgastados das suas botas marrons apareciam por baixo da calça.

Seus cabelos escuros eram longos, penteados cuidadosamente para afastá-los da testa. Seu rosto era – *lindo, ela é muito bonita* – ovalado e fino, e seus olhos, grandes, as íris de um marrom-escuro cintilando sob a iluminação fluorescente da cela. Seu nariz era pequeno, pontudo demais para a perfeição clássica, mas combinava com o aspecto esguio de suas feições. A parte inferior do rosto da vampira estava coberta de sangue, que brilhava em contraste com a pele branca como leite, obscurecendo o formato dos lábios dela. Filetes de carmesim acariciavam-lhe o pescoço.

Ela tossiu de propósito, e ele sacudiu a cabeça, tentando concentrar-se no que precisava ser feito.

– Por que você me poupou? – ele quis saber.

Ela sorriu de novo.

– Não tive vontade de matar você.

– Isso não é exatamente me poupar, é? É só não ter vontade de me matar.

– É uma questão de semântica.

– Não para mim.

Ela desviou o olhar, inspecionando as pontas dos próprios dedos, todos ensanguentados, alternando o peso do corpo entre uma perna e a outra. Quando olhou de novo para ele, seu sorriso estava mais deslumbrante do que nunca, e Jamie sentiu um friozinho na barriga.

– Então você não vai me deixar sair? – perguntou ela.

– Não poderia deixar você sair mesmo que eu quisesse. Não tenho qualquer autoridade aqui.

Idiota, idiota, idiota!

– Nem mesmo com seu sobrenome famoso? Ah, poxa. Que pena.

Eles ficaram olhando um para o outro através do campo brilhante de luz ultravioleta, e Jamie fez a primeira das duas perguntas para as quais ele realmente desejava uma resposta.

– Por que você estava tentando me matar?

Larissa estreitou os olhos.

– Eu não estava tentando matar você. Se eu realmente quisesse, você estaria morto.

– Então você também não estava tentando matar Matt?

– Quem é Matt?

– O jardim onde você aterrissou: era a casa dele. Aquele pescoço que você rasgou com as suas unhas: é o Matt. Ele está lá em cima, em coma.

– Bom para ele. Talvez saia vivo dessa.

– Espero. Então, por que você me atacou? O que foi que eu fiz?
– Ordens.
– De quem?
– Do meu mestre.

Jamie sentiu um calafrio na espinha e lembrou-se da criatura de casaco cinza que entrara na sua casa. Lembrou-se da loucura pálida no rosto daquela coisa, da forma como havia saltado no ar quando Frankenstein atirara nele com sua arma gigantesca, antes de desaparecer no céu como um míssil.

– Alexandru – disse ele, baixinho, e Larissa recuou um pouco.
– Você sabe o nome dele? – perguntou ela. Sua voz perdera um pouco do seu natural tom de confiança.
– Me informaram.
– Foi o monstro quem informou você?
– Foi Frankenstein, se é a ele que você está se referindo. Quem é ele? Alexandru?

O sorriso voltou ao rosto dela.

– Eles não lhe contaram isso?
– Só o nome dele – respondeu o menino.
– Ele é o terceiro vampiro mais velho do mundo – disse ela, com nítido deleite. – Os irmãos dele são o primeiro e o segundo. Ele é mais poderoso do que você pode imaginar.
– Poderoso até que ponto?
– Como Deus. Poderoso assim.
– Eu não acredito em Deus.

A vampira sorriu de novo; dessa vez Jamie viu as presas brancas sob seu lábio superior e estremeceu.

– Pois deveria – disse ela. – Deveria mesmo.

Durante vários minutos nenhum dos dois disse nada. Jamie abaixou-se até o chão e cruzou as pernas, olhando diretamente para ela. Depois de alguns segundos, ela espelhou os movimentos dele, e os dois ficaram sentados assim por um tempo. Eles não sorriram um para o outro, não exatamente, mas também não se olhavam com raiva e nem franziram a testa, nada disso. Jamie estava se concentrando em projetar calma, mas por dentro era um turbilhão de raiva e frustração.

Ela não é sua amiga, seu idiota. Por que você está conversando com ela como se fosse, seu imbecil idiota? Ela poderia ter matado você duas vezes ontem, e pode saber onde está sua mãe. Arranque a informação dela, pelo amor de Deus! Faça essa garota lhe contar o que você precisa saber.

Quando finalmente se pronunciou, ele foi bem direto:

– Minha mãe está viva? – perguntou, tomando cuidado para não deixar sua voz sair trêmula ao pensar na possibilidade contrária.

Larissa inclinou-se para a frente e afastou do rosto alguns fios de cabelo preto.

– Acho que sim – respondeu ela.

Calma, calma.

– Você não sabe?

– Ela estava viva quando eu os encontrei, depois de terminado. Mas aí Alexandru ficou com um pouquinho de raiva de mim por eu não ter matado você, então fui estraçalhada e jogada das nuvens no jardim de uma família. Então, depois disso, não sei dizer.

Ela sorriu, pôs a língua para fora e lambeu um minúsculo pontinho de sangue em seu lábio inferior. Jamie tentou ignorar.

– Aonde ele pode tê-la levado? – perguntou ele.

– Não sei.

– Eu não acredito em você.

Larissa deu de ombros.

– É um direito seu não acreditar em mim. Mas estou dizendo a verdade. Só Alexandru e Anderson sabiam aonde iríamos em seguida.

– Quem é Anderson?

– O braço direito do Alexandru. Idiota, mas cruel. Tipo um cão de guarda.

– Então você não sabe de nada que possa me ajudar?

– Sei onde eles estavam até ontem. E sei como descobrir onde estão agora.

– Como?

– Perguntando com jeitinho a uma certa pessoa.

– Perguntando a quem?

– Isso seria dedurar.

– Sim. Me conte.

– Não posso.

Uma onda de fúria irrompeu em Jamie.

– Por que não? – perguntou ele, levantando a voz. Não pôde evitar.

– Porque senão você não vai voltar para me ver.

– Isso não é uma brincadeira! – explodiu ele. – Não tem graça alguma! A vida da minha mãe está em jogo!

Nos olhos de Larissa surgiu um lampejo de vermelho, mas depois voltaram a seu tom castanho-escuro.

– Tem razão – disse ela, em uma voz gélida. – A vida dela. Não a minha vida. Apenas a vida de um único e anônimo ser humano. Que diferença vai fazer se ela viver ou morrer?

– Toda a diferença do mundo para mim! – gritou Jamie a plenos pulmões. – Me diga onde ela está! Agora mesmo!

Larissa soltou um suspiro e revirou os olhos.

– Quanta valentia – disse ela, baixinho. – Por trás de uma barreira impenetrável.

– Eu abriria essa cela agora mesmo se pudesse – disse Jamie. – Mataria você com minhas próprias mãos.

– Não – disse Larissa, olhando para ele com uma tristeza terrível – Você não faria isso. Sabe disso. Você não é um assassino. Não é como eu. Se você conseguir que me libertem, levarei você até a pessoa que pode nos dizer onde está sua mãe. Se não quiser, ou não puder, então infelizmente está sozinho nessa.

Lágrimas brotaram nos cantos dos olhos de Jamie; ele ergueu-se cambaleante. Cruzou o corredor com rapidez, quase correndo, para longe dela, determinado a não deixá-la vê-lo chorar.

A voz dela o alcançou:

– Volte logo – gritou Larissa, e seu tom de voz era cálido e afável.
– Vou estar esperando por você.

14

AGENTE SECRETO

Na hora em que saiu do elevador no Nível 0, Jamie já estava mais ou menos recomposto. Seus olhos estavam vermelhos, tanto por tê-los esfregado para limpar as lágrimas quanto pelas lágrimas em si. Um soldado de colete preto à prova de balas vinha pelo corredor em sua direção, e Jamie perguntou-lhe onde poderia encontrar o almirante Seward. O soldado olhou-o com ar de surpresa ao ouvir isso, mas informou-lhe onde ficavam os aposentos do diretor. Jamie agradeceu pela informação e seguiu por um corredor cinza que era como todos os outros.

Em frente à porta que dava para os aposentos do almirante Seward estava um outro soldado, com seu uniforme preto cheio de malhas e proteções para combate e o visor violeta do capacete abaixado, cobrindo seu rosto. Ele viu Jamie assim que o menino virou para o corredor.

– Identifique-se – disse o soldado.

Ele não levantou a arma, mas o dedo indicador de sua mão direita repousava com firmeza ao lado da chave de segurança do gatilho.

– Meu nome é Jamie Carpenter.

O soldado afastou o dedo do gatilho, esticou a mão e abriu o visor púrpura do capacete.

Meu Deus. Ele é só alguns anos mais velho que eu.

– Repita – disse o guarda, com uma expressão estranha no rosto; expressão de que Jamie não gostava nem um pouco.

– Meu nome é Jamie Carpenter – repetiu ele.

Um ar de repulsa foi tomando conta do rosto do guarda, que aproximou-se a passos largos de Jamie. O menino recuou um passo, erguendo involuntariamente a mão à frente em um gesto conciliador. O soldado empurrou-o contra a parede e inclinou-se até que seu rosto estivesse a poucos centímetros do de Jamie.

– Carpenter? – sibilou o guarda. – Foi isso que você disse? Carpenter?

Aterrorizado e totalmente ciente da pesada arma negra pairando a poucos centímetros de seu corpo, Jamie confirmou.

– E você tem a coragem de estar aqui? Neste prédio?

Jamie não respondeu; estava assustado demais para falar. Ficou fitando o frio e severo rosto do guarda, até que uma voz familiar veio do fim do corredor:

– Pode deixar, soldado.

Tanto o guarda quanto Jamie olharam na direção de onde vinha a voz; suas cabeças se viraram ao mesmo tempo. O almirante Seward estava parado na entrada de seus aposentos, com a porta aberta. Atrás dele, agigantando-se acima do diretor, via-se a forma enorme de Frankenstein.

O soldado endireitou-se, mas não recuou.

– Senhor, não posso... – começou ele a dizer. – Este é o filho de...

– Sei muito bem quem ele é, soldado – interrompeu Seward. – Agora baixe a guarda, filho. Esta é uma ordem direta.

O guarda deu um passo para trás e ficou em posição de sentido, de frente para o almirante. Seu rosto tinha um ar de ira ardente, mas ele não disse mais nada.

Seward saiu para o corredor, segurando a porta aberta.

– Entre, Sr. Carpenter – disse ele. – Temos muito o que discutir.

O almirante Seward sentou-se atrás da longa escrivaninha localizada em um dos lados do cômodo e Frankenstein ocupou as duas poltronas posicionadas ao lado da lareira. Jamie olhou de relance para o homem imenso a seu lado, que o encarava com um leve sorriso no rosto.

– Jamie Carpenter – disse Seward. – Eu gostaria de lhe dar as boas-vindas ao quartel-general do Departamento 19. Ou Blacklight, como sempre foi chamado por aqueles que têm conhecimento de sua existência.

Blacklight. Sinto que já ouvi essa palavra antes, há muito tempo. Blacklight.
E então um estranho e espontâneo pensamento lhe veio à cabeça.
Eu me sinto em casa.

Houve um longo momento de silêncio, até que o almirante Seward prosseguiu:

– Não o vejo desde que você era um bebê. Você se parece com o seu pai, Jamie, alguém já lhe disse isso?

– Minha mãe.

– É claro que sim – disse o almirante. – Sinto muito em saber o que aconteceu com ela. Era uma boa mulher.

– Ela ainda é uma boa mulher – disse Jamie, sem tirar os olhos do diretor do Departamento 19.

Seward deslocou, nervoso, uma pilha de papéis de um lado da escrivaninha para o outro. Parecia evitar olhar diretamente para Jamie, o que o enfurecia.

Olhe para mim, seu velho. É o mínimo que você pode fazer. Olhe para mim.

Frankenstein, como se pudesse ler os pensamentos de Jamie, esticou o braço e pousou a imensa mão no braço do garoto. A mensagem era clara: fique calmo.

– Senhor – disse Jamie, da forma mais polida que conseguiu, e quando Seward ergueu o olhar, ele prosseguiu: – Por que o guarda lá fora veio para cima de mim? Eu não fiz nada.

O almirante olhou para ele, abriu a boca, fechou-a, depois abriu a boca novamente e disse:

– Não se preocupe com isso. Não tem importância. Precisamos nos concentrar no que vamos fazer com você agora.

– Me deixe ir procurar a minha mãe – disse Jamie instantaneamente.

– Fora de questão – respondeu Seward. – Não fazemos a mínima ideia de onde ela esteja, nem mesmo se ela...

A voz de Seward foi sumindo; ele endireitou uma fileira de lápis no meio da escrivaninha.

– Se não for me ajudar... – disse Jamie em voz baixa. – Vou fazer isso sozinho. Me deixe sair daqui e vou encontrá-la eu mesmo.

– Não posso permitir isso – respondeu Seward. – Vamos removê-lo do sistema.

– O que isso quer dizer?

– Quer dizer que em pouco mais de 48 horas não haverá qualquer registro de que você algum dia existiu. É para sua própria segurança, e para a segurança de todos com quem você já entrou em contato na vida.

Jamie começou a sentir-se mal.

– Você está *apagando* a minha existência? – perguntou, incrédulo. – É isso que está me dizendo?

Seward assentiu.

– É o procedimento padrão em um caso como este. Alexandru pode tentar chegar até você por meio das pessoas que você conheceu na sua vida. E a existência dele, assim como as de outros como ele, deve permanecer em segredo. Isso é nossa prioridade máxima.

Um lampejo de raiva passou pelo rosto de Jamie.

– Minha mãe é minha prioridade máxima – rosnou. – Estou pouco me lixando para a *sua*.

– Está vendo? – disse Seward, olhando para Frankenstein sem saber o que fazer. – Como devo...? – Seward hesitou, depois voltou seu olhar para Jamie. – Seu pai era um dos meus amigos mais próximos – disse ele. – Você sabia disso? Não, é claro que não. Mas era. Quando entrei para o Departamento, ele já era uma lenda. Era um de nossos melhores operadores. E tudo para terminar daquele jeito...

Jamie esperou o almirante dizer mais alguma coisa, sentindo o calor sob a pele, empurrando sua raiva o mais fundo que conseguia, mas o velho parecia estar perdido em recordações, lembrando-se de dias melhores. Quando Jamie não conseguiu mais suportar o silêncio, tentou uma nova abordagem:

– E a minha mãe? – perguntou ele, baixinho. – Por que ela não me contou a verdade sobre o que meu pai realmente fazia? Quero dizer... depois que ele morreu...

Frankenstein falou em um tom retumbante que parecia mais uma avalanche:

– Ela nunca soube de nada sobre o Departamento 19. É proibido revelar sua existência a qualquer pessoa.

– Então ele mentiu para ela a vida toda?

– Sim – disse Frankenstein.

Seu grande rosto estava inexpressivo, mas ele mantinha os olhos nos de Jamie.

– Não é tão incomum assim – disse Seward, e tanto o adolescente quanto o monstro voltaram a atenção para a larga escrivaninha. – Todos os serviços de segurança exigem isso: IM5, SIS. E a Blacklight é ainda mais secreta do que esses dois.

– Então como eu teria sido convidado a me juntar à Blacklight? – quis saber Jamie. – A pessoa não tem que ser selecionada, assim como para a Força Aérea Especial?

Uma centelha de admiração cruzou o rosto do almirante, e ele confirmou com a cabeça.

– Você é muito perspicaz, Jamie – comentou o almirante –, assim como seu pai. O documento usado para a fundação do Departamento 19 confiou a proteção do Império aos cinco membros fundadores e a seus descendentes, por toda a eternidade. Posteriormente, uma emenda incluiu a sua família. Com o passar dos anos, tivemos que expandir, recrutando muito mais que os membros de apenas seis famílias. Tais homens e mulheres vêm das Forças Armadas, da Polícia, dos serviços de segurança, tal como você insinuou. Porém, os descendentes das seis famílias listadas no documento original são sempre convidados a se juntar ao Departamento 19; é algo automático. Uma tradição que nos serviu bem. Sempre algum descendente dos fundadores comandou a Blacklight, durante cada ano de sua história, desde a fundação do professor Van Helsing até agora, quando essa honra recaiu sobre mim.

Por um momento, a curiosidade colocou um pouco de lado a preocupação de Jamie com a mãe:

– Alguém da minha família algum dia esteve no comando?

O almirante Seward soltou um suspiro.

– Não. – Sua voz, que parecia inflada de paixão quando falava da história do Departamento 19, agora soava vazia. – Isso foi parte do problema.

– Que problema?

O olhar do almirante Seward voltou-se para Frankenstein, e Jamie fez o mesmo. O maxilar do homem gigantesco estava fortemente cerrado, e as veias em seu pescoço, saltadas, mas ele assentiu.

– Tudo bem – disse o almirante, com uma expressão resignada no rosto. – Imagino que seja melhor você ouvir isso de mim e não da boca de algum dos soldados.

– Ouvir o quê? – Jamie sabia, mesmo ao fazer a pergunta, que na verdade não queria ouvir a resposta de Seward.

– Dois anos atrás, um dia antes de morrer, seu pai nos traiu. Houve um ataque aqui no Looping, em que muitos homens foram mortos. O ataque foi perpetrado por Alexandru, o mesmo vampiro que raptou sua mãe ontem à noite e que mandou Larissa matar você. Seu pai deu a ele informações que permitiram que isso acontecesse.

Jamie sentiu um terrível frio na espinha, que chegou até sua nuca.

Impossível. Meu pai nunca faria uma coisa dessas. Impossível.
– Não acredito em você – disse ele. Sua voz não passava de um murmúrio.
– Sei que deve ser difícil para você ouvir isso...
– Não, não é difícil – interrompeu-o Jamie. – É fácil. Você está enganado.
Seward olhou para Frankenstein.
– Está vendo? Ele é jovem demais para entender essas coisas.
– Não sou jovem demais – disse Jamie. – Só não acredito em você. – O menino olhou para Frankenstein e continuou: – Havia coisas no nosso jardim na noite em que meu pai morreu. Eu vi, pela janela da sala, que a Larissa estava lá. Havia vampiros lá pouco antes de atirarem no meu pai. Se ele tivesse traído vocês, por que os vampiros estariam lá?
– Não houve registro de atividades sobrenaturais na área em torno da sua casa aquela noite – disse Frankenstein, baixinho. – Houve...
– Não quero ouvir isso! – gritou Jamie, sua voz subitamente alta no ambiente pequeno. – Não quero ouvir mais nada. Por que está me dizendo isso? – Ele virou-se para o almirante Seward. – Você me disse que ele era seu amigo. Por que está dizendo isso dele?
– E eu era amigo dele – respondeu Seward, e deixou seu olhar vagar para a escrivaninha, incapaz de encarar os olhos enfurecidos de Jamie.
– Eu era o amigo mais próximo dele, Jamie – disse Frankenstein. – Eu o conhecia havia uns vinte anos. O que ele fez partiu meu coração. Mas é a verdade.
– Mas por quê? Por que ele faria isso? Você disse que ele era uma lenda. Por que teria feito uma coisa dessas?
– Um ano antes de seu pai morrer, ele conduziu uma missão na Hungria – respondeu Frankenstein. – Estava seguindo a pista de Alexandru. Quando a equipe de seu pai chegou a uma proprieda-

de nos arredores de Budapeste, Alexandru não estava mais lá, mas a esposa dele sim. Julian destruiu-a e voltou para casa com sua equipe. No entanto, ele sabia que nada deteria Alexandru até que conseguisse sua vingança, ele se vingaria de Julian, assim como de você e sua mãe. Então seu pai fez um trato com ele, ele nos sacrificou em troca da segurança de vocês.

Frankenstein baixou o olhar para Jamie, que ficou chocado ao ver lágrimas se acumulando nos cantos dos olhos do monstro.

– Eu não estou muito certo – respondeu Jamie. – Não mesmo. Se ele fez algum trato com o Alexandru, o que foi isso que aconteceu ontem?

Foi o almirante Seward quem respondeu:

– Creio que podemos presumir que Alexandru não esteja mais honrando esse trato.

– Mas na árvore. Na noite em que meu pai morreu havia...

Seward bateu com a mão na mesa, fazendo os outros dois darem um pulo.

– Chega! – gritou o diretor. – Já chega. Foram encontrados documentos, documentos estes em que Julian, muito eloquente e detalhadamente, descreveu seu ódio pelos fundadores, devido ao modo como ele acreditava que a família dele, a *sua* família, havia sido tratada durante os anos. Ele nos traiu e bons homens morreram, homens que mereciam um destino melhor. Então você pode ver por que nem todo mundo aqui nesta base está feliz em vê-lo, e também por que encontrar sua mãe não é uma prioridade.

Uma espessa névoa vermelha desceu sobre a visão de Jamie. Ele se levantou da cadeira com tamanha rapidez que Frankenstein nem teve tempo de esboçar alguma reação. O garoto atravessou a sala correndo e lançou-se sobre a ampla mesa. O diretor empurrou sua cadeira para trás, e Jamie agarrou o ar tentando segurar o pescoço de Seward. Então ele foi jogado sobre a mesa, pois Frankenstein imobilizou-o por trás, prendendo com firmeza seus braços ao lado do corpo. Jamie foi puxado para cima e ficou encarando com ódio o rosto vermelho do almirante Seward, que retribuiu seu olhar com outro de extrema fúria.

– Como se atreve? – rugiu o diretor. – Seu fedelho, como se atreve?

– Minha mãe não fez nada! – gritou Jamie. – Ela nem sabia quem meu pai era de verdade, você mesmo disse isso! E vocês vão deixá-la morrer? Então me deixem morrer também, tentando ajudá-la!

– Eu não posso fazer isso! – gritou Seward. – Por mais que eu gostaria neste exato momento.

– Por que não?

– Porque, sua criancinha raivosa, você é um Carpenter, e não importa o quanto seu pai possa ter sujado esse nome, você ainda é um descendente, e ainda é meu dever mantê-lo a salvo, até mesmo de si próprio!

Jamie foi pego pelo abraço de urso de Frankenstein. Tudo estava girando.

Não pode ser verdade. Não vou acreditar nisso. Não vou. Ele era meu pai. Não posso acreditar nisso.

– O que você faria? – prosseguiu o almirante Seward. – Como você traria sua mãe de volta? Você não tem armas, não tem treinamento, nem ao menos um plano. A vampira lhe contou para onde levaram sua mãe?

Jamie balançou a cabeça. Frankenstein, com cuidado, diminuiu um pouco a pressão que fazia para segurar o garoto, que ficou de pé sem muito equilíbrio em frente à mesa.

– Não – disse ele. – Ela alegou que não sabe.

O almirante bufou de deboche.

– É claro que ela sabe – respondeu ele. – Só não contou a você. Bem, podemos forçá-la a contar. Em dez minutos, no máximo.

– Creio que não. Ela não sabe aonde eles estavam indo. Acredito nela. Não vejo nenhum motivo pelo qual ela seria leal a Alexandru depois do que ele fez com ela.

– Então ela é inútil?

– Ela me disse que pode nos levar até alguém que sabe aonde eles foram.

Seward riu ao ouvir isso.

– Que surpresa! Bem, ela pode esquecer isso. Por nada nesse mundo eu vou deixar que ela saia desta base.

– Poderíamos controlar a menina, senhor – disse Frankenstein. – Colocar um cinturão de contenção nela.

– De jeito nenhum! – disse Seward, irritado. – Não vou devotar os recursos desta organização a uma perseguição impossível. Nem mesmo dei permissão a vocês para que comecem a procurar Marie ainda.

– Eu vou encontrar a minha mãe – disse Jamie, em um tom de voz cortante como aço. – Com ou sem a sua ajuda.

O almirante Seward olhou para ele.

– Vai ser muito difícil você encontrar alguém se eu decidir que você terá que ficar confinado na base. – Ele abriu um sorriso para Jamie, uma linha fina, sem humor algum. – Para sua própria segurança, é claro. Um dos mais velhos e mais poderosos vampiros do mundo está à sua procura. Não seria sequer uma mentira.

– Vou tomar conta dele – disse Frankenstein, baixinho.

– Você é um membro desta organização e vai seguir as ordens que lhe forem dadas – disse o almirante Seward, de modo incisivo.

– Neste caso – respondeu Frankenstein –, eu me demito.

Jamie arfou, e Seward arregalou os olhos.

– Você o quê? – perguntou o diretor.

– Eu me demito. Fiz um juramento de que protegeria a família Carpenter. Se a Blacklight me impedir de cumprir tal juramento, então não posso mais fazer parte da organização.

O almirante Seward ficou em silêncio. Entrelaçou os dedos e abaixou a cabeça. Jamie e Frankenstein ficaram parados em frente à escrivaninha do diretor da Blacklight, à espera. Por fim, Seward ergueu o olhar para os dois. A raiva em seu rosto era claramente visível, porém, quando se pronunciou, sua voz estava tranquila. Jamie suspeitava de que aquilo demandasse muito autocontrole.

– Muito bem – disse ele. – Vocês dois podem realizar uma busca por Marie Carpenter sob a jurisdição do Departamento 19. Sr. Carpenter, você auxiliará temporariamente o Departamento, mas não é um operador da Blacklight. Preciso repetir isso?

– Não – foi a resposta de Jamie.

– Ótimo. Você não pode induzir esta organização a gastar recursos excessivos, e a vampira não deixa a base. Não vou ordenar que seja destruída se ela decidir cooperar, porém esse é o limite absoluto da minha generosidade em relação a esse assunto. Fui claro?

– Sim, senhor.

– Homens? – perguntou Frankenstein.

– Vocês podem solicitar um motorista, podem requerer transporte aéreo se as circunstâncias assim demandarem e podem recrutar dois homens a qualquer momento, apenas se eles não forem necessários na realização de outros deveres, e somente se concordarem em ajudar vocês estando plenamente cientes dos fatos. Não darei ordens a ninguém para que ajudem vocês, por motivos que imagino serem óbvios.

– Obrigado, senhor – disse Jamie.

– Certo. Victor, leve o Sr. Carpenter até o Playground e faça-o passar pelo treinamento básico de 24 horas.

Jamie abriu a boca para protestar, mas Seward cortou-o:

– Não é negociável. Deus sabe que provavelmente não será de muita utilidade para você, mas vai me ajudar a dormir em paz à noite, já que o primeiro vampiro que cruzar o seu caminho pode tentar dilacerar seu pescoço.

– Obrigado, senhor – disse Frankenstein, que colocou um braço em volta de Jamie e virou-o com gentileza, afastando-o da escrivaninha do diretor.

Quando estavam abrindo a pesada porta de metal, o almirante Seward pronunciou-se novamente:

– Encontrem-na – disse ele. – Sua família já tem sangue o bastante nas mãos. Não precisa de mais.

Jamie voltou a virar-se para encarar o diretor.

– Farei isso, senhor – disse ele, e a determinação em sua própria voz o surpreendeu. – Farei isso.

15
DURAS LIÇÕES

Jamie Carpenter tinha os olhos cravados no tapete azul sob seus pés. O sangue pingava em um fluxo constante de seu lábio inferior cortado, formando uma poça no tecido brilhante do tapete e misturando-se ao suor, que era um chuvisco salgado escorrendo da sua cabeça.

– Levante-se.

A voz tinha um tom gentil, mas nada de pena, então Jamie ergueu a cabeça e forçou-se a ficar em pé sobre suas pernas trêmulas. Diante dele estava um homem com uniforme de treino cinza, quase tão largo quanto alto, que olhava de cima para Jamie com olhinhos enfiados em uma cabeça que tinha o tamanho e a forma de uma bola de boliche. Viam-se semicírculos de suor debaixo dos braços do homem, mas ele respirava com facilidade e olhava para Jamie da forma brincalhona, como um leão olha para um gnu ferido.

O homem avançou, cobrindo a distância entre eles em uma fração de segundo. Jamie já esperava por isso, mas estava cansado, tão cansado que tudo que conseguiu fazer foi jogar os braços para cima, exausto, em uma tentativa de autodefesa. O homem verteu socos nos antebraços de Jamie e uma dor excruciante atingiu seus membros como uma flecha, mas o homem continuou avançando com suas grandes mãos cheias de cicatrizes, virou a cabeça com tudo para a esquerda e partiu para cima do pescoço do garoto.

Ele parou a um centímetro da pele nua do pescoço de Jamie, que olhava fixamente, mas sem expressão, para o teto da imensa sala circular em que passara as últimas 18 horas. Ele tinha consciência de que o homem de uniforme cinza agora soltava sua cabeça, recuava um passo e dizia-lhe alguma coisa, mas tudo parecia estar acontecendo em algum lugar muito distante dali.

A mão de alguém veio em sua direção, acertando em cheio a lateral de sua cabeça, rápida como uma cobra. Ele saiu de seu transe e segurou o local atingido, onde surgiu uma dor entorpecente e aguda que se espalhava com rapidez.

– Está me ouvindo agora? – perguntou o homem.

Jamie o encarou com um olhar de supremo ódio, e respondeu que sim.

– Que bom. Fique feliz por ainda poder ouvir. Porque, se eu fosse um vampiro, você estaria morto.

O homem soltou um suspiro.

– Descanse um pouco, depois venha tomar seu café da manhã – disse ele, e saiu andando até o outro lado da sala.

Quando chegou em frente a uma das portas que havia na parede curva, virou-se novamente para Jamie e completou:

– Você precisa se concentrar. Pense na sua mãe.

Ao deixarem os aposentos do almirante Seward, Frankenstein levara Jamie direto até um dos genéricos elevadores de metal. O homem imenso não dissera nada enquanto caminhavam, mas Jamie não achava que Frankenstein estivesse com raiva; bem, ao menos não exatamente. Mesmo depois de Jamie ter avançado no diretor, o monstro ainda ameaçara abandonar sua carreira no Departamento 19 caso Seward insistisse em não permitir a busca pela mãe do garoto. E Jamie tinha certeza de que a ameaça de demissão já fora mais significativa para o monstro do que ele havia demonstrado. O amor de Seward pelo lugar, o orgulho que sentia pelas realizações e pelas histórias do departamento, tudo isso estava bem claro para que todo mundo visse, mas quanto a Frankenstein, Jamie acreditava que debaixo daquela superfície verde-acinzentada e glacial do seu rosto afloravam os mesmos sentimentos que Seward nutria, e com a mesma intensidade. Jamie estava aliviado pelo fato de o almirante não ter desconfiado do blefe do Frankenstein; ele não queria ter sido o responsável por seu guardião deixar seu posto na organização.

Os dois haviam descido até o Nível G e atravessado uma série de corredores até chegarem a uma sala com porta de vidro, na qual estava escrito em estêncil PROFESSOR A. E. HARRIS. Frankenstein socou com força as letras da porta, que foi aberta por um homem grisalho que devia estar na faixa dos 50 anos. Seus cabelos estavam penteados para trás das têmporas em faixas onduladas e prateadas, e ele tinha um bigode enorme, uma cerca viva descabelada em cinza e preto. Vestia um terno escuro, uma camisa azul e uma gravata amarelo-limão; parecia o excêntrico vice-presidente de uma corretora.

O homem acenou com a cabeça, mostrando reconhecimento, e depois olhou Jamie de cima a baixo, um leve ar de desdém no rosto. Jamie, cujo temperamento ainda não estava totalmente sob controle depois das coisas que o almirante Seward havia dito sobre seu pai, estava a ponto de dizer alguma coisa ao professor, mas Frankenstein acabou falando primeiro:

– O almirante Seward...

– Acabou de falar comigo – disse o professor Harris, interrompendo-o. – Ele me pediu que administrasse 24 horas de treinamento para esse menino. Eu disse a ele o mesmo que vou dizer a vocês agora: não consigo ver o que vocês esperam que eu faça em tão pouco tempo.

– O máximo que você conseguir – respondeu Frankenstein, de uma forma agressiva, porém sutil, e o outro homem estremeceu.

Esse cara tem medo dele. Legal. Vamos ver se você vai me chamar de menino de novo.

O professor Harris parecia querer dizer algo, mas lançou um olhar rápido para Frankenstein e mudou de ideia. Em vez disso, soltou um suspiro exagerado, escancarou a porta para sua sala e, com um gesto, convidou Jamie a entrar.

A sala era pequena e parecia ter sido retirada do departamento de história de uma universidade. Todas as superfícies disponíveis no ambiente estavam cobertas de livros, diários e cadernos cheios de coisas escritas à mão. Em um canto havia uma escrivaninha rústica de madeira, oculta sob pilhas de papéis e arranha-céus de livros que ameaçavam desabar. *Uma nova história dos julgamentos das bruxas de Salém* era o que estava logo em cima, e embaixo havia volumes de livros sobre a Idade das Trevas, a Renascença, a Primeira Guerra Mundial e dezenas de outros assuntos.

– Não encoste em nada – avisou o professor Harris. – Apenas me siga.

O professor foi caminhando com cuidado por entre as pilhas de livros e papéis, até que abriu uma porta que Jamie nem havia notado, fazendo um sinal para que o garoto o acompanhasse. Ele foi atrás, tomando certo cuidado para não derrubar nada no caminho, embora parte dele desejasse fazê-lo só para ver qual seria a reação do homem.

Do outro lado da porta havia uma pequena sala de aula. Três fileiras de cadeiras de plástico e metal estavam diante de uma tela branca retrátil e um púlpito de madeira clara. Havia um projetor pendurado no teto e uma prateleira baixa no fundo da sala, cheia de pilhas arrumadinhas de cadernos, lápis e canetas. O professor Harris foi rapidamente até a frente da sala e pegou um controle remoto sobre o púlpito.

– Pegue papel e caneta e sente-se – disse ao ajustar a tela.

Jamie obedeceu, e Harris voltou à porta da sala e apagou as luzes, fazendo-os mergulhar na escuridão. Depois apontou o controle para o projetor e apertou um botão.

– Assista, concentre-se, tente entender – disse o professor, e saiu da sala batendo a porta com força.

A tela tremeluziu até iluminar-se por completo, e Jamie acomodou-se em uma das cadeiras.

Uma hora depois, a tela ficou branca novamente e Jamie recostou-se na cadeira, prostrado. Ele não conseguia se lembrar de algum dia ter ficado tão elétrico; seu estômago estava se revirando como se ele tivesse acabado de andar de montanha-russa, seus braços e sua coluna formigavam e seu coração batia no que parecia ser o dobro do ritmo normal.

O primeiro filme chamava-se *Fundação e história do Departamento 19*. Parecia um daqueles documentários chatos que sua mãe o obrigava a assistir nas noites de domingo quando criança, só que, para piorar, a voz do narrador era claramente a do próprio professor Harris. Então, quando o professor começou a falar, no filme, sobre Drácula, a imaginação de Jamie correu solta.

A ideia que ele tinha de Drácula estava arraigada em sua consciência, profundamente ligada a Christopher Lee, smokings e capas listradas de vermelho. Assim, enquanto o professor Harris recontava a familiar história, Jamie ficou rabiscando em um dos cadernos. Porém, quando a história voltou para Londres e Harris começou a contar algo que chamava de o Incidente do Liceu, Jamie ergueu os olhos de súbito e congelou. Na ampla tela, uma fotografia em sépia, datada da virada do século, tremeluzia, mostrando um homem que ele reconheceu instantaneamente, mesmo sem nunca o ter visto antes. Quando a voz do professor confirmou que aquele era seu bisavô, Henry Carpenter, ele empurrou o caderno para o lado e não despregou mais os olhos da tela.

Durante os vinte minutos seguintes Jamie ficou em transe e, quando começaram a rolar os créditos do filme, estava muito claro para ele por que o almirante Seward falava da Blacklight com um orgulho tão evidente. Jamie ficou maravilhado com as coisas que os homens e mulheres do Departamento 19 haviam feito nos últimos cem anos, com sua valentia e engenhosidade, com os horrores e perigos que enfrentaram.

Ele ficou ouvindo, quase sem respirar, o professor Harris descrever a missão de Quincey Harker na aldeia de Passchendaele, e se pegou comemorando por dentro quando o corajoso capitão retornou do front em 1918 e assumiu o cargo de diretor do Departamento. Sentiu um nó na garganta quando Stephen Holmwood, possivelmente o melhor dentre os operadores da Blacklight, morreu tão precocemente, e sentiu que seu peito sem querer inflava-se com orgulho toda vez que um de seus ancestrais desempenhava um papel no evento que estava sendo descrito, especialmente em uma missão realizada por seu avô, John, no finalzinho de 1928. O frustrante foi a missão ter sido narrada apenas por alto, já que o filme tentava abranger um período de mais de um século de história da Blacklight em simplesmente menos de meia hora, mas o papel de seu avô parecia ter sido significativo, e Jamie resolveu perguntar a Frankenstein se ele sabia alguma coisa a respeito.

O segundo filme, novamente narrado pelo tom seco e levemente pomposo do professor, chamava-se *A história e a biologia do vampiro*. Diagramas médicos enchiam a tela enquanto o professor discorria sobre teorias relacionadas à condição vampírica que era passada de uma pessoa para a outra via saliva, geralmente no ato da mordida, e sobre como as evidências disponíveis sugeriam que tal condição acelerava o metabolismo da pessoa infectada, assim como as batidas de seu coração, a níveis incríveis, e estimulava uma área dormente do cérebro à qual o professor se referia como glândula V, que era responsável pela força e agilidade incríveis demonstradas pela maioria desses seres, e sobre como um suprimento constante de sangue fresco era necessário para manter esse estado elevado. O filme declarava diretamente que os vampiros não estavam mortos, nem eram zumbis ou seres demoníacos, mas uma forma de mutação: eles eram, no sentido mais verdadeiro do termo, seres sobrenaturais.

Ao se lembrar do terror desesperador e cruel de se perder nos olhos carmesim de Larissa, e lembrando-se também do modo como Alexandru havia partido como um relâmpago pelo céu noturno depois que Frankenstein o confrontara, Jamie não ficou totalmente convencido; acreditava que havia se deparado com o mal, que havia sido exposto a algo que estava longe de ser humano.

A tela ficou branca quando o segundo filme chegou ao fim, e Jamie ouviu a porta da sala ser aberta. O professor Harris acendeu as luzes, seguiu a passos largos até o púlpito na frente da sala e olhou impaciente para Jamie.

– Alguma pergunta? – quis saber. – Não? Que bom, então vamos continuar. Tenho certeza de que Terry está ansioso para pôr as mãos em você.

Durante quase uma hora o professor fez uma série de perguntas a Jamie sobre os filmes que ele havia acabado de ver, sobre os pontos fortes e fracos dos vampiros e sobre as diversas maneiras como podem ser mortos. Ele riu diante da sugestão irônica de Jamie de usar alho e água benta, e se conteve quando ele perguntou, com toda a seriedade do mundo, se um crucifixo funcionaria. Tendo Jamie respondido à última pergunta corretamente, para sua relutante satisfação, o homem levantou o telão, revelando uma porta que ele abriu. Deu instruções a Jamie para que seguisse pelo corredor e atravessasse a porta ao final.

Jamie se viu então em uma imensa sala circular, iluminada de todos os lados por faixas de luz fluorescente. Uma série de bancos compridos de madeira dividia o ambiente no meio; o chão à frente dele estava coberto por um grande tapete azul. Na outra extremidade da sala havia uma plataforma elevada que ficava de frente para uma tela curva. Estava se perguntando o que seria aquilo quando uma voz pronunciou-se atrás dele, e Jamie virou-se.

A fonte da voz era um homem robusto, que estava agachado, seus braços e ombros cheios de músculos bem definidos por baixo do uniforme de treino. Seus cabelos estavam quase totalmente raspados, e o homem tinha uma expressão de curiosidade e calma ao mesmo tempo.

– Sr. Carpenter? – perguntou ele, e Jamie assentiu. – Meu nome é Terry. Seja bem-vindo ao Playground.

Ele cruzou o espaço entre eles com tanta rapidez que Jamie não teve nem tempo de se preparar. O instrutor agarrou-lhe a cabeça e lançou-se de boca aberta sobre seu pescoço. Jamie ficou totalmente vulnerável, pego de surpresa, e, quando o instrutor o soltou, ele caiu com força no chão.

– Você está morto – disse o homem. – Ou coisa pior. Levante-se.

E assim começou.

Jamie adotou a postura que Terry mostrou a ele e tentou defender-se de seus ataques. O instrutor avançou na direção dele em ziguezague, com os joelhos flexionados, as mãos se movendo suavemente de um lado para o outro, e então o atacou. Sem fazer qualquer barulho, Terry cruzou entre as defesas de Jamie com um gingado e deu um soco, de punho cerrado, na barriga do menino. Jamie se curvou de dor, e o ar irrompeu dele fazendo um som similar ao de um balão estourando. Ele caiu no chão com as mãos na barriga. Terry recuou um passo, esperou que seu aluno recobrasse o fôlego e ordenou que ele se reerguesse. Jamie obedeceu, trêmulo, apenas para ser jogado no chão de novo por um cruzado de direita no queixo, um soco que o instrutor freou no último segundo para poupá-lo. Ele girou nos calcanhares, revirando os olhos. Ouviu Terry ordenar-lhe que levantasse novamente, e de alguma forma conseguiu fazer isso, tentando focalizar a vista e sentindo os membros pesados como chumbo. Quando Terry avançou pela terceira vez, ele nem tentou resistir; o instrutor posicionou um dos pés atrás da perna dele e derrubou-o com facilidade no chão.

O treinamento prosseguiu assim, e Jamie não fazia ideia de quanto tempo havia durado. Ele era derrubado e reerguia-se com dificuldade, só para ser derrubado novamente. Algum tempo depois, permitiram-lhe que descansasse um pouco. Passando por uma das portas havia um pequeno dormitório. Ficou deitado, aliviado, nos lençóis frescos de uma das camas, e deixou-se cair em um profundo esquecimento, sem sonhos. Quarenta e cinco minutos depois, Terry chacoalhou-o para acordá-lo, e o esforço para não chorar custou a Jamie suas últimas forças.

Lá foi ele para o chão, vezes sem fim.

O sangue fluía livremente de um corte acima de sua sobrancelha, sua barriga estava cheia de hematomas, e ele ficava o tempo todo arfante, seus pulmões gritando ao tentar puxar oxigênio suficiente através da sua boca inchada de tantos golpes e pancadas.

Eles continuaram com o treinamento durante a noite, Terry sem exibir a mínima pontinha de cansaço, e, ao amanhecer, Jamie era como um zumbi, funcionando à base de uma combinação de instinto com as funções motoras mais básicas. Quando Terry lhe disse para se recompor e tomar café da manhã, o garoto tombou no chão e ficou com o olhar fixo no teto, seu peito pesado e cada pedacinho de seu corpo doendo. Apenas um pensamento coerente pulsava em sua mente, repetidas vezes, e era a única coisa que o fazia continuar.

Minha mãe.

16

O SONHO DE TODO GAROTO

Jamie empurrou lentamente a porta pela qual Terry tinha passado. Suas costelas doíam e seus braços estavam pesados. Um alto zumbido, de vozes que se misturavam, saudou-o quando a porta se abriu.

Era um refeitório. Disposto ao longo de uma das paredes havia um balcão comprido, de trás do qual várias pessoas serviam-se de iogurte, cereais, ovos, bacon, salsicha, torres de torradas tostadas ou não. O restante da sala estava cheio de mesas também longas de plástico, em volta das quais sentavam-se grupos de soldados vestidos de preto e médicos e cientistas em jalecos brancos, além de homens de terno. Alguns deles ergueram o olhar quando Jamie entrou, mas não havia olhos grudados nele, nem os sussurros que esperava. Pelo contrário, as pessoas se viraram e voltaram a comer, e Jamie foi para o fim da fila.

Encheu um prato com ovos, bacon e torrada, tanto quanto cabia no prato, e ficou ali parado, envergonhado, perto de um carrinho com bandejas vazias, procurando ver onde estava Terry. Alguém ergueu a mão no canto mais extremo do refeitório e Jamie dirigiu-se, aliviado, até lá. Sentou-se em uma cadeira de plástico em frente ao instrutor e, faminto, começou a devorar seu café da manhã. Terry ficou observando-o em silêncio, mastigando com uma tranquilidade fora do normal os flocos de aveia de uma tigela e, depois de alguns minutos, pronunciou-se:

– Então você é filho de Julian Carpenter? Deve ser duro para você.

Jamie soltou um suspiro, segurando uma torrada.

– Parece que sim – respondeu ele.

– Coisa terrível que seu pai fez – disse Terry.

O menino estava cansado, mais cansado do que nunca se sentira antes na vida, e sem paciência. Bateu com os talheres na mesa, tão forte que fez várias pessoas nas mesas ao redor pularem em seus assentos.

– Então você também tem problema comigo? – rosnou ele. – Era esse o objetivo daquela palhaçada toda lá dentro? Punir a mim por algo que o meu pai fez?

– Aquela palhaçada toda lá dentro – respondeu Terry calmamente – era para tentar fazer com que você continue vivo quando eles o deixarem sair daqui. Considere-se um cara de sorte por só termos tempo para o treinamento básico. E eu não culpo você pelo que o seu pai fez. Vou julgá-lo com base nas suas ações, e não nas dele. – O instrutor tomou um gole de café. – Porém, não posso lhe prometer que todo mundo aqui vá ver as coisas do mesmo modo. Só para que você fique avisado.

Jamie ficou olhando para o instrutor por um bom tempo, depois pegou sua faca e seu garfo e continuou tomando seu café da manhã. Terry recostou-se na cadeira, em silêncio, e ficou observando Jamie comer.

Ao voltar para o Playground, Jamie ficou nervoso quando viu que agora havia mais ou menos uma dúzia de pessoas paradas, em pé, próximas às paredes da sala circular, todas o observando em silêncio. No meio daquela fileira de gente estava um homem de uns 50 anos, vestindo um terno escuro coberto de medalhas e mais medalhas, todas brilhantes e coloridas.

– Quem é aquele? – perguntou Jamie num sussurro, enquanto ele e Terry se encaminhavam para os bancos no meio da sala.

– Aquele é o major Harker – foi a resposta de Terry. – Se eu fosse você, ficaria longe dele.

Durante uma hora eles usaram todos os equipamentos padrão da Blacklight para trabalho em campo. Jamie vestiu um dos uniformes pretos, fechou as travas da vestimenta de batalha e colocou na cabeça um daqueles capacetes com visor púrpura. Baixou o visor e ficou pasmo ao ver que a sala adquirira uma série de padrões de cores. As paredes e o chão eram de um azul bem claro, quase branco; as luzes fluorescentes, retângulos de um vermelho bem vivo; e Terry era uma mistura estonteante de todas as cores do espectro, com nós vermelho-escuros no peito e na cabeça, e verde-claros nas extremidades de seus braços e pernas. Jamie ergueu o visor e olhou para o instrutor.

– Que incrível. Esse troço identifica os pontos de calor?

Terry fez que sim com a cabeça.

– O capacete tem um detector infravermelho embutido, com resfriamento criogênico. O visor mostra as variações de calor. Os vampiros aparecem como fogos de artifício, de um vermelho vibrante. É bem útil quando se está em campo, pode acreditar.

Eles então passaram para as armas. Terry guiava um carrinho de aço e repassava seu conteúdo com Jamie. Ao apertar um botão, uma espessa parede de concreto ergueu-se do chão e fez descer do teto uma série de alvos.

Sob a supervisão de Terry, Jamie usou todas as armas do carrinho. Praticou com a pistola Glock 18mm descarregada, a que todo operador trazia consigo, depois a carregou e recarregou, e então ficou em posição e atirou três pentes de balas nos alvos, posicionados na parede. Colocou no ombro uma Heckler & Koch MP5 e moveu a trava seletora, disparando tiros únicos, estouros com três tiros sequenciais e, por fim, um eletrizante e barulhento pente inteiro no modo totalmente automático. Os alvos ficaram retalhados sob o impacto das balas, fazendo elevar-se uma fina poeira de concreto.

Seus braços ficaram dormentes por causa do recuo e da vibração das armas, mas ele se sentia em êxtase. Conseguira acertar uma boa quantidade de sequências de tiros, que se chocavam com um som oco contra as cabeças e os peitos dos alvos, e ouvira Terry soltar um grunhido de aprovação. Porém, estava ainda mais animado com o item seguinte do carrinho: o tubo de metal que ele via pendurado no cinto de todos os soldados da Blacklight, a versão menor da imensa arma com que Frankenstein havia atirado em Alexandru.

Terry tirou o tubo do carrinho, erguendo-o, e mandou que Jamie ficasse na sua frente. Prendeu um tanque de gás retangular achatado às costas do adolescente e colocou um grosso cinto preto em volta de sua cintura. O tubo ficava preso em um anel de plástico pendurado no lado direito do cinto; era pesado e parecia perigoso.

– Esse é o disparador pneumático T-18 – disse Terry em tom solene. – Você pode chamá-lo de T-Bone, como todo o resto do pessoal. É simplesmente a coisa mais importante que você vai ter na vida.

– Por que T-Bone? – quis saber Jamie.

– Porque é que nem uma estaca, só que maior.

Terry abriu um largo sorriso para Jamie, que fez o mesmo em resposta.

O garoto sacou o T-Bone do coldre. Na parte de baixo do tubo, uma grossa empunhadura de borracha e plástico acomodava com conforto sua mão, e seu indicador repousava suavemente sobre um gatilho de metal. A arma era pesada. Ele envolveu o tambor com a mão esquerda, olhando de relance para Terry, que, com um meneio de cabeça, expressou aprovação.

– Tem um botão na parte de cima do tanque, atrás do seu pescoço – disse o instrutor. – Ligue. Com cuidado.

Jamie esticou a mão por cima do ombro e acionou uma pequena alavanca de metal. Um estrondoso, porém rápido, ronco de motor reverberou nas suas costas, seguido de um sibilar bem baixinho. Terry apertou uma sequência de botões no controle remoto que tinha em mãos e um alvo espesso e esponjoso foi rebaixado na frente da parede de concreto. Parecia um colchão com círculos concêntricos impressos nos dois lados. Terry guiou o garoto com delicadeza até o outro lado da sala, posicionando-o bem em frente ao alvo.

– Afaste mais as pernas quando estiver em posição de tiro – disse ele.

Jamie afastou um pouco mais os pés um do outro, resistindo à necessidade premente de olhar para trás, para a fileira de espectadores. Ele podia sentir os olhares sobre si, e não lhes daria o prazer de parecer nervoso.

– Apoie no ombro.

Jamie seguiu a orientação, sentindo os braços se acomodarem em uma posição confortável e o T-Bone travado no lugar, apoiado em seu ombro.

– Mire.

Ele olhou para o tambor e alinhou a visão das duas miras acima da arma com o centro do alvo.

– Quando estiver pronto, aperte o gatilho.

Jamie esperou. Durante um bom tempo, ficou lá parado, sem se mexer, deixando sua pulsação diminuir até estabilizar em longas e fracas batidas, concentrando-se totalmente no alvo focalizado pelas miras. Inspirou fundo, prendeu o fôlego e puxou o gatilho com suavidade.

Seguiu-se um ruído ensurdecedor, e o T-Bone deu um solavanco em seu ombro, jogando-o para trás. A estaca de metal explodiu para fora do tubo, com tanta rapidez que seu trajeto era apenas um borrão, e atingiu o alvo bem no meio, com um barulho oco e rápido de impacto. Seguiu-se um milissegundo de calma, e depois o fino fio que levara a estaca até o outro lado da sala começou a voltar, zunindo, para dentro do cano da arma. Houve um momento de resistência, enquanto o fio permanecia preso no alvo, mas Jamie fez força nas pernas e se manteve em seu lugar. A estaca então foi sugada, saindo do alvo, rodopiando de volta através da sala e encaixando-se no tubo com um som oco.

O impacto jogou Jamie para trás, fazendo-o perder o equilíbrio. Ele deixou a arma pender a seu lado e ficou respirando com dificuldade, olhando para o outro lado da sala, para o buraco que a estaca havia feito no alvo.

O buraco era perfeitamente redondo, exatamente no meio do alvo. Terry foi até Jamie e deu uns tapinhas de leve em seu ombro, para depois conduzi-lo até o outro lado da sala. Atrás dele houve um murmúrio entre os espectadores. De perto, o buraco tinha bordas irregulares, mas não havia dúvida quanto à precisão do tiro, que obliterara totalmente o ponto antes existente no meio do alvo. Terry enfiou a mão no buraco e assoviou baixinho.

– Belo tiro – disse ele. – Belo tiro.

Jamie ficou ruborizado, cheio de orgulho. Queria explicar a Terry o quão fácil e natural tinha sido ficar ali, com o T-Bone apoiado no ombro, tendo em mente apenas o alvo à frente e a arma nas mãos. Acabou se conformando e decidindo dizer "Obrigado" baixinho.

O instrutor e o menino voltaram para perto do carrinho. Ainda sobre a superfície de metal havia um pequeno cilindro que parecia uma lanterna, com uma alça e um gatilho, além de duas fileiras de esferas pretas e uma arma grande que Jamie achou bem parecida com os lançadores de granadas que ele já usara em uma dúzia de jogos de computador. Ele estendeu a mão para o carrinho, mas Terry o deteve.

– Não precisa se preocupar com essas coisas agora – disse.

Então o instrutor lançou-se para cima de Jamie, que, pego totalmente desprevenido, não conseguiu nem ao menos erguer as mãos à sua frente. Terry golpeou-lhe o plexo solar com a palma da mão e lançou-o sobre o tapete, ofegante.

– Levante-se – ordenou Terry.

Jamie defendeu-se melhor do que durante a noite, desviando de alguns dos golpes do instrutor e antecipando suas simulações de ataque, mas ainda se via no chão várias e várias vezes. O corte em sua testa fora novamente aberto, quase de imediato, e Terry explorava isso, dançando em torno da visão periférica de Jamie, pois o sangue pegajoso escorria e caía no canto do seu olho esquerdo. De súbito veio um chute circular, e Jamie caiu feio no chão. Enquanto se colocava de pé, olhou para os espectadores e viu que o major Harker sorria. Redobrou seus esforços e bloqueou socos e pontapés, torcendo o corpo para afastar-se e lançando diversos contra-ataques – a maior parte deles, desajeitados e óbvios, mas alguns de seus socos passaram pela guarda de Terry, e em um momento ele acertou em cheio a base do nariz do instrutor, jogando sua cabeça para trás e fazendo com que um filete de sangue escorresse de seu lábio superior. Terry abriu um largo sorriso, seus dentes se sujando do sangue carmesim, e avançou para Jamie mais uma vez.

Jamie estava no chuveiro, olhando os filetes de um vermelho-escuro se desfazendo na água que escorria pelo ralo. Cada centímetro de seu corpo doía, e seu torso era um arco-íris de hematomas roxos e amarelos que escureciam com rapidez. Ele lavou com suavidade o sangue e o suor, depois descansou a cabeça nos azulejos duros sob o chuveiro e fechou os olhos.

Sua mente estava a mil. Ele tentava se tranquilizar, atingir um estado de autocontrole; Terry o havia alertado, ao dispensá-lo, de que eles não tinham terminado ainda, portanto Jamie tentava aproveitar cada segundo possível de descanso do restante do intervalo. Mas sua mente não obedecia.

Como cheguei a isso? Como cheguei a isso? Como cheguei a isso?

Ele tentava não pensar na mãe, nem no pai, e nem na vida que, como estava ficando claro, ele havia deixado para trás – mas não conseguia. A diferença entre o mundo de matar aulas, de evitar ser atacado por valentões, as ruas cinza do conjunto habitacional em que morava e as brigas com sua mãe, para o mundo em que ele agora se encontrava era quase incompreensível. Não tinha nenhum amigo a quem pudesse falar sobre isso, não mais, mas se tivesse, ninguém teria acreditado nele, nem mesmo por um minuto, se relatasse os eventos dos últimos três dias. E não tinha ninguém para lhe dizer que sua mãe ficaria bem, que ele iria encontrá-la e levá-la de volta para casa.

Saiu do chuveiro e se vestiu, contraindo-se de dor. Quando empurrou a porta que dava para o Playground, levou um susto: a grande sala circular estava repleta de gente, preenchendo cada centímetro das extensões das paredes curvas. Havia ali muitos, mas muitos soldados com seus uniformes pretos, além de médicos, cientistas e vários outros homens mais velhos, de aparência extremamente séria, com pelo menos o mesmo número de medalhas do major Harker, ou até mais. Terry estava parado na extremidade da sala, ao lado da plataforma elevada, de braços cruzados, os olhos fixos em Jamie. O menino foi caminhando em sua direção tentando não olhar para mais ninguém.

Ele parou ao lado de Terry, que moveu os lábios, dizendo sem som algum "Não fique com medo" enquanto Jamie se aproximava. O instrutor ajudou-o a vestir seu colete negro à prova de balas e depois o presenteou com uma série de itens; estranhas versões em plástico da Glock e da MP5 com que ele havia atirado mais cedo, uma estaca de plástico com uma alça de borracha e um T-Bone de plástico que era apenas um tubo vazio com uma alça embaixo. Com o encorajamento de Terry, Jamie subiu na plataforma e foi andando até o meio dela, chegando a um grande círculo preto de borracha com pelo menos 3 metros de diâmetro; parecia uma esteira mecânica que se movia em todas as direções. Jamie deu um passo à frente e a borracha se moveu sob seus pés, fazendo com que ele voltasse para o meio do círculo. Deu dois passos rápidos para a direita, e a superfície se moveu ainda mais rápido, mantendo-o no centro. Jamie virou-se para trás e olhou para Terry, que fez um movimento com a mão, indicando que se abaixasse.

O garoto agachou-se ao lado do instrutor, que lhe entregou um capacete com um visor preto fosco e depois falou com ele em voz baixa:

– Essa simulação é extremamente avançada. É a parte final de um treinamento que normalmente dura nove meses. Ninguém nunca tentou fazer isso com tão pouco treino quanto o que você teve. Em 11 anos, ninguém terminou essa etapa de primeira... então, não estamos esperando nada de você. Só tente não entrar em pânico, e dê o melhor de si, certo?

Jamie assentiu, ficou em pé e colocou o capacete, e então percebeu que não estava com medo. Nem mesmo nervoso; estava animado. O capacete bloqueava totalmente a visão do Playground; ele não conseguia mais enxergar a plataforma nem o telão, nem ouvir os sussurros animados da multidão de espectadores. Então Terry falou no ouvido dele que estavam dando início à simulação, e, um segundo depois, ele se viu no saguão cavernoso de uma mansão. Olhou ao redor e depois mexeu as mãos enluvadas na frente do rosto, e deixou escapar um "Uau" silencioso ao ver as próprias mãos se moverem com alta definição, tão real quanto uma foto, até o menor dos detalhes. Deu um passo para a frente, e com isso avançou um passo também para dentro do saguão. Virou-se em um rápido círculo e a sala girou suavemente a seu redor. Sacou o T-Bone do cinto: a arma que podia ver em suas mãos era idêntica àquela que usara mais cedo; lá estava o projétil de metal aninhado dentro do cano. Colocou-o de volta no coldre e sacou a Glock do quadril: esta também parecia totalmente funcional na simulação, com o tambor limpo e o pente carregado.

– Ok, assim que você estiver pronto – disse Terry, sua voz soando alta no ouvido de Jamie.

– O que eu devo fazer?

– É só explorar a casa. Você vai entender tudo.

Jamie inspirou fundo e começou a seguir em frente. Atravessou o grande saguão com rapidez, dirigindo-se a uma ampla escadaria que ocupava a maior parte do final da sala. Quando se aproximou do primeiro degrau, ouviu um rosnar vindo de cima e olhou com rapidez para cima. Um vampiro em um elegante traje de festa apareceu no topo da escadaria e agachou-se, como se estivesse se preparando para saltar sobre ele.

Jamie tirou suavemente o T-Bone do coldre, levou-o ao ombro e puxou o gatilho. A estaca foi disparada do tubo e atingiu em cheio o peito do vampiro, transpassando-o e deixando para trás um buraco circular, em que se via o buraco na carne e nos ossos; e então a estaca foi retraída pelo fio pneumático. Antes que ela voltasse completamente para o tambor de disparo, o vampiro explodiu em uma chuva espalhafatosa de sangue e cartilagem que caía por todos os lados, pedaço a pedaço, sobre o espesso carpete da escadaria. Jamie continuou com a arma na mão e seguiu furtivamente até o primeiro degrau da escada.

Ele percebeu mais movimentos, e dois outros vampiros caíram do alto e escuro teto acima da escadaria. A mente de Jamie, clara e fria como gelo, foi rápida ao fazer as contas.

Uma estaca no T-Bone. Dois vampiros. Não dá tempo de atirar duas vezes.

Com a mão esquerda, ele pegou a MP5 do cinto, deslizou a trava seletora para o modo automático e pulverizou a escadaria com uma saraivada de balas da esquerda para a direita. As sequências de disparos dilaceraram os joelhos dos vampiros, fazendo-os cair no chão, contorcendo-se. Ele devolveu a submetralhadora ao coldre, transferiu o T-Bone para a mão esquerda, com a direita sacou a estaca com a empunhadura emborrachada e subiu correndo a escada. Os três movimentos levaram menos de dois segundos e lá fora, no Playground, um dos soldados inspirou bruscamente. Jamie se aproximou dos vampiros; eles guinchavam e uivavam no carpete, que rapidamente ficou vermelho. O menino mergulhou a estaca no peito das duas criaturas, um de cada vez. Recuou com rapidez, de forma que, quando eles explodiram, apenas uma leve névoa de sangue respingou no peito de seu colete. Jamie virou para trás, verificando se havia mais alguma coisa, e viu um quarto vampiro: dessa vez, uma mulher em um belo e esvoaçante vestido de baile, correndo silenciosamente pelo corredor na direção dele. Jamie deixou a estaca cair, levou o T-Bone ao ombro, deixou que a vampira chegasse a um metro dele e só então disparou.

A estaca golpeou o coração dela, obliterando-o.

Dessa vez a explosão foi menor, quase delicada, e já não havia nada da vampira quando o cabo de metal foi completamente rebobinado. Jamie abaixou-se para pegar a estaca, colocou-a de volta na presilha do cinto e começou a subir a escada.

Terry permitiu-se um leve sorriso. Encostado na parede observando o progresso do menino em uma bancada de monitores que se erguera do chão da sala, um soldado assobiou baixinho entre dentes.

– Ele é bom – disse o soldado, balançando a cabeça em admiração.

– Ele é mais do que bom – disse outro soldado ao seu lado. – É um talento nato.

Uma risada aguda, como o latido de um cão, ecoou pela sala. Os dois soldados viraram-se para o major Harker, que olhava para um dos monitores, as mãos fechadas ao lado do corpo.

– O corredor é brincadeira de criança – disse o major, sem tirar os olhos da tela. – Vamos ver como ele se sai no jardim.

No entanto, Jamie passou pelo jardim, um labirinto de hera e carvalhos abandonados, sem problema algum. Usou suas armas em combinações perfeitas, sem permitir que qualquer vampiro chegasse a menos de 3 metros, estaqueando-os e seguindo em frente, imobilizando-os a uma longa distância com a pistola e a MP5, identificando a ameaça primária em cada situação e enfrentando-a em primeiro lugar. Passou pelos caminhos estreitos de pedra com cautela, mas não devagar, nunca se permitindo tornar-se um alvo imóvel que os vampiros pudessem cercar. Quando o jardim estava limpo de vampiros, abriu com um chute a porta da cabana de pedras caindo aos pedaços que ficava ao lado do portão do jardim e entrou.

Estava escuro, então ele pegou no bolso uma fina lanterna preta e fez uma varredura rápida na sala. Encostada na parede dos fundos, a não mais de 2 metros dele, o facho de luz captou o rosto pálido de uma jovem, suas presas claramente visíveis, pontas triangulares brancas. Jamie sacou a MP5 e disparou uma saraivada de balas, acertando-a uns 25 centímetros abaixo de onde vira o rosto. Ele ouviu algo gritar na escuridão e direcionou a luz de volta para a parede dos fundos. O rosto da garota continuava no mesmo lugar, embora agora estivesse pendurado, caído frouxamente sobre o peito, e escorria sangue de sua boca. Ele deu um passo à frente, ampliando o facho de luz, e ficou surpreso com o que viu.

A garota era quase adulta e estava presa à parede, acorrentada ali com pesados grilhões em torno dos pulsos e dos tornozelos, seus membros completamente estirados; uma posição extremamente desconfortável. Os tiros haviam transformado o peito dela numa geleia vermelho-escura, mas ela ainda estava viva. Quando ele se aproximou, ela ergueu a cabeça e rosnou para ele. Jamie recuou meio passo involuntariamente, depois, assim que a cabeça da garota voltou a pender, avançou novamente.

Apontou a lanterna para cada um dos membros da vampira, até os grilhões. Ela estava esticando a corrente ao máximo; não tinha como fazer mais força e conseguir se soltar. Mesmo assim, Jamie sacou a estaca que levava no cinto e ergueu-a acima do ombro, mas parou. As partes feridas no torso da garota já estavam começando a se refazer, e ele decidiu deixá-la ali. Ela não seria ameaça nenhuma estando presa na parede, e matar algo imobilizado, mesmo uma vampira, lhe parecia um crime hediondo. Em vez disso, portanto, saiu da cabana e seguiu caminhando até passar pelo portão de ferro, deixando para trás o jardim.

Passou pelo restante da propriedade da mansão, atraindo dois vampiros até uma viela estreita entre duas garagens e perfurando ambos com um único tiro do T-Bone, um golpe tão audacioso que fez irromper uma rodada espontânea de aplausos no Playground, até a plateia ser silenciada por um olhar feroz do major Harker. Jamie pulou cuidadosamente os chafarizes de sangue que os vampiros haviam deixado na parede, cruzou o pátio e seguiu na direção da entrada de carros. Apenas nesse estágio final ele sentiu os dedos frios do medo lhe agarrarem.

A entrada para carros era bem larga, mas ladeada por duas imponentes fileiras de árvores, cujos galhos recobriam a pista e uniam-se lá em cima, formando um túnel verde e escuro. Quando Jamie começou a caminhar pelo túnel, lembrou-se de como ele e Frankenstein chegaram ao Looping, porém, quando os galhos começaram a se mexer e a farfalhar, ele foi lançado com violência de volta para a noite em que o pai morrera, e o terror ameaçou dominá-lo por um breve momento.

No entanto, agora era diferente. Na época ele ficara impotente, sem possibilidade fazer nada em relação às coisas que se embrenhavam nos galhos do carvalho; mas ali, não era a mesma situação. Ele tirou imediatamente a MP5 do coldre e lançou outra saraivada de balas nos galhos das árvores que balançavam, a ponta do cano da arma cuspindo fogo. Atirou até esvaziar o pente, recarregou a arma e esvaziou o pente novamente. Cinco vampiros caíram dos galhos, acertando o chão com uma força de estraçalhar os ossos, seus corpos salpicados de buracos e jorrando sangue. Jamie estaqueou os vampiros um a um enquanto descia metodicamente a entrada para carros. Continuou em frente, na direção de um portão de metal ornamentado em que se lia SAÍDA, e estava prestes a segurar a maçaneta quando uma dor lacerante atingiu o lado esquerdo de seu pescoço. Olhou para baixo e viu, estupefato, rios de sangue escorrendo do próprio corpo. Virou-se lentamente e viu o rosto da garota da cabana. Ela o encarava com flamejantes olhos vermelhos, cheios de triunfo, e, quando ele conseguiu pegar seu T-Bone, a vampira virou um borrão e desapareceu, juntamente com o restante do mundo simulado.

De repente tudo ficou escuro, e Jamie tentou lutar contra o pânico. Levou a mão rapidamente ao pescoço e sentiu apenas o suor pegajoso, além da parte inferior do capacete, do qual ele esquecera. Arrancou-o da cabeça e se viu apertando os olhos sob as fortes luzes do Playground. Olhou para baixo e viu que Terry fitava-o, seu rosto cheio de uma admiração manifesta. Virou-se: as tropas e os funcionários da Blacklight o observavam, todos com os olhos pregados nele, e enquanto ele os observava, inexpressivo, um soldado começou a bater palmas. O aplauso estendeu-se a todos os espectadores e logo se transformou em um rugido conjunto, ensurdecedor, pontuado por assobios e parabéns por todos os lados. Jamie deixou escapar um sorriso, que se ampliou ainda mais depois, quando ele viu o major Harker, sua face tão sombria e agourenta quanto uma nuvem de trovoada, afastar-se a passos largos da multidão rumo à saída mais próxima.

Jamie desceu da plataforma e quase caiu com o forte tapa que Terry lhe deu nas costas. O rosto do treinador estava cheio de orgulho, e Jamie desviou o olhar, envergonhado. Terry ajudou-o a retirar o colete à prova de balas e as falsas armas e depois aproximou-se dele para dar-lhe um abraço rápido, daqueles de quebrar as costelas; Jamie chegou a ser erguido do chão.

– Eu me saí bem? – quis saber ele. – Achei que não tinha conseguido.

– Ninguém consegue da primeira vez – respondeu Terry. – Ninguém. A maioria nem consegue sair da casa, quanto mais do jardim! E você só não concluiu a missão porque mostrou compaixão. Foi inapropriado, porém admirável.

– Obrigado – disse Jamie, agora com um sorriso bem largo no rosto.

Atrás dele, os espectadores começavam a se dispersar. Os homens e mulheres da Blacklight seguiam ao longo das paredes do Playground em direção a diversas portas, a maioria balançando a cabeça, como se não acreditassem no que tinham acabado de ver, vários sorrindo para Jamie, mostrando o polegar para cima e aplaudindo o menino. Ninguém se aproximou dele, e Jamie achava que sabia o motivo: ali embaixo, o chefe era Terry, não o almirante Seward, e eles não interromperiam o aluno e seu instrutor. Jamie ficou olhando todos irem embora, depois sentiu uma dor repentina e nauseante nos rins: um soco o atingira na lateral do corpo, e ele se curvou no chão em dor, rolando. Quando se deu conta estava olhando para cima, para o rosto sorridente de Terry.

– Levante-se – ordenou o instrutor.

17

AS OVELHAS NEGRAS

Jamie fechou o chuveiro e saiu do banho. Terry o havia dispensado fazia pouco mais de meia hora, e ele fora correndo, aliviado, para o banho, a fim de sentir o tamborilar tranquilizante da água quente sobre sua pele machucada e tensa. Estava cheio de cortes e ferimentos, e seus braços e pernas pareciam pesados como concreto. No entanto, apesar da dor, ou talvez justamente por causa dela, ele se sentia renovado; sua mente estava a mil até mesmo quando seu corpo implorava por descanso.

Jamie secou-se e deixou a área dos chuveiros para ir até o vestiário. Suas roupas estavam empilhadas em um dos bancos, mas algo pairava acima delas, alguma coisa que não estava ali quando ele fora correndo tomar banho, meia hora antes. Ele olhou ao redor e viu que também havia duas maletas de metal sobre o banco à sua esquerda. Dando um passo à frente, examinou o objeto escuro que pendia acima da bola úmida de roupas de treinamento, e então inspirou vigorosamente.

Era um uniforme da Blacklight.

O macacão era preto como azeviche sob a luz fluorescente do vestiário, o material fosco e leve não refletindo nada. Colado com fita na frente do uniforme havia um bilhete escrito à mão.

Vista.

Jamie obedeceu, enfiando os pés nas pernas do macacão e deslizando os braços pelas mangas, depois puxando o zíper até o pescoço e prendendo uma aba sobre ele. O uniforme era incrivelmente leve e fresco; o material adequava-se aos contornos de seu corpo e, quando ele mexia os braços e curvava e abaixava os ombros, não se ouvia qualquer som, por mais baixo que fosse, nem do tecido se dobrando e nem do contato de uma parte do tecido com a outra. Ele foi animado até um dos compridos espelhos.

Mal se reconheceu. Mesmo com suas meias cinza aparecendo por baixo das pernas do macacão, ele parecia uma pessoa diferente; um homem jovem, em vez de um adolescente. Seus braços pendiam tranquilamente ao lado do corpo, sua postura era casual e bem equilibrada. O garoto desajeitado e irrequieto que ele fora, aquele menino que vivia olhando temeroso para trás, não existia mais.

Ótimo.

Jamie virou-se e voltou até as maletas de metal em cima do banco. Uma delas era do tamanho de uma pasta para laptop, e a outra muito maior. Ele abriu a menor primeiro, e seus olhos se iluminaram quando viu o que havia ali dentro.

Dentro de cavidades de espuma preta moldada havia uma Glock 18 e uma MP5 da Heckler & Koch, as mesmas armas que ele usara no Playground. Jamie tirou-as de suas respectivas ranhuras e segurou-as. Sentiu um frio tranquilizador na espinha, e uma voz em seu subconsciente sussurrava para ele:

Você sente que lhe pertencem, não? E de fato pertencerão, assim que você começar a carregá-las consigo. E, tendo guardado-as no cinto, nunca mais as tire. Jamais.

Jamie sabia que esse era um momento crucial, o ponto em que a porta para uma vida sem armas ou vampiros poderia fechar-se para sempre, em que o curso do resto de sua vida seria determinado por uma decisão que ele precisava tomar. E uma parte dele queria largar as armas, sair daquele lugar, vestindo suas próprias roupas em vez do uniforme. Porém, ele sabia, no fundo do coração, que essa opção não existia; se fosse embora dali, sua mãe morreria, disso ele tinha certeza, e ficaria feliz de entregar o restante de sua vida à violência e às trevas se tal decisão significasse que poderia salvar sua mãe. Então ele tirou dois pentes das ranhuras de espuma que havia na beirada da maleta, carregou as armas e colocou-as nos coldres em cada lado de seu uniforme.

Isso não tem volta.

Ele levantou a camada de espuma em que as armas estavam apoiadas e tirou-a de dentro da maleta, tendo certeza do que encontraria ali embaixo. E estava certo. Uma estaca de metal com um cabo emborrachado preto ao lado de um reluzente T-Bone e um tanque também preto de gás. Jamie tirou-os da espuma, colocou a estaca na presilha no cinto, mas não prendeu o T-Bone; em vez disso, abriu a segunda maleta.

Assim que a abriu, molas acionaram quatro grades de metal até revelarem um conjunto de prateleiras desdobráveis que tinham a metade da largura da maleta, nas quais estavam os componentes do colete à prova de balas da Blacklight. Além das prateleiras, havia um capacete também preto como azeviche, com um visor púrpura. Jamie ficou olhando o visor, mas não estendeu a mão para encostar nele. O capacete parecia irradiar perigo e poder e, por um instante, Jamie teve medo dele.

Tarde demais. Tarde demais para ter medo.

Jamie sabia que era verdade.

Era tarde demais.

Esticou a mão e passou-a pela superfície de metal do capacete, como se para provar que não tinha medo dele, e depois fechou e pegou as duas maletas, apesar dos protestos de seus braços doloridos, e saiu do vestiário com elas nas mãos.

Terry esperava por ele no Playground. Olhou para Jamie de cima a baixo quando o menino entrou, com um sorriso se assomando nos cantinhos da boca, e depois estendeu a mão na direção de Jamie, que a aceitou, e os dois assim se cumprimentaram.

– Você se saiu bem – disse Terry. – Melhor do que qualquer um poderia ter esperado, até mesmo eu, e olha que eu já faço isso há um bom tempo. Fique de olhos abertos, sempre alerta ao que o cerca, e lembre-se do que aconteceu no galpão. Vai dar tudo certo lá fora.

Jamie agradeceu. Ficou parado onde estava, esperando para ver se havia mais alguma coisa a ser dita, mas Terry fez um meneio com a cabeça indicando a saída e disse "Dispensado". Jamie assentiu, pegou as maletas e girou nos calcanhares rapidamente, dirigindo-se à porta. Ele estava prestes a colocar a mão na maçaneta quando Terry voltou a falar:

– Não dê ouvidos ao que disserem sobre o seu pai. Você não pode mudar o que ele fez, não pode mudar o que as pessoas pensam a respeito dele. Mas pode mudar o que pensam a seu respeito. Então vá e faça isso.

Jamie virou-se para responder, mas Terry já estava indo em direção ao Playground, de costas para o garoto. Jamie abriu a porta em que se lia SAÍDA e cruzou-a.

Frankenstein estava esperando por ele do outro lado.

– Tem algumas pessoas que querem conhecer você – disse ele. – Venha comigo.

Frankenstein conduziu Jamie para o andar de cima e os dois passaram por uma série de corredores sinuosos antes de pararem em frente a uma porta dupla. Entalhadas em uma placa de latão na parede ao lado da porta, estavam escritas as palavras REFEITÓRIO DO DIRETOR. Jamie franziu a testa ao ler aquilo.

– Não posso entrar aí – disse ele.

– Você é meu convidado – respondeu Frankenstein. – Então, sim, você pode entrar.

Frankenstein abriu uma das portas e entrou. Jamie o seguiu, com a diferença de um ou dois segundos, olhando, nervoso, a seu redor. Um coro de saudações encheu o ar quando a porta se fechou depois de ele entrar. A fonte do ruído era um conjunto de poltronas dispostas desajeitadamente em volta de uma televisão enorme de tela plana. Frankenstein ergueu uma das mãos em saudação, e todas as pessoas se levantaram e foram na direção deles. Jamie teve apenas um instante para passar os olhos em volta da sala antes de se ver cercado.

O refeitório era grande e quase quadrado. Ao longo de uma das paredes havia um belo bar de madeira, atrás do qual estavam dois homens imaculadamente vestidos, seus rostos eram máscaras de serenidade profissional, até mesmo quando a sala virou uma explosão de ruídos e movimentos em torno deles. O centro da sala fora tomado por muitas mesas baixas de madeira, algumas redondas, outras retangulares, e em torno delas havia mais poltronas. Não eram muitas as cadeiras ocupadas, mas os homens e mulheres que ali estavam viraram-se todos para ver qual o motivo de todo aquele estardalhaço. As mesas estavam repletas de peças de jogos de gamão, tabuleiros de xadrez, jogos de cartas não terminados e copos e garrafas de todas as formas e tamanhos. Na extremidade mais afastada do refeitório havia uma mesa comprida de jantar, e em cada lado desta, 12 cadeiras. Na parede à frente da mesa havia duas portas de madeira escura, nas quais estava escrito em estêncil: JANTAR 1 e JANTAR 2, com uma letra dourada e rebuscada. Jamie nunca estivera em um clube de cavalheiros antes, mas fazia ideia de que agora estava olhando para algo que se aproximava muito de um desses clubes. O ar estava denso com fumaça de cachimbo e cigarros, e os aromas inebriantes de vinho, vinho do Porto e conhaque. E então Jamie estava cercado por barulho e mãos estendidas, e se concentrava nos homens à sua volta.

– Não sufoquem o menino – disse Frankenstein, mas ele sorria mesmo ao pedir isso. – Jamie, deixe-me apresentar você a alguns dos meus colegas de trabalho. Este é Thomas Morris.

Um homem de quase 30 anos deu um passo à frente e esticou a mão para Jamie, que o cumprimentou. Morris vestia um uniforme da Blacklight e carregava pendurada no cinto, bem frouxa, uma faca *bowie* que parecia antiga. Ele abriu um largo sorriso para Jamie e depois deu um tapa forte nas costas do menino.

– Achei que você ia concluir a missão – disse ele, animado. – Achei mesmo! Ninguém jamais conseguiu, não da primeira vez, mas eu achava que você fosse conseguir. Não consigo acreditar que a garota da cabana tenha pego você.

O sorriso dele ficou ainda mais largo, e Jamie sentiu que ele próprio começava a sorrir também. A animação do homem era contagiosa.

– Christian Gonzalez.

Morris foi para o lado e um homem latino extremamente bonito deu um passo à frente. Jamie o julgou na casa dos 40 anos, mas poderia ser bem mais jovem; cabelos negros caíam de um jeito casual sobre a pele escura de sua testa, e seus olhos brilhavam, cheios de vitalidade. Os dois se cumprimentaram com um aperto de mãos.

– Prazer em conhecê-lo – disse Gonzalez. – Meu pai queria muito estar aqui, mas foi chamado à Alemanha. Ele me pediu que eu lhe desse os parabéns em nome dele por seu desempenho, e acrescento também os meus próprios parabéns.

– Obrigado – disse Jamie. – Por favor, agradeça ao seu pai também.

O homem disse que assim faria e foi para o lado. A cabeça de Jamie estava a mil. A calidez daqueles parabéns, a felicidade estampada nos rostos dos homens, era tudo tão diferente da maioria dos tratamentos que recebera desde que Frankenstein o havia resgatado que ele ficou com um nó na garganta.

– Cal Holmwood.

Jamie reconheceu de imediato esse nome familiar e olhou para o homem que se aproximava dele com grande curiosidade.

Um descendente dos fundadores. Que nem eu.

Esse membro da lendária família Holmwood era um homem pequeno e elegante de uns 30 e poucos anos. Usava óculos claros e sem armação e tinha o rosto de um acadêmico, não de um soldado, mas, quando Jamie apertou a mão dele, notou sua força.

– Sr. Carpenter – disse Holmwood, cuja voz era a própria definição de cortesia, mas também cálida. – É uma pena que não estejamos nos conhecendo daqui a cinco anos, mas as circunstâncias são estas, infelizmente. Seja bem-vindo à Blacklight.

Jamie agradeceu-o e Holmwood foi para o lado.

– Jacob Scott.

– Vamos dar uma olhada nele então – disse alguém em voz alta, que continha bons traços de sotaque australiano.

O dono dessa voz surgiu de trás de Frankenstein e abriu um largo sorriso para Jamie. Scott tinha pelo menos uns 60 anos, e sua pele bronzeada era cheia de rugas e envelhecida, mas seus olhos eram brilhantes e o sorriso em seu rosto era largo e acolhedor. Ele deu um forte aperto de mão em Jamie, até seus ossos rangerem, e Jamie livrou a mão da pegada forte do homem.

– Nada mau para um velho – disse Scott, todo animado. – Hein?

Jamie sorriu, massageando a mão latejante, e o velho socou-o de brincadeira no braço, o que fez Jamie cambalear levemente, mas ele forçou seu sorriso a continuar no rosto. Scott olhou para ele e depois ergueu o olhar para Frankenstein.

– Gostei dele, Frankie – disse Scott. – Ele tem um ar de determinação. E respeita os mais velhos também.

– Você mesmo pode dizer isso a ele, Jacob – disse Frankenstein, sorrindo. – Ele está logo ali.

Scott voltou a olhar para Jamie.

– Se precisar de alguma coisa, garoto, é só falar comigo. Não tenha vergonha.

– Pode deixar – disse Jamie. – Obrigado.

O homem saiu andando todo enrijecido em direção às poltronas, e Jamie ficou olhando para ele, impressionado. Todos aqueles homens haviam conhecido seu pai? Ele imaginava que sim, e mesmo assim eles estavam obviamente felizes em vê-lo. Jamie suspeitava que o nome Carpenter estava funcionando a seu favor em vez de contra ele pela primeira vez desde que chegara ao Looping; achava que aqueles homens estavam orgulhosos de ver um outro membro de uma das famílias fundadoras juntando-se ao Departamento 19.

– Paul Turner.

Jamie levou um susto. Na sua frente, parado e imóvel, estava o major da unidade de celas, que exalava o mesmo cheiro de ameaça que ele sentira da última vez que os dois se encontraram. Jamie engoliu em seco, torcendo para não demonstrar sua insegurança, e então estendeu a mão para ele. Por um instante ficou com a mão estendida, pálida sob a iluminação amarelada do refeitório, e então Turner trocou um aperto rápido com ele, e sorriu.

– Prazer em vê-lo novamente – disse o major, e Frankenstein olhou para ele de relance.

– O prazer é meu – respondeu Jamie.

– Você se saiu bem – disse Turner. – Não via um desempenho de estreia assim há um bom tempo. Me lembrou o meu próprio.

Jamie examinou o rosto do homem para verificar se aquilo não era um insulto, mas não parecia ser. Pelo contrário, o major ainda estava sorrindo, e ele sorriu também.

– Obrigado – respondeu ele. – Mas eu estraguei tudo no final.

– Ninguém conclui a missão da primeira vez. E é melhor fracassar aqui do que lá fora. Em campo não se tem uma segunda chance.

– Vou tomar cuidado – disse Jamie.

– Tome mesmo – respondeu Turner, e afastou-se do garoto.

Então todos estavam conversando ao mesmo tempo, e Jamie estava prestes a perguntar a Frankenstein se podia ir dormir quando, de súbito, a sala ficou em silêncio.

Estavam todos olhando para além de Jamie, na direção da porta. Ele virou-se e viu que o major Harker estava parado na frente dele. O velho foi caminhando deliberadamente até Jamie, encarou-o diretamente nos olhos por um longo e precário segundo, e então, devagar, bem lentamente, ergueu a mão direita e estendeu-a na direção do menino, que a apertou com cautela. Depois o major inclinou-se na direção do garoto e disse três palavras:

– Não nos decepcione.

Depois, tão repentinamente quanto chegara, ele soltou a mão de Jamie, girou os calcanhares enrijecidos e saiu do refeitório.

Atrás de Jamie houve uma audível exclamação de alívio, e o grupo começou a dispersar-se, conversando entre si, alguns homens dirigindo-se até as cadeiras que estavam na frente da TV e outros indo em direção ao bar. Apenas Frankenstein e Thomas Morris ficaram onde estavam, e Jamie deu um passo em direção a eles.

– O dia foi longo – disse ele. – Acho que vou dormir.

Frankenstein disse que tudo bem, mas Morris parecia levemente agitado, olhando de relance para Jamie e para o monstro.

– O que foi, Tom? – perguntou Frankenstein, impaciente, e Morris recuou discretamente.

– Eu queria que Jamie visse uma coisa – respondeu ele. – Não vai demorar muito.

Frankenstein deu de ombros e olhou para o menino.

– Você é quem sabe, Jamie – disse o monstro.

Ele olhou para o rosto sério e agitado de Morris.

– Ok – respondeu ele. – Desde que não demore muito. Estou cansado mesmo.

– Ótimo! – respondeu Morris. – Quinze minutos... prometo que não vai levar mais do que isso. Vamos!

Ele jogou um braço em volta do ombro de Jamie e conduziu-o até a porta. O garoto olhou para trás, sem se virar, na direção de Frankenstein, e então ele e Tom passaram pelas portas do refeitório.

Jamie foi levado por corredores cinza até um dos elevadores. Enquanto esperavam o elevador chegar, Morris falou sem parar, sobre dados e cifras do Departamento 19, dos quais o garoto sabia que não tinha a mínima chance de se lembrar. Por fim, quando o homem fez uma brevíssima pausa para respirar, Jamie fez uma pergunta:

– Sr. Morris, aonde estamos indo?

– Tom, por favor – retrucou ele. – Me desculpe, é claro que eu deveria ter dito antes. Só estou um pouco agitado. Espero não transparecer isso. Estamos indo ver nossos ancestrais.

– Nossos ancestrais.

– Isso mesmo.

As portas do elevador abriram-se e Morris entrou, seguido de Jamie. Os dois desceram em silêncio; o entusiasmo parecia ter deixado o oficial da Blacklight esgotado, ou talvez o tivesse dominado tão completamente que ele já não tinha mais palavras.

Eles saíram no Nível F, em um corredor tão cinza quanto todos os outros, mas, felizmente, Morris parou em frente à primeira porta dupla alta e de vidro fumê à esquerda deles. Nela se lia a palavra ARQUIVO, impressa em preto.

Quando ele abriu a porta dupla, veio uma golfada de ar, e Jamie sentiu um arrepio nos braços, pois a temperatura caiu consideravelmente. A sala era longa e extremamente larga, e parecia uma mistura de biblioteca com frigorífico. Anéis de ar frio serpenteavam em volta de seus tornozelos enquanto ele seguia em frente por entre os longos conjuntos de prateleiras de metal com arrebites e plástico transparente instaladas em ambos os lados até o fim das paredes. Havia pelo menos umas quarenta delas, e cada uma estava abarrotada de livros, pastas e manuscritos, ocultos por portas de plástico que tinham ao lado um pequeno teclado com nove dígitos.

Na outra extremidade da sala, para onde Morris o levava, uma partição de vidro separava as prateleiras climatizadas de uma área de estudos aparentemente confortável; mesas de madeira clara e cadeiras estofadas, fileiras de terminais de computador e uma parede repleta de gabinetes de arquivo. Morris deslizou uma porta de vidro para abri-la e, ao entrar naquela área, Jamie sentiu o calor impregnar-se em sua pele novamente. No meio da parede da parte de trás dessa segunda área havia um grande arco de pedra e, sob este, uma porta de madeira que parecia pesada. Ali não havia teclado, apenas uma maçaneta de latão ornamentada, que Morris girou e, com um grunhido audível, empurrou.

A atmosfera dentro desta sala final era como a de uma igreja. Quase silenciosa; os únicos ruídos que se ouviam eram da respiração dos dois, além do barulho de suas botas no chão de madeira de lei sob seus pés. A sala era uma galeria estreita, com paredes e teto de um vermelho escuro. Tinha pelo menos 30 metros de comprimento, e as paredes de ambos os lados da galeria estavam cobertas por retratos pintados. Jamie olhou para o primeiro à sua direita e viu um homem jovem o encarando, seu corpo posando um pouco virado para o lado, com um uniforme idêntico ao que Jamie trajava agora, e um sorrisinho que parecia ser de orgulho assomando-se aos cantos da sua boca. O garoto olhou para a placa dourada sob o retrato e leu o que estava ali gravado.

George Harker Jr.
1981–2007

– O que é este lugar? – sussurrou Jamie.

– Esta é a Galeria dos Mortos em Serviço – respondeu Morris, também abaixando o tom de voz.

– Esses são todos os operadores da Blacklight que morreram?

Morris riu, mas depois levou a mão à boca por um momento, como se estivesse prestes a ser castigado por tamanha leviandade. Depois baixou a mão e respondeu à pergunta do garoto:

– Não exatamente. Seria necessário uma sala muito maior do que essa para colocarmos um retrato de cada membro da Blacklight que perdemos. Uma sala bem maior. Não, essa é para a elite do Departamento 19, os melhores e os mais brilhantes, ou aqueles que tiveram mortes prematuras. Aqui é o local onde nossos ancestrais continuam vivos, Jamie. Todos os membros de nossas famílias estão nesta sala.

Jamie ficou boquiaberto com as palavras de Morris e com o que via a seu redor.

Seguiu caminhando em frente, devagar, olhando para os homens e mulheres que o olhavam lá de cima dos retratos nas paredes vermelhas, lendo as placas, vendo os nomes desfilando à sua frente enquanto descia pela galeria; Benjamin Seward, Stephen Holmwood, Albert Harker, David Harker, Quincey Morris II, Peter Seward, Arthur Holmwood II, John Carpenter, David Morris, Albert Holmwood.

Quase chegando no fim da galeria, jazia o busto da cabeça de um homem sobre um pilar de mármore no meio do chão de madeira. Havia sido entalhado a partir de uma rocha escura acinzentada e ficava voltado para a porta da galeria, como se desafiasse com o olhar qualquer um que tentasse entrar ali. O rosto era cheio de rugas e provavelmente havia sido belo na juventude. Tinha um bigode espesso acima da boca fina e o maxilar era anguloso. Jamie parou para ler a inscrição no mármore e Morris, que estivera andando em silêncio e agora se encontrava a uns 2 metros atrás do adolescente, fez o mesmo.

Quincey Harker
Devemos a ele tudo que somos
1894–1982

– O filho de Jonathan Harker – disse Jamie com um suspiro, e Morris fez que sim.

Jamie deu a volta no busto e continuou caminhando pela galeria. Os retratos estavam ficando mais velhos agora, a tinta de alguns deles desbotava, rachava em outros, as molduras mais foscas e desgastadas pelo tempo do que as demais. Ele chegou ao fim da galeria e olhou para cima, para as seis pinturas da parede, cujos olhos eram cheios de orgulho; os homens que haviam posado para aqueles retratos estavam mortos havia tempos.

Abraham Van Helsing
1827–1904

Jonathan Harker
1861–1917

Quincey Morris
1860–1892

John Seward
1861–1924

Honorário Arthur Holmwood
1858–1940

Henry Carpenter
1870–1922

Em uma prateleira baixa sob os retratos haviam sido colocados diversos itens pequenos: um estetoscópio, um pequeno broche dourado com um brasão de família entalhado, um chapéu de caubói surrado e uma faca *kukri* em uma bainha de couro.

– Meu Deus! – disse Jamie em um sussurro. – Eles existiram mesmo! Acho que eu não tinha me dado conta disso até agora. Eles realmente viveram.

– Viveram e morreram – disse Morris. – Alguns prematuramente.

Ele virou-se para Jamie com lágrimas nos cantos dos olhos e, quando se pronunciou novamente, sua voz estava carregada de paixão:

– Você e eu somos muito parecidos – disse ele, seus olhos brilhando. – Descendentes de fundadores. Membros de uma dentre as seis grandes famílias da Blacklight. Mas tanto você quanto eu somos ovelhas negras. Ambos oprimidos pelas ações de nossos ancestrais.

– Como assim?

– Os problemas que seu pai causou a você já devem estar óbvios agora. Os meus começaram faz um século.

– Por quê?

Morris olhou para ele por um bom tempo, como se estivesse pesando uma decisão em sua mente.

– Não vou lhe contar a história toda agora – disse ele por fim. – Está tarde e essa é uma história que merece ser contada direito. Mas tudo se resume a uma verdade essencial: você ou eu poderíamos salvar o mundo mil vezes que ainda assim nunca seríamos um Harker, um Holmwood, um Seward ou um Van Helsing. O círculo interno sempre estará fechado para as nossas famílias.

– O que você quer dizer? – perguntou Jamie.

– Venha comigo – respondeu Morris, fazendo um gesto que indicava o final da galeria. Eles voltaram quase o caminho todo até a entrada com o arco de pedra até pararem em frente a um retrato. Jamie olhou para a placa que havia embaixo da moldura.

Daniel Morris
1953–2004

– Este é o...?

– Meu pai. Sim. Ele foi diretor do Departamento 19.

Jamie franziu a testa.

– Nunca um Carpenter foi diretor. O almirante Seward me disse isso.

– Meu pai mal chegou a ser diretor – respondeu Morris. – Foi retirado do cargo quase antes de assumi-lo. Agressivo demais, impulsivo demais... pelo menos foi o que disseram a ele. Ainda assim, Quincey Harker, cujo busto você viu no meio da galeria, que recebeu esse nome em homenagem ao meu tataravô, transformou o Departamento em um exército e foi endeusado por isso.

Uma chama surgiu brevemente no olhar de Tom enquanto ele contava a história, mas voltou a se apagar. Sua mão, que pairava sobre a faca *bowie* em seu cinto, pousou no cabo.

– Era dele? – perguntou Jamie baixinho, apontando para a faca.

Morris olhou para o cinto, depois voltou a olhar para Jamie com uma expressão de surpresa no rosto.

Ele nem percebeu que a estava tocando.

– Era do meu trisavô – respondeu Morris. – A faca com a qual ele perfurou o coração de Drácula, a última coisa que fez na vida. Os outros fundadores a trouxeram para a Inglaterra com ele e a entregaram a meu avô quando ele se juntou à Blacklight. Meu pai a recebeu do meu avô como herança e a deixou para mim quando morreu.

Jamie estava sem palavras.

A faca que matou Drácula. Meu Deus.

O garoto forçou-se a dizer algo:

– O que aconteceu com ele?

Morris deu uma risada amarga.

– Meu pai? Acho que ele simplesmente tinha o sobrenome errado. Nosso sobrenome. Não um dos quatro que são os importantes aqui.

– Por que você está me contando isso, Tom?

Morris soltou um suspiro.

– Porque eu gosto de você, Jamie. E quero que entenda no que se meteu. Você pode ter muita fé neste lugar, comprar totalmente a ideia disso daqui. A Blacklight vai tirar de você tudo que estiver disposto a oferecer, e mais. Porém, você sempre será o descendente de um criado e o filho de um traidor, assim como eu sempre serei o filho do único diretor que foi retirado do cargo. Estou lhe contando isso porque você precisa continuar concentrado nas duas coisas que realmente importam: encontrar sua mãe e trazê-la de volta para casa.

18
À BEIRA DA LOUCURA

– Acorde.

A voz era baixa e suave, mas tinha um tom de bondade, assim como uma pontinha de sotaque do Leste Europeu. Marie Carpenter despertou lentamente.

Ela abriu os olhos alguns milímetros e então soltou um grito.

À sua frente estava um rosto que ela já vira antes, um rosto pálido e magro, com cabelos escuros e ondulados que caíam na altura do ombro. As feições eram duras e os olhos, afundados, nos quais resplandeciam duas órbitas carmesins apavorantes. A boca da criatura estava retorcida em um longo rosnado, e duas presas afiadas como navalhas apontavam diretamente para ela.

A criatura gritou também em resposta, e seu hálito asqueroso fez os cabelos dela voarem, soprando-os do rosto. Marie gritou outra vez, e a criatura fez o mesmo, um uivo horrível e estridente que fez os ouvidos dela doerem. Então a criatura sorriu para ela, e o terror a dominou. Ela teve tempo de ver que estavam em uma sala comprida e baixa, com paredes de pedra e chão de concreto, teve tempo para pensar que parecia uma adega ou um porão, depois sua visão tornou-se um grande clarão e ela caiu na escuridão novamente.

Um tempo depois, Marie acordou em um mundo de dor.

Os cortes em seu rosto e em seus braços eram linhas quentes que latejavam, e seu estômago se revirava de náusea. Ela abriu os olhos e deu uma olhada ao redor.

Estava deitada em um chão frio de concreto, em uma sala vazia. As paredes eram de tijolos à mostra e as únicas coisas que faziam o lugar parecer de alguma forma doméstico eram duas poltronas dispostas de frente para uma lareira ornamentada de uma maneira cafona. As poltronas estavam desocupadas; ela estava sozinha ali.

Na extremidade mais afastada da sala, uma escada de madeira rústica dava para um alçapão no teto baixo. Ela sabia, com plena certeza, que o alçapão estaria trancado por cima, tinha consciência de que nem valia a pena tentar abri-lo, porém, mesmo assim se levantou. Não poderia ficar simplesmente deitada no chão esperando que algo acontecesse; ela era uma mulher proativa, e fora também uma jovem enérgica e teimosa. Além disso, não fazer nada não era parte de sua natureza. Não enquanto o filho dela estivesse lá fora; não enquanto Jamie precisasse dela. Marie nem mesmo consideraria a hipótese de ele estar morto. Mas ele poderia estar ferido, quase com certeza estaria assustado, confuso e perdido, e só de pensar nisso ela ficava com o coração partido. Inspirou fundo e começou a andar pela sala, caminhando com o máximo de cuidado, nas pontas dos pés.

Marie estava a menos de 2 metros do primeiro degrau quando ouviu uma trava ser deslizada e viu que alguém erguia a tampa do alçapão lá no alto. Ela ficou olhando para cima, horrorizada, enquanto um par de botas pretas surradas tocava o degrau superior, e ela percebeu que tinha sido pega. Ficou observando a cena, indefesa, paralisada de medo onde estava, enquanto a barra de um casaco cinza era arrastada delicadamente pelo alçapão e uma pálida mão deslizava suavemente pelo corrimão rústico: o homem que a tinha sequestrado de sua casa entrou em seu campo de visão. Ele tinha um sorriso gentil no rosto, que se ampliou e passou a transmitir pura alegria quando ele desceu o último degrau da escada, olhou ao redor e viu Marie à sua frente.

Ele avançou um passo com tanta rapidez que ela nem mesmo o viu se mexer, e agarrou um tufo dos cabelos dela. Marie gritou de dor e agarrou o pulso dele com as duas mãos, porém parecia impossível afastá-lo. A criatura de casaco cinza arrastou-a de volta pela sala sem nenhum esforço aparente, e ela soltou um gemido de dor pois seus calcanhares estavam sendo lacerados no concreto. Contorceu-se e debateu-se sob o domínio da criatura, gritou e berrou para que a largasse, mas em vão; ela foi deslizando inexoravelmente pelo chão, para longe da escada.

A criatura depositou-a em uma pilha no canto da sala. Ela tentou recuar, indo de encontro aos tijolos da parede frios e expostos, e ergueu o olhar para o rosto sorridente que a encarava. As lágrimas começaram a brotar de seus olhos, o que a deixou furiosa, mas não conseguiu impedi-las de cair. O desamparo de sua situação veio à tona; Marie pensou no filho – em seu valente, porém frágil, filho –, em algum lugar lá fora, na escuridão, sem ela.

Por fim, a criatura agachou-se ao lado dela e pronunciou-se, em um tom de voz gentil e amigável:

– Eu pararia com isso se fosse você – disse ele. – Está deixando meu amigo agitado.

Ela forçou-se a parar de soluçar e chorar, e olhou para além do ombro dele. Um segundo homem estava parado mais atrás, a 3 metros dela, uma criatura imensa, desajeitada, volumosa e disforme como um saco de carvão. Ele tinha uma cabeça redonda e minúscula sobre os ombros enormes, e o rosto largo e franco como de uma criança. Seus olhos vermelhos estavam encarando-a, e seu rosto infantil tinha uma expressão evidente de desejo. Marie estremeceu e limpou os olhos e o nariz com o dorso das mãos.

– Assim é melhor – disse a criatura de casaco cinza, e depois recostou-se na parede ao lado dela, descendo até o chão como se fossem velhos amigos, puxando os joelhos para cima e envolvendo-os com os braços.

– Não fomos apresentados – disse a criatura, oferecendo um deslumbrante sorriso que deixava à mostra seus dentes brancos e afiados. – Meu nome é Alexandru Rusmanov. E você, é claro, é Marie Carpenter, esposa de Julian e mãe de Jamie. Agora fomos apresentados. Agora podemos conversar como amigos.

Ao ouvir o nome de seu filho, os olhos de Marie, que estavam semicerrados, cobertos de lágrimas e abatidos por causa do medo, abriram-se na hora.

– Onde está o meu filho? – ela quis saber. – O que vocês fizeram com ele?

– Seu filho – respondeu Alexandru, com óbvio deleite. – Seu precioso filho. Diga-me... ele se parece com o pai?

Marie não respondeu. Estava desorientada pela voz suave e aveludada que saía da boca daquela criatura odiosa.

Os olhos de Alexandru resplandeceram de vermelho e ele tirou os braços dos joelhos com a velocidade de uma naja dando o bote. Sua mão longa e pálida agarrou-a pela testa, puxou-a para a frente e jogou-a contra a parede. A cabeça de Marie bateu nos tijolos, com um som oco, e ela viu estrelas. Sentiu algo morno e úmido deslizando por sua nuca e descendo por seu pescoço, e ficou olhando, inexpressiva, para Alexandru, perdida em um pesadelo do qual não poderia acordar.

– Eu lhe fiz uma pergunta! – bradou ele, e bateu a cabeça dela com tudo contra a parede uma segunda vez. – Ele se parece com o pai?

A parte de trás da sua cabeça colidiu com a parede uma terceira vez, e seu terror tornou-se pânico.

Ele vai ficar batendo minha cabeça contra essa parede até meu cérebro sair, a menos que eu responda à pergunta dele. Ah, meu Deus, que criatura é essa?

— Sim, sim, ele se parece com o pai! Por favor, pare de me machucar! – gritou ela estridentemente.

Alexandru soltou-a, e seus olhos assumiram novamente seu usual tom verde-escuro. Ele suspirou, como se estivesse se sentindo só um pouco incomodado.

— Sei que ele se parece com o pai – disse Alexandru. – Eu mesmo deveria tê-lo matado. Poderia ter sido gratificante.

Um grande vácuo se abriu no meio do peito de Marie, um buraco no lugar onde deveria estar seu coração.

— Ele está morto?

Alexandru ficou encarando-a com um supremo ar solene, e depois começou a gargalhar muito, risadas estrondosas, infantis e eufóricas. Acima deles, o segundo homem começou a soltar uma risada vagarosa e ruidosa, um som que parecia o zurrar de um burro.

— Não, ele está vivo – respondeu Alexandru. – Não deveria, mas está. É isso o que acontece quando delegamos tarefas. É como eu sempre digo... se você quer que alguém seja assassinado direito, faça-o você mesmo. Eu sempre digo isso, não é, Anderson?

Ele ergueu o olhar, incisivo. Um lampejo de hesitação passou pelo pequeno rosto redondo do homem, que ainda estava dando suas risadas cadenciadas. Ele parou de sorrir e pareceu refletir sobre algo.

— Sim – disse ele por fim, cautelosamente.

— Sim o quê?

— Sim, é o que você sempre diz – respondeu Anderson, exibindo um sorrisinho de satisfação que transbordava por suas feições infantis.

— O que eu sempre digo?

Dessa vez, o olhar no rosto daquele ser inchado era de puro pânico.

— Não sei – disse ele.

Alexan lançou a Marie um olhar envergonhado, do tipo que as pessoas costumam reservar para as malcriações dos filhos e as desobediências dos animais de estimação. Depois ficou de pé, tão rápido que Marie ofegou. Alexandru cruzou a distância que o separava de Anderson em menos de um segundo, e seus dedos dançaram por aquele rosto infantil e aterrorizado. Marie apertou bem os olhos quando Anderson gritou, um uivo agudo que fez seus dentes vibrarem, um grito que foi repentinamente interrompido por um som cortante e úmido que revirou seu estômago.

Alexandru voltou a tombar com tudo ao lado dela, e ela abriu os olhos, mesmo não querendo, porque queria menos ainda provocar aquela criatura monstruosa. Ele estava sorrindo para ela, e então, com a mão esquerda, removeu com um peteleco algo vermelho, que voou escuridão adentro.

A língua dele, ela pensou. *Ele arrancou a língua da outra criatura. Meu Deus!*

Ela ergueu o olhar para Anderson. Jorrava sangue da boca do homem, sangue que escorria livremente pela parte da frente do casaco preto que ele vestia. Seus olhos estavam arregalados e seu corpo inteiro tremia visivelmente, fosse por causa da dor ou do medo, ou ambos, mas ele estava parado, em pé, no mesmo lugar em que estava antes do ataque, olhando bem para a frente, para a parede acima dela.

Ele não correu. Nem tentou se defender. Ele não fez nada.

Por um instante ela sentiu pena daquela criatura patética e humilhada, mas então a imagem da expressão dele enquanto a observava chorando surgiu na mente de Marie e ela afastou de imediato a sensação.

– Não se preocupe – disse Alexandru. – Vai nascer de novo.

As entranhas de Marie se reviraram de repulsa.

– O que você quer de mim? – perguntou ela, rangendo os dentes, e Alexandru jogou a cabeça para trás, com uma expressão de admiração em seu rosto pálido e feminino. – O que você quer com a minha família?

O vampiro jogou a cabeça para trás e riu, um uivo vacilante de lobo, que chegava a ser ensurdecedor ali dentro do porão.

– Você não sabe, hã? – disse ele. – Você realmente não sabe! Ah, que maravilha! Tenho tanta coisa para contar a você.

Ele levantou-se, bateu o pó da roupa e olhou para ela com um prazer imenso.

– São muitos os assuntos que exigem minha atenção – disse ele em um tom solene. – Mas hei de me certificar de que eu e você tenhamos outra conversa em breve. Estarei realmente ansiando por isso.

Então ele se virou e afastou-se dela a passos largos. Ao passar por Anderson, gritou com ele para que o seguisse. O imenso homem tirou seu olhar contemplativo de Marie com uma dificuldade óbvia, e seguiu a ordem do mestre. Eles subiram ruidosamente a escada de madeira e abriram o alçapão, deixando entrar um facho de uma provocante luz calorosa, e depois a escotilha de madeira fechou-se com tudo. E ela ouviu o deslizar da trava, e então estava sozinha no porão de novo.

Me perdoe, Jamie, pensou ela, caindo mais uma vez na inconsciência.
Eu te amo.
Me perdoe.

19

MENSAGEM ESCRITA COM SANGUE

Jamie não acreditava que algum dia tivesse se sentido tão fraco. Cada centímetro de seu ser doía, do pescoço aos pés, e sua cabeça pesava de cansaço e de um doentio remorso. Sua mãe ainda estava desaparecida, e cabia a ele encontrá-la e resgatá-la. Ele havia exigido procurá-la, ameaçara desafiar o almirante Seward e qualquer outra pessoa que tentasse impedi-lo; mas agora que estava livre para começar a busca, sentia-se aterrorizado.

E se eu não conseguir? E se nunca mais a vir? O que vai acontecer comigo?

Jamie foi com dificuldade até a área dos chuveiros no final do dormitório, lavou-se com o máximo de cuidado possível, arfando quando seus dedos encostavam em alguma área machucada particularmente sensível, secou-se com a toalha e vestiu o uniforme da Blacklight que seu instrutor havia lhe dado. O traje já não lhe parecia mais tão atrativo quanto no dia anterior; naquela manhã, sem o calor das emoções, parecia-lhe violento e feio, e ele estremeceu levemente ao deslizá-lo pelo corpo.

Bateram à porta na outra extremidade do dormitório. Jamie não respondeu, e depois de alguns segundos a porta foi escancarada de uma vez. Frankenstein entrou, abaixando um pouco a cabeça, e foi em direção a Jamie. Parou na frente dele, o grosso chumaço de cabelo preto acima de sua imensa cabeça disforme roçando de leve o teto caiado, e olhou do alto de seu enorme corpo para Jamie.

– Você precisa ver uma coisa – disse Frankenstein. – Está preparado?
Jamie deu de ombros.

– Já que você não se dá o trabalho de me responder, vou presumir que sim – continuou o monstro, e cruzou de volta o dormitório a passos largos.

Jamie ficou olhando-o até ele quase chegar à porta, depois soltou um longo e petulante suspiro, levantou-se e seguiu-o.

Frankenstein cruzava os corredores rapidamente e Jamie esforçava-se para acompanhar seu ritmo, só então percebendo o quanto o imenso homem se continha para permitir-lhe caminhar ao seu lado. Jamie o seguiu até um elevador; eles entraram, desceram dois andares, passaram por um largo corredor central e entraram na enfermaria onde ele havia passado a noite em que chegara ao Looping. Sentiu um nó no estômago quando passou pelas portas oscilantes, pois lembrou-se do ataque de Larissa. Vinha-lhe à mente a sensação terrível de impotência enquanto os dedos dela em volta de seu pescoço o impediam de respirar, a calidez do sangue dela caindo em seu rosto.

No meio da enfermaria havia uma maca de metal com rodinhas, ao redor da qual estavam reunidos três homens que ele logo reconheceu: Paul Turner, Thomas Morris e o médico que o havia tratado. Eles olharam para Frankenstein e Jamie quando os dois chegaram e abriram espaço para que pudessem se aproximar. Havia uma mesinha de metal repleta de instrumentos médicos, e na maca estava deitada uma forma grande, coberta com um lençol branco.

Mãe?

De súbito, suas pernas pareciam feitas de chumbo. Ele não conseguia mexê-las, não conseguia nem tentar. Sentiu uma onda de ácido invadir seu estômago e achou que iria vomitar.

– Não é a sua mãe – disse Frankenstein, baixinho. Jamie ergueu o olhar para ele, o rosto nauseado por causa do medo, e Frankenstein repetiu:

– Não é a sua mãe. Juro que não.

A bílis na garganta dele desceu; Jamie forçou suas pernas a voltar à vida, uma de cada vez, e seguiu em direção à maca.

Se não é a minha mãe, então quem é? Tem alguém ali embaixo.

Jamie sentiu sua pele arrepiar-se quando Morris lhe deu um tapinha nas costas e disse:

– Bom dia.

– Bom dia – respondeu ele com a voz trêmula.

Morris olhou de relance para Frankenstein, um olhar inquisidor, o monstro respondeu balançando a cabeça em sinal e negativo. Paul Turner observou o diálogo sem palavras dos dois, seus olhos cinza frios e calmos.

– Vamos continuar? – sugeriu ele.

– Vamos – concordou o médico. – Jamie, isso que você vai ver pode ser perturbador, mas o coronel Frankenstein acredita que seja necessário. Você precisa de um copo de água?

Ele balançou a cabeça em negativa.

– Muito bem – disse o médico, e puxou o lençol.

Jamie olhou para a figura sobre a maca, depois desviou o olhar e teve ânsias de vômito. Ele colocou as mãos nos joelhos e foi para a frente e para trás, com a cabeça baixa, os olhos fechados bem apertados, a saliva enchendo sua boca. Acima e atrás dele, ouvia o médico pedir desculpas, e Morris assoviou baixinho. Frankenstein e Turner pareciam não reagir.

Na maca estava o corpo nu de um homem de aproximadamente 45 anos, a pele pálida, os olhos fechados, e ele bem que poderia parecer em paz se não fosse pelos terríveis ferimentos infligidos a seu peito e à região da barriga.

Parecia que o torso do homem tinha passado por um abatedouro; estava coberto de um líquido vermelho-escuro e reluzente: rios de sangue haviam escorrido por seu abdômen em direção a sua virilha e sobre suas costelas em direção às costas. Cinco palavras estavam cortadas na sua carne:

DIGA
AO
GAROTO
QUE VENHA

Jamie sentiu alguém pôr a mão em seu ombro. Ele desvencilhou-se.
– Eu estou bem – reclamou. – Só me dê um minuto, está bem?
Ele vira o cadáver por uma fração de segundo antes de desviar o olhar, mas a violência nua e crua dos ferimentos do homem tiraram-lhe o fôlego.
Como é possível alguém fazer isso com outra pessoa? Como alguém poderia pegar uma faca e fazer isso com outro ser humano? Meu Deus, contra o que estou lutando?
Recobrando o equilíbrio, ele inspirou fundo e se empertigou. Sentiu uma tontura por um instante, mas logo passou, e então voltou a virar-se, lentamente, para a maca. Era pior do que havia pensado a princípio, muito pior, mas, sem o elemento surpresa, ele conseguiu dar um passo à frente e assumir seu lugar ao lado dos outros. Sentia-se aliviado por ver que tanto Morris quanto o médico estavam respirando com dificuldade e ruidosamente, seus olhos arregalados e seus rostos, lívidos. Já Frankenstein e Paul Turner pareciam perfeitamente serenos, e Jamie ficou se perguntando que tipo de coisas os dois teriam visto na vida.
– Isso é bom – disse Frankenstein, por fim. – Muito bom.
Jamie encolheu-se ante as palavras.
– Como isso pode de algum modo ser bom?
Frankenstein olhou para ele, e um pouco de sua bondade costumeira havia retornado aos seus olhos.

– Porque isso quer dizer que o Alexandru quer você – respondeu ele, num tom cauteloso. – Mostra que você é importante para ele.

– E por que isso seria bom?

Paul Turner respondeu com sua voz mansa e vazia:

– Porque ele não vai machucar sua mãe até obter o que deseja. Ele sabe que ela é a única coisa que pode fazer você ir até ele, e sabe também que se a matar, nós vamos garantir que ele não chegue nem a 80 quilômetros de você.

– Como sabem que ela já não está morta?

O médico deu um passo à frente com algo na mão.

– Porque isso estava na boca dele – disse o médico, baixinho, e estendeu uma bola de papel amassado a Jamie, que a pegou, abriu e deu uma olhada, e então seu mundo pareceu sumir de sob os pés.

Ele não conseguia respirar. Não conseguia pensar. Tudo que conseguia fazer era ficar olhando aquilo fixamente.

Em sua mão estava uma foto Polaroid ensanguentada de sua mãe. Ela aparecia na fotografia claramente aterrorizada, mas muito viva, deitada em um chão de concreto com uma parede de tijolos atrás, olhando para a câmera acima dela com uma expressão desesperada de infortúnio no rosto.

Jamie sentiu uma explosão de fúria passar por seu corpo, queimando tudo que encontrava no caminho, inundando-o até a ponta dos seus dedos. Ele agarrou a mesinha de metal, deixou escapar um grito primal de pura ira e jogou-a contra a parede com todas as suas forças.

Morris deu um grito e cobriu os olhos quando os instrumentos altamente afiados começaram a voar para todos os lados. O médico deu um pulo para fugir do impacto, virando as costas e se agachando, as mãos entrelaçadas na nuca. Frankenstein lançou-se para a frente e abraçou Jamie, levantando-o do chão enquanto ele continuava a gritar. Paul Turner nem mesmo se esquivou; só ficou ali olhando, o fantasma de um sorriso brincando em seus lábios no momento em que a mesa bateu contra a parede.

– Onde está ela? – gritou Jamie, suas cordas vocais vibrando à toda enquanto tentava se soltar do monstro. – Onde está a minha mãe?

– Não sabemos – respondeu Frankenstein, com a boca perto do ouvido do menino. – Não sabemos, sinto muito. Acalme-se, Jamie, vamos encontrá-la. Juro que vamos encontrá-la.

Ele baixara a voz para um sussurro e estava embalando Jamie nos braços, segurando-o como um bebê. Com gentileza, colocou-o no chão ladrilhado e soltou-o devagar. Jamie desvencilhou-se de imediato e girou para ficar de frente para Frankenstein, seu rosto vermelho e seus olhos em chamas. Mas não houve uma segunda explosão.

– O laboratório está analisando a foto – disse Morris. – Mas os resultados preliminares indicam que não há na imagem qualquer pista de uma possível localização. Sinto muito.

– Ela é minha *mãe* – disse Jamie, os olhos fixos em Frankenstein. – Você me entende?

– Não – foi a resposta simples de Frankenstein. – Não entendo. Não tenho como entender. Nunca tive mãe. Mas havia um homem que eu cheguei a considerar como pai. Então posso imaginar.

– Não sei se pode.

Jamie lamentou no mesmo instante ter dito isso, embora o gigante não apresentasse sinais de ter se ofendido; Frankenstein só baixou o olhar para ele, seus imensos e assimétricos olhos inexpressivos. Morris quebrou a tensão:

– Onde ele foi encontrado? – perguntou, fazendo um meneio com a cabeça para indicar o homem no carrinho.

– Na estrada – respondeu Turner. – A uns 5 quilômetros do portão, pendurado em uma árvore. Uma patrulha o encontrou às 6 horas. Disseram que ele não estava lá às 5h50.

Jamie sentiu um calafrio passar por seu corpo.

Cinco quilômetros. Havia vampiros a menos de 5 quilômetros daqui, talvez os mesmos que fizeram isso no peito desse homem. Enquanto eu dormia.

Ele afastou esse pensamento da mente.

– Precisamos encontrar a minha mãe – disse ele, com o máximo de calma que conseguiu. – Isso não vai acontecer com mais ninguém se a encontrarmos. – Ergueu o olhar para Frankenstein. – Por onde começamos?

20
A CIDADE QUE NUNCA DORME, PARTE I

NOVA YORK, EUA
30 DE DEZEMBRO DE 1928

John Carpenter estava parado na proa do *RMS Majestic* enquanto o grandioso cruzeiro se aproximava fumegante da entrada da Upper New York Bay. Passava pouco das 21 horas e estava escuro; um pálido cobertor de nuvens pairava baixo no céu noturno, do qual pesados flocos de neve caíam regularmente.

A estibordo, via-se uma fileira de soldados nas paredes altas do Forte Hamilton, que batiam palmas e abanavam seus quepes no ar enquanto o *Majestic* passava por ali. Aquele era o maior navio do mundo, com a extensão de mais de nove campos de futebol americano e oito andares de luzes resplandecentes em cima de seu imenso casco, e a chegada do cruzeiro era um evento, até mesmo em uma cidade tão acostumada com coisas espetaculares como Nova York.

Carpenter ajustou seu sobretudo bem firme nos ombros e acendeu um dos cigarros turcos que sua esposa havia colocado na bagagem, posicionando em cima a mão em concha para proteger o cigarro da neve – os flocos caíam sobre o deque úmido e pousavam também em seus cabelos. E estava ficando frio, o ar da noite fresco e parado, o silêncio interrompido por trechos de música e risadas vindas dos deques inferiores. O jantar estava sendo servido no salão de baile que ficava embaixo das chaminés do navio, mas Carpenter não sentia fome. Estava impaciente para deixar o navio, e comeria assim que tivesse saído dali.

Ele não tinha nada do que reclamar da travessia de Southampton; seu camarote era quase obsceno de tão opulento, os comissários e a equipe o mais atenciosos que alguém poderia sonhar em ter à disposição, os dias transbordando de diversões e passatempos agradáveis. Apesar de tudo isso, porém, ele passara a maior parte do tempo na pequena biblioteca nos fundos do tombadilho, estudando o homem que estava perseguindo.

Ele não é um homem. Não mais. Lembre-se disso.

Carpenter exalava uma fumaça perfumada no ar da noite. Muito acima dele soava a sirene do cruzeiro, ensurdecedora de tão alta no ar parado do inverno. Ele olhou na direção nordeste, onde as luzes imponentes de Manhattan resplandeciam em um amarelo aquoso através da neve que caía. Dando uma olhada no relógio que Olivia lhe dera antes de partir, viu que o *Majestic* chegaria mais de duas horas adiantado a seu destino.

Um bom começo.

Ele jogou o cigarro fumado pela metade pela amurada do navio e foi caminhando de volta pelo deque de passeio, acelerando o passo conforme os arranha-céus de Nova York se agigantavam atrás dele. Carpenter foi o primeiro a sair do navio, tendo preparado sua mala muito tempo antes de o *Majestic* sequer avistar a terra. Foi descendo pela prancha de embarque e desembarque, coberta com um tapete vermelho que rapidamente ficou úmido, fez um meneio cortês com a cabeça para o guia, um homem de smoking, e pisou em solo americano.

Os saltos de suas botas esmagavam a neve que caíra no chão enquanto Carpenter caminhava pelo Píer 59 em direção ao terminal White Star. Com seu passaporte e os outros documentos devidamente carimbados, ele abriu caminho, aos empurrões, em meio à turba murmurante de parentes à espera e fotógrafos e saiu em direção à West Side Highway.

– John Carpenter?

A voz o saudava da esquina da West 34th Street. Em meio à neve que caía, ele não conseguia discernir a forma de um homem vestido com um sobretudo preto e com chapéu, equilibrando o peso ora em um pé, ora no outro, talvez por impaciência, ou possivelmente em uma tentativa de aliviar a rapidíssima queda da temperatura.

– Quem deseja saber? – respondeu Carpenter.

Enquanto falava, ele enfiou sorrateiramente a mão no bolso do casaco e agarrou a estaca de madeira que guardara lá antes de desembarcar.

O homem surgido das trevas era baixo, um sujeito gorducho de uns 40 e poucos anos vestindo um terno de tweed marrom e uma gravata-borboleta de bolinhas vermelhas e brancas. Acima de sua gravata espalhafatosa, Carpenter viu um rosto ruborizado pela bebida que irradiava benevolência, com olhos que cintilavam sob as sobrancelhas bem grossas, ladeando um nariz de batata achatado que, por sua vez, repousava acima de um impressionantemente amplo bigode. O homem trajava um chapéu de feltro marrom-escuro; ele abriu um largo sorriso quando Carpenter se aproximou.

– É você – disse ele, soando aliviado. – John Carpenter. Você é mesmo igualzinho à sua fotografia.

– Eu repito – disse Carpenter, e sua voz estava calma e desafinada –, quem deseja saber?

– Ah, meu nome é Willis, Sr. Carpenter. Bertrand Willis. Fizeram-me crer que o senhor estava me esperando, então devo confessar que me encontro...

– Credenciais? – disse Carpenter. – E devagar... – acrescentou ele, quando o homem levou as mãos aos bolsos.

203

Willis tirou uma carteira de couro do bolso interno do casaco de seu terno e entregou-a a Carpenter, que a pegou com cuidado das mãos do homem e abriu-a.

Dentro dela havia três documentos: o primeiro era um passaporte em nome de Bertrand Willis, de Saddle River, Nova Jersey; o segundo era um telegrama que continha o itinerário de viagem do próprio Carpenter e seu retrato; o terceiro era um memorando do procurador-geral do estado de Nova York, autorizando Willis a tomar quaisquer medidas que considerasse apropriadas para ajudar o Sr. John Carpenter, de Londres, Inglaterra, na resolução de seus deveres, sem temer qualquer recurso jurídico.

Ele fechou a carteira e devolveu-a a Willis.

– Parece tudo em ordem – disse ele. – Peço desculpas pela minha cautela, mas nunca se pode...

Willis fez um meneio com a mão, sugerindo que, se por acaso tinha ficado ofendido, já ficara para trás.

– Entendo perfeitamente, senhor – disse ele. – Ainda mais em tempos tão difíceis como esses. Na verdade, eu me arriscaria a dizer que tamanha cautela foi o que levou os fundadores a confiarem a você uma tarefa tão importante quanto essa como a sua primeira missão sozinho, não acha?

Carpenter olhou para Willis, procurando algum sinal de troça, mas, como não viu nada, acabou sorrindo.

Esse camarada é feito de aço, por trás desses sorrisos e do bom humor.

Ele deu um passo à frente e estendeu a mão para o homem.

– John Carpenter – disse ele. – A seu dispor.

– Bertrand Willis – repetiu o homem, pegando a mão do Sr. Carpenter. – A seu dispor também. É um grande prazer conhecê-lo, John, um grande prazer mesmo. Está com fome? Que tal irmos cear?

O estômago de Carpenter rugia.

– É uma excelente ideia – respondeu ele.

Willis sorriu de orelha a orelha.

– Conheço um bom lugar, a menos de cinco quarteirões daqui. O chef faz um peito de porco que simplesmente derrete na boca. Por aqui!

Willis virou-se e seguiu ao longo da West 34th Street, a um ritmo surpreendente para um sujeito da sua estatura.

Os dois homens caminhavam rapidamente pelo cruzamento das avenidas 11th e 10th. Willis falava sem parar, sobre tudo e sobre nada; a neve, arquitetura, os resultados do beisebol, o aumento contínuo do número de bancos em Wall Street. A cabeça de Carpenter girava enquanto ele tentava acompanhar os infinitos e divergentes tópicos da conversa, mas estava achando a companhia do homem encantadora. Seu entusiasmo e seu bom humor sem limites eram contagiosos.

Na esquina da 8th Avenue, Willis virou à direita e bem no meio do quarteirão entre a 34th e a 33rd abaixou-se para passar por baixo de um toldo vermelho e branco com as palavras *Chelsea Bar and Grill* escritas em estêncil.

Passando pela porta, havia uma sala escura, iluminada somente por compridas velas vermelhas colocadas sobre as mesas agrupadas, os intensos aromas de alho e de alecrim impregnando o ar. Quase todas as mesas estavam ocupadas; homens e mulheres prósperos, vestidos para irem ao teatro, estavam sentados lado a lado com estivadores em roupas impermeáveis surradas e com moças do jazz em suas echarpes de plumas e seus xales, já embebedando-se a fim de se prepararem para a festança da noite nos salões de dança da cidade.

Willis passou pelos garçons dirigindo-se a uma mesinha nos fundos do salão. Um belo e tranquilo garçom de pele levemente morena apareceu ao lado da mesa deles, afastando da testa uma longa mecha de seus cabelos pretos, e Willis pediu chá e pão. Willis e Carpenter ficaram sentados em um silêncio amigável até que o jovem garçom retornar com uma cesta de fogaça, um grande bule de chá e duas xícaras de porcelana, e perguntar se já tinham escolhido os pratos. Carpenter pediu peito de porco, o que deixou Willis claramente satisfeito, acompanhado de batatas assadas e vagens. Willis pediu o mesmo, depois levantou o bule de chá e despejou o escuro vinho tinto nas xícaras.

– Lamento por não podermos beber em taças como homens civilizados – disse Willis. – A Lei Seca nos reduziu a isso. Contudo, a qualidade do vinho não será prejudicada pelo recipiente.

Carpenter ergueu sua xícara, sorveu um longo gole do vinho e disse a Willis que gostaria de ouvir tudo que ele sabia sobre o homem que ele havia perseguido pelo Atlântico. O americano tomou também um longo trago, acomodou-se confortavelmente na cadeira e começou a falar:

– Jeremiah Haslett. Nascido em 1871, em Marlborough, na Inglaterra, filho de uma professora primária com um funcionário público. Formado em Charter House e em Cambridge. Fez sua fortuna durante a guerra, vendendo munições para o *kaiser*.

Ele tomou mais um gole.

– Investiu em propriedades depois da guerra, em Londres e em Nova York. Solteiro, sem filhos. Estabeleceu um bom leque de imóveis em Londres e começou a ir atrás de interesses... digamos... *incomuns*. Satanismo, magia negra, demonologia. Embora eu seja levado a entender que isso não o torna particularmente único na Grã-Bretanha do pós-guerra, pelo menos no tocante a indivíduos das classes mais altas... não?

– De modo algum – respondeu Carpenter.

– Deveras. Ele passou um tempo com Aleister Crowley na Abadia de Thelema, na Sicília, e permaneceu na Itália depois que Crowley e o restante dos seus asseclas foram expulsos, em 1923. Presumo que seus contatos com os fascistas o tenham poupado a indignidade que recaiu sobre seus companheiros. Então, por volta da mesma época, Haslett tornou-se obcecado pela lenda de Drácula, até que, em 1925, fez uma peregrinação às ruínas do castelo dele na Transilvânia. Quando voltou a Londres, não era mais humano.

– Não sabemos exatamente o que aconteceu com ele no Leste – disse Carpenter. – Creio que a conversão dele foi arranjada antecipadamente, e que ele pagou por ela, embora não se saiba quem a tenha feito.

– Essa parece uma explicação adequada – concordou Willis. – Tenho certeza de que o dinheiro dele é capaz de chamar a atenção em qualquer círculo. Certamente permitiu-lhe voltar a Londres e se entregar a seus apetites sem reprovações.

– É o que parece.

– Sua residência em Knightsbridge tornou-se notória. Aparentemente, homens e mulheres devotos atravessavam a rua para evitar a construção. Havia histórias de terríveis reuniões, de tortura e sacrifício, de rituais no porão e no jardim da casa dele. Então, há seis meses, a filha de um conhecido membro do Parlamento foi encontrada correndo nua e ensanguentada pelo bosque perto da casa de campo dele, na manhã posterior ao solstício de inverno. Haslett fugiu do país no dia seguinte, quando as autoridades finalmente abriram os olhos para o monstro que havia entre eles. Uma vez no exterior, passou um tempo em Paris e em Bucareste, e depois veio para Nova York, faz duas semanas. Hospedou-se no Waldorf-Astoria, na Quinta Avenida.

Willis encheu novamente sua xícara e tomou um grande gole do líquido carmesim.

– Esqueci alguma coisa? – perguntou ele, sorrindo para Carpenter.

– Não.

– Que bom – disse Willis. – Eu ficaria desapontado em fracassar no teste.

Carpenter analisou o rosto redondo do homem em busca de algum sinal que indicasse que aquilo era um insulto, mas, novamente, não viu nada.

– Você o viu? Em carne e osso, por assim dizer?

– Sr. Carpenter, não deveria ser uma surpresa para o senhor o fato de eu ter seguido o homem todas as noites desde que ele chegou. E, antes que me pergunte, não, ele não fez nada que pudesse ser classificado como suspeito. Jantou com várias damas, foi dançar em diversas ocasiões e passou um bom tempo em seus aposentos.

Willis fez uma pausa quando o garçom reapareceu para colocar dois pratos na mesa. O peito de porco reluzia em meio ao molho escuro de carne, aninhado entre crocantes e douradas montanhas de batatas assadas.

– Por favor – disse Willis, indicando os pratos.

Carpenter começou a devorar a comida enquanto Willis continuou a falar:

– Eu vi um bilhete – continuou ele. – Tenho um acordo com uma das camareiras do hotel em que Haslett se encontra, e foi entregue a mim ontem. Era de alguém que assinava apenas com um "V", aparentemente acompanhado de convites para um evento de véspera do ano-novo. Achei que talvez essa fosse nossa melhor oportunidade para pegar Haslett; é uma reunião em público em que haverá muitas pessoas em volta dele, em que suas defesas podem ficar mais baixas. No entanto, não havia detalhes no bilhete... localização, horário, coisas do gênero.

Carpenter engoliu um pedaço de carne que estava exatamente tão boa quanto Willis lhe prometera.

– Não podemos simplesmente segui-lo na noite em questão?

– Podemos, e eu certamente sugeriria que o fizéssemos. Contudo, se o evento for um desses nos quais só se pode entrar com convite, podemos ter dificuldades. Pedi a um amigo jornalista para verificar nos bailes notáveis da véspera de ano-novo, e ele não encontrou nenhum cujo organizador tenha o nome com inicial V, o que quer dizer que pessoas que não estão na lista de convidados provavelmente não serão muito bem-vindas.

John ficou considerando essa hipótese enquanto ele e Willis terminavam de comer. Ele passara longas horas na travessia do oceano pensando nas possibilidades e nas melhores maneiras de obter acesso a Haslett, e achava que o americano tinha razão: provavelmente, em uma situação social eles o encontrariam com a guarda baixa. E, afinal, não levaria mais do que um breve momento para que as ordens de Carpenter fossem executadas, ainda mais se fosse capaz de surpreender sua presa.

O garçom reapareceu ao lado da mesa deles e perguntou se queriam café, mas Willis respondeu que não.

– Espero que por você não tenha problema – disse ele. – Pensei em tomarmos alguma bebida antes de irmos dormir, se isso lhe agradar. Seu hotel fica no caminho, então você pode deixar sua bagagem na recepção.

Carpenter disse que era uma boa ideia.

Depois de deixar sua bagagem em segurança com o recepcionista na West 23rd Street, Carpenter acompanhou Willis, a passadas rápidas, pela 8th Avenue em direção à Hudson Street. Eles viraram à esquerda na Grove Street e depois à direita, na Bedford, e pararam em frente a uma porta marrom, sem adornos nem nada escrito. Willis bateu à porta e deu um passo para trás. Depois de alguns instantes, alguém puxou para o lado um painel, e um par de olhos espiou para fora, olhando para os dois homens.

– Boa noite, Jack – disse Willis.

– Bert – respondeu uma voz de trás da porta.

Seguiu-se uma série de rangidos e sons ocos, conforme várias trancas eram puxadas, e então a porta se abriu. Fumaça, risadas e jazz vazaram para a rua fria, e Willis conduziu Carpenter para dentro.

Uma moça em um elegante vestido que chegava aos joelhos e uma echarpe de plumas pegou os casacos dos dois e conduziu-os através de duas portas duplas de madeira até uma ampla sala repleta de mesas e mesinhas. Um homem de smoking dedilhava com ferocidade um jazz básico em um piano a um dos cantos da sala e garçonetes deslizavam por entre as mesas, carregando bandejas com bebidas. Uma fumaça espessa pairava no ar, e a sala era um ambiente vívido, cheio de conversas e risadas.

– Que lugar é esse? – perguntou Carpenter.

– Chama-se Chumley's – respondeu Willis. – É um pequeno oásis no deserto seco da temperança. O que você vai tomar?

– Fico feliz de tê-lo como guia – respondeu Carpenter.

O americano levou-o até o bar que se estendia ao longo de uma das paredes do bar ilegal. Lá, espremeram-se em um espaço estreito, e Willis esbarrou com o cotovelo em um homem bem-vestido, com um cachecol e um casaco, que esperava para ser servido. O homem virou-se imediatamente e olhou para Willis com os olhos injetados de um bêbado.

– Sinto muitíssimo, senhor – disse ele, com seu sotaque de elite levemente arrastado. – Permita-me prover a você e a sua companhia uma libação.

– Não é necessário, senhor, mas obrigado – respondeu Willis.

– Infelizmente, devo insistir – disse o homem. – Os senhores vão me dizer o que preferem beber ou devo adivinhar?

– Não será necessário adivinhações. Dois uísques com gelo serão bem apreciados.

– Paladares refinados – disse o homem. – Encantador.

O atendente do bar, um camarada robusto e de rosto avermelhado, apareceu na frente do homem usando um avental branco e secando as mãos em uma toalha preta.

– Dois uísques com gelo, gim com *bitter* e também uma vodca tônica, por gentileza.

Enquanto o atendente preparava as bebidas, o homem voltou-se para Carpenter e Willis. Devia ter uns 35 anos, tinha os cabelos arrumados, repartidos do lado direito, e usava uma gravata vermelho-escura debaixo do cachecol branco caído em volta dos ombros.

– Scott Fitzgerald – disse ele, oferecendo a mão. – É um prazer conhecê-los.

Os dois homens o cumprimentaram, um de cada vez, e apresentaram-se. O atendente colocou os drinques deles em cima do balcão de madeira e Fitzgerald sacou um punhado de notas de uma carteira de couro cor de canela. Ao fazer isso, olhou para seus novos conhecidos.

– Gostariam de juntar-se a à nossa mesa? – convidou, depositando um punhado de notas sobre o bar.

Depois de um instante de hesitação, no qual trocaram um olhar que era basicamente de divertimento, Carpenter e Willis concordaram e seguiram Fitzgerald em direção ao canto da taverna.

Os três homens passaram desviando da densa nuvem de fumaça e dos vários homens e mulheres em diversos estados de embriaguez. No canto do bar ilegal havia uma pequena mesa redonda, à qual estava sentada uma figura imensa. O homem estava empoleirado, bem desajeitadamente, em uma banqueta de madeira de três pernas, e ele era tão grande que o assento parecia saído de uma casa de bonecas. Ele ergueu o olhar quando os três homens se aproximaram e rosnou:

– Deu uma relaxada, hã?

– Perdoe-me, Henry – respondeu Fitzgerald. – A fila estava um tanto quanto longa. Espero que você não tenha ficado com muita sede em minha ausência, ficou?

– O bastante para mais.

Fitzgerald riu, como se essa fosse a observação mais espirituosa que já ouvira na vida, e virou-se para Carpenter e Willis, que estavam de pé perto da mesa, olhando para baixo, para o homem imenso.

– Queiram sentar-se, cavalheiros – disse Fitzgerald. – John Carpenter, Bertrand Willis, este é Henry Victor.

– Prazer em conhecê-lo, Sr. Victor – disse Willis, estendendo a mão, que ficou pairando por um longo momento acima da mesa de madeira até que o gigante lentamente estendeu a dele e cumprimentou-o. Carpenter cumprimentou-o em seguida e depois sentou-se, com a cabeça fervilhando.

Será que é ele? O arquivo é tão vago, mas a descrição, supostamente, é confiável.

Um calafrio subiu-lhe pela espinha.

Henry Victor estava usando roupas escuras, um sobretudo pesado com gola alta em cima de um macacão de lã grossa com uma gola rolê que chegava até seu maxilar e um quepe achatado de couro que lançava uma sombra profunda sobre seu rosto. Quando Carpenter olhou para ele com atenção, viu duas protuberâncias se destacarem sob o espesso material da gola, nas laterais do pescoço.

– Algum problema? – perguntou Victor.

– Peço desculpas – disse Carpenter, no tom mais suave de voz que conseguiu usar. – A travessia foi cansativa, e devo confessar que fiquei preso no meu mundinho por alguns instantes.

Henry Victor olhou para Carpenter por um longo tempo, e depois voltou sua atenção para Fitzgerald, que, entusiasmado, havia começado uma conversa movida a bebida com Willis.

– ...nem preciso dizer que as resenhas seriam insatisfatórias – dizia ele, e seu rosto inchado era a imagem da infelicidade ébria. – Se você escrever um romance sobre a superficialidade dos ricos e vazios, então não espere ter seus esforços recompensados nos suplementos literários. Devo confessar que achei algumas das notas desnecessariamente cruéis, mas é assim que funciona o jogo literário. Encontrei-me hoje com meu editor, e achei nossa conversa altamente infrutífera, pois o que ele quer, não tenho a oferecer: um novo romance.

Ele olhou à sua volta, para seus companheiros, de súbito ciente de que havia se tornado o centro das atenções. Em seu rosto irradiava um sorriso não convincente.

– No entanto, ter vindo de Wilmington, embora a viagem tenha sido longa, também me trouxe a esta mesa, e à companhia dos senhores, cavalheiros. Então não pode ser considerada nada além de um sucesso. Além disso...

Fitzgerald esticou a mão e terminou seu gim e sua *bitter*. Acendeu um cigarro altamente perfumado e deu uma tragada profunda.

– Ela ri por qualquer coisa – disse ele, com um fio de voz. – Minha esposa. Fica sentada, cercada por móveis gigantescos, e ri à toa.

Ele ergueu o rosto. Seus olhos estavam vermelhos e marejados.

– Mas não vamos mais falar desses assuntos melancólicos – prosseguiu ele. – Fale-nos sobre Londres, Sr. Carpenter. Tenho quase vergonha de dizer que nunca estive lá.

Carpenter assim o fez, e a conversa foi retomada. Depois de um tempo, Willis foi sofregamente até o comprido bar a fim de encher novamente seus copos, e o restante da noite se passou de forma agradável.

21

À MARGEM DA SOCIEDADE

Visto de fora, o veículo era modesto; um Ford Transit preto idêntico a milhares de outros que rodavam pelas ruas da Grã-Bretanha todos os dias. No entanto, essa van específica era diferente. O motor que a propelia a uma velocidade constante de 140 quilômetros por hora havia sido retirado de um protótipo de Piranha VI, um veículo blindado para o transporte de soldados que era altamente secreto e pesava quase 20 toneladas, e a blindagem reativa disposta discretamente sob o painel de metal da fuselagem da van pertencia originalmente a um tanque de guerra Challenger 2. A van havia sido rebaixada; seu chassi, fortalecido; sua suspensão, enrijecida e ajustada com rolamentos controlados por computador; uma jaula de segurança feita de titânio foi aparafusada no interior do veículo, uma espessa placa de cerâmica à prova de explosivos foi anexada à parte interna, as rodas foram equipadas com pneus *run-flat* que continuam firmes por um bom tempo depois de serem furados, sem contar as janelas de vidro, que foram substituídas por termoplástico à prova de balas.

Dentro da van, o motorista tinha o controle de uma ampla gama de tecnologias de comunicação e de posicionamento geográfico, transmissões criptografadas via satélite que poderiam direcionar o veículo para qualquer lugar do planeta com precisão de milímetros. A parte traseira da van era tanto uma sala de reuniões móvel quanto um centro tático de controle. Na parte interna das portas traseiras havia um suporte deslizante com uma tela touchscreen de alta definição, conectada por rede wireless ao servidor da Blacklight. Duas fileiras de assentos acolchoados ficavam uma de frente para a outra; acima de cada assento, um nicho na parede comportaria com segurança um capacete da Blacklight, e na frente, no chão, havia uma ranhura preta da qual podia ser erguida uma outra tela touchscreen, esta menor, bastando apertar-se apenas um botão. Um estreito armário, à direita de cada um dos assentos, era dividido em compartimentos que acomodavam as armas-padrão da Blacklight. Todos, exceto dois deles, estavam vazios.

Jamie e Frankenstein estavam sentados um de frente para o outro nos dois assentos mais próximos das portas traseiras. Tinham chegado ao comboio da Blacklight após saírem da enfermaria, e, em meio à confusão de homens alistados, escolheram no caminho seu motorista, um jovem soldado chamado Hollis. Thomas Morris havia pedido para ir com eles, mais de uma vez, com um desespero crescente na voz, mas Frankenstein lhe dissera que não seria necessário. Por fim, Morris acabou aceitando a decisão, embora meio emburrado, e prometeu a Jamie que esperaria no laboratório pelos resultados finais da análise da fotografia, caso os técnicos encontrassem algo que pudesse ajudá-los. Jamie não tinha esperanças quanto a isso, mas agradeceu assim mesmo.

O soldado Hollis parecia um tanto impressionado com Frankenstein, e aceitara de imediato e cheio de entusiasmo ser o motorista deles. O jovem operador acionou a divisória da cabine da van, ocultando-se, mas sua voz nervosa e empolgada saía de um intercomunicador a todo momento, atualizando-os de seu progresso.

Frankenstein disse algo e Jamie forçou-se a deixar de lado as preocupações com a mãe, olhando para ele.

– O que você disse?

– Perguntei se você estava pronto para isso. Acho que já tenho a minha resposta.

Jamie sentiu o calor do rubor em suas bochechas.

– Estou pronto – disse ele. – Estou sim. Me diga o que eu preciso saber.

Frankenstein olhou para ele por um bom tempo, depois começou a falar:

– A maior parte dos vampiros no mundo não é como Alexandru, nem como Drácula, nem como nenhum dos outros vampiros que você possa ter visto na TV. A ideia de uma raça de monstros elegantes, misteriosos e civilizados serve para boas histórias, mas não é a realidade. A realidade é que lá fora existe uma sociedade vampírica que espelha a sociedade humana, com todos os tipos de estilos de vida nela representados. Realmente existem vampiros que vivem em casas suntuosas e que usam ternos e paletós e bebem de copos de cristal, tanto quanto existem humanos que vivem dessa forma. No entanto, também existem os vampiros que moram em becos e em casas populares, em unidades familiares, e evitam chamar atenção a todo custo, os que levam as mesmas vidas anônimas que milhões de seres humanos levam. Existem vampiros que vivem à margem da sociedade, nos confins do mundo, nos mesmos lugares sombrios em que muitos seres humanos se encontram. Existem vampiros que juraram nunca tirar uma vida humana nem nunca beber sangue humano, assim como existem outros que não se alimentam de nada além disso, que matam e torturam por puro prazer. Alguns foram enlouquecidos pela fome, outros odeiam a si mesmos pelo que a fome os compele a fazer, mas não são fortes o suficiente a ponto de não fazê-lo.

Pelo vidro, o interior inglês passava rapidamente, mas Jamie não reparava nisso; estava concentrado no homem à sua frente.

– O que estou tentando dizer a você é que todos os vampiros são diferentes uns dos outros, e é preciso se aproximar de cada um deles com extrema cautela. Está me entendendo?

– Acho que sim – respondeu Jamie.

– É necessário que você entenda. A grande maioria deles mataria você sem pensar duas vezes. Eles ainda são monstros, por mais inofensivos ou dignos de pena que possam parecer.

– Você os odeia, não? – perguntou Jamie, baixinho. – Os vampiros.

– A maior parte deles – foi a resposta de Frankenstein. – Vampiros são aberrações; aberrações perigosas e violentas. Não pertencem a este mundo.

Jamie arregalou os olhos involuntariamente, e o monstro percebeu. Inclinou-se para perto do rosto do menino e perguntou:

– Tem algo que você queira me perguntar?

Jamie balançou a cabeça em negativa, e Frankenstein voltou a recostar-se no assento.

– Sei o que você pensou – disse ele. – Mas eu fui criado com livre-arbítrio. As coisas que fiz... algumas terríveis, imperdoáveis... eu as fiz por opção. Os vampiros sofrem de uma compulsão por sangue que torna inevitáveis a violência e o sofrimento, e a maioria deles não tem força para resistir. Muitos nem mesmo tentam.

Jamie não disse nada. Olhou para o armário com espuma moldada ao lado do assento de Frankenstein e viu que continha as armas nas quais ele fora proibido de encostar no Playground: o pequeno cilindro preto e as esperas negras de metal.

– O que são essas coisas? – perguntou ele, apontando para as armas. – Terry não quis me dizer.

Frankenstein seguiu a direção em que o dedo de Jamie apontava.

– Por que não?

– Ele disse que eu não precisava saber.

O monstro deu uma risada curta.

– Ele tem razão. Não precisa mesmo.

Jamie ficou encarando Frankenstein sem expressão, até que o monstro revirou os olhos e ergueu o cilindro e uma das esferas, tirando-os de seus nichos.

– Tudo bem então, já que você quer mesmo saber tudo. Esta é uma arma de feixe ultravioleta. Ela dispara um feixe concentrado de luz ultravioleta, como se fosse uma lanterna potente, incendiando a pele de qualquer vampiro em que encostar. Já esta aqui é uma granada ultravioleta, que libera um feixe altamente potente de luz ultravioleta em todas as direções de uma só vez, durante cinco segundos. Feliz agora?

– Por que Terry simplesmente não me disse isso?

– Porque provavelmente ele achou que era mais importante ensinar a você as coisas que realmente poderiam mantê-lo vivo. Nenhuma dessas armas é letal, elas só fazem com que você ganhe tempo. Use as armas de fogo e seu T-Bone e tente se lembrar do que ele ensinou a você, em vez de se concentrar no que ele não ensinou. Agora, sem mais perguntas. Logo vamos chegar.

– Aliás, aonde estamos indo? – quis saber Jamie.

– Vamos ver um vampiro chamado "o químico". Ele produz algo a que chamamos Bênção.

– Bênção?

– Uma droga para vampiros; muito viciante, muito poderosa. O químico tem uma rede de fornecimento que abrange o país inteiro. Se ele não ouviu falar nada sobre Alexandru, é porque não há nada a ser dito.

– Então você sabe onde ele vive? – perguntou Jamie.

– Isso mesmo.

– Então por que você não o impede de produzir essa droga?

Frankenstein olhou para o menino.

– Porque a Bênção é útil – respondeu ele. – Ela mantém dócil grande parte da população de vampiros. Quando estão preocupados com a próxima dose, não estão pensando em ferir as pessoas. Mas é claro que, oficialmente, a Blacklight não sabe de onde vem a Bênção nem quem a produz. Está entendendo?

– Pelo que eu entendi, vocês fazem vista grossa.
– Isso. Agora fique quieto.

Uma hora depois, a van parou em frente a uma casa de fazenda nos limites de uma extensa charneca. As portas da traseira do carro abriram-se e o cheiro de madeira queimada os invadiu, levado pela corrente de ar do céu límpido da noite.

Jamie desceu do veículo. Eles se encontravam em uma estreita estrada rural, ladeada, de um lado, por uma fileira de árvores, e do outro, pela vastidão da área de Dartmoor. A casa era uma edificação desarmonizada de dois andares feita a partir de pedras claras. À frente havia um rochedo, e atrás a mata se fechava tornando-se uma grande massa negra.

Frankenstein estava esperando à beira da estrada. Quando Jamie o alcançou, ele abriu um portão de madeira. Os dois seguiram juntos pelo caminho bem-cuidado, uma dupla de vultos díspares no escuro. Antes mesmo que chegassem à porta vermelha da frente da casa, ela se abriu, e um homem alto, grisalho e cheio de rugas no rosto sorriu para eles.

– Por favor – disse o dono da casa. – Sigam pelo caminho até o jardim, aos fundos. Encontrarei vocês lá.

Jamie sorriu, com um ar divertido, enquanto ele e Frankenstein davam a volta na casa até o jardim; as boas-vindas de forma cálida e amigável não era o que ele teria esperado nem de um vampiro nem de um fabricante de drogas ilegais, e certamente não de uma criatura que era as duas coisas. Seguindo cuidadosamente ao longo de um caminho estreito que se estendia pela lateral da casa, sentiam o cheiro de flores caídas das árvores no ar, e, ao depararem com um amplo e belo jardim sob a noite, viram o vampiro grisalho esperando pelos dois debaixo de uma macieira.

Um caminho de madeira estendia-se do meio do jardim até um portão de aparência robusta, bifurcando-se para dar a volta em um amplo tronco da árvore, e depois juntando-se novamente. Havia dois largos semicírculos de gramado em cada lado do caminho, e o restante do jardim era preenchido com uma série de impressionantes canteiros de flores.

Grandes ramos de trombeta de anjo e de boa-noite floresciam nas trevas, e os aromas de lavanda e jacinto misturavam-se ao ar. Emaranhados de trepadeiras crescendo com o apoio de uma escada e iúcas resplandeciam sob o pálido luar, as linhas brancas destacadas, bem vistosas, as folhas cintilando seu tom prateado. Jamie olhou ao redor, maravilhado, enquanto Frankenstein o observava, com um esboço de sorriso nos lábios.

– Gostou do jardim? – perguntou o químico, enquanto Frankenstein guiava o menino boquiaberto em direção à árvore.

– É... incrível! – disse Jamie. – Nunca vi algo parecido.

– É porque vocês dormem durante a mais bela parte do dia – disse o químico, com um sorriso de orgulho no rosto. – A escuridão esconde as falhas e os pecados; a lua ilumina somente aquilo que é delicado e elegante.

– Quem disse isso? – quis saber Jamie.

– Eu. – O químico sorriu. – Coronel Frankenstein, é sempre um prazer vê-lo. Venham comigo, por favor, vamos conversar no laboratório.

O vampiro atravessou o jardim flutuando, e os dois homens seguiram atrás dele. Passaram pelo portão, que foi aberto pelo químico por meio de um pequeno teclado que ficava atrás de uma cortina de hera, e pisaram em um caminho de concreto tão liso e macio quanto uma pista de boliche. Havia lamparinas cor de laranja penduradas nos ramos mais baixos das árvores, iluminando o ponto de chegada deles.

No final do caminho havia uma longa edificação de metal, com laterais retas e uma cobertura abobadada que surgia do chão em ambos os lados. Parecia que alguém tinha enterrado uma lata incrivelmente longa no chão. As estreitas janelas, dispostas como fendas nas paredes, estavam iluminadas, banhando as árvores da cercania com uma luz de um branco pálido. O vampiro girou uma maçaneta na porta da frente e a manteve aberta para os dois visitantes entrarem.

O barulho ali era muito mais alto do que Jamie tinha esperado. Os laboratórios a que estava acostumado eram lugares silenciosos, com béqueres de vidro de formas estranhas borbulhando sobre bicos de Bunsen.

Aquela sala parecia mais uma pequena fábrica.

Grandes exaustores cortavam a construção de ponta a ponta, soltando um alto ruído. O químico entregou a Jamie e a Frankenstein óculos de proteção de plástico e conduziu-os até o outro lado da sala.

Ao lado de uma grande unidade extratora que vibrava havia um banco coberto de blocos retangulares de um pó amarelo esbranquiçado.

– O que é aquilo? – perguntou Jamie, mordido pela curiosidade.

O químico surgiu perto de seu ombro.

– Aquilo é base de heroína recristalizada – respondeu o vampiro. – É assim que minhas cargas chegam. Eu as trato com...

– Ele não precisa saber os detalhes – disse Frankenstein atrás deles, e sua voz tinha um tom de aviso.

Jamie desferiu a ele um olhar cheio de independência ferida.

– Eu quero saber – disse ele.

Frankenstein deu de ombros, virou-se para o outro lado e ficou analisando a parede do laboratório, onde estava pendurado um mapa do Reino Unido, repleto de círculos amarelos, alguns deles se sobrepondo a outros. Os círculos cobriam quase todos os centímetros do país.

O químico sorriu para Jamie.

– É animador ver um garoto que deseja aprender coisas sobre o mundo – disse ele, e guiou Jamie até um segundo banco no qual havia seis tigelas rasas de plástico. Duas delas estavam cheias até a metade de um líquido transparente; as outras quatro continham uma solução branca e espessa. – Isso é ácido sulfúrico – prosseguiu ele, fazendo um movimento que indicava o líquido transparente. – A heroína é dissolvida nele, e então acrescentamos a essa mistura álcool metílico, e depois éter, o que resulta nisso aqui.

Ele fez um gesto indicando os tanques que continham o líquido branco.

– A mistura é reservada até começar a cristalizar, quando então eu acrescento mais éter, assim como... o ingrediente final... e depois deixo assentar até que fique sólido. O resultado é a Bênção, cerca de 75 por cento de pureza.

– O ingrediente final? – perguntou Jamie.

O vampiro sorriu e guiou Jamie até um terceiro banco, onde estavam sete contêineres grandes de plástico cheios de um líquido vermelho-escuro.

– Isso é o que transforma a Bênção numa bênção – disse o químico, com evidente orgulho.

– Sangue? – disse Jamie.

– É claro. – O químico sorriu. – Sangue humano, misturado com heroína, antes que ela se solidifique. Sete tipos diferentes, para sete drogas diferentes. A, AB, B e O: o básico, o mais barato. O negativo, AB negativo e OB positivo para meus clientes especiais.

– O que tem de tão especial em relação a eles? – quis saber Jamie.

– São raros – respondeu Frankenstein, sua voz retumbando no espaço fechado. – Não são tão fáceis de se obter.

– É mais fácil do que você imagina – disse o vampiro, sorrindo de um jeito estranho para o monstro, depois voltando a olhar para Jamie. – O último lote do dia precisa ser colocado no ácido. Gostaria de ter essa honra?

Jamie podia sentir na nuca o calor do olhar de desaprovação de Frankenstein, e sabia que o monstro o estava observando, esperando para ver o que ele faria.

– Legal! – disse o menino. – Vamos fazer isso.

O vampiro ficou supervisionando enquanto Jamie acendia os queimadores sob as duas tigelas de ácido e depois, com cuidado, jogava com a colher o pó branco-amarelado dentro delas, tomando cuidado para não derrubá-lo de uma altura que pudesse fazer o líquido espirrar para fora e revezando as colheradas entre uma tigela e outra, de forma que nenhuma ficasse cheia demais. Assim que as duas começaram a borbulhar de leve, a pergunta que vinha incomodando Jamie havia vários minutos acabou escapando:

– Onde o senhor consegue todas essas coisas? Se é só o senhor aqui, sozinho, de onde vem tudo isso?

O químico sorriu para ele.

– Uma excelente pergunta, meu jovem – disse ele. – A base da heroína vem do Mianmar, e o sangue vem do Serviço Nacional de Saúde deste nosso belo país. Em relação a como isso chega aqui... ileso, digamos assim, sugiro que pergunte a seu parceiro.

Jamie virou-se para Frankenstein, que recuou, embora bem discretamente.

– Agora não – disse ele de modo incisivo. – Há coisas mais importantes a serem discutidas.

O químico ergueu as mãos em deferência.

– Sem sombra de dúvida – disse ele. – Gostei tanto de ver alguém interessar-se pelo meu trabalho que até esqueci de perguntar o que os traz aqui. Presumo que estejam em busca de algum tipo de informação, correto?

Frankenstein confirmou com a cabeça.

– Alexandru – respondeu ele. – Precisamos saber onde ele está. Achei que você pudesse ter ouvido algo sobre ele, de um dos seus revendedores, ou dos seus clientes.

Ele quase cuspiu a última palavra, seu rosto contraído numa careta de aversão, e o químico franziu a boca.

– Sinto dizer que não ouvi nada – respondeu o químico, e pareceu a Jamie que a temperatura no laboratório havia caído vários graus.

No banco ao lado de Jamie, uma das tigelas de ácido sulfúrico começou a borbulhar violentamente. O químico foi em direção a ela, e Frankenstein levou a mão instintiva e disfarçadamente ao cabo do T-Bone, que trazia no cinto. O vampiro parou e ficou encarando-o.

– Não acredito em você – disse Frankenstein, com frieza. – Por que será?

– Talvez seja por causa da sua natureza desconfiada – respondeu o químico. – Ou talvez porque você não é nenhum idiota, e sabe muito bem que qualquer um que souber *alguma coisa* que seja sobre os três irmãos vai mentir para vocês.

Ele deu mais um passo em direção a Jamie, e Frankenstein sacou o T-Bone do coldre, deixando a arma pendendo ao lado do corpo.

– Eu preferiria que você ficasse parado – disse ele, sua voz retumbando no laboratório.

Jamie olhou para a frente e para trás, ora para o monstro, ora para o vampiro. Então, na tigela de acido sulfúrico formou-se uma imensa bolha, e o líquido fervente começou a espirrar no ar, atingindo o pescoço e o maxilar de Jamie.

O menino gritou de dor, e tanto Frankenstein quanto o químico foram correndo até ele. Jamie protegeu as feridas com a mão enluvada, e o tecido da luva começou a soltar fumaça. A dor ia além de tudo que ele já sentira antes; era como se um milhão de pequeninas facas estivessem cortando sua carne. Ele gritou mais uma vez, quando sua pele começou a derreter.

O químico foi voando até o canto do laboratório, abriu uma pequena geladeira de metal e voltou para o lado de Jamie com um frasco de água purificada. Frankenstein havia pego o menino e afastara-o das tigelas, e agora o segurava com uma das mãos enquanto tentava tirar a mão de Jamie para poder analisar a extensão dos ferimentos. A mão pálida do químico surgiu entre os dois, agarrando o pulso de Jamie e puxando sua mão para evitar mais queimaduras. Jamie tinha a cabeça jogada para trás, as cordas vocais no pescoço esticadas como barbantes, os dentes cerrados e o rosto deformado numa careta de agonia.

O vampiro tirou a tampa do frasco e entornou a água sobre as queimaduras, lavando as feridas, que verteram fumaça enquanto o líquido as limpava. Jamie soltou um grito. Então todo o ferimento, um conjunto de pelo menos dez queimaduras de um tom vermelho vivo, que iam da gola de seu uniforme até logo abaixo de sua orelha direita, começou a sangrar.

Os olhos do químico ficaram vermelhos.

Frankenstein viu isso, e tateou o chão do laboratório à procura do T-Bone, que lhe havia caído da mão. Porém, antes que ele conseguisse pegá-lo o vampiro jogou-se para trás no ar, para longe do menino caído e do monstro agachado, e ficou sobrevoando perto da porta que dava para o jardim.

– Traga-o para dentro da casa assim que tiver parado de sangrar – disse ele, sua voz gutural e cheia de desejo. – Tem um kit de primeiros-socorros em cima da geladeira.

E, com isso, ele se foi, abrindo a porta e lançando-se noite adentro.

Frankenstein deixou Jamie, que olhava fixo para o teto, o rosto branco e os olhos arregalados, e puxou uma caixa verde de uma prateleira acima da geladeira. Voltou para perto de Jamie, desligando no caminho os queimadores sob as tigelas de ácido, e agachou-se ao lado do menino, cujos olhos, ao fitarem o monstro, pareciam estar começando a recuperar o foco.

– Você está bem? – perguntou Frankenstein.

Jamie ficou chocado ao ouvir a voz do monstro tão cheia de preocupação.

– Estou bem – grasniu ele em resposta. – Eu... eu nunca senti nada assim. Não conseguia respirar... doía tanto...

– Ainda está doendo?

Jamie fez que sim com a cabeça.

– Mas não como antes. Agora dói como uma queimadura normal.

Frankenstein limpou o sangue da pele do garoto, depois pegou gaze do kit de primeiros-socorros e colocou com gentileza sobre as queimaduras. Jamie encolheu-se de dor, mas não reclamou. O monstro desenrolou uma faixa de bandagem branca, colocou-a sobre a gaze e prendeu-a no lugar com esparadrapo cirúrgico. Jamie sentou-se, com certo esforço, enquanto Frankenstein fechava o kit, levava-o de volta e recolocava-o na prateleira de onde o havia tirado. Quando se virou novamente, Jamie estava olhando para ele.

– Ele estava indo desligar o gás – disse o menino, devagar. – Ele sabia o que ia acontecer.

– Eu não poderia saber disso – respondeu Frankenstein, caminhando de volta ao encontro do garoto.

– Não estou culpando você – disse Jamie, e seu rosto estava tomado pela dor. – Estava só comentando.

– Tudo bem.

– Pode me ajudar a levantar? – pediu Jamie, e então o imenso homem esticou a mão disforme, que Jamie segurou para se pôr de pé, contraindo-se de dor.

Com hesitação, ele encostou na bandagem que tinha no pescoço, depois ergueu o rosto para Frankenstein.

– Deixe que eu falo com ele – disse Jamie. – Na casa. Tudo bem?

O monstro abaixou o olhar para ele.

– Tudo bem – respondeu ele, depois de uma pausa. – Faça o que achar melhor.

A porta traseira foi aberta assim que a alcançaram, e os dois entraram em uma cozinha quente e desorganizada. Algo fervia numa chaleira em cima de um imenso fogão Aga, e o químico estava sentado a uma mesa de madeira no meio da sala, olhando com desconforto para os dois visitantes.

– Me desculpem – disse ele. – Faz mais de uma década que não tomo sangue humano, mas não consigo controlar a minha reação ao ver e sentir o cheiro.

– Está tudo bem – disse Jamie.

O menino olhou para uma cadeira vazia em frente ao vampiro, que rapidamente o convidou a sentar-se, depois convidando Frankenstein também.

– Vou ficar em pé – disse o monstro com sua voz retumbante.

– Como quiser.

Jamie sentou-se com cautela e voltou o olhar para o químico, que o fitava, nervoso.

– Eu sei que você ia desligar o gás – disse Jamie, e o vampiro soltou um longo suspiro de alívio.

– Sim – respondeu ansiosamente o químico. – Eu vi que ia transbordar, mas então o seu parceiro me mandou ficar parado, e eu não quis provocar uma situação, e... – A voz dele falhou.

Frankenstein revirou os olhos, mas não disse nada.

– Eu sei – disse Jamie. Ele notou que o químico parecia realmente abalado com o que havia acontecido no laboratório, e mudou de assunto: – Como o senhor veio parar aqui, fazendo esse trabalho?

O vampiro olhou para ele e riu.

– Você quer saber como fui reduzido a isso, certo? Sinto muito por decepcioná-lo, Sr. Carpenter, mas não tem muita história a ser contada. Eu era um bioquímico que trabalhava para uma empresa farmacêutica, então fui transformado e continuei com o meu trabalho. Só o produto que faço é que é diferente.

Jamie ficou sem graça. Ele havia pensado que se mostrar interessado em química poderia fazer com que o vampiro se abrisse um pouco, e que isso talvez o fizesse falar sobre Alexandru.

– Contudo – prosseguiu o químico, lançando um olhar incisivo na direção de Frankenstein –, é reconfortante ouvir uma pergunta educada. Especialmente quando tal pergunta não é feita atrás de uma estaca. Você tem educação, meu jovem. Sua mãe deve se orgulhar de você.

Jamie viu sua oportunidade e agarrou-a na hora:

– Acho que sim. Mas não posso perguntar isso a ela, porque Alexandru a capturou. É por isso que estamos procurando por ele.

O químico olhou para o menino com aberta empatia.

– Sinto muito em ouvir isso – respondeu ele. – Sinto muito mesmo. Você deve estar passando maus bocados.

Jamie assentiu.

– Mas eu não sei onde ele está – prosseguiu o químico. – Você pode optar por acreditar em mim ou não. Não posso tomar essa decisão por você. Mas vou lhe contar uma coisa que sei, o que é menos do que prudente da minha parte.

– Qualquer coisa – disse Jamie. – Qualquer coisa que possa ajudar.

– Ele ainda está no país. Como sei disso, não vou revelar a vocês, mas ele ainda está aqui. O que torna bem provável que sua mãe também esteja.

Frankenstein bufou.

– É isso? Ele ainda está no país? Quer dizer que só temos que procurar em cerca de 250 mil quilômetros quadrados para encontrá-lo.

O químico ficou encarando Frankenstein, seu rosto contorcido numa expressão de ódio declarado.

– Vocês vão sair da minha casa sabendo mais do que quando chegaram – disse ele. – Duvido que aconteça o mesmo em qualquer outro lugar em que vocês decidam conduzir sua busca. Os irmãos têm olhos e ouvidos por toda parte, e ninguém mais estará disposto a contar nada a vocês.

Jamie levantou-se, cerrando os dentes de modo a não gritar ao sentir os músculos sob suas queimaduras se mexerem. Olhou com raiva pura para Frankenstein, um aviso para que não dissesse mais nada.

– Obrigado por sua ajuda – disse o menino ao químico, que assentiu educadamente. – Vamos deixá-lo trabalhar.

Eles seguiram o caminho de volta à estrada em silêncio. O soldado Hollis estava recostado na porta da van.

– Aonde vamos agora? – quis saber ele quando os dois pararam ao lado do veículo.

Jamie chutou a lateral de metal da van o mais forte que conseguiu, e o clangor ecoou pelo ar silencioso da noite. Chutou novamente, e ainda uma terceira vez, e depois deu a volta para ficar de frente a Frankenstein, seu rosto vermelho de raiva.

– Você é tão idiota! – gritou ele, saliva voando de seus lábios. – É óbvio que ele sabia mais do que nos contou, muito mais! E ele teria *me* contado se você não tivesse sido tão babaca com ele! Por que você fez aquilo? Não quer encontrar a minha mãe? Que diabos você está fazendo aqui?

Frankenstein estava chocado demais para responder. A raiva do garoto saía como o vapor de uma panela de pressão.

– Idiota! Idiota! Idiota! – berrou Jamie, pontuando cada palavra com um chute atroador na lateral da van.

Então, tão rápido quando chegara, a raiva se foi, e ele desmoronou, ficando de joelhos na estrada escarpada.

Seguiu-se o silêncio.

Hesitante, o motorista estendeu a mão para ele, mas Jamie enxotou-o:

– Não encoste em mim! – gritou ele, levantando-se novamente. – Me deixe em paz!

Ele saiu correndo, aos tropeços, floresta adentro, deixando para trás os dois homens perto da van.

Jamie sentou-se na base de um largo carvalho. Ele podia ver os faróis dianteiros da van por entre o labirinto negro da floresta, e conseguia ouvir as vozes baixas do motorista e do monstro.

Eles que me procurem. Não vão me encontrar aqui. Eles que pensem que me perderam.

Uma onda mista de frustração, raiva e culpa agitava sua mente. O químico teria contado a ele mais coisas sobre Alexandru, ele tinha certeza disso, se aquele monstro idiota não tivesse aberto sua imensa boca idiota! Eles poderiam estar a caminho de resgatá-la nesse exato momento, poderiam estar bem na cola dela, mas não; em vez disso, não tinham avançado nem um pouco no caminho que os levaria a ela, estavam no mesmo ponto em que se encontravam antes de chegar ali. Nunca lhe havia passado pela cabeça que Alexandru tivesse levado sua mãe para fora do país, não depois da mensagem que tinha sido entalhada no peito do homem e deixada lá para que ele a encontrasse, de modo que a informação era inútil, e quanto a isso Frankenstein tinha razão. No entanto, era o que viria em seguida, o que ele tinha *certeza* de que o químico diria, que poderia tê-los ajudado. Porque Jamie estava convencido de que aquilo que o vampiro lhes dissera era verdade: ninguém mais estaria disposto a arriscar-se a enfrentar a ira de Alexandru para ajudá-los.

Então ele percebeu que não era verdade. Havia uma pessoa.

Ele forçou-se a levantar-se, ignorando o gemido de dor que lhe vinha do pescoço ferido, e saiu correndo, às cegas, em meio às árvores na direção dos faróis da van. Ao chegar, deparou-se com o motorista e Frankenstein recostados na van. O olhar no rosto do monstro sugeria que ele não havia ficado muito preocupado.

– Mais aliviado? – perguntou Frankenstein, e sua voz continha uma pontinha de risada. Jamie o olhou de cara feia.

– Me levem de volta ao Looping – disse ele. – Quero falar com ela de novo.

Frankenstein franziu a boca.

– Ela quem? – perguntou ele.

– Você sabe quem – disse Jamie, e sorriu.

22

A CIDADE QUE NUNCA DORME, PARTE II

NOVA YORK, EUA
31 DE DEZEMBRO DE 1928

John Carpenter despertou ao ouvir alguém bater com força à porta de seu quarto. Acordou na hora, esticando a mão para pegar a estaca de madeira que deixara na mesinha de cabeceira. Saiu sorrateiramente de baixo das cobertas e foi com cuidado pelo chão acarpetado até a porta.

– Quem é? – perguntou ele.

– Henry Victor – ressoou gravemente uma voz baixa do outro lado dos painéis de madeira.

Carpenter segurou a estaca atrás das costas e abriu a porta 15 centímetros, a exata extensão da firme corrente que ele deixara presa. Henry Victor estava parado no corredor, quase encostando no teto graças a sua vasta compleição corporal. Ele baixou o olhar para Carpenter com uma expressão de raiva no rosto.

– Você sabe quem eu sou – disse ele; uma declaração, não uma pergunta.

– Creio que sim – foi a resposta de Carpenter.

– A quem você contou?

– Não contei a ninguém.
– Seu parceiro. Willis. Nem mesmo a ele?
– Nem mesmo a ele.
Victor enfiou a mão no bolso de seu sobretudo e tirou dali um envelope branco e grosso.
– Então talvez você possa me explicar isto – disse, entregando o envelope a Carpenter.
Carpenter pegou o envelope, notando, ao fazê-lo, o tamanho gigantesco da mão do homem, e soltou a corrente da tranca, abrindo bem a porta.
– Entre.
Carpenter foi até a pequena escrivaninha que havia sob a janela e colocou ali o envelope. Victor entrou e fechou a porta.
Carpenter tirou do envelope três folhas grossas de papel-cartão. As duas primeiras eram convites, retângulos com bordas douradas e três linhas de escrita ornamentada:

Central Park West e West 85th Street
31 de dezembro de 1928
23h

Colocou de lado os convites e conferiu o terceiro cartão. Era um bilhete, escrito à mão com uma bela e elegante caligrafia:

Caro Sr. Frankenstein,
Por favor, queira fazer as honras de agraciar-me com sua presença esta noite. E traga consigo seu novo amigo, o britânico; ele está hospedado no hotel Chelsea, na West 23rd Street, caso precise encontrá-lo. Máscaras são obrigatórias, o uso de smoking é preferencial.
Saudações,
V.

– Não uso esse nome desde que cheguei aos Estados Unidos – disse a voz de Frankenstein, bem acima da cabeça de Carpenter. – Faz mais de um ano.

– Você conhece alguém cujo nome comece com V.? – quis saber Carpenter.

– Não.

V de Valentin, pensou Carpenter, e sentiu um calafrio subir por sua espinha. *O mais jovem dos três irmãos transformados pelo próprio Drácula. Será?*

– E quanto a Haslett? Jeremiah Haslett? – perguntou ele.

– Não.

– Tem certeza?

Frankenstein respirou fundo, o que pareceu a Carpenter ser uma tentativa de manter a calma.

– Sr. Carpenter, prefiro me manter em segredo, especialmente quando há vampiros envolvidos.

Carpenter virou a cabeça rapidamente.

– O que você disse?

Frankenstein riu.

– Me desculpe. Você achou que você e seus amigos eram os únicos que sabiam? – E riu de novo, dessa vez da expressão de surpresa estampada no rosto de Carpenter. – Sou uma criatura da noite, Sr. Carpenter, por motivos que lhe devem ser óbvios. Viajei muito, e vi e ouvi muitas coisas também. Eu conhecia a lamentável história de Drácula antes mesmo de o irlandês a escrever. Ouvi os rumores sobre Crowley e outros como ele. Ouvi falar de sua pequena organização. Ouvi falar até mesmo do senhor. Ou, pelo menos, de seu pai.

Carpenter olhava estupefato para o monstro.

– Então você sabe o motivo que me traz aqui – disse ele, tentando recuperar a compostura.

– Presumo que esteja aqui para garantir que o Sr. Haslett não retorne às aprazíveis terras verdes da Inglaterra.

Carpenter assentiu.

– E imagino que a confraternização desta noite seja sua melhor oportunidade de realizar tal tarefa, não?

– Espero efetivamente que seja. Você vai me dar os convites?

Frankenstein riu e balançou a cabeça em negativa.

– Infelizmente não, Sr. Carpenter. Tenho também algumas perguntas a fazer a esse tal V. Mas acompanharei o senhor e, se surgir a oportunidade de ajudá-lo em sua missão, então com certeza considerarei a possibilidade. O que acha?

– Acho uma boa ideia. – Carpenter hesitou por um momento. – Acredita-se que um dos mais velhos vampiros do mundo more nesta cidade. Seu nome é Valentin Rusmanov. Já ouviu falar dele?

– O mais jovem dos três irmãos.

– Isso mesmo. Imagino que poderia ser ele o V que enviou os convites.

– Se for esse o caso – disse Frankenstein –, seria sábio tomarmos extremo cuidado.

Carpenter tomou um banho e vestiu-se rapidamente depois que Frankenstein foi embora, mas ainda assim atrasou-se dez minutos para o encontro com Willis no pequeno e descontraído restaurante da Broadway, que o americano havia escolhido quando os dois se despediram na noite anterior. Acomodou-se a uma mesinha vermelha de couro em frente a Willis, pediu café e ovos, e brevemente inteirou-o dos acontecimentos daquela manhã. Willis o ouviu com atenção, e depois fez a pergunta que ele já esperava:

– Com certeza você entende que esse convite é algum tipo de armadilha, não?

– É claro que sim – respondeu Carpenter. – No entanto, ainda representa a melhor oportunidade para que eu realize a minha missão. Com certeza *você* entende isso, não?

Willis sorveu um gole de seu café.

– Entendo sim, John – disse ele. – Só senti a necessidade de chamar sua atenção para o fato de ser bem improvável que os motivos desse tal de V. para convidar você e o monstro sejam honrosos. Não quis ofendê-lo.

Carpenter sentiu sua raiva dissipar-se.

Controle-se. Este homem não é seu inimigo.

– Não é preciso dizer que assumirei posição do lado de fora do prédio e estarei em prontidão para ajudá-lo de qualquer forma que se fizer necessária – prosseguiu Willis. – A menos que isso não lhe seja conveniente.

– Muito me convém – respondeu Carpenter. – Ficarei grato por sua presença.

– Então está decidido – disse Willis, e forçou um sorriso. – Agora, vamos voltar nossa atenção para o café da manhã. O dia promete ser longo.

John Carpenter estava de pé na esquina do Central Park West com a West 83rd Street, esperando por Frankenstein. O sol havia desaparecido sob o horizonte fazia tempo e a noite estava escura e fria.

Ele havia deixado Willis no restaurante e pegara uma carruagem na parte nobre da cidade para cuidar de algumas tarefas. Comprara o smoking de um alfaiate que Willis lhe havia recomendado, na Madison Avenue, depois seguira para o norte, até o Harlem, para fazer uma visita rápida a uma construtora. Só então retornara a seu hotel a fim de preparar-se para o baile, comendo um jantar leve em um restaurante na 6th Avenue, e caminhando em direção à ampla área do Central Park.

– Noite fria – disse uma voz grave vinda de trás dele.

Carpenter assustou-se e virou-se. Frankenstein agigantava-se à sua frente, e um belo smoking cobria sua estrutura física imensa. Ele olhava para Carpenter com um leve sorriso no rosto.

– Desculpe se o assustei – disse ele, e seu sorriso alargou-se alguns milímetros.

– Sem problema – Carpenter conseguiu responder.

Seu tolo maldito. Concentre-se apenas no que importa, pelo amor de Deus. É inaceitável ser surpreendido com tamanha facilidade.

Frankenstein assentiu.

– Que bom – disse ele. – Vamos?

O monstro percorreu com um gesto a extensão do Central Park West até a esquina do Upper West Side, que era para onde se dirigiam.

Os dois caminharam com rapidez em direção ao endereço especificado nos convites. Na esquina à frente deles havia uma grande casa gótica, dominada por uma alta torre circular que se erguia acima do telhado inclinado. As várias janelas do prédio resplandeciam com as luzes, e mesmo de onde estavam, do outro lado da rua, os sons de risadas e de música podiam ser ouvidos. Parado perto da grande porta de madeira estava a grande silhueta de alguém em um sobretudo cinza-escuro com uma inexpressiva máscara veneziana, e foi para essa pessoa que os dois homens apresentaram seus convites.

A figura os analisou com atenção.

– Máscaras – disse aos dois, com uma voz indiferente.

Carpenter puxou do bolso uma máscara preta que cobria apenas os olhos e colocou-a no rosto. Frankenstein prendeu com cuidado atrás das orelhas as fitas de uma máscara branca com um nariz fino e comprido. A figura à porta deu passagem a eles.

O saguão era amplo e grandiosamente mobiliado, com espelhos e pinturas espaçados ao longo das paredes e vasos de flores frescas em todas as superfícies planas. Um chão de ladrilhos de mármore em preto e branco reluzia sob os pés deles. Um garçom idoso em uma imaculada casaca apareceu ao lado deles, oferecendo a bandeja cheia de taças de champanhe que pareciam feitas de um delicado cristal. Os dois homens aceitaram a bebida e seguiram pelo corredor em direção a uma porta-dupla, de trás da qual vinham os sons de um animado baile.

Carpenter abriu uma das portas e entrou com Frankenstein no salão. Havia pelo menos duzentas pessoas no cavernoso ambiente, algumas das quais estavam na ampla pista de dança com chão de mármore, outras de pé em grupos próximos às paredes, ou ainda sentadas a mesas redondas, rindo e conversando. Nos fundos do salão, sobre um palco baixo, um quarteto de jazz tocava um ritmo furioso de baixo e bateria, ao qual o pianista sobrepunha uma melodia bem animada. O ar estava cheio de fumaça de cigarro, dos aromas pungentes de ópio e incenso, do ressoar estridente de gargalhadas e do zumbido de muitíssimas vozes que se mesclavam.

– Nossa, como você é grande! – gritou uma voz estridente à esquerda deles, fazendo os dois homens se virarem.

Uma jovem com o rosto oculto por uma máscara de penas e a silhueta envolta em um vestido de gala vermelho-escuro que tocava o chão estava encarando Frankenstein abertamente, com um olhar maravilhado no rosto, enquanto dançava suavemente sobre altíssimos saltos agulhas.

– É rude encarar os outros – disse Carpenter.

– Não seja tão tolo – respondeu a mulher, virando o rosto na direção dele.

Através dos buracos na máscara, Carpenter pôde ver que a jovem fazia um grande esforço para focar seu olhar, e então ele relaxou.

– Creio que a senhorita possa ter bebido demais – disse-lhe ele. – Talvez um pouco de ar fresco lhe faça bem. Estou certo de que não deseja se colocar em uma situação embaraçosa.

Ele recuou um passo e abriu a porta que dava para o corredor, segurando-a para a moça passar. Ela o olhou por um instante, como se tentando formar uma resposta, e então ergueu o nariz no ar e saiu andando a passos largos pelo corredor, sem olhar para trás.

– Obrigado – disse Frankenstein tão logo a porta se fechou novamente. – Com certeza eu teria perdido a calma se você não a tivesse tirado daqui.

– De nada – respondeu Carpenter. – Sugiro que nos separemos e busquemos por nossos respectivos alvos.

Frankenstein concordou, e então virou-se e desapareceu em meio à multidão. Carpenter seguiu em outra direção, dando a volta na pista de dança à procura de Jeremiah Haslett.

Ele passou por uma mesa cheia de jovens elegantes, com seus smokings negros e reluzentes, as pregas bem vincadas, e percebeu que era incapaz de desviar o olhar deles. Havia algo de intoxicante em relação ao grupo, com seus cigarros pendendo de um jeito casual dos dedos pálidos, e o modo tranquilo como conversavam, e...

– Olhe por onde anda, pelo amor de Deus! – disse bem alto uma voz.

Carpenter desviou o olhar da mesa e procurou o lugar de onde viera a repreenda; sentiu, então, seu coração se revirar no peito. À sua frente estava parado um homem grande e troncudo com uma máscara entalhada de abutre, de cujos buracos saía um brilho vermelho escuro. O homem inclinou-se para a frente, perscrutando Carpenter. Ele parecia estar prestes a falar algo quando uma jovem de vestido preto esbarrou nele em meio à dança. O homem deu um giro e repreendeu-a por ser desajeitada. Quando ele se virou de volta para Carpenter, o brilho que ele entrevira na máscara não estava mais lá. O homem foi empurrando com brusquidão quem estava no seu caminho, passou por ele e desapareceu.

Mas eu vi. Vi os olhos dele. Que lugar é esse?

Ele foi abrindo caminho rumo ao longo bar, e estava prestes a fazer um pedido quando viu uma forma esquelética em sua visão periférica. Virou-se em sua direção.

Jeremiah Haslett estava parado a uns 5 metros dele, reclinado em um canto do bar de madeira, conversando com uma bela loira que mal passara da adolescência. Ele usava uma máscara de veludo vermelho sobre os olhos e um chapéu triangular, mas Carpenter reconheceu o nariz anguloso e a boca fina e cruel das fotografias que lotaram tardiamente os jornais londrinos.

Carpenter colocou a mão no bolso, tirou de lá uma estreita estaca de madeira e deixou o braço pender na lateral do corpo, ocultando a arma. Deu um passo para a frente, devagar, pois não desejava anunciar sua presença antes do momento certo, mas de súbito viu o caminho até seu alvo ser bloqueado por um grupo de homens e mulheres, que, rindo, carregavam uma bandeja de drinques e charutos para longe do bar, na direção das mesas. Ele empurrou uma das mulheres com gentileza para o lado, tentando não perder de vista sua presa, mas ela se curvou, sibilando alto, com o mesmo brilho vermelho-escuro emanando dos furos de sua delicada máscara de penas. Seu coração deu um sobressalto, mas ele passou por ela.

Haslett não estava mais lá.

Carpenter praguejou e saiu correndo até onde vira sua presa, e acabou atraindo olhares de reprovação da multidão de homens e mulheres que dançavam e bebiam. Olhou ao redor em todas as direções, mas não havia qualquer sinal do inglês.

Atrás dele, a banda começou outra música, e a pista de dança ficou mais agitada. Um relógio de pêndulo, entre dois espelhos compridos na parede atrás do bar, tocou uma vez, atraindo o olhar de Carpenter: os ponteiros no mostrador ornamentado do relógio informavam-no que faltavam 15 minutos para a meia-noite.

Ele não queria mais tomar outro drinque. Seguiu empurrando as pessoas e abrindo caminho em meio à multidão, procurando por Haslett, ou por Frankenstein, mas não conseguia ver nenhum dos dois. Passou por uma pesada porta trancada, que ele presumiu dar para o restante da casa, e então se viu preso entre um grande grupo de convidados, sendo levado para a pista de dança, seus pés mal tocando o chão.

Ao desvencilhar-se das amigáveis mãos que agarravam seu braço, saiu girando, desorientado. Tentou ir até a banda, mas uma bela ruiva bloqueou seu caminho, sorrindo para ele de modo sedutor, as pontas afiadas de seus dentes incisivos reluzindo sob a luz fraturada do enorme lustre de cristal pendurado acima deles. Ele virou-se e foi na direção oposta, mas tampouco obteve sucesso. Uma roda de homens e mulheres giravam em um círculo, seus pés chutando e seus braços se debatendo em frenesi. A cinética o fazia girar como um peão. Quando um jovem passou por ele, com os longos cabelos loiros esvoaçando atrás da cabeça, Carpenter viu o brilho vermelho sob o material da máscara de felino do homem, e sentiu a pele gelar. Virou-se e quase se chocou no largo peito de um velho, que estava dançando com grande entusiasmo com uma moça tão jovem que poderia muito bem ser sua neta. O homem virou-se e rosnou para ele, a máscara branca reluzindo, vermelha, com dois dentes pontudos despontando sob seu lábio inferior.

Ah, meu Deus, há centenas deles aqui. O que foi que eu fiz?

Ele enfiou a mão no bolso e pegou a estaca, mas uma moça com uma tiara de diamante e uma máscara japonesa de kabuki se chocou contra ele e a arma caiu, ruidosamente, no chão. Ele praguejou baixinho e abaixou-se para procurá-la, mas uma dúzia de pés a chutaram para longe. Carpenter levantou-se e foi inundado por uma onda de terror tão forte que era quase uma dor física.

Parado à sua frente estava um homem radiosamente elegante. Não usava máscara, e seu rosto, cujas feições apontavam para uma ancestralidade do Leste Europeu, era quase transparente de tão pálido, suas veias formando traços de um tom esmaecido de azul por sob sua pele branca. Em volta deles, a dança parecia ter ficado mais intensa, se é que isso era possível, mas ainda assim ninguém colidia com o homem, nem mesmo parecia chegar perto disso. Era como se ele estivesse cercado por um campo magnético que repelia as pessoas.

É ele. Ah, meu Deus, é ele mesmo. O mais novo dos três.

Valentin Rusmanov olhou para Carpenter de um jeito que o fez sentir-se como um espécime em um laboratório. Os olhos do homem tinham o mesmo tom de azul-claro das veias sob sua pele, além de um quê de hipnótico; Carpenter sentiu-se imerso naquele olhar e lutou para tentar desviar. Estava a ponto de dizer alguma coisa, embora não fizesse a mínima ideia do que diria, quando o ressoar estrondoso dos sinos começou a contar as badaladas da meia-noite.

Tudo parou. As badaladas continuaram, três, quatro, cinco, mas agora eram os únicos sons na sala. A dança havia parado, assim como todas as conversas. Carpenter olhou ao redor, sabendo o que veria, mas o medo ainda inundava seu organismo quando sua certeza se confirmou.

Todos na sala o olhavam em silêncio.

A última badalada soou, ecoando no ar parado, e dos fundos do salão alguém gritou "Tirem as máscaras!". Houve um segundo de hesitação, então Valentin assentiu, e seguiu-se um frenesi de movimento enquanto os convidados tiravam suas máscaras, um brilho vermelho enchendo a sala à medida que o faziam. Carpenter olhou em volta impotente quando as centenas de homens e mulheres voltavam a encará-lo.

Ele estava cercado por vampiros.

Todos olhavam para ele com o rosto sorridente, suas presas agora totalmente à vista, seus olhos reluzindo em um tom terrível de carmesim.

É assim que a minha história termina. Dilacerado, feito em pedacinhos na minha primeira missão. Meu pai teria vergonha de mim.

23
SEGUNDO ROUND

Jamie seguia pelo corredor das celas, com Frankenstein alguns passos atrás. O garoto havia se recusado a ir até a enfermaria para colocar uma bandagem decente no pescoço, nem mesmo havia se livrado daquele uniforme que exalava um cheiro cáustico. Diversos operadores da Blacklight tinham ficado olhando para o montinho branco de bandagens enquanto ele atravessava tempestuoso o hangar, com o imenso coronel no seu encalço.

Jamie parou em frente à cela de Larissa, a parede de luz ultravioleta reluzindo à sua frente. Ela estava deitada na cama, com os olhos fixos em Jamie, como se já o esperasse. Mas então ele se deu conta de que ela devia tê-lo ouvido assim que ele aparecera no corredor; que estranho: como era fácil esquecer que ela era uma vampira.

Larissa abriu um sorriso para Jamie, mas fechou o rosto quando Frankenstein apareceu em seu campo de visão, pondo-se ao lado do garoto. Ela tinha um livro aberto no colo, que de imediato ergueu para cobrir o rosto.

– Preciso falar com você – disse Jamie.

O livro não se mexeu.

– Você me ouviu? – perguntou ele, a raiva elevando-se em sua voz. – Eu disse que preciso falar com você.

– Eu ouvi – respondeu Larissa, sem tirar o livro da frente do rosto. – E não tem nada no mundo que eu gostaria mais do que falar com você. Mas eu não faço *ménage à trois*.

Frankenstein murmurou algo bem baixinho.

– Nada pessoal – disse Larissa.

Jamie olhou para o monstro, pronto para implorar-lhe que os deixasse a sós, mas Frankenstein já estava se afastando.

– Obrigado! – gritou o garoto enquanto os passos do imenso homem soavam ao longe, à medida que ele caminhava.

Quando a porta se fechou ruidosamente lá no fim do corredor, Larissa pôs o livro na cama, saltou para o chão e foi até ele com um largo sorriso no rosto.

– Eu sabia que você ia voltar – disse ela.

– Essa não é uma visita social – disse Jamie acidamente.

Ela baixou o olhar enquanto ele falava, e então arregalou os olhos ao notar o curativo no lado direito do pescoço dele.

– O que aconteceu com você? – ela quis saber. – Não me diga que alguém o mordeu.

A preocupação na voz dela fez o coração de Jamie palpitar.

– Nada disso – foi a resposta dele. – Eu me queimei. Em uma missão.

– Uma missão! – exclamou ela. – Uma missão supersecreta? Aposto que era. Aaaah, me conte tudo!

As faces dele adquiriram um tom escuro de escarlate, e Larissa riu.

– Me desculpe – disse ela. – É só que você parecia tão sério com esse seu pescoço machucado e esse uniforme sujo. Você desceu até aqui para me dar uma bronca?

– Eu vim aqui para perguntar a você a respeito de Alexandru – disse ele. – Vim até aqui porque achei que você seria a única pessoa disposta a me ajudar.

Larissa inclinou a cabeça para o lado, e seus cílios tremularam.

– Que lindo – disse ela, teatralmente contendo a emoção. – Sou sua única esperança?

Jamie virou-se e foi andando pelo corredor a passadas largas, mas forçou-se a ir mais devagar, determinado a não sair correndo.

– Espere! – gritou ela, e ele parou. – Por favor, volte. Eu só estava brincando.

Ele ficou parado no corredor, entre duas celas vazias, respirando com dificuldade. Fora por vergonha que ele saíra correndo, vergonha por ela não o estar levando a sério. E, embora ele não tivesse como explicar por quê, era fundamental que ela não ficasse de brincadeiras. Ele se recompôs e voltou devagar até a cela.

A menina sorriu quando Jamie reapareceu a sua frente, mas ele viu um último lampejo de preocupação genuína na face dela, e ficou satisfeito.

– Me desculpe – disse ela. – Eu não falo com ninguém faz dois dias. Os guardas nem olham para mim.

Então eles são uns idiotas, pensou Jamie, e ficou vermelho.

Larissa sentou-se de pernas cruzadas no chão da cela e esperou que ele fizesse o mesmo. Ele se curvou e sentou-se no chão com cuidado, mexendo o pescoço o mínimo possível. Eles ficaram de frente um para o outro, separados por não mais que um metro de distância, o campo de luz ultravioleta tremeluzindo entre os dois.

– Você vai me dizer onde está Alexandru?

Ela balançou a cabeça em negativa.

– Por que não?

– Porque eu não sei. De verdade.

– Vai me contar qual foi o último lugar onde você o viu?

Ela balançou a cabeça mais uma vez, e uma mecha de cabelos escuros caiu na sua testa. Jamie tentou não olhar, pois a vontade de afastá-los do rosto dela era incontrolável.

– Por que não?

– Porque se eu contar isso a você, nunca mais vou sair desta cela.

– Eu posso falar com eles...

– Não vai adiantar. Posso levar você até lá, mas não posso lhe dizer onde é. Espero que entenda a diferença.

Jamie abaixou a cabeça. Ele sabia que ela tinha razão. Se Larissa admitisse não saber de nada, Seward mandaria destruírem-na; se ela dissesse a Jamie o que sabia, Seward ordenaria que a destruíssem. Sua única chance era admitir que tinha informações, mas recusar-se a revelá-las, e esperar que eles ficassem desesperados a ponto de aceitar entrar no jogo dela.

Ele ergueu o olhar.

– Então você é inútil? – disse ele, no tom mais cruel que conseguiu.

Ela se encolheu, e um tremor de mágoa lhe passou momentaneamente pelo rosto.

Bom. Muito bom.

– Eu não disse que não ia ajudar você – falou ela, pela primeira vez parecendo a adolescente que fora antes de ser transformada em vampira. – Só não vou lhe contar onde vi Alexandru pela última vez. Pergunte outra coisa.

– Não tem mais nada que eu queira saber.

– Mesmo?

– Mesmo. Tudo que importa para mim é ele e a minha mãe.

– Você está realmente preocupado com ela, hein?

Jamie a encarou e disse:

– É lógico que estou!

– E deveria estar mesmo. Você não faz ideia do que Alexandru é capaz.

Um calafrio subiu pela espinha de Jamie.

Não quero ouvir isso. Sei que preciso, mas não quero.

– Como ele é? – perguntou ele, com cautela.

– Ele é o segundo vampiro mais velho do mundo – foi a resposta de Larissa. – Faz o que quer, a hora que quer. Mata seres humanos para lhe servirem de alimento, mata vampiros e seres humanos por diversão. Não há nada que se possa fazer para impedi-lo.

– Não acredito nisso.

– Mas precisa. Você vai se machucar se não acreditar. E eu não quero ver isso acontecer.

Ela sorriu para ele, e Jamie sentiu seu estômago se revirar.

– Faz um ano, uma garota que estava andando com ele matou um fazendeiro na Cornualha – prosseguiu Larissa. – Ela voltou ao lugar onde estávamos morando na época pingando sangue, o corpo totalmente coberto com o sangue do homem. Anderson perguntou a ela se alguém a tinha visto, e a garota confessou que talvez a família do homem a tivesse visto saindo do celeiro onde ela o encontrara.

– E o que aconteceu?

– Alexandru fez picadinho dela. Na frente de todo mundo, ele foi arrancando membro a membro dessa garota idiota, e ria enquanto ela gritava. Devia ter uns vinte vampiros na sala, alguns deles antigos, todos poderosos, e ninguém disse uma palavra sequer. Ou desviou o olhar. Nem mesmo quando ele comeu o coração dela.

Jamie sentiu a bílis subir até seu estômago.

– Ele mandou Anderson ir até a tal fazenda – continuou Larissa. – Anderson matou a família do fazendeiro: a esposa dele e os três filhos. Cortou as gargantas deles e deixou-os sangrando no chão da cozinha, olhando uns para os outros enquanto morriam.

Larissa olhou para ele com uma expressão gentil no rosto.

– E é *assim* que é Alexandru – disse ela baixinho. – Um animal. Um animal esperto, engenhoso, que se deleita na violência, na destruição e em mutilações. Ele é mais forte e mais rápido do que qualquer um no planeta, seja humano ou vampiro, e consegue pressentir o perigo antes que surja. Você não pode pregar uma peça nele, nem se aproximar sorrateiramente dele, e com certeza não tem como lutar contra ele.

Jamie tinha o olhar fixo nela, seu peito se enchendo de desesperança.

– Então o que eu devo fazer?

– Essa é fácil. Você precisa se certificar de nunca cruzar o caminho dele. Mas essa opção não existe para você, não é?

– Não mesmo.

– Nesse caso, não sei o que você deve fazer. Não vejo como uma perseguição a Alexandru poderia terminar de alguma outra forma que não ele matando você.

Ao ver a expressão desconsolada no rosto de Jamie, Larissa teve pena dele.

– Não sou uma autoridade em relação ao Alexandru – disse ela. – Converse com as pessoas. Talvez alguém saiba de alguma coisa que eu não sei.

Jamie encarou-a, e seus olhos azul-claros estavam pesados devido ao desespero.

– Ninguém vai me contar nada – disse ele, sua voz falhando. – Todos têm pavor de Alexandru. Ninguém vai se arriscar quando existe a possibilidade de que ele descubra que falaram comigo.

– Converse com o monstro.

– Por quê?

– Porque tudo isso começou com o seu pai. E, pelo que eu saiba, eles eram íntimos.

– Frankenstein disse a mesma coisa.

– Pergunte a ele sobre a Ilyana. Sobre a Hungria. Pergunte por que ele ainda não contou nada disso a você. E, se tiver coragem, pergunte de que lado ele realmente está.

Jamie sentiu uma onda de náusea.

– Obrigado – disse ele, enrijecendo o corpo.

Ela abriu um sorriso estonteante para ele, e deitou-se no chão da cela. Sua camiseta cinza subiu, deixando à mostra uma faixa clara da barriga, e Jamie teve que resistir e não olhar.

– Adoro poder ser útil – disse ela.

Ele bateu à porta dos aposentos de Frankenstein e esperou. Era tarde, passava muito da meia-noite, mas Jamie duvidava de que o monstro estivesse dormindo. Jamie estava ali no corredor fazia quase 15 minutos, preparando-se, pensando no pai, *realmente* pensando no pai pela primeira vez desde que sua vida fora virada de cabeça para baixo.

Ele rejeitara de imediato as coisas que Seward lhe contara. Só a ideia de que seu pai pudesse ter traído os amigos e se aliado a alguém como Alexandru era, para ele, algo impossível de aceitar.

No entanto, depois ele se lembrara de sua mãe perguntando ao marido todas as noites, ano após ano, como havia sido o dia dele, e lembrara-se de seu pai sorrindo e mentindo descaradamente, inventando pessoas que não existiam e histórias que não aconteceram, e sua fé no homem que amava mais do que a qualquer um havia sido abalada.

Larissa tinha razão: ele precisava saber coisas a respeito de Julian Carpenter, sobre o verdadeiro homem que seu pai fora.

Seguiu-se um ruído de pés se arrastando dentro do quarto, depois a porta se abriu, e um rosto imenso agigantou-se para fora do quarto às escuras.

– Algum problema? – grunhiu o monstro.

Jamie balançou a cabeça em negativa.

– Então por que você está aqui?

– Quero fazer algumas perguntas a você.

– Sobre o quê?

– Sobre o meu pai.

Frankenstein ficou um bom tempo olhando para o menino, depois deixou escapar um profundo suspiro.

– Me dê cinco minutos – disse ele, e fechou a porta.

24

A CIDADE QUE NUNCA DORME, PARTE III

NOVA YORK, ESTADOS UNIDOS
1º DE JANEIRO DE 1929

– Feliz ano-novo, Sr. Carpenter – disse Valentin Rusmanov, com um tom de voz gentil e suave. – Será o seu último, talvez?

Carpenter virou-se devagar, ficando de frente para Valentin. Os olhos do vampiro agora brilhavam, exibindo um tom de vermelho que de alguma forma era, ao mesmo tempo, escuro e brilhante em contraste com a pálida perfeição de sua pele.

– Sabe quem eu sou? – prosseguiu Valentin.

Carpenter assentiu.

– Que bom. Então estamos apresentados, e dou-lhe as boas-vindas ao meu lar. Embora o motivo da sua presença aqui seja algo que muito me interessa.

Valentin olhou de relance para alguém dentre os muitos convidados e fez que sim com a cabeça. Houve uma comoção no grupo ali reunido quando a multidão ao redor se abriu, criando um caminho até onde estavam Carpenter e Valentin. Dois homens grandes de casaca começaram a percorrer o caminho recém-aberto, arrastando entre eles um Frankenstein quase inconsciente. Depositaram-no de qualquer jeito no chão. O monstro revirou os olhos; sua boca estava aberta estupidamente.

Carpenter fez menção de ajoelhar-se ao lado do amigo, mas Valentin exigiu brutalmente que ficasse onde estava, e ele forçou-se a obedecer.

– Seu amigo tem um apetite impressionante para o ópio – disse Valentin. – Não é fácil incapacitar um homem do tamanho dele, mas nós perseveramos. – Ele sorriu para Carpenter, mas quando falou de novo, sua voz não tinha mais qualquer vestígio de humor: – Diga-me, Sr. Carpenter. Veio aqui me matar?

Carpenter ficou surpreso ao perceber que seu equilíbrio retornava; a inevitabilidade provável de sua morte começou a se tornar clara, e ele estava determinado a não mostrar medo perante aquela criatura, se conseguisse.

– Não – respondeu ele. – Minha missão não é essa. Mas sem dúvida eu consideraria isso um bônus.

Valentin deu meio passo na direção dele, com os dentes expostos, um sibilar horrível e sinuoso subindo em sua garganta, mas depois ele se recompôs e riu; um som alto e feminino que ecoou pelo salão de baile cavernoso.

– Admiro sua honestidade – disse ele. – Muito revigorante. Então, se não está aqui pela minha pessoa, veio atrás de quem? Considerando o que sei sobre seu pai e os amigos dele, não me sinto inclinado a acreditar que esteja aqui em Nova York para passar o feriado. Estou certo?

– Está. Vim atrás de um de seus convidados.

– Alguém específico?

– Jeremiah Haslett.

Uma onda de murmúrio baixo passou pela multidão.

– E o que o Sr. Haslett fez para merecer tal perseguição transatlântica?

– Os crimes dele são numerosos demais para serem listados. Porém, também são amplamente irrelevantes; ele é um vampiro, e só isso já faz com que mereça ser exterminado.

A multidão ao redor pulsava e sibilava, mas Carpenter não sentia medo algum; já estava claro para ele que caberia apenas a Valentin decidir seu destino. A multidão de vampiros que rosnavam não faria nada sem a permissão dele.

Seu anfitrião olhou-o por um bom tempo, e depois se pronunciou:

– Tragam o Sr. Haslett.

Ouviu-se um grito de ultraje vindo do meio da multidão, e seguiu-se uma comoção quando a figura esquelética de Jeremiah Haslett foi agarrada por quatro vampiros e arrastada por entre os convidados. Ele foi jogado na frente de Valentin e caiu de joelhos, balbuciando protestos. Ficou em pé e limpou o paletó; num ato que deve ter demandado uma força de vontade sobre-humana, Frankenstein fez o mesmo, seus olhos conseguindo focar-se em Carpenter com mais clareza e com um ar de profunda vergonha em seu imenso rosto.

Os quatro se viram de pé em um círculo, olhando uns para os outros.

– O que devo fazer? – ponderava Valentin.

– Que diabos quer dizer com isso? – gritou Haslett. – Não há nenhuma decisão a ser tomada aqui, por certo! Mate-o, e mate essa abominação também, então retornemos à nossa celebração.

– Fique quieto, Sr. Haslett – disse Valentin.

Haslett bufou de raiva, e seu rosto ficou vermelho, mas ele obedeceu.

– Sr. Carpenter – prosseguiu Valentin, em um tom quase alegre –, o que acha que devemos fazer quanto a essa lamentável situação?

– Deixe-nos ir embora – respondeu Carpenter de imediato. – Partiremos sem provocar mais incômodos, e você não nos verá de novo.

Ao redor dele, os vampiros uivavam, rindo zombeteiramente. Valentin nem mesmo sorria.

– Por que eu faria isso? – perguntou ele.

Carpenter inspirou fundo.

Por favor. Por favor, que isso funcione.

Ele tirou o paletó e baixou o cinturão que carregava na cintura. Por baixo havia um cinto de couro; presos nele, bem apertado, três fileiras cheias de bastões em um tom marrom-claro. E no bastão mais próximo da fivela do cinto havia um fusível de latão inserido na ponta de cima, preso por um fio a um gatilho que agora estava cuidadosamente na palma da mão de John Carpenter.

– Por causa disto – foi a resposta dele. – É nitrogelatina. E vai trazer esta casa inteira abaixo, sobre as cabeças de todos vocês, a menos que façam o que eu disser.

Seguiram-se os sons arfantes e os gritos dos vampiros ali reunidos. Valentin não emitiu nenhum som, apenas encarou Carpenter com um olhar de admiração genuína.

– Bravo, Sr. Carpenter! – disse ele. – É raro ser confrontado por um homem realmente disposto a morrer por aquilo em que acredita. Bravo!

Ele olhou para Haslett, cujo rosto fino estava branco de medo, depois para seus convidados e novamente para John Carpenter.

– Vocês podem ir – disse ele.

Seguiu-se um uivo coletivo da multidão ali reunida e um grito de objeção por parte de Haslett. Os olhos de Valentin tinham um ardor carmesim. Ele se ergueu no ar e ficou pairando uns 30 centímetros acima do chão, de modo que todos no salão podiam ver seu belo e pálido rosto.

– Silêncio! – rugiu ele. – Vocês farão o que eu mandar, ou ninguém aqui verá novamente o céu noturno.

Sobre a sala recaiu um silêncio, e ele baixou o olhar para Carpenter.

– Pode ir – disse ele. – Tenho certeza de que nos veremos novamente, e sou capaz de ter paciência.

– O quê? – gritou Haslett. – "Pode ir"? Ele veio aqui esta noite para me matar!

– Isso mesmo – respondeu Valentin. – É por *sua* causa que ele está aqui. – Valentin olhou para a multidão ali reunida. – Peguem-no!

Haslett abriu a boca para dizer alguma coisa, mas as palavras morreram em sua garganta quando o primeiro vampiro caiu sobre ele. Um segundo vampiro saltou da multidão, seguido de um terceiro, e ele gritou ao ser jogado ao chão, desaparecendo sob um borrão de paletós e vestidos de gala. Sons de dilaceração terrivelmente altos vinham da pilha de corpos que se contorciam, e os gritos de Haslett tornaram-se tão estridentes que pareciam capazes de estourar os tímpanos. Enquanto isso, um líquido vermelho-escuro começava a escorrer pelo chão de mármore.

Carpenter virou-se, pois começava a sentir náuseas.

– Olhe! – gritou Valentin. – É por isso que você está aqui, então olhe!

Carpenter virou-se novamente e assistiu à cena.

Por fim, os gritos cessaram e os vampiros começaram a levantar-se, suas roupas e seus rostos encharcados de sangue carmesim. Eles o olhavam com um frenesi de fome.

– Sugiro que vá embora agora, Sr. Carpenter – disse Valentin.

– Não vou embora sem ele – retorquiu Carpenter, apontando para Frankenstein, que o fitava com um olhar de incompreensão.

– Tudo bem – respondeu Valentin. – Leve-o. Para falar a verdade, não consigo pensar em nada pior do que o gosto de sangue requentado que ele teria.

Carpenter aproximou-se do monstro apertando com força o gatilho que tinha em uma das mãos, e colocando a outra no ombro de Frankenstein.

– Você consegue andar? – perguntou em voz baixa, e Frankenstein fez que sim. – Tudo bem. Venha comigo. Devagar.

Ele virou-se e foi andando com cuidado em direção à multidão de vampiros, que saíram do seu caminho apesar de terem estampada no rosto a relutância. Os dois seguiram por entre os silenciosos convidados de olhos vermelhos, em direção à porta dupla pela qual haviam entrado apenas uma hora antes. Carpenter pôs a mão na maçaneta de madeira entalhada e estava prestes a virar-se quando a voz de Valentin ecoou pelo salão de baile; ele virou-se para encarar o pálido vampiro.

– Nossos caminhos haverão de se cruzar novamente, Sr. Carpenter – disse ele com alegria. – Disso não tenho dúvidas. Feliz ano-novo.

Carpenter quase respondeu, mas se forçou a ficar em silêncio. Em vez de dizer algo, ele abriu a porta, percorreu o corredor e conduziu Frankenstein para a noite lá fora.

Os dois homens desceram cambaleando os degraus da entrada. Eles não haviam se afastado mais de 10 metros da casa quando uma voz familiar os saudou, e o ruído de alguém correndo ecoou no ar parado da noite.

– Pelo meu bom Deus, John – disse Willis, parando na frente deles. Ele notou a nitrogelatina na cintura de Carpenter e o olhar zonzo no rosto de Frankenstein. – Estão feridos? Querem que eu chame os uniformizados? Você está...?

Carpenter cortou-o:

– Estou bem – disse ele. – Estamos bem. A missão foi um sucesso.

– Ora, isso é esplêndido! – exclamou Willis, mas seu rosto ainda parecia uma máscara de preocupação. – Preciso falar com você antes de preparar meu relatório, mas talvez amanhã seja melhor, não?

Carpenter respondeu que sim, com certeza, e agradeceu ao americano. Willis deu uma última olhada nos dois homens em seus smokings agora desgrenhados e desapareceu na West 85th Street.

Carpenter e Frankenstein seguiram caminhando devagar até o Central Park West, em busca de uma carruagem. Depois de dois quarteirões, Frankenstein caiu de joelhos e vomitou na sarjeta coberta de gelo, mas quando se levantou, seus olhos apresentavam mais clareza, e ele fitou John Carpenter.

– Decepcionei você – disse ele. – Me desculpe.

– Nós dois ainda estamos vivos – respondeu Carpenter. – Isso é tudo que importa.

– Totalmente graças a você.

Carpenter ficou olhando para o homem imenso. A voz dele estava baixa e trêmula, mas seu rosto se contorcia de raiva; era óbvio que ele estava profundamente envergonhado.

– Você salvou a minha vida – disse Frankenstein. – Quando poderia ter me deixado para trás, não o fez. Por que não me deixou lá?

Carpenter deu de ombros.

– Esse pensamento nunca me ocorreu – foi sua resposta.

Frankenstein observou-o com atenção, olhando no rosto franco e honesto do inglês. E não via nada ali além da verdade. Nas profundezas de sua mente confusa e letárgica por causa do ópio, o monstro tomou uma decisão.

– Devo minha vida a você – disse ele devagar. – Não digo isso levianamente.

Carpenter abriu a boca para protestar, mas Frankenstein fez um aceno com a mão e continuou:

– Se houver alguma coisa que eu possa fazer para ajudá-lo, você só tem que pedir. Qualquer coisa que seja, onde quer que você esteja.

– Aprecio a oferta – respondeu Carpenter. – Mas não preciso de um guarda-costas.

– Considerando a última coisa que Valentin disse a você – respondeu Frankenstein –, não tenho certeza de que isso seja totalmente verdadeiro.

25

ELE ERA MEU AMIGO, E EU O AMAVA

Jamie e Frankenstein sentaram-se em um dos escritórios do Nível A. A base estava silenciosa; soldados cruzavam os corredores, dirigindo-se para a realização de seus deveres de patrulha, enquanto seus camaradas dormiam nos andares inferiores. Frankenstein bebericava uma enorme caneca de café que havia pegado do refeitório do diretor em uma parada que fizera quando cruzavam a base. Jamie enchera uma xícara de plástico com água do bebedouro no canto do escritório, e agora olhava para o monstro cheio de expectativa.

Frankenstein tomou um pequeno gole do café, olhando para o menino por cima da borda da caneca. Por fim, ele falou:

– Pare de me olhar desse jeito – disse ele. – Não sei o que você quer que eu lhe conte, então, se tem algo a me perguntar, faça-o.

– Ok – respondeu Jamie, acomodando-se em sua cadeira. – Quando foi que você conheceu meu pai?

Frankenstein inclinou a cabeça, olhou para o teto e tentou relembrar o passado.

– Conheci seu pai no dia em que ele se juntou a nós – disse ele por fim. – Foi em 1979. Sabíamos que ele viria; todos acabam sabendo os aniversários dos descendentes. É uma ocasião grandiosa. Você viu o quanto a Blacklight leva a sério a própria história; um novo descendente *é* essa história em carne e osso. E Julian era especial; sabíamos disso antes mesmo de ele chegar.

– O que ele tinha de tão especial? – perguntou Jamie, que havia se inclinado para a frente enquanto o monstro falava.

– Ele era famoso, tanto no meio militar quanto fora dele. Quando passou pela entrevista com o conselho do almirantado...

– O que é isso? – perguntou Jamie, interrompendo-o.

– É pelo que você tem que passar se quiser ser um oficial do Corpo de Fuzileiros Navais.

– Espere. Fuzileiros Navais? Os Fuzileiros Navais Reais Britânicos?

Frankenstein soltou um suspiro.

– Sim, Jamie, os Fuzileiros Navais Reais Britânicos. Seu pai gabaritou o teste do conselho e a notícia estendeu-se além dos militares. Depois ele quebrou três recordes no curso de treinamentos de soldados, e as pessoas começaram a realmente prestar atenção nele. E, naquela época, ele estava jogando rúgbi pela Inglaterra, então ele já estava...

– Ele estava fazendo *o quê*?

– Isso vai ser bem mais fácil – disse Frankenstein, abaixando-se para encarar o menino olho no olho – se você não me interromper a cada trinta segundos.

– Me desculpe – disse Jamie.

– Tudo bem. Julian era um dos melhores jogadores de rúgbi, ele jogava pelas escolas da Inglaterra, na liga dos sub-18, e depois entrou para o time nacional efetivo quando fez 19 anos, em seu primeiro ano completo no Corpo de Fuzileiros Navais. Ele ganhou o campeonato umas sete ou oito vezes.

– Por que só sete ou oito?

– Ele parou de jogar quando se juntou à Blacklight. No entanto, quando apareceu aqui no dia de seu 21º aniversário, já era bem conhecido. Não existia internet naquela época, mas o nome dele tinha aparecido nos jornais, e todo mundo estava empolgado em conhecê-lo. Julian chegou aqui junto com seu avô, John, e conheceu Peter Seward, que era o diretor na época. Nunca vi aqueles homens tão orgulhosos, tão animados em relação a um novo recruta.

Frankenstein olhou para Jamie com um sorriso cheio de dor no rosto.

– Me conte – disse Jamie, baixinho. – Não pare agora.

– Foi uma época incrível – disse Frankenstein, depois de fazer uma pausa e tomar um grande gole de café. – Quincey Harker tinha renunciado ao cargo de diretor fazia uma década, e Peter Seward assumira seu lugar. Ele não queria muito isso, mas era o amigo mais próximo de Quincey, e, quando Harker se aposentou para cuidar da esposa, Seward considerou seu dever dar continuidade ao trabalho dele. E fez um bom trabalho, um excelente trabalho, mesmo que não acreditasse nisso. Ele supervisionou a troca da guarda, desde a geração que atrasou o trabalho da Blacklight depois da Segunda Guerra Mundial até a nova geração, que a colocou na ativa novamente.

Ele sorriu, um sorriso genuinamente nostálgico.

– Lendas caminharam por estes corredores: Albert e Arthur Holmwood, David Harker, que era o filho mais velho de Quincey, Ben Seward, o filho do diretor, Leandro Gonzalez, David Morris, o avô do seu amiguinho Tom, e seu próprio avô, é claro. John Carpenter era o amigo mais próximo de Peter Seward no Departamento depois da saída de Quincey; eles aposentaram-se ao mesmo tempo, em 1982, convencidos de que a Blacklight estava em boas mãos.

– E estava? – quis saber Jamie, cujos olhos estavam arregalados enquanto ele ouvia a história contada pelo monstro.

– Por um tempo – disse Frankenstein. – Quando seu pai se juntou à Blacklight, uma nova geração havia acabado de herdar a responsabilidade, centrada em torno de Stephen Holmwood, filho de Arthur Holmwood. Ele era um homem realmente brilhante, um intelecto único; já falava seis idiomas quando tinha 15 anos, jogava críquete e hóquei pelas escolas de meninos da Inglaterra, e havia ganhado o prêmio Blue de Cambridge. Ele não se juntou à Blacklight quando fez 21 anos, o que gerou um grande escândalo. O pai dele implorou-lhe que o fizesse, mas ele estava determinado a terminar a universidade, o que de fato fez. Em seguida, ganhou uma bolsa de estudos do Rhodes para cursar Harvard e foi para os Estados Unidos, ficando lá por um ano. Ele voltou em 1965, e juntou-se ao Departamento 19 quando tinha 23 anos.

Frankenstein olhou para Jamie.

– Stephen poderia ter feito qualquer coisa que quisesse. Poderia ter sido primeiro-ministro. Mas escolheu a Blacklight.

Jamie sentia a cabeça dolorida; parecia que estava prendendo o fôlego desde que o monstro começara a falar. Ele soltou o ar, inspirou novamente, enchendo os pulmões de ar fresco, tomou um gole d'água e voltou a prestar atenção em Frankenstein.

– Então havia Stephen, o irmão dele, Jeremy, e o primo, Jacob Scott, que você conheceu ontem. Ben Seward ainda estava por aqui, e seu filho, Henry, que é o diretor agora, entrou para a Blacklight alguns anos depois do seu pai. George Harker fazia parte do grupo, assim como Paul Turner, que se casou com a irmã de Seward, e Daniel Morris, o pai de Tom. E Julian, é claro. Esses homens eram o futuro da Blacklight, com Stephen Holmwood no meio deles. Eles foram subindo na hierarquia com rapidez e transformando o Departamento enquanto isso. Quando Peter Seward renunciou, em 1982, Stephen foi a escolha unânime para substituí-lo como diretor. E foi então que as coisas começaram a acontecer.

Frankenstein terminou seu café e pousou a caneca na mesa.

– Tudo que você está vendo ao seu redor, esta base e tudo que há nela, é resultado da gestão de Stephen Holmwood como diretor. Ele fez uma petição ao governo para que aumentasse o orçamento da

Blacklight, e torrou os novos fundos neste lugar. Enviou seu pai aos Estados Unidos em uma missão para coleta de informações, em 1984, para visitar o NS9, que é o equivalente deles ao nosso Departamento 19. Ele ficou fora durante dez semanas e voltou com um relatório que era o esboço do Looping. Nós crescemos pegando os melhores homens dos três ramos das Forças Armadas, aumentando nossa esfera de atuação, fazendo caçadas pela Europa e mais além, realizando missões na África e na Ásia pela primeira vez desde a guerra. Stephen trabalhou em conjunto com os Departamentos de outros países, compartilhando dados e recursos, enviando homens em regime de intercâmbio a todos os cantos do mundo, organizando e estabelecendo áreas de responsabilidades, de modo que todo o globo estivesse sob a jurisdição das diversas organizações.

Frankenstein abriu um sorriso matreiro.

– Os vampiros foram dizimados – prosseguiu ele. – Já fazia um tempo que acreditavam que, se vivessem por aí discretamente, não correriam perigo. Mas isso não era mais verdade. Nós os perseguimos, caçando-os de uma cidade a outra, até mesmo de um país a outro, e os destruímos, um por um. Não havia lugar em que pudessem se esconder.

Ele parou de falar e baixou o olhar para a superfície da mesa.

– O que aconteceu? – quis saber Jamie.

Frankenstein ergueu os olhos para Jamie, que ficou alarmado ao ver os olhos disformes do monstro marejados de lágrimas.

– Stephen morreu – disse ele, sem rodeios. – Sofreu um ataque cardíaco em 1989. Nenhum indício de que isso aconteceria. Ele simplesmente morreu, à sua mesa, em seus aposentos.

– Que horrível – disse Jamie, em voz baixa.

– Foi horrível mesmo – disse Frankenstein. – A morte dele devastou o Departamento. Ninguém sabia o que fazer; Stephen era o centro de tudo, e, de súbito, ele se fora. Não havia mais diretor, e as pessoas mais indicadas para assumir o cargo e levar as coisas adiante eram as que estavam mais abaladas com a perda. Então, quando Daniel Morris se apresentou para assumir o cargo, todos ficaram tão aliviados que o aceitaram antes mesmo de pensar a respeito.

– Tom me contou que o pai dele foi diretor – disse Jamie, lembrando-se da conversa na Galeria dos Mortos em Serviço. – Mas disse que não por muito tempo.

– Foi tempo demais – retrucou Frankenstein, incisivo, e Jamie teve um sobressalto. – Dan Morris não era má pessoa – prosseguiu ele, depois de uma pausa. – Longe disso, na verdade. Era impulsivo e agressivo, e isso fez dele um ótimo funcionário, mas um péssimo diretor. Foi difícil para ele assumir o cargo naquelas circunstâncias. Teria sido difícil para qualquer um; Stephen era muito admirado. Mas isso não é desculpa para os riscos que Dan Morris assumiu, e pessoas acabaram se machucando.

Frankenstein levantou-se da mesa para pegar água. Depois voltou a sentar-se pesadamente na frente de Jamie.

– Deveríamos ter previsto isso; *eu* deveria ter previsto. No entanto, demorou um bom tempo até a Blacklight se recuperar da morte de Stephen, de forma que por um ano ninguém prestou muita atenção no que Dan fazia. Uma missão noturna aqui, uma operação no exterior sem a devida autorização ali. Coisas pequenas, pelo menos no começo. Mas algumas pessoas notaram, e começaram a prestar mais atenção nele. Seu pai, por exemplo, assim como Henry Seward. E eu.

Ele tomou um gole d'água.

– Em março de 1993, Dan ordenou uma operação na Romênia, a Transilvânia dos dias atuais, o lugar onde tudo isso começou, em 1891. Aquela parte do mundo está sob a jurisdição do CPS, o Comissariado Russo de Proteção do Supernatural, e eles nunca aceitaram bem que Departamentos estrangeiros atuassem em sua esfera de influência. Com os soviéticos, era quase impossível até mesmo entrar no território deles, e as penalidades para quem ousasse fazer isso eram severas. No entanto, quando a União Soviética entrou em colapso, o CPS começou a, devagar, estender a mão em direção aos outros Departamentos. Seu pai conduziu uma delegação a Moscou, no final de 1992, a primeira do gênero em quase cinquenta anos, e ele voltou para casa animado por termos conseguido que a Rússia se juntasse novamente ao grupo. Mas aí Dan criou a Operação Rouxinol, e quase os perdemos para sempre.

– O que foi a Operação Rouxinol? – quis saber Jamie.

– Uma missão para destruir uma fábrica de sangue perto de Craiova. Uma gangue de vampiros estava sequestrando pessoas, na maior parte viciados em drogas e sem-teto, de todos os lugares da Europa Central, e tirando o sangue delas em um antigo matadouro. Centenas de homens e mulheres por ano, durante só Deus sabe quanto tempo, e depois vendiam todo o sangue no mercado negro. Sabíamos disso fazia alguns anos, e relatamos o fato ao CPS em diversas ocasiões. Não recebemos nada em retorno, nem mesmo um reconhecimento de que a mensagem havia sido recebida. As coisas eram assim na época da Cortina de Ferro; as informações desapareciam em um buraco negro. Então, quando a Cortina caiu, reportamos o fato novamente, e dessa vez obtivemos uma resposta, dizendo que a fábrica era um alvo prioritário do CPS. Seis meses depois, nada tinha acontecido ainda, então Dan enviou uma equipe até lá.

Frankenstein olhou para Jamie.

– Quando penso naquele dia...

– Você estava lá? – interrompeu-o Jamie. – Você participou dessa missão?

– É claro que sim – foi a resposta de Frankenstein. – Eu, seu pai, Paul Turner e 17 outros homens da Blacklight. Pegamos o avião para lá no dia 18 de março de 1993, e chegamos à fábrica na manhã do dia seguinte.

– O que aconteceu?

– Eles estavam esperando por nós. Mais de setenta vampiros, todos bem alimentados e descansados, totalmente acordados e à nossa espera quando passamos pela porta da fábrica. Notei que a tinta preta que cobria as janelas ainda estava fresca, e disse isso ao seu pai, que mandou que todos batessem em retirada. Mas era tarde demais. Eles vieram pelo teto, descendo por cordas. Não havia chance de escaparmos.

– Mas você conseguiu sair de lá. E meu pai também, assim como o major Turner.

– Foi sorte. Só isso. Talvez tivéssemos um pouco mais de experiência; alguns membros da equipe eram apenas garotos, estavam na Blacklight fazia só um ou dois anos. Quando os vimos chegar, demos meia-volta e saímos correndo. Fui o último a sair do prédio.

– Quantos de vocês conseguiram sair de lá? – perguntou Jamie, sua voz marcada pelo horror.

– Seis – respondeu Frankenstein. – De nós todos, apenas seis conseguiram voltar à luz do sol, e 14 homens morreram em um prédio escuro cheio de sangue e morte.

Frankenstein esticou a mão para pegar sua caneca, viu que estava vazia e empurrou-a para o lado.

– Dan nunca conseguiu provar que os russos informaram aos vampiros que estávamos a caminho. A operação foi uma corrida não autorizada ao território de outro Departamento, então não havia permissões, nem registros de chamadas a serem verificados. Mas aquilo não importava para ele. Seu pai defendeu o CPS, disse a Dan que não acreditava que eles permitiriam que homens da Blacklight morressem apenas para defender território. No entanto, o diretor estava convencido. Ordenou que o Departamento 19 cortasse todos os laços com o CPS, e escreveu uma carta pedindo que o primeiro-ministro expulsasse o corpo diplomático russo de Londres. A carta clamava que o CPS havia cometido um ato de guerra, que deveria ser tratado como tal.

– Mas se foi uma missão não autorizada... – protestou Jamie.

Frankenstein sorriu para ele.

– Você consegue ver o problema agora, 14 anos depois. E eu e seu pai conseguíamos ver na época. E não éramos os únicos. Até então, a missão fora o maior desastre na história da Blacklight, e perder 14 homens em um dia foi algo que teve um grande impacto sobre o Departamento. Praticamente todos os operadores conheciam pelo menos um dos homens que haviam morrido, e ficaram furiosos. Muito dessa fúria foi voltada para Dan Morris. Então o seu pai assumiu o controle da situação.

– O que ele fez?

– Ele e um bom número de operadores seniores, entre eles Henry Seward, Paul Turner e eu, fizeram uma moção formal dirigida ao Chefe do Estado-Maior para que Dan Morris fosse exonerado do cargo de diretor. Explicamos o erro que ele havia cometido ao dar a ordem para a realização daquela missão, a gigantesca e exagerada resposta que ele estava planejando para a consequência da própria falha, e pedimos que ele fosse dispensado do serviço, pelo bem da Blacklight. Ainda bem que o Chefe do Estado-Maior concordou conosco e fez o que pedimos.

– Não me admira que você e o Tom não se deem bem – disse Jamie, baixinho. – Ele deve odiar você por ter feito isso ao pai dele.

– Ele pode me odiar o quanto desejar – disse Frankenstein com acidez. – Não estou nem aí para o que ele pensa. Fizemos o que fizemos porque precisava ser feito, porque mais homens teriam morrido sem necessidade se não tivéssemos agido. Não me arrependo em momento algum.

– O que aconteceu com o pai do Tom? Ele continuou na Blacklight?

– Poderia ter continuado – disse Frankenstein. – Foi afastado do cargo, mas não do Departamento. E houve muita gente que tentou persuadi-lo a continuar na Blacklight, inclusive o seu pai, mas o orgulho dele o impediu. Ele foi afastado num dia e saiu no seguinte.

O monstro olhou para Jamie.

– Ele deu um tiro na boca seis meses depois.

– Meu Deus – sussurrou Jamie.

Eles ficaram sentados em silêncio por alguns poucos minutos, a história triste do pai de Thomas Morris pairando no ar entre eles.

Por fim, Jamie disse:

– Então foi assim que o almirante Seward assumiu como diretor?

Frankenstein assentiu.

– Ele era comandante Seward naquela época. Mas sim. Tentou não deixar o barco afundar, com a ajuda do seu pai. E o Departamento se recuperou. Tudo ficou bem durante mais de uma década. Henry e Julian formavam uma grande dupla e a Blacklight prosperava. Mas então houve o incidente de Budapeste e as coisas nunca mais foram as mesmas.

Jamie sentou-se mais para a frente, os olhos cheios de uma inevitabilidade temerosa.

– O que aconteceu em Budapeste? – quis saber ele.

26

O COMEÇO DO FIM

PROPRIEDADE MOLNAR, PROXIMIDADES DE BUDAPESTE, HUNGRIA
12 DE FEVEREIRO DE 2005

Julian Carpenter atirou com seu T-Bone à queima-roupa, desviando a cabeça quando o vampiro explodiu em uma chuva de sangue, ensopando seu uniforme da Blacklight. Então virou-se para os quatro homens que estavam parados atrás dele.

– Tomem cuidado daqui em diante – disse ele.

Quatro rostos voltaram seus olhares para Julian. No imenso rosto mosqueado de Frankenstein abriu-se um rápido sorriso, e Paul Turner fitava-o com uma expressão vazia, com seus olhos cinza frios e calmos. Os dois jovens operadores, Connor e Miller, o fitavam com um ar de incerteza e constrangimento, embora o treinamento lhes permitisse mascarar parte do óbvio medo que sentiam. Julian lamentava pelos rapazes; nenhum dos dois deveria estar em uma missão daquelas, com um alvo de tão alto valor, e todos os cinco homens ali sabiam disso. Os dois jovens soldados tinham, juntos, menos de um ano de experiência, e aquela era a primeira operação ativa da qual Connor fazia parte.

Não houvera tempo para examinar registros; as informações da inteligência que os levara até aquele imóvel requintado nas cercanias de Budapeste demandavam que agissem de imediato, de forma que Julian havia reunido os primeiros quatro homens fisicamente aptos que conseguira encontrar. Felizmente para Julian, dois deles eram Frankenstein e Turner, veteranos de centenas de operações e dois de seus amigos mais próximos na Blacklight. Connor e Miller só teriam que fazer aquilo para o que haviam sido treinados; no fim, todos os operadores acabavam se vendo forçados a ou afundar ou sair nadando.

Julian estava supervisionando a troca de turno da sala de operações quando o relatório chegara. A princípio ele pensou que fosse alguma brincadeira de mau gosto. Fora escrito por um major da Blacklight chamado John Bryant, que estava celebrando seu trigésimo aniversário de casamento em um cruzeiro no Danúbio. Ele e a esposa tinham saído para um passeio pelas margens do rio em Budapeste e haviam, literalmente, dado de cara com Alexandru Rusmanov e sua esposa, Ilyana.

Noventa minutos depois a equipe de Julian estava no ar, dirigindo-se para o leste. Eles estavam nos assentos, cintos afivelados, de um EC725 Cougar que fora desmontado e reconstruído com apenas o essencial. As melhorias que mais agradavam a Julian Carpenter eram aquelas feitas nas hélices e nos motores, que agora chegavam a uma velocidade de cruzeiro um pouco superior a 480 quilômetros por hora, o que era significativamente mais rápido do que a velocidade recorde do mundo reconhecida em público para um helicóptero; isso queria dizer que o voo até Budapeste demoraria menos de uma hora. Mina, o jato supersônico da Blacklight que podia cobrir a mesma distância em menos de vinte minutos, estava em Tóquio, e Julian não podia se dar o luxo de esperar que os irmãos Harker o trouxessem de volta.

Julian apertou um botão no console ao lado de seu assento e uma tela desdobrou-se do teto. A foto mais recente de Alexandru preencheu a tela, e ele disse aos quatro homens em seus bancos para analisá-la meticulosamente.

– Este é Alexandru Rusmanov – disse Julian, erguendo o tom de voz para cobrir o pulso constante dos motores do helicóptero. – Turner, Frankenstein, eu sei que não preciso lembrar a vocês como esse alvo é perigoso. Então, Connor, Miller, digo isto para o bem de vocês: nada no treinamento que vocês tiveram os preparou para lidar com um vampiro tão antigo e poderoso como Alexandru. Nada.

Ele contemplou os rostos ansiosos e nervosos dos dois soldados.

– Vocês estão olhando para o segundo vampiro mais velho do mundo. Ele foi transformado pelo próprio Drácula, junto com seus irmãos, Valeri e Valentin, há mais de quatrocentos anos. A medida do seu poder chega a distorcer as escalas; ele pode trazer prédios abaixo, pode se mover mais rápido do que seus olhos são capazes de acompanhar, pode voar sem nunca ter que parar. E como se não bastasse, ele é esperto e cruel. Ele encara a humanidade como nada mais que um rebanho de gado do qual obtém seu sustento. Se quiser, pode matá-los sem hesitar nem por um milésimo de segundo.

Julian apertou o botão de novo e a imagem mudou; agora era uma foto em preto e branco de uma mulher estonteante, belíssima, com cabelos escuros e feições angulosas.

– Esta é Ilyana, a esposa de Alexandru. Ela é quase tão velha quanto ele; ele mesmo a transformou, com a permissão do Drácula. Ela está ao lado dele há mais de quatro séculos, e em todos os aspectos é tão perigosa quanto o marido. Na terminologia psicológica moderna, Ilyana é uma total sociopata, que não tem empatia pelos outros, nem nutre sentimentos por ninguém que não seja Alexandru. Ela é imprevisível e mortal.

Quando ele apertou o botão uma terceira vez, por fim a tela se dobrou e voltou ao teto do helicóptero. Julian olhou para sua equipe e viu o medo estampado nos rostos de Connor e de Miller.

Que bom, ele pensou. Eles precisam ter medo.

– Esses dois indivíduos são alvos de alto valor, classificados como A1 por todos os Departamentos do mundo. Nossas ordens são de eliminar os dois. Se isso se provar impossível, se só tivermos a chance de matar um dos dois, então Alexandru é a prioridade. Entendido?

Os quatro homens nos bancos gritaram, respondendo que sim, haviam entendido, então Julian assentiu.

Espero que entendam mesmo, pensou ele. Realmente espero.

O helicóptero aterrissou em uma base aérea da Hungria nas cercanias de Budapeste. O sinal da chamada do helicóptero significava que ele não aparecia no radar civil, e apenas uns poucos controladores de tráfego aéreo militar no mundo reconheciam a combinação única de letras e números que representavam um veículo do Departamento 19.

Trabalhando silenciosa e discretamente pelos bares e restaurantes de Budapeste, a equipe conseguiu pegar a trilha de Alexandru. Eles seguiram um vampiro idoso até seu pequeno apartamento debaixo do castelo e ele contou à equipe sobre um bar chamado Trincheiras, que andava muito mais movimentado do que de costume nas últimas semanas, agitado com o tipo de criaturas com quem – o velho homem informou-lhes, enrijecendo-se – ele não desejava socializar. Quando Turner o pressionou, ele confessou que não tinha nenhuma afinidade com vampiros jovens, achava o desejo deles por violência algo abominável, e evitava-os sempre que podia. Julian agradeceu-lhe, e eles seguiram em frente.

Do Trincheiras eles seguiram um vampiro que era atendente no bar até uma rave em um armazém localizado no decadente bairro industrial de Budapeste. Arrastaram-no para fora até o carro estacionado na parte dos fundos do edifício. O bartender revirava os olhos arregalados, seus dentes rangendo enquanto a Bênção era bombeada por seu organismo. Ele contou à equipe da Blacklight que um homem imenso com rosto de criança havia deixado cair um cartão ao sair do Trincheiras uma noite, quatro dias antes. O cartão era de um clube de vampiros perto da Igreja Matthias, um lugar do qual o atendente apenas ouvira falar em sussurros. Quando disse que não se lembrava do endereço, Turner aplicou a luz ultravioleta da lanterna na mão do vampiro, que entrou em combustão, ativando sua memória.

Do lado de fora de uma casa em estilo gótico de Balta Köz, os cinco homens estavam sentados em um carro cor de azeviche, observando. Anderson, o imenso vampiro com rosto de criança, que era o braço direito de Alexandru, havia entrado no prédio duas horas antes e, ao que tudo indicava, parecia alheio ao fato de estar sendo observado. Em uma pequena placa dourada na porta da casa haviam sido gravadas as palavras *Tabula Rasa*, o que Julian achou apropriado para um clube frequentado por vampiros.

Um novo começo, uma folha em branco, é exatamente o que eles ganham, pensou Julian. *A liberdade de deixar para trás as pessoas que foram antes de serem transformados e recomeçar.*

– Coronel – disse Paul Turner em voz baixa.

Julian olhou ao redor e viu Anderson saindo da entrada de pedra entalhada. O vampiro alto e corcunda lançou um rápido olhar para os dois lados da rua silenciosa e depois, despreocupado, alçou voo e sumiu de vista.

Julian virou-se para o soldado Miller, que estava sentado no banco traseiro com um laptop preto lustroso no colo, conectado a um satélite espião que estava em órbita sincronizado com a posição geográfica atual deles.

– Você tem a trilha de calor? – perguntou ele.

– Sim, senhor – respondeu o jovem operador. – Ele está se dirigindo ao norte pelo noroeste, senhor.

Seis minutos depois da alvorada na manhã seguinte, Julian ordenou que o carro parasse em frente à propriedade Molnár. Dois portões de metal ornamentados estavam abertos, e os primeiros raios de sol resplandeciam no ferro fundido. Os cinco homens vestiram seus coletes à prova de balas, atando os fechos, durante a viagem até ali, e havia uma pesada sensação de expectativa dentro do veículo. Julian Carpenter olhou para seus parceiros e decidiu não dizer mais nada. Se eles não estivessem prontos, então nada que dissesse naquele estágio avançado corrigiria isso. E, se estivessem, ele não queria lhes dar mais nada em que pensar. Em breve homens teriam mais do que o suficiente com que lidar – disso ele tinha certeza.

O edifício principal do imóvel, uma enorme casa de campo datada do século XVII, ficava em cima de uma longa e superficial elevação, cujos pisos superiores eram visíveis do portão. A estrada que se seguia da entrada aberta serpenteava para a esquerda e depois para a direita, através de linhas densas de árvores bem aparadas, e então em linha reta, subindo pela colina em direção a uma entrada de carros ampla e coberta de cascalhos que ficava na frente da casa. As árvores iam desaparecendo gradualmente em ambos os lados, e os cinco operadores da Blacklight depararam-se com centenas de metros de um gramado imaculado e uniforme, um amplo espaço aberto que teria deixado Julian morrendo de medo se não fosse pela pálida luz do sol que refletia o orvalho matinal.

Eles cruzaram os gramados com rapidez, movendo-se em uma formação em X, bem juntos, com Julian no meio, Turner e Frankenstein na frente e os dois soldados atrás de todos. As botas dos operadores esmagavam o cascalho enquanto eles se aproximavam do lar da família Molnár, e então Turner abriu a imponente porta da frente e os cinco homens entraram na casa sorrateira e silenciosamente.

O cheiro foi a primeira coisa que os atingiu quando pisaram no chão de mármore do átrio; um fedor de podre tão pungente que parecia que estavam sentindo o gosto daquilo na boca. Uma espécie de nuvem escura de moscas voava preguiçosamente em uma entrada aberta nos fundos do átrio; Julian conduziu seus homens até lá. Além da porta havia uma cozinha grande, imaculada e moderna, tão grande que poderia servir a um restaurante de médio porte. O cheiro ficou mais intenso quando eles entraram ali, afastando as moscas com as mãos enluvadas. Em um aparador acima de uma das fornalhas havia uma perna de carneiro assado, sobre uma bandeja de aço própria para o forno. A comida adquirira uma cor púrpura virulenta e tinha inchado até o dobro de seu tamanho original devido ao apodrecimento. Além disso, vazava um fluido leitoso, formando uma poça espessa na bandeja, e um enxame de larvas instalara-se nas largas fendas que haviam sido abertas na carne que apodrecia. Moscas zumbiam em uma densa nuvem acima, pousando no assado e dele saindo em um padrão rodopiante de corpos negros e reluzentes e asas translúcidas. Ao lado da bandeja estavam tigelas de batatas e vegetais pretos se liquefazendo, além de uma bandeja de taças de champanhe de cristal, cujo conteúdo fazia tempo estava choco.

O soldado Miller quase vomitou, mas evitou fazer barulho.

– Quanto tempo? – perguntou Turner, com sua voz calma de sempre.

– Nessa época do ano? – respondeu Julian. – Pelo menos uma semana.

Os cinco homens ficaram ali parados em silêncio, olhando a comida estragada. As implicações prováveis para aqueles que pretendiam ter comido aquilo não precisavam ser verbalizadas.

– Vamos continuar andando – disse Julian.

Eles voltaram para o passadiço, um espaço belo e cavernoso com paredes de madeira clara e um piso reluzente de mármore preto e branco. Acima deles, uma janela arqueada deixava entrar o sol da manhã, dando ao local uma sensação de paz e calma que não poderia ser mais destoante daquilo que eles sentiam.

Eles encontraram os corpos na sala de jantar, que era mais um corredor do que uma sala em si: um longo corredor com painéis de carvalho, ladeado, em uma das paredes, por janelas que davam para a grama verde-clara dos gramados. Uma mesa de jantar de madeira escura ficava no meio da sala; havia tigelas de pão mofado sobre as delicadas bandejas de servir, no meio da mesa, e copos de água brilhantes e talheres de prata ornamentada estavam dispostos, com ar de expectativa, na frente de cadeiras vazias.

Uma lareira cavernosa se destacava no meio da parede mais afastada, e, bem dispostas em volta, havia várias poltronas que pareciam confortáveis e que sem sombra de dúvida haviam sido o cenário para milhares de copos de conhaque pós-jantar ao longo dos anos. A família Molnár e seus criados estavam dispostos em volta dessas poltronas.

Ao todo eram seis corpos. Um homem entre os 50 anos e os 60 anos estava sentado em uma das poltronas, a cabeça jogada para trás, sua garganta dilacerada. Nos joelhos dele haviam colocado uma menina de não mais que 7 anos, cujo pescoço esguio e pálido tinha duas marcas circulares de perfuração. Ela não havia sofrido nenhum outro tormento além desse, até onde Julian pôde notar, e ele sentiu uma onda de alívio com a morte rápida que havia recaído sobre a menina, um privilégio que não fora concedido ao restante dos habitantes da casa.

Os homens aproximaram-se devagar, embora ficasse imediatamente óbvio que não havia nada vivo ali naquela sala. Fez-se ruído de algo sendo esmigalhado quando eles passaram por uma imensa poça oval de sangue, e até mesmo Turner se encolheu ao ouvir aquilo. Dois criados, um mordomo e uma criada, tinham sido dispostos espelhados no chão, as duas cabeças juntas, e seus olhos mortos encaravam o teto. Suas gargantas haviam sido retalhadas com tanta violência que estavam quase decapitados. Julian forçou-se a concentrar-se nas últimas duas vítimas, um garoto e uma garota de 20 e poucos anos. Eles haviam morrido com os braços em volta um do outro, aninhados em uma das poltronas. O rosto do rapaz tinha uma expressão de resistência e desafio que trouxe um júbilo selvagem ao coração de Julian.

Muito bem, garoto, pensou ele. *Não deu esse gostinho a eles. Muito bem.*

A jovem, cujos braços envolviam com força o pescoço do garoto, não tivera, isso era claro, a mesma força; seu rosto era uma máscara de terror e sofrimento pleno, sem esperança. Ela fora bela, seu rosto era estreito e ovalado, perfeito, seus cabelos da cor do trigo e seus braços e pernas eram longos e esguios. Ela usava um vestido de noite feito de um material prateado que reluzia à luz do sol.

Ambos tiveram o sangue completamente drenado. Abaixo do belo rosto da jovem uma segunda boca fora aberta em seu pescoço, um largo e selvagem sorriso de pele dilacerada. As mãos do rapaz tinham sido removidas, e os tocos de seus braços, retalhados e mordidos pelos dentes de só Deus sabia quantos vampiros. Não havia uma única gota de sangue em nenhum dos corpos, o estômago de Julian se revirava só de pensar aonde tinha ido parar tamanho volume de líquido.

– Senhor. – A voz era do soldado Miller; Julian olhou para ele.

– O que foi, soldado?

– Pegadas, senhor.

O jovem fez um gesto e Julian seguiu o movimento do seu braço com os olhos. Diversas pessoas haviam caminhado em meio ao sangue quando ainda não estava seco, seguindo em direção a uma porta disposta discretamente no canto do painel de madeira, pela qual tinham desaparecido.

Julian fez um meneio com a cabeça para Turner. O major de olhos cinza avançou com cuidado e encostou a orelha na porta de madeira. Depois de alguns segundos, ele recuou um passo, tirou o T-Bone do cinto e chutou a porta, abrindo-a. O batente despedaçou-se e a porta foi voando de encontro a uma parede de pedra, rachando bem ao meio. Seguiu-se uma pausa bem demorada e cheia de expectativa, e então Turner passou pela abertura.

– Vazio – disse ele.

* * *

Eles estavam em um corredor estreito de pedra, iluminado por uma lâmpada pendurada ali. As paredes estavam desnudas, e uma escadaria gasta descia à frente deles. Turner os conduziu até embaixo, mantendo a mira firme à sua frente com o T-Bone. Julian sacou também sua arma, depois, com um gesto, ordenou que o restante dos homens fizesse o mesmo, e seguiu em frente.

Depois de uns vinte degraus o caminho seguia plano e a passagem alargava-se, dando para uma grande adega. Em uma das paredes havia fileiras de prateleiras com miudezas, sacos de arroz e de farinha, tonéis de azeite e garrafas de vinagre, grandes cortes de carne curada. A parede oposta estava coberta, em uma longa fileira, de prateleiras de madeira que iam do chão ao teto, nas quais havia centenas de garrafas de vinho, vinho do Porto e champanhe. Na extremidade mais afastada da sala, a prateleira final havia sido destruída, esmagando dez das garrafas no chão duro de pedra e enchendo o ar com o cheiro forte de frutas em processo de apodrecimento. Eles passaram pela adega e pararam na frente da prateleira que havia sido derrubada. Atrás dela havia um arco de pedra antigo e entalhado, que dava para a escuridão total.

– Luz – pediu Julian.

O soldado Miller pegou a lanterna do cinto e apontou o facho brilhante na direção do buraco. Viu-se então o rosto de um vampiro, que rosnava – os dentes à mostra, os olhos carmesim – e corria na direção deles.

Julian limpou o sangue de sua barba com um tapa e lançou-o ao chão com repulsa.

– Primeiro guarda – disse Turner, baixinho.

– Concordo – respondeu Frankenstein. – É possível que eles saibam que estamos a caminho.

– Não acho – disse Julian. – Deviam estar esperando a polícia ou alguém da família. Acho que ele não alertou ninguém.

– Tomara que você esteja certo – comentou Frankenstein.

Eles penetraram na escuridão, os fachos das lanternas iluminando uma passagem redonda de pedra, enquanto se moviam fazendo o mínimo de barulho possível. O caminho fazia uma virada de noventa graus e então alargava-se, até que eles se encontraram em frente a uma pesada porta de madeira. Julian fez um movimento para que Connor avançasse, então o jovem soldado abaixou o ombro e lentamente empurrou a porta, abrindo-a. Os rangidos da madeira pareciam gritos, e a porta dava para uma outra passagem estreita. Connor seguiu em frente, e quando Julian ia dar a ordem para que esperasse, uma sombra escura caiu do teto, jogando o jovem soldado no chão. Os fachos das lanternas convergiram, e os quatro homens ficaram olhando, pasmos de horror, enquanto uma vampira, que parecia não ter mais do que 11 ou 12 anos, arrancava o capacete da cabeça dele e enfiava os dentes no seu pescoço. Voou sangue pelo espaço fechado, sujando as paredes e o chão, e quando ela cravou os dentes e dilacerou-lhe o pescoço, o grito da vítima foi abafado até que virasse um mero e tenebroso som de gorgolejo.

Turner foi o primeiro a reagir, como sempre. Deu um passo à frente e puxou a estaca do cinto, usando-a para golpear o olho esquerdo da garota. Ela uivou de dor, soltou Connor e ficou de pé em um pulo. De seu globo ocular ferido descia sangue e uma gosma amarela gelatinosa. Frankenstein, que havia sacado seu T-Bone, puxou o gatilho. O projétil atingiu-a no peito, com um baque oco, impulsionando-a para trás ao longo da passagem, até que ela explodiu em uma torrente de sangue. Sibilando, a estaca voltou até o fio ter se retraído totalmente, fazendo-a encaixar no cano do T-Bone. Os quatro homens correram até onde o soldado Connor estava caído, sangrando.

Julian ajoelhou-se ao lado dele e segurou sua mão. Connor estava prestes a entrar em choque, seus olhos revirando-se loucamente e seu pulso irregular e rápido. Do buraco no seu pescoço jorrava sangue.

Turner pegou um punhado de gaze do kit médico que carregava no cinto e fez uma pressão na ferida, fechando a artéria. Connor soltou um grito, o sangue espumando em seus lábios enquanto ele gritava, mas Turner não demonstrou medo.

– Fique calmo, filho – disse Julian. – Calma. Vamos tirar você daqui.

– Ah, meu Deus – disse Miller.

Ele estava imóvel olhando para baixo, para o jovem ensopado de sangue, e seu rosto era uma máscara de puro horror.

– Vamos – disse Julian. – Vamos colocá-lo de pé. Turner, chame uma equipe de evacuação. Precisamos tirá-lo daqui agora mesmo!

Ninguém se mexeu.

– Andem! – urrou Julian. – Essas foram ordens diretas!

– Julian – disse Frankenstein, em voz baixa –, você sabe que é tarde demais para isso. Estamos a pelo menos duas horas do local mais próximo onde poderíamos fazer a transfusão de que ele precisa. Se ele não morrer, até lá já terá se transformado.

– Não aceito isso – retorquiu Julian, sua voz encrespando-se de raiva. – E não me importo que você tenha razão, vamos tentar de qualquer forma. Não vou deixá-lo aqui para morrer.

– Senhor... – A voz do soldado Connor estava turva, como se ele estivesse falando debaixo d'água.

Julian baixou o olhar para ele.

– Eu sei que não... há nada que o senhor possa... fazer. Não... deixe que eu me transforme. Por favor. Não... deixe que eu...

Connor revirou os olhos, expondo a parte branca, e seu queixo caiu, deixando-o de boca aberta. Seu peito ainda subia e descia, mas sua respiração era fraca e o sangue tinha recomeçado a escorrer de seu pescoço, tingindo a mão de Turner de vermelho.

Julian levantou-se e encarou os três homens que o rodeavam. Miller tinha o olhar vazio fixo em Connor, que jazia no chão, sem expressão e sem vida. Frankenstein sustentava o olhar contemplativo de Julian, o rosto sereno, e Turner erguera os inexpressivo olhos cinza para o monstro. Julian cerrou o maxilar e pegou a Glock de seu coldre.

Ao ver a arma, Miller gritou:

– O que está fazendo?

– O que precisa ser feito – disse Frankenstein.

– Ele precisa é de um hospital! – gritou Miller, as lágrimas se acumulando nos cantos de seus olhos. – Não precisa ser abatido como um cão doente!

– Não deixamos que as pessoas se transformem em vampiros. Nunca. E ele não quer isso. Você ouviu ele dizer.

– Ele não sabe o que está dizendo!

– Sabe – falou Frankenstein, com firmeza. – Sabe sim.

Miller contorceu o rosto em uma expressão de sofrimento tão terrível que quase partiu o coração de Julian.

– Mas... não é justo! – disse ele, com a voz partida.

– Eu sei – disse Julian. – Não é justo. Mas deixar que ele se transforme seria pior do que deixá-lo morrer. Você sabe disso, não sabe?

Miller assentiu devagar.

Julian virou-se novamente para Connor, ainda inconsciente. Ajoelhou-se ao lado dele e encostou a arma na têmpora do jovem soldado. Turner continuava ajoelhado, do outro lado dele, com o olhar bem fixo em seu oficial em comando. Julian então colocou a outra mão acima do tambor da arma e puxou o gatilho.

O restante da equipe avançou em silêncio pelos túneis, passando por uma segunda porta e chegando a um grande arco de pedra, no topo do qual havia uma imagem esculpida da crucificação.

Turner abriu a antiquíssima porta de madeira com um empurrão, e os quatro operadores da Blacklight entraram em uma capela circular.

As paredes estavam repletas de estátuas de santos, e havia um imenso crucifixo de pedra atrás de um altar de pedra lisa nos fundos.

O chão estava cheio de vampiros.

Devia haver pelo menos uns vinte deles, dormindo bem juntos, como morcegos. Enquanto eles processavam aquela visão, o soldado Miller ofegou. O vampiro que estava mais perto deles, um velho com uma barba que ia até a cintura e de torso nu, abriu os olhos, que de imediato ferveram, tornando-se vermelhos. Ele soltou um grito agudo, fazendo com que todos os vampiros que ali estavam acordassem e ficassem de pé em um pulo.

A equipe da Blacklight lançou-se para dentro da capela, um borrão de uniformes negros e armas perfurantes. Frankenstein abaixou a cabeça e avançou na direç,,ão deles como um touro, fazendo com que os vampiros saíssem voando por todas as direções. Puxou a MP5 do cinto e esvaziou-a contra os muitos vampiros ainda sonolentos e zonzos, que de tão juntos mal conseguiam se mexer. As balas os dilaceraram. Miller, cujo rosto jovem parecia o de um homem que já tinha visto mais coisas do que gostaria, atacou as criaturas com um fervor quase maníaco, enfiando a estaca em um vampiro após o outro, a boca escancarada emitindo um urro não articulado. Turner esquivou-se para a parede e sacou seu T-Bone. Com calma, sem aflição, atirou em seis vampiros seguidos, deixando que a estaca voltasse para o cano e depois mirando novamente para disparar mais uma vez. Julian correu para o lado de Frankenstein; os dois encurralaram os vampiros feridos contra a parede de pedra e os estaquearam em uma rajada de metal afiado.

Estava tudo terminado em menos de um minuto.

– Alexandru? – perguntou Julian, respirando fundo.

Turner balançou a cabeça em negativa.

– Lá dentro? – sugeriu Frankenstein, indicando o altar.

Eles avançaram. Atrás do altar, sob a crucificação ali esculpida, havia a entrada para um corredor curto. Julian inclinou-se para baixo e olhou para dentro. A passagem de pedra não tinha mais que 3 metros de comprimento e terminava no que parecia uma sala de orações; encostado na parede dos fundos havia um genuflexório.

Frankenstein conduziu-os corredor adentro, curvando-se levemente para fazer seu grande corpo passar pela abertura. Ele havia recolocado sua MP5 vazia no cinto e sacara a espingarda antimotim prateada e preta que sempre carregava consigo; carregara-a com uma bala que não era de festim e agora a arma era capaz de abrir um rombo da largura do tronco de uma árvore.

Eles já estavam quase na porta quando algo emergiu dali, movendo-se com rapidez. Frankenstein puxou o gatilho da espingarda e seu disparo emitiu uma chama do cano enquanto um barulho ensurdecedor tomava conta da passagem. A criatura foi estraçalhada contra a parede, deslizou até o chão e começou a gritar.

Quando a fumaça baixou, Julian deu um passo à frente e olhou para a forma. Um belo rosto feminino, contorcido em uma careta de agonia, os encarava de volta.

– Ilyana – disse ele. – Onde está seu marido?

Ela rangeu os dentes, e depois cuspiu uma espessa bola de sangue no rosto dele.

– Tarde demais, criado! Ele se foi! Tarde demais! – disse ela, com gritos estridentes.

Julian chutou-a nas costelas com sua bota, jogando-a contra a parede. Um buraco enorme havia sido aberto na barriga dela, e dali o sangue jorrava, escorrendo pelo chão de pedra.

– Tarde demais! Tarde demais!

Ela voltou a rastejar, soltando gritos agudos cheios de obscenidades, e Julian retornou para junto de sua equipe.

– Ele não está aqui – disse Carpenter.

– Como assim ele não está aqui? – perguntou Turner.

– Ele não está aqui, ora! – respondeu Julian, irritado. – Está em algum outro lugar, se foi, não está aqui. Entendeu?

Turner não respondeu, mas tampouco baixou o olhar.

– Vou acabar com ela – disse ele. – Ela é um alvo valioso. Quer dizer que a missão não fracassou.

– Diga isso a Connor – retrucou Miller.

– Não, eu dou conta dela – replicou Julian, puxando o T-Bone do cinto. – Vocês ficam aqui.

Ele avançou pelo corredor.

Ilyana havia se arrastado para o cômodo ao final do corredor, e Julian seguiu-a até lá. Acima do genuflexório havia uma imagem entalhada da Virgem Maria, que o encarou quando ele entrou, a porta se fechando lentamente.

Na outra extremidade do corredor, os três operadores da Blacklight ficaram à espera. De trás da porta veio um grito agudo, uma onda de ar, e depois som úmido de um líquido sendo jorrado. A porta abriu-se e Julian Carpenter apareceu com o uniforme ensopado de sangue. Atrás dele, as paredes da sala pingavam, vermelhas, e ele foi deixando pegadas cor de vinho no chão de pedra ao retornar para seus homens.

27
TRÊS É DEMAIS

Jamie tirou as mãos do rosto e olhou para Frankenstein. Ele ocultara a face enquanto ouvia o fim da história; não queria que o monstro visse suas lágrimas.

– Então é por isso que Alexandru raptou minha mãe? – perguntou ele com a voz trêmula. – Porque meu pai matou a esposa dele?

– Não sei – disse Frankenstein. – É o que parece.

– Por que "parece"? – A voz do menino estava se enchendo de raiva. – Está bem claro para mim.

– Para mim, parece – foi a resposta de Frankenstein. Seu tom calmo de voz era enlouquecedor.

– Então por que não está claro para você? – Seu tom agora era feroz. – O que você não está me contando?

O monstro deixou escapar um suspiro.

– Há muitas pessoas que, em vista do que aconteceu depois, não acreditam que seu pai tenha realmente matado Ilyana. Nem eu nem o major Turner presenciamos a morte dela. Apenas ouvimos o tiro.

Jamie apenas fitou o monstro.

– Vocês acham que ele forjou a morte.

Frankenstein deu um soco na superfície da mesa.

– Eu era o amigo mais próximo do seu pai – disse ele, com um tom gélido de voz. – E permaneci ao lado da sua família durante quase noventa anos. E mesmo assim você fica aí sentado questionando minha lealdade? Fiz coisas para proteger seus ancestrais e a serviço deles que fariam seus ouvidos sangrarem só de ouvir, e agora você vem me questionar?

– Eu vou questionar o que eu quiser! – berrou Jamie, levantando-se e derrubando a cadeira ruidosamente no chão. Ele pousou as mãos na mesa e inclinou-se em direção a Frankenstein. – Você acha que Ilyana ainda está viva? Que o meu pai deixou que ela se livrasse? Me diga!

O monstro levantou-se vagarosamente da cadeira, alcançando toda a sua enorme altura. Sua sombra engolfou Jamie.

– Ouça bem – falou ele. – Eu teria morrido por Julian Carpenter. Nunca duvidei dele nem o questionei, até que um enxame de vampiros derrubou um jato da Blacklight, que virou uma bola de fogo na pista de pouso desta base, matando oito bons homens nesse processo. Aconteceu a 400 metros da cerca externa, no limiar da base mais estritamente confidencial e altamente protegida do país. Um lugar que não existe em nenhum mapa, sobre o qual aviões e satélites não têm permissão de sobrevoar. Um lugar...

– Um lugar onde milhares de pessoas trabalham todos os dias – interrompeu Jamie. – Qualquer uma delas poderia ter informado a Alexandru a localização.

– Não. Os civis que trabalham aqui vão e voltam em um avião sem janelas, de um aeroporto a 80 quilômetros daqui. Eles não fazem a mínima ideia de onde estão. Só operadores veteranos têm permissão de ir e vir.

– E quantos desses veteranos existem? Cem? Duzentos? Mais?

– Cerca de duzentos. E você tem razão, qualquer um deles poderia ter contado a Alexandru onde fica a Blacklight. No entanto, poucos poderiam ter lhe dado um mapa dos sensores infravermelhos que alcançam até 10 quilômetros depois da cerca, mata adentro. Apenas umas seis pessoas no Departamento 19 têm acesso a essas informações. E, sem elas, talvez os passageiros tivessem tempo de puxar os paraquedas. Mas a aeronave estava voando tão baixo quando a acertaram que não deu tempo para ninguém fazer nada. O jatinho explodiu lá na pista de pouso. A investigação ainda estava em andamento quando seu pai morreu, dez dias após o incidente. Naquela noite, ele deixou a base sem aviso e sem permissão, sem dizer a ninguém aonde estava indo, mas ainda estava logado na rede quando partiu, e um oficial de serviço viu algo incomum na tela dele. Quando investigaram, encontraram um e-mail que seu pai havia enviado a um endereço desconhecido. Em anexo estavam os mapas dos sensores infravermelhos.

Jamie afastou-se da mesa, com o corpo enrijecido, e deslizou pela parede até o chão. Envolveu os joelhos com os braços e enterrou a cabeça neles. Quando se pronunciou de novo, sua voz era apenas um fio:

– Por que ele faria isso? Não faz sentido algum.

Frankenstein voltou a sentar-se.

– Depois que ele morreu, uma equipe de peritos forenses veio fazer uma análise dos dados e investigou todas as teclas que Julian pressionou nos computadores da Blacklight. Dentre as pastas pessoais dele, por trás de uma dúzia de senhas e camadas de criptografia, encontraram uma carta escrita por ele; nessa carta ele dizia que estava reparando os erros que haviam sido cometidos contra sua família, a injustiça que vocês haviam sofrido nas mãos das outras famílias fundadoras. Ele acreditava que todo mundo aqui ainda pensava nele como o descendente de um criado, e que nunca o veriam como um igual. Citou o fato de que nenhum Carpenter jamais havia sido diretor como prova da perseguição que os Carpenter vinham sofrendo, e disse que não mais toleraria isso.

– E como derrubar um jato ajudaria nisso? – perguntou Jamie, sem erguer a cabeça.

– Os pilotos do *Mina* naquele dia eram John e George Harker – disse Frankenstein. – Dois descendentes do, pode-se dizer, nome mais famoso da história da Blacklight.

A imagem da placa no jardim de rosas surgiu na mente de Jamie. *Ah, meu Deus. Ah, meu Deus. Ah, pai. O que você fez?*

Havia apenas uma coisa que ele não entendia; um último fio de esperança ao qual se agarrou.

– Por que Alexandru veio atrás de nós, se o meu pai estava trabalhando para ele? Por que ele ia querer nos matar?

– Não sei. – Foi a simples resposta de Frankenstein. – Talvez Julian tenha realmente matado Ilyana e depois feito um acordo com Alexandru para poupar você e sua mãe. Talvez Alexandru o tenha traído. Ou pode ser que ele tenha realmente deixado que Ilyana vivesse, e Alexandru o traiu simplesmente porque lhe deu vontade. Isso não importa agora. Ele se foi.

Jamie levantou a cabeça e fitou Frankenstein com olhos inchados e cheios de lágrimas.

– Não tem nenhuma parte sua que ainda acredite nele? Que acredite que meu pai não fez nada disso?

O monstro virou sua cadeira na direção de Jamie, pousou os cotovelos nos joelhos e inclinou-se para a frente.

– Acreditei nele pelo máximo de tempo que consegui – disse Frankenstein. – Continuei defendendo o caso dele por meses e meses depois de sua morte. Examinei todos os vestígios de evidências contra ele, revi cada linha do relatório dos peritos, li e reli cada palavra. Eu me recusava até mesmo a considerar a ideia de que Julian pudesse ter feito tal coisa; ameacei renunciar dezenas de vezes.

Ele olhou para Jamie com tristeza e inspirou fundo.

– Nunca encontrei nada que o exonerasse. Enterramos John e George e esperamos que Alexandru fizesse sua jogada seguinte. Mas nunca aconteceu. E, com a passagem do tempo, por fim acabei tendo que aceitar o que todo o resto do pessoal já tinha percebido: que Julian havia de fato feito o que diziam dele, e que eu simplesmente teria que conviver com isso, por mais que meu coração doesse ao admitir tal coisa.

Frankenstein ficou sentado pacientemente, olhando para Jamie. Mas o garoto não estava pensando no pai, e sim na mãe, e na forma terrível como ele tinha passado a tratá-la depois que o pai morrera, nas coisas terríveis que dissera. Uma intensa vergonha transbordou de seu corpo, e ele faria qualquer coisa para poder dizer a ela o quanto sentia por tudo aquilo, dizer que estava errado e pedir que ela o perdoasse.

– Eu sentia tanta raiva dele por ter nos deixado – disse Jamie por fim. – Minha mãe sempre me dizia que eu estava sendo injusto. Mas não. Ele traiu todo mundo.

– Seu pai era um bom homem que fez uma coisa horrível – disse Frankenstein. – Ele cometeu um erro terrível e pagou pelo que fez com a própria vida.

– E com a vida de mais oito pessoas. – Uma ferocidade repentina surgira na voz do menino. – O que as pessoas que estavam no avião fizeram para merecer o que aconteceu com elas? Não serem legais com ninguém de sobrenome Carpenter? Que coisa patética!

Frankenstein não disse nada.

– Tenho vergonha de ser filho dele – disse Jamie. – Não me admira que todos neste lugar olhem para mim do jeito que olham. Eu também me odiaria. Que bom que ele morreu.

– Não diga isso. Ele ainda era seu pai. Ele o criou e o amou, e você o amava também. Eu sei que amava.

– Não me importa! – gritou Jamie. – Não me importa nada disso! Eu nem mesmo o conhecia; o homem que me criou nem era real! O homem que me criou era um coordenador de casos no Ministério da Defesa que ia jogar golfe com os amigos nos fins de semana e que reclamava do preço da gasolina. Ele não existia!

Jamie ficou de pé em um salto e chutou sua cadeira caída, que derrapou pelo chão ladrilhado e bateu com tudo na parede do outro lado.

– Não vou perder mais nem um segundo pensando nele – disse o garoto, seus olhos azuis bem claros fixos nos de Frankenstein. – Ele está morto, e minha mãe ainda está viva, pelo menos por enquanto; precisamos encontrá-la. Vou falar com a Larissa de novo.

O monstro ficou rígido em sua cadeira.

– O que você acha que vai conseguir de bom falando com ela? – perguntou ele.

– Não sei. Mas acho que ela quer me ajudar. Não sei explicar por quê.

Frankenstein ficou encarando Jamie. Estava prestes a responder quando o rádio no cinto do menino começou a fazer ruídos. Ele puxou-o e olhou para a tela.

– Canal 7 – disse ele.

– Esse é o canal das operações de campo – disse Frankenstein. – Ninguém deveria estar usando esse canal.

Jamie apertou o botão CONECTAR no monofone e quase o deixou cair quando um grito terrível de agonia irrompeu do alto-falante de plástico. Frankenstein levantou-se como um raio, o olhar fixo no rádio na mão do menino.

Uma voz baixa sussurrou algo inaudível e então a voz trêmula e irregular de um homem falou:

– A-alô! Quem es-está falando?

– É Jamie Carpe...

Seguiu-se um som de algo sendo dilacerado, um som horrível e molhado, ao qual se seguiu novamente um grito, um lamento de dor e terror, agudo e alto.

– Ah, meu Deus, por favor! – gritou, estridente, o homem. – Por favor, não! Ah, meu Deus, por favor, não me machuque mais!

Jamie olhou para Frankenstein, sentindo-se impotente. O rosto do monstro estava cinza como granito, e seus olhos disformes, arregalados. Ele fitava o rádio como se aquela fosse uma linha direta para o inferno.

Algo emitiu um sussurro novamente, e então a voz do homem voltou ao rádio, balbuciando, enquanto ele lutava para conter as lágrimas.

– Você precisa vir – disse a voz, entre imensos soluços mesclados com choro e cheios de dor. – E-ele está dizendo que você te-tem que vir até ele. Está di-dizendo que, se vo-você não vier até ele, então nu-nunca mais verá sua mãe de no-novo.

Jamie sentiu uma onda explosiva de raiva pelo corpo.

– Alexandru – rosnou ele, sua voz irreconhecível. – Onde está v...?

O homem soltou mais um grito, longo e altíssimo, que decresceu até virar um grasnar agudo. Algo ria baixinho ao fundo, enquanto o homem dizia, ofegante, duas palavras finais:

– Me ajude!

E então a linha ficou muda.

Jamie ficou com o olhar fixo no rádio por um bom tempo, depois o largou na mesa, com um olhar de pura repulsa no rosto. Frankenstein lentamente voltou a sentar-se em sua cadeira e fitou o menino com olhos arregalados e cheios de horror.

– Como ele pode ter acesso a essa frequência? – perguntou Jamie, com a voz trêmula. – Como isso seria possível?

– Não sei – respondeu Frankenstein. – A frequência é mudada a cada 48 horas.

– Então alguém informou a ele nos últimos dois dias...?

Frankenstein arregalou os olhos ao perceber o que Jamie queria dizer. Ele puxou o próprio rádio do cinto, girou o botão seletor de canais e falou ao receptor:

– Thomas Morris, no Nível 0, sala 24B, imediatamente.

Jamie levou um susto quando a voz do monstro retumbou nos alto-falantes que ficavam no alto dos cantos de todos os cômodos da base.

– Você vai acordar o Departamento inteiro – protestou ele. – O que está fazendo?

– Buscando respostas.

* * *

Menos de um minuto depois, Thomas Morris abriu a porta do escritório e entrou, cambaleante. Seu rosto estava inchado, seus olhos eram fendas estreitas e ele bocejava até mesmo enquanto perguntava qual era a emergência.

– Você é o oficial de segurança, Tom. Então pode fazer uma busca nos registros de acesso à rede, não é? – quis saber Frankenstein.

Morris esfregou os olhos com as palmas das mãos.

– Posso fazer isso sim – foi a resposta dele.

– Ótimo. Preciso que você localize qualquer usuário que tenha acessado o banco de dados de frequências nas últimas 48 horas.

Morris soltou um grunhido.

– Isso não podia esperar até...

– Preciso que você faça isso agora, por favor – interrompeu-o Frankenstein.

Morris lançou-lhe um olhar de leve irritação, depois puxou seu console portátil da bolsa que tinha no cinto. Colocou-o sobre a mesa, inseriu o código e iniciou a busca, enquanto Jamie e Frankenstein observavam por cima do ombro dele.

Bipe.

Os três olharam para as palavras que apareceram na tela do console.

NENHUM RESULTADO

– Aí está – disse Morris. – Ninguém acessou o banco de dados das frequências nas últimas 48 horas. Posso voltar para a cama agora?

Frankenstein ficou encarando a tela por um tempo, depois voltou o olhar para Morris.

– Sim – disse ele em voz baixa. – Me desculpe pelo incômodo.

– Tudo bem – falou Morris, com um sorriso cansado. – Boa noite, cavalheiros.

– Boa noite – respondeu Jamie.

Morris fechou a porta do escritório depois de sair, deixando Jamie e Frankenstein sozinhos novamente.

– Então – disse Jamie, com a voz cansada. – Acho que você vai ter que se esforçar um pouco para culpar o meu pai por essa, hein?

– Jamie... – começou Frankenstein, mas o menino o cortou.

– Agora não. Agora eu não consigo nem pensar em quem pode ter informado a Alexandru a frequência. Temos que encontrá-lo antes que ele machuque mais alguém. Vou dormir um pouco e depois vou à ala das celas, e aí vamos fazer seja lá o que ela nos disser para fazer.

Jamie foi em direção à porta, e estava prestes a girar a maçaneta quando o monstro lhe perguntou:

– Você acha mesmo que pode confiar nela?

Ele se virou com tristeza nos olhos.

– Tanto quanto posso confiar em qualquer outra pessoa aqui.

Jamie mentiu para o monstro.

Estava cansado, aquilo era verdade, com certeza, mas ele não iria direto para a cama. Em vez disso, abriu a porta da enfermaria, cruzou rapidamente o chão branco e entrou na sala em cuja porta se lia ANFITEATRO.

– Não sei o que fazer – disse ele, desabando na cadeira ao lado do leito de Matt.

O menino em coma ainda estava pálido como um fantasma, e os bipes ritmados das máquinas ainda enchiam o ar da sala.

– Não sei em que acreditar, nem em quem acreditar... não sei de nada. Me sinto totalmente perdido.

Jamie olhou para a expressão tranquila no rosto de Matt e se pegou invejando-o. Não sabia o que estava fazendo ali na enfermaria, mas tinha sentido uma forte compulsão de ir ver o adolescente machucado. Talvez por ele ser a única pessoa no Looping que não lhe contaria algo novo, que não sabia quem ele era ou o que Julian havia feito. Podia conversar com ele sem se preocupar com a impressão que provocaria.

– Frankenstein era o melhor amigo do meu pai, e até ele acha que meu pai traiu o Departamento. E se ele acha que isso é verdade, então é provável que seja. Mas então, quem deu a Alexandru a frequência operacional para ele poder me ligar pelo rádio? Uma frequência que foi mudada milhares de vezes desde que o meu pai morreu. Larissa sabe mais do que está me falando, assim como o químico, definitivamente, também sabia. E tenho certeza de que Frankenstein também sabe de muito mais coisa. Por que ninguém quer que eu saiba a verdade sobre nada? É como se ninguém se importasse se eu vou ou não encontrar a minha mãe.

Ele levou involuntariamente a mão ao pescoço e sentiu o bolo de bandagens que haviam sido presas em sua pele.

– Eu me feri hoje. Não tanto quanto você, eu sei, mas me queimei. E isso fez com que eu me desse conta de uma coisa, sabe? Fez com que eu percebesse que isso não é um jogo, nem um filme em que os bonzinhos vencem no final e os caras maus têm o que merecem. Isso é a vida real, e é difícil, é complicada, e eu estou com medo, e não sei o que...

Ele abaixou a cabeça para as mãos e chorou. As máquinas emitiam bipes frequentes, e os olhos de Matt continuavam fechados.

Embora não achasse que fosse conseguir dormir quando se deitou 15 minutos depois, Jamie apagou tão logo encostou a cabeça no travesseiro. Seu sono foi longo e sem sonhos, e quando ele acordou, seu corpo parecia descansado, mas sua mente estava a mil com a grandeza da tarefa que ele tinha à frente, e ele viu que já passava das 15 horas.

Ele tomou um banho, vestiu-se com rapidez e voltou ao nível de detenção lá embaixo, seguindo acelerado pelo longo corredor de celas. Quando chegou à de Larissa, olhou lá para dentro e a encontrou em pé, só com as roupas de baixo, vestindo a calça jeans. Ela estava de costas para ele, de forma que Jamie recuou correndo pelo corredor, seu rosto corado e quente como fogo.

– Eu estou ouvindo você – disse ela de um jeito casual, e ele fechou os olhos e soltou um grunhido. – Pode vir.

Ele voltou à cela e olhou para a vampira, que agora estava completamente vestida, parada tranquilamente no meio da cela, olhando para ele com a cabeça inclinada para a esquerda.

– Seu coração está batendo bem forte – disse ela. – Posso ouvir. É de vergonha ou excitação?

– Vergonha – disse Jamie. – Definitivamente vergonha.

– Que pena – disse ela, com o lampejo de um sorriso maroto no rosto.

Ele corou novamente, parecia que seu rosto sofreria uma erupção de tão quente, e então ocorreu-lhe algo.

Se ela consegue ouvir as batidas do meu coração, deve ser capaz de ouvir meus passos como os de um elefante. Por que ela não se vestiu logo quando me ouviu vindo pelo corredor?

– Porque é divertido provocar você – disse ela, e Jamie recuou, chocado.

– Como você sabe...?

– Você é um garoto esperto – disse ela, sorrindo de novo.

Ela flutuou até o outro lado da cela e estirou-se com elegância na cama. Entrelaçou os dedos atrás da cabeça e olhou para ele.

– Você conversou com o monstro? – perguntou ela.

– Conversei.

– E?

– Preferia não ter falado com ele. Mas estou feliz por ter feito isso. Faz algum sentido?

Larissa sorriu para ele, e o coração de Jamie deu um pulo em seu peito.

– Sei exatamente o que você quer dizer.

Jamie se recompôs.

– Quero aceitar a sua oferta – disse ele. – Não tenho permissão de tirar você da base, mas farei isso se você me levar até a pessoa que talvez possa me ajudar.

Larissa desenlaçou os dedos e ergueu-se nos cotovelos.

– Está falando sério? – perguntou ela. – Não é uma tentativa de se vingar de mim?

– É sério.

– O que fez você mudar de ideia?

– Não tenho escolha – disse ele. – Não sei mais o que fazer. Agora eu entendo por que Alexandru quer me atingir. Sei o que o meu pai fez. Você tinha razão; tudo isso começou com ele.

Larissa olhou-o com uma expressão de bondade no rosto.

– Aposto que dizer isso doeu em você – falou ela.

– É, um pouquinho.

Larissa saiu da cama com um giro, pairou lentamente no ar e aterrissou em silêncio na frente dele, com um olhar de animação no rosto.

– Vamos, então – disse ela, ansiosa.

– Você vai ter que usar um cinto explosivo.

– Tudo bem.

– E não pode sair de perto de mim.

Ela adejou os cílios para ele.

– Por que eu ia querer fazer isso? – disse ela, fazendo charme.

– Estou falando sério.

– Eu também.

– Você me leva até essa pessoa que pode me ajudar, nós pegamos as informações de que precisamos e depois você volta para cá. Em silêncio e pacificamente.

– É claro. Vamos, vamos!

Larissa estava saltitando suavemente, alternando os pés, tamanha era sua animação com a perspectiva de poder deixar a cela, de se ver a céu aberto de novo, de sentir o ar da noite em seus cabelos.

– Ainda não – disse Jamie, e sorriu para ela.

Ela parou e ficou imóvel, olhando para ele.

Não gosto desse sorriso, pensou ela. *Não estou gostando nem um pouco desse sorriso.*

– Por quê? – perguntou ela, com cautela.

– Você vai me dizer uma coisa primeiro. E vai me falar a verdade.

28

COMO UM PARQUE DE DIVERSÕES

READING, INGLATERRA
24 DE JULHO DE 2004

Larissa Kinley sabia que era cedo antes mesmo de abrir os olhos; estava escuro demais em seu quarto, silencioso demais. Ela forçou suas pálpebras grudentas a se abrirem e viu que estava certa. O despertador digital em sua mesinha de cabeceira anunciava 5h06 em números verdes reluzentes. Ela sentou-se na cama e espreguiçou-se, abrindo um grande bocejo. Era a oitava noite consecutiva em que acordava antes da hora, olhando para os números verdes fazendo tique-taque até que realmente pudesse se levantar e entrar no banho. Ela não havia contado aos pais sobre o que estava começando a achar que seria qualificado como insônia; sabia que eles assentiriam com a cabeça e, sem muito entusiasmo, acabariam demonstrando empatia, para depois voltar a fazer o que estivessem fazendo.

Larissa rolou para fora da cama e foi até a janela do quarto. Estava prestes a abri-la para deixar entrar um pouco de ar fresco, na esperança de que isso fosse fazer com que se sentisse exausta, quando olhou para baixo, para o pequeno jardim nos fundos de sua casinha geminada, e levou a mão à boca para não gritar.

O velho estava parado em seu jardim, erguendo o olhar para ela, com um sorriso gentil no rosto, o sobretudo cinza ao redor do corpo e as mãos nos bolsos de um jeito casual. Seus olhos brilhavam sob a luz laranja e suave do poste que ficava além da cerca do jardim, e exibiam uma simpatia horrível e irritante.

Ela deu um passo para trás e tropeçou em uma de suas botas de couro que havia jogado na beirada da cama na noite anterior. Girou os braços para os lados, tentando manter o equilíbrio, mas foi em vão. Caiu com tudo no chão, e seus dentes se fecharam na língua, provocando-lhe uma dor que era como uma adaga atravessando sua cabeça. Sentindo o sangue na boca, ela conseguiu ficar de joelhos e voltou engatinhando para perto da janela. Ergueu a cabeça o mínimo possível e olhou para o jardim abaixo.

O homem não estava mais lá.

Larissa não dormiu mais naquela noite. Ficou deitada na cama, repassando mentalmente os eventos dos dois dias anteriores, procurando uma maneira de juntar as peças do quebra-cabeças. Ela ainda tentava fazer isso quando ouviu a porta do quarto de seu irmão abrir-se, com um ruído oco; ela levantou-se e foi correndo até o banheiro, empurrando o garoto para que ele saísse de seu caminho, e fechando a porta depois de entrar. Liam bateu sem muita disposição na porta, mas ambos sabiam como se desenrolava aquele jogo, portanto ele desistiu rápido e voltou para o quarto.

Parada na frente do espelho, Larissa colocou a língua para fora e observou o minúsculo corte que seus dentes haviam feito. Sugou o sangue, depois viu o líquido vermelho se acumular ali novamente de imediato, então escovou os dentes com cuidado e entrou debaixo do chuveiro. Saiu dali vinte minutos depois, com a mente nem um pouco mais clara; toda vez que ela conseguia tirar o velho da cabeça e pensar em alguma outra coisa – o dever de casa para fazer, o parque de diversões a que ela e os amigos iriam naquela noite – ele aparecia novamente, sorrindo aquele sorriso suave e encarando-a com aqueles olhos grandes e simpáticos.

Seus pais já estavam sentados à mesa quando ela desceu as escadas para tomar o café da manhã, os cabelos molhados envoltos na toalha. Seu pai estava lendo a seção de economia do *Times* e detonando devagar meia toranja, e sua mãe mordiscava distraidamente um pedaço de torrada e olhava para o nada. Nenhum dos dois se pronunciou quando ela se sentou e encheu uma tigela de flocos de milho e um copo de suco de laranja. Mais uma vez, ela considerou contar a eles sobre o velho, mas decidiu não fazê-lo.

Não tem valido a pena falar com eles, nesses dias. Larissa sabia que Liam também podia sentir aquela estranheza, embora ele se recusasse a conversar sobre o assunto com a irmã. O pai deles havia parado de ir aos jogos de futebol americano do filho no início do verão, sem nunca apresentar uma explicação nem um pedido de desculpas, como se simplesmente tivesse esquecido que costumava fazer isso. Larissa sabia que isso doía no irmão mais do que ele jamais admitiria, principalmente para a irmã mais velha, mas ele nunca questionara o pai sobre isso. Era óbvio que algo mais importante do que futebol americano estava acontecendo; uma negra nuvem de depressão descera sobre ele no início do ano e não mostrava nenhum sinal de que iria embora. Larissa tinha certeza de que se falasse com os pais sobre o velho só ouviria cansadas sugestões de que fora apenas um pesadelo, de que ela não tinha nada com que se preocupar.

Mesmo se ela dissesse que era o terceiro dia seguido que o via.

Larissa comeu em silêncio seu cereal, despediu-se dos pais quando eles saíram para o trabalho e subiu. Quando passou pelo quarto do irmão, viu que ele estava sentado a sua escrivaninha com o uniforme da escola, trocando mensagens instantâneas com alguém, provavelmente um dos inúmeros adolescentes aparentemente idênticos que eram amigos dele. Eram educados e mais do que um pouco tímidos quando ela atendia a porta para eles, algumas noites, mas ela quase sempre os flagrava de olho no seu peito, o que a fazia estremecer de repulsa.

– Bom dia, Liam – disse ela.

Ele soltou um grunhido, e Larissa sabia que provavelmente seria o máximo que conseguiria arrancar do irmão.

Em seu quarto, Larissa passou as horas seguintes folheando as páginas do dever de casa sobre sua escrivaninha, com a mente focada em qualquer coisa exceto Jane Austen. Preparou seu almoço, baixou algumas músicas, deitou-se na cama, andou de um lado para o outro no quarto e basicamente matou tempo até chegar a hora de ir ao parque. Seu pai estava descendo do carro quando ela saiu de casa. Ele acenou, apático, para ela. Larissa devolveu o cumprimento com a mesma falta de entusiasmo do pai, que a parou quando ela passou por ele.

– Você está bem? – perguntou ele, observando-a com olhos sonolentos e velados.

– Estou bem, pai – respondeu ela, irritada. – E você? Você está bem?

Ele a fitou e depois baixou o olhar.

– Foi o que pensei – disse ela, e seguiu até a rua, os saltos de suas botas batendo furiosamente pela calçada.

A montagem do parque de diversões itinerante era um evento anual, adorado tanto pelos adolescentes quanto pelas crianças da cidade. As crianças adoravam os carrinhos de bate-bate, a pequena montanha-russa com looping e os carrosséis de aviõezinhos; os adolescentes amavam as luzes néon, os cantos escuros em que podiam ficar se beijando, os jogos e os fliperamas. Era, na verdade, pouco mais que um conjunto de espetáculos secundários com duas ou três atrações razoavelmente decentes, mas as faixas de luzes mescladas com o cheiro de algodão-doce e de nozes assadas, além da trilha sonora metálica dos brinquedos, criavam algo um tanto mágico.

Tudo isso foi esquecido por Amber, amiga de Larissa, quando ela começou a beijar, toda entusiasmada, um garoto da aula de história delas, de costas contra a parede do quiosque de tiro ao alvo, suas mãos segurando as dele com firmeza ao lado do corpo, de modo que ele nem tivesse a ideia de colocá-las em algum outro lugar. O restante das garotas havia se dispersado para fumar maconha atrás dos carrinhos de bate-bate, portanto Larissa ficou sozinha. Esperou por alguns minutos até que a amiga desgrudasse do garoto, que tinha cabelos ensebados e acne, mas Amber não parecia estar com pressa alguma, mesmo ele sendo o terceiro que beijava naquele breve período que elas haviam passado no parque. Por fim, Larissa começou a se afastar dela.

Ela seguiu pela via principal do parque na direção da escuridão do estacionamento, ao longo da cerca que separava a área da rua principal da cidade. Carros passavam zunindo por ela, trechos de músicas vindo de janelas abertas, e ela então se viu dominada por uma sensação de tristeza e perda. Suas mãos tremiam quando ela tirou um maço de Marlboro Light do bolso, pegou um cigarro e o acendeu com a chama amarela de seu isqueiro.

– Isso vai matar você.

Larissa teve um sobressalto, seu coração dando uma guinada em seu peito, ao ouvir a voz do velho. Ela sabia que era ele mesmo antes de se virar; a voz era extraordinária, diferente de todas que já ouvira na vida. Aquela voz tinha uma vibração diferente e era como um eco ao vento, tão grave quanto um contrabaixo e tão suave quanto mel, cheia de promessas sussurradas e segredos sombrios. Ela virou-se na direção da cerca e viu o velho do outro lado, parado na calçada com as mãos nos bolsos. Pela primeira vez desde que ela o vira, dois dias atrás, parado em silêncio na esquina da rua deles quando voltava para casa da faculdade, ele não estava sorrindo. Em vez disso, ele a olhava com uma expressão de grande tristeza.

A cerca entre eles tinha mais de 1,80 metro de altura, metal verde com perigosas lanças de metal no topo, e isso lhe deu coragem. Ela avançou um passo na direção do velho.

– Por que você está me seguindo, droga? – perguntou ela, com agressividade na voz. – O que é que você estava fazendo no meu jardim hoje de manhã?

O sorriso voltou ao rosto do velho.

– Me desculpe – disse ele. – Você parece uma pessoa que eu conhecia.

Ela abriu a boca para perguntar quem, mas antes que pudesse formar as palavras, o velho avançou. Ele subiu no ar, de um jeito tão casual quanto alguém subiria uma escada, e ficou flutuando sobre a cerca. Seu casaco esvoaçava atrás dele, as mangas de seu casaco subindo, e Larissa pôde ver um estreito e negro V tatuado na parte interna do seu antebraço esquerdo, antes que ele pousasse com gentileza na frente dela. A menina abriu a boca para soltar um grito, mas ele aproximou-se incrivelmente rápido e tapou-lhe a boca com a mão.

– Sinto muito – sussurrou ele, sua respiração quente no ouvido dela. – Sinto muito mesmo.

Então enterrou o rosto no pescoço dela. Larissa sentiu dor, uma dor tão aguda que era quase doce, e então desmaiou.

Ainda estava escuro quando Larissa acordou. Estava deitada na grama, sob um carvalho, sentindo frio e molhada pelo orvalho. Sentia a cabeça pesada e fez um esforço para pôr-se de pé. Foi caminhando pelas barraquinhas silenciosas e pelos brinquedos do parque, chutando pilhas de lixo e comida descartados, até os portões.

Não se lembrava de nada da noite anterior, nada desde que deixara o pai parado em frente à casa deles. Onde estariam Amber e as outras garotas? Como poderiam ter ido embora sem ela? Nenhuma das amigas tinha se dado ao trabalho de procurar por ela quando foram embora? Lá no fundo, uma voz gentil e grave lhe dizia que tudo ficaria bem, mas ela sentia que não.

Ela achava que isso estava até muito longe da verdade.

A casa estava escura quando ela chegou, tremendo, abraçando a si mesma com força. Ela tinha esperanças de que os pais estariam mortos de preocupação, mas sabia que provavelmente eles não tinham nem notado que ela não voltara para casa.

Ela subiu as escadas sorrateiramente, não porque se importasse com a possibilidade de alguém acordar, mas porque não queria que lhe fizessem perguntas para as quais não tinha respostas. Pretendia dormir, um sono de verdade, em uma cama de verdade, e então ligar para Amber e descobrir o que tinha acontecido. Tirou a roupa, deitou-se na cama, puxou o edredom de penas, envolvendo o corpo com ele como um casulo, e adormeceu em menos de um minuto.

Uma hora depois ela acordou e precisou enterrar o rosto no travesseiro para não gritar. Sua cabeça estava rachando ao meio, e um imenso raio de agonia corria por sua testa, como se alguém tivesse enterrado um machado ali. Ela rolou na cama, cobrindo o rosto com o travesseiro, os olhos arregalados de dor e terror; e então a fome a atingiu e ela curvou-se ao meio, ficando em posição fetal. Não era como nada que ela já houvesse sentido antes, era uma dor tão imensa que parecia vir de algum lugar além do universo, um enorme e uivante vazio que preenchia todo o seu corpo. Ela gritou com a cabeça enterrada no travesseiro, seu corpo convulsionando-se, indo para a frente e para trás como se estivesse tendo um ataque epiléptico. Ela gritou e gritou, e, depois do que lhe pareceu uma eternidade – embora não devesse ter se passado nem mais que um minuto –, a fome diminuiu.

Ela afastou o travesseiro do rosto. Sentia-se fraca como uma criancinha, e a saliva escorria por suas faces e queixo em filetes pegajosos. Empurrando para o lado o edredom, ela saiu da cama, mas não tocou o chão.

Estava flutuando um palmo acima do carpete.

Sentiu-se perdida de tanta incompreensão, e dominada por um terror tão profundo que sentia seus olhos começando a se revirar, enquanto a inconsciência tentava tomar conta dela. Abaixou-se e sentiu o material áspero sob os dedos, até que a visão clareou-se. O chão ainda estava ali; já era alguma coisa. Ela contorceu-se no ar, lágrimas de pânico acumulando-se involuntariamente nos cantos dos seus olhos e escorrendo por seu rosto, e ela girou devagar, ficando paralela ao piso, barriga para baixo. Então, de súbito, o que quer que a estivesse mantendo no ar não estava mais lá, e ela caiu com um baque oco, de cara no chão.

Ela forçou-se a ficar de pé, chorando descontroladamente, e saiu aos tropeços do quarto, dirigindo-se ao banheiro. Mal tinha fechado a porta e a fome a atacou novamente, forçando-a a pôr-se de joelhos. O vácuo em seu estômago e no peito abriu-se dentro dela, cuspindo ondas de agonia para todo o seu corpo. Ela enfiou o punho cerrado na boca e gritou, um grito abafado que lhe rasgou a garganta. Caiu no chão do banheiro e contorceu-se no piso frio, seu corpo sofrendo espasmos, sua mente esvaziada pela imensidão da dor. Ela contorcia-se, convulsionava e esperava, desesperada, suplicante, que aquilo passasse.

E por fim passou. Ela agarrou a pia do banheiro e forçou-se a ficar de pé na frente do espelho. Demorou alguns segundos para reconhecer o próprio reflexo; sua pele estava pálida e cheia de gotículas de suor, seu corpo tremia visivelmente, e quando ela olhou com atenção para os próprios olhos, enfiou a mão na boca de novo e soltou outro grito.

O vermelho-escuro espalhava-se a partir dos cantos dos seus olhos, como se o sangue estivesse se infiltrando lentamente por eles. O tom vinho se expandia devagar pelo branco dos seus olhos e escurecia suas íris, tornando-as pretas e vívidas. Ela via com clareza, e ficou assistindo seus olhos mudarem de cor, embora bem que desejasse não estar vendo aquilo; o vermelho em seus olhos parecia quase vivo, rodopiando e girando como um filete de óleo, escurecendo e pulsando em movimentos preguiçosos que lhe reviravam o estômago.

A fome atingiu-a novamente, uma marretada de agonia e vazio, e ela então mordeu involuntariamente o pulso, que não tirara da boca, fazendo o sangue escorrer. De imediato ela não sentia mais fome, que fora substituída por um prazer quase divino de tão intenso. Seu sangue escorria-lhe pela garganta, e seus joelhos fraquejaram quando uma sensação que ia além de tudo que ela já havia sentido na vida a inundou; sentiu como se pudesse derrubar paredes, correr por mil quilômetros, saltar e voar como um pássaro.

Como se não houvesse nada que não pudesse fazer.

Então o sentimento passou, e ela caiu de novo de joelhos. Sugou, faminta, mais sangue da mão, mas o prazer não voltou. No entanto, embora ela não soubesse o que havia acontecido consigo, embora a parte dela que ainda era claramente a velha Larissa estivesse assustada além da conta, ela percebia que agora sabia de uma coisa, e o sabia com plena certeza.

O sangue fizera a dor ir embora. E, se o seu sangue não funcionava mais, ela precisaria do sangue de alguma outra pessoa.

Larissa ficou de pé sofregamente e saiu do banheiro, ainda meio zonza. Foi até o quarto do irmão e girou a maçaneta. Ele havia jogado para longe as cobertas durante a noite, e sua pele estava pálida, banhada por um feixe de luz da lua que entrava por uma fresta entre as cortinas acima da cama. Ela podia ver as veias no pescoço dele pulsando em um ritmo constante, e a fome gritava e golpeava-lhe a cabeça, quase destituindo-a de toda capacidade de raciocinar, urgindo-a a se alimentar, gritando e praguejando em sua mente rodopiante. Ela deu um passo à frente em direção a ele sem nem mesmo ter essa intenção consciente, e então parou.

Era Liam que estava deitado ali, seu irmão mais novo, o irritante, enlouquecedor, belo e divertido Liam, que nunca a machucara de propósito, nunca machucaria outra pessoa, ao menos até onde ela soubesse. Ela invocou suas últimas forças e saiu correndo do quarto dele, batendo a porta. Ouviu quando ele acordou de seu sono profundo, grunhindo algo inarticulado, e depois se foi, descendo correndo as escadas, cruzando a porta da frente, a rua lá fora ainda escura, e ela correu e correu, para longe das pessoas que amava, para longe do único lar que já conhecera na vida.

29

UM RISCO CALCULADO

– Eu só quero expressar mais uma vez como me sinto descontente em relação a isso – disse Morris.

– Precisa? – perguntou Jamie. – Acho que você já deixou isso bem claro.

Jamie havia explicado seu plano a Morris enquanto desciam pelos níveis da base da Blacklight; Morris ouvira, incrédulo, depois tinha dito a Jamie que não havia qualquer chance de o almirante Seward permitir tal coisa. Os dois estavam no corredor que levava à unidade de celas, esperando por Frankenstein, que estava descendo e havia ordenado que não fizessem nada sem sua presença.

– Só não entendo por que você confia tanto nessa garota – disse Morris. – Ela tentou matar você, e ela vive grudada com o Alexandru. Sei que ela é bonita, mas...

– Não tem nada a ver com beleza – interrompeu Jamie, com lampejos de raiva nos olhos. – E eu não confio nela, nem um pouco. Mas acho que alguém que ela conhece tem algumas informações de que eu preciso, e acredito que ela vai nos levar até essa pessoa se fizermos o jogo dela. Não sei por quê, antes que você me pergunte. Só acho isso.

Havia uma mentira nisso: Jamie *estava* começando a confiar em Larissa. Quando pensava nela, o que acontecia com cada vez mais frequência, ele via a adolescente que ela fora, cujos maiores problemas tinham sido as amigas e os pais até que ela se vira vagando sozinha no parque de diversões, e então sua vida fora jogada nas trevas.

— Tomara que você esteja certo — falou Morris.

— Mentira — disse Jamie, irritado.

— O que é mentira? — retumbou a voz de Frankenstein.

Ele aproximou-se e ficou ali parado perto dos dois, agigantando-se à frente deles.

— Nada — disse Jamie. — Não se preocupe.

Frankenstein olhou para o menino por um bom tempo e depois voltou a atenção para Morris.

— Por que você está carregando isso? — perguntou ele, apontando para o cinto jogado sobre o ombro do homem.

Morris puxou o cinto para suas mãos e não respondeu à pergunta.

— Eu pedi a ele que trouxesse — explicou Jamie.

— E por que você faria isso? — perguntou Frankenstein, com a voz baixa e ameaçadora.

— Larissa me disse que pode nos levar até alguém que vai saber onde está a minha mãe.

— E você é mesmo tão idiota a ponto de acreditar nela?

Jamie ficou ruborizado, de um vermelho intenso, e passou os dedos pela bandagem que tinha no pescoço.

— Eu realmente acredito nela. E, para ser honesto, não sei como dar ouvidos a ela poderia ser pior do que dar ouvidos a você.

Frankenstein ficou imóvel, tão imóvel que parecia estar prendendo a respiração.

— Como é? — disse ele, em um tom de voz gélido.

— Você me ouviu — disse Jamie. — Seguir suas ordens só me rendeu essa queimadura no pescoço e um montão de tempo perdido. Tenho plena certeza de que, seja lá aonde Larissa vá nos levar, não pode ser pior do que isso.

Morris se moveu desconfortavelmente e olhou, em desespero, do menino para o monstro, depois para o menino de novo.

– Por que simplesmente não a obrigamos a dizer...

– Cala a boca, Tom – disse Frankenstein, sem tirar os olhos de Jamie. – Então. Mesmo que eu acreditasse que essa vampira tem alguma informação que pode ser útil, o que não é o caso, você está me pedindo para desobedecer ordens diretas do almirante Seward e tirá-la dessa base? Ou está apenas planejando tentar roubá-la das celas?

– Preciso saber o que ela sabe – foi a resposta de Jamie. – Se você não for me ajudar, então vou fazer isso sozinho. Pode tentar me impedir, se quiser.

– Isso não é necessário – disse Morris, com um olhar angustiado. – Podemos simplesmente...

– Você não me ouviu, Tom? – disse Frankenstein. – Se eu quisesse sua opinião, eu pediria. Então, fique quieto!

Ele voltou-se novamente para Jamie.

– É assim que vão ser as coisas? – perguntou.

Jamie deu de ombros.

– Preciso ter minha mãe de volta – disse ele. – Nada mais me importa. Achei que você tivesse entendido isso.

Por um bom tempo, ninguém disse nada. Frankenstein parecia profundamente perdido em seus pensamentos; Jamie estava em uma postura de desafio, a cabeça erguida, os olhos bem abertos; e Morris olhava de relance, furtivamente, de um para o outro. Frankenstein pronunciou-se por fim:

– Me dê esse cinto – disse ele, estendendo a mão em direção a Morris, que o colocou avidamente na imensa palma cinza da mão do monstro.

Frankenstein jogou o cinto com leveza para cima e para baixo, e depois voltou o olhar para Jamie.

– Vou ajudar você a fazer isso – disse ele. – Com uma condição. Quando ela não lhe disser nada que nos ajude a encontrar a sua mãe, você vai seguir as minhas ordens no restante da missão, sem objeção alguma. Fui claro?

– Sim – respondeu Jamie, com o rosto contorcido, como se tivesse sentido um gosto amargo ao pronunciar a palavra.

O monstro assentiu.

– Vamos colocar isso nela, então – disse ele, e adentrou a unidade de celas a passos largos.

– Deixe que eu entrego a ela – disse Jamie, baixinho, quando se aproximavam da cela de Larissa.

Frankenstein ainda segurou o cinto por mais um instante, depois o passou ao garoto.

– Você não está tentando salvá-la, está? – perguntou o monstro enquanto eles caminhavam por entre as fileiras de celas vazias.

Jamie não respondeu.

Eles pararam em frente à cela da vampira. Larissa estava sentada no chão, nos fundos da sala quadrada, descansando os braços cruzados sobre os joelhos. Ela sorriu quando eles apareceram.

– Você trouxe alguns amigos – disse ela, com seus lábios vermelhos curvados expondo seus dentes reluzentes de tão brancos. – Não se garante em ficar sozinho comigo?

Morris disse algo baixinho, e ela arregalou os olhos, fingindo-se de ofendida.

– Não fique com ciúmes – disse ela. – Não fica bem em você.

– Ciúmes? – disse, bufando, Morris. – De uma criatura repulsiva como você? Faça-me o favor.

O sorriso de Larissa voltou-lhe aos lábios, e ela fixou o olhar no cinto que Jamie tinha nas mãos.

– Você me trouxe um presente? – perguntou ela.

– É um cinto de contenção – disse Jamie, com o rosto levemente vermelho. – Você precisa colocá-lo para podermos tirar você daqui.

Ela o encarou, depois levantou-se com graça e cruzou a cela, ficando em frente a Jamie. Apenas o campo de luz ultravioleta os separava.

– Jogue para mim – disse ela.

Jamie ergueu o braço para fazê-lo, mas Frankenstein deu um passo à frente e o impediu.

– Antes que ele entregue isso a você – disse o monstro –, há algumas coisas que eu preciso deixar claras. Se você tentar tirar o cinto, se me fizer até mesmo suspeitar de que vai fazer isso, vou estaqueá-la onde você estiver. Fui claro?

– Ah, se foi – disse Larissa. – Perfeitamente claro.

– Que bom. Em segundo lugar, se você colocar Jamie ou qualquer um de nós em perigo, seja lá como for, vou fazer picadinho de você com minhas próprias mãos. Isso também ficou claro?

– Muitíssimo claro.

Ele soltou o braço de Jamie. Jogou o cinto pelo campo UV, e Larissa pegou-o no ar. Colocou-o no chão, a seus pés, e começou a desabotoar a blusa, sem tirar os olhos de Jamie.

Ele virou-se, o olhar voltado para o chão, e Morris e Frankenstein fizeram o mesmo.

– Você pode olhar, se quiser – disse Larissa. – Não me importo.

Jamie não respondeu. Ele podia sentir o rosto ardendo enquanto o sangue subia-lhe às bochechas.

– Podem olhar agora – disse ela, e os três se viraram de novo.

O cinto estava seguro e oculto sob a blusa dela, e as marcas das alças sob a blusa eram as únicas indicações de que ela o estava usando.

O cinto de contenção era composto de duas tiras que se cruzavam na frente do corpo da pessoa. No ponto de interseção dessas tiras, uma câmara explosiva redonda e achatada estava presa ao material, posicionada de forma que ficasse diretamente sobre a área do coração. Uma pequena luz vermelha piscava em cima da câmara, o que significava que o explosivo estava carregado. A carga era controlada por um pequeno detonador cilíndrico, que Morris segurava com a mão ligeiramente trêmula. Se o botão na parte de cima do detonador fosse apertado, no lugar onde Larissa estava passaria a haver um anel de sangue e de carne.

– Vamos? – disse ela com um tom doce, ao que Frankenstein assentiu.

Thomas Morris inseriu um código de nove dígitos no painel ao lado da cela, e então o campo de luz ultravioleta não estava mais lá. Larissa avançou devagar, como se tivesse medo de que o campo pudesse reaparecer a qualquer instante, depois continuou rapidamente até o corredor. Foi até onde Jamie estava e deu-lhe um beijo na bochecha; ele corou novamente.

Eles conduziram-na pelo corredor, passando pelo posto do vigia, e entraram na base em si. Tomaram um elevador que os levou até o hangar, e Frankenstein perguntou a ela aonde eles estavam indo.

– Não sei – respondeu ela, sorrindo.

Frankenstein parou.

– Como assim não sabe? – disse ele.

– Não sei, ora. Vocês vão me dizer.

O monstro revirou os olhos. O olhar de Jamie cruzou com o dele e o menino franziu a testa para o monstro. Frankenstein deu de ombros.

Foi você quem fez o acordo com ela, ele parecia estar dizendo. *Vou ficar de boca fechada. Por enquanto.*

– Sr. Morris – prosseguiu Larissa –, até que ponto você tem acesso ao sistema da Blacklight?

– Sou o oficial de segurança – respondeu ele, com uma pontinha de orgulho na voz. – Tenho acesso a tudo.

– Puxa, o senhor deve estar incrivelmente satisfeito consigo. Muito bem. Preciso que faça uma busca com a palavra "Valhalla", por favor.

Morris puxou um pequeno console do bolso, apertou uma série de teclas e esperou os resultados da busca. Seguiu-se um bipe e a tela acendeu-se.

– Nada – disse ele.

– Onde você olhou?

– Procurei na rede inteira – respondeu Morris, em um tom defensivo. – Não há nenhuma menção a essa palavra.

– Procurou nos servidores pessoais?

– Não. Por que eu deveria?

– Não sei; talvez para eu não precisar lhe dizer como fazer seu trabalho na frente dos seus amigos?

Morris murmurou algo baixinho e fez uma nova pesquisa. Quando o console emitiu um bipe pela segunda vez, uma lista de documentos encheu a tela.

– Não entendo – disse ele, baixinho.

– O que foi? – quis saber Frankenstein.

– Há dezenas de documentos aqui, todos relacionados a um lugar chamado Valhalla. Coordenadas, relatórios, histórias curtas e longas. Mas não estão na rede do Departamento.

– Onde estão?

Morris olhou para o monstro.

– Estão no servidor privado do almirante Seward – respondeu ele.

– Ah, querido! – disse Larissa, com um suspiro. – Talvez haja uma ou duas coisinhas que o senhor oficial de segurança não saiba, no fim das contas, não?

– Cale a boca! – gritou Morris, contorcendo o rosto de raiva. – Cale a sua boca!

Jamie colocou a mão no ombro do amigo, e Morris virou-se na direção dele, extremamente corado nas bochechas.

– Tom – disse Jamie, em um tom gentil –, você disse que há coordenadas. Aonde elas nos levam?

Morris franziu a testa e voltou a baixar o olhar para o console.

– Oeste da Escócia – disse ele por fim. – Norte do Forte William. No meio do nada!

Larissa abriu um sorriso.

– É esse o lugar – disse ela.

Frankenstein conduzia-os pelo hangar. Diversos operadores olhavam para Larissa com curiosidade, mas a presença de um coronel e de um capitão da Blacklight escoltando-a pareceu satisfazê-los. Frankenstein falou com o oficial de serviço, pedindo um piloto e um helicóptero, e dentro de cinco minutos eles estavam saindo do hangar em direção a um dos heliportos, onde um helicóptero preto os aguardava. Quando passaram pela porta, Frankenstein falou com Larissa em um tom amigável:

– O detonador tem um alcance de 15 quilômetros, então nem pense em cair fora. Você não é tão rápida assim.

– Eu nem sonharia em fazer isso – respondeu Larissa. – Não agora que estou me divertindo tanto.

30

VALHALLA

O helicóptero da Blacklight voava para o norte, carregando seus quatro passageiros pela divisa entre a Inglaterra e a Escócia. O piloto os mantinha voando baixo e afastados das áreas com edificações, a paisagem verde e escura do interior da Escócia passava abaixo deles com rapidez. Voaram a noroeste, em direção ao Forte William, e depois seguiram em frente, para o norte, dirigindo-se para as regiões inóspitas do local. No lago Duich, acompanharam o curso do rio Shiel e seguiram-no ao longo do vale homônimo. Na extremidade do vale, o helicóptero diminuiu a velocidade, ficou pairando sobre o local e depois aterrissou com um som oco, fazendo os passageiros chacoalharem em seus assentos.

Frankenstein desatou o cinto de segurança.

– Vamos acabar logo com isso – disse ele, em um tom ríspido.

A porta do helicóptero abriu-se, deslizando, e Frankenstein desceu para o gramado denso. Em seguida desceram Morris, Jamie e, por último, Larissa. Quando ele agarrou a barra da porta, a vampira fechou a mão sobre a dele, fazendo-o sentir uma onda de calor. Então ele desceu, indo até onde Frankenstein estava, esperando por ele, com Larissa logo atrás. A vampira não despregava os olhos do detonador que Morris tinha na mão.

Eles estavam em frente ao que parecia ser uma pequena aldeia; um arranjo solto de construções de madeira que seguiam pela margem do rio até um declive que se elevava no bosque na parte de trás da planície. Uma roda de madeira havia sido disposta na límpida água corrente do Shiel, e um pequeno gerador emitia zunidos ao lado da roda; um espesso conjunto de cabos percorria a grama e desaparecia aldeia adentro. Jamie notou, estupefato, que havia urze retorcida colocada nos cabos em intervalos irregulares, como se fosse alguma espécie de camuflagem decorativa. Na frente deles, um arco de metal havia sido enterrado na grama, e vinhas e flores haviam sido enroladas nele. Uma única palavra fora colocada na parte de cima do arco, cujas letras foram moldadas com ramos claros de árvores atados com cordas verdes.

– *Valhalla* – leu Jamie, que depois olhou para Larissa e perguntou:
– Que lugar é esse?

Ela sorriu para ele.

– É aqui que vamos encontrar respostas – disse ela.

– Vamos fazer isso, então – disse Frankenstein, e seguiu em direção ao arco esculpido.

Larissa ia a passos largos e rápidos atrás dele, com Jamie e Morris apenas um pouco atrás.

Eles passaram por debaixo do arco e seguiram pelo que parecia ser a rua principal de Valhalla. Havia várias casas de madeira, duas ou três juntas, uma atrás da outra, ao longo de ambos os lados de uma estradinha de terra sulcada, onde, fazia tempo, a grama fora destruída por pés, cascos e pneus. Havia pelo menos trinta casas, variando de simples cubos de madeira até habitações mais luxuosas, com varandas elevadas e tetos com telhas. A estrada seguia uma leve inclinação para cima, ladeada por leitos de flores bem cuidados, arbustos selvagens e cordas com lâmpadas multicoloridas, que seguiam em direção a uma área circular. A partir dessa clareira, a trilha dividia-se à direita e à esquerda, formando um T; havia mais edificações nos níveis inferiores da encosta da colina, entre emaranhados de tojo e uma confusão selvagem de urze.

Erguendo-se no final da clareira, de frente para a estrada, havia uma casa de madeira, que era a maior das edificações na aldeia e tinha uma série de degraus de madeira que davam para uma longa varanda. Nela havia dois bancos, de onde seus ocupantes poderiam avistar o fim do Valhalla, até o rio e o outro lado da encosta que se elevava a leste do vale.

– Por que não temos conhecimento deste lugar? – questionou Morris enquanto eles subiam pela trilha.

– O almirante Seward parece conhecê-lo – retorquiu Jamie. – Quem mais será que o conhece?

Enquanto caminhavam, as portas de diversas casas abriram-se e pessoas saíram para vê-los passar. Jamie percebeu na hora que eram vampiros: estavam parados tranquilamente na porta de casa, emanando uma sensação de calma, quase dando boas-vindas a eles. Eram homens e mulheres, jovens e velhos, vampiros de todas as raças e de todas as cores. Alguns vestiam roupas surradas, camisetas e calças jeans que haviam aguentado o fardo de anos de trabalho ao ar livre. Outros vestiam terno e gravata, ou camisas e calças. Um dos vampiros, um homem grisalho na casa dos 40 anos, estava nu; postava-se, de um jeito casual, do lado de fora de uma casa coberta com murais coloridos de flores e de água. Jamie viu-se cumprimentando-os com meneios de cabeça, e eles cumprimentavam-no em retorno, com acenos de cabeça e sorrisos.

– Alguém vem vindo – disse Larissa, e apontou para a trilha.

Um vampiro de 20 e tantos anos, em um belo terno cinza-escuro e com uma echarpe de um escarlate brilhante, vinha descendo a estrada na direção deles. A seu lado, uma pequena silhueta flutuava no ar sereno, e Jamie ouviu Larissa ficar ofegante.

Era um garoto, não tinha mais do que 5 ou 6 anos, e usava uma camiseta e um short que já tinham visto dias melhores. Seu largo sorriso de boas-vindas desapareceu-lhe do rosto assim que ele avistou Larissa.

– Eu sabia que você voltaria para me assombrar – disse ele, baixinho.
– Olá, John – foi a resposta dela. – Que bom vê-lo novamente.
– Novamente? – perguntou Jamie. – Vocês dois se conhecem?
– Já nos encontramos antes, uma vez – disse a criança. – Muitos anos atrás.
– Quando? – exigiu saber Jamie. – Como?
– No dia em que eu fui transformada – disse Larissa, baixinho. – Eu não sabia aonde ir, então voltei para o parque e...
– Por favor – interrompeu o vampiro de terno. – Tenho certeza de que a sua história é fascinante, mas temos regras aqui. Não gostamos que as pessoas simplesmente surjam do nada, sem que um dos nossos as apresente. Receio ter que perguntar quem são vocês e o que estão fazendo aqui.

Frankenstein respondeu, sua voz retumbando pelo vale silencioso:
– Sou Victor Frankenstein, do Departamento 19. Estes são Jamie Carpenter e Thomas Morris, e os dois também são da Blacklight. E essa é Larissa, que é uma de vocês.
– E o que querem aqui?
– Queremos fazer algumas perguntas ao Grey – disse Larissa. – Ele está aqui?
– Está sim – respondeu o vampiro. – Esteve ausente, mas voltou para casa faz três dias.

Larissa arreganhou os dentes.

Apenas Jamie notou, e inclinou a cabeça para o lado. Ela balançou a cabeça para ele, bem rápido.
– É um prazer conhecer vocês – prosseguiu o vampiro, com um largo sorriso no rosto. – Meu nome é Lawrence, e este é John Martin.

Jamie não pôde mais se segurar. Estava estupefato com aquela aldeia estranha e idílica. Uma sensação palpável de paz e bem-estar emanava das edificações e de seus residentes, uma sensação de satisfação e alegria.

– Que lugar é este, afinal? – perguntou ele.

Lawrence sorriu para o menino.

– Na mitologia nórdica, Valhalla era o lugar aonde os heróis iam quando morriam. Este é o equivalente para os vampiros que juraram nunca tomar sangue humano; um lugar onde se pode viver em paz.

Ele fez um gesto em direção a uma área com uma cerca na divisa da aldeia: um rebanho de gado, com flancos reluzentes que brilhavam sob a luz da lua, pastando, ocioso, na grama exuberante.

– Eles provêm todo o sangue de que os residentes precisam. Há vampiros aqui de todas as idades, de todos os gêneros e de todas as nacionalidades. Pode-se ir e vir como se desejar, contanto que se obedeça a uma única regra: sob circunstância alguma se deve ferir um ser humano.

Ele esticou o braço esquerdo em direção aos visitantes. Tatuada na parte interna havia uma fina e negra letra V.

– Esta é a marca do Valhalla. Fui trazido até aqui em 1967, por Grey, o homem que fundou este lugar. Posso ir embora e ficar longe por anos a fio, mas essa tatuagem significa que sempre serei bem-vindo aqui.

Jamie ficou olhando a letra, depois franziu a testa, olhando para Larissa, que o encarava de volta e balançava a cabeça, em sinal de negativa.

– Como isso tudo funciona? – quis saber Morris. – É algum tipo de comunidade?

Lawrence riu.

– Basicamente sim – foi sua resposta. – Qualquer um que concordar em obedecer às nossas regras é bem-vindo e pode morar aqui. Alguns ficam semanas, outros ficam anos, até mesmo décadas. Geramos a energia de que precisamos, cuidamos do gado que nos fornece sangue; espera-se que todos os residentes ajudem no que precisar ser feito para manter o Valhalla em funcionamento, sem problemas. À parte isso, podem fazer o que desejarem.

– Parece ótimo – disse Jamie, sorrindo.

– É o melhor lugar do mundo – disse, simplesmente, Lawrence. – Eu vi a maior parte do mundo ao longo dos anos, e não há nenhum lugar em que eu prefira estar em vez daqui.

– Pra mim parece um monte de baboseira dos anos 1960 – murmurou Frankenstein.

Lawrence desferiu a ele um olhar pungente.

– É uma vida de paz – disse o vampiro. – Se lhe parece baboseira, então eu lamento por você.

Frankenstein soltou um grunhido, mas não disse mais nada.

– Sigam-me – disse Lawrence. – Vou levá-los até Grey.

O vampiro conduziu-os trilha acima em direção à clareira. John Martin acompanhava-os flutuando, lançando olhares nervosos para Larissa.

– Esse tal de Grey... – disse Frankenstein em voz baixa. – Foi para falar com ele que você nos trouxe aqui?

Larissa fez que sim com a cabeça.

– E quem é ele exatamente?

– Supostamente, o mais velho dos vampiros britânicos – foi a resposta dela. – Ele tem mais de 200 anos; se alguém sabe alguma coisa que possa nos ajudar, essa pessoa é ele. E ele odeia Alexandru, assim como todos os vampiros que são como ele. São o oposto de tudo que o Valhalla representa. Aparentemente.

– Você já esteve aqui antes? – quis saber Jamie.

Larissa balançou a cabeça em negativa.

– Por que não? Por que não largou Alexandru e veio para cá?

Ela riu.

– Você ouviu o que ele disse. Não se pode entrar aqui a menos que um deles o apresente. A verdade é que eu nem mesmo sabia ao certo se este lugar realmente existia. Achei que fosse apenas uma lenda.

Ela abaixou a cabeça e Jamie ficou fitando-a enquanto eles entravam na clareira ao final da trilha.

Um amplo galpão de metal, com uma abertura na frente, ficava no canto noroeste, na encosta da colina. Um pequeno trator estava estacionado lá dentro, ao lado de um arado que parecia velho e sacos de fertilizante e semente de grama. Eles subiram os degraus da grande casa e ficaram esperando na varanda enquanto Lawrence sumia de vista lá dentro.

Ele reapareceu depois de um minuto, e disse-lhes que Grey os receberia.

Seguiram-no casa adentro, e Jamie deu uma olhada a seu redor enquanto Lawrence fechava a porta. Encontravam-se em uma sala de estar totalmente feita de madeira. As tábuas do assoalho eram irregulares e rangiam sob os pés deles, e as paredes eram pintadas de um branco reluzente. O ambiente era surpreendentemente doméstico; havia um tapete no meio do chão, cortinas vermelhas cobrindo as janelas e duas grandes prateleiras de livros de fabricação caseira, uma em cada um dos cantos da sala, de frente para a porta. Estavam apilhadas de livros até em cima, alguns dos quais pareciam ter pelo menos mil anos de existência, e outros que pareciam novinhos em folha. Duas portas conduziam aos outros aposentos; Lawrence foi até lá e parou ao lado de uma delas.

– Apenas o Sr. Carpenter e o Sr. Frankenstein devem prosseguir – disse ele, com um tom apologético. – Grey não gosta de muita gente junta e acredita que o que ele tem a dizer é do interesse apenas de vocês dois.

Morris abriu a boca para protestar, mas Jamie o fuzilou com um olhar de advertência, de modo que Morris voltou a fechá-la. Larissa apenas assentiu.

– Queiram se sentir em casa enquanto esperam – disse Lawrence. – Cavalheiros, por favor, acompanhem-me.

Ele abriu a porta e Jamie e Frankenstein passaram por ela.

O cômodo era um escritório, no qual se destacava uma grande janela da qual se via a colina que se erguia atrás do Valhalla. Havia uma escrivaninha, também de fabricação caseira, à janela, e em uma cadeira atrás da superfície áspera de madeira estava sentado Grey, que sorria quando eles entraram.

De imediato, ficou óbvio como o vampiro havia adquirido tal nome: sua cabeça era coberta por uma cabeleira quase prateada, penteada para trás a partir de sua testa alta e de suas têmporas, que descia até o colarinho e caía-lhe nos ombros. Seu rosto era de um homem com quase 70 anos, cheio de rugas e marcas de expressão, mas seus olhos cintilavam, cheios de vida, e os lábios curvaram-se em um largo sorriso acolhedor.

Grey ergueu-se da cadeira e deu a volta na escrivaninha. Estava usando uma camisa xadrez listrada, calça jeans de um azul desbotado e botas surradas na cor marrom. Parecia um vaqueiro prestes a se aposentar; só faltava um enorme chapéu gasto. Ele ofereceu a mão a Jamie.

– Sr. Carpenter – disse ele, e o menino se assustou.

A voz de Grey era espectral, uma ondulante rajada de graves e agudos, um som que era arrogante de tão imenso, mas suave de um modo charmoso.

– É um imenso prazer conhecê-lo. Meu nome é Grey.

Na sala de estar, a audição aguçada de Larissa captou este cumprimento, e seus olhos assumiram um tom carmesim. Ela esticou as mãos, agarrou Lawrence pela lapela do paletó de seu terno e jogou-o do outro lado da sala. Tomado pela total surpresa, ele não reagiu, indo de encontro à parede de madeira, fazendo tremer as tábuas e o vidro da janela acima dele e sacudindo a casa toda.

Morris começou a dizer alguma coisa, mas Larissa já estava em movimento. Cruzou a sala rapidamente, abriu a porta do escritório de Grey com tudo e sumiu da vista dele lá dentro.

31

UMA REGRA PARA TODOS

A porta do escritório foi aberta com violência, e Jamie virou-se de um salto a tempo de ver Larissa voar pelo aposento, os olhos de um vermelho fundido, avançando para o pescoço de Grey com as mãos curvadas em forma de garras.

Por um breve instante, um lampejo de surpresa passou pelo rosto antiquíssimo do vampiro, mas então séculos de instinto assumiram o controle. Ele esticou o braço e pegou Larissa pelo pescoço, girando-a no ar e jogando-a de costas no chão. Ela ficou sem ar, e ele se ajoelhou em cima do peito dela, prendendo-lhe os ombros com os joelhos, olhando para Jamie e Frankenstein com olhos de um vermelho escuro e reluzente. Morris entrou correndo na sala e ficou ofegante diante da cena com a qual se deparou.

– O que significa isso? – perguntou Grey, a voz como gelo à meia-noite.

Jamie olhou para Larissa, que se contorcia e praguejava sob o peso de Grey.

– Não sei – disse ele, com honestidade. – Larissa, que diabos você está fazendo?

A garota soltou um uivo, debatendo-se e desferindo chutes como um potro selvagem.

Então, abruptamente, ela parou de lutar, ergueu a cabeça e cuspiu no rosto de Grey, que se encolheu, com repulsa, e limpou o rosto com a manga da camisa.

– Pergunte a ele! – gritou ela. – Pergunte por que ele não me matou simplesmente e não acabou logo com isso!

– Ah, meu Deus – disse Jamie, quando a percepção fluiu por ele como uma torrente de água gelada.

Aquele era o homem tatuado da história de Larissa. Jamie esticou a mão para o T-Bone sem nem perceber o que estava fazendo, até que Frankenstein deu um passo à frente e agarrou o braço dele.

Os olhos de Grey voltaram a ficar de um tom escuro de verde. Ele olhou para Larissa e Jamie viu no rosto dele que o vampiro a reconhecia. Então Grey olhou para Jamie e Frankenstein, o remorso contorcendo-lhe a face.

– Eu não a reconheci – disse ele. – Achei que ela estivesse aqui para me matar.

– E estou – disse Larissa. – Estou aqui para matar você pelo que fez comigo.

– Do que ela está falando? – perguntou Frankenstein com sua voz retumbante.

– Foi ele quem me transformou – disse Larissa, o veneno transbordando de sua voz. – Ele me mordeu e me abandonou para morrer. Mas eu não morri.

– Esse é o homem que você viu no seu jardim? – quis saber Jamie. – Aquele do parque?

Morris olhou para ele, a confusão estampada em seu rosto.

– É ele – disse Larissa. Ela havia parado de lutar para se libertar, mas seu peito erguia-se e baixava com rapidez. – Vou me lembrar eternamente dessa voz.

Grey baixou o olhar para ela, e a expressão de raiva em seu rosto era tamanha que Jamie teve plena certeza de que ele a mataria ali mesmo, naquele exato momento. No entanto, o momento de fúria passou, e, em vez de matá-la, Grey levantou-se lentamente e ofereceu a mão para Larissa se erguer. Ela deu um tapa na mão dele e levantou-se sozinha. Os dois ficaram de pé olhando um para o outro com ar de suspeita.

Então, de súbito, a sala se encheu de vampiros, e todo mundo começou a gritar ao mesmo tempo. Lawrence foi o primeiro, seus olhos de um vermelho fogo, e seu terno, antes arrumadinho, agora rasgado e amassado. Ele encarou Larissa com fúria nos olhos, depois viu a expressão no rosto de Grey e foi até o amigo. Os outros habitantes do Valhalla também entraram no escritório, atraídos pela comoção. Seus rostos estavam cheios de preocupação por Grey e de suspeita pelos estranhos que haviam invadido sua pacífica aldeia.

– O que está acontecendo aqui? – exigiu saber uma mulher de uns 30 e poucos anos que trajava um belo vestido de verão amarelo. – Grey, você está bem?

– Estou bem, Jill – respondeu ele, e abriu um sorriso pouco convincente para ela. – Está tudo bem.

– Não! Não está *nada* bem – intrometeu-se Larissa, com raiva. – Esse é o vampiro que me transformou há quatro anos. Não sei como você concilia isso com a sua preciosa *regra*.

Jill cobriu a boca com a mão, os olhos arregalados.

– Do que ela está falando, Grey? – perguntou John Martin.

Seguiu-se um murmúrio entre o restante dos vampiros que estavam na sala. Jamie olhou ao seu redor e viu que havia pelo menos 15 deles ali no escritório de Grey, ao que um fio gélido de medo subiu por sua espinha.

Se eles vierem para cima de nós, estaremos mortos.

Grey encarou os homens e as mulheres apinhados em seu escritório. Seu rosto tinha uma camada reluzente de calma, mas as falhas nessa máscara eram perceptíveis sob o escrutínio de seus amigos. Uma expressão de terrível infortúnio emanava dele, como se vinda de algum lugar bem profundo.

– É verdade – disse ele.

Houve exclamações de surpresa na sala, e Larissa emitiu um rosnado de triunfo.

– Eu disse! – exclamou ela. – Ele...

– Cala a boca – disse Lawrence, seus olhos quase negros. – Não quero ouvir nem mais uma palavra vinda de você!

Ele virou-se para Grey, que estava parado, sozinho, no meio de seu escritório.

– O que você quer dizer com "é verdade"? – perguntou Lawrence, e sua voz era quase um rosnado. – Como ela pode estar dizendo a verdade?

– Quero dizer que a transformei – disse Grey casualmente. – Ela me lembrou minha esposa, minha Helen. Então eu a segui, e quando a encontrei sozinha, bebi o sangue dela. E então voltei para casa. Achei que estivesse morta.

Jill, a vampira do vestido amarelo, começou a chorar. Um jovem vampiro com uma camiseta vermelha colocou a mão no ombro dela, que segurou a mão do amigo com força.

– E quanto à nossa regra? – disse Lawrence, e sua voz soava como uma trovoada. – E quanto a tudo aquilo que representamos? Tudo a que você deu início?

Grey encarou o amigo com os olhos arregalados e suplicantes.

– Sou fraco – foi a resposta dele. – Sempre fui. Sei que isso é errado, mas não consigo evitar. Você me entende? *Não consigo evitar!*

A mente de Jamie foi inundada por uma onda de clareza.

– Essa não foi a primeira vez, foi? – perguntou ele, baixinho. – Larissa não é a única.

Grey olhou para o chão, e um coro de pessoas ofegando e soltando grunhidos encheu o escritório.

– Quantos? – quis saber Lawrence. – Quantas vidas inocentes?

– Muitas – foi a resposta dele, em uma voz mantida sob controle com dificuldade, e com os olhos cravados nas tábuas irregulares do assoalho. – A cada dois anos mais ou menos, desde o início.

– Toda vez que você nos dizia que estava indo clarear a cabeça – cuspiu Lawrence. – Toda vez que você nos dizia que ia andar pelo mundo para se lembrar do motivo pelo qual o Valhalla era tão importante, você estava tirando vidas humanas. Traindo a única coisa que representamos aqui, acima de todo o resto!

Grey não disse nada.

– Não consigo olhar para você – disse Lawrence, com a voz trêmula. – Você é pior do que qualquer um deles, os vampiros que estão lá fora, matando e se alimentando das pessoas. Pelos menos eles não fingem ser algo que não são!

– O que você quer que eu faça? – gritou Grey, seu rosto quente e cheio de vergonha. – Não posso trazer nenhuma das minhas vítimas de volta. Gostaria de poder, acredite em mim, mas não posso. Eles se foram. Se você quiser que eu vá embora, irei. Se quiser que eu me destrua, farei isso. É só me dizer como posso ajeitar as coisas.

– Você não pode – disse um dos vampiros mais ao fundo do escritório.

A multidão ali reunida se dividiu e ele deu um passo à frente, um homem robusto na casa dos 40 anos que trajava um macacão de lã e uma calça jeans preta empoeirada.

– Você não pode desfazer o que já fez. Mas pode partir e nunca mais voltar. É isso que *eu* quero que você faça.

Diversos dos vampiros que estavam ali em volta do homem gritaram em protesto, mas ele nem parecia notá-los. Tinha o olhar indiferente fixo em Grey, o rosto rígido como uma pedra.

– É isso que eu quero também – disse outro vampiro, e os outros novamente sibilaram e ficaram ofegantes.

Essa segunda voz pertencia a uma mulher de meia-idade que trajava um jaleco longo todo sujo de tinta em cores diversas.

Grey olhou para os dois vampiros que haviam se pronunciado e depois, impotente, olhou para Lawrence, que o encarava sem nenhuma pontinha de piedade.

– É isso que você quer? – perguntou ele, com a voz trêmula. – Quer que eu vá embora?

Lawrence olhou para seu velho amigo e disse:

– Sim. É isso o que eu quero. É isso o que você merece.

Grey cobriu os olhos com uma das mãos. Por um bom tempo, parecia que ninguém na sala estava respirando; o silêncio e a imobilidade eram totais. Então Grey abaixou a mão e olhou ao redor, para os homens e mulheres reunidos ali.

– Tudo bem – disse ele. – Eu vou embora.

Seguiram-se gritos de protesto, mas ele ergueu a mão e os silenciou.

– Decepcionei a todos vocês – prosseguiu ele. – Pior do que isso, deixei que acreditassem que eu fosse uma pessoa melhor do que realmente sou. Vou embora, e não voltarei até ter encontrado uma maneira de expiar meu pecados.

Ele abriu um sorriso, o largo e genuíno sorriso de um homem que vinha mantendo um segredo por um bom tempo e estava aliviado além da conta por finalmente tê-lo revelado.

– Se me derem licença – disse ele –, tenho algumas coisas a dizer aos nossos visitantes. Vou me despedir de todos vocês antes de partir.

Lenta e relutantemente, os vampiros do Valhalla começaram a deixar o escritório. Lawrence foi o último a sair, lançando um último olhar a Grey enquanto fechava a porta. A expressão em seu rosto era de profunda decepção.

Grey ficou vendo-os ir embora, depois voltou sua atenção para a equipe da Blacklight: estavam todos parados em silêncio na frente dele. Larissa o olhava com um ódio declarado, um olhar que Jamie, por lealdade, replicava. Frankenstein e Morris tinham expressões vazias, o olhar fixo em Grey com ar de que não entendiam muito bem o que havia acabado de se desenrolar na frente deles.

– Antes da Revolução Russa de 1917 – disse Grey –, homens que eram condenados por traição ao czar recebiam a opção de escolherem entre a morte e o exílio. A maioria escolhia a morte. Parecia justo que eu deixasse que meus amigos tomassem a decisão por mim.

Ele deu a volta na escrivaninha e desabou na cadeira.

– Entendo por que *você* veio – disse ele, olhando para Larissa. – Mas e quanto a vocês, tinham algo que queriam me perguntar? Lawrence achou que vocês queriam uma informação.

Jamie deu um passo à frente.

– Sim, tem uma coisa que queremos lhe perguntar – disse o garoto. – Estamos procurando por Alexandru Rusmanov. Nos disseram que você poderia saber onde ele está.

Grey olhou para Jamie e então caiu na gargalhada.

– Meu caro garoto – disse ele, em um tom gentil –, você deu uma olhada ao seu redor enquanto subia até aqui? Vivemos onde vivemos por um motivo: porque fica a centenas de quilômetros do vampiro mais próximo. Não temos desejo algum de nos associarmos com nenhum deles, muito menos alguém tão violento e imprevisível quanto Alexandru. Receio que vocês tenham recebido uma informação errada.

Jamie olhou para Larissa, que se recusou a retribuir o olhar.

– Devo confessar que achei que vocês estivessem aqui por causa do Drácula – disse Grey.

Frankenstein encolheu-se.

– Por que iríamos querer saber sobre um vampiro que morreu há quatrocentos anos? – perguntou ele.

Grey o olhou com uma expressão de surpresa.

– Porque você sabe, tão bem quanto eu, que Drácula não foi destruído – disse ele. – Sua garganta foi cortada, seu coração, perfurado, e seu sangue se esvaiu, mas os restos do corpo dele poderiam ser facilmente revividos. Achei que você fosse querer saber como destruí-lo permanentemente.

Jamie sentia a cabeça girar, cheia de perguntas. Felizmente, Morris fez as duas mais importantes primeiro:

– Por que precisaríamos saber disso? E por que acharíamos que você teria a resposta?

– Até mesmo aqui em cima ouvimos rumores – disse Grey. – Dos vampiros que voltam do mundo lá fora, dos lobos que passam por aqui em seus caminhos rumo ao norte. Até a Blacklight deve estar ciente de que Valeri passou o último século tentando reviver seu mestre; segundo meu entendimento, ele está perto de conseguir realizar tal objetivo.

Jamie sentiu o medo lhe atravessar o corpo, e olhou para Frankenstein.

– Isso não pode ser verdade – disse ele. – Pode? Eles não podem trazer Drácula de volta... me diga que não.

O monstro olhou para Jamie.

– Em teoria é possível – disse ele, devagar. – Com os restos mortais dele, e sangue suficiente, pode ser feito. Mas não precisa se preocupar, os restos mortais dele estão perdidos para sempre. Pelo menos três expedições no século passado escavaram cada centímetro da montanha onde ficava o castelo do Drácula e não encontraram nada. Ele se foi.

– Se você diz... – falou Grey, olhando para Jamie.

Ele não está mentindo. Nenhum dos dois está mentindo. Mas um deles está errado. Ah, meu Deus, espero que não seja Frankenstein. Que seja Grey.

– Nesse caso – prosseguiu Grey –, o que sei é inútil para vocês. Se têm *certeza* de que não há possibilidade de ele voltar.

– Pare de enrolar – rosnou Frankenstein. – Se vai nos dizer o que sabe, então diga logo. Se não, vamos nos despedir. Cabe a você decidir. Mas não estou com disposição para joguinhos.

Grey assentiu.

– É justo – disse ele, em um tom casual. – Vou contar a vocês. Em 1971, passei um tempo em Nova York por motivos pessoais. No decorrer de diversos meses, comecei uma amizade com Valentin Rusmanov, o mais novo dos três irmãos. Frequentávamos os mesmos clubes no Lower East Side, e eu ia a algumas das festas que ele dava. Ele era um anfitrião de generosidade notória; vampiros dos quatro cantos da costa leste iam a sua casa no Central Park West, para tomar anfetamina ou cheirar cocaína, e beber do suprimento aparentemente infinito de adolescentes fugitivos que Valentin conseguia arrumar.

Os olhos de Grey ficaram vidrados com as lembranças, e Jamie sentiu seu corpo estremecer de repulsa.

– Houve uma festa específica, não me lembro para celebrar qual ocasião, que se tornou lendária. Ao despontar da aurora, o interior da casa de Valentin parecia um abatedouro. Devia haver uns duzentos vampiros lá, e só Deus sabe quantos meninos e meninas que nunca viram a luz do sol novamente. Valentin e eu acabamos indo parar no telhado, vendo a luz avançar sorrateiramente pelo Central Park, esperando até o último segundo possível para entrarmos e descansarmos. Enquanto esperávamos, ele me contou sobre sua família.

O velho vampiro olhou ao redor e sorriu, quase timidamente.

– Devo confessar que eu ficava um pouco fascinado por ele. Sua beleza era singular, e ele fora transformado pelo próprio Drácula. Nos círculos em que eu andava, ele e os irmãos eram como deuses. E eles sabiam disso. Então, quando ele começou a me contar que Valeri não passava de um soldado leal que não sabia pensar por si próprio, que Alexandru não passava de um psicopata imortal, mas que era também a única criatura de que ele próprio já tivera medo, senti que havia recebido a chave para o círculo fechado deles. Então perguntei-lhe sobre Drácula, e ele me disse que as histórias não lhe faziam justiça, que era um homem mais grandioso do que a história registrava, e um monstro mais terrível do que qualquer lenda havia algum dia retratado. Então ele me disse que esperava que Drácula nunca retornasse, porque gostava do mundo tal como era e não tinha desejo algum de ver Drácula trazendo-o abaixo.

Todos ali no escritório estavam parados, atentos a cada palavra de Grey.

– Lembrei-o de que a ideia corrente era de que Drácula estava morto, e ele riu. Disse que havia apenas uma maneira de matar Drácula, e que não era cortando-lhe a garganta com a faca de um vaqueiro americano. Quase não me atrevi a perguntar, mas sabia que essa oportunidade nunca se apresentaria a mim novamente, então engoli em seco, com dificuldade, e perguntei-lhe como se poderia matar o primeiro vampiro que já existiu. Ele nem mesmo demonstrou medo; contou-me que apenas a primeira vítima de Drácula poderia destruí-lo. Então eu ri, e disse que então ele estava bem seguro, já que Valeri nunca se permitiria ser usado contra seu mestre. Valentin ficou imóvel e olhou para mim de um jeito que me levou a pensar que eu tinha abusado da minha sorte. Lembro-me de ter pensado bem claramente que ele iria me matar. Não creio que ele desejasse fazer isso, mas achei que ele não tivesse alternativa. No entanto, ele riu, e disse que Valeri não era tão importante quanto achava que era. Quando perguntei o que ele queria dizer, ele balançou a cabeça e se recusou a prosseguir. Então o sol começou a avançar sobre o telhado do prédio e entramos. Eu não o vejo desde então, embora seja levado a crer que pouco mudou no mundo de Valentin.

– O que ele quis dizer com isso de que Valeri não é tão importante quanto pensa? – perguntou Jamie. – O que ele quis dizer com isso?

Grey olhou para o menino.

– Não posso fingir saber ao certo – respondeu ele. – Fui levado a acreditar que a história aceita, a de que Valeri foi o primeiro ser humano transformado em vampiro por Drácula, não passa disso: uma história. Creio que foi isso que Valentin quis dizer.

– Se Valeri não foi a primeira vítima de Drácula, então quem foi? – quis saber Morris.

– Não sei – respondeu Grey. – Penso naquela noite de tempos em tempos, mas nunca fui muito além disso. Ocupei-me com o Valhalla, e o mundo externo tornou-se cada vez menos interessante para mim.

– A não ser quando se tratava de beber o sangue de adolescentes – disse Larissa com agressividade.

– É verdade – disse Grey, e teve a decência de parecer envergonhado.

– Bem, isso é fascinante – disse Frankenstein, cheio de sarcasmo na voz. – Mas não passa de uma meia-solução para um problema que não vai surgir. Então me perdoe se não vejo motivo para perdermos mais tempo aqui.

– Por que você está procurando Alexandru? – perguntou Grey a Jamie, ignorando o monstro. – A maioria dos homens faria qualquer coisa que pudesse para evitá-lo.

– Ele está com a minha mãe.

Por um bom tempo ninguém disse nada, e então Grey se pronunciou novamente:

– Gostaria de poder ajudá-lo – disse ele, olhando diretamente para Jamie. – Eu o faria, se pudesse; quer vocês acreditem ou não. Mas também não vou tentar dissuadir vocês. No entanto, vou fazer algo que deveria ter feito faz tempo, algo que acredito que vá ajudar vocês no fim das contas, não importa o que sua amiga possa pensar. Vou encontrar a pessoa à qual creio que Valentin estava se referindo, a primeira vítima, e trazê-lo até vocês. Considerem isso uma punição pelos meus crimes passados.

– Obrigado – disse Jamie.

– Vamos – disse Frankenstein abruptamente. – Não há nada de útil para nós aqui.

Frankenstein dirigiu-se à porta do escritório, Morris atrás dele. Jamie agarrou Larissa pelo ombro; a garota estava encarando Grey e não parecia disposta a sair dali.

– Vamos – disse ele, baixinho. – Vamos embora.

Ela resistiu por um segundo, mas então os músculos em seus braços relaxaram e ela permitiu que Jamie a conduzisse em direção à porta. Eles estavam prestes a sair quando Grey a chamou, e ela se virou.

– Sinto muito pelo que fiz com você – disse ele, baixinho. – Sei que isso não significa nada para você, mas é a verdade.

– Você tem razão – respondeu Larissa. – Não significa nada para mim.

32

DE QUE LADO VOCÊ ESTÁ?

Larissa abriu a boca para dizer alguma coisa, mas não teve a oportunidade de fazê-lo. Jamie puxou a estaca de metal do cinto, agarrou-a pelo pescoço e jogou-a com tudo para trás contra a lateral preta de metal do helicóptero. Ela bateu a cabeça e por um momento ficou zonza. Involuntariamente, seus olhos tornaram-se vermelhos, e um rosnado baixo saiu de sua garganta.

— Leve-nos até o último lugar em que você esteve com Alexandru — disse Jamie. Sua voz estava quase irreconhecível de tão cheia de fúria. — Você conseguiu o que queria, então nos leve até lá. Agora mesmo.

Larissa ficou impressionada. Fúria irradiava dos poros de Jamie, erguendo-se dele como uma nuvem negra, mas seu rosto estava tranquilo e a mão que segurava a estaca, firme. Ela sabia que poderia matá-lo sem pestanejar se tivesse que fazer isso, mas, por uma fração de segundo, quando ele a pegou pelo pescoço, ela teve medo. Larissa não sentia medo fazia um bom tempo, e isso era revigorante.

Ele está exausto, mas ainda assim determinado. Ainda cheio de coragem.

— Abaixe essa estaca — disse ela. — Você não vai me machucar.

Ele pressionou a ponta de metal contra a pele clara do pescoço dela.

— Não quero machucar você — disse ele. — Mas isso não quer dizer que eu não vá fazê-lo.

Os olhares dos dois se encontraram, em um momento que pareceu durar para sempre; os dele azul-claros, da cor do gelo, e os dela, de um vermelho flamejante, como fogo.

Ele está prestes a entrar em colapso, ela pensou. *Pode muito bem tentar isso.*

– Ok – disse ela. – Vou levar vocês até lá.

O silêncio reinava no helicóptero enquanto eles voavam para sudeste, em direção à localização que Larissa informara ao piloto. Dirigiam-se a uma fazenda em Lincolnshire, um lugar remoto no interior da Ânglia Oriental. Lá, prometera Larissa, ficava a casa em que ela, Alexandru e o restante de seus asseclas haviam passado os dias anteriores ao ataque a Jamie e a sua mãe. Os olhos de Frankenstein mal desgrudaram da vampira durante o voo de uma hora. Ele tinha o olhar fixo nela, deixando claro seu ódio e desconfiança. Jamie tinha os olhos fixos no chão e a vergonha enchia-lhe a mente.

Achei que houvesse algo entre nós. Acreditei nela. Como sou idiota.

Dar-se conta do motivo pelo qual Larissa os havia levado para o norte, somado à onda de adrenalina que o fizera pressionar a estaca contra o pescoço dela, tudo isso o havia exaurido. Jamie sentia-se cansado e inútil. Esfregou os olhos com as palmas das mãos e viu que Thomas Morris o observava.

– Que foi? – perguntou Jamie, irritado. – Que foi, Tom?

Morris não desviou o olhar, ao contrário do que Jamie esperava que ele fizesse. Em vez disso, ficou olhando para ele por um bom tempo, depois balançou a cabeça, grunhiu algo inaudível e desviou o olhar.

Tom me disse que essa era uma má ideia. Até ele conseguia ver que Larissa estava jogando comigo.

– Cala a boca – sussurrou Jamie, e Larissa virou-se para olhar para ele.

Ela inclinou a cabeça para o lado, mas ele desviou o olhar; não conseguia suportar olhar para ela, estava lutando para tolerar estar em qualquer lugar perto dela. Ela tocou no braço dele, e quando ele fitou seu belo pálido rosto, Larissa lhe sorriu, e sua expressão era de reconciliação. Porém, ele não retribuiu; só ficou olhando para aqueles olhos grandes, esperando que ela baixasse o olhar. Depois de alguns segundos, foi o que acabou fazendo, e ele voltou a fitar o chão do helicóptero.

– Noventa segundos – disse o piloto, sua voz falhando no intercomunicador.

Frankenstein pegou o capacete acima de seu assento e o pôs no colo. Sacou as armas do cinto e checou-as bem rápido, antes de colocá-las de volta em seus respectivos ganchos e coldres. Morris fez o mesmo, removendo os pentes de sua MP5, verificando-os e colocando-os de volta, com um clique, no devido lugar.

– Você não vai precisar disso – falou Larissa. – Não vai ter ninguém lá.

– Você pode se surpreender com o que eu vou dizer – retorquiu Frankenstein. – Não acredito em uma única palavra que sai da sua boca.

Ela riu.

– Você acha que me importo se você acredita ou não em mim?

– Não – foi a resposta de Frankenstein. – Tenho certeza de que não se importa. No entanto, também tenho certeza de que você se importa com o que *ele* pensa. – E fez um gesto na direção de Jamie, que ergueu o olhar para ele. – Estou enganado?

Larissa desviou o olhar.

– Foi o que pensei – concluiu o monstro, enquanto o helicóptero aterrissava.

Os quatro passageiros desceram de um pulo em um curral escuro. À frente deles erguia-se um grande galpão de metal, e tratores e outros maquinários de fazenda agigantavam-se na escuridão. Havia também um armazém redondo para grãos à esquerda deles, imerso em silêncio. À direita ficava a casa da fazenda, uma edificação de pedra clara que ocupava uma área atrás de um gramado bem-cuidado e de dois longos leitos de flores. Não havia qualquer luz acesa na casa, nem fumaça saindo pela chaminé.

Morris apertou um botão na parte de trás do helicóptero e uma imensa porta baixou-se até o chão, com um sibilar ensurdecedor. Ele adentrou a passagem até sumir de vista. Frankenstein, Jamie e Larissa ficaram esperando no pátio, até que ouviram um motor ganhar vida, e um veículo utilitário negro veio descendo em marcha a ré em direção à pista de pouso.

– O que está acontecendo? – quis saber Larissa.

– O helicóptero precisa voltar para o Looping – explicou Frankenstein. – Supostamente o veículo está sendo usado para um voo de treinamento. Não podemos ficar com ele por muito tempo sem que alguém faça perguntas. Vamos voltar dirigindo.

Morris parou o carro e saiu dele. Frankenstein conduziu-os em frente, seu T-Bone apontado adiante. Ele tentou a maçaneta da porta, que girou em sua mão, e abriu a porta com facilidade; entrou e acendeu a luz, usando o interruptor na parede ao lado da porta. A lâmpada ganhou vida, banhando com sua cálida luz amarela uma cozinha humilde e rústica. Ele manteve a porta aberta, mas Jamie parou por um instante.

– Me dê o detonador, Tom – disse ele.

Morris lançou-lhe um olhar questionador, mas obedeceu. Jamie pegou o cilindro e pousou o polegar perto do botão.

– Tudo bem – disse ele, e entrou na casa, ignorando o olhar de Larissa ao passar por ela.

O restante da equipe entrou em silêncio, e Morris fechou a porta depois que todos haviam passado.

– Onde está a família? – perguntou Frankenstein.

Larissa ficou encarando-o.

– Onde você acha que eles estão? – perguntou ela. – Foram embora.

– Sua maldita – murmurou o monstro. – Você e o resto da sua espécie, todos malditos.

Jamie cruzou a cozinha, deu a volta por uma velha mesa de jantar de madeira e os fez avançar.

A casa estava vazia, como Larissa havia jurado que estaria.

Eles ficaram parados, em silêncio, na cozinha. Jamie tinha a cabeça baixa, sua mente exibindo terríveis imagens de sua mãe, uma após a outra. Morris encarava a porta, nervoso, e o desejo de sair daquele lugar e voltar ao Looping estava estampado na testa dele. Larissa observava Jamie com uma expressão de vergonha no rosto, e Frankenstein encarava a garota vampira com tamanha atenção que não parecia nem piscar.

– Tudo em relação a você é mentira, não é? – disse ele por fim, em voz baixa.

Larissa ficou encarando-o de volta e abriu um sorriso torto.

– Você não sabe de nada em relação a mim – retrucou ela. – Nada.

Frankenstein nem pestanejou e continuou fitando-a.

– Acho que sei sim – disse ele. – Sei muito sobre você. Quer ouvir o que eu acho?

– Realmente não estou nem aí – disse ela, irritada. – Se tem algo a dizer, ande logo.

Frankenstein assentiu.

– Acho que você nunca matou coisa alguma na sua vida. Você é uma garotinha assustada, e Alexandru só não a matou porque você é bonita. Acho que você ficava aterrorizada com ele, e devia passar cada segundo de cada dia procurando uma forma de escapar. Mas tinha muito medo para tentar. Acertei?

Larissa desviou o olhar, e o monstro prosseguiu:

– Acho que você mentiu em relação aos homens e mulheres que matou até Alexandru acreditar em você, e é bem provável que até você mesma tenha começado a acreditar um pouquinho nisso. Acho que você sobreviveu com os restos das matanças dos outros, e com sangue de animais, quando conseguia encontrar. Creio que você tenha mentido e mentido e mentido tanto que fez com que Alexandru acreditasse que você era quase tão má quanto ele, embora, se alguém perguntasse ao restante dos asseclas dele, creio que nenhum deles se lembraria de algum dia ter visto você tirar uma única vida. E deve ter sido por esse motivo que ele confiou em você para matar Jamie.

A voz do monstro estava se elevando agora, e a fúria era intensa em sua voz.

– Não creio que você tenha poupado o Jamie; você não conseguiria matá-lo quando chegasse a hora. Não conseguiria mesmo. E, embora eu esteja aliviado por sua fraqueza, foram suas mentiras, suas vanglórias e seu egoísmo criminoso que nos fizeram perder um tempo que não podíamos perder e que poderíamos ter usado para procurar Marie Carpenter. E se for tarde demais para ajudá-la por culpa de uma vampira patética como você, que seria melhor ter sido deixada para morrer no jardim em que Alexandru a jogou, então que Deus me ajude, porque vou fazer você pagar por isso pelo resto dos seus dias!

Frankenstein estava tremendo visivelmente. Seus grandes ombros se sacudiam de raiva.

– Olhe para mim – rugiu ele, e Larissa, cuja cabeça estava virada em direção à parede, reagiu a isso com um sobressalto. – Se não consegue olhar para mim, ao menos olhe para ele! Faça-lhe essa cortesia, depois de ter nos feito perder nosso tempo e ter deixado a mãe dele nas mãos de um vampiro insano! Olhe para ele!

Larissa curvou os ombros, depois se virou lentamente para encará-los. Jamie sentiu-se ofegar quando viu o rosto dela.

A vampira estava chorando.

Lágrimas rolavam pelas faces pálidas dela, deixando em seu rosto linhas estreitas que reluziam sob a luz elétrica acima da mesa. Sua expressão era de absoluto sofrimento, e ela olhava para Jamie, seu rosto um retrato da dor.

– Na noite em que sua mãe foi capturada... Depois que você me deixou no parque... – disse ela, sua voz mal audível – eu saí correndo. Consegui correr alguns quilômetros antes que Anderson conseguisse me pegar e me levasse de volta até Alexandru. – Ela cuspiu ao falar o nome do vampiro, e seu rosto por um momento ficou contorcido de repulsa. – Alexandru me ergueu bem alto no ar, sorrindo e me dizendo que ia me ensinar uma lição, conversando comigo como se estivesse tudo normal. Então ele me bateu até eu ficar inconsciente e me jogou do céu.

Ela olhou para Frankenstein, e o ódio deixou-lhe o rosto contorcido.

– Você está certo – prosseguiu ela. – Nunca matei ninguém, nunca até o incidente com o soldado e o menino no jardim, e eu não tinha a intenção de machucar os dois. Eu estava sentindo tanta dor que não conseguia nem...

Larissa desviou o olhar, recompôs-se, depois olhou diretamente para Jamie.

– Sinto muito – sussurrou ela. – Sinto muito mesmo. Achei que você fosse me matar se pensasse que não sei de nada, e eu não quero morrer. Não tive uma chance de viver, ainda não. Não quero morrer.

– Por que nos levar até o Valhalla? – perguntou Jamie, em um tom baixo de voz. – Por que nos levar em uma busca que não daria em nada?

– Não consegui pensar em mais nada. Sei que você acha que eu levei vocês até lá só para acertar as contas com o Grey, mas não foi isso. Eu só sabia que não podia mais enrolar vocês e não conseguia pensar em nenhum outro lugar, e achei que, se seria a última vez que eu veria o mundo aqui fora, então pelo menos eu poderia encontrar a pessoa que fez isso comigo, e...

Ela parou de falar, mais lágrimas rolando por seu rosto. Jamie ficou vendo-a chorar, e lutou contra o impulso de confortá-la, de ir até o outro lado da cozinha e pôr a mão em seu ombro.

– Você sabe de alguma coisa que possa nos ajudar, afinal? – perguntou Jamie. Frankenstein começou a grunhir, mas Jamie ergueu a mão, fazendo-o se calar. – Não tem problema se você não souber de nada – prosseguiu ele. – Mas precisamos saber. Qualquer coisa que Alexandru tenha feito ou dito antes de nos atacar, qualquer coisa diferente do normal. Qualquer coisa que seja.

– Nada – disse Larissa. – Estava sendo apenas Alexandru, o mesmo monstro que ele sempre foi. No dia anterior ao ataque, ouvi quando ele pediu mais Bênção ao telefone, mas isso não era fora do comum. Ele usava toneladas dessa coisa.

O sangue de Jamie congelou em suas veias, e ele olhou para Frankenstein, que havia ficado imóvel como uma estátua.

– No dia anterior? – o menino conseguiu perguntar. – No dia anterior àquele em que a minha mãe foi capturada?

Larissa assentiu, com um olhar confuso no rosto.

– O que foi? – quis saber Morris, quebrando o silêncio. – O que há de errado?

Frankenstein girou a cabeça de leve na direção de Jamie, e sua expressão era de completo choque.

– O químico – disse ele lentamente. – Ele mentiu para nós.

Eu falei para você que ele sabia mais do que estava dizendo! Falei isso assim que saímos da casa dele! Por que você não me ouviu?

– Vamos – disse Jamie, indo com pressa em direção à porta, o detonador pendendo meio solto de sua mão.

– Vamos aonde? – perguntou Morris, também saindo da casa.

– A Dartmoor – respondeu Frankenstein. – E vê se anda logo.

* * *

Os três homens da Blacklight estavam na entrada do brejo, verificando seus equipamentos. A uns 90 metros mais à frente na estrada ficava a bem-cuidada casa de pedra clara do químico. A fumaça saía preguiçosamente da chaminé vermelha.

– Faremos isso do meu jeito – disse Frankenstein, prendendo um par de granadas UV em seu cinto. – Sem discussão. Vocês já tiveram sua chance. Fui claro?

Jamie ergueu o olhar para o monstro, mas não disse nada. Morris assentiu e Larissa desviou o olhar, seus olhos ainda inchados de tanto chorar.

– Ótimo – disse o monstro. – Sigam-me.

O gigantesco homem conduziu-os ao longo da estrada, os saltos das botas dos quatro batendo ruidosamente no chão, em um ritmo constante. Ele empurrou o portão, percorreu com rapidez o caminho que levava até a casa e bateu com força na porta da frente, que se abriu de imediato.

– Não há necessidade de bater – disse o químico, sorrindo para eles. – Ouvi vocês chegando lá de...

Ele não terminou a frase. Frankenstein sacou a arma laser do cinto, e sua mão era um borrão cinza-esverdeado no ar noturno. Ele ergueu a arma e puxou o gatilho. O químico foi atingido pelo quadrado concentrado de luz UV no rosto. Sua pele explodiu em chamas, e ele recuou cambaleando e gritando de dor. Frankenstein girou a mão que empunhava a arma laser em direção à entrada e deu uma coronhada no maxilar do químico com a arma. Alguma coisa foi esmagada e o vampiro caiu de joelhos, ainda gritando, ainda batendo com as mãos no rosto, tentando apagar as chamas púrpura. Frankenstein chutou-o e entrou na casa. Os outros ficaram com o olhar fixo neles, sem entender o que estava acontecendo; o ataque não havia durado mais do que três segundos, e a repentina violência os havia deixado paralisados onde estavam.

O monstro abaixou-se, agarrou o químico pelos cabelos e arrastou-o ao longo do corredor que ficava além da entrada da casa.

– Fechem a porta! – berrou ele. – Entrem e fechem a porta!

Jamie sentiu o medo percorrer suas veias quando olhou para o rosto de Frankenstein. Suas feições estavam contorcidas em uma careta de prazer brutal e selvagem. Seus olhos estavam brilhantes e vívidos, e sua boca, curvada nos cantos em um terrível sorriso. Ele queria correr, ir para longe daquele rosto, afastar-se do intenso cheiro de carne queimada que emanava do químico.

Mas sabia que não podia fazer isso.

Então, agarrou Larissa pelo braço com a mão livre, mantendo o detonador fora do alcance dela, e empurrou-a para dentro. Ela avançou sem protestar, com os olhos fixos na figura que soltava fumaça no chão. Morris entrou sozinho, devagar, encarando Frankenstein, e, quando ambos estavam no corredor, Jamie esticou a mão para trás e fechou com força a porta da frente.

O monstro arrastou o químico pelo primeira porta à direita e foi para dentro de uma grande e confortável sala de estar. Ajoelhou-se em cima do peito do vampiro, puxou uma das granadas UV do cinto e deu uma girada rápida nela. A luz vermelha, que significava que a granada estava ativa, acendeu-se no tomo da pequena esfera, e então Frankenstein inclinou-se para baixo, abriu a boca do químico e enfiou a granada dentro da boca dele.

– O que você está...? – gritou Jamie, horrorizado.

– Cale a boca! – rugiu Frankenstein. – Pegue uma daquelas cadeiras e coloque-a ao meu lado! Agora!

Jamie olhou a seu redor na sala, viu uma mesa de jantar cercada por seis cadeiras de madeira escura em um canto e correu até lá. Arrastou uma das cadeiras até onde o monstro estava ajoelhado sobre o vampiro indefeso e olhou de relance para o rosto do químico.

Quisera ele não ter feito isso. A pele do vampiro estava toda queimada, deixando seu crânio completamente à mostra; faixas brancas de ossos estavam expostas em meio ao vermelho intenso e ao preto chamuscado. Ele engoliu em seco e desviou o olhar.

Frankenstein levantou o vampiro com facilidade e colocou-o na cadeira. Então recuou um passo, ergueu o detonador da granada que tinha na mão e se pôs ao lado de Jamie. Morris e Larissa ficaram atrás deles, quietos e aterrorizados.

Um som terrível saiu da boca do químico; uma série rítmica de sons ofegantes que soavam como a morte o chacoalharam. Então o vampiro levantou a cabeça, fitou com os olhos queimados as quatro figuras à sua frente e abriu um largo e selvagem sorriso que envolveu a granada que tinha na boca.

Essa criatura está rindo. Meu Deus, ele está rindo.

– Cerquem-no – ordenou Frankenstein.

Morris tateou em seu cinto em busca do T-Bone e mirou no químico; Jamie fez o mesmo logo em seguida.

– Você não vai se mexer nem dizer nada – falou o monstro, olhando friamente para o rosto arruinado do químico. – Você vai responder às minhas perguntas fazendo que sim ou que não com a cabeça. Caso se recuse a responder ou caso eu ache que você está mentindo, vou apertar esse botão e sua cabeça vai explodir de dentro para fora. E depois eu vou enfiar a estaca no que sobrar de você. Fui claro?

O químico fez uma careta, mas concordou com a cabeça.

– Ótimo. Você mentiu para nós quando disse que não sabia nada sobre Alexandru. Certo?

Ele fez que sim novamente.

– Ele fez um pedido de Bênção um dia antes de virmos aqui. Certo?

Os olhos vermelhos do vampiro arderam de ódio em seu rosto tostado, mas ele assentiu mais uma vez.

– Ele pediu que a entrega fosse feita em algum endereço?

O químico balançou a cabeça em negativa, fazendo com que gotas de sangue voassem sob a luz quente da sala de estar.

– Ele mandou alguém vir buscar a droga?

A resposta foi negativa.

– Ele mesmo veio buscar?

Uma longa pausa, depois um meneio positivo com a cabeça, quase imperceptível.

Jamie arfou.

– Ele esteve aqui? – perguntou o garoto, com a voz trêmula. – Minha mãe estava com ele?

O químico o encarou, depois assentiu com vigor. Jamie sentiu que ia vomitar; seu estômago se revirou e sua boca encheu-se de saliva.

– Ela estava bem? – perguntou ele. – Estava ferida? Ele a machucou?

O vampiro olhou para Frankenstein, que pareceu considerar uma possibilidade por um instante e então deu um passo à frente e agachou-se ao lado do químico, tomando cuidado para não ficar entre o vampiro e as armas de Jamie e Morris.

– Você vai cuspir essa granada na minha mão – disse o monstro. – Vou colocá-la dentro da sua camisa e vamos continuar esta conversa. Se você se mover um milímetro que seja, meus colegas vão destruir você. Fui claro?

Com um meneio frenético da cabeça, o químico respondeu que sim, e o monstro esticou a mão na frente do rosto do vampiro, a palma virada para cima. O químico abriu a boca detonada e empurrou a granada para fora com uma língua preta de tão queimada. A granada caiu com um baque oco na mão de Frankenstein, que a colocou na camisa branca do químico e recuou um passo.

– Você vai morrer por ter feito isso – cuspiu o químico, tão logo o imenso homem estava longe dele. – Todos vocês vão morrer pelo que fizeram comigo hoje.

– Se você não ficar quieto, haverá uma morte aqui mesmo, nesta sala – respondeu Frankenstein. – Mas vai ser a sua morte, e somente a sua. Alexandru lhe fez um pedido de droga faz cinco dias, na véspera do ataque a Jamie e à mãe dele. Quando ele chegou para buscá-la?

– Há três dias – disse o químico, fazendo uma careta, os olhos pregados no monstro. – Mas o pedido era gigantesco, mais do que eu tinha em estoque. Tive que adquirir mais material, e fazer tudo do zero. Ele ficou muito... com muita raiva.

– Então não estava pronto quando ele chegou?

– Você é burro?

– Ele foi embora e voltou depois para buscar?

– Não teria sido muito hospitaleiro da minha parte, não acha? Ainda mais em se tratando de um dos meus melhores e maiores clientes.

Jamie deu-se conta do que aquilo significava como se tivesse sido atingido por uma tormenta.

– Ele *ficou* aqui, não foi? – perguntou, num sussurro que era um fio de voz. – Ele ficou aqui nesta casa enquanto você terminava o pedido, não foi?

O químico cuspiu uma bola de sangue no chão da sala e olhou com ódio para Jamie.

– Isso mesmo, seu fedelho. Alexandru, Anderson e o prêmio dele.

O prêmio dele?

– Minha mãe. Ele manteve minha mãe junto dele enquanto esperava aqui até que você fizesse toda a Bênção. E você deixou? Como pôde?

– Alexandru pode fazer o que quiser, a hora que quiser – foi a resposta do químico. – Não vou me opor a ele por uma humana qualquer.

Uma rajada de fúria assolou Jamie, que se jogou sobre o químico. Larissa virou um borrão à frente dele, abraçou-o e puxou-o para trás, enquanto Jamie socava e chutava o ar.

– Uma humana qualquer? – rugiu o garoto. – Essa humana é a minha mãe, sua criatura repulsiva! Minha mãe, que nunca fez mal a ninguém na vida, que nada tem a ver com isso, e você permitiu que ele a mantivesse aqui na sua casa? Vou matar você!

Frankenstein olhou com compaixão para Jamie, depois se voltou novamente para o químico.

– Quando você terminou seu trabalho? Quando eles foram embora?

O vampiro o olhou com um ar de satisfação selvagem.

– Ontem. Umas duas horas antes de vocês chegarem.

Essas palavras esmagaram a força de vontade de Jamie, que caiu nos braços de Larissa.

Tão perto. Estávamos tão perto. Nós a perdemos por uma questão de minutos. Isso é demais. É demais para mim.

Ele ouviu quando Frankenstein perguntou ao químico aonde eles estavam indo, mas a voz do monstro soava como se estivesse vindo de sob a água: estava distante e abafada. Ele sentiu quando Larissa encostou a face na dele, abraçando-o, notou a calidez do corpo dela cercando-o, mas não sentiu nada. Ele cairia no chão se ela o soltasse, ele sabia disso; ela era a única coisa que o mantinha de pé.

– Eles foram para o norte – foi a resposta do químico. – Alexandru mandou que o restante de seus asseclas fossem na frente, para prepararem algum tipo de festa. Isso é tudo que eu sei.

Jamie sentiu a tensão tomar conta dos músculos de Larissa por um momento, e então ela falou:

– Eu sei do que ele está falando – disse ela, baixinho. – Já estive lá. Sei exatamente a que lugar ele se refere.

– Você esteve lá? – perguntou Jamie. – De que lugar ele está falando?

– Vou mostrar a você onde é quando voltarmos à base.

– Por que simplesmente não me diz onde é?

– Para seu monstrinho de estimação fazer picadinho de mim depois que eu contar? Melhor não.

Frankenstein revirou os olhos e se afastou do químico, que olhava para as pessoas que tinham invadido sua casa com um olhar de ódio e malevolência.

– Eu deveria pressionar esse botão – disse ele, fazendo um meneio com a cabeça em direção ao detonador que tinha na mão. – Deus sabe que o mundo não sentiria sua falta. Mas suspeito que você consideraria isso um ato de bondade, e não é isso que você merece.

Ele olhou ao redor, para o restante da equipe da Blacklight, e então fez um movimento indicando a porta.

– Consegue ficar de pé? – Larissa sussurrou a Jamie; ele assentiu.

Ela o soltou. Jamie ficou cambaleando por um instante, depois foi em direção à porta, seguido de Larissa e Morris. Frankenstein foi andando de costas na direção deles, sem despregar os olhos do químico, que o fitava com um olhar extremamente homicida.

– Não se mexa até termos ido embora – avisou ele.

Então Frankenstein abriu a porta da sala de estar à sua frente e juntou-se aos outros três, que o esperavam no caminho do jardim. Eles cruzaram o portão com pressa e seguiram ao longo da estrada em direção ao veículo.

– O que tudo isso...? – começou Morris, mas Frankenstein o cortou:

– Agora não, Tom. Vamos conversar no carro, ok?

Jamie continuou caminhando ao longo da estrada, sua mente cheia de infortúnio e desesperança, seus pés feitos de chumbo. Ele olhou para Larissa quando se aproximaram do carro e levou um susto.

Os olhos dela tinham um tom de vermelho escuro e líquido.

Então ela avançou.

Agarrou-lhe o pulso com tamanha rapidez que ele nem se deu conta e tirou os dedos dele do detonador; então pegou o objeto e desapareceu no céu da noite.

33
A CAMINHO DA FORCA

Dentro do utilitário pairava o silêncio.

Thomas Morris estava ao volante, guiando o carro a caminho da base da Blacklight – e a caminho de uma série de perguntas às quais ninguém estava ansioso por responder. Frankenstein estava no banco do passageiro, olhando pela janela para a área rural que passava lá fora; a paisagem plana ficava para trás com muita rapidez, à medida que o potente motor devorava a distância. Jamie estava no banco de trás, o rosto nas mãos.

Por fim, Morris falou:

– Será que vai ser muito ruim?

Frankenstein riu, um ronco grave desprovido de humor.

– O que você acha? Tiramos uma vampira da base sem autorização, desobedecendo ordens específicas do diretor, e deixamos que ela escapasse. Requisitamos, por meio de fraude, um helicóptero e um piloto, e perdemos a única pista que nos levaria à mãe de Jamie. Acho que pode ser bem ruim. Você não acha?

Morris assentiu sombriamente, de olho na estrada escura.

– Já era, não? – perguntou Jamie, a voz quase sumindo. – Nunca vamos encontrá-la.

Frankenstein ajeitou-se no apoio para cabeça de seu assento e olhou para o garoto.

– Prometi a você que o ajudaria a encontrá-la – disse ele. – E vou continuar ajudando. Mas você tem que se preparar para o fato de que, depois de hoje, é bem provável que tenhamos que fazer isso sozinhos, sem qualquer recurso. E isso presumindo que o almirante Seward não nos prenda. O que é bem capaz que ele faça.

Jamie fez que sim. Ele não esperava que lhe dissessem nada diferente daquilo. Ele se enganara, enganara-se terrivelmente, e agora Larissa se fora e ele havia colocado em perigo as carreiras de dois homens que haviam acreditado nele, dois homens que o haviam ajudado.

– Vou dizer a Seward que a ideia foi minha – falou Jamie. – Vou assumir a culpa por tudo.

– Aprecio seu gesto – respondeu Frankenstein. – Mas isso não vai fazer a mínima diferença. Nunca deveríamos ter permitido que você a tirasse daquela cela. Você não poderia ter feito isso sem o código que Tom lhe deu, e Seward sabe disso. Estamos nessa juntos.

Morris soltou um grunhido e desviou o carro da estrada a toda velocidade, passando pela estação militar RAF Mildenhall à esquerda deles e aproximando-se da virada final que os levaria a entrar no bosque e então no Looping. Um C-130 Hercules passava sobre a estrada emitindo um leve ruído, algumas luzes revelando a enorme barriga do avião enquanto ele seguia em direção à comprida pista de pouso da Mildenhall. O utilitário tremeu e trepidou ruidosamente quando a aeronave imensa passou trovejante acima deles, e então se ouviu um baque surdo no capô do carro. Morris girou o volante para manter o carro na pista. Pisou fundo nos freios e conseguiu fazer com que o carro parasse na margem da estrada.

– O que foi isso? – quis saber Frankenstein.

Então a porta no lado do carro oposto ao de Jamie foi aberta e Larissa acomodou-se tranquilamente ao lado dele.

– Sentiu minha falta? – perguntou ela, em um tom meigo.

Frankenstein puxou o T-Bone do cinto e encostou-o no pescoço da vampira, que o tirou com facilidade da mão do monstro e jogou-o pela porta aberta. Frankenstein ficou tateando em busca de sua estaca, mas Jamie gritou com ele, mandando que parasse com aquilo, e começou a questionar Larissa:

– Onde você esteve? – gritou ele, o rosto vermelho e reluzindo de raiva. – Mas que droga você achou que estava fazendo?

– Estou feliz em vê-lo também – disse ela, e entregou-lhe o detonador cilíndrico. Ele ficou olhando para o objeto com cara de bobo. – Fui me certificar de que o químico estava falando a verdade. Algo me dizia que você não estaria disposto a acreditar na minha palavra.

Frankenstein riu.

– Isso é completamen...

– Não estou falando com você – interrompeu-o Larissa. – Estou falando com Jamie.

Jamie olhou para o rosto verde-acinzentado que se agigantava na frente deles do banco da frente e depois voltou o olhar para a expressão calma de Larissa.

– E...? – perguntou ele. – Ele estava dizendo a verdade?

Larissa assentiu.

– Estava sim. Sei exatamente onde eles estão.

Morris ergueu a cabeça, virando-se no assento do motorista para olhar para trás.

– Como você pode esperar que acreditemos em você? – perguntou ele.

– Não espero nada – foi a resposta dela. – Leve-nos de volta à base e posicionem um satélite sobre Northumberland. Posso mostrar a vocês, para que vejam com seus próprios olhos.

Eles não levaram mais que noventa segundos para cruzar a distância do túnel onde recebiam autorização para entrar na base até o amplo semicírculo da pista que havia em frente ao hangar, porém, nesse meio-tempo, um comitê de boas-vindas havia se reunido para recebê-los.

Morris parou o utilitário e os quatro passageiros desceram. O almirante Seward foi o primeiro a chegar até eles, com o rosto tão vermelho que parecia prestes a explodir.

– Nem sei por onde começar – disse o almirante, sua voz tensa de tão furiosa. – Em meus vinte anos neste Departamento eu nunca vi tamanha insubordinação, tão grande e escandalosa imprudência, ou tamanha, absoluta e desafortunada estupidez!

– Senhor... – começou Morris, mas Seward se pôs a gritar, abafando o que ele tentava dizer:

– Não diga nada! Nenhuma maldita palavra! Está me ouvindo? Nenhum de vocês!

Ele fez um meneio com a mão e dois operadores apareceram ao lado dele.

– Levem-na de volta para a cela. Imediatamente! Se ela sequer piscar sem permissão, destruam-na!

Um dos operadores sacou seu T-Bone e apontou-o para o peito de Larissa. O segundo tirou, com rispidez, o detonador da mão de Jamie e colocou a outra mão na parte inferior das costas da vampira, empurrando-a em direção ao hangar.

Jamie lançou um olhar desesperado para Frankenstein, que arregalou os olhos em um claro aviso para que ele não falasse nem fizesse nada. Então ele próprio falou com o diretor:

– Almirante, ela afirma ter a localização de Alexandru Rusmanov. Deixe que ela nos mostre antes de retornar à cela.

– Está me dizendo o que devo fazer, coronel? – perguntou Seward, com um tom frio de voz.

– Não, senhor – respondeu Frankenstein. – Só estou dizendo que o senhor não deveria deixar que nossas ações permitam escapar um alvo de Prioridade A1. Senhor.

Seward deu um passo à frente e ficou encarando o monstro, o rosto erguido.

– Você faz alguma ideia da seriedade disso? – perguntou ele. – Posso levar vocês à corte marcial pelo que fizeram hoje. Posso garantir que passem o resto de suas vidas atrás das grades.

– Acredite, senhor – respondeu o monstro –, estou bem ciente das consequências prováveis de nossos atos.

Eles ficaram encarando um ao outro, e então Seward gritou com os operadores que estavam segurando Larissa, ordenando-lhes que parassem.

– Cinco minutos – disse o diretor. – E ela volta para a cela. Quer nos mostre alguma coisa ou não.

O almirante Seward estava de pé no meio da sala de operações do Departamento 19, o olhar erguido para a imensa tela que cobria uma das paredes da sala. Frankenstein, Jamie e Morris estavam sentados em silêncio, esperando. Larissa encostara-se na parede mais afastada deles, dois operadores apontando suas armas para ela. A jovem vampira havia descrito a localização a um jovem oficial de comunicações que agora digitava em um teclado. Seward estava de pé, em silêncio, com os olhos cravados em seu relógio de pulso. Depois de alguns segundos, ele baixou o olhar para Frankenstein, abriu um sorriso e ergueu quatro dedos no ar.

– Senhor, temos um satélite na órbita geossíncrona sobre Faslane – disse o oficial de comunicações. – Tenho permissão de movê-lo?

– Permissão concedida, tenente – respondeu Seward. – Prossiga.

– Noventa segundos até o alvo, senhor.

– Muito bem.

A tela ganhou vida, mostrando HMNB Clyde com estonteantes detalhes em alta definição. A base naval, lar dos submarinos nucleares Tridente do Reino Unido, abraçava a costa leste do Gare Loch, uns 40 quilômetros a oeste de Glasgow, no vale do Clyde. Jamie ficou maravilhado com os detalhes das imagens ao vivo, sendo enviadas de um satélite altamente confidencial, 600 quilômetros acima da superfície da Terra.

A imagem começou a se mexer, a princípio devagar, depois a uma velocidade que aumentava rapidamente, conforme os motores do satélite ganhavam força, posicionando-o sobre o leste-sul-leste, sobre o sul da Escócia e adentrando o norte da Inglaterra. Sobrevoou Cheviot Hills e foi diminuindo a velocidade quando se aproximou de Alnwick, sobre uma grande propriedade interiorana nos arredores da cidade-mercado. A resolução intensificou-se quando as câmeras potentes do satélite deram zoom no conjunto de edificações que enchiam a tela.

Uma grande casa, construída na forma de um imenso H maiúsculo, estava cercada por diversas outras construções anexas: estábulos, abrigos, garagens, todos unidos por trilhas de cascalho, que serpenteavam em meio a um denso emaranhado de árvores e gramados imaculados e bem-cuidados. Havia um balanço claramente visível nos fundos da casa, ao lado de uma caixa de areia, além de duas balizas de futebol.

Nada se mexia. A imagem estava tão imóvel quanto uma fotografia.

Seward consultou novamente seu relógio de pulso.

– Um minuto – disse ele.

Jamie olhou de relance para Frankenstein, ansioso, depois para Larissa, e ficou surpreso ao ver que ela não estava prestando atenção alguma na tela. Estava olhando diretamente para ele, e quando seus olhos se encontraram, ela nem esboçou tentativa alguma de desviar o olhar nem de fingir que estava olhando para algum outro lugar. Simplesmente sustentou o olhar dele, os olhos calmos, o rosto pálido e a pele perfeita.

Eu poderia ficar olhando para ela para sempre.

– Temos contato – gritou o oficial de comunicações, e o encanto foi quebrado.

Todos os olhos na sala de operações voltaram-se para a tela. Caminhando devagar entre a casa principal e um dos anexos estava uma grande silhueta corcunda.

– Esse é Anderson – sussurrou Frankenstein.

– Confirmar identidade – disse Seward.

O tenente segurou o pequeno joystick que surgiu do meio de seu console e guiou, com ele, a câmera do satélite para o norte, na direção aonde a silhueta se dirigia, e colocou-a no zoom máximo. O homem (era um homem, sua cabeça levemente careca agora claramente visível) caminhava com rapidez, a cabeça para a frente, os ombros caídos para trás, calmo como se estivesse fazendo um passeio noturno ao longo de uma das mais extensas praias que ficavam a menos de 8 quilômetros ao leste. Ele chegou ao anexo, olhou por um breve momento para a esquerda e a direita, e então olhou de relance para cima, abriu a porta e sumiu de vista.

– Congele essa imagem! – gritou Frankenstein.

O oficial de comunicações voltou as imagens providas pelo satélite e fez uma pausa no milésimo de segundo em que o homem inclinou a cabeça para trás, como se estivesse olhando diretamente para eles. A imagem ganhou foco, e um rosto redondo e infantil, com feições suaves, surgiu na tela com a clareza de um cristal.

– Lá estão eles – disse Larissa. – Aonde Alexandru vai, Anderson vai também.

– Faça a busca – disse Seward.

Frankenstein soltou um gemido.

– Senhor, está óbvio...

– Eu mandei fazer a busca – interrompeu o diretor. – Já tive gente demais brincando de dar palpites hoje.

O tenente apertou alguns botões, abriu uma janela e entrou no mainframe do Departamento 19. Ele arrastou a imagem congelada do rosto do homem para dentro de uma caixa e apertou o botão BUSCAR. Em menos de dez segundos o computador apresentou os resultados.

Nome do indivíduo: ANDERSON, (DESCONHECIDO)
Espécie: VAMPIRO
Nível de prioridade: A2

Parceiros conhecidos: RUSMANOV, ALEXANDRU
RUSMANOV, VALERI
RUSMANOV, ILYANA
Avistado mais
recentemente em: 24/03/2007
Paradeiro: DESCONHECIDO

Jamie deixou escapar um suspiro de alívio e olhou para Larissa, a gratidão estampada em seu rosto cansado. Larissa sorriu para ele e mexeu os lábios, falando sem som: Eu disse.

– Diminua o zoom e mude para o infravermelho – ordenou Seward.

A imagem mudou do rosto congelado de Anderson para um close-up do anexo em que ele acabara de entrar, e então a câmera foi afastando e ajustando a imagem até que a tela voltou a mostrar toda a propriedade. Quando o infravermelho entrou em ação, a imagem mudou e passou a apresentar uma série de espirais coloridas; ondas de azul-escuro e preto onde ficavam os frios bosques e gramados, e o H da casa principal formando um arco-íris de amarelo e laranja, cravejado com bolhas que se moviam, de um vermelho quente, escuro, intenso.

– Deve haver uns trinta deles aí dentro – disse o tenente.

Frankenstein virou a cadeira e olhou para o diretor. Seward tinha o olhar fixo na tela, o maxilar firme, avaliando o que via à sua frente. Depois de uma longa pausa, ele pronunciou-se, e o monstro fechou os olhos, aliviado:

– Reúnam uma equipe de ataque – disse Seward. – Quatro esquadrões. Toda a equipe tática, armas e munições disponíveis. Quero que decolem dentro de trinta minutos.

Ele olhou para baixo, para os homens sentados, como se de súbito se lembrasse de que eles estavam lá.

– Frankenstein, Morris, vocês vão liderar os esquadrões 2 e 4. Carpenter, você ficará limitado ao transporte. Eu preferiria deixá-lo, mas, devido aos eventos de hoje, creio que é melhor tê-lo onde eu possa ficar de olho em você.

Jamie abriu a boca para protestar, mas Seward o cortou:

– Não teste a minha paciência ainda mais, meu jovem. Estou lhe dando um presente ao permitir que você vá conosco. Não me faça retirar a oferta.

Jamie fechou a boca.

– Seguranças – prosseguiu o diretor. – Levem-na de volta para a cela e depois se reportem ao hangar para briefing.

De repente todo mundo na sala estava se mexendo. Seward desceu da plataforma de comando e seguiu em direção à porta, caminhando a passos largos. Os dois operadores que estavam guardando Larissa pegaram-na pelos ombros e conduziram-na na mesma direção, até o elevador que a levaria de volta à unidade de celas, nas entranhas mais profundas da base. Jamie levantou-se de um salto, chamando seu nome. Ela olhou para trás, por um breve instante, e depois se virou de volta, permitindo-se ser conduzida para fora da sala.

– Não é justo – gritou ele para Frankenstein e Morris, que haviam se levantado de suas cadeiras e olhavam para ele. – Ela cumpriu o que prometeu.

– Ela não pode ir – disse Frankenstein. – Você sabe que não.

Jamie olhou para Morris, que apenas fitou o chão desconfortavelmente.

– Ótimo – disse ele, com rispidez. – Vamos lá resgatar a minha mãe. Podemos ver o que fazemos com a Larissa na volta.

34

A EQUIPE DE CAÇA

A mobilização da equipe de ataque do Departamento 19 foi algo diferente de qualquer coisa que Jamie já havia visto na vida.

O hangar no Nível 0 era como uma colmeia em atividade: operadores em uniformes negros e com visores púrpura enchiam o amplo local, reunidos em círculos fechados, enquanto oficiais, dentre eles Frankenstein e Morris, informavam-nos sobre a missão que tinham à frente. O zumbido de vozes e o clique das armas sendo verificadas era ensurdecedor no ar silencioso da noite, mas Jamie mal ouvia esses ruídos: sua atenção estava voltada para as grandes estruturas que se agigantavam na escuridão do outro lado da pista de decolagem.

As portas corrediças de duas das edificações foram abertas, rolando devagar, deixando escapar luzes brancas que iluminavam o chão, banhando com luz as marcações brancas que levavam à pista de pouso. Lentamente, duas imensas formas escuras foram sendo reveladas, e Jamie as observava, fascinado.

Dentro dos hangares havia dois helicópteros pretos, suas fuselagens inchadas sob as hélices. Eram ambos tão altos e largos que Jamie não conseguia acreditar que fossem capazes de voar; as cabines pareciam minúsculas em comparação com suas extensas barrigas, que eram do tamanho de uma casa de pequeno porte. Ele podia ouvir as vozes de Frankenstein e de Morris atrás de si, dando ordens a seus homens, mas Jamie não prestava atenção. Estava claro para ele que não lhe permitiriam se envolver na missão, que seu papel seria puramente o de um observador, portanto ele não via motivos para se preocupar com os briefings nem com as listas de verificação das prioridades da missão. Em vez disso, ele ficou parado, sozinho, no grande arco da porta aberta do hangar principal, observando.

Com duas explosões sonoras de fazer trepidar a terra, os motores dos helicópteros rosnaram ao ganharem vida. Jamie sentiu as vibrações fazendo seu corpo estremecer, mesmo estando à distância de um campo de futebol dos gigantescos veículos. Luzes piscavam nas cabines e Jamie conseguia ver os pilotos, tremendamente pequenos, fazendo suas verificações antes de voar. Então se seguiram dois chiados opressores de borracha raspando, e os helicópteros começaram a se mover na direção dele, rolando lentamente sobre a pista, com a potência de seus motores a diesel, em direção à equipe de ataque, que logo assumiria suas posições dentro dos veículos.

Ao cruzarem a pista de decolagem e surgirem sob a forte luz do hangar principal, Jamie impressionou-se. A escala dos veículos era enorme; eles agigantavam-se à sua frente, tinham pelo menos a altura de dois andares de um prédio e eram tão largos quanto um 747. Parecia que alguém tinha pego as cabines de comando, as asas, os trens de pouso e os conjuntos de hélices de helicópteros de tamanho normal e colado tudo isso em uma imensa caixa de aço.

Eles não podem voar. Não mesmo. São grandes demais.

Então ele pensou algo novo.

Que diabos vai ser colocado lá dentro? Sessenta homens não vão encher nem metade de um deles.

Atrás do menino, no hangar principal, os oficiais da Blacklight gritavam com seus homens para que entrassem em formação. Jamie virou-se e viu os esquadrões alinharem-se em quatro fileiras certinhas, com espaçamento regular entre um homem e outro, de frente para os helicópteros que esperavam por eles. Das barrigas dos veículos, luzes foram acionadas, e a sombra de Jamie foi projetada na frente dele, chegando até os pés dos soldados imóveis.

– Jamie! – gritou Frankenstein. – Saia do caminho! Venha para o meu lado!

Jamie protegeu os olhos com o antebraço e ergueu o rosto para os imensos transportes, apertando os olhos. As laterais voltadas para eles, de ambos os veículos, haviam sido rebaixadas, encostando na pista como largas rampas. Dentro dos helicópteros, além das luzes brancas e ofuscantes, ele podia ver formas volumosas no topo de cada rampa, e então foi pego pelo braço e puxado para o lado quando os operadores da Blacklight começaram a marchar para a frente e para cima, desaparecendo dentro dos interiores cavernosos dos helicópteros.

A figura de Frankenstein agigantou-se à frente dele.

– Você vai dificultar as coisas – começou ele, inclinando-se para baixo até seus olhos ficarem na altura dos de Jamie – ou vai ficar fora do caminho e nos deixar fazer nosso trabalho? Diga logo, para que eu possa saber.

Jamie ergueu o olhar. Frankenstein olhava para ele sem compaixão nem piedade; só queria fazer seu trabalho.

Ok. Faça as coisas do seu jeito. Se isso trouxer minha mãe de volta, faça como quiser.

– Você não precisa se preocupar comigo – respondeu ele. – Não vou atrapalhar.

Frankenstein sorriu para ele.

– Obrigado.

Eles correram até o helicóptero mais próximo, agachando-se sob as hélices que gritavam. Subiram a rampa e dirigiram-se para a direita, onde dois dos esquadrões da Blacklight estavam sentados, em oito fileiras de resistentes assentos de voo. Frankenstein e Jamie instalaram-se ao lado deles e colocaram os cintos. Jamie observou ao redor do enorme interior do helicóptero, arregalando os olhos.

Na frente dele estavam dois veículos blindados, negros como azeviche; imensos, pareciam bem pesados, com duas rodas enormes em cada lado, do tipo que dava a impressão de pertencer a um caminhão-monstro. Havia armas na torre acima de cada veículo, e também um refletor violeta posicionado em um braço oscilante na parte da frente. Atrás dos dois veículos havia mais quatro luzes, três vezes o tamanho daquelas dispostas nos carros blindados, presas com segurança ao chão e às paredes, do lado das prateleiras de armas laser e granadas UV.

O som das hélices elevou-se até se tornar um grito lamurioso, e o assento debaixo de Jamie trepidava ruidosamente enquanto o imenso helicóptero rangia ao erguer-se no ar. A exaustão contra a qual ele lutara o dia todo retornou trazendo consigo uma sede de vingança, e ele fechou os olhos quando a equipe de ataque começou a se dirigir para o norte.

Foi acordado pelo som da voz de Frankenstein ordenando aos operadores que executassem as verificações finais. Os homens, que, para o semiadormecido Jamie, pareciam fileiras de robôs negros em seus uniformes idênticos e capacetes anônimos, sacaram suas armas dos cintos, descarregaram-nas e carregaram-nas e as recolocaram nos ganchos dos cintos e nos coldres.

– Silêncio absoluto até chegarmos ao ponto – disse Frankenstein, olhando ao redor para os homens que estavam ali. – Ninguém se mexe até que os canhões ultravioleta sejam postos em seus lugares e todos os quatro esquadrões estejam em suas posições. Fui claro?

– Sim, senhor – disseram os soldados em coro.

– Quero que as coisas corram tranquilamente e de forma simples – prosseguiu Frankenstein. – Nada de atos heroicos. Nós entramos, eliminamos os alvos, trazemos o pacote para fora. Entendido?

O pacote? Ele está se referindo à minha mãe?

– Sim, senhor.

* * *

Os helicópteros aterrissaram a quase 2 quilômetros do alvo, fazendo a grama recém-aparada girar pelo ar e deixando alarmado um rebanho de vacas que pastava. As rampas foram baixadas e a equipe da Blacklight foi distribuída, os quatro carros blindados rolando em silêncio para o campo, suas rodas propelidas por motores cercados por placas de cerâmica amortecedoras de som. Os refletores de luz ultravioleta vieram em seguida, presos aos encaixes localizados nas partes traseiras dos veículos, ali acoplados especificamente para esse fim. Os esquadrões de operadores iam atrás, com os visores púrpura erguidos e os T-Bones, pendurados, atravessados em seus peitos. Os homens subiram nos veículos e Frankenstein pediu que avisassem, pelo sistema de rádio de circuito fechado que os conectava, quando estivessem prontos.

Os quatro esquadrões deram ok em resposta, e Frankenstein ordenou ao motorista do veículo em que estava que prosseguisse. O carro blindado moveu-se suavemente pelo campo e entrou em uma estreita estrada rural. Jamie estava sentado ao lado de Frankenstein, com o visor erguido, suas armas verificadas várias vezes, sua perna balançando nervosamente para cima e para baixo à medida que se aproximavam de seu destino.

As luzes da casa principal da propriedade foram acesas, iluminando as janelas, e os sons de música e de vozes invadiram o ar da noite.

Os motoristas pararam os veículos perto das árvores no início da entrada para carros, onde ficariam invisíveis tanto da estrada quanto da casa, e os operadores desceram. Frankenstein e Morris guiaram-nos para suas posições, dando ordens por meio de uma série de complexos sinais com as mãos que Jamie achou totalmente indecifráveis. O primeiro esquadrão, o de Morris, pegou um dos refletores de luz ultravioleta, flanqueou a casa e assumiu uma posição na parte de trás, cobrindo a porta dos fundos e os anexos, dispostos vagamente em um semicírculo em volta. O segundo e o terceiro esquadrão pegaram um refletor cada um e posicionaram-se nas laterais da edificação. Frankenstein esperou até receber uma confirmação silenciosa de que as equipes estavam em posição, para então conduzir a sua própria. Ele virou-se para Jamie quando seus homens começaram a avançar em meio às árvores.

– Fique aqui – sussurrou ele.

E sorriu.

Jamie ficou encarando Frankenstein, sem saber como responder, e depois o monstro se foi, apenas mais uma sombra se movendo em meio à coluna escura de árvores. Jamie o observou por alguns segundos, depois voltou a subir no carro blindado.

De repente a propriedade ficou cheia de uma luz roxa: os refletores tinham sido acionados, cobrindo as portas e janelas. Jamie ouviu, a quase 100 metros de distância, o som da pancada quando um dos operadores chutou a porta da frente da casa e entrou; um milésimo de segundo depois, viu a mesma cena em um dos monitores do console de controle do veículo. Após um instante, ele ouviu os primeiros gritos enquanto via os esquadrões da Blacklight entrarem aos montes na casa.

Quero ver isso com meus próprios olhos.

Jamie desceu do veículo com um pulo e começou a seguir rápido por entre as árvores, na direção da casa. O ruído elevou-se enquanto ele corria pelo amplo gramado que antecedia a edificação, e então ele passou pela porta da frente, desobedecendo diretamente a única ordem que lhe havia sido dada por Frankenstein. O ruído vinha de trás de uma imensa porta de madeira entalhada, nos fundos do saguão; ao abri-la, seu coração martelava em seu peito, e sua cabeça estava a mil, pensando no que ele diria a sua mãe quando se reencontrasse com ela.

Era uma grande sala de jantar, preparada para uma refeição que nunca seria servida. Um imenso fogo rugia em uma lareira no final do cômodo, a luz laranja sendo refletida em um candelabro ornamentado que pendia acima da comprida mesa. Parados em frente à lareira estavam cerca de vinte homens e mulheres trajando smokings e vestidos de gala. A equipe de ataque da Blacklight cercou-os, com seus T-Bones preparados nos ombros, apontados para toda aquela gente, que protestava.

Jamie sentiu um peso no coração.

Sua mãe não estava ali.

Nem Alexandru.

Enquanto ele observava o que acontecia ali na sala, Frankenstein puxou a arma laser do cinto e sondou o grupo com a luz ultravioleta. Várias das mulheres que estavam ali soltaram gritos estridentes, e a maioria dos homens reclamou, mas não houve qualquer berro de dor e não saía fumaça de suas peles expostas. Frankenstein desviou o olhar, seu rosto sombrio como um trovão, e Jamie viu quando ele falou ao rádio:

– Exijo saber o significado desse ultraje! – gritou um dos homens perto da lareira, um sujeito grande e corpulento, trajando um smoking com as costuras gastas quase se desfazendo. Seu rosto redondo estava vermelho de indignação, e seu bigode preto reluzente tremia sobre o lábio superior. – Esta é uma propriedade particular! Exijo uma explicação, agora!

Um operador da Blacklight deu um passo à frente e golpeou o peito do homem com a ponta de seu T-Bone, com força. Várias mulheres gritaram; os homens recuaram apressadamente quando ele fez isso, até que uma das mulheres, trajando um vestido preto justíssimo, colocou a mão no ombro do homem e ele ficou quieto.

Frankenstein foi até eles a passos largos, por entre os operadores, e abordou o grupo:

– Onde está Alexandru Rusmanov?

– Nunca ouvi falar desse nome – respondeu, irritada, uma mulher que estava na frente.

Frankenstein foi até uma mesa próxima a uma das longas paredes do saguão. Sobre ela havia copos, pratos e uma bandeja de prata com frascos de vidro contendo um pó vermelho-escuro. Ele pegou um desses frascos e ergueu-o, mostrando-o à mulher.

– Suponho que também não saibam o que é isso, hã? – disse ele, rangendo os dentes. – Ou vocês sempre mantêm uma provisão de Bênção por perto para quando forem dar uma festa?

– Nunca vi isso antes na minha vida – respondeu a mulher, com um sorriso enlouquecedor no rosto. – Não sei o que é isso, nem por que está aqui, e o desafio a provar o contrário. Agora, por que vocês não saem logo da minha casa?

Frankenstein jogou o frasco no chão, que se quebrou, libertando a Bênção no ar em uma pequena nuvem vermelha. Ele viu vários dos convidados olharem para o pó espalhado com um desejo nu e cru, e percebeu quando ele mesmo se sentiu oscilar, à beira de perder o controle. Deu meio passo em direção à mulher, mas ela não recuou nem um centímetro. Ergueu o olhar e ficou encarando o monstro, apertando os olhos com uma expressão calma. Estava de pé, sem oscilar nem cambalear, com as mãos nos quadris estreitos, e trajava um vestido de festa vermelho com um xale branco envolvendo seus ombros.

– Diga-me onde está Alexandru e iremos embora – respondeu Frankenstein, sua voz baixa e ameaçadora.

Todos se entreolharam por um longo instante, até que uma voz lá no fundo disse algo:

– Você nunca vai encontrá-lo, seu monstro nojento!

A multidão se dividiu, revelando a mulher que havia falado. Ela era incrivelmente bela, tinha braços e pernas longos e esguios, um rosto estreito enquadrado por cabelos negros como azeviche que caíam-lhe sobre os ombros. A mulher sorriu para Frankenstein quando ele avançou, devagar, até ela.

Ele curvou-se até seu rosto enorme ficar a apenas alguns milímetros do dela.

– O que você disse? – perguntou ele, sua voz soando como placas tectônicas se deslocando.

– Disse que vocês nunca vão encontrá-lo, seu monstro nojento – respondeu ela, com calma. – Ele flutua acima da terra como um deus, enquanto vocês rastejam como besouros. Vocês nunca poderão esperar entendê-lo, nem encontrá-lo ou detê-lo.

Um sorriso abriu-se lentamente no rosto de Frankenstein, fazendo o dela vacilar.

– Quando eu perfurar o coração de Alexandru, e o sangue quente dele esguichar no meu rosto – disse ele em um tom suave –, vou me lembrar de você.

Ele levantou-se abruptamente e a mulher se encolheu, como se esperasse um golpe. Em vez disso, porém, o monstro virou as costas para ela e cruzou a passos largos a sala de jantar, em direção à porta onde estava Jamie.

– Mexam-se! – berrou ele. – Vamos dar o fora daqui!

– Quem são eles? – perguntou Jamie, em um sussurro, quando o monstro passou por ele.

– Adoradores de vampiros – respondeu Frankenstein, com uma expressão de nojo. – Acólitos. Seguem os vampiros aonde eles vão como crianças tolas, dão dinheiro a eles, oferecem lugar para ficarem, na esperança de serem transformados. São o pior tipo de escória que existe.

A equipe da Blacklight voltou aos helicópteros tão silenciosamente quanto haviam avançado. O almirante Seward havia chamado os quatro oficiais para dentro de seu veículo, e sua voz soava tensa e penosa, como se ele estivesse com tanta raiva que lhe fosse difícil falar. Jamie seguia no terceiro dos quatro carros blindados, sentado entre dois operadores que ele não conhecia. Enquanto o carro rastejava ao longo da estrada do interior em direção ao ponto de descida, começou o inquérito:

– Apenas malditos fãs de vampiros. Alguém nos delatou – disse o operador à direita de Jamie.

– Você acha? – perguntou outro. – O que o faz pensar isso? Só porque ele não estava lá?

– Vai pro inferno! – retrucou o primeiro.

Eles dirigiram em silêncio durante vários minutos, até que o mesmo homem falou novamente:

– O diretor não parecia nada feliz.

– Esse – opinou o homem à frente de Jamie – é o maior eufemismo do ano.

Eles chegaram de volta ao Looping à meia-noite. Os homens, exaustos, foram dispensados e saíram correndo em direção aos elevadores. Jamie, Frankenstein e Morris esperaram na sala de operações enquanto o almirante Seward terminava sua ligação para o Chefe do Estado-Maior.

Quando o diretor apareceu, dez minutos depois, estava branco de raiva, as veias saltadas no pescoço e nos dorsos de suas mãos como cordas. Ele foi lentamente até a frente da sala e inspirou fundo, como se quisesse acalmar-se.

– Tenho certeza de que não preciso lhes dizer – começou ele, e sua voz era a de um homem tentando ao máximo se controlar – que esta noite não foi menos que uma vergonha catastrófica para este Departamento. Preciso lhes dizer isso?

– Não, senhor – responderam eles.

– Ótimo. Muito bem. Nosso único consolo é que aqueles homens e mulheres que apreendemos evidentemente já tinham conhecimento de nossa existência, então os estragos em termos de relações públicas foi mínimo. Já os estragos às suas carreiras, e à minha, é bem provável que sejam significativamente mais severos.

Ele cerrou e descerrou os punhos várias vezes.

– Vou deixar a cargo de vocês a tarefa de verificar exatamente como esse desastre foi perpetrado, embora eu tenha certeza de que todos nós sabemos a resposta. Quero um relatório completo de como isso aconteceu amanhã de manhã na minha mesa, ou vou exigir a renúncia de todos vocês. Fui claro?

Todos responderam que sim, então ele assentiu, com o corpo rígido.

– Sugiro que vocês comecem suas investigações na unidade de detenção. Afora isso, não tenho nada a dizer a nenhum de vocês. Boa noite, cavalheiros.

Seward cruzou a sala devagar, abriu a porta e saiu sem olhar para trás. Jamie, Frankenstein e Morris esperaram até terem certeza de que ele se fora e então começaram a falar.

– Como isso aconteceu? – perguntou Morris.

Frankenstein deu uma bufada.

– Como se não soubéssemos – disse ele, os olhos fixos em Jamie.

– O que você quer dizer com isso? – exigiu saber o menino.

– Quero dizer que a sua namorada nos entregou a Alexandru – retorquiu Frankenstein, com a voz enlouquecedora de tão calma. – Quero dizer que ela foi até lá quando escapou e disse a ele que esperasse duas horas depois que ela fosse embora, para que ela pudesse voltar aqui e salvar o dia. Quero dizer com isso que ela enganou você de novo.

– Você está enganado – retorquiu Jamie, e a ira em sua voz chocou até a si próprio.

– Faz sentido, Jamie – disse Morris. – Quem mais poderia ter sido?

– Não sei – respondeu Jamie, esforçando-se muito para manter o controle. – Mas não foi ela. Disso eu sei.

Frankenstein começou a dizer algo, mas então o rádio que estava no cinto de Jamie emitiu ruídos, um zunido intenso que fez os três se sobressaltarem. Ele puxou o aparelho do cinto, apertou com o polegar o botão para receber o sinal e levou o rádio ao ouvido. Quando escutou a voz do outro lado, quase o deixou cair na mesa à sua frente.

– Boa noite, Jamie – disse Alexandru Rusmanov, numa voz escorregadia como óleo de rícino. – Como vai você?

A cor sumiu do rosto do menino, e tanto Frankenstein quanto Morris se inclinaram na direção dele, a preocupação estampada em seus rostos.

– Quem é? – perguntou Morris.

Jamie se recompôs.

Pense na sua mãe. Pense na sua mãe. Pense na sua mãe.

– Estou bem, Alexandru – respondeu ele devagar. Morris ficou ofegante e Frankenstein arregalou os olhos. – Como vai você?

– Estou um pouco chateado, para falar a verdade – respondeu o vampiro, com seu tom amigável e animado. – Eu estava no meio de uma festa, a mim oferecida por alguns de meus súditos mais leais, quando de repente fui informado de que deveria ir embora. E tudo porque uma criança que já deveria estar morta decidiu ir à minha caça. Pode imaginar a situação?

– Acho que eu...

– Não, você não pode! – rugiu Alexandru. Seu tom agradável se fora, substituído pela voz aguda de um homem insano. – Você nem tem ideia do que fez esta noite! Seu minúsculo cérebro humano é incapaz até mesmo de tentar imaginar as repercussões dos seus atos!

Jamie fechou os olhos. Ele nunca sentira tanto medo assim na vida.

– Mas você vai entender – continuou Alexandru, novamente amigável, sua voz cálida e encantadora. – Você vai entender. Vou fazer com que entenda, começando agora. Acabei de matar um monte de gente, e todos devem agradecer a você por ter morrido.

Seguiu-se um clique, e a linha ficou muda.

Jamie estava prestes a contar aos outros o que Alexandru dissera, estava a ponto de articular palavras para tentar explicar como a loucura na voz do vampiro o fizera se sentir, como aquilo tudo era injusto, exprimir o terrível e indizível horror que ouvira, quando o som de um alarme explodiu na base e a parede gigantesca acendeu, exibindo:

STATUS DO ALERTA 1
AJUDA IMEDIATA NECESSÁRIA
TODOS OS DEPARTAMENTOS DEVEM RESPONDER

Morris correu até um console no meio da sala. Leu o que estava na tela, depois ergueu os olhos para Jamie e Frankenstein.

– Está vindo da Rússia – disse ele.

35

VOCÊ COLHE O QUE PLANTA

CÁRPATOS, TRANSILVÂNIA
17 DE JUNHO DE 1902

A fina camada de terra e pedras cedia sob os pés de Abraham Van Helsing, e o centro de equilíbrio do velho foi deslocado para trás. Ele girou os braços, e sua bengala com ponta de prata caiu ruidosamente no chão; ele cambaleou para a frente, quase desabando no chão duro. Então surgiu a mão de alguém, aparentemente do nada, agarrando-o pelo braço e ajudando-o a equilibrar-se. O professor, ficando totalmente vermelho de vergonha, girou para ver a identidade de quem o salvara e deparou-se com a fisionomia calma e estável de Henry Carpenter, seu criado.

– Obrigado, rapaz – grunhiu o velho. – Porém, era desnecessário, eu não estava em perigo.

– É claro que não, senhor – respondeu o criado, e soltou a braço de seu mestre.

Seu velho idiota, disse Van Helsing a si mesmo. *Você não passa de um peso morto. Deveria ter confiado isso a Henry, Deus sabe que ele provou ser mais do que capaz. Seu velho tolo e orgulhoso.*

– Está tudo bem? – perguntou uma voz que vinha do fim da trilha, e tanto mestre quanto criado viraram-se para ver qual era a fonte de pergunta.

O homem que havia falado estava parado ao lado da baixa carroça de madeira, olhando para cima com preocupação estampada no rosto. Ele era pequeno e incrivelmente magro, e suas proporções ficavam ainda mais cômicas por causa da enorme *ushanka* que lhe cobria a cabeça. Seu rosto era magro e pontudo, seus olhos, escuros, e os pelos de seu bigode e de sua barba triangular, pretos como azeviche.

– Sim, Bukharov – disse, irritado, Van Helsing. – Está tudo bem. Traga seus homens até mim. Devemos conseguir ver o castelo assim que virarmos essa curva.

Ivan Bukharov assentiu e lançou a corda-guia para os três russos que estavam montados em cavalos velhos, parados na frente da carroça. Eles enfiaram os calcanhares nos flancos de suas montarias, e as rodas do veículo ganharam vida, rangendo. Bukharov deu o comando para seu cavalo com um movimento ágil das pernas e seguiu ruidosamente ao longo do caminho traiçoeiro até onde Van Helsing e seu criado o esperavam. Os dois ingleses montaram seus próprios animais, um com mais dificuldade que o outro, e os três foram trotando devagar, dando a volta em um afloramento enorme de pedras que fazia o caminho virar bruscamente para a direita. Deram a volta nas rochas com grande cuidado e depois pararam, atônitos com a vista diante deles.

A Passagem de Borgo se alargava e descia mais à frente, depois fazia uma subida íngreme e sumia de vista. Acima deles, a mais de 300 metros da base do vale, empoleirado bem na beirada da montanha, como uma imensa ave de rapina, ficava o Castelo Drácula.

As pequenas torres e os baluartes da antiga edificação eram negros sob a luz serena da manhã, cheios de pontas afiadas, contorcidos e assustadores. O pináculo central da residência do primeiro e mais terrível vampiro do mundo erguia-se audacioso em direção aos céus, um desafio blasfemo à autoridade de Deus, uma lâmina profana cortando o pálido céu azul.

Atrás deles começou uma agitação: movimentos e palavras murmuradas em russo. O criado de Van Helsing se virou e viu os homens de Bukharov fazendo o sinal da cruz desesperadamente, os olhos no chão, evitando até mesmo olhar diretamente para o castelo que se agigantava à frente deles.

– Então ser real – disse Bukharov, dando um suspiro. – Eu pensar ser apenas lenda. Mas ser real!

O inglês híbrido do homem, mesclado com palavras em russo, era uma fonte de irritação constante para Van Helsing, mas ele agora mal notava isso, tão perdido que estava nas recordações da última vez que estivera naquele terrível lugar.

Eu estava do outro lado desta planície, com Mina Harker atrás de mim, presa em uma fenda da rocha. Desenhei um círculo em torno dela e fiquei à espera. Seguiram-se gritos, o retumbar de cascos e sangue, e um amigo meu foi perdido.

– É real – disse ele, recompondo-se. – Mas não passa de uma edificação, feita de pedra e cimento. Não pode nos fazer mal algum; qualquer malevolência que tenha possuído, já se foi faz tempo. Agora venham: nosso destino fica a menos de cinco minutos de cavalgada daqui.

O velho chutou seu cavalo e seguiu bem devagar pelo declive superficial da passagem, em direção à clareira onde o curso de sua vida havia sido alterado para sempre.

As negociações que tinham levado Van Helsing de volta à Transilvânia, 11 anos depois de ele haver jurado nunca mais colocar os pés naquele solo amaldiçoado de novo, haviam sido longas e árduas. Em Londres, suas horas eram cheias – mais do que homens de idade avançada como ele deveriam se permitir –, já que a recém-criada Blacklight começava a ganhar forma. Ele passava seus dias nas instalações em Piccadilly que Arthur Holmwood, o novo lorde Godalming, havia garantido para eles – um fim nobre dado à parte das propriedades imobiliárias do pai dele que havia sido deixada para trabalhos de caridade –, planejando e organizando questões relacionadas ao departamento e escrevendo relatórios para o primeiro-ministro, junto com os amigos com quem ele havia assumido a proteção do Império contra o sobrenatural. À noite, ele se via em tumbas e cemitérios, em museus e hospitais, lutando contra o crescente número de vampiros que estavam infectando Londres e seus arredores, fazendo com que um após o outro encontrassem seus fins terríveis.

Um tempo curto, porém precioso, ele passava em seu laboratório, mesmo acreditando que o problema dos vampiros seria, por fim, resolvido pela ciência e não na ponta da estaca. Simplesmente não havia tempo. Todos os esforços da Blacklight eram necessários para meramente minimizar a epidemia que assolava a Europa, iniciada na edificação que lançava sua sombra sobre ele enquanto cavalgava pela passagem. Era óbvio que os quatro seriam incapazes de manter as trevas sob controle sozinhos, e planos experimentais haviam sido colocados em prática para aumentar o número de pessoas em ação. O primeiro novo membro em potencial estava agora cavalgando em silêncio ao lado do professor, os olhos altamente vigilantes ao terreno traiçoeiro que os cercava.

Henry Carpenter vai se sair bem, talvez até mais do que bem. Ele sozinho não vai ser o bastante, visto que meus dias nesta terra estão, sem sombra de dúvida, chegando ao fim. Mas é um começo, e um bom começo.

Apesar das infinitas demandas pela atenção dele, Van Helsing conseguira chegar a duas conclusões razoavelmente firmes a partir de seu estudo. Ele tinha confiança de que a transmissão da condição vampiresca ocorria quando a saliva era introduzida no sistema da vítima, durante o ato da mordida. E também estava certo de que um vampiro que tivesse sido incinerado, não passando de uma pilha de cinzas, poderia, com quantidades suficientes de sangue, regenerar-se e recompor-se por completo. O professor havia chegado a essa conclusão depois de ter realizado uma série de experimentos em uma sala altamente reforçada sob a adega de sua casa, experimentos sobre os quais ele não contara a ninguém, por medo de ser repreendido. E foi essa conclusão que o levou a perceber que essa viagem de volta à Transilvânia era mais do que necessária, visto que os restos mortais do conde, embora enterrados sob o pesado solo dos Cárpatos, eram perigosos demais para serem deixados desprotegidos. A oportunidade de levar Quincey Morris de volta a seu lar, e de dar a ele o enterro que merecia, seria meramente um bônus.

A pedido de Van Helsing, haviam sido enviados telegramas aos chefes de Estado da Rússia e da Alemanha, convidando-os a mandar seus representantes a Londres para tratarem de uma questão de importância crítica para o continente inteiro. Homens dessas nações haviam chegado devidamente no verão de 1900, e, depois de assinarem declarações de máximo segredo, haviam sido admitidos no quartel-general da Blacklight e informados sobre a ameaça que o mundo civilizado estava enfrentando. Eles voltaram para seus países com muita coisa sobre a qual refletir, e nos dois anos que se passaram, notícias animadores haviam chegado aos ouvidos de Van Helsing, de organizações equivalentes que haviam sido criadas no norte da Europa. Fora um risco e uma manobra política perigosa mostrar tão claramente as cartas que tinham, mas sem outras nações se juntando à luta, a batalha com certeza seria perdida.

Quando Van Helsing informou o primeiro-ministro de sua intenção de retornar à Transilvânia para tomar conta dos restos de Drácula e levá-los à Inglaterra, para que fossem armazenados em segurança, um telegrama foi enviado a Moscou, convidando o nascente Comissariado de Proteção contra o Sobrenatural a mandar um homem para acompanhar o professor em sua jornada, seguindo o espírito de cooperação internacional adequado ao novo século. Assim, quando o velho homem e seu criado desembarcaram no porto de Constanţa, foram recebidos por Ivan Bukharov, que se apresentou como enviado especial do Conselho do Estado da Rússia Imperial, sob a autoridade do próprio czar Nicolau II. Os seis homens – Van Helsing, Henry Carpenter, Ivan Bukharov e seus três assistentes russos – passaram a noite em Constanţa e seguiram para o norte em carruagens, passando por Brăila e Tecuci, onde tiveram um entardecer e uma noite agradáveis em uma das três estalagens da cidade, passando também por Bacău e Drăgoeşti, onde descansaram novamente, e seguindo então para Vatra Dornei; lá, por fim, deixaram as carruagens e seguiram viagem a cavalo, puxando consigo a pequena e baixa carroça de madeira que transportaria os restos mortais do vampiro à Inglaterra.

Subiram a Passagem de Borgo logo antes de o sol nascer; o ânimo dos viajantes, assim como a urgência da jornada, eram então bem diferentes da vez anterior em que Van Helsing pisara nas íngremes cadeias montanhosas dos Cárpatos, quando perseguira o mal com uma das mãos, enquanto, com a outra, tentava proteger a inocência.

Van Helsing reconheceu o local que procuravam quando estava ainda a quase 100 metros. Um abrigo natural de pedra, não profundo o suficiente para ser uma caverna, mas que ainda assim oferecia proteção contra as intempéries às almas que ali dormiam seu sono eterno. Van Helsing chamou Bukharov, mandando que o seguisse, e impeliu seu cavalo adiante, os cascos do animal batendo ruidosamente nas pedras soltas. Ele parou e desceu de sua montaria. Seu criado apareceu instantaneamente ao seu lado, mas não lhe ofereceu nenhuma ajuda; as palavras duras de seu patrão haviam lhe ensinado que sua assistência seria solicitada se necessário. O velho cambaleou quando seus pés encostaram na terra, mas ele não caiu.

Carpenter e Bukharov seguiram Van Helsing a uma distância respeitosa enquanto o professor se aproximava da abertura na pedra. Fez uma pausa quando chegou ao limiar, depois prostrou-se de joelhos tão subitamente que seu criado correu na sua direção, alarmado.

– Para trás – ordenou Van Helsing, fazendo um aceno com o braço para ele, e Carpenter obedeceu.

O professor ajoelhou-se perante a abertura com o coração acelerado e a garganta embargada pela terrível onda de pesar que o levara a jogar-se de joelhos no chão frio.

Sob o abrigo de rocha estavam as duas pedras achatadas que ele e Jonathan Harker haviam posto lá em 1891; fazia praticamente uma vida, ou ao menos era essa a impressão que ele tinha. A pedra à sua direita era de um cinza claro, e ele entalhara em sua superfície um crucifixo simples, uma cruz estreita que Harker havia cinzelado com a ponta de sua faca *kukri*, as lágrimas caindo de seus olhos enquanto o fazia. A pedra da esquerda era negra e também tinha um crucifixo entalhado, só que invertido, a antiga marca do profano. Van Helsing o havia entalhado ele mesmo, usando a faca *bowie* de Quincey Morris, e uma amarga satisfação o preenchera ao fazer isso.

– Professor? – A voz, baixa e cheia de preocupação, era de Bukharov. – Professor, o senhor estar bem?

O velho riu, apesar de tudo; quase um latido curto de alegria.

– Sim, Ivan, eu estar bem.

Ele pôs-se novamente de pé e virou-se de frente para o restante dos homens.

– Parece intacto. Mande seus homens cavarem, mas diga a eles que tomem cuidado. O caixão é grande, mas pode ser frágil, e contém os restos mortais tanto de Drácula como de meu amigo. Não quero que os ossos de meu companheiro se espalhem pela encosta da montanha, entendido?

Bukharov assentiu, depois falou uma sentença curta em russo a seus homens e, com um aceno, mandou que avançassem. Eles cumpriram as ordens com determinação, escavando o solo duro com enxadas e pás, e Van Helsing foi até um agrupamento plano de rochas, onde ficou sentado esperando que as tarefas fossem concluídas. Depois de um ou dois minutos, o criado se juntou a ele, deixando a cargo de Bukharov a supervisão da escavação.

– Tudo parece estar seguindo de acordo com o plano, senhor – disse Henry Carpenter.

Van Helsing grunhiu.

– Até agora, Henry. Parece que as coisas estão seguindo de acordo com o plano até agora. Haverá, sem sombra de dúvida, grandes chances para que a lerdeza mental do russo coloque as coisas em risco antes que tenhamos os restos mortais em segurança a caminho de Londres.

Carpenter olhou para Bukharov, que estava encorajando seus homens com um fluxo constante de palavras em russo.

– O senhor acredita que o enviado especial seja mesmo um indivíduo lento? Tenho suspeitas de que uma mente sagaz esteja operando por trás de seu inglês limitado.

– Bobagem – grunhiu Van Helsing. – O homem é um parvo e um peso morto para esta missão. Devo instruir o primeiro-ministro a transmitir aos russos minha opinião sobre seus homens assim que retornarmos.

– Tenho certeza de que o senhor está certo.

– Eu também tenho certeza, Henry. Eu também.

Depois de pouco mais de vinte minutos, ouviu-se o pesado som oco de metal batendo em madeira, e os três russos prostraram-se de joelhos e começaram a limpar a terra, jogando-a para o lado, com as mãos enluvadas. Van Helsing levantou-se e foi até Bukharov, que estava parado observando seus homens.

– Será que restos mortais ainda em boas condições? – perguntou ele a Van Helsing, cuja resposta foi um dar de ombros.

– Como é que eu poderia responder a essa sua pergunta? – retorquiu o velho. – A elevação e o clima certamente são propícios à preservação, mas não tenho como saber com certeza até que os veja.

Sob o abrigo, dois dos russos inseriram barras de metal ao longo da beirada da frente do caixão e, devagar, usaram o próprio peso para aumentar sua força. Com um rangido longo e estridente, o caixão que havia carregado Drácula pela Europa e que se tornara seu final local de descanso ergueu-se lentamente até ficar à vista de todos. Os homens puxaram-no de forma que a borda inferior ficasse na boca do buraco que haviam cavado ao redor do caixão e se juntaram ao sujeito que estava atrás. Em silêncio, agarraram a extremidade do caixão que ainda estava no buraco, ergueram-na e empurraram-na.

O caixão de madeira escura deslizou do enclave de rocha como um barco zarpando de uma doca seca. Ele rolou pelo chão pouco resistente, com os três russos empurrando por trás, e parou na frente de Van Helsing e Bukharov.

– Henry – chamou o professor, e seu criado deu um passo à frente.

Carpenter inseriu uma fina barra de metal sob a tampa do caixão e aplicou pressão à alavanca. Seguiu-se um momento de resistência antes de a tampa se separar do caixão em si e deslizar para um dos lados, expondo uma fenda estreita muito negra. Os russos aproximaram-se e seguraram três cantos da tampa, enquanto Henry Carpenter ficava com o quarto canto. Então, lentamente, tomando muito cuidado, eles ergueram a tampa, deixando o caixão completamente exposto, e a colocaram com gentileza no chão, ao lado do esquife.

Van Helsing e Bukharov olharam para baixo.

Deitado no caixão, trajando o casaco e a calça marrons que usava no dia em que morrera, estava o esqueleto de Quincey Morris, os ossos muito brancos e o chapéu de caubói sobre o crânio, conferindo à cena um aspecto cômico que era ao mesmo tempo apavorante, como se seus restos mortais fossem um objeto de palco em alguma peça macabra.

Em seu peito havia uma faca *bowie*, onde Van Helsing a havia colocado antes de fecharem a tampa do caixão, 11 anos antes.

Ao lado dele havia um grande montinho de pó cinza, muito do qual estava empilhado contra a lateral do caixão, assim como no canto mais próximo dos pés dos dois russos. Isso era tudo que sobrara do primeiro vampiro, da criatura cruel e profana que atormentara Van Helsing e seus amigos e que enviara Lucy Westenra para a danação.

O professor agachou-se penosamente e examinou as juntas entre as laterais do caixão e da base. Pareciam sólidas, como ele esperava; o caixão de madeira fora construído para carregar seu ocupante por uma grande parte do continente europeu, mantendo-o ileso.

– As juntas estão boas – grunhiu Van Helsing. – Isso deve ser tudo que sobrou dele. Coloquem a tampa de volta e joguem a lona por cima.

Henry Carpenter e os ajudantes russos ergueram novamente a tampa do caixão no ar e a moveram com delicadeza de volta ao caixão. No último segundo, antes de a tampa ser fechada novamente, Van Helsing enfiou a mão e puxou a faca *bowie*. Desconhecia o motivo que o levara a fazer isso, simplesmente sabia que era importante. Prendeu-a a seu cinto e afastou-se enquanto os russos martelavam novos pregos na tampa, vedando-a novamente, bem fechada, para proteger o caixão da ação do tempo. Um deles foi até a carruagem e voltou com um quadrado dobrado de lona verde, que ele estirou no chão. O caixão foi erguido e colocado no meio do quadrado verde, que depois foi dobrado para cima e cobriu o caixão. Pregos foram inseridos para manter a lona no lugar, e uma comprida vela vermelha foi acesa; a cera quente foi aplicada a cada dobra, selando hermeticamente o grande embrulho. Por fim, o caixão foi erguido, colocado na carruagem e preso com algumas voltas de corda grossa.

Os homens montaram em seus cavalos, e Van Helsing puxou o seu até o de Bukharov, que observava seus homens fazerem as preparações finais para a partida.

– Entendo que você deseje nos acompanhar de volta a Londres, para observar os exames. Estou certo?

– Muito certo – respondeu Bukharov, com um olhar de grande animação no rosto. – Muito bem certo, professor.

– Muito bem. Se eu vou permitir isso ou não é algo que vai depender exclusivamente das condições em que estiverem os restos mortais quando chegarem a Constança. Saiba que você deve comunicar isso a seus homens.

Ele esporeou seu cavalo, para que seguisse em frente, e tanto Bukharov quanto Carpenter o seguiram. Atrás deles, os russos começaram a arrastar a carruagem de volta à civilização.

A jornada de volta a Constança foi significativamente mais rápida e menos confortável do que o percurso desde o porto. Quando chegaram à cidade portuária, pouco antes da aurora, tanto os homens quanto os cavalos estavam exaustos, mas Van Helsing não prestou atenção à penúria deles. Seguiu direto até as docas, deixou Bukharov e os russos com seu criado e embarcou no navio que o governo britânico havia fretado para aquele fim, o *Indomitable*. Ele ordenou que o capitão se preparasse para seguir viagem, então desceu a escada de desembarque para instruir Carpenter a supervisionar os restos mortais que entrariam no navio. O criado estava parado perto da carruagem, junto com os três ajudantes russos, mas não havia nenhum sinal de...

Clique.

O ruído veio de trás da cabeça de Van Helsing, que se virou devagar em sua direção. A centímetros de sua testa pairava um revólver, um Colt 45, seu brilho prateado agora amarelo sob as lamparinas a óleo suspensas sobre as docas. A arma pairava imóvel no ar, e segurando-a com um sorriso gentil no rosto estava Ivan Bukharov.

– O que significa isso? – rosnou Van Helsing.

— Receio que minhas ordens, lamentavelmente, contradigam as suas, meu caro professor — disse Bukharov, cujo inglês ficara, de súbito, fluido e impecável. — Tenho ordens de levar o espólio desta jornada a Moscou, para inspeção por parte do czar imperial. O que significa que não posso lhes permitir levar os restos mortais para Londres, uma inconveniência pela qual lamento sinceramente.

Seu tolo estúpido. Você subestimou esse homem por suas maneiras rudes e seu inglês ruim. Agora não tem mais nenhuma carta na manga. Velho idiota.

Bukharov foi andando de lado, desenhando um círculo fechado ao redor de Van Helsing, sem tremer nem de leve a arma que tinha em mãos. Ele parou ao lado da carruagem e olhou para Henry Carpenter.

— Queira dar um passo para trás, juntando-se a seu mestre — disse ele em um tom agradável.

Carpenter obedeceu o homem, indo devagar para trás até estar ao lado do professor. Nisso, Van Helsing pôde ver os revólveres idênticos nas mãos dos três russos, apontados em silêncio para o criado enquanto Van Helsing descia pela escada de desembarque.

Bukharov disse algo rápido em russo, então um de seus homens colocou a arma de volta no coldre e subiu na primeira das carruagens que os haviam levado até as docas. Quando reapareceu, estava carregando a bagagem e as malas de mão dos dois ingleses, que colocou no chão à frente deles. Quando o homem se curvou para soltar as malas, Carpenter olhou de relance para seu patrão e fez um sinal com a mão na direção do bolso de seu colete. Van Helsing balançou a cabeça em negativa, tão rapidamente que quase não deu para notar; a pistola *derringer* de dois canos que Carpenter carregava consigo não seria suficiente para tirá-los daquela situação.

— Desejo a vocês uma rápida e segura viagem de volta — disse Bukharov, com a Colt ainda apontada direto para o velho. — Receio que devamos nos despedir agora, visto que temos que pegar um navio também, e serão muitos quilômetros a percorrer até que tenhamos chegado a Odessa. No entanto, eu gostaria de dizer que foi um priv...

– Você não tem ideia do que está fazendo – interrompeu Van Helsing. – Esses restos mortais são provavelmente a coisa mais perigosa que existe! Precisam ser estudados e armazenados onde não haverá risco de verem novamente a luz do dia. Imploro a você que me deixe ficar com eles.

A expressão cordial de Bukharov sumiu de seu rosto, sendo substituída por um olhar de frio desprazer.

– Que arrogância sua de presumir que apenas na Grã-Bretanha algo pode ser estudado ou escondido em segurança. Posso garantir ao senhor, professor, que uma vez que tenhamos terminado nossos exames, os restos mortais ficarão armazenados em um lugar onde ninguém *nunca* vai encontrá-los.

36

A SEGUNDA INVASÃO DE LINDISFARNE

ILHA DE LINDISFARNE, NORTHUMBERLAND
DUAS HORAS ATRÁS

Eles vieram do continente, quando os habitantes da ilha estavam aninhados em frente à TV ou dormindo em suas camas.

Havia quase quarenta deles, emergindo das brumas que circundavam a trilha elevada sobre o terreno lamacento; alguns vieram caminhando ao longo da estrada encharcada, outros flutuavam alguns centímetros acima dela. Alexandru conduzia-os, com seu longo casaco cinza ondulando com suavidade em volta dos tornozelos, e seus olhos carmesim ardiam de loucura.

Atrás dele vinha Anderson, a passos largos, com um grande objeto enrolado em um saco jogado sobre o ombro. Mais atrás estava um grupo desordenado de vampiros que haviam se juntado a Alexandru; eles ignoram ou fingem ignorar as extravagâncias sádicas de seu líder em troca da proteção que obtêm ao cair nas graças dele.

Dois homens sombrios e silenciosos caminhavam atrás do restante. Coçavam-se quase sem parar, e a cada poucos minutos lançavam uma olhadela furtiva para a lua. Faltavam horas para que ficasse cheia, e ela estava enorme e brilhante no céu noturno.

Eles aproximaram-se em silêncio da ilha. Podiam já ver as luzes ao longe brilhando através das janelas das casas e o brilho âmbar dos postes nas ruas, que seguiam colina acima do porto que se abria para o Mar do Norte.

Kate Randall acordou sobressaltada.

Ela ficara acordada até as 5 horas, ajudando o pai a preparar a isca e a linha, lavando o pequeno barco de pesca em que ele passava seus dias, e caíra de sono na cama assim que terminara de jantar. Não tinha dúvidas de que dormiria até a manhã seguinte se algo não a tivesse perturbado.

Kate sentou-se na cama e olhou para a janela aberta logo acima de sua escrivaninha, do outro lado do quarto. As cortinas de um amarelo-claro agitavam-se com a brisa noturna, e o ar frio fazia os pelos de seu braço se arrepiarem.

É só o frio, pensou ela, esfregando os braços na tentativa de aquecer a pele. *Só o frio.*

Mas ela não tinha certeza de que isso era verdade.

Ela ouvira algo lá fora na escuridão.

Alguma coisa que parecia um grito.

Kate desceu da cama, encolhendo-se por causa da temperatura. Ainda estava de camiseta e calça jeans, mas mesmo assim esticou a mão para pegar seu robe, que estava pendurado atrás da porta do quarto. Enquanto enfiava os braços nas mangas, sentiu o ar se agitar e algo se mexeu atrás dela perto da janela aberta.

Ela girou o corpo.

O quarto estava vazio.

O medo atingiu-a em ondas, como aquelas marolas azul-acinzentadas que cobriam a lateral do barco de seu pai. Mas ela não gritou.

Seu pai estava dormindo, e se havia algo que ela aprendera em seus 16 anos, era que não deveria acordá-lo, sob circunstância alguma. Essa regra, essa lei não negociável, havia sido cravada tão fundo em seu ser que Kate a obedecia até mesmo agora, trêmula de medo em seu próprio quarto, a não mais de 4 metros dele.

Em vez disso, ela foi até a janela.

Kate podia sentir o cheiro seco e vívido de uma fogueira na praia afastada, bem abaixo da linha da pequena casa que ela dividia com o pai desde que sua mãe morrera; ela podia ver uma estreita coluna de fumaça cinza erguendo-se acima da ilhota, pequenas nuvens de centelhas e brasas cor de laranja flutuando preguiçosas no ar da noite.

Kate podia ouvir a música, uma peça tocada em piano clássico, vindo das janelas do vizinho. O Sr. Marsden estava em Newcastle a negócios, e sua esposa aproveitava ao máximo a oportunidade de controlar o aparelho de som. Normalmente eram o baixo pesado e as baterias enérgicas do Metallica e do Motörhead que ecoavam da sala de estar do sótão deles, a um volume que já levara a mais de uma reclamação.

Tudo parecia normal. No entanto, Kate não conseguia afastar a sensação de que havia algo errado.

Uma forma escura, grande demais para ser um pássaro ou um morcego, passou velozmente pela janela, tão perto que chegou a roçar em seus cabelos loiros, caídos em desalinho sobre a testa. Dessa vez ela gritou, um grito longo e alto.

Kate afastou-se aos tropeços da janela. No quarto ao final do corredor, ouviu o pai praguejar, e seguiu-se o som oco dos pés dele pisando nas tábuas de madeira do assoalho. Ela estava tão aliviada por ouvir movimento no quarto que nem mesmo se preocupou por tê-lo acordado.

Meio dormindo ainda, Pete Randall vestiu uma camiseta e seguiu trôpego até a porta de madeira de seu quarto.

Mas que droga essa menina, pensou ele. *Se for uma aranha, não vou ficar nem um pouco feliz.*

Ele não fazia ideia de que sua filha adolescente havia acabado de salvar sua vida. Nem de que ele nunca teria uma chance de agradecer a ela por isso.

Pete cruzou o pequeno patamar da escada, os pés descalços ecoando sobre as tábuas irregulares do assoalho da antiga casa, e abriu a porta do quarto da filha. Nem teve tempo de fechá-la depois de entrar, pois a menina voou para os braços dele, enterrando a cabeça em seu peito. Ela não estava chorando, mas tinha os olhos fechados, bem apertados.

Jesus Cristo, ela está tremendo como vara verde, pensou ele. *O que está acontecendo aqui?*

– Calminha, calminha – disse ele, baixinho. – Está tudo bem. Me conte o que aconteceu.

Kate sentiu os braços fortes do pai envolverem seus ombros e de imediato começou a se sentir uma idiota por tê-lo acordado.

Foi só um pássaro, disse a si mesma. *Uma daquelas gaivotas grandes. Garota idiota, com medo de um pássaro quando você mora em uma ilha! Agora você o acordou e você sabe como ele trabalha tanto, como as coisas têm sido difíceis para ele desde que...*

Seguiu-se um leve baque oco atrás dela, e a garota sentiu os braços do pai se retesarem. Ela virou-se em seu abraço, olhou para o outro lado do quarto e mordeu o lábio, com tanta força que sentiu o gosto do sangue na boca. Se não fosse por isso, com certeza ela teria gritado de novo.

Parado na frente da janela do quarto dela estava um homem de meia-idade, trajando uma surrada calça jeans azul, tão cheia de buracos que parecia ainda estar inteira apenas por pura força de vontade. De resto, ele estava nu, embora se visse muito pouco de sua pele. Seu corpo emaciado estava coberto de tatuagens, longos desenhos em tinta preto-azulada, dando voltas e descendo e subindo em espirais por toda a extensão dos seus braços, por seu peito estreito e pela barriga côncava. Palavras que ela não reconhecia mesclavam-se a imagens de rostos de pessoas que gritavam, asas esqueléticas e padrões gráficos tão intrincados que a fizeram ficar zonza. O cabelo descia em cachos negros ensebados que se estendiam até descansar em seu peito. Seu rosto era inumano, com olhos que ardiam vermelhos e que estavam cravados nela, acima de suas olheiras cadavéricas.

O homem abriu a boca e soltou um chiado ensurdecedor; Kate viu presas brancas e brilhantes, protuberantes, sob o lábio superior dele, e o medo inundou-lhe quando uma série de guinchos fluiu pela janela no frio ar noturno.

Como animais chamando uns aos outros, pensou Pete. *Meu Deus, o que é isso?*

Ele empurrou a filha, que tremia, para trás de si e encarou a criatura.

– O que você quer? – perguntou ele, chocado com o quão fraca e baixa saiu sua voz. – Não temos dinheiro aqui.

A criatura à janela torceu a cabeça para a esquerda e para a direita, a boca curvada em um sorriso largo de puro deleite, como se Pete tivesse lhe contado a mais deliciosa das piadas.

– Quero vocês – respondeu o homem. – Quero fazê-los sangrar.

Ele sorriu novamente, depois foi na direção dos dois.

– Kate, saia daqui! – gritou Pete, esticando a mão para trás, por cima do ombro, e puxando a porta do quarto, sem tirar, em momento algum, os olhos da coisa que se aproximava lentamente, com uma calma terrível estampada em seu rosto saído de um pesadelo.

– Não, pai! – gritou ela.

– Vá! – berrou ele. – Não discuta comigo.

Kate deixou escapar um grito de puro terror e fugiu porta afora. Pete ouviu quando ela desceu batendo os pés pela escada e escancarou a porta da frente da casa.

Pelo menos ela está a salvo, pensou. A criatura estava a menos de um metro dele, os braços estirados à frente do corpo e um olhar de inevitabilidade no rosto. Pete esquivou-se por sob os braços da criatura, notando, ao fazer isso, com a típica atenção aos detalhes em câmera lenta que acompanha o pânico, que as unhas nas mãos da criatura eram garras espessas e amarelas. Ele deu a volta na porta aberta e fez menção de sair do quarto.

Um dos braços magros e tatuados veio pelo vão da porta e golpeou sua garganta, puxando-o em seguida para trás, de encontro ao batente, tirando-lhe o ar. Pete Randall contorceu-se e jogou-se para trás com toda a força que ainda tinha. A porta recuou com violência, num movimento de semicírculo a partir das dobradiças, e ele ouviu um satisfatório ruído de algo se quebrando quando a criatura foi jogada com força contra a parede do quarto. O braço em volta de seu pescoço soltou-se e ele o enxotou.

Pete entrou no quarto, uma das mãos no pescoço, e fechou a porta com um chute. A criatura escorregou pela parede até o chão, deixando para trás uma mancha espessa de sangue. Pete olhou para aquele ser.

A maçaneta de metal havia perfurado a criatura abaixo das costelas, e escorria sangue da ferida em rios escuros. Suas presas brancas haviam lhe cortado o lábio inferior com o impacto, e um fluxo de sangue carmesim escorria por seu queixo e pescoço. Seus olhos estavam fechados.

Pete olhou para a criatura, sentindo a respiração pesada, a dor no pescoço piorando a cada segundo. Ele esticou a mão para a porta, pronto para seguir a filha escada abaixo e sair da casa, quando a criatura riu. Um som terrível, cheio de dor e de crueldade. Os olhos vermelhos da criatura se abriram e olharam para Pete com um ar calmo.

– Fiquem para brincar – disse a criatura, suas presas deslizando para fora do lábio. – Não há nenhum lugar para aonde vocês possam ir. Serei rápido.

E então cuspiu uma espessa bola de sangue no tapete.

– Veja bem, não posso dizer o mesmo quanto à garota – prosseguiu a criatura, e piscou para Pete, que a chutou na cara com o máximo de força que conseguiu.

Pete ouviu o nariz da criatura estalar, e ouviu também seu grito de dor, e depois ele estava saindo do quarto e descendo as escadas, passando pela porta aberta da frente da casa.

Ele não via Kate em lugar nenhum.

Nãonãonãonãonãonão.

O pânico foi subindo por seu estômago até se aninhar em seu peito.

– Kate! – gritou ele. – Cadê você? Kate!

Ele desceu correndo a estreita estrada em direção à casa dos Marsden.

Ela deve ter ido procurar alguém que tenha telefone, disse ele a si mesmo. *Por favor, que ela esteja na casa de algum dos vizinhos.*

Ele abriu o portão com um chute e subiu correndo a curta entrada para carros, indo em direção à casa. Alcançou os três degraus de madeira que davam para a porta da frente no momento em que algo caiu no chão à sua frente, com um baque oco e um ruído de algo sendo esmagado, e alguma coisa quente espirrou em seu rosto e em seu peito. Pete soltou um grito estridente, levantando as mãos e limpando o líquido de sua pele. Ao olhar para baixo, para o chão à sua frente, deparou-se com os olhos arregalados e sem vida da Sra. Marsden voltados para ele. Havia dois buracos irregulares no pescoço da mulher, e o roupão branco que ela vestia parecia ter sido mergulhado em sangue.

Ele ouviu um guinchado triunfante e olhou para cima. Encarando-o da janela do sótão estava uma mulher, a metade inferior de seu rosto manchada de vermelho, e os olhos carmesim arregalados e desprovidos de humanidade. O rosto virou-se para dentro da casa e ele ouviu passos lá dentro.

Pete Randall fugiu. Virou-se e saiu correndo de volta pelo caminho de onde viera, ouvindo agora pela primeira vez os sons de violência e de dor que vinham de todas as partes da ilha, uma terrível cacofonia de guinchos, vidros se quebrando e gritos.

Quantos gritos...

Ele alcançou o portão em um impulso súbito de velocidade e, quando sua filha apareceu na frente dele, Pete jogou-se para a direita, caindo na calçada. Caso não tivesse feito isso, teria passado por cima dela.

– Pai! – gritou ela, e então a garota estava ajoelhada ao lado dele, perguntando-lhe se estava tudo bem.

Ele sentou-se, ignorando a dor esmagadora em seu braço direito, sobre o qual havia caído, e abraçou-a tão forte que Kate mal conseguia respirar.

– Aonde você foi? – perguntou ele, soluçando. – Eu não conseguia encontrar você.

– Fui até a casa dos Cooper – respondeu ela, ofegante e esmagada no peito do pai. – Fui até a casa dos Cooper. Não tem ninguém lá. Tem sangue... muito sangue.

Pete soltou-a e ficou de pé, cambaleando. Ele ia perguntar à filha se ela estava bem quando a porta da casa dos Marsden se escancarou e a mulher que ele vira na janela do sótão uivou para eles. Seguiu-se um grito de resposta, terrivelmente perto, e Kate olhou ao redor e viu a criatura que havia entrado em seu quarto descer a rua em direção a eles, o rosto e o pescoço cobertos de sangue. Kate lutou para ficar de pé, e então seu pai pegou-a pela mão e eles desceram correndo a colina em direção ao centro da aldeia.

Flutuando 15 metros acima da colina sobre a qual as edificações da ilha haviam sido construídas, Alexandru supervisionava a carnificina que se desenrolava abaixo dele. Metade dos habitantes do local já devia estar morta, e aqueles que haviam sobrevivido ao ataque inicial estavam fugindo em direção às docas e aos barcos que os levariam para fora da ilha. Poucos conseguiriam realmente fugir, ele imaginava, e isso não era problema. Dariam mais impacto à mensagem que ele estava enviando.

Ele girou suavemente no ar frio e olhou para o outro lado da colina que era o meio da ilha, para a antiga edificação de pedra postada acima dos penhascos, os quais o Mar do Norte golpeava com borrifos brancos de água.

O trabalho desta noite mal começou, pensou ele, e permitiu-se um leve sorriso. Puxou um telefone prateado do bolso e discou um número.

– Irmão – disse ele, quando atenderam –, pode prosseguir.

Nas ruas da aldeia abaixo, o pânico tomou conta dos ilhéus sobreviventes. Eles corriam por suas vidas ao longo das estreitas vias, dirigindo-se às pequenas docas que serviam à frota de pesca, tropeçando na escuridão, os olhares selvagens voltados para todas as direções, gritando nomes de maridos, esposas, pais e filhos.

Pete Randall saiu correndo colina abaixo em direção à doca de concreto, desviando dos corpos que jaziam na estreita via e forçando-se a não olhar para eles. Todos os 160 habitantes da ilha se conheciam, e ele sabia que estava contornando e pulando os corpos sem vida de amigos e vizinhos. Kate corria a seu lado, com o rosto pálido, mas os olhos brilhantes, e Pete sentiu uma onda de amor pela filha.

Como ela ficou tão forte?, perguntou-se ele, maravilhado. *Caramba, ganhei na loteria com ela.*

Um fluxo de homens e mulheres estava saindo das casas, alguns gritando, outros chorando e soluçando, correndo e tropeçando ao descer a colina. Formas escuras moviam-se por entre eles, flutuando acima das pedras do pavimento, erguendo as pessoas que corriam, fazendo-as gritar estridentemente no ar. O sangue deles caía tamborilando no chão, numa chuva carmesim.

Nas docas, John Tremain, o maior dos pescadores da ilha, tinha chegado até seu barco, *The Lady Diana*, que ocupava o maior ancoradouro na extremidade das docas em forma de ferradura, e uma fumaça cáustica azul saía da chaminé do barco enquanto os grandes motores a diesel rugiam e ganhavam vida.

– Andem logo! – gritou John das docas. Ele segurava as cordas de ancoragem em suas mãos retorcidas, pronto para lançá-las. – Não vou esperar! Mexam-se!

O desesperado e apavorado grupo de habitantes saiu correndo na direção dele.

Pete e Kate foram os primeiros a pisarem no concreto escorregadio da doca. No chão à frente deles estava o corpo contorcido de uma adolescente, e Kate diminuiu o passo conforme se aproximavam do cadáver. Pete agarrou-a pelo pulso e arrastou-a para a frente.

– Siga em frente! – berrou ele. – Vá para o barco!

– É Julie! – gritou Kate. – Não podemos deixá-la aqui.

A melhor amiga da Kate, percebeu Pete. *Ah, meu Deus.*

Kate puxou a mão, soltando-a da dele, e, derrapando, parou perto do corpo. Pete praguejou e virou-se para segurar a filha, mas foi empurrado para longe pelos sobreviventes que fugiam aterrorizados e que iam em disparada na direção dele, correndo às cegas para alcançar o barco. Ele gritou, socou e chutou quando mãos o agarraram, mas o fluxo de pessoas era implacável, e ele foi conduzido junto com elas.

Em meio à multidão ele viu a filha ajoelhar-se ao lado do cadáver, esticar a mão e tocar com gentileza o rosto da garota. Gritou o nome da filha, impotente, enquanto era arrastado sobre a grade do barco, mas Kate parecia sequer ouvi-lo.

Seguiu-se um baque surdo, e uma forma escura aterrissou na doca, entre Kate e a multidão que corria. Ela ergueu-se de um salto, acordada do choque de ver o cadáver de sua amiga. Procurou pelo pai e viu que ele estava sendo arrastado até o *Lady Diana*, chutando o ar e gritando o nome dela. À sua frente estava a coisa terrível que estivera em seu quarto, seu corpo esquelético ensopado de sangue. A criatura lançou-lhe um lampejo de um sorriso cheio de desejo, e, sem hesitar, Kate virou-se e saiu correndo em direção à aldeia.

Ao ver Kate subir as docas em disparada e desaparecer na escuridão, Pete jogou a cabeça para trás e soltou um uivo, um grito de extremo desespero. Ele lutou com força renovada contra as mãos que o seguravam, mas era tarde demais.

John Tremain lançou as cordas de ancoragem dentro d'água e subiu correndo os degraus que davam para a pequena cabine acima do deque. Ele acionou o motor do *Lady Diana* e as grandes hélices começaram a fazer a água borbulhar enquanto o barco, com uma lentidão terrível, afastava-se da ilha.

Pete Randall correu para a grade da popa quando o *Lady Diana* ganhou velocidade e as docas desapareceram nas trevas.

– Kate! – gritou ele. – Kate!

Mas não obteve resposta. Sua filha se fora.

37

NO TOPO DO MUNDO

**BASE DE COMANDO CENTRAL DO CPC
PENÍNSULA DE KOLA, RÚSSIA
TRINTA E CINCO MINUTOS ATRÁS**

Valeri Rusmanov agradeceu ao irmão e desligou o celular.

Suas botas pesadas esmagavam a neve sob seus pés conforme ele chegava ao topo da colina, então ele parou um pouco. O ar congelante da noite estava estagnado. O vento vinha devagar do fiorde Murmansk, à sua esquerda, e a água negra era visível através de rachaduras que mais pareciam teias de aranha no espesso gelo, tornado cinza devido à sujeira. Um navio quebra-gelo lentamente rompeu o meio do fiorde, liberando um filete escuro de água, suas chaminés arrotando fumaça de diesel.

Diretamente à sua frente, talvez a uns 8 quilômetros de distância, ficava a cidade fechada de Poliarnie. A cinza cidade industrial era dominada pelos guindastes altos e pelos arcos de luzes de sódio do estaleiro russo número 10, a base supersecreta de submarinos. Durante a Guerra Fria, os submarinos soviéticos Typhoons e Akulas saíram sorrateiramente de Poliarnie e desapareceram sob o gelo do Ártico, ocultos dos olhos alertas dos satélites americanos.

Ao longe, a sudeste, Valeri conseguia enxergar o embotado brilho amarelo de Murmansk, o lar portuário da Frota Nórdica Russa. O centro administrativo da Península de Kola não era oficialmente uma cidade fechada, mas o posto da FSB na cidade era o terceiro maior da Rússia, e a região inteira estava cheia de postos de controle e patrulhas armadas.

Aquela imensa e sombria faixa de terra inóspita do Ártico era o centro da comunidade militar russa secreta. No entanto, a formação em U das edificações brancas que enchiam a pequena península abaixo dele, além do que estava sob esses edifícios, faziam o risco valer a pena.

A base do CPS era disposta em torno de uma longa pista de pouso que se estendia em paralelo à cadeia de penhascos ao norte. A pista cinza estava vazia, a neve que a havia coberto estava agora empilhada em longos bancos em cada um dos lados. Ao sul, uma longa linha de abetos ocultava totalmente a base da vista da estreita estrada que serpenteava em direção a Poliarnie. Uma alta cerca eletrificada estendia-se em meio às árvores, e uma pequena guarita e um portão pesado de metal no centro eram os únicos elementos indicando aos civis que por ali passavam de que havia algo além da densa floresta. Havia um baixo e sólido prédio na extremidade leste da pista de pouso. Valeri sabia que, sob o solo congelado, a base era um único e enorme bunker, guardado pelos soldados de elite do CPS e lar dos cientistas, analistas e oficiais de inteligência que serviam ao Comissariado de Proteção contra o Sobrenatural.

A neve atingia seu sobretudo preto, umedecendo a lã e acumulando-se em volta dos seus tornozelos enquanto ele observava a silenciosa base. Valeri sussurrou duas palavras e um grande número de formas escuras caiu do céu atrás dele, aterrissando suavemente na neve.

– Todos sabem o que quero de vocês? – perguntou ele, sem se virar.

Seguiu-se um murmúrio geral de concordância e então uma única voz disse, em um tom baixo:

– Sim, mestre.

Valeri adejou os olhos, fechando-os em seguida, e formou-se uma careta em seu rosto.

Era a voz de Talia, a bela jovem ucraniana que estava com ele fazia um ano, desde que ele a transformara, em um momento de fraqueza solitária, momento que depois veio a lamentar profundamente. A garota seguia-o a toda parte, com seus olhos inexpressivos e belos fixos nele com declarada devoção, sua suplicante e suave voz perguntando se havia algo de que ele precisava, qualquer coisa que pudesse fazer por ele.

Ele supunha que ela o amava, ou que acreditava amá-lo, mas a garota vampira estava perdendo seu tempo. Valeri só amara uma mulher até então, e ela se fora havia mais de meio século.

– Muito bem – disse ele. – Está na hora.

Ele ergueu-se no ar com leveza, seu sobretudo ondulando atrás de si ao vento da noite. Lá embaixo, a base estava quieta, e suas luzes lançavam pálidos semicírculos amarelos na neve.

Valeri desceu rapidamente a colina em direção à base, com seu exército de asseclas atrás, uma ampla e silenciosa sombra da morte.

Na sala de controle do CPS, um foco de calor apareceu na tela de supervisão do soldado Len Yurov. A assinatura não era parecida com nada que ele já vira antes: uma faixa ampla de vermelho escuro fluindo pela topografia azul-esbranquiçada da tundra. Ele então chamou o oficial de serviço, o general Yuri Petrov, para dar uma olhada na tela. O general, um homem robusto de 60 e poucos anos, que passara a maior parte de sua ilustre carreira com os Spetsnaz (a unidade de elite das forças especiais que era controlada pela KGB, e depois pelo FSB), seguiu a passos largos até o console de Yurov e olhou para o monitor. O general arregalou os olhos e instantaneamente pediu que soassem o alarme geral.

Mas já era tarde demais.

* * *

No perímetro da base do CPS, esmagando a neve que havia se acumulado aos pés da cerca eletrificada que se elevava bem acima de suas cabeças, o sargento Pavel Luzhny estava engajado em uma discussão acalorada com seu parceiro, o soldado Vladimir Radchenko, sobre o resultado do jogo de basquete da noite anterior. Luzhny, um fã de carteirinha do CSKA Moscou, lamentava o desempenho do armador de seu time, um jovem que o sargento não mencionara ter sangue checheno por parte da mãe. O jogador azarado desperdiçara três das quatro jogadas extras no jogo da noite anterior e seu time perdera de 112 a 110 contra o Triumph Lyubertsy. Luzhny, um moscovita nativo, não aceitava nem um pouco a derrota. Ele havia começado a listar os erros táticos perpetrados pelo treinador da equipe quando o alarme soou, como um lamento, pela noite congelante. Foi instantâneo: agarrou o rádio do gancho em seu cinto, teclou uma série de números e levou-o ao ouvido, olhando para baixo, para a base, ao fazer isso. Uma voz automática informou-lhe que a base estava em alerta vermelho, de modo que ele deslizou a outra mão até a cintura e soltou a pistola Sauer SIG ali pendurada.

– Exercício de treinamento – disse ele, virando-se de novo na direção de Radchenko. – Aposto meu...

Radchenko não estava lá.

Luzhny girou o corpo, procurando por seu parceiro. Não havia pistas de para onde ele fora. As pegadas de Radchenko estavam claramente visíveis na parte mais fofa da neve, duas linhas de marcha em paralelo às de Luzhny. Em seguida, mais nada. Mais nenhum vestígio dele em nenhuma direção, apenas o par final de pegadas, e só.

– Que diabos...? – murmurou Luzhny.

De repente ele foi carregado no ar, como se algo o tivesse agarrado pelas axilas e o puxado violentamente para cima. Seu dedo indicador criou vida própria e ele atirou com a arma até descarregá-la; as balas atingiram o chão, que rapidamente se afastava dele. Luzhny não soltou nenhum grito, até que sentiu dedos se cravarem em seu pescoço. Então os dedos, cujas unhas pareciam navalhas, rasgaram-lhe a garganta e ele já não poderia gritar mais, mesmo se quisesse.

Os microfones externos na sala de controle captaram os tiros de pistola, e Petrov apertou uma série de teclas no console à sua frente. A imensa tela na parede era dividida em oito, cada parte mostrando em preto e branco o que filmavam as câmeras do perímetro. Enquanto os homens que estavam na sala de controle olhavam para a tela, uma forma negra passou esvoaçando por uma das câmeras, e sua imagem desapareceu em uma massa sibilante de estática. Momentos depois, uma segunda tela exibiu apenas estática, depois uma terceira, e então a quarta.

– Enviem o alerta geral – disse Petrov, sem tirar os olhos da tela. – Peçam ajuda imediata.

– Mas, senhor...

– Esta é uma ordem direta, soldado. Ande, já. E convoque o regimento da guarda. Não temos muito tempo.

Enquanto ele falava, as imagens das últimas telas sumiram na neve. Em um console no meio da sala, um operador de rádio profundamente amedrontado digitava com força no console a frequência de emergência que conectava todos os Departamentos de Sobrenatural do mundo, e mandou o chamado de pedido de ajuda, como Petrov lhe ordenara. Ele tinha acabado de enviar a mensagem de apenas seis palavras quando soou um nítido baque oco nos microfones externos, e as comunicações foram perdidas.

– General – disse ele, erguendo o olhar de sua tela, o medo brilhando em seus olhos.

Mas Petrov não estava mais ali.

O general corria pelas entranhas da base do CPS.

Sirenes soavam estridentes em seus ouvidos e a luz UV que inundava os corredores fazia seus olhos doerem, mas ele não reduziu o passo. Um elevador estava aberto no final do corredor; ele deu um impulso ainda maior para alcançá-lo, o peito ardendo.

Passei tempo demais atrás de uma mesa, pensou ele. *Corra, seu velho, corra.*

Dentro do elevador, Petrov puxou uma chave triangular de uma corrente que levava pendurada no pescoço e inseriu-a em uma ranhura no painel de metal ao lado da porta, abaixo dos botões numerados. As portas fecharam-se de imediato e o elevador desceu em alta velocidade, o movimento súbito causando em Petrov um frio na barriga. Ele lutou contra a sensação e ficou vendo os botões que marcavam os andares acenderem-se e apagarem-se, um após o outro.

-2...
-3...
-4...
-5...
-6...
-7...

O Nível -7 era o último da base do CPS, sete andares abaixo do chão congelado do Ártico. Lá ficavam os enormes geradores que forneciam a energia para o complexo, assim como para os dormitórios do pessoal da manutenção e da assistência; portanto, era raramente visitado pelos soldados ou cientistas do CPS, e não era para lá que o general Petrov se dirigia. Havia uma única coisa naquela base pelo que valeria o risco de um ataque direto, e ele era um dos poucos homens no planeta a saber o que era.

O botão -7 acendeu-se, depois piscou e apagou-se, mas o elevador continuou a descer, adentrando as profundezas sem identificação.

Quando as portas se abriram, dez segundos depois, Petrov saiu correndo, adentrando o corredor de metal reluzente que era o único do andar. De ambos os lados havia portas de metal enormes e aparentemente pesadas, que pareciam pertencer à câmara de pressurização de um submarino ou a uma estação espacial. Cada uma tinha um único número estampado em dígitos pretos com um metro de altura; havia sessenta delas, mas Petrov já estava correndo em direção à de número 31.

Na sala de controle, os homens do turno da noite entreolhavam-se, nervosos. As oito telas em branco emitiam um ruído agudo de estática, e os microfones externos estavam silenciosos. Os homens, oito deles ao todo, haviam arrombado o armário de armas e agora empunhavam Daybreakers, os pesados lançadores de explosivos do CPS, esperando por fosse lá o que estivesse do lado de fora, na neve.

De súbito, a porta que dava para o corredor principal de acesso foi escancarada com violência, indo bater na parede de concreto, e os homens pularam de susto, todos ao mesmo tempo. Os 32 soldados do regimento de proteção da base se derramaram em silêncio para dentro da sala de controle, ocupando quase todo o espaço do local. Os oito homens em serviço esforçaram-se ao máximo para conter os suspiros de alívio; o regimento era composto pelos melhores oficiais do CPS, os melhores dos melhores. Eles assumiram uma formação semicircular ampla, ficando de frente para a pesada escotilha de descompressão que dava para o mundo lá fora, com seus uniformes cinza repletos de armas e acessórios que continham mais equipamentos. Eles miravam a porta com suas Kalashnikovs e Daybreakers, e os oito homens posicionaram-se atrás do grupo de soldados.

Silêncio.

Então, devagar, um som terrível de metal sendo lacerado e entortado encheu a sala. O soldado Yurov, que segurava um Daybreaker com suas duas mãos trêmulas, teve apenas tempo suficiente para fazer uma prece em silêncio antes de a imensa porta de metal ser arrancada das dobradiças e jogada para fora, para a noite em preto e branco do Ártico.

A neve entrou rodopiando na sala, em espessos redemoinhos, impelindo os homens do CPS a recuar. O ar estava tão frio que fechava as gargantas deles, prendendo o oxigênio em seus pulmões, e a neve espessa lhes cegava os olhos. Formas escuras, incrivelmente rápidas, encheram a sala, e os soldados começaram a atirar, quase sem mirar em nada, as mãos cobrindo os olhos lacrimejantes e o peito ardendo. Balas atingiam as paredes, estilhaçando monitores e abrindo buracos nos consoles, e a potente perfuração dos tiros Daybreaker ressoava nos ouvidos de todos os homens. As formas escuras pareciam estar em toda parte; deslizavam pela sala cheia de neve como sombras, lacerando carne e espirrando sangue conforme passavam. Um jato carmesim jorrou da nuvem de neve e atingiu o rosto e o peito de Yurov; ele se encolheu, então de repente surgiu uma figura negra à sua frente, a menos de 2 metros de distância. Ele ergueu o Daybreaker e atirou, o recuo fazendo seus braços erguerem-se com um tranco. A figura cambaleou para trás ao ser atingida, mas depois lançou-se para a frente, caindo dentro da sala.

Era Alex Titov, o jovem siberiano com quem Yurov dividia a mesa. Ele encarou Yurov com olhos arregalados, mexendo a boca sem articular palavra alguma. O projétil o atingira no peito, sobre seu plexo solar. Enquanto Yurov olhava, impotente, o tiro pneumático foi disparado e atravessou o peitoral de sua armadura. Yurov ouviu o som dos ossos se quebrando, e então o grito de Titov cortou o vento que uivava pela sala de controle. Sangue espirrou de sua boca e ele olhou para o amigo, que tinha uma expressão de súplica no rosto. Então a carga explosiva foi acesa, e Titov explodiu de dentro para fora, cobrindo Yurov da cabeça aos pés. Ele assistia à cena estupefato, o sangue de seu amigo escorrendo por seu rosto. Quando um vampiro surgiu da nevasca, instantes depois, e dilacerou-lhe a garganta, foi quase um ato de bondade.

Em menos de três minutos, 38 homens morreram na sala de controle.

Os vampiros surgiam assustadoramente velozes da neve rodopiante, mordendo e atacando com suas garras e dilacerando pessoas, e os homens do turno da noite e do regimento de proteção da base foram massacrados, todos mortos. Não tiveram nem chance; foram cegados pela neve e paralisados pelo frio congelante, e os asseclas de Valeri destruíram a todos. Dois soldados do regimento de proteção da base correram em direção ao corredor de acesso e conseguiram entrar em um elevador. Sobreviveram, escondendo-se no refeitório do segundo nível subterrâneo, junto com os cientistas e os médicos, assim como o quadro geral de funcionários que colocavam o CPS em funcionamento dia após dia.

Quando todos na sala de controle tinham ou fugido ou sido mortos, o antiquíssimo vampiro saiu no frio e pegou a porta, colocando-a de volta no lugar. Ela não se encaixava mais ali – ao ser arrancada, seu aço fora retorcido –, mas ao menos bloqueava o pior do vento. A neve caía no chão, formando montes e acumulando-se nas mesas e nas cadeiras, recobrindo os corpos dos oficiais mortos do CPS e ganhando um tom cor-de-rosa onde havia poças de sangue. A horda de vampiros, que estavam quase todos cheios de faixas vermelhas pelo corpo e com os olhos ardendo como fogo, reuniu-se em silêncio atrás de Valeri e o seguiu base adentro.

O general Petrov ficou de costas contra a porta do cofre-forte 31, ergueu seu Daybreaker e apontou-o para as portas do elevador. O rádio que ele tinha no cinto volta e meia emitia zunidos, além de gritos de dor e sons de violência. Ele tentava com todas as forças ignorar tais sons e concentrar-se apenas nas portas de metal ainda fechadas do outro lado do corredor. Por fim, o rádio ficou mudo; ele então puxou do cinto um telefone via satélite, com chamadas criptografadas. Digitou uma mensagem na tela brilhante, nove palavras, e enviou-a. Então voltou a guardar o telefone e esperou que viessem.

Embora estivesse à espera, as portas se abriram com tamanho silêncio que ele foi pego de surpresa. Frações de segundo vitais se passaram até ele puxar o gatilho de seu Daybreaker, mirando o espaço confinado do elevador. Um vampiro saiu rugindo do elevador e o tiro o atingiu no ombro. Um segundo depois, a criatura explodiu, sujando de vermelho as paredes, o chão e o teto. Mais dois vampiros abriram passagem em meio ao sangue do outro e sofreram o mesmo destino, e então um quarto tiro se perdeu, retinindo em uma parede e indo parar, inofensivo, no teto. O quinto tiro de Petrov atingiu uma garota vampira na testa e destruiu-a completamente até os joelhos. Lutando para conter a bile que lhe subia do estômago, ele deu o tiro final. Por uma fração de segundo viram-se os cabelos grisalhos de Valeri em meio à fumaça dos explosivos, mas ele sumiu novamente antes que o projétil saísse do Daybreaker. Assim, o tiro acabou atingindo o peito de uma vampira, que lançou um olhar suplicante para dentro do elevador antes de ser aniquilada pelo explosivo. Petrov jogou a arma gasta no chão, sacou sua antiga AK-47 do arnês de segurança, posicionou-a à altura do elevador e preparou-se para atirar.

Seguiu-se um momento de calma, como se ele tivesse conseguido desencorajar os vampiros, mas então um enxame deles saiu do elevador novamente, e Petrov soube que estava perdido. Havia muitos, muitos deles; subiam pelas paredes rastejando, cruzavam o teto e caíam ao chão, as bocas escancaradas, os rostos cheios de animação e de uma alegria sádica. Petrov puxou o gatilho gasto de seu rifle e o corredor encheu-se de uma fumaça acre azul. Os tiros mais potentes arrancavam membros, abriam rombos em cabeças e torsos, mas as criaturas continuavam a ir na direção dele. Petrov gritava, embora não conseguisse se ouvir acima do ruído dos disparos sucessivos da arma, e seguiu disparando até que um clique indicou que o tambor estava vazio.

* * *

O general Yuri Petrov estava deitado no chão de metal.

Algo escorria em filetes por suas costas, formando poças ao longo da extensão de seu cinto, e ele conseguia enxergar apenas vermelho com seu olho esquerdo. Percebeu, com uma curiosidade indiferente, que não conseguia sentir nem os braços nem as pernas. Não sentia dor, o que o deixava surpreso, pois estava morrendo – disso ele não tinha dúvida.

Vários vampiros estavam ao seu redor, quietos. Ele tentou levantar a cabeça para olhar para eles, mas viu-se incapaz de fazê-lo. Valeri afastou-se da porta que dava para o cofre-forte 31, onde estivera examinando o teclado de 15 dígitos que havia na parede ao lado, e agachou-se na frente do oficial ferido, sorrindo para ele.

Petrov forçou um sorriso em resposta e descobriu que ainda conseguia falar.

– É... inútil – disse ele, sua respiração saindo chiada enquanto ele se esforçava para fazer com que as palavras fluíssem. – Nunca... darei a você... a combinação.

Valeri alargou o sorriso, e um último pensamento passou com clareza pela mente do general.

Fomos traídos.

O sorriso de Petrov esvaneceu-se de seu rosto quando Valeri se levantou. Ele viu o vampiro com o sobretudo preto atravessar o corredor e digitar com rapidez no teclado ao lado da porta do cofre-forte 31. Seguiu-se um longo bipe e então as travas foram liberadas com uma série de cliques e sons ocos e a porta abriu-se com um chiado. Por um breve instante, Petrov teve uma visão clara do interior do cofre-forte 31, e pôs os olhos em algo que poucos humanos já tinham visto.

Havia apenas dois objetos no cofre-forte. No meio do chão de metal encontrava-se um cubo quadrado de aço, cada vértice com um metro de extensão, e, em cima do cubo, um tubo transparente de plástico com espessas tampas de metal preto em cada extremidade. Três quartos do contêiner estavam cheios de um pó cinza, e havia uma etiqueta que Petrov não conseguia ler grudada na lateral do cubo. Então Valeri entrou no cofre-forte 31, bloqueando a visão do seu interior, e fez um sinal com a mão para trás, por cima do ombro.

Os vampiros caíram em cima de Petrov com um coro de rosnados. Ele teve tempo de gritar... uma vez.

38

AMOR QUEIMA

Pela segunda vez em menos de oito horas o alerta geral soava no Looping. Operadores que haviam se jogado em suas camas, nos níveis inferiores, quarenta minutos antes foram arrancados do sono xingando e praguejando enquanto vestiam novamente seus uniformes e prendiam as armas nos lugares.

O almirante Seward estava no hangar principal, dando ordens aos homens e mulheres letárgicos da Blacklight. Na pista de pouso havia dois helicópteros EC725 parados, as luzes reluzindo dos compartimentos de passageiros, ambos abertos, enquanto técnicos puxavam mangueiras de alçapões no chão e enchiam os veículos de combustível.

– Cadê o jato? – gritou Seward. – Mas que droga, com ele estaríamos lá em quarenta minutos.

– Cal Holmwood levou o *Mina II* para Nevada faz três dias, senhor – respondeu um operador que passava por ali. – Está realizando um exercício de treinamento com os ianques, senhor.

Seward proferiu muitos xingamentos, então voltou sua atenção para a fila de operadores que se formava atrás dele. Falou com Paul Turner, que estava supervisionando a mobilização:

– Você, eu e os primeiros 18 homens a se reportar – ordenou ele. – Verifiquem as comunicações e as armas, e depois faça-os subir nos helicópteros. Quero estar no ar dentro de cinco minutos.

– Sim, senhor – respondeu Turner.

Ele foi velozmente até os homens que se apresentavam, e começou a verificar seus rádios e armas. Quando um operador estava equipado de modo a atender satisfatoriamente às exigências de Turner, o major apontava o polegar em direção aos helicópteros à espera e o soldado saía correndo na pista e subia em um deles.

O almirante Seward deixou-o lá e foi caminhando às pressas pelos corredores, em direção à sala de operações. Estava prestes a abrir a porta quando seu celular zumbiu. Ele o pegou do bolso do uniforme e olhou para a tela.

NOVO SMS
DE: PETROV, GENERAL Y.
COFRE-FORTE 31 PRESTES A SER COMPROMETIDO.
CORRA VELHO AMIGO.
YURI

Henry Seward sentiu um calafrio subindo-lhe a espinha.

Como eles têm conhecimento do 31?

Ele abriu com violência a porta da sala de operações e entrou. Jamie, Frankenstein e Morris estavam reunidos em volta de uma mesa no meio da sala, e o menino segurava seu rádio com uma das mãos levemente trêmula. Eles olharam para Seward quando ele entrou na sala.

– Coronel Frankenstein, tenente Morris, Sr. Carpenter, vocês estão confinados à base até segunda ordem. Estou levando imediatamente uma equipe de resgate à Rússia; verei o que fazer com vocês quando voltar. Enquanto isso, sugiro que se concentrem no relatório que lhes pedi.

O almirante Seward saiu da sala a passos largos, sem nem olhar para trás. Depois de mais ou menos um minuto, Jamie foi o primeiro a falar:

– Estamos bem ferrados. Nunca mais vou ver minha mãe de novo.

Frankenstein olhou para ele, alarmado com o tom de resignação na voz do menino. Era como se o fogo que geralmente ardia dentro dele tivesse se apagado.

Morris, nervoso, pronunciou-se:

– Não é tão ruim quanto...

– Tom – interrompeu-o Jamie –, não tente amenizar as coisas para mim. Não sou criança.

Morris baixou os olhos para a mesa. Jamie continuou:

– Eu quero saber o que aconteceu em Northumberland. Não venham me dizer que Larissa nos entregou a Alexandru, porque eu não acredito nisso. Quero saber o que realmente aconteceu.

Frankenstein manteve o olhar fixo em Jamie.

– Até onde eu sei – disse ele –, você está perguntando isso às pessoas erradas. Sinto muito se não é essa a resposta que você quer ouvir.

– Muito bem – replicou Jamie.

Ele levantou-se e saiu da sala de operações sem olhar para trás. No elevador ao final do corredor, agarrou o corrimão de metal até os nós de seus dedos ficarem brancos. A raiva se revirava em seu estômago, quente e ácida, e ele apertou o corrimão com toda a força, empurrando-o para baixo o máximo que conseguia. Então a porta do elevador se abriu para a unidade de celas e ele seguiu veloz até Larissa.

Ela estava esperando por ele.

A garota vampira estava de pé no meio da cela, bem em frente à parede de luz ultravioleta; ela sorriu para Jamie quando ele apareceu à sua frente, mas seu sorriso vacilou quando ela notou a expressão de ira no rosto dele.

– O que foi? – perguntou ela.

– Você contou a Alexandru que estávamos indo atrás dele? – A voz de Jamie saía com dificuldade, devido ao esforço que ele fazia para se controlar. – Você falou para ele fugir?

Larissa arregalou os olhos quando se deu conta do que devia ter acontecido.

– Ele não estava lá, não é?

– Não – foi a resposta de Jamie. – Não estava. Nem a minha mãe. Os dois tinham ido embora, sabe Deus para onde. Pouquíssimas pessoas no mundo sabiam que o tínhamos encontrado, mas quando chegamos lá, em menos de uma hora e meia, ele tinha ido embora. Quero saber o que aconteceu.

– Pergunte – pediu Larissa. – Repita a pergunta.

– Você contou a ele que estávamos indo?

– Não – respondeu ela. – Não contei.

Ele desabou bem na frente dela. Seus ombros se curvaram, a cabeça inclinada para a frente, seus olhos fechados bem apertados.

Acabou. Ah, meu Deus, nunca vou encontrá-la. Está tudo acabado.

– Não sei o que fazer – disse ele, sua voz abafada pelo desespero. – Quero acreditar em você, mas não sei se consigo.

Ela deu um pequeno passo à frente e disse o nome dele bem baixinho:

– Jamie.

Ele a fitou com os olhos vermelhos, a expressão da dor dominando cada linha de seu rosto.

– Você pode confiar em mim – disse ela, e então avançou.

A menina passou a mão pelo campo de luz ultravioleta e agarrou-o. Seu braço inteiro irrompeu em chamas, o fogo púrpura irrompendo de sua pele, mas ela nem mesmo se encolheu. Ela puxou-o pela barreira, girou-o para o lado e beijou-o; a pele de Larissa crepitava nos ouvidos dele e enchia-lhe as narinas.

Ele retribuiu o beijo, as mãos buscando os cabelos dela. Através do tecido do uniforme ele podia sentir o calor do braço dela queimando, mas parecia vir de mil quilômetros de distância, parecia vir de um outro mundo. Ele rendeu-se completamente ao beijo, aos lábios macios e frios dela colados nos seus; as mãos dela estavam na cintura dele e o corpo inteiro de Jamie tremia.

Então, tão subitamente quanto havia começado, acabou.

Ela afastou-se, e Jamie abriu os olhos. O rosto de Larissa estava a milímetros do seu; ele podia sentir o calor do hálito dela em sua boca, podia ver o intricado padrão amarelo nos olhos castanho-escuros dela.

Os dois ficaram encarando um ao outro, como se fossem as únicas pessoas vivas no mundo.

A dor finalmente surgiu no rosto da menina, e ela caiu no chão, batendo o braço e apagando as chamas que se erguiam de sua pele, até que restasse apenas uma fumaça cinza que subia para o teto da cela. O cheiro era nauseante, e ele ajoelhou-se ao lado dela. A fumaça dissipou-se e o estômago dele revirou.

Ela descansava o braço em diagonal sobre um dos joelhos, quase totalmente preto pela queimadura. A pele havia saído em camadas, revelando músculos que, cauterizados, pareciam cordas fortes e escuras. Debaixo deles, Jamie pôde ver o branco do osso; ele desviou o olhar, com medo de vomitar.

– Está tudo bem – disse ela, ofegante. – Vai nascer de novo. Só preciso de sangue.

Sem pensar, Jamie puxou o colarinho de seu uniforme para baixo e virou o lado não machucado do pescoço na direção dela. Ela riu, apesar da agonia que sentia no braço.

– Que fofo – disse ela, em meio a uma careta de dor. – Mas acho que ainda não estamos prontos para isso.

Jamie ficou ruborizado, e então desceu o corredor às pressas até a sala do guarda.

Ela poderia ter passado o braço pela barreira a qualquer momento, se quisesse me ferir.

A qualquer momento.

– Preciso de sangue – disse ele. O guarda fez menção de lhe perguntar algo, mas Jamie não lhe deu ouvidos: – Agora. Em nome do almirante Seward. Pergunte a ele se quiser, mas acho que ele não vai gostar muito de ser incomodado.

O operador atrás do vidro olhou para Jamie de boca aberta. Depois de um instante soltou um suspiro, foi para trás em sua cadeira de rodinha e abriu uma geladeira de aço inoxidável embutida na parede. O ar frio saiu numa névoa, e o guarda enfiou a mão e pegou alguns sacos com 2 litros de sangue O negativo. Ele empurrou a cadeira para trás, as rodinhas fazendo barulho no chão reluzente, e parou na frente de Jamie. Jogou os sacos de sangue pela ranhura no vidro da guarita e depois voltou para sua mesa, sem nem olhar de novo para Jamie.

O menino voltou correndo à cela. Larissa havia rastejado até a cama e segurava o braço machucado encostado ao peito. Ela sorriu para Jamie quando ele apareceu, mas em seus olhos havia muita dor.

Jamie passou direto pelo campo de luz ultravioleta e foi até ela. Entregou-lhe o sangue e sentou-se na cama, ao lado dela, enquanto a menina rasgava o primeiro dos sacos com os dentes, segurando-o com a mão boa.

– Vire – disse ela.

– De jeito nenhum.

Ela não esperou para ver se ele mudaria de ideia; levantou a bolsa plástica e espremeu-a, fazendo seu conteúdo cair na sua boca. Seus olhos ficaram vermelhos enquanto o sangue deslizava em sua garganta e ela o engolia compulsivamente, a cabeça jogada para trás. Houve um som efervescente, e Jamie baixou os olhos para o braço dela.

O que ele viu deixou-o sem palavras. A pele tostada e enegrecida estava borbulhando, como se imersa em ácido. Diante dos olhos dele, a carne foi do preto para o vinho, depois um escarlate brilhante, e então adquiriu o mesmo tom claro de cor-de-rosa do restante do corpo dela. Fibras de músculo e camadas de pele cresceram de novo, unindo-se a carne recuperada e preenchendo os buracos feitos pelo fogo. O ruído efervescente diminuiu, e Jamie levou um susto: o braço de Larissa parecia apenas o resultado de uma tarde ao sol.

Ela respirava com dificuldade, seus lábios estavam finos e os olhos, carmesim.

– Dói? – quis saber ele. – Quando regenera?

Ela fez que sim, depois abriu a boca, e seus lábios tremiam.

– Não tanto – disse ela. – Mas dói.

Ela abriu a segunda bolsa de sangue e bebeu avidamente seu conteúdo. Um fluxo espesso de sangue saía do canto de sua boca e escorria pelo queixo; Jamie resistiu à ânsia absurda de limpá-la lambendo o sangue de seu rosto. O som efervescente veio novamente, e a cor do braço dela clareou até seu tom normal, e era impossível acreditar que ela antes estivera machucada. Ele esticou a mão e acariciou a pele nova; era cálida e macia.

Ela pegou na mão de Jamie e olhou nos olhos dele.

– Eu nunca machucaria você. Me desculpe por tê-lo levado até o Valhalla sem contar por que eu queria ir até lá. Mas pode confiar em mim. Nunca mais vou mentir para você.

Ele inclinou-se e beijou-a. Os lábios da menina encontraram os dele, mas dessa vez Jamie se afastou e levantou-se da cama. Ela ficou olhando para ele, confusa.

– Já volto – disse ele, e sorriu.

39

UM CONVITE FORMAL

POSTO AVANÇADO NORTE DO DEPARTAMENTO 19
RAF FYLINGDALES, NORTH YORKSHIRE MOORS
QUINZE MINUTOS ATRÁS

O oficial de voo John Elliott verificou as telas, cruzou a porta do bunker, adentrou a fria noite e expeliu uma nuvem de ar quente. O turno da noite era o pior. As horas estendiam-se ao infinito e o cansaço tentava o tempo todo vencê-lo, por mais café que tomasse e por mais cigarros que fumasse.

Ele conferiu o relógio de pulso: 1h18. Só mais 42 minutos.

John acendeu um Camel Light; fez uma careta quando a fumaça desceu arranhando sua garganta seca, mas continuou fumando. Dave Sargent assumiria em seguida, e, assim que teclasse seu código de acesso e abrisse a porta do bunker, John poderia relaxar. Poderia estar na cama quatro minutos depois. Fizera as contas.

O jovem oficial de voo observou a distância toda a área da base à sua frente e as charnecas mais além. As gigantescas bolas de golfe de um azul bem claro que ocultavam as antenas de radares de Fylingdales na Guerra Fria não estavam mais lá, porém a vasta antena piramidal em fase de três lados que as substituíra erguia-se do topo de Snod Hill, silenciosa e agourenta mesmo estando ali havia mais de um ano.

O posto avançado da Blacklight ficava na margem oeste da base, longe das estradas pelas quais passavam ônibus repletos de turistas que seguiam até Whitby durante os meses do verão, longe do pessoal da Força Aérea britânica e de suas famílias, um quadrado genérico cinza com uma pesada porta de aço que dava para um pequeno bunker embaixo, uma sala quadrada com duas escrivaninhas embutidas nas paredes e um banheiro minúsculo nos fundos. A caserna ficava a uma curta distância ao longo da rota da cerca, conectada à frente do bunker por um caminho de cascalho. O edifício baixo de tijolos estava escuro; o restante do pessoal da unidade de John Elliott dormia em suas camas.

Depois da cerca que se estendia além do bunker ficavam as charnecas, onde as samambaias e a grama alta não eram perturbadas pelos excursionistas nem pelos passantes, que sabiam que era melhor não se aproximar da base. Passando as charnecas, nas colinas acima de Harrogate, ficava a base de radares RAF Menwith Hill, o posto de escuta da NSA, território soberano dos Estados Unidos.

John já fora lá algumas vezes, comera um hambúrguer no pequeno restaurante, tomara Coors Light e perdera 40 dólares no boliche. Os ianques fizeram as coisas de forma a se sentirem totalmente em casa, construindo uma autêntica cidadezinha americana nas sombras dos vastos campos de radar que faziam a varredura das ondas aéreas do mundo, na busca por palavras e frases que faziam erguer-se a bandeira vermelha de alarme na base de dados do Echelon.

Antes de entrar para a Blacklight, John achava que as pessoas que acreditavam em coisas como o Echelon eram loucos solitários que passavam o tempo todo usando chapéus de papel alumínio e postando alucinadamente na internet. Agora ele sabia de coisas que os fariam chorar em cima do teclado.

Alguma coisa esmagou de leve o cascalho atrás do bunker.

Instantaneamente, o oficial de voo Elliott sacou sua Glock do coldre e puxou o rádio do cinto. Teclou seu código de identificação no aparelho e levou-o ao ouvido.

– Código.

A voz do comandante Jackson soava cansada e raivosa.

– Elliott, John. NS303-81E.

– O que está havendo, Elliott?

– Ouvi uma coisa, senhor. Atrás do bunker.

– Foi investigar?

– Não, senhor.

O comandante xingou-o com gosto.

– Vá ver o que é. Estarei aí dentro de três minutos.

– Senhor, o protocolo...

– Três minutos, comandante de voo. Fui claro?

– Sim, senhor.

Elliott colocou o rádio de volta no cinto e apoiou a mão esquerda na coronha de sua pistola. Caminhando com cuidado para não fazer barulho, ele foi contornando a lateral do bunker. Sua experiência lhe dizia que devia ser algum tipo de animal, um texugo escavando sob a cerca das charnecas ou uma gaivota vindo da costa e cansada demais para voar de volta. No entanto, os protocolos existiam por um motivo. Ninguém chegava perto do bunker da Blacklight sem autorização, e qualquer ruído incomum era levado muito a sério.

Ele chegou à esquina da construção e apontou a Glock que tinha em mãos. Inspirou fundo e girou o corpo.

Nada.

O amplo espaço entre a parede do bunker e a cerca estava vazio, e a trilha de cascalho, intocada. Elliott abaixou a arma e levou a mão ao rádio para dizer ao comandante Jackson que se tratava de um alarme falso.

Tunc.

O sistema nervoso de John foi invadido pela adrenalina. Nenhum animal poderia ter feito um barulho tão forte lá da frente do bunker. Ele ergueu novamente a pistola e deu a volta, atento, encostado à comprida parede do bunker. À sua frente, a base de radares RAF Fylingdales reluzia, bem brilhante, com luz amarelo-âmbar, e pela primeira vez John desejou que a extensão de grama que separava o bunker da Blacklight do restante do complexo não existisse.

Ele conferiu o relógio enquanto avançava lentamente ao longo da parede de concreto. Quarenta e cinco segundos desde que ele havia falado com o comandante Jackson. Apenas pouco mais de dois minutos até que chegasse apoio.

John esgueirou-se ao longo da parede, o bico de sua arma firme no ar fresco da noite. Então ele ouviu um ruído que congelou o sangue em suas veias e fez o cano de sua pistola tremer involuntariamente.

Parecia uma risada.

Uma risada estridente, quase infantil.

Os pelos na sua nuca ergueram-se e seu corpo inteiro começou a tremer quando uma segunda dose de adrenalina, desta vez intensa, entrou em seu sistema nervoso. Ele andou mais um centímetro para a frente, inspirou fundo, cobriu a distância do último meio metro até a virada na parede e em um passo fez a curva.

Havia alguém parado na frente da porta.

Tudo se deu em câmera lenta. John sufocou um grito, seus olhos esbugalhados de terror, e ele fez menção de puxar o leve gatilho da pistola. O vulto trajava uma camiseta branca, e foi esse detalhe, absorvido pelo cérebro de John com bastante rapidez, que o levou a não apertar o gatilho. Ele olhou com mais atenção e então abaixou a arma, ofegante, sua respiração vindo em sequências bruscas.

Não era uma pessoa.

Era apenas uma camiseta, presa à porta do bunker. Havia algo escuro se projetando do meio do peito da camiseta, e palavras escritas no material branco. Ele deu um passo à frente para olhar de perto e então sentiu quando a mão de algo ou alguém pousou em seu ombro. Dessa vez ele gritou.

– Que diabos deu em você, Elliott? – falou o comandante Jackson, girando o jovem oficial de voo para fazê-lo ficar de frente para ele. – Você está...?

Sua voz foi sumindo quando ele viu a camiseta ondulando suavemente ao vento.

Os dois deram um passo à frente. O comandante Jackson pegou a pesada lanterna que carregava no cinto e iluminou com ela a porta do bunker.

A camiseta estava presa por um pesado parafuso de metal, de pelo menos uns 30 centímetros de comprimento, que havia atravessado a camiseta ao ser cravado na porta de aço do bunker, na qual penetrara alguns centímetros.

Quanta força seria necessária para se fazer isso?, perguntou-se John.

Na camiseta havia o desenho traçado de uma ilha, com uma única palavra embaixo, escrita numa alegre fonte amarela:

LINDISFARNE

Embaixo disso, na região da barriga da camiseta, cinco palavras haviam sido rabiscadas em um líquido vermelho escuro que revirou o estômago de John:

DIGA
AO
GAROTO
QUE VENHA

– Emita um alerta de proximidade – disse o comandante Jackson em voz baixa. – E acorde o restante da unidade.

John abriu a pesada porta, notando, com um horror levemente amortecido, que uma pequena pirâmide de metal agora despontava de dentro dela.

O parafuso quase atravessou o aço.

Ele sentou-se à mesa de comunicações e teclou o comando para emitir o alerta de proximidade. Esse sinal seria enviado a todas as bases militares dentro de um raio de 80 quilômetros, ordenando que verificassem seus radares em busca de algum fenômeno aéreo inexplicado nos últimos trinta minutos. Os operadores de radar não saberiam o que eles procuravam, nem por quê, e apagariam o registro de tal busca assim que os resultados tivessem sido transmitidos de volta para o Posto Avançado ao Norte, como ditava o protocolo.

John estava prestes a digitar o comando para acordar o restante da unidade quando algo em um dos monitores lhe chamou a atenção. Era o canal 24 da BBC News, e as palavras NOTÍCIAS URGENTES estavam estampadas na parte inferior da tela.

– É melhor informarmos o Looping a respeito da mensagem – disse Jackson através da porta aberta.

John respondeu sem tirar os olhos da tela:

– Acho que eles já sabem, senhor.

40

PONTO DE RUPTURA

Jamie abriu a porta da sala de operações.

Frankenstein e Thomas Morris estavam exatamente no lugar em que ele os havia deixado; os dois não olhavam um para o outro, e Jamie duvidava que tivessem trocado uma palavra sequer no tempo em que passara no subsolo. Ambos ergueram os olhares quando ele entrou na sala e sentou-se em uma cadeira na frente deles.

– Não foi ela – disse Jamie.

Morris e Frankenstein abriram a boca para protestar, mas Jamie não deu a chance a eles:

– Não me importo se vocês acreditam ou não em mim. Sei que não foi ela. O que quer dizer que vocês dois, eu, o almirante Seward e o operador que moveu o satélite éramos as únicas pessoas no mundo que sabiam que havíamos encontrado Alexandru. O restante da equipe de ataque recebeu as instruções já no ar, e todo o tráfego de rádio estava sendo monitorado. Então um de nós deve ser a pessoa que avisou Alexandru.

Ele passou as mãos pelos cabelos e esfregou os olhos.

– Para ser sincero – prosseguiu ele –, não me interessa quem foi. Só o que me importa é qual será nosso próximo passo. Até onde eu saiba, não temos mais nenhuma pista, e Alexandru muito provavelmente matou um monte de gente inocente para me punir apenas por procurar por ele. Então eu quero saber o que acontece agora.

Com um zunido e um lampejo de luz brilhante, a tela que cobria uma parede inteira da sala de operações ganhou vida. O brasão do Departamento 19 apareceu, com 1,80 metro de diâmetro, visto que os protocolos de segurança automatizados haviam sido implementados, então uma janela se abriu no centro do desktop do sistema da Blacklight e uma reportagem do noticiário da BBC apareceu na frente dos três, que ficaram alarmados.

– O que está acontecendo? – quis saber Jamie.

– O sistema de monitoração varre toda mídia civil em busca de incidentes sobrenaturais em potencial – respondeu Morris, que havia erguido o olhar para a tela. – Isso está acontecendo agora, seja lá o que for.

As palavras NOTÍCIAS URGENTES rolavam ao longo da parte inferior da tela em letras grossas e brancas. A tela mostrava um repórter em uma praia, seus cabelos esvoaçando ao vento, estalidos soando no microfone quando o ar noturno o chicoteava. Atrás do repórter havia um par de refletores portáteis voltados para a beira da água, onde um barco de pesca parecia ter encalhado. Havia homens e mulheres vagando sem rumo pela areia, com cobertores sobre os ombros, e seus olhares eram de extremo torpor; enquanto isso, vários policiais e paramédicos se movimentavam em meio a eles.

A legenda na parte inferior da tela informava ao telespectador que a matéria estava sendo transmitida ao vivo de Fenwick, Northumberland.

No canto inferior direito da tela, um homem estava de pé, imóvel, com uma careta de dor no rosto enquanto um paramédico aplicava uma bandagem em seu pescoço. Dois policiais tentavam conter uma mulher que gritava no chão, e o repórter tentava, em desespero, achar alguém capaz de responder com razoável coerência a suas perguntas.

Uma lâmpada foi acesa na mente de Jamie.

– Tom! – gritou ele, e o oficial de segurança deu um pulo. – Você pode voltar um pouco essa reportagem?

Morris parecia confuso, mas disse que sim.

– Preciso que você volte trinta segundos e congele a imagem. Rápido!

Morris abriu uma janela e apertou uma série de botões. Enquanto fazia isso, Frankenstein se pôs desajeitadamente de pé e foi ficar ao lado de Jamie.

– O que está acontecendo? – perguntou ele.

– Você vai ver – respondeu o menino, sem tirar os olhos da tela.

Enquanto Morris mexia nos controles, o noticiário foi interrompido e depois começou a ser rebobinado.

– Congele aí! – gritou Jamie depois de alguns segundos, e Morris fez o que ele mandou. – Dê zoom no homem que aparece ali embaixo no canto direito.

Uma grade de linhas verdes apareceu sobre a imagem, dividindo-a em 64 quadrados. Morris destacou os quatro na parte inferior direita e clicou neles, fazendo-os se expandirem e encherem a tela, uma imagem borrada de mais ou menos 3,5 metros de altura. Ele apertou uma série de teclas e a imagem ganhou nitidez e ficou claramente perfeita.

O paramédico estava prestes a colocar uma bandagem no pescoço do homem. Havia sangue espalhado por sua pele clara, quase negro sob a luz prateada da lua cheia que pairava acima; ele já não estava mais visível. Jamie inspirou fundo, com força, e prendeu a respiração.

Em meio ao sangue opaco havia dois buracos redondos e bem escuros.

Jamie seguiu com os olhos a trilha do sangue até o ombro do homem, de onde havia escorrido até seu braço, que lhe cruzava o peito. O homem trajava uma camiseta branca, agora manchada de vermelho-escuro.

– Onde fica este lugar? – perguntou Jamie. – Preciso de um mapa das cercanias. Minha mãe está lá, nesse lugar de onde veio esse barco, eu sei que está!

Morris desceu de seu painel de controle, abriu um longo e estreito armário embutido em uma das paredes de metal e tirou de lá um conjunto de mapas. Jamie foi correndo na direção dele e os dois começaram a espalhar os mapas sobre uma das mesas.

– Northumberland, Northumberland – disse Morris em voz alta, jogando de lado um mapa atrás do outro.

Atrás dos dois, algo emitia um bipe, mas nem ele nem Jamie ergueram o olhar para ver de que se tratava.

– É esse aqui! – disse Morris, e estirou um mapa da costa do Mar do Norte sobre a mesa.

Ele e Jamie se juntaram sobre o mapa, seus dedos pairando no ar enquanto procuravam pela minúscula cidade costeira de Fenwick.

– Jamie – chamou Frankenstein, mas o adolescente nem mesmo ergueu o olhar, apenas fez um aceno com a mão e continuou a examinar o mapa. – Jamie! – repetiu o monstro, bem alto, e desta vez a urgência na voz dele fez Jamie levantar a cabeça; uma careta enrugava-lhe o rosto.

– O que foi...?

Ele parou de súbito, seguindo com os olhos o dedo que Frankenstein apontava para a tela gigantesca. Uma nova janela se abrira, contendo um e-mail proveniente de um endereço que era uma combinação indecifrável de letras e números. Não havia texto no corpo da mensagem, apenas uma fotografia em alta qualidade da camiseta que havia sido presa na porta do Posto Avançado ao Norte do Departamento 19. As letras amarelas com o nome da cidade, LINDISFARNE, estavam claramente visíveis, assim como as palavras rabiscadas embaixo; o sangue seco era de uma cor negra de revirar o estômago.

DIGA
AO
GAROTO
QUE VENHA

Jamie inspirou fundo demoradamente e olhou ao redor, para seus amigos.

– É lá que ela está – disse ele.

Jamie colocou suas armas na mesa da sala de operações e verificou uma de cada vez. Ele não levantou o olhar quando Frankenstein e Morris voltaram.

– Falei com o posto – disse Morris. – Eles vão controlar a imprensa, e vão manter a polícia afastada da ilha até que avisemos que o caminho está livre.

– Ótimo – respondeu Jamie. – Muito bom.

Ele amarrou os cadarços de suas botas, fechou as presilhas de eu colete à prova de balas e voltou a guardar as armas.

– Posso sentir que vocês estão olhando para mim – disse Jamie, colocando uma das luvas e prendendo-a à manga de seu uniforme. – Digam o que quer que tenham a me dizer.

– A equipe de resgate estará de volta em poucas horas – disse Morris. – Por que você não espera, e então poderemos...

– Nada de esperar, Tom – disse Jamie. – Eu vou agora. Me dê o código da cela de Larissa.

– Para quê? – perguntou Frankenstein.

– Vou levá-la comigo – respondeu Jamie. Ao notar o olhar no rosto do monstro, parou o que estava fazendo para ficar de frente para ele e olhar em seu rosto. – Não foi ela, Victor. Sei que não foi ela. Se você não consegue acreditar em mim, tudo bem, mas eu confio nela e vou levá-la comigo.

– Jamie – disse Morris –, se não foi ela, então quem foi?

– Não sei – foi a resposta de Jamie. – Só sei com certeza que não foi ela.

Morris engoliu em seco e olhou para Jamie com um ar solene no rosto e os olhos arregalados.

– Acho que há algo que você precisa saber – disse ele. – Mas não cabe a mim lhe contar.

Frankenstein retesou-se em sua cadeira.

– Cala essa maldita boca, Morris! – disse ele, em um tom de ameaça.

Jamie olhou para os dois.

– O que está acontecendo? – perguntou ele.

Morris baixou o olhar.

– Pergunte a ele – disse Morris, apontando para Frankenstein. – Pergunte onde ele estava quando seu pai morreu.

Jamie ficou encarando o monstro, que olhava para Morris com fúria evidente. E então a cabeça do menino pareceu se abrir, e as lembranças daquela noite inundaram sua mente como um dilúvio.

Oito homens com coletes negros à prova de balas e portando submetralhadoras estavam dispostos pela entrada para carros, suas armas apontadas para a porta pela qual Julian estava passando.

– Mãos na cabeça! – gritou um dos policiais.

Era um homem imenso, trajando uma balaclava e um capacete antimotim que parecia comicamente pequeno sobre seus enormes ombros. Jamie ficou encarando a figura gigantesca, um terror cego percorrendo-o, e viu que os braços dele, semelhantes a troncos de árvore, tinham comprimentos diferentes.

– Agora!

Um horror além de qualquer coisa que Jamie já sentira na vida tomou conta de seu corpo, fazendo-o sentir um frio intenso na espinha e deixando-o com as pernas bambas. Ele olhou para Frankenstein.

Nãonãonãonãonãonãonãonãonãonãonãonãonãonãonãonão nãonãonãonãonãonãonãonãonão.

Sua garganta se fechou e ele ficou ofegante, tentando respirar; curvou-se e abaixou a cabeça entre as pernas, as mãos apoiadas nas joelheiras, na tentativa de não entrar em colapso.

Pense na sua mãe. Não a decepcione agora. Pense na sua mãe.

Ele forçou-se a ficar novamente ereto e olhou para Frankenstein. O monstro o encarava com um olhar de suprema angústia no rosto, e havia estendido as mãos sobre a mesa, como se tentasse alcançar Jamie.

A visão das mãos verde-acinzentadas nos braços desiguais do monstro quebrou a paralisia do garoto; ele se encolheu, recuando de costas.

– Jamie... – começou o monstro, mas foi cortado:

– Você estava lá – disse Jamie. – Eu me lembro agora. Você estava lá quando mataram meu pai.

– Jamie, eu...

– Você estava ou não estava lá??? – berrou Jamie. – Não minta mais para mim! Você estava lá?

Frankenstein desferiu um olhar assassino para Morris, que fitava as próprias mãos, depois voltou a olhar para o menino à sua frente.

– Eu estava lá – disse ele.

Jamie sentiu-se amortecido; tinha a impressão de que nunca mais voltaria a sentir nada.

– Nunca mais chegue perto de mim – disse ele, com a voz trêmula. – Juro por Deus que mato você se fizer isso.

Ele voltou sua atenção para Morris, que o fitava com o olhar de um homem que acabara de cometer um crime pelo qual sabe que nunca poderá pagar.

– Tom – disse Jamie –, se você estiver disposto a vir comigo e com Larissa a Lindisfarne, ficarei muito grato. Se não quiser, entenderei. Mas de qualquer forma preciso do código da cela dela.

Morris levantou-se devagar da mesa. Evitou o olhar fixo de Frankenstein, que estava em silêncio e com ódio nos olhos.

– O código é 908141739 – disse ele em voz baixa. – Me dê cinco minutos e vou encontrá-lo no hangar.

– Obrigado – disse Jamie. – Muito obrigado.

Então ele se virou e saiu correndo da sala de operações, seguindo em direção ao elevador no final do corredor.

Larissa estava deitada de costas no chão, no meio da cela, quando ele chegou correndo. Ela sentou-se e sorriu para Jamie quando ele parou na frente de sua cela.

– Voltou tão rápido! – disse ela.

– Eu falei – respondeu ele, respirando profundamente.

Jamie recompôs-se e olhou para ela.

– Sei onde está a minha mãe – disse ele. – Vou colocar um ponto final nisso, de uma forma ou de outra, e sua ajuda seria bem-vinda.

Ela levantou-se devagar e estirou os braços acima da cabeça.

– Não posso fazer muita coisa daqui.

Jamie esticou a mão e pressionou os botões no teclado que havia ao lado da cela. O campo ultravioleta desapareceu.

Larissa saiu e deu-lhe um beijo rápido na bochecha.

– Vamos – disse ela.

41

O FRONT ORIENTAL

BASE DO COMANDO CENTRAL DO CPS
PENÍNSULA DE KOLA, RÚSSIA

Os dois helicópteros da Blacklight desceram em direção à base do CPS, seus motores rugindo no ar congelante, seus rotores revirando a neve, criando tufões rodopiantes. As rodas dos veículos deslizaram pela superfície de gelo quando a tocaram, e então as portas se abriram e o almirante Seward conduziu a equipe de resgate em direção à sala de controle do CPS.

Vinte operadores da Blacklight saíram correndo pela neve, formas escuras movendo-se com rapidez ao longo de uma paisagem que era puro branco. Os homens tremiam enquanto o vento do Ártico chicoteava a malha de seus uniformes; a neve deslizava torrencialmente pelos seus visores púrpuras, obscurecendo-lhes a visão.

Eles chegaram à entrada da base, deslizando e derrapando ao pararem na frente de um buraco irregular no metal onde a pesada escotilha de descompressão deveria estar.

– Jesus Cristo – murmurou um dos operadores.

A porta havia sido arrancada e estava agora tombada para o lado, toda retorcida como uma latinha de bebida vazia. As dobradiças que a mantinham no lugar tinham 20 centímetros de aço sólido e mais de 5 centímetros de diâmetro, e a vedação a vácuo que a conectava ao isolamento havia sido projetada para suportar um terremoto quase duas vezes mais forte do que o último nível da escala Richter.

– Alerta 1 daqui em diante – disse Seward, e cruzou o buraco.

Havia muita neve acumulada sobre todas as superfícies da sala de controle e contra as laterais das mesas que haviam sido, até pouco antes, as estações de trabalho dos funcionários do CPS. Em alguns lugares, o gelo adquirira um tom rosado, devido ao sangue que havia embaixo.

O almirante Seward quase tropeçou no primeiro cadáver.

O corpo jazia na frente da entrada vazia; era um homem que não devia ter mais de 19 ou 20 anos. Estava coberto de neve, e Seward ordenou a seus homens que o tirassem dali. Eles ajoelharam-se e tiraram a neve do corpo com suas mãos enluvadas, revelando assim, aos poucos, o uniforme cinza-escuro do CPS.

O homem que estava tirando a neve na parte da cintura do corpo começou a tossir, e Seward aproximou-se dele. O soldado desviara o olhar, tampando a boca com a mão, e o almirante sentiu o vômito subir-lhe à garganta.

O jovem havia sido dilacerado; seu corpo, separado ao meio.

Abaixo de sua cintura não havia nada além de uma enorme quantidade de sangue, que cobria o chão em uma poça densa.

O almirante Seward dividiu a equipe de resgate em dois grupos e dirigiu-se ao primeiro:

– Limpem esta sala. Quero que tirem estes homens daqui. O restante de vocês, venham comigo.

Ele deixou o major Turner supervisionando a retirada dos corpos na sala de controle e com o outro grupo penetrou mais na base. Eles seguiram devagar ao longo de um amplo corredor cinza e ao final entraram em um elevador que estava com as portas abertas. Seward pressionou o botão do primeiro andar subterrâneo.

– Façam uma busca no prédio, andar por andar, procurando sobreviventes – disse ele. – Não quero que ninguém seja deixado para trás.

A campainha do elevador soou e as portas abriram-se. Os operadores saíram, dividiram-se em duplas e começaram a verificar as portas que se estendiam em ambos os lados do corredor. Seward ficou observando seus homens até que as portas do elevador se fecharam à sua frente, e ele começou a descer novamente.

O diretor da Blacklight puxou, de uma corrente em seu cinto, uma chave triangular idêntica àquela usada pelo general Petrov pouco mais de duas horas antes e inseriu-a na ranhura abaixo dos botões numerados. O elevador passou rapidamente pelo andar -7 e reduziu a velocidade até parar. As portas se abriram, e a vista das longas fileiras de portas pesadas dos cofres-fortes fez Seward parar por um instante. Ele só estivera ali uma vez antes, pouco depois de ter sido indicado para o cargo de diretor. Yuri Petrov, um homem com quem ele tinha lutado lado a lado em diversas ocasiões, em alguns dos pontos mais sombrios do planeta, o escoltara até ali embaixo e o fizera passar pelos cofres-fortes um por um, um tour guiado pelos mais secretos artefatos que a nação russa coletara no decorrer de sua longa história. Por um instante ele foi sobrepujado pela perda dos homens do CPS que haviam morrido na sala de controle, as mais recentes baixas em uma longa e sangrenta guerra da qual a população nunca poderia ter conhecimento. Então ele balançou a cabeça, afastando tais pensamentos, e apressou-se a seguir em frente.

O corredor estava escorregadio de tanto sangue viscoso e talhos de carne escarlate, e Seward prendeu a respiração ao desviar da carnificina: o ar estava denso com o cheiro de sangue e o cheiro fétido dos vampiros que o haviam derramado. Ele forçou-se a seguir em frente até se ver em frente à porta marcada com o número 31, onde encontrou o general Petrov encarando-o da mesa vazia que havia dentro da pequena sala de metal.

A cabeça dele fora cortada do corpo e colocada ali virada para cima, com seus olhos mortos voltados para a porta. Escorria sangue do pilar de metal, formando uma poça em sua base, e o líquido ficara negro ao secar. O rosto em si estava quase irreconhecível: a pele coberta de ferimentos e contusões em um tom roxo, o nariz e o maxilar quebrados em diversos lugares e a boca tremendamente inchada. No entanto, os olhos estavam claros e cheios de um ar de desafio.

Petrov foi um Spetsnaz, um membro da força especial russa, quando isso ainda significava algo. Aposto que eles se cansaram antes dele.

Seward deu a volta no pilar, verificando cada um dos cantos do cofre-forte. Ele sabia que isso era inútil, mas o fez mesmo assim; não desonraria a memória de Petrov perdendo alguma informação de algo óbvio. Mas não havia nada no cofre-forte além da cabeça do general russo.

Ele saiu de novo no corredor de aço, pisando com cuidado em volta dos destroços, e puxou o telefone do bolso. Discou para um número e manteve o aparelho perto do ouvido.

– Levaram – disse ele, quando a ligação foi atendida. – Sim, tenho certeza. Estou no cofre-forte vazio neste instante.

Seguiu-se um longo momento de silêncio.

– Entendo – disse ele por fim. – Preciso de uma lista com os nomes de quaisquer pessoas que tenham acessado conteúdos criptografados do CPS no mainframe da Blacklight nas últimas 48 horas. Sim, eu espero.

Ele ficou andando de lá para cá pelo corredor, esperando pelas informações que solicitara. Depois de quase um minuto, a voz lhe disse que não havia registros de ninguém que tivesse acessado as informações que ele havia solicitado.

– Refaça a busca, ignorando os protocolos de segurança. Use meu código de acesso, 69347X. E seja rápido.

Quase instantaneamente, um único nome foi lido para ele.

Seward soltou palavrões.

– Preciso de uma posição atual imediatamente – disse ele. – Busquem pelo chip dele.

Segundos agonizantes se passaram. Seward havia parado no meio do corredor e estava segurando o telefone junto ao ouvido com tanta força que as juntas de seus dedos já estavam ficando brancas.

Ele não. Por favor, ele não!

A voz do outro lado da linha falou de novo, descrevendo uma localização.

– Algum outro operador está com ele? – A voz lhe respondeu. – Obrigado – disse Seward, e desligou.

Ele xingou muito, baixinho, discou para um segundo número e esperou que Cal Holmwood atendesse. O operador surgiu na linha depois do terceiro toque.

– Cal? – disse Seward. – Aqui é Henry falando. Preciso que você traga o *Mina* para a Rússia imediatamente. Para o Comando Central do CPS. Peça desculpas aos americanos e parta agora mesmo. Temos problemas aqui.

Holmwood pareceu surpreso, mas de imediato disse ao diretor que seguiria as ordens dele. Seward agradeceu, desligou e discou para um terceiro número. Estava prestes a apertar o botão de chamada quando o telefone tocou, vibrando em sua mão. Olhou para a tela e viu o mesmo número para o qual estava discando. Apertou o botão de atender e pressionou o aparelho junto ao ouvido.

– Ouça – disse ele, interrompendo a voz do outro lado da linha. – Preciso que você me diga onde está Jamie Carpenter. A vida dele pode estar em perigo.

Seguiu-se uma pausa, e então a voz lhe respondeu. O rosto de Seward ficou lívido.

– Ele está indo em direção a uma armadilha. Chame...

Mas a pessoa do outro lado da linha já não estava mais lá.

42

ILHA PROFANA

A área de piquenique ao final da trilha elevada sobre o terreno lamacento que conectava a ilha de Lindisfarne à região continental estava deserta. Os últimos turistas haviam recolhido suas toalhas de mesa e seus cestos na noite anterior, entrado em seus carros e trailers e partido, deixando para trás lixeiras transbordando e mais pilhas de material descartado, que flutuavam indolentemente nas brumas que cobriam o solo como uma coroa de flores funerária. As mesas e os bancos de madeira estavam vazios, e a área de recreação das crianças estava escura, os balanços rangendo enquanto iam para a frente e para trás, o carrossel girando de leve.

Um ronco baixo perfurou o silêncio.

Se houvesse alguém na área de piquenique, teria facilmente sentido, antes mesmo de ouvir o ronco em si, um tremor sob o solo, ganhando força conforme se aproximava, vindo do sudoeste. E então ficou realmente audível, um som oco e contínuo, regular como um relógio, e ficava cada vez mais alto, até que, se de fato houvesse alguém ali, pensaria que era um furacão bem acima de si. O vento ganhou mais intensidade e velocidade e o lixo espalhou-se rapidamente na área de piquenique, em círculos rápidos. Um dos cestos de lixo virou, depositando na grama sua coleção de contêineres de poliestireno, latas de bebida e pacotes vazios de batatas fritas, de onde foram levados por uma espiral de ar, criando assim um minitornado de lixo.

Duas luzes brancas e ofuscantes penetraram no céu noturno, iluminando a área de piquenique. Os feixes de luz eram amplos e brilhantes, e aumentavam em largura à medida que algo vinha lá de cima, e seus campos circulares espalharam-se até se mesclarem em apenas um; então, com um rugido de tremer os ossos, um helicóptero EC725 surgiu das brumas, as hélices fazendo o ar úmido girar em colunas e túneis.

O helicóptero negro desceu com rapidez e suas imensas rodas encostaram com força no gramado gasto da área de piquenique ao aterrissar. Então uma porta corrediça abriu-se na lateral do veículo; cinco figuras pularam e saíram apressadas pela grama até estarem fora do alcance das hélices.

Jamie Carpenter olhou ao redor, para os companheiros, enquanto poeira e lixo atingiam com ruídos ocos o plástico púrpura de seu visor. O rosto de Morris estava visível sob seu visor erguido; ele olhava para Jamie com rugas de preocupação crescente no rosto, mas a determinação em seus olhos deixou Jamie feliz. Mais dois operadores estavam ali em preto e púrpura, as mãos pendendo nas laterais do corpo. Seus nomes eram Stevenson e McBride; estavam esperando no hangar do Looping junto com Morris quando o menino chegou com Larissa, e ele ficou feliz em tê-los consigo. A garota vampira fitava Jamie firmemente, com encorajamento estampado em sua face. Ele sorriu para ela, que retribuiu o sorriso na mesma hora.

– Não sei o que vamos encontrar na ilha – disse Jamie, erguendo a voz acima do uivo das hélices. – Presumo que Alexandru saiba que estamos a caminho, e vocês deveriam considerar isso também. Ele me disse que havia matado um monte de gente, então também devemos esperar encontrar corpos, muitos deles. Vocês viram o mapa da ilha; é uma pequena aldeia subindo uma colina, com uma doca na parte inferior. O restante da ilha é território inóspito, com exceção do monastério na extremidade norte. Creio que encontraremos minha mãe lá, mas posso estar enganado. Então, vamos passar primeiro pela aldeia e procurar sobreviventes.

Jamie olhou para a equipe ao redor. A expressão que via nos rostos era calma.

Eles esperam que eu os lidere. Como isso aconteceu?

– Alguma pergunta? – disse Jamie.

Era algo que ele ouvira oficiais militares perguntarem em filmes antes de conduzirem suas tropas à batalha, e pareceu-lhe algo apropriado a se dizer.

Todos balançaram as cabeças em negativa, ao que ele assentiu.

– Então vamos! – disse ele.

Eles caminharam de forma constante pela trilha elevada que os levaria até Lindisfarne. As brumas ficaram mais cerradas, tornando impossível enxergar a mais de 3 metros em qualquer direção. Jamie ouvia uma água invisível bater em ambos os lados de seu corpo, e começou a tremer.

Se eles vierem até nós nas brumas, não vamos nem conseguir vê-los até que seja tarde demais.

Eles seguiram a linha branca no meio da estrada, caminhando em fila. Jamie seguia na frente, e atrás dele vinham Larissa, os dois operadores e Morris, que cobria a retaguarda, mantendo seu T-Bone bem colado ao corpo. De poucos em poucos minutos, Larissa esticava a mão e roçava a nuca dele com seus dedos frios, e o estômago dele se revirava.

As brumas começaram a rarear, e a ilha surgiu à frente deles, uma forma escura que se agigantava no céu escuro da noite. Eles continuaram caminhando, e o retinir agudo de suas botas na pista era o único som que se ouvia, até que duas silhuetas altas e magras emergiram na beira da estrada, então Jamie parou e ergueu a mão, gesticulando para trás.

– Ah, meu Deus – disse Stevenson, sua voz baixa e comprimida como se tivesse alguém apertando-lhe o pescoço.

Em cada um dos lados da estrada havia um mastro de bandeira, um tubo branco de metal que se erguia do sedimento na beirada da água por 6 metros de altura. As bandeiras que haviam flutuado à brisa do mar estavam jogadas no chão e diceradas em tiras. Uma delas era a britânica, e a outra, amarela e azul, da União Europeia.

No lugar das bandeiras, empalados nas pontas afiadas dos mastros, estavam dois moradores de Lindisfarne, seus dentes raspando os mastros enquanto giravam no ar.

– Não entendo – disse Jamie, sua voz densa de tanto horror. – Por que ele fez isso?

– Drácula costumava empalar pessoas – disse McBride. – Quando ainda era um homem, e não um vampiro. Empalava os prisioneiros de guerra e os colocava onde os exércitos inimigos pudessem vê-los. É um aviso para não seguir em frente.

– Isso não é um aviso – disse Larissa. – São as boas-vindas dele. Ele sabe que não vamos voltar atrás, então quer que Jamie veja do que ele é capaz. Quer que fique com medo.

Jamie ficou com o olhar erguido, fitando os corpos empalados.

Será que estavam vivos quando sofreram isso? Espero que já estivessem mortos...

– Vamos – disse ele, com mais convicção do que realmente sentia. – Vamos continuar.

Havia mais três pares de mastros de bandeiras, todos decorados da mesma forma terrível, mas Jamie mantinha os olhos focados na ilha, que agora ganhava forma à sua frente. Ele podia ver os postes de iluminação colina acima, e quadrados de luz amarela que eram as janelas das casas. Ao sopé da colina, à direita da trilha elevada, ele via ondas se quebrarem no concreto cinza da doca e uma pequena frota de barcos de pesca flutuando, subindo e descendo com a maré.

Eles continuaram andando, e depois de uns cinco minutos a água que os cercava recuou, e eles se viram em terra sólida. A estrada serpenteava para a direita, e eles seguiram sua trilha, as armas de prontidão. Ao chegarem ao sopé da colina, Jamie ergueu os olhos para as vias estreitas que subiam a colina até o vilarejo à esquerda, passando pela doca, à direita. Ficaram ali parados no cruzamento escuro, e Jamie tentou ouvir algum sinal de vida.

A ilha estava quieta.

Morta. A ilha está morta.

– Deem uma olhada nas docas – ordenou. Morris e Stevenson puseram-se a caminho da frota de pesca. Ele olhou para Larissa, que retribuiu o olhar com uma expressão nauseada no rosto. – O que houve? – quis saber.

– É esse lugar. Fede a morte. Não está sentindo?

Jamie farejou o ar. Podia sentir o cheiro dos resíduos salgados perto da água do mar e o fedor oleoso de peixe eviscerado, mas só isso.

– Não. Não sinto cheiro algum.

Ela então o olhou com resignação e disse:

– Espere só.

Morris e Stevenson estavam voltando, com as armas pendentes na lateral do corpo, ambos de cabeça baixa para examinar o solo. Saíram da doca e voltaram para perto dos dois.

– Alguma coisa? – quis saber Jamie.

– Uma adolescente – respondeu Morris. – Morta faz umas três horas, ao que parece. E sangue. Muito sangue. Nenhum sinal de sobreviventes.

Jamie olhou para a colina acima.

Duas estradas. Umas quarenta casas, talvez.

– Vamos nos dividir – disse ele. – McBride, venha comigo. Vamos pegar a rua à esquerda. Morris e Stevenson, sigam pela direita.

Ele olhou para Larissa.

– Pode subir e dar uma olhada na região lá de cima? – perguntou ele. – Você consegue ver coisas que nós não conseguimos.

Ela fez que sim.

– Ok. Nos encontramos no topo da colina em 15 minutos. Deixem os corpos onde estão. Sobreviventes são tudo que nos interessa.

A equipe seguiu seus caminhos separados. Morris e Stevenson passaram rapidamente pelo cruzamento e pegaram a direita. Larissa ergueu-se com graça no ar, sorrindo para Jamie, e desapareceu na escuridão, deixando Jamie e McBride sozinhos.

Eles encontraram os primeiros corpos imediatamente.

O sangue espesso escorria por entre as pedras desiguais do calçamento, formando poças nas entradas dos canos de esgoto e junto às rodas dos carros estacionados em frente às grandes e bem-cuidadas casas. Eles seguiram o curso do rio carmesim até a segunda casa da direita, onde encontraram um casal no chão, suas faces voltadas para baixo, na entrada para carros. Os longos cabelos loiros da mulher estavam cobertos de sangue, e na mão esquerda do homem faltavam os dedos, além de uma de suas orelhas. Atrás deles, as luzes elétricas reluziam intensamente pelas janelas quebradas, e a porta da frente estava pendendo, presa apenas pelas dobradiças de cima. Os painéis de madeira haviam sido despedaçados, e a fechadura estava no degrau da frente da construção.

– Não há nada que possamos fazer por eles – disse McBride, dando um puxão de leve no braço de Jamie.

O menino estava parado em frente ao portão aberto que dava para a entrada de carros da casa, o olhar fixo nos cadáveres. Ficou enojado com a brutalidade casual exibida por Alexandru e por seus asseclas, incapaz de compreender aquela violência desproposital.

Pobres pessoas. Ah, meu Deus, pobres e desafortunadas pessoas.

– Vamos – chamou-o, com urgência, McBride, puxando-o adiante pelo braço. – Eles estão mortos. Pode ser que haja alguém vivo lá em cima.

Pensar em sobreviventes fez com que Jamie saísse de seu estado de paralisia, e ele voltou a avançar colina acima. Seguiu do lado esquerdo da rua, McBride pelo direito; os dois verificaram os corpos que estavam estirados nas ruas de calçamento de cascalho, gritaram em frente às casas e esperaram para ver se vinha alguma resposta, seguiram trilhas vermelhas que os levavam até uma atrocidade após a outra. Jamie sentia-se zonzo, como se fosse desmaiar, mas seguiu em frente; uma porta após outra, uma vítima após outra.

Quase no topo da colina, ele ouviu uma música, uma peça clássica de piano que reconhecia, e seguiu o som até a residência de onde ela vinha, uma construção afastada da rua. Do lado de fora, deu uma olhada na mulher deitada no caminho e continuou, passando por outra casa que estava aberta para a noite, um retângulo de luz amarela morna que reluzia para a rua.

No topo da colina, onde as casas eram dispostas em curva para que a rua se unisse à outra, a que Morris e Stevenson subiam, ele ficou parado no meio da via, assim como McBride.

– Nada? – perguntou Jamie.

– Nada – confirmou McBride, erguendo o visor. Seu rosto estava pálido e retraído, como se tivesse sido esticado. – E você?

– Nada.

Então eles ouviram um grito alto e estremecido vindo de algum lugar atrás deles, onde terminava a rua e começava o bosque denso que cobria o coração da ilha. Jamie e McBride viraram-se e saíram correndo na direção de onde vinha o som.

Eles cruzaram a vegetação rasteira, partindo ramos sob as botas pesadas; galhos de árvores chicoteavam seus visores enquanto eles corriam entre troncos escuros e sobre bancos de terra e buracos entre os arbustos. Deram a volta; as árvores eram densas e a escuridão, intensa. Ouviram o grito de novo, mas desta vez ele soou como se viesse de toda parte ao redor deles, como se fossem mil vozes gritando em uníssono. Então, de súbito, Larissa surgiu ao lado deles, agarrando-os pelas mãos e erguendo-os no ar.

Ela alçou voo e ficou plainando entre as árvores, inclinando-se sem esforço para a direita e para a esquerda, segurando Jamie e McBride abaixo de si como se não pesassem nada. Ela foi até uma clareira, onde desceu um pouco e os soltou; os dois atingiram o chão e saíram rolando, depois ficaram de pé, apontando seus T-Bones para o meio da clareira, onde um jovem de 20 e poucos anos se contorcia nas garras de uma vampira aparentemente da mesma idade que ele. Ela imobilizara os braços do homem às costas e agora acariciava-lhe o pescoço com as longas unhas de sua mão direita. Ou ela não notou o aparecimento das duas silhuetas de preto ou simplesmente não se importou com elas.

Jamie apontou seu T-Bone e gritou "Hei" ao mesmo tempo em que puxava o gatilho. A vampira soltou o homem e ergueu-se, rangendo os dentes. O projétil atingiu-a no meio do peito, abrindo um buraco pelo colete branco que ela trajava, fazendo sangue jorrar no ar. Um segundo depois ela explodiu, formando no céu uma coluna de sangue em espiral que logo depois caiu no chão, cobrindo o gramado.

Jamie e McBride levantaram-se e foram até o homem, que estava encolhido de medo no chão, ensopado de sangue. Ele ergueu o olhar para os dois homens de preto que se aproximavam dele; seus olhos estavam arregalados de terror, e ele recuou, empurrando-se para trás com as mãos, enquanto seus pés cavavam longos sulcos na grama. Uma espessa trilha de algo escuro cobria o solo onde ele estivera sentado, e McBride praguejou em voz alta.

– Ele está sangrando – disse ele. – Segure-o, Jamie.

Jamie avançou a passos largos e ergueu o homem da grama molhada. Suas mãos deslizaram por algo úmido; o homem soltou um grito, e Jamie quase o soltou. Ele jogou o braço do homem sobre os próprios ombros e voltou com ele correndo até McBride. Deitando o jovem no chão, o menino virou o corpo dele com gentileza, e então se encolheu.

Havia um buraco grande bem no alto das costas do homem, uma ferida cônica e profunda coberta de terra e fustigada por pequeninas lascas de madeira.

– Deve ter sido um galho de árvore – disse McBride. – Vire-o.

Jamie fez isso, rolando o corpo do homem ferido com o máximo de cuidado que pôde. McBride colocou a mão no peito estreito do homem, ficou ouvindo com atenção por vários segundos e depois se prostrou novamente de joelhos, um olhar de impotência no rosto.

– Ele tem sangue nos pulmões. Não há nada que possamos fazer. Ele precisa ir a um hospital imediatamente.

Uma sensação terrível de estar preso em uma armadilha invadiu Jamie.

É esse homem ou a sua mãe. Você sabe que isso é verdade. Se o levar ao continente, sua mãe estará morta quando você voltar.

O homem ferido poupou-lhe a decisão.

Ele fitou os dois homens com olhos cheios de terror, o peito arranhando a cada respiração ofegante de pânico. Então seu coração cedeu, e o homem morreu de choque nos braços de Jamie.

– Meu Deus – sussurrou McBride, e depois abaixou a cabeça e fez o sinal da cruz.

Jamie apenas encarou o homem, cujos últimos momentos na terra haviam sido repletos de medo e de dor, e ele não havia feito nada para merecer isso, exceto estar no lugar errado no momento errado.

Você é o responsável. Alexandru fez isso porque você tentou encontrá-lo.

Um grande suspiro de derrota mesclado com um pouco de choro escapou da boca de Jamie. Por trás do visor púrpura, lágrimas escorriam por suas faces e caíam em seu uniforme da Blacklight.

É sua culpa. Tudo isso é sua culpa.

Ele se curvou sobre a grama e deixou a cabeça cair no peito. Sentia-a pesada, pesada demais para seguir em frente. De repente,

Jamie estava mais cansado do que nunca, e caiu para trás, jogando-se na grama fresca.

Mas ele não chegou a alcançar o chão. Duas mãos seguraram-no com leveza por sob seus ombros, puxaram-no para cima, colocando-o de pé, e o viraram. Larissa olhava para ele com uma expressão de completa angústia. Então ela ergueu as mãos, levantou o capacete dele e beijou-o com ternura.

Jamie retribuiu o beijo, agindo por puro instinto. O homem morto jazia atrás dele, e McBride chorava suavemente, de joelhos ao lado dele, e Jamie beijou-a, certo de que enlouqueceria se não encontrasse uma forma de sentir alguma coisa.

Ela afastou-se com gentileza e olhou para ele.

– Você não vai desistir. Não vou deixar.

Jamie analisou-se internamente e viu que ela tinha razão. Ele não desistiria; ele iria seguir por aquele pesadelo até o fim, até sua conclusão, mesmo que isso significasse sua morte. Devia isso a todos cujas vidas haviam sido tiradas por Alexandru antes do tempo.

Ele abriu um sorriso fraco para Larissa, e ela retribuiu. E então puxou McBride para cima, pelos ombros, e o olhou nos olhos.

– Vamos seguir em frente – disse, com o máximo de firmeza que conseguiu imprimir à voz, fazendo um gesto em direção ao homem deitado na grama. – Vamos pôr um fim nisso. Por ele e pelos outros.

McBride o encarou com olhos vermelhos de choro.

– Sim, senhor – disse ele.

Larissa ergueu-se novamente no ar, prometendo manter a vigilância. Jamie e McBride estavam prestes a voltar para a rua a fim de reencontrar Morris e Stevenson quando McBride, de súbito, retesou-se.

– Tem alguém nos observando – sussurrou ele. – Não olhe. À sua direita. Atrás da árvore.

Jamie esperou cinco segundos. Depois, devagar, sempre muito devagar, virou a cabeça na direção indicada por McBride. A princípio não viu nada além dos contornos negros das árvores. Então, quando seus olhos focaram-se no local, notou o rosto pálido de uma jovem. Virou-se de volta para McBride, tão devagar quanto antes.

– É uma menina – sussurrou ele, e o operador assentiu. – O que faremos? – perguntou Jamie.

McBride não disse nada. Então, com uma voz calma e um tom equilibrado, ele gritou:

– Não vamos machucar você. Saia daí. Não vamos machucá-la.

Nenhum movimento. A garota não se aproximou, mas eles também não ouviram barulhos indicando que ela tinha saído correndo.

McBride virou-se para ficar de frente para o local onde a garota estava se escondendo, e fez um movimento com a mão para que Jamie fizesse o mesmo. Ele colocou seu T-Bone no chão e esticou as mãos vazias, mostrando-as a ela. Jamie seguiu o exemplo de seu companheiro: colocou, com cuidado, sua arma no chão e esticou os braços. Eles ficaram ali parados, esperando. Por fim, ouviram um ruído de algo farfalhando, vindo de onde ela estava, e o som de um galho de árvore se partindo. A menina avançou para a vegetação rasteira e deu um passo, hesitante, na direção deles.

Era uma adolescente mais ou menos da mesma idade de Jamie. Seus cabelos eram loiros, com um corte curto e anguloso que o fazia cair em sua testa, e ela trajava calça jeans e uma camiseta escura. A garota fitava-os com uma expressão não de medo, mas de cautela. Deu mais um curto passo para a frente, seus olhos indo rapidamente para a esquerda e a direita, e então se seguiu um borrão de movimento acima: Larissa caiu do céu como uma águia e a ergueu no ar com facilidade.

Ela gritou quando seus pés deixaram de tocar o chão, e logo estava voando para a clareira. Larissa soltou-a de uma altura de mais ou menos um metro, fazendo-a cair diante de McBride, que deu um salto à frente e prendeu-a ao chão. A vampira desceu flutuando e pousou ao lado de Jamie, e ficou observando enquanto McBride envolvia a cintura da garota com os braços e continha a adolescente, que se contorcia e lutava para se libertar.

– Me solte! – gritou ela.

Ela jogou a cabeça para trás, acertando em cheio o alto do nariz de McBride e quebrando-o. Ele grunhiu, a dor atravessando-lhe a cabeça como um tiro, e perdeu força. A garota empurrou os braços dele para baixo e se libertou. Em um pulo ela ficou de pé, olhando com um ar selvagem a seu redor à procura de uma rota de fuga, mas Larissa avançou, apertou-lhe os braços nas costas com apenas uma das mãos e, segurando-a pela nuca com a outra, ergueu-a no ar casualmente.

– Fique parada – disse ela. – Não vou machucá-la se você ficar quieta.

McBride pôs-se de pé, não sem dificuldade. Seu nariz sangrava, pingando sem parar no uniforme. Ele foi até a garota, ainda suspensa no ar por Larissa, e Jamie aproximou-se também.

– Qual é o seu nome? – perguntou Jamie. A menina fez uma careta e não respondeu. – Vai facilitar as coisas se eu souber o seu nome – insistiu ele, com calma.

– Meu nome é Kate – cuspiu ela. – Kate Randall.

– O meu é Jamie. Muito prazer.

Kate o olhou com raiva e não respondeu.

– Daqui a alguns segundos vou pedir à minha amiga para descer você – prosseguiu Jamie. – Por favor, não corra, nem ataque algum de nós. Realmente não lhe desejamos fazer mal, mas vamos nos defender se for preciso, ok?

Nenhuma resposta.

– Vou entender isso como um sim – disse ele, e assentiu para Larissa, que sorriu para ele e soltou a menina.

Kate caiu no chão como uma trouxinha de roupa, mas elevou a cabeça de imediato, com lampejos de raiva nos olhos.

– Quem são vocês? Vocês estão com eles?

– Não – disse Jamie. – Não estamos com eles. Estamos aqui para detê-los.

Kate riu. Um som seco e frágil, sem qualquer ponta de humor.

– Chegaram um pouco atrasados – disse ela.

E então irrompeu em lágrimas.

Quando McBride se ajoelhou para tentar reconfortar a garota em prantos, o som de passos começou a ressoar pela vegetação rasteira, e Jamie ouviu chamarem seu nome em meio à escuridão. Era a voz de Morris. Ele gritou em resposta:

– Aqui!

O ruído de folhas e galhos sendo esmagados aumentou, e Morris e Stevenson irromperam na clareira, as armas de prontidão. Eles derraparam ao pararem, e ficaram tentando entender a cena que se desenrolava à frente deles: Jamie parado ao lado de Larissa, McBride de joelhos ao lado da adolescente que chorava e o corpo pálido do homem morto no chão.

– O que aconteceu? – indagou Morris, indo a passos largos em direção a Jamie, que lhe explicou tudo. – Caramba! – exclamou Morris, e balançou a cabeça. – Que confusão.

Stevenson foi até McBride e ajoelhou-se ao lado dele. Kate estava começando a se recompor, as lágrimas diminuindo. Seu choro tornara-se pequenas inspirações de ar. Ela olhou para os dois homens de uniforme negro agachados a seu lado e depois para Jamie.

– O que está acontecendo?

Morris foi a passos largos até ela e parou à sua frente.

– Você leu *Drácula*? – Ela fez que sim com a cabeça. – Não é só uma trama; é uma aula de história.

445

Kate ergueu o olhar para ele e caiu na gargalhada.

– Uau! – disse ela, limpando o nariz com o dorso da mão. – Quantas vezes você ensaiou essa fala?

Morris ficou ruborizado e voltou-se para Jamie em busca de ajuda. Um grande sorriso havia brotado no rosto do menino; ele foi até Kate e agachou-se na frente dela.

– Vampiros existem – disse ele, baixinho. – Foram eles que atacaram a sua ilha esta noite. O líder deles é um dos vampiros mais antigos do mundo, e ele raptou minha mãe. Isso não tem nada a ver com você, nem com ninguém que morava aqui. Mas você precisa entender com o que está lidando, ok?

Kate assentiu. Seus olhos estavam límpidos, e seu rosto, notavelmente calmo.

– Você sabe se alguém conseguiu sair da ilha? – perguntou ela. – Meu pai...

Ela parou e ficou contemplando a distância, perdida por um instante nas lembranças do que havia acontecido a sua pequena aldeia enquanto dormia.

– Há sobreviventes – disse Jamie, e os olhos dela readquiriram foco. – Não sei quantos, e não sei se o seu pai estava entre eles. Mas sim, definitivamente há sobreviventes; eles saíram em um barco de pesca e encalharam em uma praia perto de Fenwick.

O alívio percorreu o corpo de Kate como uma onda morna. De alguma forma, ela sabia que seu pai estava dentre as pessoas que haviam conseguido chegar ao continente; ela não saberia explicar a sensação a ninguém, mas tinha certeza. Seu pai estava a salvo.

Vou vê-lo em breve. Assim que o sol nascer.

– E agora? – perguntou ela. – Não tem mais ninguém vivo aqui. Ben era o último.

Ela fez um gesto na direção do corpo sobre o gramado. Os olhos arregalados do homem fitavam, sem vida, o céu da noite.

– Temos um trabalho a fazer – disse Morris. – Quero que você desça até a aldeia, se tranque em casa e espere amanhecer. Quando o sol...

Kate e Jamie interromperam-no ao mesmo tempo:

– Vocês não podem me deixar aqui!

– Não vamos deixar a garota aqui!

Morris tirou o capacete e jogou-o no chão. Ao atingir o gramado molhado, fez-se um som oco, e o restante da equipe deu um pulo.

– Pelo amor de Deus! – gritou ele. – Isso não é uma caminhada de um clube para jovens ou uma excursão qualquer. Essa é uma operação militar confidencial. Eu sou o oficial sênior aqui, e vocês vão fazer o que eu mandar! Entendido?

Seguiu-se um silêncio na clareira; cinco rostos estavam voltados para Morris, que havia adquirido um tom profundo de vermelho de raiva.

– Isso foi impressionante, Tom – disse Larissa. – Foi mesmo. Muito enérgico.

Kate deu risadinhas, e Jamie sentiu um sorriso torto assomar-lhe involuntariamente à boca. Até mesmo McBride e Stevenson sorriram, apesar da situação, e, depois de um instante, um largo sorriso irrompeu no rosto do próprio Morris.

– Me desculpem – disse ele. – Acho que exagerei um pouco.

Jamie levantou-se e deu um tapinha no ombro do amigo.

– Não podemos deixá-la, Tom – disse ele. – Você sabe que não podemos.

– Eu sei – respondeu Morris, e então voltou sua atenção para Kate. – Você pode nos levar até o monastério?

Kate levantou-se, dizendo:

– O que estão esperando?

43

DO QUE SÃO FEITOS OS PESADELOS

A equipe da Blacklight, com um membro a mais do que tinha quando ali aterrissaram, seguiu caminhando em direção ao bosque. Ao longe, os baluartes do antigo monastério podiam ser avistados acima das árvores, iluminados por luzes de tom laranja que se refletiam nas pedras claras.

Kate os havia guiado até uma trilha rudimentar que serpenteava em meio ao bosque. Jamie dera-lhe a estaca que tinha no cinto, e ela agora a carregava à sua frente como uma varinha mágica, o punho cerrado com força em volta do cabo de borracha. Larissa flutuava acima deles, buscando com os olhos algum sinal de movimento, enquanto a equipe caminhava mais abaixo. Cruzaram uma grande clareira, na qual um campo de futebol havia sido desenhado a tinta, agora já meio apagada, e as árvores envolveram-nos novamente.

McBride ia na frente, seguido por Jamie e Kate, lado a lado, Stevenson e, por fim, Morris, que mais uma vez assumira a retaguarda.

– Então... quantos anos você tem? – perguntou Kate, com a voz trêmula.

Jamie podia perceber que ela estava tentando se controlar.

– Dezesseis – respondeu ele. – E você?

– Também. – Ela abriu um largo sorriso para ele. – Fiz aniversário no mês passado.

– E o que fez para comemorar?

– Nada – disse ela. – Meu pai tinha que trabalhar. Mas ele vai me levar ao continente no mês que vem. Vamos fazer compras.

O rosto dela encrespou-se todo diante da dor de pensar no pai, e Jamie tentou consolá-la:

– Tenho certeza de que ele está bem.

– Eu também – respondeu ela.

Eles seguiram caminhando em silêncio durante alguns minutos, e depois falaram novamente.

– Como você veio parar aqui? – quis saber ela, olhando para ele.

Dessa vez ele realmente riu.

– É uma longa história.

– Temos tempo.

– Não – disse Jamie. – Não temos. Pode acreditar.

Eles saíram em uma clareira redonda, e McBride ergueu uma das mãos, sinalizando para que parassem de andar. Larissa desceu ao lado de Jamie e voltou o olhar para Kate com um leve ar de suspeita, enquanto eles espalhavam-se um pouco para cobrir uma área maior.

– Qual é o problema? – quis saber Morris.

McBride olhou feio para ele e levou um dedo aos lábios, exigindo silêncio.

– Tem alguma coisa errada – sussurrou ele. – Eu não...

Ele não terminou a frase. Larissa inclinou a cabeça para trás e farejou o ar, depois agarrou Jamie pelo braço e virou-se para ele, com olhos arregalados.

Os vampiros invadiram a clareira.

Emergiram da escuridão e caíram dos galhos das árvores ao alto. Eram 12 deles, homens e mulheres, formando uma fila desalinhada no meio da clareira e rosnando para a equipe da Blacklight.

Um líquido vinho jorrou nos olhos de Larissa, e ela expôs as presas para o grupo de vampiros. Jamie pôs a mão no cinto em busca de uma granada UV e sentiu apenas o ar. Não tivera tempo de passar no arsenal antes de saírem; os operadores estavam carregando apenas seus equipamentos básicos. Eles ergueram suas armas e ficaram esperando os vampiros avançarem.

Não precisaram esperar muito.

Os asseclas de Alexandru foram correndo em direção a eles, rosnando e sibilando, suas presas reluzindo sob a luz prateada do luar. Stevenson foi o primeiro a atirar; o tiro de seu T-Bone atingiu em cheio o peito de um homem na casa dos 30 anos que trajava uma camiseta amarela manchada e uma calça cáqui rasgada, obliterando-lhe o coração, e ele explodiu em um chafariz repulsivo.

McBride caiu sobre um joelho e abriu fogo com sua MP5 contra os vampiros que se aproximavam. As balas dilaceravam-nos na altura dos joelhos, fazendo voar sangue e lascas brancas de ossos pelo ar. Três dos vampiros caíram e foram deslizando pela grama molhada, uivando em agonia.

Os outros continuaram vindo.

Jamie disparou seu T-Bone direto no peito de uma vampira, que jogou a cabeça para trás e uivou de dor, o sangue jorrando do buraco redondo aberto pelo projétil, e depois explodiu, seu uivo morrendo junto com seus restos.

Larissa deu um salto à frente e afundou os dedos nos globos oculares de dois vampiros que vinham para cima deles. Sangue respingava em volta das suas mãos quanto mais fundo ela pressionava as órbitas dos vampiros, cegando-os com suas unhas afiadas como navalhas. Ao puxar as mãos, seus braços estavam ensopados de sangue até os cotovelos, e ela abaixou a cabeça quando Morris e McBride dispararam ao mesmo tempo. Os vampiros explodiram acima dela, banhando-a em sangue. Larissa balançou a cabeça, fazendo o sangue voar longe, em filetes espessos, saindo de seus longos cabelos. Logo ela voltou a assumir sua posição ao lado de Jamie.

Stevenson correu para a frente e enfiou a estaca nos três vampiros que estavam deitados no chão. Eles se contorciam e rolavam pela grama, os rostos distorcidos de dor, até que o operador os livrou de seu infortúnio transformando-os em três grandes explosões de sangue.

Os cinco vampiros remanescentes recuaram sibilando. Não estavam mais em vantagem numérica, e Jamie viu o medo estampado nos olhos vermelhos deles. Uma onda de adrenalina o atravessou e ele se lançou à frente, sem nenhuma ideia do que iria fazer. Tudo que sabia era que havia vampiros a serem mortos, e ele queria ser a pessoa a matá-los.

Morris gritou alguma coisa, mas Jamie não o ouviu. Ele correu pela clareira em direção ao vampiro que estava no meio do grupo, um homem na casa dos 40 anos que parecia membro de uma banda de heavy metal: vestia uma camiseta preta e um colete de jeans azul, e seus fortes braços eram cobertos por tatuagens azuis.

Três projéteis passaram voando por ele, os cabos de metal seguindo logo atrás, e atingiram um trio de vampiros. Eles acabaram explodindo enquanto tentavam se esquivar um contra o outro, sujando Jamie de sangue. Uma forma escura lançou-se sobre ele: era Larissa, que arrastou no ar uma garota vampira para além das árvores, fazendo-a descer em uma chuva de pedacinhos. Larissa reapareceu. Repleta de sangue, ela parecia recém-saída de um pesadelo, os olhos vermelhos reluzindo, os dentes expostos. Ela rasgou ao meio o torso dilacerado da garota vampira e esmagou o coração que ainda batia lá dentro. Os pedaços da garota explodiram, e de súbito Jamie foi correndo em direção ao último vampiro na clareira.

O homem recuou, tentando ganhar tempo e distância, e depois deu um salto à frente. Jamie disparou seu T-Bone, mas o tiro passou longe, desaparecendo em meio às árvores escuras. Ele jogou a arma de lado e esticou a mão para a estaca que levava no cinto, mas descobriu que o gancho onde ela deveria estar estava vazio.

Eu dei a estaca a Kate.

O vampiro colidiu contra ele na altura de sua cintura e, com o impacto, Jamie ficou sem ar, e caiu ao chão. A criatura montou sobre o garoto, os joelhos nos seus cotovelos, pressionando-o; Jamie gemia, uma onda de dor subindo por seus braços. Chutou as pernas da criatura, mas o vampiro não se moveu nem um centímetro. Soltou um rosnado, com um largo sorriso no rosto contorcido, e seus olhos eram profundos poços carmesim. Atrás dele, Jamie ouviu seus companheiros retraindo os projéteis dos T-Bones, e se deu conta de algo.

Corri para muito longe, longe demais. Até eles atirarem, já vou estar morto.

Um borrão escuro parou como um lampejo perto do ombro do vampiro: era Larissa, com os olhos arregalados e vermelhos, os dentes à mostra. Ela esticou a mão em direção ao vampiro, que girou um dos braços como se fosse um tronco de árvore e acertou-a direto no maxilar, fazendo-a voar na escuridão, onde ela atingiu algo e soltou um som nauseante, como se estivesse sendo esmigalhada. O vampiro inclinou-se devagar em direção a ela, repuxando a boca e deixando à mostra duas presas enormes, de uns 5 centímetros cada, e seguiu-se outro som de algo sendo esmigalhado. A expressão do vampiro alterou-se e, um segundo depois, a criatura explodiu. Jamie protegeu os olhos com um dos braços, e então havia mãos puxando-o, arrastando-o para colocá-lo sentado. Ele abriu os olhos e viu Kate de pé olhando para ele com a estaca na mão, seu peito subindo e descendo com a respiração arfante.

– Tudo bem com você? – perguntou ela, sem fôlego. – Ele o mordeu?

Jamie balançou a cabeça lentamente e pôs-se de pé com dificuldade. Os três operadores da Blacklight apareceram atrás dele, e McBride girou-o para vê-lo.

– Você foi mordido? – ele exigiu saber. – Diga a verdade.

– Ele não foi mordido – disse Kate. – Eu peguei o cara.

McBride olhou para ela com evidente admiração, e então deu um passo à frente e a abraçou. Ela ficou rígida nos braços dele por alguns segundos, a confusão estampada em seu rosto, depois, aos poucos, foi cedendo e também abraçou o homem de preto. Ele afastou-se e segurou-a pelos ombros.

– Muito bem – disse ele. – Muito bem mesmo.

Kate ficou ruborizada de vergonha, mas abriu um grande sorriso.

Um estrondo veio das árvores, e Larissa reapareceu. Ela seguiu a passos largos na direção dos outros, o sangue escorrendo por seu rosto e pescoço, descendo de um grande talho em sua têmpora, e seu braço esquerdo pendendo em um ângulo não natural ao lado do corpo; a dor e o pânico estavam estampados em seu rosto.

– Você está...? – começou Morris, mas ela passou direto por ele sem nem olhá-lo e parou na frente de Jamie.

Ela agarrou seu queixo, ergueu-o e inclinou a cabeça dele para trás e para cima. Inspecionou o pescoço dele com cuidado e então o soltou. Os dois ficaram encarando um ao outro por um bom tempo, até que Larissa girou rapidamente nos calcanhares, foi até Kate e deu-lhe um beijo na bochecha.

Então ela se sentou na grama, aninhando o braço quebrado no colo, seus olhos carmesim reluzindo no escuro. Depois de alguns segundos, Jamie foi até ela e sentou-se a seu lado.

Dez minutos depois, eles seguiram em frente.

Feixes de luar reluziam através das copas das árvores no bosque, longos raios de luz prateada que brilhavam e cintilavam no ar da noite. Eles seguiram pela trilha, na mesma ordem em que entraram na clareira. Larissa mantinha o braço quebrado o mais imóvel possível, pressionando-o de leve ao lado do corpo. Ela era em si uma visão aterrorizante, ensopada de sangue da cabeça aos pés, e o sangue já estava endurecendo e começando a rachar, dando a impressão de que ela havia se pintado para uma batalha. Jamie estava quase igual; ele havia limpado a maior parte do sangue do vampiro de seu rosto, mas seu uniforme ainda estava ensopado, e o cheiro cúprico de sangue pairava em volta dele como uma nuvem, revirando seu estômago. Kate estava pálida, pois tudo que vira no decorrer daquela longa e sangrenta noite começava a ser absorvido por sua mente, mas seu rosto tinha uma expressão determinada e ela caminhava sem cambalear. McBride havia colocado seu nariz quebrado no lugar, e o sangue havia parado de jorrar. Ainda estava muito inchado, e ele fazia um som alto de assovio quando respirava, mas não se importava muito com a dor e sua expressão era firme.

Jamie caminhava ao lado de Larissa, que flutuava a uns 15 centímetros do chão para não mover o braço quebrado. Nenhum dos dois dizia nada, mas a cada dois ou três minutos um olhava de esguelha para o outro. Kate seguia-os logo atrás, observando-os.

Eles emergiram do bosque no topo de uma ampla planície incrustada de baixos arbustos e emaranhados de outras plantas, que projetava uma leve descida mais à frente. O monastério ficava no topo do elevado do outro lado, uma edificação decadente de pedra clara que se erguia da fileira de penhascos marcando a beirada da ilha. Jamie podia ouvir o som do quebrar das ondas ao longe e sentia o cheiro de sal no ar. Das janelas irregulares do monastério irradiava-se luz, os tons cor de laranja e amarelos do fogo nas lareiras.

Eles continuaram caminhando pela planície, e mal sabiam que um deles tinha menos de três minutos de vida.

Larissa sentiu o cheiro antes mesmo de ver.

– Tem alguma coisa a caminho – disse ela. – Algo ruim. Nunca senti um cheiro tão ruim assim antes.

Ondas de adrenalina invadiram seis sistemas nervosos.

De imediato, Morris, McBride e Stevenson puxaram Larissa e Jamie para junto de si e formaram um círculo ao redor de Kate. Os cinco membros da equipe da Blacklight analisaram a planície vazia, seus visores fazendo a varredura à esquerda e à direita, as armas nos ombros.

Durante longos segundos eles ficaram sem se mexer, em silêncio, o único som vindo da respiração deles próprios. Então Stevenson abaixou sua arma e virou-se para os outros, dizendo:

– Não há nada aqui.

Um denso emaranhado de arbustos atrás do operador voou para todos os lados, formando uma chuva de folhas e madeira partida quando algo imenso saltou para o outro lado sobre a grama escura. A criatura rosnava ao se mover em suas fortes quatro patas, os olhos amarelos brilhando, espessos filetes de saliva formando uma trilha que descia dos maxilares cheios de dentes reluzentes. A criatura cravou os dentes no pescoço de Stevenson e arrastou-o para a frente, movendo-se em alta velocidade e indo para cima da equipe, fazendo com que saíssem tropeçando pela planície. Quando caiu, Jamie ouviu um som terrível de algo sendo rasgado enquanto a criatura arrancava um pedaço do pescoço de Stevenson, e ouviu o grito de dor do operador.

Ele enfiou os calcanhares na grama e pôs-se de pé com certo esforço. Viu Kate deslizando declive abaixo, ouviu o grito dela pedindo ajuda e ignorou-a. Quanto mais ela se afastava do que quer que houvesse surgido do arbusto, melhor. Ele virou-se de novo, pronto para correr declive acima em direção a Stevenson, mas o que viu no topo do elevado fez com que ficasse congelado no mesmo lugar.

O operador estava deitado com a barriga para cima e o sangue golfava do buraco que havia sido rasgado em seu pescoço. Seu rosto estava pálido, e seus olhos estavam fechados, mas Jamie podia ver o material negro de seu uniforme subindo e descendo.

Ele ainda está vivo. Você tem que ajudá-lo.

Mas o garoto não conseguia fazer suas pernas petrificadas saírem do lugar.

Parado acima de Stevenson estava um lobo imenso, do tamanho de um carro pequeno. Seu pelo era espesso e emaranhado, seu focinho estava ensopado com o sangue do operador, e seus olhos reluziam. O animal emanava um cheiro terrível, uma névoa densa de um fedor de carne estragada e doença. O bicho olhou para ele, de cima do declive, e Jamie sentiu suas entranhas virarem líquido. Então o animal jogou a cabeça para trás e uivou, um barulho horrível e ensurdecedor que parecia infernal. Abaixou a cabeça na direção de Stevenson de novo, e a luz do luar foi refletida em seus dentes enormes.

O estopim do tiro reverberou pela planície, e o lobo contorceu-se, poças de sangue brotando ao longo de seu flanco. Ele uivou mais uma vez. Jamie olhou ao redor e viu Morris e McBride subindo o declive, cuspindo fogo dos canos de suas MP5s.

Onde está Larissa?

Ele olhou ao redor ferozmente e viu-a perto da parte inferior do declive. Estava agachada ao lado de Kate, segurando o rosto da garota, e uma onda de afeição tão intensa que quase parecia outra coisa percorreu o corpo dele. O menino sacou a MP5 e depois voltou e subiu correndo pelo declive, alcançando McBride, que notou sua presença com um brevíssimo olhar. Os três homens da Blacklight avançaram, suas submetralhadoras gritando no ar da noite.

O lobo pulou sobre o corpo inconsciente de Stevenson e rugiu para os três, um som tão potente que literalmente fez Jamie recuar um passo. Ele não ouvia nada além de um som agudo quando deu um passo à frente de novo, apertando com firmeza o gatilho da MP5. Balas atingiam com violência o lobo, arrancando tufos de pelos do animal e fazendo seu sangue escuro jorrar pela grama. Jamie viu que um dos tiros arrancou um dos olhos do bicho, deixando um perfeito buraco circular negro onde antes havia o globo ocular amarelo. No entanto, o imenso animal parecia nem notar.

– Derrube-o! – berrou Morris. – Arranque as pernas dele!

A munição da MP5 de Jamie acabou. Ele puxou um novo pente de balas do cinto, encaixou-o com força no lugar e puxou o gatilho de novo. Os três operadores concentraram seu fogo na perna dianteira esquerda, que se despedaçou numa chuva de carne. O lobo, uivando de dor, deu um salto à frente, propelindo-se pela grama, apoiado nas três pernas e fechando a distância que o separava da equipe a passos longos e desajeitados. Eles atiraram na outra perna dianteira direita do bicho, as balas voando para todos os lados enquanto a criatura seguia cambaleando na direção deles.

A 3 metros de distância o lobo se agachou, tensionando os músculos em suas fortes pernas traseiras, pronto para dar um salto. Então, com um ruído nauseante de algo sendo dilacerado, sua perna dianteira direita soltou-se sob o peso do disparo da arma de fogo, e o pulo, abortado, deu lugar a apenas um uivo. O lobo tombou urrando de dor e caiu com tudo no chão à frente deles. Os três saltaram para trás, para fora do alcance das mandíbulas que mordiam o nada repetidas vezes, emitindo um som semelhante ao de cerâmica se quebrando. O lobo forçou-se a ir para a frente, suas pernas traseiras cavando o chão, e eles esvaziaram suas armas na parte exposta da barriga dele. O sangue irrompia e jorrava como uma explosão vermelha dos pelos brancos do animal, que urrava. Então ele ficou lá, imóvel, seu peito arruinado subindo e descendo, e grandes bufadas de ar quente saindo de seu nariz e de sua boca.

– Jesus – disse McBride, respirando com dificuldade, fitando o animal caído.

Jamie deu um passo à frente, devagar, e olhou para ele. O lobo jazia de lado, suas pernas dianteiras quebradas, penduradas, inutilizadas, seu focinho ensopado de vermelho, cheio de sangue. Seu único olho remanescente se revolvia, olhando para o nada.

– Vá dar uma olhada em Stevenson – ordenou Morris, e McBride subiu correndo o declive até alcançar o operador caído.

Jamie foi até Morris e postou-se ao seu lado. O menino fez um gesto para baixo, apontando para o animal.

– O que é isso? – perguntou ele.

– É um lobisomem – respondeu Morris, sem despregar os olhos da criatura ferida. – Um bem velho. Tem pelo menos uns 100 anos.

– Um *lobisomem*? – repetiu ele.

Morris assentiu, sem olhar para ele. Estava atento ao peito brilhoso da criatura, cujos pelos brancos se moviam em ondas enquanto a carne, embaixo, subia e descia.

– Frankenstein me disse que eles eram reais – comentou Jamie em voz baixa. – Eu não acreditei nele. Não acreditei.

Morris sacou a Glock do cinto e partiu veloz em direção ao animal ferido. Colocou a boca da pistola ao lado do olho remanescente e puxou o gatilho. Seguiu-se um som oco, e o lobo ficou imóvel.

Então, enquanto Jamie o observava, ele começou a transformar-se.

O pelo afinava e parecia voltar para dentro do couro da criatura. Seguiu-se uma série de ruídos horríveis de algo se rachando, e formas angulares surgiram de sob a espessa pele cinza. O focinho ficou mais curto, retraindo-se e assumindo a forma delgada de nariz novamente, as narinas se estreitando e os dentes entrando nas gengivas. As pernas de trás estreitaram-se, soltando ruídos de ossos se esmigalhando, e a cor do animal começou a mudar, indo de cinza para um claro cor-de-rosa. Jamie tinha a boca aberta; menos de um minuto depois do início da transformação, o lobo se fora. Deitado na grama onde estivera o animal havia agora um homem nu, seu corpo contorcido e destruído. Seus braços estavam dilacerados, pareciam farrapos, faltavam-lhe os olhos e seu torso estava coberto de buracos, dos quais o sangue começava a vazar.

– Acredita nele agora? – perguntou Morris, colocando sua pistola no coldre.

Jamie fez que sim lentamente.

– Não há muitos deles – disse Morris. – A maioria dos lobisomens vive em isolamento nas florestas, mas uns poucos agem como mercenários. Alexandru não está brincando.

Larissa e Kate surgiram perto de Jamie e ele deu um pulo. Elas olhavam para baixo, para o corpo quebrado, com idênticas expressões de repulsa no rosto. Então McBride deu um grito, informando aos outros que Stevenson ainda estava vivo, e eles saíram correndo até onde ele estava deitado.

O operador estava convulsionando no chão quando Jamie o alcançou. McBride segurava sua cabeça pelas laterais, tentando mantê-lo estável; os braços e as pernas do homem debatiam-se na grama, seu corpo chacoalhava e se contorcia, apesar da força com que McBride o segurava.

– O que há com ele? – perguntou Kate, gritando.

– A transformação está prestes a acontecer – respondeu Morris, com o rosto lívido.

Um terrível ruído de algo sendo esmagado veio do corpo de Stevenson, e Jamie viu os antebraços dele se partirem. Eles se dobraram até ficarem quase em ângulo reto. O operador abriu a boca e soltou um grito, um alto e terrível lamento de agonia. Então surgiu novamente o ruído, e suas tíbias estalaram. Dessa vez o grito foi tão alto que parecia que uma lâmina trituradora atravessava a cabeça de Jamie. Stevenson tombou no chão, seu corpo se debatendo, saindo espuma de sua boca, o sangue jorrando de seu pescoço ferido. Então, enquanto seus companheiros observavam o que acontecia, impotentes, seu maxilar começou a alongar-se, seus ossos raspando-se uns contra os outros, e um uivo substituiu seus gritos.

Pelos negros e espessos começaram a brotar da sua pele, irrompendo por seus poros e passando, rasgando, por seu uniforme. Seus olhos ficaram amarelos e seu tremor intensificou-se a um ritmo tão convulsionado que McBride foi lançado para longe.

– Alguém o ajude! – gritou Kate, sua voz aguda e cheia de agonia.

Morris sacou a Glock de seu cinto uma segunda vez e ajoelhou-se ao lado da cabeça de Stevenson. O homem, se é que ainda era um homem, contorcia-se e tremia na grama, aparentemente alheio à pequena multidão que se reunira a seu redor. Morris encostou o cano da arma contra a têmpora de Stevenson.

Larissa virou Kate, impedindo-a de olhar o operador ferido, e manteve o rosto da menina encostado firmemente em seu ombro, cobrindo-lhe os olhos. Jamie ficou observando, incapaz de desviar o olhar, enquanto Morris puxava o gatilho.

Um borrifo de sangue e matéria cerebral voou no ar escuro, e então Stevenson ficou imóvel. A transformação, que estava menos do que pela metade, reverteu-se com rapidez, e dentro de trinta segundos o operador estava deitado imóvel na grama, e os pelos grossos e ásperos não estavam mais lá, seus membros novamente retos, braços e pernas de um ser humano.

Eles arrastaram-no dali, colocando-o sob o abrigo de um arbusto emaranhado, e o deixaram. Não havia mais nada que pudessem fazer por ele; o tempo estava ficando curto e eles precisavam continuar andando. Depois de alguns minutos, durante os quais Kate se recompôs e McBride deu um adeus silencioso ao amigo, eles seguiram caminho, descendo o declive em direção ao monastério.

44
NA CASA DE DEUS

Jamie entrou no pátio do monastério e parou de repente, a respiração presa na garganta. Ele não acreditava em Deus nem, portanto, no inferno, mas duvidava que, mesmo que tal lugar realmente existisse, pudesse ser pior do que aquilo que ele via agora.

A equipe havia conseguido cruzar a planície e se aproximava em silêncio do monastério, espalhados em uma fila horizontal pelo gramado escuro, agachando-se sempre que se moviam. Haviam parado de costas para a parede de pedra ao lado do alto arco que dava para o interior da edificação, três de cada lado, com as armas em punho. Gritos de dor e gemidos de prazer vagavam pelo ar noturno, e uma fumaça densa chegou até eles, vívida e cheia de cheiros acres de madeira e carne queimando. Morris fez um gesto para que McBride os liderasse ao entrarem no lugar, mas Jamie balançou a cabeça em negativa, com vigor. Estavam quase lá... quase no lugar em que Alexandru esperava por eles, onde sua mãe era mantida cativa, e ele não podia ficar ali parado enquanto outros homens seguiam na frente. O garoto se agachou, passou pelo arco de pedra e entrou no pátio do monastério.

O pátio com chão de pedras era pequeno; tinha muros por todos os lados, e uma abertura no meio de cada um; as da direita e a da esquerda levavam a edificações baixas que Jamie deduziu terem sido estábulos antes, e os fundos, em frente ao arco pelo qual ele acabara de entrar, dava para o próprio monastério. No entanto, entre essa passagem e ele havia uma cena que parecia saída de um dos piores e mais sanguinolentos cantos de sua imaginação.

Uma grande fogueira havia sido acesa no meio do pátio. Jamie sentiu o calor em sua face assim que adentrou o local; uma densa coluna de fumaça cinza erguia-se no pálido céu prateado, enquanto centelhas explodiam no ar.

Os corpos de vários monges estavam estirados pelo chão de pedras. Muitos estavam nus, outros ainda envoltos em suas vestes marrons. Apresentavam marcas de uma violência apavorante. Havia sangue por toda parte: escorrendo pelas paredes e formando poças no chão, manchando a pedra clara em espirais carmesim, correndo livremente entre as pedras do chão por sob seus pés.

Kate começou a chorar baixinho. O restante da equipe passou os olhos arregalados devagar pelo pátio, os rostos acinzentados de tão pálidos.

– Nunca vi algo assim – disse McBride.

– Nem eu – disse Morris, balançando a cabeça com tristeza.

Eles prosseguiram devagar, contornando a fogueira, suas armas na altura dos ombros, e se viram de frente para a entrada aberta da edificação principal do monastério. O vão era escuro e nada convidativo.

– Venham comigo – disse Jamie baixinho, e avançou.

Na frente dele havia uma sólida parede de pedra na qual uma única palavra havia sido rabiscada em grossas faixas vermelhas:

BEM-VINDO

O corredor se bifurcava à esquerda e à direita, iluminado por lamparinas a óleo penduradas em suportes ornamentados de metal na altura da cabeça. As lamparinas, de um amarelo aquoso, iluminavam as passagens, e Jamie podia ver formas escuras deitadas no chão em ambas as direções.

Controle-se. As coisas só vão piorar.

– Para que lado? – perguntou ele.

– Não faz diferença – respondeu Kate, com a voz trêmula. – O monastério é um quadrado, e do outro lado fica a capela. Vamos parar no mesmo lugar de qualquer forma.

– Tudo bem – disse Jamie. – Então vamos nos dividir.

Jamie olhou para Morris e McBride, que estavam parados, juntos, seus uniformes negros tornando-os quase invisíveis na escuridão.

– Vocês dois, vão com Kate pelo corredor da direita. Eu e Larissa vamos pela esquerda.

O pânico ficou estampado na face de Kate, mas Jamie ignorou isso.

Quase lá. Você está quase lá.

Ele estava quase lá e sabia disso. Em algum lugar naquela edificação, provavelmente à espera dele, estava Alexandru. E se o velho vampiro estivesse ali, sua mãe também estaria.

Disso ele tinha certeza.

Ele segurou a mão de Larissa e puxou-a ao longo do corredor que dava para a esquerda. Ela foi com ele sem protestar, curvando os dedos em volta dos dele, enquanto os dois operadores levavam Kate para a direita. Ela lançou um olhar nervoso para trás, mas se permitiu ser conduzida.

Jamie e Larissa desviavam dos corpos de monges que enchiam o chão da passagem estreita; os cadáveres fitavam o nada, com olhos arregalados e confusos, cercados por poças de sangue, suas bocas contorcidas de dor. Jamie ignorou-os; não havia nada que pudesse fazer por eles. Ele e a vampira passaram por uma porta de madeira atrás da outra. Jamie abriu uma das portas e olhou para dentro, e o que viu foi um quarto tão austero que parecia mais uma cela de prisão. As paredes de madeira e o chão não tinham adorno algum; os únicos móveis eram uma cadeira de madeira, em frente a uma pequena escrivaninha sobre a qual havia uma grande Bíblia, e uma cama, também de madeira, que parecia incrivelmente desconfortável. Ele fechou a porta e os dois seguiram em frente, virando à direita no final do corredor.

Havia lampejos de movimento à frente, e Jamie sacou seu T-Bone. Puxou a lanterna do cinto ao mesmo tempo em que os olhos de Larissa, ao seu lado, ficaram vermelhos, e ele direcionou o facho de luz para o fim da passagem. Rastejando pela parede a uns 3 metros na frente deles, como se fosse um horrível inseto em tamanho gigante, estava um dos monges. Ele virou a cabeça na direção dos dois adolescentes quando a luz passou por ele, e o olhar no rosto pálido e estreito da criatura era um purgatório. Seus olhos reluziam, vermelhos, mas a boca estava contorcida em um largo e silencioso rosnar e lágrimas escorriam por suas faces. A criatura tentou cavar a pedra clara, rasgando as pontas dos dedos, e depois bateu com a testa na parede, lacerando a própria pele, fazendo o sangue escorrer por sua face. Ele fez isso repetidas vezes.

– Pare com isso! – gritou Jamie, e o monge caiu desajeitado no chão.

A criatura olhou para eles com uma expressão de pura agonia, e Jamie pensou que nunca havia visto tamanho sofrimento estampado no rosto de um ser vivo. A criatura foi rastejando por alguns metros na direção deles, soluçando e chorando, e Jamie deu um passo para trás, mirando o T-Bone no ex-monge, que se arrastou até ficar de joelhos e começou a encará-los.

– Condenado – disse a criatura, em uma voz embargada que era quase um sussurro. – Condenado.

Larissa fez um barulho com a garganta, e Jamie olhou para ela: a menina fitava o vampiro, e Jamie percebeu, horrorizado, que ela sabia exatamente pelo que ele estava passando.

– Tentei não fazer – sussurrou o monge. – Não fui forte. Condenado. Condenado, por toda a eternidade.

Jamie iluminou com a lanterna além da figura que chorava, e o facho de luz deixou à mostra o corpo de um segundo monge, que jazia um pouco mais à frente no corredor. O pescoço dele havia sido dilacerado, mas havia pouco sangue no chão à sua volta.

A fome o atacou e ele bebeu o sangue de um de seus irmãos. Ah, meu Deus.

Jamie ergueu o T-Bone e apontou-o para o peito do monge. A figura derrotada e atormentada, que trajava o hábito marrom, nem mesmo esboçou uma tentativa de fuga. Meramente entrelaçou as mãos na frente da barriga e fechou os olhos. Jamie inspirou fundo e puxou o gatilho.

A explosão de sangue fez surgirem dois monges vampiros, cambaleantes, no corredor. Eles vieram das trevas, os olhos cintilando, mas Jamie e Larissa estavam preparados. Ele jogou para ela a estaca que havia pego de volta com Kate e os dois avançaram de encontro aos vampiros. Larissa deu um salto no ar, seu braço esquerdo pendendo sob ela, e pegou de surpresa os confusos e recém-transformados vampiros, enfiando a estaca no peito do monge que estava mais próximo. Ele fez uma careta por um breve instante, depois explodiu em uma chuva de sangue. Jamie usou seu T-Bone contra o outro, e o projétil abriu um belo rombo redondo no seu manto marrom e na sua pele sob a roupa. A criatura explodiu, ensopando as paredes claras de um carmesim escuro. Larissa deu um passo à frente e inclinou-se em direção ao sangue que pingava, mas depois parou e voltou-se para Jamie.

– Não olhe – disse ela.

– Por quê?

– Não quero que você veja isso. Por favor, Jamie.

Ele assentiu e ficou de costas para ela. De trás dele veio um som úmido, depois o barulho de goles, como um animal tomando água, seguido de um suspiro de prazer.

— Pronto — disse ela depois de um bom tempo.

Jamie virou-se e a olhou: seus lábios brilhavam, bem vermelhos, e o braço esquerdo não estava mais quebrado; Larissa o girava, verificando se estava de fato recuperado. Depois, olhou para Jamie com vergonha.

— Vamos — disse ele. — Vamos continuar.

Ele esticou a mão para ela, que a aceitou com gratidão estampada em seu belo rosto, todo marcado por manchas deixadas pelo sangue.

Eles estavam quase no final do corredor quando ouviram um choro baixinho vindo de trás de uma das portas de madeira. Jamie a abriu com cuidado.

O aposento era idêntico àquele que ele vira um pouco antes, mas esse não estava vazio. Aninhado em um dos cantos estava um monge, com os joelhos puxados até a altura do peito e os braços envolvendo as pernas. De cabeça baixa, ele tremia e chorava no momento em que Jamie cruzou o aposento e ajoelhou-se no chão frio de pedra à frente do homem. Larissa permaneceu na entrada, vigiando o corredor.

— Você está ferido? — perguntou Jamie, pousando a mão em seu braço.

O monge ergueu a cabeça e Jamie soltou um grito, lançando-se para trás pelo chão de pedra.

Um crucifixo havia sido entalhado no rosto do homem, atravessando a crista de sua testa e descendo a partir da linha dos cabelos, seguindo ao longo do nariz, passando pela boca, abrindo seus lábios em talhos que pendiam e descendo até a ponta de seu queixo. A ferida era ampla e profunda, e o sangue golfava por seu rosto arruinado, caindo em seu hábito.

— Ah, meu Deus! — disse Jamie.

À menção de seu Senhor, o monge começou a balbuciar, em um entoar constante de oração:

– Aindaqueeuandepelovaledasombradamortenãotemereimalalgumporque tuestáscomigo.

Jamie levantou-se e recuou, afastando-se daquela forma encolhida, o rosto contorcido pelo desespero.

Não há nada que você possa fazer por ele. Pense na sua mãe. Foco.

Mas ele não conseguia prosseguir. Só conseguia pensar naquele homem torturado e profanado, encurvado ali no canto, na frente dele, e tentar imaginar, mais uma vez, com que tipo de criatura ele estava lidando, uma criatura capaz de infligir tamanha selvageria em homens devotados à paz.

– Vamos – disse Larissa, baixinho, e ele virou-se para olhar para ela. – Precisamos continuar. Você não pode ajudá-lo.

Ele saiu do cômodo com ela e os dois viraram à direita juntos; estavam agora no último segmento do corredor. No chão, à frente deles, uma grande seta havia sido pintada com sangue, apontando para o caminho adiante. Duas palavras haviam sido escritas embaixo da seta:

POR
AQUI.

O ódio inundou o corpo de Jamie, ódio por Alexandru e por todos da espécie dele, um ódio tão ardente, tão quente em seu peito, que ele achou que iria explodir em chamas.

– Ele está achando que isso é um jogo? – sibilou o garoto.

Larissa agarrou-o pelo braço.

– E é um jogo – disse ela. – Para ele, é só isso. Ilyana, seu pai, sua mãe, todos são meros detalhes. É de violência, dor e infelicidade que ele gosta. Lembre-se disso quando estiver cara a cara com ele.

Um grito ecoou mais à frente. Jamie apontou a lanterna e viu Morris, McBride e Kate aproximando-se com rapidez. Jamie e Larissa foram ao encontro deles.

A equipe se viu reunida em frente a uma grande porta de madeira.

– O que vocês encontraram? – quis saber Jamie.

– Depois – respondeu McBride, com o rosto exausto e pálido.

Jamie assentiu. Eles ficaram parados ali em frente à porta, os cinco, Jamie no meio deles.

É isso. Não importa o que haja atrás dessa porta, você não sai deste lugar sem ela. Trate de dar-lhe um motivo para ter orgulho de você.

– Pronto? – perguntou Morris.

Jamie inspirou fundo.

– Pronto – respondeu ele, e abriu a porta.

Mas ele não estava nem um pouco pronto.

45

A VERDADE DÓI

Alexandru Rusmanov estava sentado na capela, em uma cadeira de madeira tão ricamente ornamentada e entalhada que parecia um trono.

A cadeira encontrava-se sobre uma plataforma de pedra elevada, na extremidade do grande salão. Havia uma enorme cruz de madeira atrás dele, na frente de uma alta janela de vitral que dava vista para a superfície cinza do Mar do Norte, 30 metros abaixo. Um púlpito de madeira, do qual Jamie imaginava que o abade costumava conduzir os cultos, havia sido jogado de lado, e jazia quebrado no chão de pedra.

Uma comprida mesa de jantar fora tratada com similar desdém: estava quebrada e jogada ao longo de uma das compridas paredes do salão, cercada pelas simples cadeiras de madeira que haviam acomodado diversas gerações de monges de Lindisfarne. Acima da mesa, dispostos dentro de alcovas ao longo da alta parede, havia estátuas rudimentares de santos; seus rostos entalhados olhavam para baixo, de modo solene, para o meio do salão, agora vazio.

Então Jamie a viu.

Sua mãe.

Marie Carpenter estava de pé à esquerda de Alexandru, seu rosto pálido e muito cansado.

– Mãe! – gritou ele, sem se conter.

Ela está viva. Ainda está viva. Ah, obrigado. Obrigado.

Os olhos de sua mãe iluminaram-se quando ela ouviu a voz do filho. Marie olhou-o com tanto amor que ele achou que seu coração explodiria. Ela não havia notado que uma das pessoas que entrara no salão era seu filho, porém, ao mesmo tempo que sentia uma onda de alívio ao vê-lo ainda vivo, ela gritava para que ele não se aproximasse mais, para que ficasse longe, para que corresse por sua vida.

– Dê ouvidos a sua mãe, garoto – aconselhou-o Alexandru, em seu tom de voz cálido e amigável, e abriu bem os braços.

Jamie dera um passo em direção à mãe, sem nem perceber que fizera isso, e então parou um pouco. Olhou ao redor da extensão da plataforma de pedra, além das mãos estiradas de Alexandru, e sentiu seu coração afundar no peito.

Parados em silêncio ao longo da plataforma havia mais de trinta vampiros, em uma fileira desordenada. À direita de Alexandru encontrava-se Anderson, o imenso vampiro com rosto de criança, cujos ombros se elevavam como uma cadeia montanhosa, largos e disformes, cobertos por um casaco negro tão longo que chegava quase a encostar no chão. Além dele e de sua mãe, do outro lado, havia vampiros de todos os gêneros e de todas as idades. Uma mulher com 60 e poucos anos, em um terninho impecável, estava ao lado de um adolescente esquelético que trajava uma calça jeans rasgada e nada além disso. Suas costelas destacavam-se em seu torso estreito, e seus olhos eram afundados no crânio. Ao lado de sua mãe, e olhando para ela de um jeito que fazia Jamie querer arrancar-lhe os olhos, estava um homem gordo em um reluzente terno cinza, um sujeito de rosto vermelho que fitava Marie incessantemente, com uma camada de suor na testa. Os vampiros olhavam para Jamie e seus companheiros com desdém, enquanto o mestre deles olhava para o garoto com um ar de calma no rosto.

– Então – disse Alexandru, inclinando-se para a frente e esfregando as mãos, como se fosse começar um debate particularmente instigante.

– Jamie Carpenter. Eis que nos encontramos novamente. Perdoe-me o clichê.

Seus olhos voltaram-se para a esquerda de Jamie; algo ali chamara-lhe a atenção. Então seu rosto se contorceu de raiva: ele tinha os olhos vermelhos de sangue fixos em Larissa.

– *Você* – disse ele, e toda a calidez sumira de sua voz. – Se atreve a dar as caras na minha frente de novo?

– Eu me atrevo sim – respondeu Larissa.

– Sua morte vai ser a minha obra-prima – disse Alexandru, e abriu um largo sorriso para ela. – Nenhuma criatura na terra já sofreu como você haverá de sofrer.

– Não tenho mais medo de você – disse ela, erguendo o olhar para o vampiro ancestral.

– Pois deveria ter – disse Thomas Morris.

Então ele puxou do cinto a faca *bowie* de Quincey Morris e passou-a pela garganta de McBride. O operador caiu no chão de joelhos e dobrou-se no chão, enquanto o sangue jorrava de suas artérias rasgadas. Ele estava morto antes mesmo que Jamie tivesse tido tempo de se dar conta do que acontecera.

Morris cruzou devagar o salão de cabeça baixa, como um homem se dirigindo à forca, e subiu na plataforma. Anderson abriu espaço para ele, e Alexandru deu uma leve risada quando o operador da Blacklight assumiu sua posição ao seu lado.

Jamie não despregava os olhos da plataforma, olhando para Morris ali parado com o corpo rígido ao lado de Alexandru, e então se deu conta de que sua morte era certa. A de todos eles: Larissa, Kate, sua mãe e ele.

Todos mortos.

Ah, não. Ah, por favor... não!

– Tom! – chamou ele. – Tom, o que você está fazendo?

Surgiu de trás dele um leve ruído que vinha da garganta de Kate, e Larissa soltara um rosnado.

Morris olhava para baixo, para Jamie, com puro ódio, um olhar que contorcia suas feições, e o garoto não reconhecia o rosto que via à sua frente.

– Estou fazendo o que precisa ser feito – disse ele. – O que deveríamos ter feito há muito tempo.

Jamie sentiu lágrimas se acumulando dentro dele, mas conteve-as. Nunca se sentira tão completamente sozinho como naquele momento.

– Mas *por quê*? – perguntou ele, em um tom de voz infantil, magoado. – Somos amigos. Você disse que éramos iguais.

Um lampejo de raiva passou pelo rosto de Morris.

– Não somos nada parecidos – cuspiu ele. – Minha família foi traída e manipulada pela Blacklight durante mais de um século. A sua sempre recebeu todas as vantagens, mesmo nunca tendo merecido nada.

Ele sorria para Jamie. Um sorriso cruel.

– Você quer saber por que eu fiz isso, não é? Quer uma explicação? Tudo bem, vou lhe contar o motivo. Seu pai matou o meu pai!

Morris soltou um suspiro profundo, como se desejasse havia muito tempo tirar esse peso de seu peito.

– Ele não puxou o gatilho – prosseguiu Morris –, mas bem que poderia ter feito isso. Ele, Seward, Turner e o resto. Meu pai deu a vida à Blacklight e eles lhe deram as costas ao primeiro sinal de problema. Eles o traíram, descartaram-no, e fizeram isso com um belo sorriso no rosto.

– Mas nós verificamos os registros – disse Jamie, em desespero. – Faz semanas que você não acessa a frequência operacional. Como você a entregou a Alexandru? Como disse a ele que estávamos indo a Northumberland?

Morris sorriu para Jamie, um sorriso perverso que deu náuseas no menino.

– Você deveria ler Juvenal, garoto. *Quis custodiet ipsos custodes?* Quem vigia os vigilantes? Sou o oficial de segurança. Posso ter acesso à rede inteira da Blacklight, inclusive aos protocolos; posso adicionar, modificar e deletar qualquer coisa que desejar, como fiz com o registro do meu acesso à base de dados de frequências. Quando seu pai, seu arrogante e superior pai, destruiu Ilyana, fui até Alexandru e chegamos a um acordo. Ele me daria duas coisas que desejo e eu entregaria a ele o Departamento 19; especificamente sua família. Enviei a ele os mapas que permitiriam que ele derrubasse o *Mina*, da mesma forma como invadi os arquivos pessoais e encontrei seu endereço. Você deveria ter morrido na mesma noite em que seu pai morreu. No entanto, alguém interferiu nisso e avisou seu pai de que eles estavam a caminho. Então, quando ele correu para casa para proteger você, eu forjei o e-mail que seu pai teria mandado a Alexandru, armando para que o considerassem um traidor. Alexandru poderia ter acesso a você e a sua mãe, e o acesso a Julian eu garantiria a ele depois. Mas seu pai morreu, e você, bem, eles esconderam você. Então redigi o documento que incriminava Julian, certificando-me de que ninguém suspeitaria de que alguma outra pessoa estivesse envolvida nisso, e passei anos rastreando seu paradeiro. Uma vez que consegui encontrá-lo, passei a informação adiante, e fomos atrás de você e de sua mãe.

Ele olhou com ódio para Larissa.

– Mas ela fracassou na missão de matar você, e o maldito monstro o resgatou. Desde então venho fazendo de tudo para pegar você em campo aberto, longe dele. E agora, aqui estamos. O pessoal da Blacklight está na Rússia, em uma missão de resgate que chegou tarde demais para servir para alguma coisa. Não há ninguém para ajudar você desta vez.

Jamie ficou encarando Morris, e seu corpo estava completamente amortecido. Sua mãe olhava para ele com pânico nos olhos, Larissa rosnava ao seu lado, mas ele mesmo não sentia nada; aquilo tudo era demais para ele, uma última traição, depois de tantas outras, e ele estava à beira de um colapso.

– O que você ganhou com isso? – ele quis saber. – O que ganhou em troca de ajudar a matar a minha família?

– Vida eterna – foi a simples resposta de Morris. – E a reparação do maior erro da história da Blacklight: a morte de meu tetravô, Quincey Morris. Ele morreu na encosta de uma montanha no meio do nada, enquanto homens inferiores a ele sobreviveram. Mas os russos encontraram seus restos mortais em 1902, quando recuperaram as cinzas de Drácula. Alexandru vai trazê-lo de volta para mim.

– Você está enganado – disse Jamie. – Os restos mortais de Drácula nunca foram encontrados.

– Você realmente não deveria acreditar em tudo que o Departamento lhe conta – respondeu Morris. – É uma pena que Seward não esteja aqui; se estivesse, você poderia perguntar a ele sobre o cofre-forte 31. Mas como não está, você vai ter que acreditar em mim. Os restos mortais de Drácula foram recuperados sim, junto com os de meu tetravô. E, em breve, ambos vão caminhar pela terra novamente.

Grey estava certo, pensou Jamie. *Deveríamos ter dado ouvidos a ele.* Então Jamie olhou para Morris e viu o desespero que ele tentava disfarçar, mas que estava estampado em seu rosto, e sentiu uma onda de satisfação selvagem percorrer-lhe o corpo.

– Seu *imbecil* – disse ele. – Quincey Morris não foi transformado! Ele apenas morreu, só isso. Não é possível trazê-lo de volta. Estão usando você só para conseguirem as cinzas de Drácula.

O sorriso de Morris continuava lá, mas a luz em seus olhos esvaneceu-se. Ele olhou para Alexandru, que assistia ao diálogo com óbvio deleite.

– Isso não é verdade – disse ele. – Você prometeu.

Alexandru abriu um largo sorriso; em sua face, uma expressão de pura malícia, de supremo sadismo.

— Pelo visto, até o bisneto do criado de Van Helsing é mais esperto que você — disse ele.

Foi tarde demais que Morris viu o quão fácil e completamente havia sido usado. Seu queixo caiu quando ele se deu conta do que fizera, e ele perdeu o equilíbrio, vacilando sobre a plataforma.

Seu imbecil, pensou Jamie. *Pobre e desesperado imbecil! Você entregou tudo, em troca de nada. Absolutamente nada.*

Morris deixou escapar um grito sufocado e tateou o cinto em busca da faca *bowie*. Foi para cima de Alexandru, que riu em deleite e ergueu-se graciosamente. Ele esticou a mão e quebrou o pulso de Morris, e o estalo agudo ecoou pelo salão da capela. Morris ficou gritando, até que Alexandru arrancou a faca *bowie* de seus dedos e a deslizou com facilidade pelo seu pescoço, silenciando-o.

Marie Carpenter começou a gritar quando o sangue esguichou pela plataforma de pedra. Morris deu um único passo, e então tombou para a frente, caindo no chão do salão, onde permaneceu deitado enquanto o sangue jorrava do buraco em seu pescoço, sua boca movendo-se sem dizer nada, seus olhos arregalados e fixos em Jamie.

— Ah, meu Deus — sussurrou Kate. — Ah, meu Deus, isso é demais. Pobre homem.

Larissa desferiu um olhar de raiva em direção à garota, mas Jamie encostou no braço da vampira. Ela olhou para ele: Jamie balançava a cabeça devagar. A expressão de Larissa ficou mais suave e ela voltou a contemplar a plataforma, seus olhos vermelhos reluzindo.

— Isso foi divertido — disse Alexandru, voltando a ocupar seu assento. — Agora, Sr. Carpenter... por que não sobe aqui, juntando-se a mim e à sua mãe? Há algumas coisas sobre as quais precisamos conversar. Só nós três.

Larissa agarrou a mão de Jamie com tanta força que ele sentiu seus ossos serem esmagados. Com um esforço considerável, ele conseguiu não transparecer a dor em seu rosto.

– Deixe meus amigos irem embora e eu subirei aí – respondeu ele.
– Jamie... – começou Larissa, mas o garoto a interrompeu:
– Por favor, Larissa. Está tudo bem.
– Eles podem ir – disse Alexandru. – Dou a minha palavra. Não estou nem um pouco interessado nessa garota aí, e posso cuidar de Larissa outro dia.

Jamie assentiu e começou a ir em frente. Larissa agarrou-o pela mão, puxando-o para trás. Ele virou-se para ela com uma expressão de ternura no rosto.

– Me deixe ir – disse ele.

Ela olhou para ele por um bom tempo e depois o soltou. Jamie foi andando na direção de Alexandru. O vampiro ancestral estava sentado, inclinado para a frente, claramente animado ao ver o menino se aproximar. Sua mãe encarava Jamie com olhos aterrorizados. Atrás de si, Jamie ouviu Kate começar a chorar e Larissa respirando com dificuldade, inspirando e soltando o ar repetidas vezes.

Ele estava a meio caminho da plataforma quando a imensa porta de madeira atrás dele explodiu.

46

MANTENHA-SE FIRME E FIEL

Frankenstein atravessou a passos largos o buraco irregular que agora havia no lugar da porta, seguido de dois operadores da Blacklight, ambos com o visor abaixado e as armas em riste. O monstro agigantava-se à frente deles; ajeitando sua postura, ele encarou Alexandru do outro lado do salão cheio de sangue. Frankenstein segurava um T-Bone em uma de suas mãos cinza-esverdeadas e um enorme fuzil prateado na outra, e estava com muita, muita raiva.

– Onde está Thomas Morris? – berrou ele, sua voz reverberava ao redor nas paredes de pedra.

Todos os presentes pararam para encará-lo.

Jamie apontou para o chão mais adiante, com o coração na mão por ver o amigo ali; sua cabeça girava, numa mistura de gratidão, culpa e raiva. Frankenstein viu Morris – seu corpo se contorcendo de um jeito estranho, seu sangue jorrando sem parar do largo buraco em seu pescoço, seus últimos resquícios de vida se esvanecendo – e abaixou-se, apoiado em um só joelho, a 3 metros dele.

– Thomas – disse ele, em voz baixa. O homem moribundo mexeu os olhos e o fitou. – Seu trisavô teria vergonha de você.

Morris o encarava, e seu rosto pálido era uma máscara de medo e dor.

E então ele morreu.

* * *

Sentado na plataforma, Alexandru batia palmas devagar. O som ecoava pelo ambiente; Frankenstein ergueu o olhar para ele e depois aproximou-se de Jamie, postando-se a seu lado. O monstro o conduziu de volta para junto de Kate e Larissa.

– Grande peça de dramaturgia – disse Alexandru, com um largo sorriso no rosto. – Maravilhoso! Simplesmente maravilhoso! Agora suba aqui, garoto. Seus amigos ainda podem ir, até o grandalhão, mas peço que não teste ainda mais a minha paciência.

Frankenstein olhou para o velho vampiro com o rosto retorcido em uma careta de repulsa.

– De jeito nenhum isso vai acontecer – disse ele, com firmeza.

Alexandru soltou um suspiro, com uma expressão de decepção aparentemente genuína no rosto.

– Como quiser, monstro. – E fez um movimento para que os vampiros se alinhassem ao lado dele. – Matem a todos, menos o garoto. Tragam-no até mim.

Os vampiros saltaram da plataforma de pedra e precipitaram-se em direção ao membros restantes da equipe da Blacklight. Kate soltou um grito quando eles cruzaram, com bastante rapidez, o chão de pedra, os olhos lampejando, as presas expostas e as faces contorcidas com malignidade. Frankenstein a empurrou com firmeza para trás, contra a parede ao lado da porta, para trás de Larissa e dos operadores. Ele colocou com força uma estaca na mão da garota, que a manteve à sua frente, segurando-a com o punho cerrado, tremendo. Um dos homens que havia chegado junto com Frankenstein disparou seu T-Bone na fileira de vampiros que rosnavam. O projétil voou alto, arrancando a metade superior da cabeça de um vampiro, um rapaz de 20 e poucos anos. Ele veio abaixo, se contorcendo, seus olhos se revirando, deixando a parte branca à mostra. Porém, enquanto Jamie o fitava, o crânio aberto e despedaçado começava a se consertar perante ele. O menino deu a volta e retornou, encostando na parede ao lado de Kate. Larissa postou-se ao lado dele, e os três pressionaram as costas contra a pedra fria quando Frankenstein e os outros operadores ficaram de frente para os vampiros que estavam partindo para o ataque.

Frankenstein deu meio passo para trás e avançou freneticamente na direção dos vampiros, seus imensos e irregulares braços girando no ar como troncos de árvores em um tornado. Vampiros saíram voando pelo ar, deixando trilhas de sangue para trás, e colidiram contra as paredes. O segundo operador esvaziou sua MP5 em um grupo que tentava cercá-lo, fazendo com que se afastassem, mas então um vampiro surgiu rosnando atrás dele e arrancou-lhe o capacete da cabeça. Com seu enorme braço, Frankenstein encostou o grande cano da arma na lateral da cabeça do vampiro e puxou o gatilho. O estrondo soou ensurdecedor pelo salão de pedra, e a cabeça do vampiro desapareceu em meio a uma nuvem de sangue.

Larissa rosnou e deu um pulo em meio ao motim de vampiros, um pesadelo carmesim de dentes que mordiam e unhas que arranhavam e rasgavam a pele como garras. Ela dilacerou o pescoço da vampira de terninho, enfiando as unhas em sua jugular aberta; a mulher caiu no chão, rastejou por pouco mais de um metro e tombou de vez.

Jamie ergueu seu T-Bone e destruiu uma garota vampira que se aproximava de Frankenstein por trás; o tiro atingiu a axila dela com um baque oco e dilacerou-lhe o peito; a garota explodiu, jogando uma chuva de sangue sobre o monstro, mas ele nem olhou ao redor. Esperou que o projétil voltasse para o cano de sua arma e se lançou, berrando, à batalha.

Eles lutavam por suas vidas.

Dispararam com seus T-Bones e com suas armas de fogo, girando suas estacas e facas de um lado para outro, socaram e chutaram a horda de vampiros, que giravam e os circundavam. Sangue voava pelo ar e poças começaram a se formar no chão. Vampiros explodiam em fontes carmesim, seus membros explodiam, e eles rosnavam, enquanto gritos de dor e berros de fúria enchiam o salão da capela.

Mas não foi o bastante.

Dois vampiros pularam sobre os ombros de um dos operadores e o derrubaram no chão. O operador puxou o gatilho de sua MP5 enquanto era dominado; as balas rasparam o teto do salão, criando pequenos jatos de pó sobre as cabeças dos seres humanos e vampiros lá embaixo. Ele gritou quando seu capacete foi puxado de sua cabeça e os vampiros enterraram suas presas no rosto dele. O sangue jorrava sob as bocas dos vampiros, e o operador parou de se mexer.

Então um grito agudo penetrou no ruído da batalha, um lamento doce que reverberava pelas paredes de pedra. Jamie girou em direção à fonte do grito e viu que o vampiro esquelético segurava Kate pela cintura com seu braço esquerdo. Com o indicador da outra mão, ele passou uma unha afiada como navalha pela garganta dela e sorriu para Jamie, com um olhar de excitação revoltante estampado em seu rosto enquanto acariciava a pele da adolescente.

Alguma coisa colidiu com a nuca de Jamie, fazendo-o prostrar-se de joelhos no chão, vendo estrelas. Algo cinza cobriu sua vista, e a náusea fazia seu estômago se revirar. Ele lançou-se para a frente e sua testa bateu em cheio no chão de pedra. Ele foi rolando até ficar de lado no chão, e viu os vampiros atacarem o restante de sua equipe.

Três vampiros lançaram-se para cima de Frankenstein, que havia parado para olhar para Kate. Eles estavam pendurados no corpo enorme do monstro como sanguessugas, socando o rosto e o pescoço dele com seus punhos cerrados, e ele foi ajoelhando lentamente. Uma vampira de camiseta preta e uma reluzente calça jeans de PVC preto puxou uma faca serrilhada da bota e manteve-a encostada no pescoço do monstro, que ficou com o corpo rígido. Mas a vampira não o matou; apenas manteve a faca encostada no pescoço dele, imobilizando-o.

O operador sobrevivente foi lançado girando no ar por um potente soco que ele nem viu de onde veio. Estava recuando, afastando-se de dois vampiros que rosnavam, um homem e uma mulher quase nus, suas roupas pendendo rasgadas de seus corpos, e quase foi decapitado pelo golpe que veio por trás. Quem o atacara fora Anderson, que usou toda a sua força sobrenatural nele. O operador saiu voando de encontro à parede de pedra, seu capacete rachou-se com o impacto, e ele foi deslizando pela parede até atingir o chão. Anderson foi devagar até o homem caído e encostou um de seus pés gigantescos no pescoço do homem. Ele pressionou, prendendo-o na parede, e olhou feliz para Alexandru.

Larissa foi encurralada contra a parede, rosnando e fazendo voar sangue de seu rosto e de seus cabelos a cada movimento rápido da cabeça. Quatro vampiros cercaram-na, e ela permaneceu imóvel, sibilando e contorcendo-se, sabendo que não poderia vencer todos eles.

Jamie, zonzo, pôs-se de pé e viu que estava sozinho no meio do salão da capela; os vampiros haviam recuado, indo encostar-se nas paredes, levando com eles os companheiros de Jamie. O menino ouvia um zumbido em sua mente, e sua ânsia aumentou. Ele ergueu-se, ainda cambaleando, e virou-se de frente para Alexandru.

O vampiro ancestral estava parado, de pé, na beirada da plataforma, olhando para baixo com prazer nos olhos. Atrás dele estava Marie Carpenter, os braços pendendo ao lado de seu corpo, com olhos arregalados e cheios de preocupação pelo filho.

– Mova-se um centímetro que seja e eu a estripo – avisou Alexandru a ela, e sua voz era pouco mais que um sussurro.

Marie gemeu, mas permaneceu parada no mesmo lugar.

Vou matar você, pensou Jamie. *Mesmo que isso me custe a vida, vou matar você pelo que fez com a minha mãe.*

– Então – disse Alexandru. – Ao que me parece, chegamos a um impasse. Não me sinto mais inclinado a deixar seus amigos irem embora, mas farei com que as mortes deles sejam rápidas. Se você subir aqui agora. Senão, terá o privilégio de vê-los morrer, um após o outro. A escolha cabe inteiramente a você.

Jamie ergueu o olhar para o vampiro, buscando algo, qualquer coisa que pudesse ajudá-lo. Seu olhar foi atraído para uma imensa janela atrás de Alexandru, e de repente ele viu.

Jamie levou as mãos ao cinto, pegou seu T-Bone e sua MP5, ergueu-os e apontou-os para Alexandru, com as mãos trêmulas.

O vampiro riu.

– Ah, pelo Bom Senhor! – disse ele, como quem acha aquilo tudo muito divertido. – Dê o máximo de si nesses tiros, Sr. Carpenter. Se isso for servir para que se sinta melhor, consciente de que fez tudo que podia, então vamos lá, atire.

Jamie olhou para seus amigos no salão.

Frankenstein o fitava com um olhar calmo e de confiança no rosto, o que encheu Jamie de coragem.

Isso precisa funcionar. Só vou ter uma chance.

Larissa olhou para ele com olhos brilhantes e vermelhos, o peito subindo e descendo. Havia orgulho no rosto dela, e algo mais, e Jamie sentiu o calor subir-lhe pela face. Ele não se importou; deixou-se ruborizar, e depois olhou para Kate.

No rosto dela estava estampado o extremo medo que sentia, mas havia ali também determinação, assim como raiva e revolta ante o toque do vampiro esquelético.

Por fim, Jamie Carpenter olhou para sua mãe.

Ela retornou-lhe o olhar contemplativo, um olhar que era a expressão de seu puro amor. Jamie sorriu para ela, que sorriu de volta para o filho.

Ele ergueu a MP5, girou seu seletor para o modo completamente automático, mirou e puxou o gatilho. As balas passaram perto da cabeça de Alexandru, que nem se mexeu, e seguiram-se sons ocos quando elas bateram na imensa cruz atrás dele. A madeira fragmentou-se com o impacto, e o grande crucifixo rangeu em sua base agora instável.

Alexandru nem prestou atenção; baixou o olhar para Jamie e abriu as palmas da mão na direção dele, como se dissesse: "E agora?"

Jamie jogou a arma de lado, que caiu no chão ruidosamente e foi deslizando até o meio da sala. Ele ergueu o T-Bone e o pousou no ombro.

Um tiro. Apenas um tiro.

Jamie disparou, e o projétil saiu sibilando pelo salão, passando por cima da cabeça de Alexandru. O centro da cruz foi atingido com um forte e oco baque, perfurando profundamente a densa e antiga madeira do crucifixo.

– Ah, meu querido – disse Alexandru, baixinho. – Você errou.

Jamie firmou os pés no chão irregular de pedra e manteve o T-Bone encostado ao peito. O motor zuniu, tentando puxar de volta a estaca de metal. Ele sentiu seu pé deslizar por um momento em direção ao velho vampiro, que olhava para ele com uma expressão próxima a pena.

Então a base do crucifixo, enfraquecida pelas balas, soltou um rangido e cedeu.

Alexandru Rusmanov, que podia mover-se tão rápido a ponto de tornar-se um borrão para os olhos humanos, e que caminhara na terra, matando e torturando, durante mais de quinhentos anos, não imaginou o que viria. No último segundo, uma sombra caiu por cima dele vinda de trás, e ele franziu a testa, quando a imensa cruz, que ali estivera perante quarenta gerações de homens de fé, o aniquilou.

O crucifixo aterrissou nos ombros dele, destruindo sua coluna e esmigalhando a parte de trás de seu crânio, impelindo-o para fora da plataforma até cair ao chão. As pernas do vampiro foram quebradas e ele ficou retorcido sobre o chão de pedra; sua pélvis partiu-se ao meio, enchendo-se instantaneamente de sangue. Ele saiu rolando ao cair, e a trave direita da cruz arrancou-lhe o braço esquerdo na altura do ombro, lançando-o pelo chão escorregadio. O vampiro, ao atingir o chão, não passava de um saco frágil de carne e sangue, a cruz cravara-se acima dele, arregaçando-lhe o peito até parar soltando um rangido de madeira velha.

Por um segundo o salão da capela ficou silencioso, enquanto os vampiros olhavam estupefatos para seu líder sendo derrubado.

Então a equipe da Blacklight se pôs em movimento.

Frankenstein esmagou a mão da vampira com calça de PVC preto, quebrando-lhe os dedos. Ela soltou a faca, guinchando de dor, até que o monstro a estaqueou e a fez explodir em um pilar de sangue. Ele ergueu-se do chão como um vulcão em erupção, disparando com seu fuzil e seu T-Bone e fazendo, assim, os vampiros se espalharem pelo salão.

O operador agarrou o tornozelo de Anderson e torceu-o de uma só vez. Seguiu-se um som de rachadura e então o osso se quebrou. Anderson uivou, um longo e hesitante grito de criança. Ele cambaleou para trás, seu rosto infantil anuviado pela dor e pela confusão, passando os olhos pela forma de Alexandru caído e depois olhando para o operador à sua frente, que estava tentando se apoiar na parede e se levantar. Anderson recuou e depois se virou e deu um salto no ar. Saiu voando pelo salão como um grande e inchado pássaro, colidiu com a janela de vitral, quebrando-a, e desapareceu no céu noturno.

Larissa lançou-se para a frente e afundou a mão no peito da vampira que estava mais próxima, olhando com ar de incompreensão para a cruz caída. A mulher começou a gritar quando unhas rasgaram sua pele e encontraram seu coração. Então Larissa cerrou o punho e o órgão explodiu. Um instante depois, o resto da mulher entrou em erupção, e Larissa seguiu em frente, um anjo da morte ensopado de sangue e rosnante. Os outros três vampiros que a haviam encurralado na parede se viraram e saíram correndo, saltando pelo salão e desaparecendo pela janela quebrada.

O restante dos asseclas de Alexandru foi atrás deles. Frankenstein e o operador, cada um atingiu um dos vampiros que tentavam fugir, destruindo-os em pleno ar com os projéteis sibilantes. Os vampiros foram arrastados para trás devido ao impacto, e então explodiram, fazendo jorrar sangue fresco pelo chão de pedra.

Kate viu sua oportunidade e afundou os dentes no braço do vampiro esquelético. A cabeça dela tremia como a de um cão terrier, e ela puxou, com força, arrancando um teco de carne do braço do vampiro, que gritou de dor. Ele tirou a unha do pescoço dela e ela conseguiu se esquivar e soltar-se, cuspindo o naco de carne que arrancara e virando-se para encará-lo. O vampiro ergueu os olhos vermelhos para ela, e a menina enfiou-lhe a estaca no peito, impelindo-o a recuar de encontro à parede. O corpo dele arrebentou-se em uma grande explosão de sangue, ensopando-a da cabeça aos pés, mas Kate nem mesmo esboçou qualquer reação de medo. Em vez disso, ela voltou a virar-se para o centro do salão, viu os membros restantes da equipe da Blacklight ensopados de sangue se reunindo e correu para juntar-se a eles.

Enquanto seus amigos afugentavam os asseclas restantes de Alexandru, Jamie foi lentamente em direção ao vampiro derrubado. Sua mãe tentou dar um passo em sua direção, mas ele levantou uma das mãos e disse:

– Fique onde está, mãe – disse ele. – Ainda não acabou.

Ele cruzou o chão de pedra do salão e ajoelhou-se ao lado de Alexandru.

O rosto do vampiro estava destruído; um de seus olhos estava faltando, sua boca se abria e fechava sem emitir som algum, e o sangue jorrava continuamente de sua nuca, escorrendo livremente pelo chão. O braço que lhe fora arrancado estava no chão ao lado de Jamie, que o empurrou para longe, cheio de repulsa. Ele olhou para o peito de Alexandru, e sorriu diante do que viu.

A pele ali havia sido arrancada, e as costelas estavam esmigalhadas. Suas entranhas estavam expostas ao ar frio do monastério, e Jamie podia ver o bulbo vermelho do coração batendo lentamente. Ele pôs a mão no cinto e puxou dali a estaca.

– Tarde... demais.

Jamie olhou ao redor e viu que Alexandru olhava para ele com seu olho remanescente. A boca do vampiro estava contorcida em uma repulsiva aproximação de sorriso, e ele tentava falar novamente. Jamie abaixou-se e inclinou-se ao lado da sua boca inchada e quebrada para ouvir o que ele tinha a dizer.

– Tarde... demais – disse Alexandru mais uma vez, soltando um fraquíssimo grunhido cheio de dor. – *Ele ressurge. E todos que você ama... hão de morrer.*

Jamie olhou para o velho vampiro e bocejou de um jeito extravagante, jogando a cabeça para trás e apertando bem os olhos. Quando terminou, sorriu para Alexandru, que o olhava com uma expressão de extrema revolta.

Então Jamie ergueu a estaca acima da cabeça, manteve-a ali por um bom tempo e martelou-a no coração pulsante do vampiro.

Uma coluna de fogo azul saiu do coração dele no momento em que a estaca de Jamie o perfurou. O salão da capela estremeceu com o baque, e o que sobrara de Alexandru explodiu em uma série de ensurdecedores trovões, o sangue voando para todas as direções em grandes estouros que jorravam pelo corpo de Jamie e no chão de pedra ao redor dele.

Jamie ficou com o olhar fixo na cena à sua frente por um bom tempo, depois fechou os olhos e prostrou-se de joelhos. Frankenstein, Larissa e o restante da equipe da Blacklight foram correndo na direção dele, mas, antes que eles estivessem no meio do caminho, Marie Carpenter desceu da plataforma em um salto, passou deslizando pelo chão ensopado de sangue e envolveu o filho nos braços.

47

FRÁGIL É O CORAÇÃO HUMANO

Seis vultos saíam lentamente do monastério de Lindisfarne, enquanto o primeiro brilho da aurora começava a engatinhar pelo horizonte em direção ao leste. Jamie e Frankenstein ajudavam Marie Carpenter a cruzar o caminho sobre a grama espessa que cobria os cumes dos penhascos, cada um segurando-a embaixo de um dos braços. Kate e Larissa caminhavam lado a lado, um confortável silêncio entre elas. O operador da Blacklight protegia a retaguarda, com sua arma ainda no ombro, seu visor fazendo lentamente a varredura da esquerda para a direita.

No promontório acima do monastério havia um helicóptero da Blacklight, sua forma angulosa criando uma silhueta escura em contraste com o amanhecer iminente. O piloto que havia deixado Frankenstein e os dois operadores em Lindisfarne estava parado perto da porta da cabine, com sua MP5 em riste. Ele abaixou a arma quando eles se aproximaram e abriu um sorriso.

Frankenstein foi até o homem e eles se abraçaram, as risadas dos dois ecoando no ar da aurora, a risada simples de homens que estão felizes por estarem vivos. Jamie soltou relutantemente sua mãe e colocou suas armas e seu colete à prova de balas na grama. Ergueu-se novamente e esticou os braços acima da cabeça, sentindo-se mais leve do que jamais se sentira desde a morte de seu pai. Então Larissa encostou o corpo junto ao dele e beijou-o. Ele hesitou por um instante, sabendo que sua mãe e seus amigos estavam olhando, mas então cedeu e beijou-a de volta. Quando se afastaram um do outro, Jamie estava ruborizado; ele olhou ao redor para os rostos sorridentes dos sobreviventes.

O operador ergueu o capacete e girou a cabeça, seu pescoço estalando à medida que os músculos relaxavam. Seu rosto estava pálido, mas seus olhos estavam vívidos, cheios de adrenalina. Ele sorriu para Jamie, que sentiu seu coração dar um pulo no peito quando se viu olhando para um rosto familiar.

– Terry? – disse ele, um sorriso assomando-se a seu rosto.

O instrutor da Blacklight abriu um largo sorriso, deu um passo à frente e envolveu Jamie em um abraço esmagador.

– Você conseguiu – sussurrou ele ao pé do ouvido do menino. – Conseguiu mesmo.

Terry o soltou, e Jamie ficou olhando para ele, extasiado.

– O que você está fazendo aqui? – perguntou o menino. – Não entendi.

– Frankenstein me disse que você estava em apuros – respondeu Terry. – E eu não tenho muitas oportunidades de colocar meu velho uniforme.

Ele sorriu carinhosamente para Jamie, mas a mente do menino já estava em outro lugar.

Frankenstein.

Jamie olhou para o monstro, e estava prestes a chamá-lo para trocarem algumas palavras em particular quando ouviu uma voz gritar seu nome. Era Kate, e quando ele se virou, sentiu uma onda de pânico atravessá-lo como gelo: a garota estava ajoelhada no chão ao lado da mãe dele, que convulsionava.

Jamie foi correndo até lá, agachando-se perto de Kate. Ele segurou a mãe pelos ombros e tentou fazer as convulsões diminuírem. Ela virava a cabeça de um lado para o outro, seus longos cabelos espalhando-se ao redor dela, seus braços e pernas martelando o chão.

– O que aconteceu? – gritou Jamie.

Kate olhou para ele com uma expressão assustada no rosto.

– Não sei – respondeu ela. – Ela simplesmente caiu. Eu estava segurando o braço dela, e ela simplesmente caiu.

Frankenstein, Larissa, Terry e o piloto apareceram de súbito ao lado dele, ajudando-o a segurar sua mãe e exigindo saber o que tinha acontecido. Então a cabeça de Marie de repente ergueu-se com violência e ela encarou a todos ao redor com olhos carmesim.

O coração de Jamie parou, no mesmo momento em que Kate soltou um grito e Larissa arfou, chocada.

Ah, não. Ah, por favor, não. Isso não. Não depois de eu ter trazido a minha mãe de volta. Por favor, isso não.

– Sinto muito! – gritou Marie. – Sinto muito, Jamie! Sinto muito!

Houve um movimento ao lado: era o piloto pegando a estaca do cinto. Sem pensar, Jamie sacou a Glock do coldre e mirou-a na cabeça do homem. Por um segundo ninguém se mexeu, até que Jamie conseguiu recuperar a voz:

– Pegue a bolsa de sangue do kit médico no helicóptero – disse ele. – Rápido!

O piloto recuou, o olhar fixo no cano da arma de Jamie, depois se virou e foi correndo até o helicóptero. Ele voltou menos de um minuto depois, segurando uma bolsa plástica de sangue O negativo.

Jamie arrancou a bolsa plástica das mãos dele, rasgou-a em cima e pressionou a abertura contra a boca da mãe, como se estivesse alimentando um bebê. A cabeça dela se contorcia lentamente de um lado para o outro, seus olhos estavam fechados e ela gemia de leve, mas sua boca agarrou o bocal de plástico da bolsa.

Ele desviou o olhar enquanto sua mãe bebia o sangue.

Ele não podia assistir àquilo, não podia tolerar vê-la reduzida a isso. Quando a bolsa de sangue ficou vazia, ele colocou-a de lado e baixou o olhar para ela. Marie lhe devolvia o olhar com os olhos verde-claros que ele reconhecia, um ar de terrível e dolorosa vergonha no rosto. Ele tentou tocá-la, mas ela se afastou, empurrando as mãos que a continham, e pôs-se de pé em um salto. Ele tentou alcançá-la de novo, com os braços esticados, pronto para abraçá-la, pronto para fazer com que ela soubesse que ele não se importava com o que lhe havia acontecido, que ela ainda era a mãe dele e que ele ainda a amava. Mas ela lhe deu as costas.

– Não quero que você me veja assim – sussurrou ela. – Estou repulsiva.

– Você é minha mãe – disse Jamie.

Ele notou quando seus ombros começaram a se sacudir, pois ela se pusera a chorar, e ficou parado, indefeso, sem ter a mínima ideia do que fazer. Olhou ao redor, para Frankenstein, que fitava Marie com uma expressão solene no rosto. O olhar do monstro encontrou o de Jamie, mas ele não disse nada. Larissa estava de pé, parada, com a mão cobrindo a boca e os olhos arregalados e marejados. No fim, foi Kate quem se mexeu primeiro.

Ela foi devagar até Marie e colocou um dos braços cuidadosamente em volta da cintura dela. A garota agachou-se e se recurvou, de forma que pudesse ver o rosto dela, manchado de lágrimas, e falou-lhe em voz baixa:

– Sra. Carpenter? Meu nome é Kate. Eu vivia aqui, em Lindisfarne, até que Alexandru e os outros chegaram. É bem provável que eu estivesse morta se o seu filho não tivesse me resgatado.

Jamie sentiu o coração encher-se de gratidão quando ouviu uma risadinha de orgulho escapar da boca de sua mãe.

– Ele é um bom menino – disse Marie, em voz baixa. – E você é uma menina gentil.

– Quer esperar no helicóptero? – perguntou-lhe Kate.

Ela assentiu, e deixou-se conduzir devagar em direção ao veículo. Manteve-se virada, longe do olhar de Jamie e dos outros sobreviventes, e então, com cuidado, entrou no helicóptero negro. Larissa ficou olhando as duas se afastarem com uma pontada de ciúme no coração, e sentiu-se muito mal por isso.

Jamie acompanhava a mãe com o olhar, e sua mente exausta era incapaz de compreender o que ele vira.

Vampira. Ela foi transformada em vampira. O que isso significa? O que vai acontecer com ela?

– Podemos cuidar dela – disse Frankenstein, como se fosse capaz de ler mentes. – No Looping. Podemos mantê-la em segurança, alimentada.

– Como fizemos com Larissa? – perguntou Jamie.

Frankenstein fez que sim, e o adolescente voltou o olhar para o chão.

– Por quê? – perguntou ele. As palavras saíram em forma de soluço choroso. – Por que Alexandru faria uma coisa dessas?

– É só mais uma maneira de machucar você – disse Frankenstein. – Embora nunca lhe tenha ocorrido a possibilidade de você poder derrotá-lo. Tenho certeza de que ele pretendia lhe contar o que havia feito na hora da sua morte.

– Mas ela nunca... ela nunca fez nada!

– Não importa – foi a resposta de Frankenstein. – Para Alexandru, isso só teria tornado o ato ainda mais prazeroso. Só que ele não vai fazer isso com mais ninguém. Porque você o matou.

Um sorriso selvagem emergiu por um breve momento no rosto de Jamie.

– Matei, não foi? – disse ele, baixinho. – Eu o matei.

E então ele começou a chorar, e Frankenstein colocou um braço em volta dele e o conduziu para longe do restante dos sobreviventes, que olhavam uns para os outros como se ninguém soubesse o que fazer em seguida.

* * *

Jamie e o monstro estavam quase na beira do penhasco. Lá embaixo, as ondas rugiam e batiam na encosta. Frankenstein abraçou Jamie até as lágrimas dele cessarem.

– Eu não atirei – disse Frankenstein, baixinho. – Aquela noite, com o seu pai... eu não atirei. Você tem que acreditar em mim.

– Acredito – disse Jamie. – Deveria ter acreditado em você o tempo todo, como meu pai e meu avô fizeram. Em vez disso, duvidei de você, o que quase custou a minha vida e a da minha mãe.

– Eu estava lá naquela noite – prosseguiu Frankenstein. – Mas fui lá para tentar trazê-lo vivo. Não queria que aquilo acontecesse.

– Eu acredito – disse Jamie.

Então um rosnado saiu de trás de um aglomerado de arbustos, e o segundo dos lobisomens de Alexandru lançou-se para cima de Jamie, vindo da vegetação rasteira.

Frankenstein nem mesmo hesitou.

Empurrou Jamie para o chão e segurou no ar o lobo, que rosnava e tentava mordê-lo a todo custo. Segurando-o a um braço de distância, Frankenstein mantinha os dentes do animal, afiados como navalha, longe de seu pescoço. Jamie gritou, pedindo ajuda, e ouviu o baque seco dos seus passos, enquanto os outros sobreviventes pegavam suas armas e corriam na direção deles.

Mas era tarde demais.

As duas imensas criaturas cambaleavam ao longo da beira do penhasco – o lobo curvado e apoiado nas patas traseiras, seus olhos amarelos reluzindo sob a luz cor-de-rosa do horizonte, e o monstro lutando para permanecer de pé, forçando a cabeça do bicho a ir para trás e para cima. Então voou sangue no ar quando os dentes do lobo se fecharam nos dedos de Frankenstein, arrancando um completamente, fazendo escorrer sangue pelo braço do monstro. Ele não emitiu som algum; apenas cerrou os dentes, e apertou mais ainda a criatura com as mãos, forçando-a a ir para trás, para a beira do penhasco. Eles oscilaram ali, aparentemente desafiando a gravidade, e então o lobo lançou-se para cima dele e fechou a mandíbula no pescoço do monstro. Dessa vez Frankenstein não ficou em silêncio, soltou um berro retumbante que fez tremer o chão debaixo dos pés de Jamie. O lobisomem rugia de dentes cerrados, um som de triunfo maléfico, e então, lentamente, agonizante de tão lentamente, as duas criaturas caíram para trás no penhasco e desapareceram de vista.

– Não! – gritou Jamie.

Ele foi correndo até a beirada e, ao olhar para baixo, viu as espumas sendo lançadas no ar pelo quebra-mar 30 metros abaixo.

Não havia nenhum sinal nem do lobo nem do monstro.

Frankenstein se fora.

Ele esticou a cabeça mais para a frente, estirando os músculos do pescoço e buscando equilibrar-se movimentando os braços para trás, na tentativa de ver melhor, na esperança de avistar o amigo ou algum sinal do homem que havia salvo, novamente, sua vida.

A grama escorregadia na beirada do penhasco vacilava sob seus pés, e ele sentiu seu centro de equilíbrio sendo deslocado para a frente. Olhou para o horizonte, para a luz cor-de-rosa que se agigantava acima da linha, e percebeu que estava a ponto de cair. O solo deslizou sob seus pés, blocos de terra e tufos de grama caindo pela parede de pedra, e ele sentiu que cambaleava adiante. Então a mão de alguém o agarrou pela parte de trás da gola de seu uniforme, ergueu-o no ar e puxou-o de volta para terra firme.

Jamie caiu de joelhos e ergueu o olhar, deparando-se com o belo rosto claro de Larissa, que se ajoelhou na frente dele e envolveu-o com os braços. Ele abraçou-a e deitou a cabeça em seu ombro, tomado por mais pesar do que qualquer pessoa no mundo deveria ter que suportar.

Eles ficaram daquele jeito por um bom tempo.

* * *

Tempos depois – e Jamie não saberia dizer quanto –, um leve retumbar começou a fazer vibrar o chão sob seus pés. Ele ergueu a cabeça do ombro de Larissa e olhou para o outro lado do oceano. Um ponto negro aproximava-se no horizonte; enquanto ele olhava, o ponto ficava cada vez maior, e o som retumbante aumentava. Menos de um minuto depois, Jamie viu pela primeira vez a forma escura que estava sob o hangar no dia em que ele chegara à base do Departamento 19.

O *Mina II* surgiu acima da superfície do Mar do Norte, erguendo, à sua passagem, duas colunas brancas de água de 30 metros de altura. Foi desacelerando conforme se aproximava do penhasco, com Cal Holmwood acionando os motores verticais e puxando os controles para trás, guiando o jato supersônico acima deles. O empuxo dos potentes motores criava um redemoinho de poeira no ar, o que fez os sobreviventes saírem correndo em busca de cobertura, exceto por Jamie e Larissa, que ficaram abraçados um ao outro na beirada do penhasco, observando o avião diminuir a velocidade, descer e depois parar.

O *Mina II* era um imenso triângulo preto que parecia pairar no céu à frente deles. Sua extremidade traseira era mais comprida que as laterais, fazendo com que as asas se curvassem quando chegavam perto das pontas, e sua parte inferior era completamente lisa, pintada com um branco brilhante. Quando o jato descia para pousar, Jamie viu a pequena bolha da cabine do piloto aparecer acima do distinto nariz da aeronave, seguida pela fuselagem espessa e angular. Os três pares de trens de pouso deslizaram pela barriga da aeronave e logo o *Mina II* estava no chão. Uma larga rampa foi baixada, e então o almirante Seward estava descendo correndo por ela, seguido de um pequeno grupo de operadores vestidos de preto.

– Unidade B, proteja a área do monastério – gritou o diretor.

Quatro dos operadores dividiram-se, afastando-se de seu grupo com as armas em punho, e saíram correndo em direção à antiga edificação de pedra. Seward passou os olhos pelo grupo de sobreviventes até parar em Jamie, e foi correndo até ele.

Por sobre o ombro do almirante que se aproximava, Jamie viu um dos operadores erguer o capacete, revelando o rosto glacial de Paul Turner. Então aconteceu algo que se qualificava como uma das coisas mais inesperadas daquele que era o mais estranho dos dias: o major sorriu para ele.

– Morris – disse Seward, diminuindo o passo e parando na frente de Jamie e de Larissa. Ele olhou para o menino com uma expressão de profundo lamento. – Foi Morris quem nos traiu. Eu soube disso assim que descobri que ele havia acessado os códigos dos cofres-fortes russos. Foi Morris. E não seu pai. Lamento muito.

Jamie olhou para ele com uma expressão indecifrável no rosto.

– Cadê Alexandru? – perguntou Seward. – Ele conseguiu escapar?

Jamie balançou a cabeça em negativa.

– Eu o matei.

Seward fez uma pausa e olhou com atenção para Jamie, enquanto um ar de admiração ia se formando em seu rosto.

– Você o matou?

Jamie confirmou.

– E a sua mãe? – perguntou-lhe Seward, olhando ao redor. – E o coronel Frankenstein? Não estou vendo nenhum dos dois.

Jamie o olhou com o rosto marcado por rastros de lágrimas, e não respondeu.

48

O FIM DO TÚNEL

– Vocês não vão colocar a minha mãe em uma cela – disse Jamie.

Estavam na sala de operações: Jamie, Marie, o almirante Seward, Larissa, Kate, Paul Turner e Terry.

Jamie sentia seu coração sendo puxado em todas as direções. A euforia de destruir Alexandru e resgatar sua mãe fora diminuída pela perda de Frankenstein e pela descoberta do destino de sua mãe: o último e cruel ataque de Alexandru contra a família Carpenter. Orgulho, culpa e o vazio terrível da perda lutavam pelo controle de seu corpo e mente exaustos, e então o almirante Seward puxara o rádio do cinto e pedira à pessoa do outro lado que preparasse uma cela para um ocupante imediatamente.

– Vocês não vão colocar a minha mãe em uma cela – repetiu ele. – Ela não fez nada de errado.

Marie Carpenter olhou para seu filho e sentiu o peito inflar-se de orgulho.

Ele mal consegue ficar em pé de tão cansado. Mas ainda está lutando por mim.

Eles voltaram à base de helicóptero, sentados um ao lado do outro. Paul Turner, o almirante Seward e os sobreviventes de Lindisfarne haviam seguido no *Mina II*, o jato supersônico que cobria aquela distância em menos de vinte minutos. O restante dos operadores, os homens enviados para limparem todo o sangue do monastério, voltariam nos helicópteros que estavam esperando por eles no promontório e na extremidade continental da trilha elevada.

Mãe e filho disseram muito pouco durante o voo. Enquanto decolavam da pequena ilha, o jato tremendo sob seus pés ao se propelir para o ar, Marie ficou virada para longe do olhar de Jamie; a vergonha do que havia sido feito com ela – e do que ele a vira fazer – era demais para ela suportar. Ele não a pressionou, ficou apenas sentado de olhos abertos ao lado dela, a cabeça recostada no assento, fitando sua mãe com um sorriso no rosto. Larissa e Kate observavam-no, assim como o almirante Seward e Terry, todos com tristeza em seus rostos. Paul Turner parecia estar dormindo: seus olhos frios estavam fechados e sua cabeça, inclinada para trás. Jamie mal notava os olhares sobre ele; apenas fitava a nuca da mãe, seu rosto iluminado por amor e alívio.

Por fim ela falou:

– Pare com isso, Jamie. Posso sentir você me encarando.

Ele não respondeu, nem parou de olhá-la.

Ela girou e o encarou.

– Falei para você parar com isso – disse ela, com ferocidade na voz.

Então ela viu a expressão no rosto do filho, e sua resistência derreteu por dentro.

O rosto de Marie suavizou-se, e ela envolveu-o nos braços. Jamie rendeu-se ao abraço da mãe, envolvendo-a também e enterrando o rosto no ombro dela.

– Achei que tivesse perdido você, mãe – sussurrou ele. – Achei que tivesse perdido você.

Ela confortou-o, abraçando-o. Do outro lado da cabine, um sorriso assomou-se ao rosto de Kate, e ela olhou para Larissa, que estava chorando. Lágrimas rolavam por seu rosto pálido, mas ela nem tentava limpá-las.

* * *

Quando o *Mina II* parou no final da longa pista de pouso, o exausto grupo de homens e mulheres desceu a rampa da aeronave e seguiu para a pista quente. Marie caminhava firmemente sozinha, tendo recusado todas as ofertas de ajuda; Larissa flutuava alguns centímetros acima do solo; e Jamie havia se colocado ao lado do almirante Seward, que continuava olhando para ele de relance com estupefação no rosto, como se precisasse verificar que o menino estivera mesmo cara a cara com Alexandru Rusmanov e saíra vitorioso.

Eles estavam caminhando em silêncio em direção ao hangar quando, de repente, as grandes portas duplas abriram-se, espalhando luz pela área de manobra e iluminando os rostos cansados daqueles que se aproximavam. Então o barulho tomou conta do ar quando dezenas de operadores da Blacklight irromperam do hangar e saíram correndo na direção deles. Jamie lançou um olhar nervoso na direção do almirante Seward, mas o diretor apenas abriu um sorriso.

As ondas de homens e mulheres de preto pararam na frente de Jamie e Seward, e por um instante houve silêncio. Então, um único par de mãos começou a bater palmas, e depois outro fez o mesmo, e mais um, e outro ainda, até que os aplausos ficaram ensurdecedores, pontuados por gritos e saudações alegres. Jamie deu meio passo para trás e notou a mão do almirante Seward nas costas dele. Ele ergueu o olhar para o diretor, em confusão.

– Isso não é para mim – disse Seward, baixinho, e também começou a bater palmas, afastando-se de Jamie para deixá-lo sozinho ali, cercado pelos operadores que o saudavam e pelos rostos radiantes de sua família e de seus novos amigos.

Um sorriso começou a formar-se em seu rosto, e ele seguiu devagar em meio à multidão, que rapidamente o engoliu em um tornado de abraços, apertos de mão e soquinhos nas costas que quase fizeram o cansado menino perder o equilíbrio.

* * *

– Está tudo bem, Jamie – disse Marie Carpenter. – É a coisa mais sensata a se fazer. Vou ficar bem na cela enquanto pensamos o que faremos.

Jamie olhou para ela. O rosto de sua mãe tinha uma aparência franca e honesta, seus olhos estavam arregalados, e notava-se uma pontinha de medo nos cantos de sua boca.

– Tem certeza?

– Claro que tenho certeza – foi a resposta dela. – Você vai aparecer para me ver depois que dormir um pouco?

– É claro – disse ele. – Prometo.

– Eu a acompanho até lá embaixo – disse Terry, e aproximou-se gentilmente de Marie.

– Obrigada – disse ela, e então dirigiu-se ao filho: – Obrigada.

Jamie sorriu enquanto seu instrutor a conduzia para fora da sala de operações.

O cansaço tomou conta dele completamente.

O menino olhou a seu redor: Larissa e Kate batiam papo amigavelmente, e o almirante Seward estava envolvido em uma conversa com o major Turner. Jamie foi até eles e os interrompeu:

– Com licença, senhor – disse ele, sua voz falhando. – Será que alguém poderia ir lá na enfermaria ver se aquele garoto ainda está em coma? O nome dele é Matt. Acho que vou me deitar, mas gostaria de visitá-lo pela manhã.

Seward pareceu surpreso ao ouvi-lo, mas disse que cuidaria disso pessoalmente. Jamie agradeceu-lhe, virou-se e saiu da sala, caminhando a passos instáveis.

Ele bateu na parede duas vezes ao seguir em direção ao elevador que ficava no final do corredor, com o zunido baixo da base a todo o seu redor. Apertou o botão para o segundo nível no subsolo e fechou os olhos. Quando as portas do elevador se abriram, menos de

15 segundos depois, arrancaram-no do sono em que ele caíra assim que fechara os olhos. Jamie forçou-se a sair do elevador e abriu a porta que dava para o dormitório. Ele passou tropeçando pelo longo aposento e estava prestes a usar suas últimas energias para se jogar na cama quando um objeto branco lhe chamou a atenção.

Era um envelope, deixado em cima da mesinha ao lado de sua cama. Havia duas palavras nele, em uma escrita bela e elegante.

Jamie Carpenter

Ele o pegou, o cansaço vencendo-o inexoravelmente, e o rasgou para abri-lo. Uma única folha de papel caiu sobre sua cama verde, contendo mais da mesma caligrafia cuidadosa.

Leia isso amanhã. Vá se deitar. Não deve ser nada muito importante. Vá se deitar.

Jamie balançou a cabeça, e a névoa do cansaço dissipou-se temporariamente. Ele levantou a folha de papel e começou a ler.

Caro Jamie,

Se você estiver lendo isto, quer dizer que não sobrevivi a Lindisfarne. Se for esse o caso, não quero que você lamente minha morte – tive uma vida cheia de maravilhas, junto com alguns dos melhores homens e mulheres que já caminharam por este pequeno planeta. Eu não mudaria nem um momento sequer.

Agora tenho certeza de que Thomas Morris está agindo contra você; vinha suspeitando disso já fazia algum tempo, mas a comprovação só veio quando ele mencionou a noite em que seu pai morreu. Creio que ele vinha tentando nos separar, pois sabia que eu não permitiria que mal algum algum acontecesse a você. E agora ele conseguiu atingir seu objetivo. Então vou atrás de você até Lindisfarne; rezo para que não seja tarde demais.

Você merece a verdade, Jamie. Sinto muito porque eu não pude contar-lhe a natureza das coisas até agora, mas, até que se descobrisse o traidor da Blacklight, era perigoso demais. Agora imagino que tal pessoa tenha se revelado e que a verdade possa vir à tona.

Cuide-se, Jamie. Seus ancestrais teriam orgulho do que você fez até agora, mas eu creio que você tenha potencial para atos extraordinários nos anos que ainda estão por vir. A única coisa que lamento é que não estarei aí para assistir a tudo.

De seu amigo,
Victor Frankenstein

Lágrimas escorriam dos olhos de Jamie e caíam na carta, borrando a tinta preta e obscurecendo as palavras de Frankenstein. Parecia que alguém lhe apertava o coração; ele o sentia pesado e dolorido no peito, quente como uma fornalha e duro como carvão.

Você o decepcionou. Ele tentou proteger você, tudo que ele sempre fez foi tentar proteger você, e você o decepcionou. Ele morreu salvando você, morreu porque você não acreditou nele, porque você virou as costas para ele e foi direto para a armadilha de Thomas Morris.

Jamie balançava o corpo para a frente e para trás na beirada da cama, as mãos na barriga, soluçando e chorando como se o mundo tivesse acabado. Ele teria dado tudo que tinha, tudo que chegaria a ter um dia, para poder trazer Frankenstein de volta, mesmo se fosse apenas durante tempo suficiente para lhe dizer o quanto sentia, de verdade. O monstro havia honrado seu juramento à família Carpenter até o último momento, e Jamie sabia que nunca seria capaz de se perdoar por criar a situação que o havia colocado em perigo.

Pela primeira vez em um bom tempo, a voz de Julian Carpenter ressurgiu na cabeça de Jamie.

Ele se foi, filho. Não há nada que você possa fazer, exceto provar que ele estava certo em acreditar em você. Essa é a melhor maneira de se lembrar dele.

Alguma coisa na voz de seu pai o acalmava, e ele sentiu uma resolução em seu âmago, uma decisão de fazer o que o pai lhe sugerira, de fazer com que o monstro perdido tivesse orgulho dele; Jamie não duvidaria dele novamente.

Uma batida à porta do dormitório despertou-o de seus pensamentos.

– Entre! – gritou, em um tom de voz irregular.

A porta foi aberta, e o almirante Seward entrou no aposento. O diretor do Departamento 19 parecia cansado, mas havia o fantasma de um sorriso em sua face marcada pelas rugas enquanto ele cruzava o longo dormitório em direção ao beliche de Jamie. Ele carregava algo na mão, mas mantinha isso oculto às costas ao caminhar, e Jamie não conseguia saber o que era.

– Como está se sentindo? – perguntou-lhe Seward ao parar em frente ao beliche.

Jamie entregou a ele a carta de Frankenstein e ficou observando o diretor; viu os olhos dele se arregalarem enquanto lia as palavras escritas pelo monstro. Seward abaixou o papel e fitou Jamie com uma incrível expressão de tristeza no rosto.

– Não foi sua... – começou ele, mas Jamie o interrompeu:

– Foi sim, senhor. Nós dois sabemos disso. Mas obrigado por dizer isso.

Seward ficou olhando para ele por um bom tempo, e então tirou a mão das costas. Jamie levou um susto; na mão do velho havia uma caixinha púrpura, além da faca *bowie* que pertencera a Quincey Morris.

– Posso me sentar? – perguntou Seward.

Jamie fez que sim, sem tirar os olhos da faca. Aquela lâmina havia perfurado o coração de Drácula, havia sido passada adiante pela família de Morris e fora usada, havia poucas horas, para realizar a traição final de Tom.

O diretor acomodou-se na cama ao lado de Jamie e passou a ele a faca, que Jamie segurou de leve nas mãos com uma sensação de repulsa subindo-lhe a espinha.

– Ela me foi entregue pelos homens que tiraram o corpo de Tom do monastério – disse Seward, com gentileza. – Eles queriam saber o que fazer com isso. O que acha que eu devo dizer a eles?

Jamie virou a faca nas mãos. A lâmina estava manchada de marrom, com sangue e terra, e o couro de sua bainha estava surrado.

– Pertence aos mortos – disse Jamie. – Deveria voltar para lá.

O lampejo de um sorriso passou pelo rosto de Seward, e então ele pegou, com delicadeza, a faca das mãos de Jamie.

– Muito bem – disse ele. – Vou devolvê-la a seu devido lugar, a Galeria dos Mortos em serviço. – O diretor então abaixou a faca e a colocou de lado, dando a Jamie a caixa púrpura. – Contudo, creio que o conteúdo desta caixa pertença a você. Abra-a.

Jamie ergueu a tampa púrpura, e por um instante seu coração parou de bater.

Dentro havia uma medalha circular de ouro, com a insígnia do Departamento 19 nela entalhada. Logo abaixo, onde geralmente costumavam ficar as três palavras em latim do lema da Blacklight, havia duas simples palavras:

POR HEROÍSMO

Na tampa havia uma placa quadrada de ouro, na qual estava inscrito o seguinte:

MEDALHA POR HEROÍSMO, PRIMEIRA CLASSE
Entregue a JULIAN CARPENTER
Neste dia de Nosso Senhor, 19 DE FEVEREIRO DE 2005

– Foi encontrada nos aposentos de Julian após a morte dele – explicou o almirante Seward, sua voz não mais que um sussurro. – Quando um operador morre, raramente há alguém a quem essas coisas sejam passadas. Mas eu a guardei comigo, para o caso de você seguir os passos dele.

Jamie ainda estava com o olhar fixo na medalha, e tinha um nó na garganta tão grande que não conseguia respirar; seu rosto estava vermelho e suas mãos tremiam.

– Ele teria desejado que ficasse com você – prosseguiu Seward. – Porém, mais do que isso, você a merece pelo que fez esta noite.

Jamie enfim conseguiu respirar, profunda e ruidosamente, e começou a recuperar-se. Ao olhar para o diretor, ficou chocado ao ver lágrimas rolando pela face do velho.

– Seu pai teria muito orgulho de você, Jamie – disse Seward, e se pôs de pé, cruzando o dormitório a passos largos, sem olhar para trás.

Jamie ficou observando-o ir embora, olhando para a porta se fechando depois que ele saiu, e então deitou-se devagar no beliche. Encarou o teto acima dele, com a medalha de seu pai bem apertada nas mãos e a mente cheia de rostos dos que se foram e dos recuperados, e, assim, acabou caindo pouco a pouco na escuridão.

PRIMEIRO EPÍLOGO

O Dr. Alan McCall abriu a porta da enfermaria do Departamento 19 segurando um copo de plástico com café e entrou. Ele estava em sono profundo em seus aposentos quando a mensagem do diretor havia aparecido, com um bipe, na tela de seu console portátil, acordando-o:

> PRECISO DE RELATÓRIO IMEDIATO SOBRE OS FERIMENTOS DO MENOR CIVIL.

McCall soltara um grunhido e sentara-se lentamente na beirada da cama. Matt Browning ainda estava em um coma induzido pela equipe médica, do qual só planejavam tentar tirá-lo em pelo menos mais 48 horas. Um relatório seria algo totalmente redundante, mas o pedido vinha do almirante Seward, portanto o médico fez o que lhe era ordenado.

O médico cruzou a enfermaria rapidamente. Todos os leitos estavam vazios; o operador ferido na mesma operação que trouxera Matt ao Looping havia recebido alta. Eles haviam feito transfusão de todas as gotas de sangue no corpo dele, extraindo assim as células infectadas antes que a transformação conseguisse tomar conta de seu organismo. Fora arriscado, mas o homem teria plena recuperação; ele fora enviado a um dos dormitórios nos níveis inferiores para repousar.

Agora, o único paciente na enfermaria era o adolescente. McCall podia ver os contornos imóveis do corpo do garoto por trás do vidro fosco da porta marcada pelos dizeres ANFITEATRO. Ele abriu a porta e ficou paralisado, o coração saltando e querendo sair pela boca do homem.

Os olhos de Matt Browning estavam abertos.

Ao ouvir o som da porta se abrindo, o adolescente virou devagar o rosto pálido como cera em direção ao médico e disse duas palavras:

– Onde estou?

McCall apressou-se a ir até o outro lado do aposento e segurou com gentileza o rosto de Matt. Ele iluminou os olhos do adolescente, que não protestava, e sentiu o pescoço do garoto. Notou o pulso constante e rítmico sob a pele, e enviou uma mensagem ao pager da enfermeira de plantão para que fosse imediatamente à enfermaria.

– Onde estou? – repetiu Matt, e sua voz não passava de um sussurro.

– Você está em segurança – respondeu McCall, examinando as telas na pilha de máquinas conectadas ao paciente. – Está em um lugar seguro.

A enfermeira de plantão chegou de supetão na enfermaria, chamando pelo nome o Dr. McCall.

– Aqui – gritou ele, e um instante depois a enfermeira, uma jovem chamada Cathy, que só trabalhava no Looping havia três meses, surgiu.

– Meu Deus! – disse ela, levando a mão à boca.

– Quero exames de sangue imediatamente – disse McCall. – Quero que você os leve pessoalmente ao laboratório, e fique por lá esperando pelos resultados. Entendido?

A enfermeira ainda estava com o olhar fixo no rosto pálido e confuso de Matt, mas o trabalho falou mais alto.

– Sim, doutor – respondeu ela, e se pôs a realizar sua tarefa, puxando uma seringa de uma das gavetas no console central da sala e inclinando-se sobre o braço de Matt.

O garoto encolheu-se um pouco quando a agulha deslizou por sua pele, mas não tirou os olhos do dr. McCall, que estava fazendo anotações sucintas em seu console, dedilhando velozmente pelas teclas.

– Doutor? – chamou o garoto, baixinho, e McCall ergueu o olhar para ele.

– Sim, Matt?

– Não sei por que estou aqui. Não sei o que está acontecendo.

O rosto do adolescente estava franzido, e lágrimas se acumulavam nos cantos de seus olhos. McCall enfiou o console no bolso e agachou-se ao lado do leito.

– Está tudo bem – disse ele em um tom gentil. – Você se feriu, um ferimento grave, e nós tivemos que colocá-lo para dormir por um tempinho. Mas você vai ficar bem.

– Eu quero ir para casa. Quero a minha mãe.

– Sei que você quer. Um dos meus colegas vai precisar conversar com você primeiro, mas vamos levar você para casa o mais rápido possível.

A enfermeira de plantão retirou a seringa do braço de Matt e quase saiu correndo da sala até um dos elevadores que a levariam até o laboratório, bem no fundo das entranhas do Looping.

McCall ficou olhando a enfermeira sair dali, depois voltou-se de novo para Matt.

– Você se lembra do que aconteceu? – perguntou ele ao garoto.

Matt balançou a cabeça em negativa.

– Eu me lembro de chegar em casa, voltando da escola. Só isso. Não sei nem que dia era.

Lampejos de dor e confusão passaram pelo rosto dele, e McCall sentiu um aperto no coração.

Ele deve estar aterrorizado. Está conseguindo não demonstrar isso, mas deve estar apavorado.

– Preciso conversar com uma pessoa – disse ele. – Volto em cinco minutos. Prometo. Tudo bem? – Matt assentiu. – Ok, cinco minutos.

O Dr. McCall pôs-se de pé, dirigiu-se à porta e saiu dali para a enfermaria. Matt Browning ficou olhando o médico ir embora, então recostou a cabeça novamente no travesseiro, o olhar fixo no teto. Suas mãos tremiam.

Ele acredita em você. Está tudo bem, ele acredita em você.

Matt estava acordado fazia mais de uma hora. Ele ficara de olhos abertos, olhando incerto para aquele lugar estranho, e uma onda de medo e desorientação o assolou. Então, a lembrança do que havia acontecido com ele brotou em sua mente e ele gritou na sala silenciosa. O menino podia ver o corpo quebrado da garota no canteiro de flores, ouvir o som retumbante e ensurdecedor do helicóptero baixando para aterrissar na rua quieta, sentir o medo crescente que se apossara dele quando os homens armados e vestidos de preto passaram por ele e seu pai e entraram em sua casa.

Ele mentira para o médico.

Lembrava-se de tudo.

Mas sabia, por instinto, que não poderia admitir isso ao doutor; não poderia dizer que se lembrava dos olhos vermelhos da garota, e das presas brancas que despontavam do rosto arruinado e ensanguentado dela. Matt confiava em sua mente, e tinha certeza de que fingir não se lembrar de nada era a única maneira de lhe permitirem sair daquele lugar.

Mas ele sabia o que tinha visto.

– *Vampira* – sussurrou ele, e sentiu sua pele se arrepiar.

SEGUNDO EPÍLOGO

DEZOITO HORAS DEPOIS
COSTA DO MAR NEGRO, ROMÊNIA

A capela ficava em um promontório desolado na ponta leste da propriedade dos Rusmanov e dava vista para o distante porto de Constanţa. Um caminho longo e levemente inclinado saía da capela em direção à relaxante casa de verão que abrigara mais de uma centena de gerações da família de Valeri. Dentro da pequena edificação de pedra, duas fileiras estreitas de bancos de madeira ficavam de frente para um altar simples de pedra. A parede virada para o mar era, inteira, uma janela rudimentar em vitral, uma representação sangrenta de uma crucificação agora desgastada pelos séculos de água salgada ali batendo.

Atrás do altar descia uma escada de pedra em espiral, adentrando a escuridão da terra. Uma luz trêmula cor de laranja entrava na capela, iluminando uma edificação projetada para blasfêmia; uma casa de morte, decorada com ossos e consagrada com sangue.

Na câmara sob a capela, Valeri amarrou a última corda. Ele havia se forçado a fazer as preparações sem pressa, para ter certeza de que todos os detalhes estavam corretos, mesmo que seu coração estivesse acelerado com a expectativa do clímax de uma busca que havia lhe tomado mais de um século.

O recipiente de plástico marcado com o número 31 havia sido colocado cuidadosamente perto do degrau inferior da escadaria. Seu conteúdo, um espesso pó cinza, fora despejado em um poço redondo de pedra que havia no centro da sala, e Valeri tomara cuidado para não perder uma única molécula que fosse enquanto esvaziava o recipiente.

Acima do poço, suspensas de cabeça para baixo por uma grossa corda, presa em uma série de ganchos de ferro, estavam cinco mulheres.

As mãos delas estavam atadas e faixas de gaze envolviam suas bocas, cobrindo-as para abafarem seus gritos. As mulheres haviam sido penduradas com as costas voltadas para as paredes frias e uniformes da câmara, e seus olhares encontravam-se; elas tinham um ar de impotência e lágrimas escorriam por suas testas, seus cabelos quase tocando o chão, seus pálidos torsos debatendo-se e contorcendo-se no ar estagnado do subterrâneo.

Valeri caminhava em silêncio pela câmara, acendendo uma série de velas que haviam ficado escurecidas, quase negras, com algo repulsivo. Ele parecia nem mesmo notar as mulheres penduradas sobre sua cabeça até que a última vela foi acesa, liberando um fluxo de fumaça densa e repugnante. Então ele sacou do cinto uma faca recurvada e cortou o pescoço da mulher mais próxima, de uma orelha à outra.

Os gritos abafados em volta da câmara ficaram mais intensos, assim como os corpos, que se contorciam em um ritmo muito mais rápido. Os olhos da mulher arregalaram-se completamente, e suas claras íris verdes desapareceram quase por completo sob o preto de suas pupilas que se espalhava com rapidez. O sangue saiu de seu pescoço em um jato pressurizado, sujando seu rosto e seus cabelos, e jorrando em uma torrente carmesim no poço abaixo dela.

Valeri agachou-se e ficou olhando para baixo, poço adentro. O sangue caiu no pó cinza como chuva de inverno, e durante um segundo houve movimento, um vestígio de solidificação surgiu no local onde o líquido vinho se acumulava com mais rapidez. Ele levantou-se rapidamente e seguiu em direção à segunda mulher, que arqueou as costas, tentando se afastar, em uma inútil tentativa de evitar seu destino.

O velho vampiro deslizou a faca com facilidade pela carne branca do pescoço da garota, e então se pôs com destreza atrás dela, movendo-se em direção a sua terceira vítima, evitando o sangue arterial que jorrava dentro do poço.

Em menos de um minuto estava terminado.

A resistência das cinco mulheres diminuía, suas pernas rapidamente empalidecendo, adquirindo manchas azuladas, enquanto o sangue escorria de seus corpos. Cinco rios de sangue caíam no poço de pedra, ensopando o pó cinza e mesclando-se com ele, formando um espesso lodo vermelho escuro.

Valeri seguiu até a extremidade do poço e ajoelhou-se nas frias lajotas do chão da câmara. Lá dentro, o líquido asqueroso começava a se mover em círculos concêntricos pouco definidos. No centro, o sangue começava a erguer-se em uma bolha íngreme, como se estivesse sendo puxado para cima por um dos ganchos de aço das paredes da câmara. Valeri olhou para a ascendente e vibrante massa de sangue e abaixou a cabeça, encostando a testa no chão da câmara. O ar, já pesado pelos aromas mesclados das escuras velas sulfúricas e do sangue cúprico e metálico, estava cheio de um terrível ruído de algo sendo sugado, como o som de líquido endurecendo e virando argila.

O vampiro mais velho do mundo fechou os olhos e abriu um sorriso. Acima dele, algo molhado começou a gorgolejar, respirando com dificuldade como um recém-nascido, e Valeri pronunciou uma única palavra:

– Mestre.

AGRADECIMENTOS

Nota: Departamento 19 *é uma obra de ficção, e também uma história alternativa; nela, fiz uso de versões fictícias de locais e pessoas reais, e tomei liberdades em relação à geografia e à história, de forma a tornar mais fácil contar minha história. A obra não tem como propósito representar a realidade, e qualquer ofensa causada aos fãs, parentes, moradores dos locais etc. é totalmente não intencional.*

Um grande autor certa vez disse que ninguém escreve um romance longo sozinho, e eu concordo plenamente com ele. Fui afortunado o bastante em ter um incrível grupo de pessoas para me ajudarem a transformar *Departamento 19* na história que você acabou de ler.

Minha profunda gratidão ao meu agente Charlie Campbell, meu brilhante editor, Nick Lake, além do meu mais antigo amigo, Joseph Donaldson, por suas sugestões, emendas, apoio, e, quando necessário, demonstrações singulares de um amor austero. Este teria sido um livro bem diferente (e muito pior) sem eles.

A equipe genial da HarperCollins segurou minha mão ao longo do processo de publicação, tornando-o uma fantástica experiência, e transformou meu fragmentário documento do Word no belo livro que agora você tem em mãos. Obrigado a Tom Conway, Sarah Benton, Tom Percival, Tom Stabb, Michelle Brackenborough, Alison Ruane, Rachel Denwood, Geraldine Stroud, Ann-Janine Murtagh, Kate

Manning, Victoria Boodle, Mario Santos e à equipe como um todo, por seu incessante e árduo trabalho e fulgor criativo.

Meus amigos toleraram pacientemente meus ataques de pânico, meses de incerteza e minha incapacidade de falar de outra coisa que não fosse sobre este livro, e, ainda, com generosidade, cederam seu tempo para lerem diversos rascunhos, apenas para me transmitirem seus pensamentos e sugestões para o livro, ou simplesmente para oferecerem encorajamento; Isobel Akenhead, Mick Watson, Charlie King, Adam Cruikshanks, Kate Howard, Tara Gladden, Clementine Fletcher, Dave Walder, Liam Roffey, Kit McGinnity, Paul Daintree, Ruth Tross, Anne Clarke, Anna Kenny-Ginard, Alix Percy, Kelly Edgson-Wright – meu amor e gratidão a todos vocês.

Obrigado a Peter, Sue e Ken pelo constante amor e apoio, e a Nick Sayers e Caradoc King por seus conselhos inestimáveis quando este livro não passava de um sonho que talvez nunca viesse a se tornar realidade. Uma vida inteira de inspiração me foi possibilitada por Bram Stoker, Mary Shelley, Stephen King, Neil Gaiman, Clive Barker, Garth Ennis, Philip Pullman, Alan Moore, Grant Morrison, J.K. Rowling, John Connolly, Joss Whedon e Steven Spielberg; eu me apoiei no ombro desses gigantes a cada minuto em que escrevia *Departamento 19*. E, por fim, meu infinito amor e gratidão, por tudo, a minha mãe, sem a qual este livro literalmente não existiria.

Will Hill
Londres, outubro de 2010